CLASSIC

當代大師

文學經典

玫瑰的名字

新譯本

UMBERTO ECO

安伯托·艾可

倪安宇 譯

各界書評一致盛讚！

多年來最富含機智，也最引人入勝的一部巨作！

——明鏡周刊

精采絕妙、不可多得的巨作！

——新聞周刊

每個人都應當仔細品味並珍藏這本義大利的不朽傑作！

——每日新聞

這本小說和伏爾泰的哲學故事不謀而合……表面上它是一個博學的偵探故事，實際上它也為自由、中庸、智慧發出了有力的呼聲！

——快報

作者帶領我們進入中世紀修道院傳統的世界……高潮迭起，引人入勝！

——洛杉磯時報

當一個負有盛譽的符號語言學家著手寫一本小說，
結果必然充滿了曖昧不明的線索、神秘的暗語，
以及象徵性的事件，甚至超過亞瑟·柯南道爾爵士所曾臆想的。
安伯托·艾可的第一本小說《玫瑰的名字》，
便是以中世紀為背景的福爾摩斯式的幻想。
——**時代雜誌**

故事的敘事力量強烈得令人難以抗拒！
對於一本以相當篇幅描寫教會會議和方濟各會改革的小說而言，
實在是難能可貴的。
——**紐約時報書評特刊**

看完《玫瑰的名字》之後，和安伯托·艾可交談，
猶如面對一根波隆那的羅馬蠟燭。
他才思煥發，心思縝密，是個詭譎但並不狡獪的學者。
——**紐約時報書評特刊**

一本充滿語言智慧，又極其複雜的小說！

——**義大利《日報》**

扣人心弦，步步為營，反應當前的時代！

——**共和報**

智慧和知識結晶的盛宴！

——**自由報**

寫作技巧高妙無比！

——**縱覽報**

不只是個偵探故事……

更深入洞悉了十四世紀——它的歷史、狀態、糾結的政治與宗教戰爭、哲學、神話、科學、技藝、烹調風格、醫藥和魔法。

——**倫敦時報文學專刊**

光芒四射！

——**南德日報**

新版作者序

要說這是修訂版，或許過於誇大，因為我對原版做的一些修正並未影響敘事結構或語言風格。這個新版本我只著手刪除了數行之內重複出現、讓人覺得礙眼的某些名詞，替換成同義詞，有些地方（極少數）我則減輕了句法結構的負擔。

我更正了少許錯誤（非常少，此言不假，我還特別比對了中世紀參考文本），那讓我三十年來一直感到羞愧不已。例如，我之前在一個中世紀植物標本集中找到苦苣（cicerbita，菊苣的一種），卻在書中誤植為葫蘆（cucurbita），把菜變成了瓜。而中世紀對於瓜類並不熟悉，因為那是之後才從美洲傳入歐洲的。

最明顯的修訂應該是引用拉丁文部分。拉丁文原本是為了強化事件發生所在的修道院氛圍，同時做為某些中世紀思維演繹可信、真實無誤的文本佐證，其重要性不言而喻。另一方面，也是希望讓我的讀者接受某種悔罪懲戒的洗禮。可是當時我的美國版編輯海倫·伍夫（Helen Wolff）提醒我說，歐洲讀者即使在學校沒讀過拉丁文，但他們在古蹟或教堂立面看過的拉丁文都銘刻在心，而且肯定聽過不少哲學、法律或宗教的拉丁引文，所以在看到類似（隨便舉例）**閣下**（dominus）或**辨識**（legitur）等詞句時不會受到驚嚇。但如果是美國讀者，就會有比較大的困難，正如同我們打開一本小說，發現裡面引用了大量匈牙利文一樣。

於是我跟英文譯者比爾·維佛（Bill Weaver）便著手刪減拉丁文，更動幅度並不大，有時候是僅留下開頭的拉丁文，後面的句子改為英文，或是保留原本的引文，但把比較重要的部分意譯出來，也就是說，把我原先打算用拉丁文說的現成用語中比較重要的表述，改以義大利文重述一次做為加強。

我重讀英文版後，發現那些修剪絲毫不影響文本風格，而且還讓某些橋段免去過於艱澀之擾。因此我決定也對這個義大利文版進行修剪。像我眼前就有一個例子，在圖書館[1]那場針鋒相對的談話中，佐治說：「人子或可笑，但無從得知他是否笑過」（“Forte potuit sed non legitur eo usus fuisse”）。我不能刪除那位嚴肅的可敬老者所說的這句拉丁文，但隨後描述聖羅倫佐[2]火刑架上語帶嘲弄請行刑人幫他翻面時（他引述道：「吃吧，已經熟了」“manduca, iam coctum est”），為了讓這句譏諷之語易於理解，我便直接以義大利文陳述了完整故事。如此一來，我將原先的九行縮減為四行，對話節奏也更為輕快。

有時候作家跟牙醫一樣，病人若覺得口腔內有結石，只需要用牙鑽簡單處理一下就能讓病人感覺清爽。只需刪掉一句話，就能讓整個段落輕盈翱翔。

說完了。如果有人想舉辦比賽邀請讀者羅列出所有我修訂過的地方，恐怕不會有任何贏家，因為我修改的常常是連接詞，甚至純粹為了好聽追加一個d，難以察覺。這些細節或許根本不值一提，但既然這個版本稱為「修訂版」，為因應圖書目錄精準要求，我有責任說明。如上。

譯者序——

三十年後……故事未完

倪安宇

對很多作家而言，自己的作品永遠是未完成的工地，不時得回頭敲敲打打。義大利出版史上最著名的例子是《瘋狂的奧蘭多》（Orlando Fuorioso），一五一六年出版，一五二一年再版時語言風格丕變，但作者阿里奧斯托並未因此而滿足，一五三二年第三版不僅再度調整語言，結構大幅更動，內容還增加了許多十六世紀史實事件。有人將此舉歸因為精神官能症。

因此二〇一二年義大利出版界藉艾可八十大壽之名，推出《玫瑰的名字》修訂版時引發不少臆測。

這位享譽國際的符號學家四十八歲才完成的第一部小說《玫瑰的名字》於一九八〇年初版，隔年贏得義大利最重要的文學獎PremioStrega；一九八六年搬上大銀幕，由〇〇七代表演員史恩康納萊主演；在義大利文學類暢銷書排行榜盤踞長達七年，於四十八個國家出版，全球銷售約三千萬冊，法國《世界報》選為二十世紀最具代表性的百大書籍之一。

這樣一本書相隔三十多年推出修訂版，「為討好年輕讀者，大幅刪除篇幅、簡化語言，全面改寫」等各類坊間傳聞不斷，鮮少以小說家身分發言的艾可特地在〈新版注〉中以清除牙結石之喻說明原委（自然與精神官能症無關）。然而流言蜚語未曾停歇，關於修訂版中為何刪去威廉金色濃眉和耳後幾綹黃髮的樣貌描述，有人言之鑿鑿認定艾可是為了讓威廉更符合史恩康納萊的樣貌所致；亦有文評斬釘截鐵說修訂版刪減諸多引文，是因為拼貼的後現代文學風格已經過時……。不知艾可會不會嘆口氣，翻開他自己寫的〈八卦是很嚴肅的〉[3]一文，看著「神話極可能源起於八卦」這句話自我安慰：既已成為八卦對象，想必離神的地位不遠矣。

不過艾可本來就很容易成為議論焦點。當年他在《玫瑰的名字》出版前夕接受訪問，談到寫作動機時回答說：「就像沒辦法憋尿一樣，我實在憋不住就寫出來了」，讓文學界譁然。這位精於文本分析、著有《讀者的角色》的學者要說的是，他想把掛念已久的故事寫出來，只是採取了他面對媒體的一貫溝通模式：嘲諷，冷眼旁觀，努力讓文本自行表述，讓讀者自行詮釋，拉開作者與作品之間的距離。可是讀者或文評疑問隨暢銷熱潮從四面八方蜂擁而至，一九八二年艾可寫了一篇回應，後收錄在《玫瑰的名字》平裝版書末。他解釋了書名由來，闡述寫作過程是怎麼回事，蜻蜓點水帶過最初的靈感，說明他採用的策略和佈局，談讀者扮演的角色……。明明該是作者感性自述，卻寫成了跟《悠遊小說林》差不多的論文。艾可依舊堅守評論者的冷靜，不肯絲毫透露創作者的內心小世界。或許，威廉對阿德索這番話道出了艾可心聲：

「我從未質疑過符號的真相，阿德索，那是人在世界上賴以判別方向的唯一依據。我不理解的是符號間的關係。我……依循看似符合所有兇案特徵的默示錄模式，但其實那一切全屬偶然。……我相信有一個邪惡的縝密藍圖，其實根本沒有藍圖，或應該說就連兇手也被他自己最初勾勒的藍圖所害，之後引發了一連串的因、連帶因以及互相矛盾的各種因，它們自行發展，以至於之間的關係脫離了任何一個藍圖。這與我的睿智有何干？我只是鍥而不捨，追查秩序的假象罷了，但我早該知道宇宙中並無秩序可言。」

但不知看完《玫瑰的名字》之後，大家能否下定決心讓文本與讀者（自己）自行發展出專屬關係，脫離假設中存在的作者藍圖呢？

曾經在課堂上跟學生討論《玫瑰的名字》一書，諸多茫然眼神看著我，顯然對於書中過於豐富的細節描述和縝密布局、細如麻的歷史事件和人物以及不時出現的哲學論述力不從心。我說，不要急，就先當作偵探小說看吧，艾可本來就是用偵探辦案抽絲剝繭的方式寫雜文、評論文，也寫小說。有學生如釋重負，有學生不以為然地撇撇嘴。

艾可說他為了建構小說中的世界，有一年多的時間沒寫半個字，忙著畫設計圖、分鏡圖，只因為「得知道兩個主角從一個地方邊聊邊走到另外一個地方要花多少時間，以此決定兩個人之間的對話時間多長」。我們若想在短短數小時之內一氣呵成看個痛快，自然只能揀選故事（la fabula）來看。若想看出作者巧思安排的情節（l’intreccio）箇中奧妙，成為艾可所說的典型讀者，就得有足夠的耐心細細咀嚼。至於三十年前就看過《玫瑰的名字》的讀者（如我）呢？為了修訂版再次面對媒體訪問的艾可說，有些書早年看不過爾爾，十年後看覺得精采絕倫，再過十年或許還會有不同體悟。那些看完修訂版仍覺得不過癮的讀者請稍安勿躁，因為阿德索在瓦礫中撿拾收集的斷簡殘篇，引發了數世紀後《傅科擺》的陰謀論，所以故事未完……還可以繼續沉迷下去。

每次有大小朋友得知我在翻譯艾可的書，表達哀戚之意外難免流露出「你自找的？」揶揄表情。因為翻譯艾可，不僅要看懂博學老先生的明喻暗喻，且得把所有人名地名書名歷史事件或他信手拈來的引文出處挖掘出來，折騰八小時得三百字很正常，半年是基本工作單位，期間六親不認，因運轉過度的大腦僅能辨識床鋪和電腦。然而「寫小說之美不在立即，在推遲。……其美，其快樂在於可以有六、七、八年的時間都沉浸在自己一點一滴建構起來、屬於你的世界裡」[4]，翻譯何嘗不是如此，而那一方世界豐富瑰麗，縱使小有煎熬，歸根究柢倒也意爽。

導讀——

尋回讀小說的眞正樂趣

張大春

導因於一宗中世紀修道院謀殺案，這位比福爾摩斯早出生數百年、卻晚創造出來的偵探英雄，掀起了歐美文學排行榜的持續熱潮。

《玫瑰的名字》沒有《好萊塢妻妾》那樣的美女、金錢和醜聞，而能置身於暢銷書之列，是一個意外，卻也實至名歸。

為了追求「被禁制的知識」而遭殺身之禍的僧侶，並不是第一個面對「真理／信仰」難以兩全僵局的人，當然也不會是最後一個。負責調查發生在神秘修道院之詭異謀殺案的方濟各會修士威廉就曾經這麼說：「或許愛人之人身負的任務是教人嘲笑真理，嘲笑真理，因為唯一的真理是讓我們學會擺脫盲目追求真理的熱情。」

這種懷疑的老調並非安伯托．艾可（Umber Eco）設置在《玫瑰的名字》裡唯一的「主題」。因為這位符號語言學大師的敘述策略使本書的意旨形成了一部遠比書中隱藏「禁制知識」的迷宮圖書館更為複雜的網路，它們相互辯證、顛覆、纏崇。於是當威廉為我們「偵破」了一連串的謀殺案之後（「一連串」顯然不免是由於威廉的介入），世故的讀者也會因「元兇」的哲學信念而輕微感動或強烈震撼。然而，富於深邃智慧的論述課題，並不會讓比較天真的讀者感覺索然乏味或枯燥晦澀——即使讀者對中世紀歐洲政教紛爭、神學議論或文化儀式無了解之誠意，他仍然可以從《玫瑰的名字》中獲取許多「追隨福爾摩斯推探線索」的偵伺奇趣。另一方面，沉浸於寫實規範的批評家或讀者在讚歎作者細膩、準確、詳實的描述和考證功夫時也必須留心：安伯托．艾可愈是逞弄其寫實性修辭，往往就是他對「真實」最加疑竇和嘲誚的表現（如：對圖書館設計裝潢以及聖物陳列之描繪）。

於是，我們才可以根本懷疑作者在序言裡對於「梅爾克手稿」的發現和傳抄、迻譯過程完全出於虛構，從而認識到《玫瑰的名字》非但不是一部古老軼事的考訂材料，它甚至也不是「一個故事」、「一本小說」，它只是利用讀者對「推理情節」、「歷史常識」、「英雄傳奇」、「宗教啟示」等文本的種種成見所架設出來的相互質疑的符號。我們運用這些成見來閱讀，之後便摧毀了這些成見。

一個閱讀本書的理想方式是：隨便翻到任何一頁，讀下去，直到睏倦為止。經歷過幾次這樣的前戲之後，如果它還不能引起你對偵探、歷史、哲理或高度嘲諷藝術的任何興趣的話，就請你去看電視節目《百戰百勝》吧——那是一個最適合無腦力人士產生自我優越感的電視節目。

——錄自七十八年七月十七日《中國時報》開卷版

IL NOME DELLA ROSA

UMBERTO ECO

想當然耳，是手稿

一九六八年八月十六日，一本由某位瓦萊修士撰寫的書落入我手中，書名是《堂·阿德索·達·梅爾克手稿，堂·馬比雍[5]翻譯之法文初版》（巴黎泉源修道院出版，一八四二年）。這本書所附說明十分有限，僅直言忠實重現了一份十四世紀的手稿，而那份手稿是十七世紀以博學著稱、對本篤會史貢獻卓越的馬比雍在梅爾克修道院中尋獲的。這個學術上的發現（我這個發現，就時間順序而言是第三手）讓當時在布拉格等待一位密友的我雀躍不已。六天後，那不幸的城市遭蘇聯軍隊長驅直入，幸運的我逃抵奧地利邊境的林茨，從那裡轉赴維也納，跟我掛念的人會合，再沿多瑙河而上。

我在心情極度興奮的情況下展卷而讀，為阿德索·達·梅爾克驚人的故事深深著迷，我全心投入，幾乎一氣呵成完成翻譯，用掉了好幾本約瑟夫·吉貝爾文具店的大型筆記本，如果筆芯夠軟，在那筆記本上寫字是一種享受。途中我們經過梅爾克一帶，數百年來多次修繕的美麗修道院依然矗立在河灣旁。各位讀者不難想見，我在修道院圖書館裡並未找到關於阿德索手稿的隻字片語。

抵達薩爾茲堡之前，我們在月之湖畔一個小旅館中度過了悲情的一夜，結伴之旅戛然而止，我的旅伴帶著那本瓦萊修士的書拂袖而去，他不是故意的，全是因為我們交惡過於混亂且突然。我只留下手邊幾本手抄的筆記本，還有內心的無限惆悵。

數個月後，我在巴黎決定深入研究。我從那本法文書上抄錄了少許資料，其中載有出處，十分詳盡精確：

《古代年鑒》（Vetera Analecta），收錄日耳曼各類古代書籍、手冊，詩歌、書信、文獻、碑文，本篤會暨聖瑪塢會團修士馬比雍評註。新版，附馬比雍生平、作品及一篇獻給紅衣主教博納的論文〈論聖餐之無酵及發酵麵包〉。另附獻給西班牙主教埃爾德豐索之同一議題手冊，及羅馬埃烏塞比歐與法國泰奧菲洛的書信集《論無名聖人崇敬》。經過王特許，一七二一年出版，巴黎，雷維斯克出版社，聖米歇爾橋。

我在巴黎聖熱內維耶夫圖書館很快就找到了《古代年鑒》，可是我找到的這個版本有兩個地方不相符：一是出版單位，這本是由位在奧古斯丁堤岸旁（靠近聖米歇爾橋）的蒙塔龍出版社出版；二是出版日期，晚了兩年。可想而知在這本《古代年鑒》中沒有任何阿德索或阿德索．達．梅爾克的手稿，大家可以自行查證，該書是一本中、短篇文集，而瓦萊修士抄寫的故事則有數百頁之多。當時我向知名的中世紀學者請教，其中包括令人懷念的、親愛的艾恬．吉森[6]，得到的答案是我在聖熱內維耶夫圖書館看到的《古代年鑒》是唯一一套。我去了泉源修道院一趟，在帕西附近，跟朋友堂．亞赫．蘭內斯特談過，讓我確知從未有過瓦萊修士在修道院印刷（修道院根本沒有印刷機）出版過任何書。儘管法國學者對目錄學細節向來不重視，但這個結果實在超乎我所有悲觀預期。我開始懷疑那本書是偽造的，而那本書是拿不回來了（除非我鼓起勇氣向把書帶走的人開口要回來），我擁有的只有之前做的筆記，但筆記內容的真實性也開始令人存疑。

有些時刻很奇妙，當你身體極度疲倦，精神過於亢奮的時候，會有故友幻影出現（「回想起這些細節，我不禁自問究竟是真，抑或是夢」[7]）。後來我在畢夸修士[8]的一本小書中讀到，還有可能會看到從未問世的書本幻影。

要不是後來發生的事，我恐怕現在還搞不清楚阿德索・達・梅爾克的故事從何而來。一九七〇年，我在布宜諾斯艾利斯科連特斯大道上，離最有名的探戈學校不遠的一家小小的古書店內好奇瀏覽，偶然間翻到米洛・湯斯華[9]的一本小書，是卡斯提亞文版，書名是《觀鏡下棋》，我之前在《默示錄派與綜合派》[10]書中評論他新作《默示錄推銷員》時已經提過（二手資訊）。那是已經絕版的喬治亞[11]語原版書（提比利斯出版社，一九三四年）的譯本。我意外發現書中竟有大量阿德索手稿的引文，只是作者既非瓦萊修士，也不是馬比雍，而是珂雪[12]（但不知出自他哪一部作品）。不過後來有一位學者（我不便透漏他的姓名）信誓旦旦向我保證（他單憑記憶就唸出目次）珂雪這位偉大的耶穌會士從未談過阿德索・達・梅爾克。可是湯斯華的書就在我眼前，書中援引的事件跟瓦萊修士那本翻譯手稿完全吻合（尤其是對圖書館迷宮的描述更讓我排除了最後的疑慮）。更何況貝尼亞米諾・帕拉契多[13]寫過瓦萊修士確有其人（原註1），阿德索・達・梅爾克自然也不例外。

我得到的結論是，阿德索的回憶錄似乎恰恰符合他陳述的事件本質：一切都籠罩在重重疑雲之中，作者身分不明，而阿德索恪守緘默、遁世隱居的修道院所在，應矗立在皮耶蒙特、里古利亞和法國之間的亞平寧山山脊上（應在義大利萊里奇鎮和法國拉迪爾比耶鎮之間），根據推論可能在彭波薩[14]和孔屈埃[15]一帶。書中描述的事件發生在一三二七年十一月底，但作者寫作時間不詳。阿德索自承在一三二七年間乃見習僧，撰文回憶時已近天年，我們可以由此推測那份手稿起草於十四世紀最後十年至二十年間。

細細思索，促使我將我的義大利文譯本付梓出版的理由實在很薄弱，因為我所本的是十九世紀出版、作者身分不明的法文版，而法文版依據的是十七世紀發現的拉丁文手稿，其源頭則是一位日耳曼僧侶十四世紀末所寫的拉丁文手稿。

第一，我該採用何種文風呢？我曾考慮要重現那個年代的義大利文風，但實在有違情理，所以排除。這不只是因為阿德索以拉丁文書寫，也是因為其文本行止及展現的文化（或者應該說影響阿德索至深的那間修道院的文化）應上溯至更古老的年代：那是橫跨數百年的知識與風格積累，而且與使用拉丁文的中世紀晚期傳統息息相關。阿德索所思所寫，絲毫沒有受到通俗語革命的影響，反倒與他筆下那座圖書館中收藏的扉頁緊密相連。阿德索的養成受教於基督教會早期教父哲學和經院哲學著作，他的故事（儘管多參涉十四世紀事件，但阿德索下筆時諸多躊躇，且來源皆為第三者）就其語言和旁徵博引觀之，大可以歸于十二世紀或十三世紀的作品。

再者，瓦萊修士將阿德索的拉丁文譯為法文時，除了文風有所改變外，顯然還加入了不少破格。例如，書中人物談到藥草效用時，明確提及數世紀來重複抄寫傳承、咸認為作者是大阿爾伯特[16]的那本秘密之書[17]。阿德索當然知道那本書，不過法文譯本中他引用的段落幾乎隻字不漏抄自帕拉塞爾斯[18]的處方，或沿用大阿爾伯特著作都鐸王朝時期[19]的增訂版。（原註2）此外，經我事後查證，發現瓦萊修士謄譯（？）阿德索手稿期間，有大阿爾伯特和小阿爾伯特[20]十八世紀偽版書（原註3）巴黎流傳，兩者都遭到嚴重竄改。總之，該如何確認這個重載阿

原註1：義大利《共和報》（La Repubblica），一九七七年九月二十二日。

原註2：《大阿爾伯特秘典增訂版》（Liber aggregationis seu liber secretorum Alberti Magni），倫敦，弗利特橋旁印刷，一四八五年。

原註3：《大阿爾伯特的可敬秘典》（Les admirables secrets d'Albert le Grand），里昂，HéritiersdeBeringos fratres 出版社，一七七五年；《小阿爾伯特論自然與卡巴拉魔法之奧秘》（Secrets merveilleux,de la Magie Naturelle et Cabalistique du Petit Albert），里昂，同前，一七二九年。

德索所述及他記錄僧侶言談的譯本在註解、批註、補遺間，沒有夾帶或多或少經後世文化給養的文字？

還有，我是否該保留瓦萊修士可能是為了呈現時代氛圍而未翻譯的拉丁文段落呢？沒有非如此不可的理由，除非是為了忠於原著，但也可能是我多慮了……最後我刪去了大部分的拉丁文，僅保留了部分。我很擔心自己會像某些不入流的小說家，每次寫到法國人登場，總會說出「老天爺！」或「女人啊！女人！」之類的字句。

結論就是，我滿心疑慮。我真不知道自己為什麼會決定提起勇氣，把阿德索的手稿當真，讓它出版面世。只能說是此舉是出自於愛，也或許是為了讓我能夠從無盡且反覆淪陷的耽溺中自救吧。

我譯寫過程中沒有考慮時宜問題。在我發現瓦萊修士譯本那幾年，普遍認為寫作必須反映時代，要為了改變世界而寫。十多年過去了，讓文人（終於重獲極度敬重）感到欣慰的是寫作也可以純然出自於對寫作的愛好。所以此刻我很放心說故事，以單純說故事的心情說出阿德索．達．梅爾克的故事，更讓我覺得寬慰的是，他的故事在時間上與我相隔如此遙遠（理性覺醒驅走了所有蒙昧孕育的魔獸），跟我們這個時代毫無瓜葛，也跟我們的希望和信念完全不相干。

它說的是書的故事，不是日常的猥瑣，閱讀時讓我們忍不住與偉大的師主者耿稗思[21]齊聲吟誦：「我遍尋不著的寧靜，唯有帶著書棲身角落中才得以見。」

一九八〇年一月五日

附註

阿德索手稿分為七日，每一日再遵循時辰頌禱禮[22]予以區分。副標題採第三人稱，可能是瓦萊修士增寫。因其有助於引導讀者，加上當時通俗語文學不乏此一做法，我認為無須刪除。

讓我感到困惑的是阿德索所參照的禮儀時辰，不僅因為該時辰之區分因地方和季節有異，也有可能在十四世紀並未嚴格遵守聖本篤在本篤會規中訂定的公定祈禱時辰。[23]

不過為了讓讀者有所依循，我一方面從書中描述做推斷，一方面比對艾杜爾・史奈德（Edouard Schneider）在《本篤會時禱書》（Les heures b n dictines，巴黎，Grasset出版社，一九二五年）中對僧侶生活的描述，整理出以下表列，相信亦不遠矣。

晨經誦讀　（阿德索有時會以守夜祈禱此一古名稱之）凌晨兩點三十分至三點間。

晨禱　（依據古老傳統，名為晨經誦讀）清晨五點至六點間，黎明時分完成。

第一時辰祈禱　約早晨七點三十分，曙光綻放前。

第三時辰祈禱　約上午九點。

第六時辰祈禱　正午（僧侶無須在田間工作的修道院舉行，也是冬日的用餐時間）。

第九時辰祈禱　下午兩點至三點間。

晚禱　約下午四點三十分，日落時分（按教規需在天黑前用晚餐）。

夜禱　約六點（僧侶七點前就寢）。

此乃依照義大利北部十一月底於早晨七點三十分日出，下午四點四十分左右日落做出的推算。

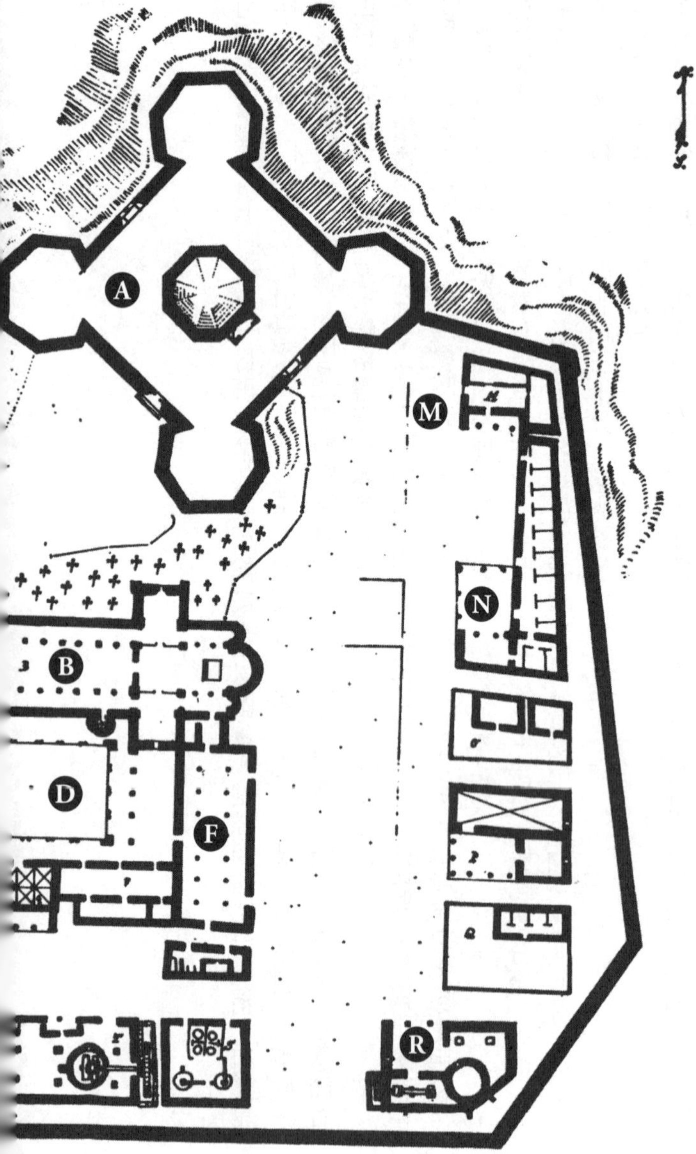
A
M
N
B
D
F
R

修道院地圖

K 醫療所
J 澡堂
A 主堡
B 教堂
D 中庭
F 寢舍
H 大會堂
M 畜欄
N 馬廄
R 冶煉坊

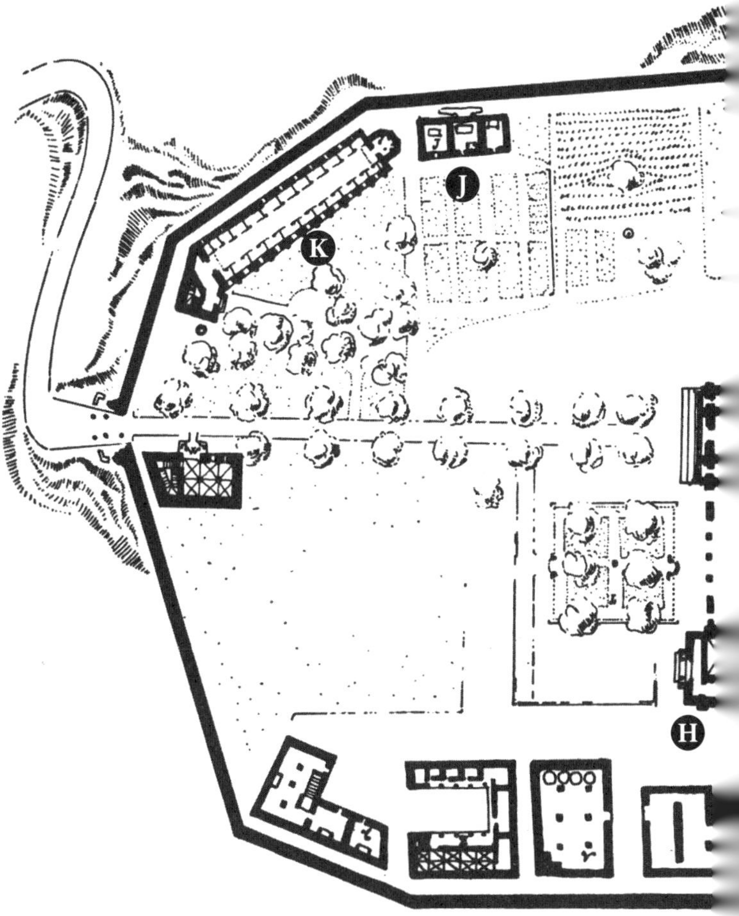

CONTENTS

序幕

在起初已有聖言，聖言與天主同在，聖言就是天主。[24]此事在起初便與天主同在，而虔誠僧侶之責便是以謙遜之心每日複誦這唯一不變之事，且斷言那是不容質疑的事實。但我們此刻彷彿透過一面鏡子觀看，一切朦朧不清，而事實真相被全然揭示之前，在這個世界的謬誤中只得片段呈現（啊，多麼難以辨識），所以我們必須用忠於原貌的符號拼拼湊湊，即便在我們看來那些符號晦澀不明，充滿了顯而易見的惡意。

我這罪人之身已屆殘年，跟這個世界一樣白髮蒼蒼、垂垂老矣，等待墜入天主靜默、廣袤的無底深淵，分享不易臨近的福靈之光[25]，我拖著多病的孱弱身軀在這梅爾克修道院小房間中，準備要在羊皮紙上寫下我的見證，我少年時曾親自參與的那些可敬又可怖的事件，只錄我所見所聞，絕不敢擅自勾勒描繪，把符號的符號留給後人（如果假基督沒有搶先一步的話），讓他們來解讀。

蒙天主恩寵，我從旁見證了在那間最好不要提及名字的修道院之內所發生的事，時為一三二七年底，同一時間，路易四世[26]遵循天主的旨意，親赴義大利以重建神聖羅馬帝國在當地威望，而在亞維儂則有玷汙宗徒聖名的無恥篡位者買賣聖職、開啟異端紛爭，製造諸多混亂（我說的是靈魂罪孽深重的雅克・杜埃茲，不敬主者尊他為若望二十二世[27]）。

或許，要想清楚理解我被捲入的事件，我應該先陳述那個世紀晚期的暗潮洶湧，我當年身處其中，一知半解，今日追憶，則增添許多我後來才聽說的其他故事。希望我的記憶還能夠重新將那一連串混亂的人和事連結起來。

十四世紀初，克勉五世[28]將宗座所在由羅馬遷往亞維儂，讓羅馬淪為地方僭主野心爭奪的獵物。這座基督教聖城逐漸變成一個馬戲團或妓院，任憑強權瓜分，雖名為共和，實則不然，武裝盜匪橫行，飽受暴力掠奪。不受俗世司法權管轄的神職人員不僅指揮暴徒，還手持刀劍搶劫，濫用職權操控下流勾當。要如何避免這座世界之都[29]再度成為想戴上神聖羅馬帝國皇冠之人的覬覦目標，並重建凱撒時期的世俗威望呢？

總之，一三一四年，五位日耳曼選帝侯[30]在法蘭克福選出巴伐利亞公爵為神聖羅馬帝國皇帝，路易四世。同一天，萊茵王權伯爵[31]和科隆總主教卻在美因河[32]對岸推舉奧地利公爵腓特烈三世繼任同一統治之位。兩個皇帝競爭一個王座，而一個教宗卻得在他二人之中選擇，由此紛爭衍生了日後諸多亂象……

兩年後，在亞維儂選出新教宗，七十二歲的老人雅克・杜埃茲，聖號若望二十二世，上天垂憐，切勿讓任何一位教宗再採用這個令善良者厭惡之名。他是法國人，效忠於法國國王（那片墮落土地上的人永遠只關心他們的個人利益，無法以對待他們宗教祖國的方式看待全世界），他曾支持法王腓力四世剷除聖殿騎士團[33]。腓力四世指控騎士團（我相信是不公指控）犯下滔天大罪，乘機將他們的財產佔為己有，若望二十二世那個叛徒當年是幫兇。這時候拿坡里國王也加入混亂局勢，他為了能夠繼續掌控義大利半島，說服教宗不要承認這兩位日耳曼皇帝，讓他保留了教皇國軍隊統帥一職。

一三二二年，路易四世打敗了對手腓特烈，若望二十二世寧見二帝相爭，不願見一帝獨大，惶惶然將路易四世逐出教會，路易四世則反過來指控教宗為異端。必須說明的是，恰好在同一年間，方濟各會[34]修士在佩魯賈集會，會長米克雷・達・契瑟納[35]接納了屬靈會[36]（之後會再談及），宣佈基督的貧窮是天主揭示的真理，如果祂的宗徒擁有物，純然是為了使用需要。那是可敬的決定，意在拯救該修會的道德和純淨，但此舉卻使教宗大感不悅，他或許隱約意識到這樣一個宣言可能危及他做為教會之首所享有的某些特權，包括否決神聖羅馬帝國任命地方主教的權力，也危及他為皇帝加冕的宗座地位。或許基於這個及其他種種原因，若望二十二世於一三二三年頒佈訓諭〈當你們之中〉[37]嚴厲譴責方濟各會的立場。

我想應該就是在這個時候，路易四世眼見方濟各會修士成了教宗的眼中釘，便視其為自己有力的盟友。他宣稱基督貧窮之說與神聖羅馬帝國神學家馬斯里歐．達．帕多瓦[38]和讓．丹．約登[39]的學說不謀而合。在我跟大家敘述的事件發生數個月前，路易四世和戰敗的腓特烈三世達成協議，他揮軍南下義大利，在米蘭接受加冕，與原本歡迎他的維斯康堤家族開戰，包圍比薩城，任命盧卡和皮斯托亞公爵卡司特盧丘[40]為帝國代理人（我認為這是錯誤決定，除了烏古坵內[41]外，他是我所見過最殘暴的人），在羅馬僭主夏拉．克羅納[42]的召喚下，準備直驅羅馬。

這就是當時身為本篤會見習僧的我奉父命離開梅爾克修道院那座寧靜庭院時發生的事。我父親是跟在巴伐利亞公爵身邊打仗的男爵之一，認為應該把我帶在身邊，好讓我見識一下義大利之美，我便四處遊蕩，並參加皇帝在羅馬舉行的加冕之禮。可是比薩圍城之戰讓他必須全心投入軍務，一方面是無事可做，一方面也想趁此機會認識托斯卡尼各個城市。不過我雙親認為這般自由無拘束的日子並不適合獻身於默禱懺悔生活的少年，於是他們接受對我愛護有加的馬斯里歐的建議，將我交付給一位方濟各會的博學之士，威廉．達．巴斯克維爾修士，他因職責所在，將造訪幾座美麗城市和古老修道院。我既是他的繕寫員，也是他的徒弟，我從未感到後悔，因為跟著他，我才得以目睹那些值得記錄下來的事件，而我此刻所為，便是將這份記憶留給後人。

我不知道當時威廉修士在尋找什麼，老實說，到今天我仍然不知道，我想或許連他自己也不知道，只是單純受到渴望真理的驅動，而且懷疑——我看得出他常常存疑——真理並非他當下所見。或許在那幾年中，他為了完成艱鉅任務不得不暫時放下最喜愛的研究。威廉修士到底有何任務在身，旅途中我始終無所悉，他也從未跟我提及。從他跟我們一路上停駐的修道院院長對話中，我才多少了解了他的任務為何。但是在我們抵達目的地之前，我仍未能勾勒全貌。

我們要去北方，但我們的行進路線卻非一直線，途中在數間修道院停歇。我們先往西走（照理應該往東走），沿著比薩城往聖雅各朝聖之路[43]方向的山徑走，到達一個地方，那個地方後來發生的事最好避免詳述，總之該地的僭主效忠帝國，而隸屬我們修會的幾位修道院院長一致譴責教宗腐敗和異端行徑。這趟旅行為期兩週，經歷了許多事情，而我在這段時間內得以認識（但我始終告訴自己，我對他的認識永遠不夠）我的新導師。

在接下來的紀錄中，除了打破靜默、意在言外的某個臉部表情或手勢之外，我不會刻意著墨於人物描述，誠如古羅馬哲學家波伊提烏[44]所說，外在形式瞬息萬變，彷彿田野間的花朵一到秋天便枯萎凋零，所以當亞博內院長和圍繞在他身邊的那些人都已歸於塵土，他們的軀殼已如灰槁（天主垂憐，唯獨靈魂閃爍永不滅的光芒）的時候，我再說他目光嚴厲、臉色蒼白又有何意義？但我至少得對威廉略作描述，因為他獨特的面貌讓我印象深刻，而且年長智者會讓年輕人心有傾慕的除了珠璣談吐和敏銳心智外，自然還有外在樣貌，那是一種很親密的關係，就跟孩子面對父親一樣，會研究他的手勢、惱怒，會偷看他的微笑，這種對於肉體的愛慕之情，絕無一絲邪惡遐想（而且恐怕是難能可貴的純真）。

以前的男人英俊高大（如今卻幼稚矮小），這只是世界走向衰老的諸多不祥徵象之一。年輕人什麼都不想學，科學日益沒落，整個世界本末倒置，盲人問道於盲，雙雙墮入深淵，鳥兒還沒學會飛就急著離巢，愚者夸夸而談、手舞足蹈。瑪利亞不再沉思冥想，瑪爾大[45]不再積極向上，利亞不能生育[46]，拉結[47]耽於肉慾，加圖[48]流連妓院。一切都偏離正軌。感謝天主，那段時間我的導師不僅讓我有學習欲望，也學會走正道，即便眼前道路蜿蜒曲折。

威廉修士的身形比一般男人高，或許是因為瘦削所以看來更高。他眼神銳利，彷彿能洞察人心；鋒利的鼻梁略帶鷹勾，讓他偏長、有許多雀斑的臉上多了一份警戒，愛爾蘭和諾森布里亞一帶的人常有這樣的神情，有時候或許是因為感到困惑躊躇。待時間一久，我明白那看似躊躇的表情其實只是好奇，但我剛開始不清楚，誤認為那是屬於貪婪靈魂的孜孜不倦，而我堅信理性心靈應該只論真偽，這是（我以為）大家早已知道的事。

威廉當時大約五十歲左右，雖年事已高，但他行動敏捷、不知疲倦，讓我常常自嘆弗如。他似乎精力無窮，尤其是事情接踵而來的時候。不過偶爾他的活力跟螯蝦一樣會倒退，整個人懶洋洋的，躺在他的房間床鋪上好幾個鐘頭，口中勉強吐出幾個單音，臉上的肌肉文風不動。只有在這個時候，他才會露出放空、茫然的眼神，讓我忍不住懷疑他是否服用了某些會讓人產生幻覺的藥草，多虧他生活向來頗有節制，才讓我摒除了這個疑慮。但是他在旅途中確實偶爾會在草地周圍或森林邊緣採集藥草（我覺得應該都是同一種），放入口中默默咀嚼。他會留下部分藥草，在情緒特別緊繃的時候（在修道院中常常如此！）再拿出來咀嚼。有一次我問他那是什麼，他微笑對我說一個好基督徒有時候也能從異教徒身上學到東西。但是當我要求他讓我嚐嚐的時候，他回答說那些藥草對一個年老的方濟各會修士有益，但對年輕的本篤會修士無益。

我們共處的那段時間，生活作息十分不規律。在修道院我們往往夜間看守，白晝才睏倦睡去，很少按時參加時辰頌禱禮。不過旅行途中，他很少守夜超過夜禱，生活習慣簡單。在修道院的時候，他有幾次一整天都待在菜園裡走來走去，細細觀看植物，彷彿眼前不是綠玉髓就是祖母綠；我也看過他在收藏寶物的地窖中流連，看著鑲滿綠玉髓和祖母綠的首飾盒，彷彿那不過是一叢曼陀羅花。他也會在圖書館大廳裡待一整天翻看手抄本，彷彿漫無目的，純屬個人樂趣（而我們身邊死狀悽慘的僧侶屍體越來越多）。有一天，我發現他走在花園裡狀似無所事事，彷彿他所作所為都不需要向天主有所交代。我所屬的本篤會修士教導我安排時間的方式完全不同，我跟他說了，他回答說宇宙之美不僅在於異中求同，也在於同中求異。我原以為他隨口說說，是漫不經心的經驗談，後來我才知道他家鄉的人也常用這種看似並不嚴謹的理性啟蒙態度看待事物。

我們在修道院那段期間，我常看他雙手滿是書籍的灰塵、泥金彩飾畫未乾的金粉和在賽夫禮諾醫療所沾到的淺黃色不明物質。他似乎不用雙手就不會思考，這對當時的我而言是出賣勞力的人才會做的事（別人告訴我，出賣勞力者往往是通姦者，他們犯下通姦罪，褻瀆了維繫夫婦守貞關係[49]所需要的智力）。即便他手中拿的是因時間久遠、如未發酵麵包般易碎的泛黃書頁，他的細膩態度跟他操作某些工具的時候完全相同。對什麼都好奇的威廉修士，在旅行行囊中帶了一些我從未見過的工具，他稱之為「神奇的機器」。他說那些機器是藝術品，是大自然中的猴子，只不過它們模仿的不是形式，而是功能。他跟我解釋了時鐘、星盤和磁鐵的奇妙之處，但我剛開始擔心那些東西跟巫術有關，他在某些寧靜夜晚觀測星象（手上拿著一個奇怪的三角形）時我就假裝入睡。我在義大利和家鄉認識的方濟各會修士都很單純，很多甚至不識字，他的博學讓我很意外。不過他笑著跟我說，他那個島上的方濟各會修士十分不同：「例如羅傑・培根[50]，我尊他為導師，他教導我們說有一天天主的旨意會透過機械科學實踐，那是自然且神聖的魔法。有一天，借助自然的力量可以製造航海工具，藉由那些工具，船隻可由一人操控，而且比風帆或划槳的航行速度都快。未來也會有不需要動物牽曳就能高速移動的車，還有由單人駕駛的飛行器，像大鳥一樣拍打翅膀前進。可以用十分小巧的裝置就能抬起無限大的重量，還有船能在海底航行。」

當我問他這些機器在哪裡的時候，他跟我說古代早就有人製造出來了，有些則是我們這個年代的人做出來的。「我還沒看過飛行器，但我知道有一位博學之士想過。今天可以不需要柱子或其他支撐物和沒見過的機器輔助，就跨河造橋。就算現在還沒有這些機器也不用擔心，因為未來可能會有。而且我告訴你，那是天主的旨意，一切早已在祂心中，即便我的朋友奧卡姆[51]不認為那些想法是如此而來，也不代表我們可以左右神的心意，而是因為我們無法對神的心意設限。」這自然不是我聽他說過的唯一矛盾論調，但儘管我現已年邁，也比當時多了見識，但我還是無法理解他怎麼能同時相信他的朋友奧卡姆，又對培根的話堅信不移。不過在那個晦暗不明的年代，智者必須要思考互相矛盾的東西吧。

我說了那麼多關於威廉修士的事，或許有些沒頭沒腦，擷取的不過是他當時給我的片段印象。至於他是怎樣的人，有何作為，我的好讀者，我想你可以從我們在修道院那幾天他所做的事自行演繹。我並未承諾給你一張完成圖，只能羅列出所有可敬和可怖的事件。

我跟他一起長途跋涉、長時間交談，我一天一天越來越了解我的導師，這部分以後如有機會再說吧。總之，我們來到了修道院所在的山腳下。現在開始，我們越來越靠近我要說的故事發生的地點，希望我的手不要顫抖，好讓我說出事情始末。

第一天

第一天　第一時辰祈禱

我們抵達修道院所在的山腳下，威廉展現不凡睿智。

那是十一月底的一個美好早晨。前一天夜裡下了點雪，地上覆蓋著一層薄薄白雪，約略三個指頭高。我們剛結束晨禱，在黑暗中聆聽山谷中一個小村落做彌撒，等太陽露臉，便往山上走去。

沿著山間蜿蜒陡峭的小路攀登而上，我看到了修道院。讓我驚訝的不是環繞在外的牆垣，那跟我在基督教世界所見並無二致，教我嘆為觀止的是那座龐然建物，後來我才知道那是修道院的主堡。八角形結構體遠遠觀之有如四邊形（這是代表天主之城固若金湯的完美形式），南面矗立於修道院高地上，北面則彷彿是從山壁間直接長出來，卻又高懸於山壁之上。因為建物的顏色和材質與自然渾然相容，自下方某些角度看去，宛如看到岩壁朝天空延伸，聳入雲霄，化身為要塞和塔樓（那是技藝熟練、深諳天地奧秘的巨匠之作）。三種不同式樣的窗說明此乃遵循三位一體的韻律所建，從這座建物與地面相交是四邊形，騰空拔起後是神聖的三角形，可見用心。趨近看，才知道四邊形每一個角各有一座七角形塔樓，塔樓有五面朝外，也就是說大八角形八面中的四面生出了四個小七角形，但從外面看，七角形只見五角。任憑誰都能看出這是諸多神聖數字的和諧組合，每一個數字都有其細膩的宗教涵義。八，是每一個四邊形的完美數字；四，是福音書的數字；五，指世界五大區域；七，是聖靈的七種恩賜。就此主堡的雄偉和外型，與我後來在義大利半島南部看到的烏西諾城堡及蒙特城堡不相上下，可是論其位置之險峻，可說是最駭人的，絕對可以讓旅人在漸漸向它靠近時心生畏懼。幸好那是晴朗無雲的冬日早晨，所以我眼前所見並不是它在暴風雨中的模樣。

但我也不能說它讓人看了心生喜悅。我確實感到畏懼，還有一絲不安。天主知道那並非我不成熟的心智在作祟，我直覺懷疑在巨匠們動工興建之前，在僧侶滿心憧憬要以此地守護聖言之前，預言就已銘刻在那些石頭之上了。

我們的小騾子蹣跚地轉過最後一個山坳後，山徑一分為三，左右各多出一條小路。我的導師駐足觀望，看著路徑兩側和路面。那裡有長青松樹形成的天然屋頂，樹上白雪皚皚。

「這所修道院很富裕，」他說：「院長在公共場合喜歡擺派頭。」

我習慣聽他發表奇特言論，所以沒有追問。也是因為再往前走一小段路後，我們就聽到嘈雜人聲，轉個彎，看到一群騷動的僧侶和僕役。其中一個看到我們便走上前來，措詞文雅地說：「歡迎，我知道您是誰，請勿感到驚訝，我們事先已被告知您將造訪。我是雷密吉歐・達・瓦拉幾內，修道院的管事。我想您應該是威廉・達・巴斯克維爾修士。我這就讓人通知院長。你，」他轉頭對著其中一個僕役說：「上去告訴大家，我們的訪客快到了！」

「謝謝您，管事弟兄，」我的導師很客氣，「為了招呼我，中斷了你們的搜尋，讓我十分過意不去。不過您別擔心，那匹馬經過這裡，往右邊那條小徑去了。牠跑不遠的，因為等牠走到堆肥的地方後就會停下來。牠那麼聰明，不會貿然衝下陡坡……」

「請問您多久前看到牠的？」修道院管事問。

「我們並沒有看到牠，對吧，阿德索？」威廉興致勃勃地轉身問我，「如果你們要找的是勃內拉，牠一定在我剛才說的地方。」

修道院管事十分躊躇，看看威廉，又看看那條小路，最後終於開口問：「您怎麼知道牠叫勃內拉？」

「哎呀，」威廉說：「可想而知你們在找的是院長最喜歡的馬，勃內拉，也是你們馬廄中跑得最快的良駒，毛皮黑亮，高五呎，馬尾飄逸，蹄子小而圓，但步履穩健。頭小，耳朵尖，眼睛大。牠往右邊去了，您快去追牠吧。」

管事遲疑片刻後，對身後的僕役做了一個手勢，便奔往右邊小徑，我們的騾子則繼續前進。我好奇心起，正打算開口詢問威廉的時候，他示意我等待。果然，幾分鐘後我們就聽到歡呼聲，僧侶和僕役抓著那匹馬的韁繩出現在小徑轉角處。他們走過我們身邊的時候，不斷詫異地打量我們，然後越過我們往修道院走去。我相信威廉刻意放慢坐騎步伐，是為了讓他們去告訴大家剛才發生的事。其實我發現我的導師雖然道德崇高，卻不免在需要展現睿智的時候貪圖虛名，不過我既知他細膩的外交手腕，自然明白他這麼做是希望踏進修道院之前，他的博學名聲已深植人心。

「您現在可以告訴我，」我最後還是忍不住，「您是怎麼看出來的嗎？」

「我的好阿德索，」導師說：「這一路上我都在教你辨識世界這本巨著如何透過蛛絲馬跡跟我們說話。阿藍·的·里爾[52]說過：

世界上所有造物
一本書或一幅畫
都於明鏡中再現

他心裡想著的是世界上有取之不盡的象徵符號，而天主藉由祂的造物之象徵，跟我們談論永生。但是宇宙比阿藍以為的更健談，它要說的不只是現在（而且往往說得隱晦難解），還有未來，這點無庸置疑。要我一再重複告訴你你本應知道的事，讓我難掩羞愧。在三岔路口的新雪上，有清楚的馬蹄印往我們左邊那條小徑而去，步伐間隔一致。就馬蹄印來看，馬蹄小而圓，步履穩健，由此可以推論那匹馬的脾性，還有，牠並不像失控的動物慌亂逃竄。在松樹覆蓋為頂的路口，有幾根距離地面五呎左右的樹枝剛被折斷。那匹馬準備轉彎奔入牠右邊小徑的地方有一叢桑葚，馬一邊甩尾，一邊被突出的枝椏勾下了幾根黑色的長毛……你可別告訴我你不知道那條小徑通往堆肥的地方，我們往山上走的時候經過東側塔樓下方的彎道，看到從塔樓下方有穢物從高處墜落的殘跡，弄髒了白雪。既然那裡有三岔路口，那條小徑不可能通向其他地方。」

「好，」我說：「那麼頭小，耳朵尖，眼睛大……」

「我不知道牠是不是那樣，不過僧侶們對此絕對堅信不移。聖依西多祿[53]說過，駿馬之美在於『頭要小，骨肉勻，耳朵小而尖，眼睛大，鼻孔僨張，頭頸挺直，鬃毛和尾毛茂密，蹄圓而堅硬』。想必我推論得知的那匹馬是馬廄中最好的，否則何須驚動管事出面，只需派馬僮來找即可。既然那名僧侶將此馬視為良駒，那麼在他眼中那匹馬一定符合公認的準則，更何況那名僧侶，」威廉不懷好意地對我微微一笑，「是本篤會飽讀詩書之士……」

「好吧，」我說：「那麼勃內拉呢？」

「願聖靈開啟你的心智，我的孩子！」威廉感嘆道：「就連即將成為巴黎大學校長的偉大的讓・布里丹[54]如果談到一匹駿馬，也會這麼叫牠，你能給牠取別的名字嗎？」

這就是我的導師。他不僅知道如何閱讀自然這本巨著，還知道僧侶們會用什麼方式閱讀文字書，如何透過那些書來思考。我們在接下來幾天會看到，這個天賦確實發揮了功效。他的解釋不僅讓我覺得順理成章，也讓我無地自容，但是在無地自容外又為自己也參與其中而感到與有榮焉，只差沒為我自己的洞察力喝采。真與善一樣，有強大的感染力。讚美主耶穌之名，讓我蒙受此一美好啟示。

言歸正傳，回頭說我的故事吧，我這個老僧在不相干的事情上耽擱太多時間了。我們來到修道院大拱門的時候，院長已站在門口等候，他身旁有兩名見習僧捧著裝了水的金盆。我們下了騾子，他幫威廉洗完手後，擁抱並親吻我的導師，以天主之名表達歡迎之意。管事則負責招呼我。

「謝謝，亞博內。」威廉說：「能走進您聲名遠播的修道院，於我是莫大喜悅。我以天主之名到此朝聖，得您敬重。我亦銜此土地的君主之命到此造訪，交付給您的這封信中自有說明，我也以他之名感謝您的款待。」

院長接下蓋有皇家蠟封戳印的信，回答說事前已從其他弟兄來函中得知威廉此行（我得意萬分地跟我自己說，要讓本篤會的修道院院長措手不及並不容易），說完便請管事帶我們到房間去，馬僮則負責照管騾子。院長說稍晚等我們體力恢復後再來看我們，然後我們走進偌大中庭，修道院所有建物都沿著這個和緩的平原展開，將原本的山峰磨成了淺盆地。

修道院的空間配置，我之後還有機會談到，也會談得更詳細。走過拱門後（那是外環牆垣唯一的出口），有一排林蔭大道通往教堂。大道左側是一片寬廣的菜園，後來我才知道那裡還有一座植物園，在沿著牆垣而建的醫療所、澡堂和藥草室所在的兩棟建築外側。走到底，左手邊是巍然矗立的主堡，與教堂中間隔著一片墓園。教堂北向入口正對著主堡的南向塔樓，映入觀者眼簾的是西向塔樓，這座塔樓左接牆垣，沿峭壁直洩而下，北向塔樓則騰空懸出於峭壁上，看起來有些歪斜。有幾棟建築物或緊鄰教堂右側，或繞中庭而置，包括寢舍、院長居所和朝聖者庇護所，那正是我們要去的地方，途中還穿過了一個美麗的花園。修道院右側，在一大片平地後方，從南向牆面開始一直到教堂東側是一排群聚的佃農房舍、馬廄、磨坊、榨油坊、穀倉和地窖，還有一棟建物我覺得應該是見習僧的住處。因為地形方正，只有些許高低起伏，所以以前的工匠才能遵照方位準則建造一切，甚至比霍諾利烏斯．迪．歐坦[55]或威廉．杜蘭德[56]還要高明。從當時太陽的方位來看，我發現修道院大門面向正西方，教堂唱詩班和聖壇坐落在東方，早晨升起的旭日正好可以叫醒寢舍中的僧侶和馬廄中的牲畜。那是我所見過最美、方位配置最精準的修道院，即便後來我去過聖加崙[57]、克呂尼[58]和豐特萊[59]修道院，還看了其他修道院，或許規模更大，但是都不如這裡比例相稱。跟其他修道院不一樣的是，這裡的主堡格外碩大龐然。我雖沒有泥匠經驗，但也能立即分辨出它比周圍其他房舍古老許多，或許時間早了數百年，修道院其他房舍都是後來才建，不過還是考慮到了主堡與教堂之間的方位關係。建築是所有藝術中最勇於以自身韻律重現宇宙秩序的一個，「宇宙」的希臘文為kosmos，亦即裝飾的藝術，就像一隻巨獸炫耀著自己肢體的完美和勻稱。讚美我們的造物主，誠如經文所說，祂決定了萬物的數量、重量和尺度。

第一天　第三時辰祈禱

威廉和院長有一段意味深遠的對話。

管事是個矮胖、相貌庸俗而個性開朗的人，頭髮斑白但依舊健朗，個子雖小但行動敏捷。他帶我們到朝聖者庇護所的修士房去，應該說他帶我們去的是我導師的房間，並承諾第二天就會騰出一間空房給我，雖然我只是見習僧，但我仍然是他們的賓客，所以應享受同等禮遇。那天晚上我就先睡在導師房內的壁龕裡，那壁龕又寬又長，已經鋪好了一層新鮮的稻草。他說，有時候主人希望夜間能有僕人隨侍在側，便會做這樣的安排。

僧侶為我們送來酒、乳酪、橄欖、麵包和美味的葡萄乾後，隨即離開讓我們休息。我們吃得津津有味。我的導師無須奉行本篤會修士的嚴謹戒律，也不喜歡在靜默中進食。更何況他說的都是智慧良言，聽他說話，就彷彿聆聽僧侶敘述聖人生平故事。

那天我忍不住繼續追問那匹馬的事。

「可是，」我說：「你看到雪地足跡和樹枝折斷的時候還不知道有勃內拉這匹馬。換句話說，那些線索可能屬於任何一匹馬，或屬於同品種馬匹的任何一隻。所以跟很多偉大的神學家所言相悖，我們不能說自然這本書只以本質跟我們對話，對嗎？」

「並不盡然，親愛的阿德索，」我的導師回答我，「你當然可以說，那類印記是以『心語』[60]向我描述那匹馬，不管我在哪裡找到那個印記結果都一樣。可是印記出現在那個地點、那個時間，告訴我至少有一匹馬經過了那裡。所以我是在理解馬這個概念和知曉某匹馬之間徘徊。然而我對馬這個概念的認知無論如何仍是來自於那個線索，而那個線索是獨一無二的。可以說在那一刻，我受困於跡象的獨特性和我的無知，相較於普世認知這是很脆弱的。你若遠觀一樣東西，無法理解那是什麼，只要約略歸類就滿意了。當你趨近，便會界定那是頭牲畜，即便你不清楚那究竟是一匹馬或是一頭騾子。等你再靠近一點，就可以說出那是一匹馬，即便你還不知道牠是勃內拉或法未羅。等你走到適當距離，就會發現牠是勃內拉（不管你決定叫牠什麼名字，牠只會是那匹馬，而非其他馬）。那就是全然認知，對獨特性的直觀。因此一個鐘頭前我心裡想的並不是特定的某匹馬，那不是因為我知識廣博，而是因為我直觀不足。直到我看見那群僧侶牽著特定那匹馬的韁繩出現，我的博學名聲才得以坐實。直到那一刻，我才確知之前的推論帶我趨近了真理。所以我先前為了形塑我未曾得見的那匹馬所用的推論，只不過是符號，就跟雪地足跡是馬這個概念的符號一樣。只有事證不足的時候才會應用符號及符號的符號。」

我聽過他其他時候對普世認知表示高度質疑，對獨特性則十分推崇，雖然後來我察覺這個傾向跟他是英國人，又是方濟各會修士有關。不過那一天我實在沒有力氣跟他做神學辯論，我窩在壁龕裡，裹著被子便沉沉睡去。

任何人走進房間，都會把我誤認為行囊。院長在接近第三時辰祈禱時來找威廉，果然誤會了。所以我在沒被注意到的情況下，聽到他們第一次對話。我不是故意的，如果突然現身恐怕更失禮，我只得以謙恭心情待在原地。

亞博內院長來了，先為造成打擾而致歉，在重新表達歡迎之意後說有一件事情很嚴重，必須跟威廉談一談。

他對馬匹走失事件中威廉展現的能力讚譽有加，不解威廉為何能對從未見過的牲畜提供如此明確的訊息。我的導師扼要解釋了來龍去脈，院長對他的睿智感到十分佩服，說威廉明察秋毫聲名遠播，果然名不虛傳。亞博內院長說接到法爾發修道院院長來信，不僅提到威廉是應皇帝託付的任務而來（那也是接下來幾天要討論的事情），也提到我的導師在英國及義大利曾於數次審判中擔任宗教裁判長，因其洞見且兼顧人性而受到矚目。

「讓我感到格外欣慰的是，」院長繼續說：「很多案件中你都宣判被告無罪。我相信惡確實存在於人心，尤其是在這段水深火熱的日子裡。」他快速地看了四周一眼，彷彿敵人就躲在牆後面，「但我也相信惡往往會假借他人之手行惡。我知道惡可以驅使被害人行惡，然後將罪推給無辜的人，以好人代替惡人被懲罰為樂。宗教裁判長為了證明自己勤奮不懈，往往不計任何代價都要讓被告招供，只因為他們認為唯有在審判結束時找到替罪羔羊，才是稱職的宗教裁判長……」

「有時候宗教裁判長也可能會被惡魔驅使。」威廉說。

「是有此可能。」院長十分謹慎，「因為天主的意旨難以捉摸，但我不會質疑任何一位有德之士，您也是其中一員，而今時今日我所需要的正是閣下。修道院裡發生了一件事，需要觀察入微、謹慎微言的人協助並給予建議。觀察入微才能發掘真相，謹慎微言才知（如果有此需要）守口如瓶。為了彰顯自己的聖德，的確少不得要舉證別人的錯，但目的是為了消弭惡之因，而不需要讓被告受大眾輕蔑。犯錯的牧羊人必須跟其他牧羊人隔離開來，但如果羊群開始對牧羊人心存懷疑就麻煩了。」

「我懂。」威廉說。我之前就注意到他如果回答得很快，而且彬彬有禮，通常是為了掩飾他的不以為然和疑惑。

「因此，」院長繼續往下說：「我認為凡涉及牧羊人犯錯之事，必得交付給您這樣的人，不僅懂得分辨善惡，也能判別是否合宜。我知道您若宣判有罪，表示……」

「……被告犯下了毒殺、戕害純真少年及其他我難以啟齒的可恥罪行……」

「……您若宣判有罪，就表示，」院長未理會威廉打斷他的話，「惡魔存在乃有目共睹，寬容比罪行本身更令人悲憤，所以不得不如此。」

「當我判定某人有罪，」威廉解釋，「表示他確實犯下某些罪行，讓我必須秉持良心將他處以世俗刑罰。」

院長躊躇了一會兒。「為什麼，」他問：「您只談罪行，卻對他們所作所為源於惡魔驅使絕口不提？」

「因為因果關係推論不易，我相信唯一的審判者只有天主。我們光確認顯而易見的果，例如燒焦的樹和縱火者之間的關係，已經費盡千辛萬苦，若想追出長不可測的因果鏈，在我看來就跟企圖建造一座通天高塔一樣荒謬。」

「托馬斯・阿奎那[61]，」院長提醒他，「便窮盡一生之力追尋原因的源頭直到第一因[62]，以證明天主的存在。」

「我何德何能，」威廉謙遜地說：「與阿奎那博士相提並論？他提出天主存在的證據有許多其他佐證支持，所以他的路走得踏實。[63]天主在我們心靈之內與我們說話，奧古斯丁[64]早就知道，而亞博內您無論如何都會讚美主，彰顯祂的名，即便阿奎那沒有……」他說到這裡停了下來，然後補了一句：「我想是吧。」

「喔，當然。」院長急忙保證。我的導師用這個美妙方法結束了他顯然並不樂於繼續討論下去的學院派議題，接著他又開口說：

「剛才談到審判。如果今天有一個人是被毒死的，這是經驗行為。我眼前看到某些無法辯駁的跡象，可能會假設他是被另一個人毒殺的。我的心智面對如此單純的因果鏈，有足夠信心能夠介入。我又何必把這個因果鏈複雜化，想像在這惡行背後有另一個起因，而且不是人，是惡魔呢？我不是說那不可能，惡魔走過也會留下清楚痕跡，正如您的愛駒勃內拉一樣。但我為什麼要尋找這些證據呢？難道我知道有罪的是那個人，並將他處以世俗刑罰還不夠嗎？而且他的罪必是死罪，願天主寬恕。」

「就我所知，三年前在基爾肯尼[65]的那場審判，幾個被告被指控犯下猥褻罪行，那一次您確認有罪之人後，並未否定惡魔干預。」

「但我也沒有公開肯定。沒錯，我沒有否認，但我何德何能對魔鬼陰謀發表議論，更何況，」看來關於這點他沒打算退讓，「如果那些推動宗教裁判的主教、市民法官和全體人民，說不定還包括被告本身在內，都渴望感受魔鬼的存在呢？或許唯一可以證明魔鬼存在的就是所有人在那一刻想要知道魔鬼是否存在的欲望高漲……」

「所以，」院長的聲音聽起來有些擔憂，「您的意思是在很多審判中，惡魔不僅迷惑有罪之身，也迷惑裁判長？」

「我能這麼說嗎？」威廉反問。我發現這個問題讓院長不便作出肯定答覆，威廉便利用院長的短暫沉默轉移話題。「這些其實都是陳年往事。我已拋棄了那崇高之責，而我之所以那麼做也是天主的旨意……」

「自然是如此。」院長表示同意。

「……現在，」威廉繼續說：「我關心的是其他敏感問題。希望我也能為您解決那困擾您的問題，如果您願意告知的話。」

我覺得院長對於能轉換話題也鬆了一口氣。他開始描述事情始末，用詞遣字十分謹慎且委婉。事情發生在數天前，讓修道院內僧侶惶惶不安。院長說他之所以找威廉談，是因為知道威廉學問淵博、深諳人心，也了解魔鬼陰謀，所以希望威廉能貢獻部分寶貴時間以解開那令人痛心疾首的謎。阿德莫．達．歐特朗脫是一位年輕僧侶，但做泥金彩飾畫已經享有盛名。一天早晨牧羊人在主堡東方塔樓下的斜坡上發現他，其他僧侶夜禱時還在唱詩班座位看到他，但晨經誦讀時未見他現身，所以阿德莫很可能是在深夜墜落喪命。那天夜裡有暴風雪，落下的雪花如刀刃般鋒利，在狂放的西風吹襲下有如冰雹。在懸崖下找到的屍首原本被融化冰雪浸濕，後因結冰而僵硬，也因撞擊岩石而殘破不堪。可憐、脆弱的人類軀殼啊，祈求天主仁慈。由於阿德莫從高處落下經過多次撞擊，不易判別他究竟是從何處墜落：顯然是從面向峭壁的塔樓三面三層不同式樣的窗戶其中一扇掉下去的。

「那可憐的孩子葬在哪裡？」威廉問。

「自然是在我們的墓園裡，」院長回答：「或許您之前已注意到，在教堂北面，主堡和菜園之間。」

「我明白了，」威廉說：「我想您的疑問是，如果那個不幸的生命違背了天主意願自殺（當然也不能排除是意外墜落），第二天你們應該會發現有一扇窗是開著的，可是你們卻發現所有窗戶緊閉，而且沒有一扇窗台有水漬的痕跡。」

我說過，院長是嚴謹自持、深藏不露的人，但這一次他嚇了一跳，亞里斯多德認為品行高尚穩重的人才有的優雅全都消失無蹤。「誰跟您說的？」

「是您跟我說的。」威廉說：「如果窗戶是開的，您自然會聯想到他是自己跳下去的。我從塔樓外面來看，那些都是不透明的大扇玻璃窗，在這類大型建築內，那種與人同高的窗戶平時是不會開的。總之，即使窗戶是開著的，那可憐的孩子也不可能是因為倚著窗，不小心失去平衡掉下去的，所以只能推斷他是自殺。若真是如此，你們便不會將他安葬在這片神聖土地上。既然你們以基督教徒之禮安葬他，表示所有窗戶應該都是關著的。既然窗戶是關著的，而我就算在巫術審判中，也從來沒遇過冥頑不靈的死者會在天主或魔鬼的同意下從峭壁爬上來，將他犯罪的跡證抹去，顯然自殺這個假設不成立，不管主使者是人或魔鬼。所以您想知道的是，別說是誰把他推下去的，至少得先釐清是誰將他拎上窗台的吧。您擔心的是此刻有邪惡的、自然的或超自然的力量在修道院內橫行。」

「沒錯……」院長這句話不知道是回應威廉所說，還是告訴自己威廉令人欽佩的推論有理。「但您如何知道玻璃窗台下沒有水漬？」

「因為您說那晚吹西風，所以雪水不可能撲向面朝東方的窗戶。」

「看來大家對您的讚美過於含蓄。」院長說：「您說得對，沒有水漬，如今我懂了。事情正如您所說，我想您現在必能理解我的憂慮。我的僧侶之中若有人犯下自殺罪已經很嚴重了，可我有理由相信犯下恐怖罪行的其實是另一個僧侶。而且還不只如此……」

「為什麼您說另一人也是僧侶？修道院中還有其他人，馬僮、牧羊人、僕役……」

「這個修道院雖小，但十分富裕。」院長頗為自豪。「一百五十個僕役服侍六十個僧侶。這件事發生在主堡內，或許您已知道，那裡的一樓是廚房和用膳室，上面兩層樓是寫字間和圖書館。晚膳結束後便關閉主堡，有嚴格規定不准任何人進入，」院長猜到威廉會問什麼問題，雖然有點不情願，還是緊接著補充說：「包括僧侶在內。而且……」

「而且？」

「而且我完全、徹底排除晚上會有僕役膽敢潛入的可能性。」院長的眼中閃過一抹挑彎的微笑，但跟彩虹或流星一樣一閃即逝。「應該說他們會怕，您知道……有時候對頭腦簡單的人下命令時要加些威脅，預示說違背命令者將遭逢不測，而且是超自然力量。至於僧侶就未必……」

「我理解。」

「不只如此，僧侶很可能有其他理由必須潛入禁止進入的地方，我的意思是……該怎麼說呢？他們有合理理由，即便違反規則……」

威廉察覺到院長的不安，他問了一個問題，或許是為了轉移話題，未料卻讓院長再度陷入困窘。

「說到謀殺案，先前您說『還不只如此』，所指為何？」

「我剛才這麼說？嗯，殺人必有理由，無論是否惡靈作祟。想到竟有如此邪惡的理由會讓僧侶謀殺自己的弟兄，就覺得不寒而慄。如此而已。」

「沒有其他事？」

「我能跟您說的都說了。」

「意思是，您權限之內能說的都說了？」

「別這麼說，威廉修士，威廉弟兄。」院長不但強調修士二字，還特意強調了弟兄一詞。威廉頓時脹紅了臉，開口說：

「你永做司祭。」[66]

「謝謝。」院長說。

喔，上主，到底是怎樣的可怖謎團，讓我那兩位長上分別因為憂慮和好奇在那一刻雙雙失態。我雖年輕低微，是剛開始學習天主神職之事的見習僧，也能聽出院長知道某些事，卻礙於告解封印不得吐露。他應該從某人口中得知了某些罪行細節，跟阿德莫的悲劇死亡有關。所以他才央求威廉弟兄揭開這個謎，因為他有所懷疑卻無法說出口，只能希望我的導師能以智者之力，讓受聖事特殊恩寵而陰影籠罩的事件真相大白。

「好。」威廉接著說：「我可以向僧侶們問問題嗎？」

「可以。」

「我可以在修道院內自由出入嗎？」

「我授予您此一權力。」

「您會在眾僧侶面前將此任務公開指派給我嗎？」

「今天晚上。」

「在他們知道您交付我的任務之前，我今天下午就先開始。我這次造訪貴院的原因之一，正是希望能參觀圖書館，基督教世界裡所有修道院皆對此稱道不已。」

院長猛然站起身來，神情緊張。「我說過，您可以在修道院內自由出入，唯獨主堡最高樓層的圖書館不行。」

「為什麼？」

「我或許應先做解釋，但我以為您知道。您曉得我們圖書館跟其他圖書館不同……」

「我知道這裡的藏書比任何一間教會圖書館更豐富。我知道相較於你們的藏書室，波比歐[67]、彭波薩、克呂尼、弗勒圖書館就像是剛開始學看書的小孩房間。我知道諾瓦雷薩[68]修道院宣稱有六千冊手抄本，即便是一百年前，相較於你們的典藏數量也是小巫見大巫，或許現在很多手抄本就在你們這裡。我知道你們修道院是基督教世界裡唯一可以和巴格達三十六間圖書館及伊斯蘭宰相阿爾卡密的一萬冊手抄本分庭抗禮的，你們收藏的聖經數量跟開羅引以為傲的兩千四百冊可蘭經不相上下，事實上你們的圖書館是對抗異教徒多年前宣稱的黎波里有六百萬本藏書，有八萬名評註員和兩百名抄寫員住在那裡的光榮勝利。」

「確實如此，讚美主。」

「我知道住在這裡的僧侶中許多人來自全世界各地的修道院，有人停留的時間不長，只是來抄寫其他地方找不到的手抄本帶回自己的修道院，他們會帶來價值不菲的稀有手抄本做為交換，讓你們抄寫後納為收藏；有人停留的時間很長，有的人甚至老死於此，因為只有在這裡才能找到他研究所需的書籍。因此你們之中有日耳曼人、達契亞人[69]、西班牙人、法國人和希臘人。我知道腓德烈大帝在很多很多年前，曾要求你們為他編纂一本關於梅林預言的書，並翻譯成阿拉伯文，做為送給埃及蘇丹的禮物。我還知道在這段煎熬日子裡，自視甚高的米爾巴克修道院連一個抄寫員也沒有，聖加崙修道院裡僅剩下幾位懂得抄寫的僧侶，由非神職人員組成、為大學效力的各種行會在城市裡紛紛興起，只有您的修道院日復一日展現新氣象，而本篤會的地位也越臻崇高……」

「沒有書的修道院，」院長凝神朗讀，「就像沒有生命的城市，沒有軍隊的堡壘，沒有器皿的廚房，沒有食物的餐桌，沒有植物的花園，沒有花朵的草地，沒有葉子的樹[70]……我們本篤會藉由努力工作和祈禱不斷茁壯，曾經是全世界的明燈、知識的寶庫，拯救了可能因火光之災、戰亂和地震威脅而消失的古代教義，鼓勵新的創作，也致力於收藏古老典籍……可是今天我們活在如此黑暗的時代，天主的子民關注的是商業和黨派之爭，山下那些人口聚集的大城裡，聖靈找不到棲身處，他們不僅口說通俗語（對世俗凡人能有什麼期待），書寫也開始用通俗語，這些書冊絕對不會流入我們修道院的牆垣之內，它們是異端禍源！人類犯下的罪行讓世界懸於深淵旁，被深淵穿透，受深淵召喚。誠如霍諾利烏斯·迪·歐坦所言，未來人類的軀體將比我們的瘦小，就像我們的軀體也比古人瘦小一樣。世界垂垂老矣。如果說天主此刻交付給我們修會一個任務，那個任務就是阻止世界向深淵墜落，要捍衛教父傳承給我們的智慧寶藏，謄寫，保存。天意讓普世王權在世界肇始之初現於東方，但隨著時辰靠近漸往西方移動，好警告我們世界末日將至，因為萬事萬物的進程已瀕臨宇宙極限。但只要那千年未滿，只要假基督這個汙穢的獸尚未勝利，[71]即便只剩些許時間，我們也要捍衛基督教世界的寶藏，以及天主聖言，那是祂親口向先知和宗徒說的話，教父們一字不改傳述複誦，學校試著寫下評註，即便今日學校已被傲慢、嫉妒、瘋狂的毒蛇盤踞。在這落日時分，我們依然是地平線上高舉的火炬和明燈，只要牆垣屏障不倒，我們就會守護天主聖言。」

「但願如此。」威廉以虔誠的語氣回答。「但這跟我能否參觀圖書館有什麼關係？」

「是這樣的，威廉修士，」院長說：「為了完成那裡面豐富的神聖館藏，」他指了指房間窗外那盤踞在修道院教堂之上的龐然主堡，「許多虔誠之士遵守嚴格規定，辛苦工作了數百年。這間圖書館的設計數世紀來無人知曉，沒有任何僧侶了解，只有現任圖書館管理員會從前任管理員得知此一秘密，而現任管理員在世時要將秘密告知助理管理員，以免突如其來的死亡阻礙秘密傳承。他們兩個人都守口如瓶，只有圖書館管理員才有權利在那座迷宮中走動，也只有他才知道書在哪裡，要放回哪裡，他是圖書保存的唯一負責人。其他僧侶在寫字間工作，只知道圖書館的藏書名單。但藏書名單透露的訊息往往十分有限，僅有圖書館管理員能從書籍編目和拿取的難易程度知道那本書守護的是怎樣的秘密、真理或謊言。唯有他能決定是否要滿足僧侶的需求將書借出，以及借閱方式和時間，有時候他會先跟我商量。因為不是所有真理都適合每一個人的耳朵，不是所有謊言都能被善良的心靈辨識，而且僧侶們在寫字間工作是為了完成特定作品，不是為了滿足他們由於心靈脆弱、狂妄或惡魔誘惑而生的各種好奇心，因此有些書他們應該閱讀，有些書則否。」

「所以圖書館內也有暗藏謊言之書？」

「魔鬼之所以存在，是因為他們本就在天主旨意之中，他們可怖嘴臉所彰顯的是造物者的萬能。因此在天主旨意中也有巫師之書、猶大秘法、異教詩人的童話故事和異教徒的謊言。數百年來對這所修道院盡心盡力的每一個人都有著堅定不移的神聖信念，那就是即便是謊言連篇的書籍，在明察秋毫的讀者眼中仍微微閃爍著天主的智慧光芒。所以圖書館也收藏這類書籍。但也正因為如此，您必能理解，圖書館就不能對所有人開放了。再說，」院長似乎為他最後要說的話乏善可陳而心懷歉意，「書很脆弱，既受時間摧殘，也害怕蛀咬、日曬雨淋和笨拙的手。如果這數百年間每個人都可以隨意碰觸我們的手抄本，恐怕大部分手抄本都已經不存在了吧。圖書館管理員不僅要保護書本不受人類破壞，也要避免自然災害，他奉獻一生投入這場對抗遺忘的戰爭，遺忘是真理的敵人。」

「所以唯一能進入主堡塔樓的，只有兩個人，其他人都不行……」

院長微笑說：「其他人都不該，也不得進入。或者應該說，其他人都進不去。圖書館有自我防衛能力，而且跟它守護的真理一樣奧秘難解，跟它守護的謊言一樣善於欺人。那是一座心靈迷宮，也是空間迷宮。您進得去未必出得來。我言盡於此，希望您能遵守修道院的規定。」

「但您並未排除阿德莫是從圖書館其中一扇窗戶墜落的可能。我若不去他死亡現場，如何推論他的死因呢？」

「威廉修士，」院長語調平和地說：「您沒見過我的勃內拉便能說出牠的模樣，對阿德莫的死一無所知卻說得頭頭是道，我想要您推斷出那不能去的地方應該不會有太大困難。」

威廉彎身鞠躬。「您嚴厲的時候仍不失睿智。謹遵囑付。」

「我若睿智，也是因為懂得嚴厲。」院長說。

「再請問一件事。」威廉問：「鄔勃汀諾[72]呢？」

「他在，而且在等您。你在教堂可以找到他。」

「什麼時候？」

「隨時。」院長微笑說：「您知道嗎，他雖然博學，卻不怎麼喜歡圖書館。他認為那是世俗的誘惑……他大多數時間都在教堂冥思、祈禱……」

「他老了嗎？」威廉有些遲疑。

「您多久沒見他了？」

「很多年。」

「他累了，對這個世界上很多事情都不再聞問。他六十八歲，但我相信他仍保有年輕的心靈。」

「我立刻去找他。謝謝您。」

院長問威廉要不要在第六時辰祈禱後與大家共進午膳，他說他剛用膳完畢，而且吃得很飽，希望能先去看鄔勃汀諾。院長告辭準備離去。

就在他踏出房門的時候，中庭傳來一聲肝腸俱裂的哀號，彷彿受傷垂死之人，接著又傳來幾聲同樣淒厲的嘶鳴。「那是什麼？」威廉有些不安。「沒什麼，」院長微笑回答：「這個季節開始殺豬，那是養豬人的工作。這個流血事件就不勞您費心了。」

院長轉身離開，做了一件有損他英明的事。因為第二天早晨……但還是先忍住你的不耐和我的長舌吧。我正在敘述的這一天，在入夜之前還發生了許多事情，不得不提。

第一天　第六時辰祈禱

阿德索讚賞教堂大門，威廉與鄔勃汀諾・達・卡薩雷久別重逢。

教堂並不如我日後在薩爾茲堡、沙特爾[73]、班堡[74]和巴黎看到的教堂雄偉壯闊，比較像先前我在義大利看過的教堂，不傾向於在空中對峙崢嶸，但求穩重地坐落地上，往往寬大於高。不過這間教堂跟碉堡一樣，在一層樓高的地方有一圈方形城垛環繞，以此為基座再往上興建第二層，與其說那是塔，不如說是第二間教堂，上覆斜屋頂，有樣式素樸的開窗。這是一間堅固的修道院教堂，跟先人在普羅旺斯和朗格多克[75]所建一樣，完全不見屬於現代風格的大膽及花稍裝飾，我想最近新建的應該只有唱詩班座位上方的尖塔，直指穹蒼。

入口處有兩根筆直無修飾的圓柱分立兩側，乍看之下彷彿形成一扇大拱門，但由那兩根圓柱往內斜切的平面上還有許許多多拱門，引導觀者視覺，宛如看向深淵之中，最終將視線落在陰影中隱而不顯的真正拱門上。拱門上方有一面巨大山牆，兩側由兩個拱基支撐，中央則有一浮雕方柱，將入口一分為二，以金屬加強的橡木門扇為屏障。在那個時刻，微弱的太陽幾乎在屋頂正上方，陽光斜落在教堂立面上，沒能照亮山牆，我們走過入口兩根立柱後，便置身於幾乎是銀色的連柱拱廊下，有兩排較小的列柱適度加固扶壁。等眼睛終於適應了黑暗，滿載古老歷史故事卻靜默無語的石頭映入眼簾，想像力便隨之馳騁（因為圖畫是異教徒的文學），讓我沉浸在幻象中，時至今日仍無法以言語形容。

我看見空中有一寶座，寶座上有一人，祂神色肅穆自若，澄明的眼睛俯視著等待受審判的人類。祂的頭髮和鬍子如河水垂在胸前，水柱縷縷分明，對稱分成兩半。祂頭上的皇冠鑲滿寶石，身穿一襲華美紫色長袍，膝蓋處有寬大縐褶，袍子上用金銀線做刺繡和蕾絲裝飾。祂左手放在膝蓋上，手中有一本封印之書，右手高舉，不知是為了降福或威嚇。祂的臉籠罩在綴有花飾的十字形絕美光環中，我還看到在寶座周圍和祂的頭頂上方有一道翡翠虹霓。在寶座前方和祂腳下是一片水晶之海，寶座兩側和上方有四個可怕的活物，我匆匆一瞥覺得駭人，但他們對祂卻無比馴服溫柔，不停地吟唱頌禮。

或許不能說每一個活物都很可怕，我覺得在我左邊（寶座右邊）手上拿著一本書的那個人就很俊美和善。另一邊的飛鷹就很可怕，張著鳥喙，胸前羽毛豎立，利爪強而有力，巨大雙翼向外開展。除了這兩個活物之外，在那人腳下還有另外兩個活物，是一隻牛犢和一頭獅子，在利爪和足蹄下各自踩著一本書，牠們身體朝外，頭卻轉向寶座，肩頸彷彿收到猛烈力道拉扯，側腹緊繃，四肢如垂死的獸軟而無力，張著血盆大口，捲曲的尾巴扭動如蛇，尾尖則如火舌。牠們身上都有翅膀，頭上都有光圈籠罩，儘管外貌可怖，但他們不是地獄之物，而是來自天上，之所以看起來面目猙獰，是因為牠們以嘶吼向審判生者和死者的未來之王禮拜。[76]

在寶座旁，在四個活物身邊，在祂被水晶海覆蓋貌似透明的腳下，有二十四個較小的寶座幾乎佔滿了眼前的空間，依照山牆的三角形結構，在寶座兩旁各以七加七、三加三、二加二的方式排列，二十四個長老端坐其上，身穿白袍，頭戴金冠。有人手上拿著弦琴，有人手上拿著一盂香料，只有一個人在彈琴，其他人則著了迷，對著那人吟唱頌禮，四肢也像那四個活物般扭曲，大家這麼做只為了能見著祂，但不是用野獸的姿態，而是擺動著欣喜若狂的舞姿，如同大衛王在約櫃前面歡欣跳舞一樣[77]，不管他們的眼睛在何方，即便違反控制身體狀態的定律，也要將目光鎖定在同一點耀眼光芒之上。喔，那奔放、狂野、違反自然但優美的姿勢多麼和諧，那肢體的神秘語彙神奇地擺脫了肉體的重量束縛，創造延展並注入實質的新形式，彷彿一陣狂風吹向這一群宗徒，吹來了生命的氣息、喜悅的狂熱，哈雷路亞歡呼聲神奇地從原本的聲音變成了影像。

他們的身體和四肢有聖靈居住，因得到啟示而發光，他們的臉因訝異而瞠目結舌，眼神因熱情而閃亮，雙頰因愛而泛紅，瞳孔因至福而放大，有人因令人愉悅的震懾而呆愣，有人因令人震懾的喜悅而難以自禁，有人因過度驚喜而變形，有人因快樂而重返年輕，大家齊聲歡唱，表情陶醉，因為揉捏和肢體扭曲，身上的袍子都縐了，一首新的讚美詩，半啟的唇帶著永恆的微笑。在這些長老腳下，在他們腳背上，在寶座上，在四聯像[78]上，對稱排列，難以一一分辨，高明的藝術手法讓它們彼此相稱，異中有同同中有異，因為相異所以獨一無二，而相容中又各有千秋，奇妙的是許多部分皆一致，如顏色皆柔美，組合配置有如琴弦，不同聲音透過心念一同的內化深層力量，達成同異和鳴，奏出奇妙的和音與和弦，互相檢視並美化對方的頑劣和不完美，那是以前遵循天上和人間法則的愛的結晶（和平、愛情、道德、政權、權力、秩序、起源、生命、光明、榮耀、物種和形體間的束縛與穩定連接），形式超越了物質比例相襯而閃耀，讓和諧平等得以光彩耀眼——那裡有人間和天上花園最愛的所有花草藤蔓灌木及草地上各式花序，紫羅蘭、金雀花、蛇麻草、百合、水蠟、水仙、芋、莨菪、錦葵、沒藥、香脂樹。

當我的靈魂沉醉在這人間之美和超自然神蹟同時綻放的瞬間，因歌詠喜悅而快要爆裂之際，在長老腳邊韻律優雅的圓花窗帶領下，我的視線落在那交纏糾結、與支撐山牆的中央方柱合而為一的圖像上。那三對獅子橫向扭成十字，如拱直立，每一隻後腳著地、前腳搭在另一隻背脊上，鬃毛如群蛇豎起，張口發出威嚇怒吼，像刺繡也像葡萄藤蔓，緊緊依附著方柱，是怎麼回事？又有什麼象徵意義？讓我心靈得到撫慰的是方柱兩側的兩個人像，這樣的安排彷彿是要教他們負責馴服獅子這個自然界的惡魔代表，將牠們昇華為崇高的象徵符號。那兩個人像違反自然與柱同長，而在外側古老拱基下橡木大門門框邊上各有一個與其像對稱的雙生人像，那是四位長老，我認出他們是伯多祿、保祿、耶肋米亞和依撒意亞，同樣擺出扭曲的舞姿，他們抬起清瘦而長的手，手指開展彷彿翅膀，長鬍和長髮在風中揚起亦如翅膀，長袍衣襬因長腿動作而起伏波動有了生命，形式雖與獅子大相逕異但題旨相同。我將目光從那些如謎語般重複映照的聖徒和來自地獄的猛獸身上移開，看向拱門。連柱拱廊中刻有古老浮雕的扶壁，有單薄的列柱支撐修飾，每個柱頭上方皆枝葉茂盛，還有分枝伸往柱拱形成的銀色穹蒼。我看到另一個駭人景象，之所以會出現在教堂內應該純粹是因為牠們的寓言或寓意效力，和或許是因為牠們所傳遞的勸世警訊：我看到一個形容枯槁的淫蕩裸女，被髒兮兮的癩蛤蟆啃食，被群蛇吸吮，正在跟一個大腹便便、雙腿如獅子般毛髮粗硬、張著穢口咆哮詛咒的半人半獸交媾。我看到一個守財奴直挺挺地僵死在華麗柱床上，已成為魔鬼的盤中飧，其中一個正從那瀕死之人口中咬出貌似嬰兒的靈魂（唉，再也不得永生）。我看到一個驕傲之人，有魔鬼騎在他肩上，將利爪插入他眼中，另外兩個貪食者肉搏對決彼此殘殺，還有羊頭獅皮豹子口的生物，被關在烈焰森林中，彷彿可以聞到炙烤的臭味。在他們四周，混雜在他們之間，在他們頭上和腳下，還有許多其他臉孔和軀體，有一男一女撕扯著對方的頭髮，兩條毒蛇啃咬著受詛咒者的雙眼，一個陰沉的男子用鉤狀手扳開九頭蛇的嘴，所有撒旦動物寓言書上的牲畜全都集結起來，在寶座對面環繞守護，以牠們的挫敗歌頌榮光，有人羊、雙性獸、六指人、人魚、人馬、蛇髮妖、人首鳥身獸、夢魘、龍爪獸、牛首人身獸、猞猁、豹、獅頭羊身龍尾獸、鼻孔噴火的犬頭怪、利齒怪、多尾獸、長毛蛇、蜥蜴、角蝰蛇、烏龜、游蛇、雙頭刺脊怪、鬣狗、水獺、烏鴉、鱷魚、鋸角水腹怪、青蛙、鷹頭獅身獸、猴子、犬頭人、犬首獅身怪、人首獅身獸、禿鷹、人妖、伶鼬、龍、戴勝鳥、貓頭鷹、雞首蛇身獸、瘤鼻蝮蛇、蠍子、蠑螈、鯨、蚓蜥、飛蛇、綠蜥蜴、鮣魚、珊瑚蟲、蛇鰭和玳瑁。所有冥界生物似乎全部齊聚一堂，是為幽域，是為黑林，是為伊甸園外的絕望大地，面對山牆上的基督現身，面對祂的嚴峻恫嚇，這些阿瑪革冬[79]的挫敗者，面對的是將生者與死者徹底分開的祂。那幕景象（幾乎）讓我暈眩，不確定我究竟身在良善之所或是最後審判的深谷之中，驚慌失措的我忍住淚水，彷彿聽見了（抑或我真的聽見了）那個聲音，看見了那些幻影，我這個少年見習僧初次閱讀神聖經文、在梅爾克修道院唱詩班深夜冥想、在我知覺微弱又脆弱的神魂超拔時刻曾經聽過一個響亮如號角的聲音說：「將你所見寫入書中」（正是我此刻所為），還看見了七盞金燈台，在燈台當中有似人子的一位，腰間配有金帶，他的頭和頭髮皓白，有如潔白的羊毛，祂的眼有如火焰，祂的腳如同在烈焰中燒煉的光銅，祂的聲音有如大水的響聲，祂的右手持有七顆星，從祂的口中發出一把雙刃的利劍。我看見一扇門在空中打開，看見祂彷彿水蒼玉和紅瑪瑙，坐在虹霓環繞的寶座上，從寶座發出閃電和雷霆。祂拿起手中鋒利的鐮刀喊道：「伸出你的鐮刀收割吧，因為收割的時期已到，地上的莊稼已成熟了。」祂就向地上伸出鐮刀，地上的莊稼就被收割了。

我這才意識到那幻影所說正是修道院發生的事，是我們從有所保留的院長口中所得知的事情。接下來幾天我常常回到教堂拱門前駐足冥想，堅信我所經歷的就是它所敘述的。我意識到我們之所以登上修道院，是為了替一場天國大屠殺作見證。

我渾身發抖，彷彿被冬日冰冷的雨水淋濕全身。然後我聽到了另一個聲音，但是這一次那聲音來自我背後，而且是不一樣的聲音，那聲音來自地面，而非我幻影中的光芒聚焦點。那聲音打散了我的幻影，因為就連原本沉浸在冥想中的威廉（我這才發現他的存在）也跟我一樣，回過頭去。

在我們身後的那個人看來是個僧侶，雖然他的僧袍骯髒破爛，讓他看起來很像流浪漢。我不像我修會某些弟兄，我這一生從未與惡魔打過交道，但我相信有一天他若出現在我面前，應該就是面前這個人的模樣。他沒有頭髮，但不是為了苦修剃髮，而是很久以前某種會流膿的濕疹造成，額頭很低，他如果有頭髮，恐怕會跟（濃厚而雜亂的）眉毛混淆不清，眼睛很圓，但是眼珠子很小，而且眼神閃爍，看不出是善是惡，或許兩者皆有，因不同時間而有所改變。鼻子不過是分開雙眼的一根骨頭，很難稱得上是鼻子，在靠近額頭處微微隆起隨即下沉，只留下兩個黑色的洞，寬大的鼻孔露出濃密的鼻毛。與鼻孔有一道疤痕連結的嘴巴又大又醜，而且靠右歪斜，上唇薄到幾乎看不見，下唇豐厚多肉，不時會露出彷彿犬牙的銳利黑齒。

那男人露出微笑（至少我認為那是微笑），舉起一根指頭似乎是為了提出告誡，他說：

「起而贖罪吧！且看那龍將啃噬你的靈魂！死亡已經降臨！祈禱聖父解救我們免於所有罪孽之惡！啊，你們定要看看主耶穌基督的招魂術！喜樂於我是痛苦，開心於我是傷心……小心魔鬼！他老是躲在角落裡想咬我的腳跟。但是薩瓦托雷並不笨！好修道院，這裡有得吃，還能向主祈禱。其他都不重要，阿們。不是嗎？」

要把這個故事說下去，我不得不多次提及這個人物，並記錄他所說的話。坦白說這對我而言十分困難，因為我當時無法理解，正如我此刻也說不清楚他到底是說何種語言。不是那間修道院中文人雅士交談所用的拉丁文，不是鄰近地區所用的通俗語，也不是我聽過的任何一種通俗語。上面那段話，我想我僅約略呈現了我第一次聽到他說話的方式（就我所記得的）。後來我才知道他一生顛沛流離，待過許多地方，卻未在任何一處久留生根，所以他會說多種語言，卻連一種都說不好。他發明了屬於他自己的一種語言，混雜了之前接觸過的各種語言片段，我曾經想過，他說的不是幸福人類所說的亞當的語言，不是從世界起源到巴別塔為止的單一語言，也不是那悲慘事件之後分歧的諸多語言之一，他說的正是上主懲罰人類後第一天的初始混亂語言。否則我不知道該如何稱呼薩瓦托雷的語言，因為每一種人類語言都有規則，每一個名詞大家都知道所指為何，所依循的律法永遠不變，因為人不能這次說狗是狗，下次卻說那是貓，也不能發出某個音是不具備明確意義的，例如「嗶利提立」。但無論如何，我能聽懂薩瓦托雷要說的是什麼，其他人亦然。他說的不是一種語言，而是各種語言，只不過沒有一種是正確的，而且在各種語言之間穿梭。我後來察覺他有可能說同一個東西有時候用拉丁文、有時候卻用普羅旺斯語，我還發現他不會自己造句，而是依據他想要表達的狀態或事物，用他某天聽到的某些句子的零碎片段組合成句。我的意思是，他若想說一個食物的名稱，他只能用他吃那個食物時身邊的人所說的話語來描述，他若想表達喜悅心情，也只能用他聽過別人跟自己同樣感到開心時所說的話語表達。他的語言就和他的臉一樣，是用其他人的五官局部拼湊而成，就像有時候我看到某些珍貴的聖物盒（如果可以以小比大，或以魔物比聖物）收藏的其實是其他聖物的殘骸碎片。我跟薩瓦托雷初次見面的那一刻，覺得他跟先前我在教堂拱門所見那些交纏的毛茸茸的動物相去不遠。後來我發現他其實心腸不壞，而且有幽默感。後來……我們還是一件一件往下說吧。薩瓦托雷話剛說完，我的導師就好奇發問。

「你為什麼會說要起而贖罪？」威廉問。

「崇高的修士大人，」薩瓦托雷躬身貌似鞠躬，「耶穌犧牲自己，人類應該起而贖罪。不是嗎？」

威廉盯著他看。「你是從方濟各會修道院來此的？」

「我不懂。」

「我問你是不是跟聖方濟各會修士生活過，知不知道宗徒……」

薩瓦托雷呆立不敢動，原本黝黑的臉變得灰白。他深深一鞠躬，嘴裡擠出一句「我先告退」後，便帶著一臉虔誠的表情匆匆離去，不時回頭打量我們。

「您問了他什麼？」我問威廉。

他沉思片刻。「不重要，之後我再告訴你。我們先進去吧，我想見鄔勃汀諾。」

第六時辰祈禱剛結束。微弱的陽光從西邊透過寥寥幾扇窄窗照入教堂內。一條細細的光還映照著聖壇，讓聖壇閃爍著金黃色的光芒。側殿則有一半隱身在黑暗之中。

左殿最靠近聖壇的禮拜堂內，矗立著一根細小的柱子，刻有一尊聖母石像，雕刻手法很現代，臉上有一抹難以捉摸的微笑，腹部微微隆起，懷中抱著聖嬰，她穿著一件精緻的衣衫，外加薄薄的馬甲衣。有一個人幾乎匍匐在聖母腳下祈禱，身上穿著克呂尼修會的僧袍。

我們走上前去，他聽到我們的腳步聲便抬起頭來。那人年事已高，無鬚無髮，一雙天藍色的大眼睛，唇薄而紅潤，膚色白皙，瘦骨嶙峋，彷彿泡在牛奶裡的木乃伊。他雙手雪白，手指長而細，彷彿提早枯萎的早夭少女。他最初看著我們的眼神帶著茫然，好像被我們硬生生打斷了他的冥想，之後他的眼睛便因喜悅而發亮。

「威廉！」他驚呼一聲。「我親愛的弟兄！」他費力地站起身來，走向我的導師給予擁抱和親吻。「威廉！」他再喚一聲，眼睛已經濕濡。「好久不見！但我還認得你！過了那麼久，發生了那麼多變故！天主讓我們經歷了多少試煉！」說完他就哭了。威廉感動不已，用力回抱他。在我們面前的是鄔勃汀諾．達．卡薩雷。

來義大利之前，我早已耳聞他大名，後來從宮廷方濟各會修士那兒聽到更多關於他的事。有人甚至跟我說，數年前過世的當代最偉大詩人，來自翡冷翠的但丁完成了一部敘事詩集（但我無法閱讀，因為那是用托斯卡尼通俗語寫的），將天與地都寫入書中，而當中許多詩句都改寫自鄔勃汀諾所著的《被釘在十字架上的耶穌生命樹》章節。這並非這位名人的唯一功勛。為了讓我的讀者更清楚這次會面的重要性，我勢必得重建那些年的歷史事件，除了我原先所知之外，許多事件是在短暫停留義大利中部期間，聽我導師零星談話，以及旅行期間他跟不同修道院院長及僧侶們的對話組合而來的。

梅爾克修道院的導師們常跟我說，北方人想釐清義大利的宗教及政治情況，簡直是難上加難。

在這個半島上的神職人員比起其他國家的弟兄們更樂於炫耀權勢和財富，因此兩個世紀以來，多次有人發起宣揚貧窮生活的運動，與腐敗的修士們爭辯不休，這些修士甚至拒絕施行聖事，跟受僭主、神聖羅馬帝國和地方行政官憎恨的某些獨立團體結盟，沆瀣一氣。

後來聖方濟各出現了，他推廣的貧窮觀念並未違背教規，職是之故，教會接納了早年那些運動提出的嚴謹品德呼籲，並將隱藏於其中的一些逆亂言論洗滌淨化。隨之而來的原應是溫良聖德時代，可是方濟各修會日益茁壯，吸納了諸多優秀人才，變得太過強大，也與俗世事務往來密切，許多方濟各會修士都希望修會能回歸早年純樸。然而這並非易事，我在那所修道院的時候，方濟各會已有超過三萬名修士遍佈全世界。如此一來，許多方濟各會修士不願再聽命於修會，說修會與當初需要改革的那些教會團體並無二致。聖方濟各仍在世的時候已是如此，他的言論和目標都遭到背叛。

許多修士重新發現了一位熙篤會[80]僧侶寫於十二世紀初的一本書，這位僧侶名叫若亞敬[81]，咸認為他有先知的才德。他預見將有新時代來臨，因偽宗徒而墮落的基督精神可望再次在人間實踐。大家都認為他無意中預言的正是方濟各會。

這讓許多方濟各會修士雀躍不已，或許太過雀躍了，以至於世紀中巴黎索邦大學的學者們同聲譴責若亞敬的立論，正是因為大學中方濟各會修士（及本篤會修士）人數越來越多，也有越來越多人聽從，所以想藉異端之名將其剷除。但後來此事未成，實乃教會之幸，因為托馬斯・阿奎那及波拿文都拉[82]的著作得以傳播開來，而他們兩位絕非異端。可見就連在巴黎，想法仍十分混亂，也或許有人是為了一己之利，刻意製造混亂。這就是異端對基督徒所行的惡，讓思想混沌不明，逼得大家為個人私利而出任宗教裁判長。但根據我後來在修道院所見，不由得認定宗教裁判長往往就是異端製造者。我的意思不僅是指他們無中生有，還有他們對異端採高壓手段，反而逼得許多人因恨而加入異端。那是魔鬼設想好的循環，願主拯救我們。

我們回頭來看若亞敬的異端言論（如果那算是異端的話）。托斯卡尼有一位方濟各會修士傑拉爾多・達・桑多尼諾重提若亞敬的預言[83]，在方濟各會內掀起波瀾，造成對立。有人支持古老會規，以免方濟各會會規被某些人執意廢除，因此當里昂大公會議決議教會可以擁有使用財產權的時候，在馬爾凱那個地區有幾個修士起而抗爭，他們認為方濟各會修士不得擁有任何東西，無論是個人、修道院或修會皆然。我不認為這個說法與福音書相違背，可是涉及是否能擁有俗世之物時，很難給予公平裁決，於是傑拉爾多被判終生監禁。據說多年後，新的修會總會長拉伊蒙多．高佛雷迪在安可納監獄找到當年幾名階下囚，傑拉爾多放出來的時候說：「天主要我們每一個人和修會都因此罪而蒙羞。」

其中一名重獲自由的階下囚是安傑洛．克拉雷諾[84]，之後他先與來自普羅旺斯、到處宣揚若亞敬預言的伯多祿．奧利維修士[85]碰面，再與鄔勃汀諾．達．卡薩雷會晤，屬靈運動於焉展開。那幾年，有一位極富聖德的隱修士皮耶特羅．達．摩洛內當選教宗，聖號雷定五世[86]，屬靈會修士對他欣然接受。有人說「他會是一位聖人，會遵循基督的教義，過著如天使般的聖潔生活，腐敗的教士準備顫抖吧」。或許是雷定五世太過接近天使，或許是圍繞在他身邊的教士太過腐敗，也或許是他無法承受教廷與帝國皇帝及歐洲其他國王之間漫長無止境的對峙，最後他辭去教宗職，繼續隱居修行。但在雷定五世行教宗職不到一年期間，所有屬靈會的期望都得到了滿足，他跟屬靈會修士共同創辦了一個團體，名為雷定天主弟兄與貧窮隱修士會。除此之外，教宗既然是羅馬最有權勢的幾位樞機主教的仲裁人，有柯羅納和歐西尼兩位樞機主教也受到影響，開始暗中支持新的貧窮派系。過著極度奢華生活的權貴人士會作這個決定很不尋常，我始終不明白他們是否只是單純想利用屬靈會修士來達成他們的政治目的，或是他們認為藉由支持屬靈會可以彌補縱欲生活的罪惡。就我對義大利有限的認識，也許兩者皆有吧。舉例來說，當鄔勃汀諾成為屬靈會中最能服眾之人，極可能會被指控為異端的時候，歐西尼樞機主教便請他擔任聖堂司鐸，他也是鄔勃汀諾在亞維儂期間的擋箭牌。

這類案例後來的發展總是如此，一方面安傑洛和鄔勃汀諾依教義傳道，另一方面為數眾多的窮人接受他們的傳道後散播到全國各地，完全不受控制。於是義大利到處都是這些過著清貧生活的小兄弟或弟兄們，對許多人來說是一種威脅。很難區分誰是跟教廷當局有聯繫的心靈導師，誰又是一貧如洗、脫離修會到處乞討、靠做苦工維生且沒有任何財產的單純信徒。然而大眾一視同仁，將受到伯多祿．奧利維啟發的法國苦修士跟這些人都一律稱為小弟兄修士[87]。

在雷定五世後繼位的教宗是博義八世[88]，很快就顯露出對屬靈會修士及一般的小弟兄修士無意縱容的態度，在十三世紀末他過世前幾年頒佈了訓諭〈維護聲譽〉，一舉譴責了盲信徒、遊走在方濟各會會規邊緣的托缽修士、屬靈會修士，以及所有那些脫離修會生活隱居苦修的人。

後來屬靈會修士試圖博取其他教宗的認可，最好能像雷定五世那樣，然而若望二十二世出現，他們的希望就此幻滅。若望二十二世於一三一六年當選，隨即將安傑洛和普羅旺斯其他的屬靈會修士逮捕入獄，那些堅持脫離修會自由生活的修士也無法倖免。他們之中有許多人被送上火刑架燒死。

不過若望二十二世也明白，要想除去小弟兄修會這株毒草，必須先譴責基督及宗徒從未擁有過個人或共有財產這個思想，並斥其為異端邪說。可是一年前在佩魯賈舉行的方濟各會修士大會卻支持這個論點，所以教宗若譴責小弟兄修會，便形同譴責整個方濟各會。教宗認為基督貧窮這個想法是邪惡的，實在令人匪夷所思，但支持基督貧窮到支持教會貧窮之間僅一步之遙，而一個貧窮的教會在與皇帝抗衡時會變得軟弱無力，這點不言而喻。所以從那時候開始，很多對神聖羅馬帝國或方濟各會佩魯賈大會一無所知的小弟兄修士都受了火刑而死。

我看著傳奇人物鄔勃汀諾，腦海中浮現的是這些事。我的導師將我引介給那位老者，他用溫暖近乎灼熱的手摸了摸我的臉。他的手觸碰到我的時候，我明白了許多之前聽別人說過關於那位聖者的事情，我能理解他年輕時候想像自己變身為抹大拉的瑪利亞，被一股神秘之火吞噬，還有他跟安潔拉．達．佛莉紐[89]之間的緊密關係，因此開始投入宗教……

我仔細端詳他臉上柔美的線條，與曾經和他在心靈上有過至親情誼的安潔拉如出一轍。但我想一三一一年維也納大公會議期間，他的面容應該比此刻冷酷許多，那次會議決議排除所有對屬靈會態度敵對的方濟各會長上，並強制他們在修會中靜修，但這位看破紅塵的勇士對此讓步不願接受，振臂疾呼希望能成立嚴格遵守神貧的獨立修會。那場戰役郎勃汀諾失敗了，因為那些年若望二十二世無所不用其極地討伐伯多祿．奧利維修士的追隨者，而郎勃汀諾面對教宗仍大無畏地捍衛其友。若望二十二世礙於他的聖德不敢譴責他（但譴責了其他人），反而提供他自救之法，迫他進入本篤會的克呂尼修會。善於在教廷之內尋找庇護和盟友的郎勃汀諾（雖然他外表看來溫馴弱不禁風）雖同意遠赴法蘭德斯的尚布萊修道院，但我相信他從來沒去過，始終留在亞維儂，在歐西尼樞機主教的庇護下，繼續為方濟各會的大業奮戰。

只不過後來（我聽到的消息並不明確）郎勃汀諾在教廷的勢力日落西山，不得不遠離亞維儂，教宗以漂泊宣道的異端之名迫害他，據說他從此銷聲匿跡。直到下午我才從威廉和院長的對話中得知他隱居在這間修道院裡，此刻就站在我面前。

「威廉，」他說：「你可知他們差點殺了我，我是趁夜逃脫的。」

「誰想殺你？若望？」

「不是。若望雖不喜歡我，但始終敬我。十年前是他強迫我加入本篤會，讓我得以避開審判的。」

「那麼是誰想加害於你呢？」

「教廷所有人。他們企圖暗殺我兩次，想讓我噤聲。你知道五年前發生的事。兩年前拿波那的貝格派[90]和貝倫葛里歐．塔羅尼都被譴責了，塔羅尼還是宗教裁判長，只能向教宗求援。那段日子十分艱困。若望頒佈了兩道反屬靈會的訓諭，就連米克雷・達・契瑟納也不得不讓步。對了，他什麼時候到？」

「大約兩天後。」

「米克雷……我好久沒看見他了。如今他已痛悔，知道我們要的是什麼，佩魯賈大會的決議是支持我們的。可是那個時候，一三一八年，他屈服於教宗之下，將不願服從的五位普羅旺斯屬靈會修士交到他手中。全都被燒死了，威廉……啊，實在太可怕了！」鄔勃汀諾用手掩住了臉。

「塔羅尼向教宗求援之後發生了什麼事？」威廉問。

「若望只得重啟辯論，你懂嗎？他不得不這麼做，因為在教廷裡也有人游移不決，教廷裡的方濟各會修士不乏為了俸祿隨時準備出賣自己的偽君子和偽善者，他們也開始舉棋不定。於是若望要求我草擬一份論貧窮的備忘錄，那是一篇好文，威廉，願天主寬恕我的驕傲……」

「我拜讀過了，米克雷拿給我看的。」

「我們之中也有左右逢迎的，阿葵塔尼亞的省會長、聖維塔雷的樞機主教、卡法的主教……」

「他是個傻子。」威廉說。

「願他安息，他兩年前蒙主寵召了。」

「可惜天主不夠仁慈。那是從君士坦丁堡傳回來的假消息。他還在人世，據說也是這次使節團成員。願天主庇佑我們！」

「但他是支持佩魯賈大會決議的。」鄔勃汀諾說。

「沒錯，那種人永遠是敵人最好的朋友。」

「說真的，」鄔勃汀諾說：「當時那個決議對他並無多大益處。然後一切努力化為烏有，不過至少沒有將那個決議斥為異端，這點至關緊要。可是其他人因此始終不肯原諒我，他們想盡辦法詆毀我，說三年前路易四世宣佈若望是異教徒的時候，我人在薩森豪森，可是大家都知道我七月的時候跟歐西尼樞機主教一起，都在亞維儂……他們說路易四世的宣言有部分呼應了我的理念，真是信口雌黃。」

「那倒未必，」威廉說：「我從你的亞維儂宣言及伯多祿・奧利維的著作中擷取了部分文字給路易四世看。」

「你？」鄔勃汀諾既意外又開心。「所以你也支持我！」

威廉露出尷尬表情。「那時候，那些想法對路易四世而言是有用的。」他含糊其辭。

鄔勃汀諾不信任地看著他。「所以你並不真心相信，是嗎？」

「告訴我，」威廉說：「告訴我你後來如何避開那些走狗的追殺？」

「沒錯，威廉，那些都是走狗，暴怒的走狗。跟我作對的是博納格拉茲亞[91]，你知道嗎？」

「可是博納格拉茲亞是站在我們這邊的啊！」

「那是現在，是在我跟他長談之後，他才終於被說服，並且對訓諭〈由立法者〉[92]提出嚴正反駁，教宗因此囚禁他一年。」

「我聽說他現在跟我一位在教廷的朋友走得很近，那位朋友是奧卡姆・威廉。」

「我認識他不久。我不喜歡這個人，缺乏熱情，只認頭腦，沒有心。」

「但是他的頭腦很厲害。」

「或許是吧，那會帶他下地獄的。」

「那我只得在地獄跟他相見，再一起談論邏輯學了。」

「別胡說，威廉，」鄔勃汀諾帶著慈愛的笑容說：「你比那些哲學家優秀多了，如果你當初……」

「什麼？」

「我們最後一次在烏布里亞省[93]見面，是什麼時候的事？你記得嗎？那時候多虧了那個奇妙的女子相助，我的病剛剛痊癒……齊婭拉．達．蒙特法柯[94]……」他一臉喜悅低聲說道：「齊婭拉……當本性墮落的女子昇華成聖，就是恩典的最高表現。威廉，你知道我的生活遵守的是最純粹的守貞潔德，」他情緒激動，伸手去拉威廉的手臂。「你知道我懷抱著……強烈……對，這麼說沒錯，我懷抱著多麼強烈的懺悔渴望去壓抑我對欲望的衝動，好讓我僅僅保有對耶穌無瑕的愛……可是在我生命中有三個女子對我而言是上天派來的使者。安潔拉．達．佛莉紐、來自城堡鎮的瑪格麗特（她預示了我書的結尾，當時我只完成了三分之一），還有齊婭拉．達．蒙特法柯。那是上天的獎賞，選中我探究她的奇蹟，並在教會開始行動之前，向群眾宣揚她的聖德。威廉，你當時就在那裡，你可以幫助我完成此一聖業，但你卻不願意……」

「可是你邀請我參加的聖業，是將班提維卡、亞柯默和喬凡努丘送上火刑架啊。」威廉低聲說。

「他們的墮落汙衊了她的名聲，而你又是宗教裁判長！」

「我那時候正準備卸下那個職務。那件事我不喜歡。坦白說，我也不喜歡你誘使班提維卡承認錯誤的方法。你假意要加入他的宗派團體，如果說那算是宗派的話，你騙得了他的秘密之後，再讓人逮捕他。」

「對付基督的敵人就得這麼做！他們是異端，是偽宗徒，渾身上下都散發著多奇諾弟兄[95]的臭味。」

「他們是齊婭拉的朋友。」

「不是，威廉，你絕不能汙衊齊婭拉的名聲！」

「他們是她的座上賓……」

「她以為他們是屬靈會的人，所以沒有戒心……等到調查之後才知道原來班提維卡自稱宗徒，而喬瓦努丘誘騙修女的時候說地獄不存在，可以滿足肉慾而不需擔心褻瀆天主，說要跟修女睡過之後才能接受基督的身體（願天主寬恕我！），說天主喜歡抹大拉的瑪利亞更勝於貞女阿涅斯，說百姓口中的魔鬼就是天主，因為魔鬼即智慧，天主亦即智慧！至福齊婭拉正是因為聽到那些言論後，才會有神視，看見天主告訴她說那些人都是自由靈兄弟會[96]的邪惡信徒！」

「他們是方濟各會修士，因為心智激昂，才跟齊婭拉一樣有神視。有時候神魂超拔的神視和走火入魔之罪往往只是一線之隔。」威廉說。

鄔勃汀諾握住威廉的手，眼中滿是淚水。「不能這麼說，威廉，你怎麼能將薰香翻攪你內臟的神魂超拔那一刻，跟惡臭讓你感官失衡混為一談呢？班提維卡慫恿人碰觸裸露的肢體，說唯有如此才能讓感官得以解脫，不再受到支配，男女二人都赤身露體……」

「並不害羞……」[97]

「騙人！他們就是要尋歡作樂，只要能感受肉體刺激，他們不認為男女躺在一起，觸摸並親吻對方每一個部位，讓男人赤裸的腹部與女人赤裸的腹部結合是罪惡！」

我承認鄔勃汀諾斥責他人惡行的方法並不會激發我的道德感。我的導師應該察覺到我內心騷動，便打斷那位聖哲的話。

「鄔勃汀諾，你炙熱的心靈不僅展現在對天主的愛上，也展現在對惡行的憎恨上。我想說的是，色辣芬[98]之火和路西法[99]之火並無二致，因為兩者都源自於極端意志的燃燒。」

「喔，兩者當然有別，這點我很清楚！」鄔勃汀諾感情充沛地說：「你想說的是求善與求惡之間僅一步之遙，因為主導的都是意志。此言固然無誤，但是差別在於目標，目標是清晰可辨的。天主在此，魔鬼在彼。」

「我恐怕不知該如何分辨，鄔勃汀諾。你的安潔拉．達．佛莉紐不是說那天她在基督聖墓受到神靈感召？她不是說剛開始先親吻了基督的胸，見他閉著雙眼躺在身旁，隨後又親吻了他的唇，並感覺到她的雙唇多了一種難以形容的甜蜜滋味，停頓一會兒後，她將臉頰貼著基督的臉頰，基督的手伸向她的臉頰，將她擁向自己，她是這麼說的，然後她有了一種極高的幸福感受？……」

「這跟感官刺激有什麼關係？」鄔勃汀諾問：「那是一次神秘體驗，更何況那是我們的主。」

「或許我太習慣於牛津思維了，」威廉說：「那裡對神秘體驗有不同見解……」

「一切都在頭腦裡。」鄔勃汀諾微微一笑。

「或在眼睛裡。天主於我們猶如光，在陽光中，在鏡子影像中，在有條不紊的萬物色彩中，在白晝濕葉子的反照中……難道這份愛不夠接近聖方濟各禮讚天主創造物如花、草、水、空氣時的那份愛嗎？我不相信這種愛會引發任何誘惑。我不喜歡的愛是那種把肉體接觸時的悸動轉換成與天主的對話……」

「你失言了，威廉！那不一樣。在愛基督而神魂超拔和被蒙特法柯那些偽宗徒玷汙的神魂超拔之間，有著巨大的分野，而且是一個向下墜落的深淵……」

「他們不是偽宗徒，是自由靈兄弟會的弟兄，是你剛才親口說的。」

「有什麼差別？你對那場審判所知有限，某些人承認的罪行我甚至不敢探聽，以免惡魔的陰影有片刻籠罩在齊婭拉建立的聖德名聲之上。但我還是知道了某些事情，某些事情，威廉啊，他們夜裡在某個地窖集會，將新生男嬰在他們之間拋來拋去，直到他因撞擊……或因為其他原因斷氣為止……最後一個接到男嬰、看著他斷氣的人，就成為那個宗派團體的領導者……那男嬰屍體會被支解撕碎，混入麵粉裡，做成褻瀆的祭餅！」

「鄔勃汀諾，」威廉的語氣很堅定，「亞美尼亞的主教們數百年前就說過這些事，但他們說的是保祿教派[100]，還有波各米爾教派[101]。」

「那又如何？魔鬼是固執的，他的陷阱和誘惑自有其步調，可以相隔千年再讓同樣的儀式重現。他永遠不變，正因為如此，我們才認得出這個敵人！我發誓，他們在復活節那天夜裡，點起蠟燭，將少女帶去地窖，然後吹熄蠟燭，撲向她們，即便與自己有血緣關係也無所謂……如果因此生下男嬰，就重複那地獄儀式，大家在一個裝滿葡萄酒的盆子旁圍成一圈，稱那盆子名為小酒桶，先喝個酩酊大醉，然後將男嬰剁成塊，將血倒入酒杯中，再將還沒斷氣的男嬰丟進火裡，把他的骨灰拌入血中，一飲而盡！」

「這是三百年前普謝羅斯[102]寫在書裡面的魔鬼手法！是誰跟你說這些的？」

「班提維卡跟其他人在嚴刑拷打下自己說出來的！」

「只有一樣東西能比喜悅更讓牲畜激動，那就是痛。嚴刑拷打就像讓人服用會產生幻覺的藥草，你聽過的一切，你讀過的一切，都會出現在腦中，彷彿心神游於物外，但不是朝天上去，而是往地獄去。嚴刑拷打下，你不只會說出宗教裁判長要你說的，還會說出所有你想像中能夠取悅他的話，只為了能夠在你跟他之間建立一種連結關係（沒錯，非常邪惡的關係）……鄔勃汀諾，這種事情我很清楚，我也曾經是那些以為能用炙熱鐵塊逼出真相的成員之一。可是，你知道，真相來自另一種火焰。嚴刑拷打下，班提維卡有可能說出最荒謬的謊言，因為說話的不再是他，而是他的欲望，是他靈魂的惡魔。」

「欲望？」

「對，人會有渴求痛的欲望，就像人會渴求敬慕，或渴求謙遜一樣。既然不費吹灰之力就能讓反叛的天使，將他們對敬慕和謙遜的熱情轉變為對驕傲和反動的熱情，那麼凡人呢？現在你知道了，這就是我執行宗教審判時心中揮之不去的想法，因為如此我放棄了那個職責。我沒有勇氣探問惡人的弱點，因為聖人的弱點沒有不同。」

鄔勃汀諾似乎聽不懂威廉說的最後那幾句話。從他慈愛的表情看來，我明白他認為威廉是受到罪惡感所困，但因為他深愛威廉，所以選擇原諒。鄔勃汀諾打斷威廉的話，語氣苦澀。「沒關係，你既有如此感覺，放棄也好。要能夠對抗誘惑。只是那時候我需要你的支持，以擊潰那群惡人。後來的事你也知道，他們指責我對他們的態度過於軟弱，質疑我為異端。你在打擊邪惡這件事情上，也同樣過於軟弱。邪惡啊，威廉。阻擋我們接近清泉的責難、陰影、泥濘難道永遠不會消失嗎？」他更貼近威廉，似乎擔心有人聽到他說話。「就連這裡，在這為祈禱而築的牆垣之內也無法倖免，你知道嗎？」

「我知道，院長跟我談過，他請我協助他查明真相。」

「那麼你好好窺探、挖掘吧，以敏銳之眼注意兩個方向，欲望和驕傲……」

「欲望？」

「對，欲望。死掉的那個年輕人身上有……邪惡的女性特質。他有一雙想跟夢魔打交道的少女之眼。但我跟你說，還有驕傲，在這個誇耀文字、追求智慧的修道院裡，有心智上的驕傲……」

「你若知道什麼，請告訴我。」

「我什麼都不知道。我雖無所知，但心中卻有所感……別說了，何必說這些不開心的事，讓我們這位年輕小友心生畏懼呢？」他用他天藍色的雙眼看著我，用他白皙細長的手指滑過我的臉頰，我基於本能差點後退，幸好我忍住了，否則我可能會傷害他，因為他並無邪念。「說說你吧，」鄔勃汀諾又回頭問威廉，「在那之後你做了什麼？已經過了……」

「十八年。我回到家鄉，回到牛津念書。我學的是自然。」

「自然很好，它是天主的女兒。」鄔勃汀諾說。

「天主既生自然，必定是好的。」威廉微微一笑。「我回學校讀書，認識了幾個十分睿智的朋友。我還認識了馬斯里歐，他對帝國、人民、俗世領土的新法律都頗有見解，所以我加入了輔佐路易四世的這個弟兄團體。這些你都知道，我在信中告訴你了。我在波比歐的時候，他們告訴我你在這裡，我高興極了。我以為再也看不到你了。既然你在這裡，再過幾天，等米克雷也到了之後，你對我們肯定大有幫助。恐怕會有嚴重衝突。」

「我該說的，五年前在亞維儂差不多都說了。跟米克雷一起來的還有誰？」

「有幾個是當年參加佩魯賈大會的人，阿納多．達奎塔尼亞，胡戈．達．紐卡斯特[103]……」

「他是誰？」鄔勃汀諾問。

「對不起，我是說胡戈．達．諾佛卡斯特，雖然我會拉丁文，但還是習慣用家鄉話發音。還有威廉．安尼克[104]。從亞維儂來的方濟各會修士會有卡法的那個傻子主教吉羅拉莫，或許還有塔羅尼跟博納格拉茲亞。」

「願天主眷顧，」鄔勃汀諾說：「這幾個人不要跟教宗結怨太深。誰是鐵石心腸、會支持教廷立場的？」

「就我收到的信看來，應該會有羅倫佐．德克亞科內……」

「邪惡之人。」

「讓．達紐……」

「這個人鑽研神學，要小心。」

「我們會小心。還有讓．德．鮑內。」

「他是塔羅尼的死對頭。」

「對，我想應該會很有趣。」我的導師心情很好。鄔勃汀諾帶著一抹狐疑的笑容看著他。

「我永遠搞不清楚你們英國人說話什麼時候正經。這麼嚴肅的事情一點都不有趣。這關係到修會的存亡，是你要關心，也是我內心深處所關心的問題。我會請求米克雷不要去亞維儂。若望要他去，找他去，不斷邀請他去。你們可別信任那個法國老人。喔，主啊，祢讓教會落入了什麼人手中！」他轉頭看著聖壇。「教會變成了妓院，在奢華中變得軟弱，有如發情的毒蛇欲望纏身！原本伯利恆馬廄純粹簡樸，跟十字架生命樹一樣是木頭造的，如今鑲滿了金銀珠寶，你看，就連這裡的拱門，你看，也少不了誇耀！假基督的日子即將來臨，我很怕，威廉！」他環顧四周，瞪大眼睛看著幽暗的側殿，彷彿假基督隨時會在那裡出現，我甚至覺得真的會看見他。「他的副手已經在這裡了，就像基督派遣宗徒來到世間一樣！他們正在踐踏基督之城，以欺瞞、偽善和暴力誘惑人心。等到那時候，天主將派遣他的僕人，厄里亞和以諾，他讓他們留在伊甸園內，為的是有一天他們能擾亂假基督，能穿著苦修士的僧袍出示預言，以身教及言教苦行宣道……」

「他們已經來了，鄔勃汀諾。」威廉指著身上的僧袍說。

「但他們還未得勝，盛怒的假基督將下令殺害厄里亞和以諾，並且以屍首示眾，因為他害怕會有其他人起而效尤。這也是他們要殺我的原因……」

驚嚇之餘，在那一刻我心想鄔勃汀諾應該是陷入一種宗教狂熱，他的想法讓我不寒而慄。時至今日，我得知他於數年之後在日耳曼某個城市遭殺害，兇手始終成謎，讓我更感驚嚇，因為那天晚上鄔勃汀諾顯然預卜了自己的未來。

「你知道，若亞敬院長所說屬實。我們來到人類歷史的第六個時代，會出現兩個假基督，一個是神秘主義的假基督，一個則是不折不扣的假基督，就發生在聖方濟各出現，用他肉身的五處傷口體現基督之後這第六個時代。博義八世是神秘主義的假基督，雷定五世退位無效，博義八世是從海中上來的獸，他有七個頭代表的是七罪宗[105]，十隻角代表的是十誡之罪，圍繞在他身邊的主教是蝗蟲，他的身體是阿頗隆[106]！至於那獸的名，你若以希臘字母閱讀，就是本篤！」他盯著我，以確認我是否聽懂，然後舉起一根指頭警告我。「本篤十一世[107]就是不折不扣的假基督，從海中來到陸地上的獸！天主允許這個罪惡不公之身統治祂的教會，是為了讓繼任者的德行更顯光輝閃亮！」

「可是，教父，」我鼓起勇氣，聲如細絲提出反駁，「他的繼任者是若望啊！」

鄔勃汀諾將手放在額頭上，彷彿想要抹去一個令人煩惱的夢。他有點喘不過氣來，累了。「是。看來推算出錯了，我們仍須等待聖潔的教宗……但聖方濟各和聖多明我先出現了。」他抬頭仰望天空，不知是有感而發或在祈禱（但我確信他所言，出自他那部討論生命樹的偉大著作）：「前者用色辣芬的炭淨煉，用天國之火點燃，彷彿要燒了全世界。後者勤於宣講，為黑暗世界帶來光明……如果這些是許諾，那麼聖潔的教宗定將來臨。」

「但願如此，鄔勃汀諾，」威廉說：「我此行前來是為了避免人立的帝王被逐。多奇諾弟兄也談過你的聖潔教宗……」

「不要提那條毒蛇的名字！」鄔勃汀諾大吼一聲，那是我第一次看到他由悲傷轉為憤怒。「他汙衊了若亞敬的話，說那是死亡之因和粗鄙言語！假基督若有使者，非他莫屬。而你，威廉，你之所以這麼說，是因為你其實根本不相信有假基督這件事，牛津的導師教你要膜拜理性，卻讓你心靈的預知能力隨之枯竭！」

「你錯了，鄔勃汀諾，」威廉十分嚴肅，「你知道在我最敬重的導師羅傑·培根……」

「那個胡謅什麼飛行機器的人。」鄔勃汀諾苦笑。

「他對假基督有過清楚、條理分明的論述，他在世界腐敗和智慧衰退中察覺到跡象，他告訴我們，面對假基督來臨，我們唯一能做的準備就是研讀大自然的秘密，運用智慧讓人類變得更好。我們可以研讀藥草的療癒功能、石頭的特性，或是計畫建造你嗤之以鼻的飛行機器，以做為對抗假基督的準備工作。」

「對你的那位培根而言，假基督不過是藉以誇耀理性的託詞。」

「神聖的託詞。」

「沒有託詞是神聖的。威廉，你知道我愛你，你知道我很信任你。收斂你的聰明，學著在主的傷口上哭泣，丟掉你的書吧。」

「我只留你的書。」威廉微笑道。鄔勃汀諾也笑了，伸出一根手指作勢威脅。「英國人裝瘋賣傻。別取笑你的同類，至於你不愛的，記得敬而遠之。在這修道院裡你要多加留神，我不喜歡這個地方。」

「我正想多認識這個地方。」威廉向他告辭。「阿德索，我們走吧。」

「我跟你說這個地方不好，你卻說你要多認識這裡。唉！」郇勃汀諾邊說邊搖頭。

「對了，」威廉走到側殿中央的時候問：「那個說著巴別塔語、貌似動物的僧侶是誰？」

「你說薩瓦托雷嗎？」重新屈膝跪下的郇勃汀諾轉過頭來。「我想他算是我為這間修道院帶來的贈禮……另外一個是管事。我脫下方濟各會僧袍之後，回到原本的卡薩雷修道院住了一段時間，我發現那裡有其他修士也很失落，因為教會指控他們是我這個異端宗派的屬靈會成員……他們是這麼說的。我努力替他們爭取，讓他們遵循我的例子行事。我去年來，發現薩瓦托雷跟雷密吉歐兩個人在這裡。薩瓦托雷……沒錯，看似粗鄙，其實很樂於助人。」

威廉遲疑了一下。「我聽他說到起而贖罪。」

郇勃汀諾默不作聲，揮了揮手，彷彿要把某個想法趕走。「不會的，我不相信。你知道這些俗世弟兄，都是鄉下人，或許是從某個遊行宣道的修士口中聽來的，根本不知道自己在說什麼。我想責罰薩瓦托雷的事不少，他這個粗人貪吃又好色，但絕不會做出違背正統教義的事情。這間修道院另有其惡，問題出在知道太多的人，而不是一無所知的人。不要因為一句話就築起懷疑的城堡。」

「我不會這麼做的。」威廉回答說：「我之所以不再當宗教裁判長，就是因為我不想這麼做。但我喜歡聽人說話，再細細思索。」

「你想太多了，孩子。」郇勃汀諾撇過頭對我說：「別跟你導師學太多壞習慣。人生走到最後我發現唯一該思索的，是死亡。死亡是朝聖者的庇護所，是所有疲憊的終點站。讓我祈禱吧。」

第一天　接近第九時辰祈禱

之後威廉與草藥師賽夫禮諾有一段見聞廣博的對話。

我們沿著中殿走出教堂。剛才跟鄔勃汀諾那一席談話，讓我心裡依舊惴惴不安。

「他是一個……奇怪的人。」我說。

「他是。就許多面向來說，他曾經是很偉大的人，也正因為如此，所以奇怪。只有微不足道的人才顯得正常。鄔勃汀諾有可能變成他送上火刑架的異端之一，也可能變成神聖羅馬教廷的樞機主教。他曾經跟兩者都非常接近。當我跟他談話的時候，會感覺地獄就是從另一面看天堂。」

我不懂他這句話的意思：「哪一面？」我問。

「嗯，」威廉理解我的問題，「得知道是否有不同面向，抑或是單一整體。你無須理會我說的話。別再看那個拱門了，」見我轉頭盯著教堂入口的浮雕看，他邊說邊輕拍了我一下後腦勺，「今天你受到的驚嚇已經夠了。今天發生的一切都很嚇人。」

我回過頭來，看到面前站著另外一位僧侶。他年紀跟威廉接近，對我們微笑，親切問候。他說他是賽夫禮諾・達・聖宜美拉，草藥師，負責澡堂、療養所、菜園和植物園，如果我們想進一步熟悉修道院，他很樂於效勞。

威廉向他道謝，說雖然白雪覆蓋，但一進來就注意到那片美麗的菜園，似乎不只種植食用性植物，還有藥用植物。

「春夏時節，菜園裡有各種植物，每一種都開出自己美麗的花，是對造物者最好的禮讚。」賽夫禮諾語帶謙遜，「不過即便在這個季節，做為草藥師的我，還是能從枯枝看到植物未來的樣貌，我可以說這片菜園比任何一本植物誌記載的植物種類更豐富，也更繽紛，無論那書中的標本採擷多麼美麗。就連在冬天，也有好藥草會生長，其他的我都已採收放入瓶子，擺在實驗室裡準備妥當。白花酢漿草的根可以治療痰涎，用藥蜀葵根部熬煮的湯藥可以濕敷治療皮膚病，牛蒡可以讓濕疹結痂，橢圓葉蓼的根莖搗碎研磨後可治療下痢和一些婦女疾病，胡椒有助消化，款冬蒲公英能減緩咳嗽，我們有很好的龍膽能幫助消化，有甘草，還有刺柏可以做成藥水，用接骨木樹皮煎煮湯藥能保養肝臟，拿石鹼草的根浸泡在冷水中，喝了可以化痰，至於纈草的用途，兩位肯定知道。」

「你的植物種類繁多，而且四季皆有，是如何做到的？」

「一方面要感謝天主慈愛，我們高原所在的山脈南面向海，受暖風吹拂，北面向著最高的山岳，有來自森林的芬芳。另一方面要感謝我的導師，讓我這個不成材的學生習得技藝。有些植物在不當的氣候中也能生長，如果你能照顧好栽植的土壤，注意養分和成長。」

「您也有僅供食用的植物吧？」我問他。

「飢腸轆轆的年輕人，所有好的食用植物都有療效，只要使用得宜。食用過量自然會引發不適。以洋蔥為例，性溫熱，少量有助性能力，當然這是對那些未發誓願的人而言，過量會讓你覺得頭重腳輕，喝牛奶加醋可望改善。這就是為什麼，」他語帶戲弄，「年輕僧侶吃洋蔥必須有所節制。洋蔥可以用大蒜取而代之，大蒜性熱而乾，可以解毒。也有人說晚上吃太多大蒜的話，容易作噩夢。但相較於某些會引發不當幻象的藥草，大蒜並不嚴重。」

「哪些藥草會產生幻象？」我問他。

「喔，我們的見習僧想知道的事情太多了。有些事草藥師知道就夠了，否則恐怕會有草率之人沉迷於幻覺，或拿藥草騙人。」

「只需要一點蕁麻，」威廉說：「菖蒲或紫草，就可以壓抑幻象。我想你一定有這些好藥草。」

賽夫禮諾瞄了威廉一眼。「你對藥草學有研究？」

「很有限。」威廉很謙虛，「我曾經看過《健康圖鑑》，作者是烏布查欣．達．巴格達[108]。」

「又名阿布．阿桑．阿姆克塔．伊本．波特蘭。」

「或名艾魯卡欣．艾里米塔，想怎麼稱呼他都行。不知道這裡有沒有這本書。」

「是最美的一本，有許多珍貴的圖片。」

「感謝主。也有柏拉特利烏[109]的《論藥草療效》嗎？」

「也有。還有亞里斯多德的《植物誌》。我很期待跟你多聊聊藥草。」

「我的期待不下於你。」威廉說：「我們不會違反你們修會奉行的靜默會規嗎？」

「會規，」賽夫禮諾說：「因不同團體需求隨時間而異。會規要求讀經，而非研究，可是你知道我們修會投入多少心力研究神與人之事。還有，會規要求共同寢舍，但我們這裡的僧侶有時在夜晚也需要省思，因此每個人都有自己獨居的寢舍。會規對於靜默要求嚴格，其實不只是從事勞動的僧侶，包括書寫或閱讀的僧侶也不應與其他弟兄交談。可是修道院是學者聚集之處，僧侶間交換各自積累的珍貴學問心得往往十分有幫助。所有與我們的研究相關的交談都不逾越會規，且有益無害。只是不得在用膳和頌禱禮時交談。」

「你跟阿德莫往來頻繁嗎？」威廉突然問。

賽夫禮諾看來並不意外。「顯然院長已經跟你說了。」他說：「沒有。我不常跟他往來。他的時間都花在泥金彩飾畫上。但我聽過他跟其他僧侶討論工作上的事情，像魏納茲歐．達．薩威美和佐治．達．勃爾戈斯。而且我白天都待在我的實驗室裡，不會去寫字間。」他指了指醫療所那棟建築。

「我明白。」威廉說：「所以你不知道阿德莫是否有幻覺。」

「幻覺？」

「舉例來說，就像是你種的藥草會引起的幻覺。」

賽夫禮諾整個人呆住。「我說過，那些危險的藥草我都格外謹慎保管。」

「我不是這個意思。」威廉連忙澄清。「我是指一般幻覺。」

「我不明白你的意思。」賽夫禮諾不肯鬆口。

「我在想，一個僧侶入夜後進入主堡內，那是院長宣稱若在晚膳結束後進入可能會發生……可怕事情的地方。所以我剛才的意思是，說不定阿德莫是因為某些邪惡幻覺，才會墜樓。」

「我說了我很少去寫字間，除非我需要借書，但通常我的草藥圖集都放在醫療所裡。我剛說過，阿德莫跟佐治和魏納茲歐最好……當然還有貝藍格。」

連我都能聽出賽夫禮諾的聲音裡有一絲猶豫，自然瞞不過我的導師。「貝藍格？為什麼你說當然還有他？」

「貝藍格．達．阿倫德爾，他是圖書館助理管理員。他們年紀相仿，一起當見習僧，他們聊得來很正常。所以我才會那麼說。」

「所以你才會那麼說。」威廉下了註解。我很意外他沒有繼續追問，而且立刻換了話題。「我想我們應該到主堡裡面走走，你可以帶路嗎？」

「那是我的榮幸。」賽夫禮諾顯而易見鬆了一口氣。他帶我們經過菜園，來到主堡西側立面正前方。

「從菜園這邊看到的拱門是廚房入口，」他說：「不過廚房只佔一樓的西半側，另一側是用膳室。教堂唱詩班後面可通南側入口，那裡有另外兩扇門通往廚房及用膳室。我們還是從這裡進去吧，之後可以從廚房走室內到用膳室去。」

走進寬敞的廚房，我發現主堡室內有一座八角形頂天中庭，後來我才知道那是一種天井，沒有入口，但面向每一層樓都有大開窗，跟主堡朝外的窗戶一樣。廚房是一條煙霧彌漫的巨型長廊，有很多僕役已經在準備晚膳，其中兩個人在一張大桌上用蔬菜、大麥、燕麥和黑麥做餡餅，把蕪菁、水芹、蘿蔔和胡蘿蔔切成碎粒。旁邊一個廚子剛用酒加水煮好了魚，現在正淋上鼠尾草、香菜、百里香、大蒜、胡椒和鹽巴調配的醬汁。

與西側塔樓閃著紅色火光的偌大麵包烤爐相對稱的，是南側塔樓的巨大火爐，上面有幾個熱騰騰的湯鍋，還有轉來轉去的烤肉串。這時候幾個養豬人帶著剛宰殺的豬，從通往教堂後翼的那扇門走進來。我們則從那扇門走了出去，來到修道院最東邊貼著牆的打穀場上，這裡有許多房舍比鄰而立。賽夫禮諾跟我說第一棟是畜欄，然後是馬廄、牛欄、雞舍，圍起來的則是羊欄。養豬人在畜欄前面攪拌著一缸殺豬存下來的豬血，以免凝固。只要立即好好攪拌，加上氣候嚴寒，可以存放數天，之後可用來做血腸。

我們回到室內，經過用膳室時匆匆看了一眼，往東側塔樓方向前進。用膳室夾在兩個塔樓中間，北側塔樓有一個壁爐，東側塔樓則有一座螺旋狀樓梯通往二樓寫字間。僧侶每天都從這裡上樓工作，還有另外兩座螺旋梯，較狹窄，但比較暖和，一在火爐後面，一在廚房烤爐後面。

威廉問，時逢星期日，寫字間內不知道有沒有人。賽夫禮諾微笑回答說，對本篤會修士而言工作就是祈禱。星期日的時辰頌禱禮時間更長，但負責書籍工作的僧侶還是會來寫字間待上幾個小時，通常是來交換學習心得、想法和研讀聖經的內省，肯定獲益匪淺。

第一天　第九時辰祈禱後

參觀寫字間，認識了很多學者、抄寫員、註記員，還有一位等待假基督來臨的盲眼老者。

拾級而上的時候，我發現我的導師在觀察提供樓梯光源的窗戶。我大概快要得到他的真傳了，因為我立刻看出窗戶的高度很難有人能爬上去。包括用膳室的窗戶（唯一幾扇面向懸崖的窗）也很難搆得到，而且窗下沒有任何家具。

走完樓梯，我們從東側塔樓進入寫字間，我忍不住出聲讚嘆。二樓不像樓下隔為兩個區塊，因此在我眼前是一整片開闊空間。弧形穹拱並不高（不如教堂的高，但是比我看過的任何一間大會堂的穹拱都高），有厚實的柱子支撐，整個空間籠罩在極美光線中，因為每一面主牆上有三扇大窗，而每一個塔樓的五面外牆上另有五扇小窗，還有八扇狹長的窗戶讓光線透過室內的八角天井照進來。

即便是冬日午後，大量窗戶讓這個大廳因通室明亮而活潑起來。窗戶玻璃不像教堂花窗是彩色的，一片片方形的無色玻璃用鉛條固定，好讓透入的光線儘可能維持純淨，不受人造藝術影響，為閱讀和書寫提供照明。我在其他地方看過許多寫字間，但沒有任何一處在光線傾瀉而下照亮空間的同時，能如此徹底體現光的神靈起源，**澄明**，那是所有美麗與智慧的來源，而這自然也歸功於大廳的完美比例。創造美，需要三個條件：首要條件是完整或完美，所以我們稱不完整為醜；第二是適當比例或和諧；第三是澄明和光，所以我們稱色澤清澈者為美。既然眼中見美能讓心中平靜，我們的渴望也同樣需要和平、善或美以求得平靜，我覺得內心得到極大撫慰，心想如果能在這個地方工作該多好。

在那午後時分，我眼前所見似乎是一個歡樂的智慧工廠。日後我在聖加崙看到一個比例相似的寫字間，跟圖書館分開（其他地方的僧侶工作處與藏書處相同），但不如這裡配置完美。古籍研究員、書籍研究員、註記員和學者都坐在自己的桌前，每張桌子都在窗下。因為有四十扇窗戶（這是完美數字，是四邊形的十倍，也是以四樞德頌揚十誡），所以有四十位僧侶可以一起工作，不過那時候只有三十多個僧侶在寫字間。賽夫禮諾解釋說在寫字間工作的僧侶無須參加第三、第六和第九時辰的祈禱，以避免在有天光的時候中斷工作，他們直到日落才放下工作，參加晚禱。

最明亮的位置保留給古籍研究員、最優秀的泥金裝飾畫家、註記員和抄寫員。每張桌子上都有作畫或抄寫所需的所有工具：墨水台、僧侶們用小刀削尖的細字鵝毛筆、磨光羊皮紙的浮石、用來畫線以便書寫的尺。每一張寫字桌旁，或傾斜桌面的頂端，都有一個讀經架，上頭擺放著待抄寫的手抄本，攤開的書頁上蓋著一張紙，只露出抄寫中的那一行。有的人用金墨，有的人則用彩墨。有的人在那裡只是讀書，然後在私人的記事簿或寫字板上扼要記錄重點。

我沒有時間仔細觀察他們的工作，因為圖書館管理員正朝我們走來，我們知道他叫馬拉其亞・達・希德珊姆。他雖努力擠出歡迎的表情，可是我看到他奇特的面容還是忍不住嵚嵚顫抖。他臉色蒼白，應該剛走完人世之旅的一半路程，密密細紋雖不至於讓他貌似老翁，但我看他第一眼（願主寬恕我），卻覺得他神似老嫗，因為在他深沉憂鬱的眼神中，有一種我說不出的女性特質。他的嘴唇似乎無法擠出笑容。這一切加起來，馬拉其亞給我的印象是他似乎是為了某種不情願的責任而活。

他殷勤問候，並將我們介紹給很多正在工作的僧侶，為我們一一說明每一位僧侶正在進行的工作，我對他們追求知識、研讀聖言的投入感到敬佩不已。我們因此認識了魏納茲歐．達．薩威美，他是希臘文和阿拉伯文的翻譯，研究的對象是所有人之中無庸置疑最為聰明的亞里斯多德；來自斯堪地那維亞的年輕僧侶，班丘．達．烏普薩拉，研究修辭學；圖書館助理管理員，貝藍格．達．阿倫德爾；正在抄寫只出借給圖書館幾個月書籍的阿伊馬羅．達．亞歷山大；還有一群來自不同國家的泥金裝飾畫家：派崔斯．達．克朗馬克諾斯、拉巴諾．達．托萊多、馬紐斯．達．愛奧那和華杜．達．黑爾福。

我自然可以往下絮唸這份名單，天底下最精采的莫過於目錄，那是生動描述的必要工具。但我得切入我們談話的主題，因為過程中出現了許多有用的線索，解釋了為何在僧侶間瀰漫著微微不安，以及大家交談間雖未言明、但確實有某件事情讓所有人都如鯁在喉。

我的導師開始跟馬拉其亞閒談，稱讚寫字間之美和勤學氛圍，詢問圖書館的工作程序，威廉慎重其事地解釋說，因為常聽人提及這間圖書館，有很多書是他希望能夠查閱的。馬拉其亞的解釋跟院長說的一樣，僧侶向管理員要求借閱某一本書，管理員就到樓上的圖書館去找，只要他們的要求是合理的就不會有問題。威廉問他如何記得書架上的藏書書名，馬拉其亞便指著用金鍊固定在他桌上的一本厚重手抄本，裡面記載著密密麻麻的書名。

威廉伸手從僧袍胸前開口處打褶縫成的內袋，取出一樣東西，是我之前在旅行途中看過他拿在手上、掛在臉上的東西。那是一個叉形器，做成這個形狀是為了能夠卡在人的鼻子上（應該說卡在他的鷹勾鼻上），就像騎士騎在馬上，或飛禽停在支架上一樣。那叉形器在眼睛的位置上延伸出兩個橢圓形的金屬框架，嵌入兩塊杏仁形狀、厚如杯底的玻璃片。威廉看書的時候喜歡戴著它，他說這樣看得比較清楚，因為天生的視力已不如前，加上年歲漸增，天色漸暗的時候尤其需要。但威廉不是用它看遠，他看遠的視力絕佳，而是為了看近。戴上那個東西，他可以閱讀字跡極細、連我看了都吃力的的手抄本。他告訴我，當一個人活過生命的一半之後，就算他的視力沒問題，但眼睛會開始硬化，不願意聽瞳孔指揮，因此許多智者度過五十個春天後，想閱讀或書寫都有如廢人。對這些還能貢獻一己智慧許多年的人而言是一大災難。所以有人能發明並製造這個工具，我們應該要讚美主。他這麼跟我說是為了支持他的導師羅傑·培根的理念，因為培根說追求知識的目的是為了延長人類壽命。

其他僧侶好奇地看著威廉，不敢問他問題。我發現即便在那孜孜不倦專注於讀書和書寫的地方，大家都還是第一次看到那神奇的工具。我的導師有某樣東西讓這些以智慧聞名於世的人目瞪口呆，我覺得很得意。

威廉戴著那副東西，彎下腰去看那手抄本裡的書單編目。我也跟著他看，發現圖書館裡有些書我們從未聽過，但也藏有最著名的典籍。

「盧傑羅·達·赫爾佛的《所羅門內殿的五角門》、《希伯來語的說話藝術與理解》、《論金屬》；花剌子密[110]著、羅貝托·安伊科翻譯為拉丁文的《代數學》；西利烏斯·伊塔利庫斯[111]的《布匿戰爭》，拉巴諾·毛洛的《法蘭克征戰》和《禮讚神聖十字架》，以及《弗拉維烏斯·克勞狄烏斯·久丹努斯時代的世界及其書信全集》。」我的導師唸出這些書名後說：「藏書很精采。但不知遵循的排列順序為何？」他引述了一段我沒聽過的文字，但馬拉其亞顯然不陌生：「『圖書館管理員應記錄所有書籍編目，依編號及作者，將其分門別類依序陳列，書脊上附索引』，您如何辨識每一本書的位置？」

馬拉其亞指著寫在每一本書名旁的註記。我唸道：「書架第三、第四，希臘第一的第五；書架第二、第五，盎格魯第三的第七。」等等。我看懂第一個數字是指第幾個書架，第二個數字是指第幾層，第三個數字則是類別，也看懂了某些文字是指圖書館內的某個房間或通道，我忍不住開口問最後幾個的差別何在。馬拉其亞很嚴肅地看著我說：「或許你不知道，也或許是你忘記了，只有管理員才能進入圖書館，所以某些事情理所當然只有管理員才知道。」

「這本目錄中登記的書是依照什麼規則分類排列呢？」威廉問：「在我看來不是依照主題。」他沒有提到依作者姓名排列的分類法，因為那是我這幾年才有的分類方法，當時很少見。「這間圖書館年代久遠，」馬拉其亞說：「藏書是按照購入、捐贈及收藏時間登記的。」

「所以很難找。」威廉說。

「管理員只需要記得書，以及每本書的收藏時間就夠了。其他僧侶可以仰賴他的記憶力。」馬拉其亞說的彷彿是另外一個人，而非他自己，但我明白他指的是他所擔任的職位，而且在他之前自有其他人，儘管人已逝，但他們所知相傳不輟。

「我懂了，」威廉說：「我如果不知道書名，要找談所羅門神殿五角門的某本書，您就可以告訴我有我剛才看到的那本書，並且知道要去樓上哪個地方把那本書找出來。」

「如果您真想了解所羅門神殿五角門的事，」馬拉其亞說：「應該給您哪本書比較好，我會先請教院長。」

「我聽說你們最優秀的泥金裝飾畫家中有人最近過世了。院長十分讚賞他的才華，我能不能看一下他正在作畫的手抄本？」

「阿德莫，」馬拉其亞懷疑地看著威廉，「因為年紀尚輕，只負責在頁緣作畫。他想像力豐富，能從大家熟悉的事物延伸出令人驚喜的未知之物，像是讓人體和馬頭結合在一起。他的書都在那裡，還沒有人動過他的桌子。」

我們走向阿德莫的工作桌，桌上還有幾張他為聖詠集做泥金裝飾畫的散頁。那是極細的犢皮紙，皮紙中的上等品，他生前最後繪製的那一張還固定在桌面上。那紙用浮石磨過，用石膏軟化，經刨刀刮削平整，從兩側用細針戳出的小洞畫出之後藝術家之手揮灑時所需要的線條。書頁上半段已有聖詠文，阿德莫在經文側邊畫了幾個草圖。我跟威廉看了其他已經完成的書頁後，都忍不住讚嘆驚呼。他在那本聖詠集頁緣所描繪的世界，顛覆了我們感官習以為常的世界。彷彿為了界定某個論述是真實無偽的，便由這個論述出發，用令人嘆為觀止的謎樣隱喻發展出一個捏造虛構的論述，去描述上下顛倒的宇宙：在那裡兔子追著獵犬跑，麋鹿捕殺獅子，動物背脊上有人的手，頭上除了鬃毛還有人的腳，龍身上有斑馬紋，哺乳動物卻有打了數千個結的蛇脖子。猴子頭上長鹿角，人魚變成背上有薄翼的飛禽，沒有手的人微駝的背上長出了其他人。有人滿口利牙的嘴巴長在肚子上，有人長了馬頭。有馬生了人腿，魚有飛鳥翅，飛鳥有魚尾巴。有怪物是一身雙頭，有的則是一頭雙身，牛長著雞尾巴外加蝴蝶翅膀，女子像魚長了滿頭鱗片。還有雙頭人面獅身獸、蜥蜴頭蜻蜓、人馬、巨龍、大象、人面蠍尾獅，躺在樹上的獨腳人、鷹頭獅身獸的尾巴如張弛的弓、邪惡生物的脖子長不見盡頭，擬人化動物和擬動物化侏儒糾結在一起。有時候在同一頁上你會看到活靈活現、幾乎讓人誤以為真的農村生活，有農田，有人犁田，也有果農、養蜂人、紡織女和播種的人，旁邊卻有狐狸和貂背著弩箭攀爬在城牆外準備攻城，而負責守城的是猴子。有書信一開頭的字母L寫到下面化為一條龍，或是字母V像葡萄藤蔓，從枝幹生出一條百轉千旋的蛇，由這條蛇再分生出密密麻麻的小蛇。

在聖詠集旁邊，有一本美麗的時禱書，顯然是不久前才完成的，開本極小，可以握在掌心中。字跡小，頁緣的泥金裝飾畫乍看之下難以辨識，需要靠近去看才得見其美（你不禁要問，這位畫家用了什麼神奇的工具，才能在如此侷促的空間中做出如此生動的效果）。整本書內頁頁緣全都是這些從細細描繪的字母扭轉的末端生出的極小圖像，彷彿是自然增生的結果：海妖、竄逃的鹿、獅頭羊身蛇尾怪和無臂人像彷彿蚯蚓一樣，從各個段落鑽出來。似乎是為了延續重複出現三行的「聖，聖，聖」，阿德莫在一個句點處畫了三個人面獸身像，其中有一個彎身向下，另一個仰身向上彼此親吻，若不是堅信在那個句點上安排那樣的圖像肯定有其深層的心靈涵義，應該會毫不猶豫認定那是猥褻之作。

我看著那些書頁，在靜默崇拜和發笑之間掙扎，因為那些圖像固然是為神聖詩文下評註，卻也讓人莞爾。威廉修士掛著微笑看了又看，之後說：「異獸，大不列顛群島上是這麼說的。」

「在高盧稱之為狒狒。」馬拉其亞說：「阿德莫的技藝的確是從貴國學到的，但後來也曾赴法國學習。狒狒，或稱非洲猴。這些圖像都屬於顛倒世界，那裡的房子築在塔頂上，地面則在空中。」

我想起了家鄉聽過的幾句方言詩，忍不住唸了出來：

所有神妙皆默然，
大地凌駕天空上，
便是你們的神妙。

馬拉其亞接著唸了下去：

大地在上天在下，
這便是你們所言，
神妙之中的神妙。

「很不錯，阿德索，」馬拉其亞說：「這些圖像要告訴我們的正是那騎著藍鵝才能到達的地方，那裡有雀鷹在溪裡釣魚，熊在空中捕鷹，蝦在空中與鴿子共舞，三個巨人落入陷阱裡被一隻公雞啄得哇哇叫。」

他嘴角露出一抹淡淡的笑。其他略帶靦腆聽我們談話的僧侶這時也發自內心哈哈大笑，似乎之前一直在等待馬拉其亞的同意。馬拉其亞的臉色隨即一沉，大家卻陸續笑開，一邊稱讚可憐的阿德莫技藝精湛，一邊對圖像指指點點說有多麼荒誕。就在大家笑成一團的時候，我們聽到背後傳來一個響亮而嚴肅的聲音。

「不可說妄語，或惹人發笑的話。」

我們轉過身去。說話的是一位因年邁而痀僂著身子的僧侶，膚色雪白，臉龐和瞳孔也一樣毫無血色。我發現他是盲人。他的聲音威嚴不減，四肢強健，但是身體因年齡而顯僵硬。他瞪著我們，彷彿視力無礙，後來我看他行進和言談都與常人無異，而且語調顯示他是擁有預言天賦之人。

「這位可敬的長者及智者，」馬其拉亞指著他跟威廉說：「是佐治．達．勃爾戈斯，除了阿里納多．達．葛洛塔菲拉塔外，就屬佐治是修道院裡最年長的僧侶，是許多僧侶在告解秘密時傾訴罪過的對象。」之後他轉過身去對那老者說：「站在您面前的是威廉・達・巴斯克維爾修士，我們的賓客。」

「希望我說的話沒有冒犯您，」那老人語氣冷硬，「我聽到有人因可笑之事而笑，所以我以會規提醒他們注意。正如聖詠作者所言，如果說僧侶為了在生活中經常保持靜默的精神，有些時候甚至好話也要控制，那麼為了害怕罪過的重罰，就更要遠避邪惡的言語了。112
既有邪惡的言語，自然也有邪惡的圖像。那些圖像會蒙蔽造物的形式，展現出與世界相反的樣貌，過去如此，未來數百年也是如此，直到世界末日為止。不過您來自另一個修會，聽說在那裡即便是不宜的快樂也能得到寬恕。」他暗示的是本篤會修士對聖方濟各古怪言行的傳言，以及被歸咎於小弟兄修會、屬靈會的諸多不當行徑的各種流言蜚語，那是方濟各會最近新成立、令人議論紛紛的支會。但威廉修士假裝聽不懂他的含沙射影。

「頁緣的圖像往往引人發笑，但那是為了教化。」他回答道：「如同在宣道的時候，為了激發群眾的想像力需要舉例，例子常常是令人發噱的，所以在談到圖像的時候，也應該對此輕浮給予寬容。從動物寓言書中可以為每一種德行與罪過找到例子，動物反映的正是人類世界。」

「喔，是的，」老者語帶嘲諷，但臉上沒有笑容，「每一個圖像都能激發美德，因為造物的傑作頭下腳上顛倒之後，就變成了笑柄，所以天主之言能透過彈琴的驢、用盾牌犁地的傻瓜、把犁套在自己身上的牛、逆流而上的河、燃燒的海和當隱士的狼顯現！你們用牛驅趕野兔，讓貓頭鷹教文法，放狗咬跳蚤，瞎子盯著啞巴，叫啞巴去買麵包，螞蟻生下小牛犢，烤雞飛上天，烤餅在屋頂上發麵，鸚鵡開修辭學的課，母雞讓公雞受孕，把推車裝在牛前面，讓狗在床上睡覺，所有人都頭下腳上用手走路！這些輕浮之事是為了什麼？把天主所立的世界顛倒錯置，還拿教導神聖戒律當藉口！」

「可是狄奧尼修斯[113]說過，」威廉態度謙遜，「唯有透過歪曲變形之物才能提起天主的名。休葛．狄．桑維克托[114]也提醒我們越能在同中求異，真理就越能在可怖不莊重的形體中顯現，想像力也比較不會耽於肉慾享樂，反而被迫在猥褻圖像下尋找被遮掩的奧蹟……」

「這個論點我很清楚！而且我必須羞愧承認，當年克呂尼修會隱修士跟熙篤會修士辯論時，這正是我們修會的主張。可是聖伯爾納鐸[115]說得沒錯：以體現自然中鬼怪奇物來揭示天主之事的人，彷彿透過一面鏡子觀看，一切朦朧不清，他漸漸以從自然中找到畸形為樂，並樂此不疲，而他眼中從此只見那些，不見其他。您還看得見，您只要看看我們中庭的那些柱頭，」他伸手指了指窗外的教堂，「在專注於冥思的僧侶眼中，那些可笑的妖魔，那些變形之美及美之變形意味著什麼？那些舉止齷齪的猴子呢？那些獅子、人馬，那些嘴巴長在肚子上、只有一隻腳、有招風耳的半人半獸呢？那些身上有斑點的老虎、搏鬥中的戰士、吹著號角的獵人，還有那些一頭多身、多頭一身的怪物呢？哺乳動物長了蛇尾巴，魚長出了哺乳動物的頭，有動物上半身是馬下半身是羊，還有馬的頭上長出了角等等，對僧侶而言觀看大理石雕比閱讀經文有趣太多了，寧願讚嘆人的作品而不去思索天主的法則。你們眼中的欲望和你們的笑容，可恥啊！」

這位了不起的老者氣喘吁吁，住口不說。我很佩服他鮮明的記憶力，儘管失明多年，卻還清楚記得剛才跟我們說的猥褻圖像。他在描述的時候仍不減熱情，我不禁懷疑當年他尚未失明時，恐怕也被那些圖像深深迷惑過。我發現最誘惑人心的罪行，往往會在道德無懈可擊、戮力撻伐罪行誘惑力和影響力的那些人所寫的書中重現。我想這些人都是受到見證真理的熱情驅使，為了他對天主的愛，急於將惡的誘人面紗揭開，讓所有人都清楚知道惡魔將如何誘惑他們。而我卻在聽了佐治的話之後，興起強烈欲望想看看他口中所說在中庭裡的老虎和猴子，是我之前沒看到的。不過佐治打斷了我的思緒，因為他又繼續往下說，但語調不如先前那般高亢。

「我們的主不需要這麼多蠢物以指引我們直路。他的比喻中沒有任何引人發笑或令人畏懼的。阿德莫之死讓你們為他哭泣，但是他沉溺在自己筆下的妖魔世界之中，對這些圖像的本末倒置視而不見。他走的全是岔路，」佐治的聲音變得很嚴肅，而且語帶威脅，「邪門歪道的岔路。願主懲罰他。」

寫字間裡鴉雀無聲。打破沉默的是魏納茲歐。

「可敬的佐治，」他說：「您的聖德讓您有失公允。阿德莫死前兩天，您在這寫字間裡親耳聽見一場學理辯證。阿德莫擔心他的藝術展現古怪幻想，原是想藉此讓人認識天主之事，恐怕反而讓人誤解了天主榮光。威廉修士剛才引述狄奧尼修斯對變形的看法，那天阿德莫引述的則是另一位名師阿奎那博士所言，他說天主之事與其用尊貴軀體不如用卑賤軀體展現。其一在於人的心靈比較容易自錯誤中得到解脫，的確有些特徵不能歸於天主，否則會讓人懷疑那些特徵適用於有形的尊貴軀體。其二，以卑賤軀體表現比較適合我們在人世間對天主的認識，祂多以『不是』而非『是』來顯現自身，[116]所以拿與天主最背道而馳的事物與之類比時，反而能讓我們對祂有更清楚的認識，因為如此一來我們知道祂是在我們所言所思之上。其三，這樣也較能隱藏天主施予卑劣之人身上的事。[117]總而言之，那天的討論旨在釐清如何能透過令人訝異、強烈、莫測高深的表現手法以發掘真理。我還提醒他說，我在偉大的亞里斯多德著作內找到了關於這個議題的清楚論述……」

「我不記得了，」佐治硬生生打斷魏納茲歐的話，「我老了，我不記得了。或許是我過於嚴厲。時間不早，我得走了。」

「您說您不記得實在很奇怪，」魏納茲歐不肯妥協，「那天的辯證很廣博也很有意義，班丘和貝藍格都參與了討論。談的是隱喻、雙關語、謎語看似是詩人純粹為了樂趣而想像出來的，無異於以意想不到的新方法探究事物，但我說即便如此，那也是需要智慧的一種德……那天馬拉其亞也在……」

「既然可敬的佐治說他不記得，請體諒他年事已高、心智疲憊……雖然平時他的心智總是活躍的。」在旁邊聆聽的一個僧侶插嘴接話，他剛開始語氣激動，但後來發現在他請大家體諒佐治年邁的時候，突顯了老者的弱點，便收斂起情緒，說到最後近似低語道歉。說話的人是圖書館助理管理員貝藍格，他是個臉色蒼白的年輕人，看著他，我想起了鄔勃汀諾對阿德莫的形容，他有一雙淫蕩女子的眼睛。此刻大家的目光都盯著他看，他羞怯地絞著雙手，彷彿想要壓抑內心的緊張。

魏納茲歐的反應很不尋常，他看貝藍格的方式讓貝藍格垂下了雙眼。「好吧，弟兄，」魏納茲歐說：「如果說記憶是天主的恩典，那麼遺忘應該也是好的，需要尊重。但我尊重的是年長弟兄的遺忘。至於你，我倒是清楚記得當我們大家在這裡，跟您那位十分親愛的朋友在一起時所發生的事……」

我不確定魏納茲歐在說到「十分親愛」的時候是否提高了聲調，但我察覺到現場氣氛變得很尷尬，每個人都望向不同方向，就是沒人看整張臉紅到發紫的貝藍格。這時馬拉其亞以威嚴的聲音說：「威廉修士，請跟我來，我拿其他有趣的書給您看。」

大家紛紛散去。我瞥見貝藍格惡狠狠地瞪了魏納茲歐一眼，魏納茲歐也默默地還以相同眼神。我看到年邁的佐治準備轉身走開，在尊敬之情驅使下，我低頭親吻他的手。那位老者接受了我的親吻後，將手放在我的頭上，詢問我是誰。當我告訴他我的名字，他差一點露出微笑。

「你有一個偉大且美麗的名字。」他問：「你知道阿德索・德・蒙蒂耶[118]是誰嗎？」我老實告訴他我不知道。於是佐治往下說：「他寫了一本很可怕的書，《假基督之書》，記載了他預見會發生的事，但沒有人相信他。」

「那書是在千禧年前完成的，」威廉說：「預言之事並未發生……」

「那是因為不肯睜眼去看，」那盲眼老者說：「假基督之路走得很慢，很曲折。他在我們以為他不會來的時候來臨，不是因為宗徒計算的時間錯誤，而是因為我們掉以輕心。」他放聲大喊，聲音在寫字間的拱頂迴蕩：「他快來了！你們不要浪費最後幾天時間取笑那些皮膚生斑、尾巴扭曲變形的妖魔鬼怪！不要虛擲最後七天！」

第一天　晚禱

參觀修道院其他地方，威廉對阿德莫之死有了一些定見，
跟負責玻璃工藝的弟兄談閱讀用鏡片，以及讀書太過貪心的人會產生的幻象。

此時晚禱鐘聲響起，僧侶們紛紛準備離開，馬拉其亞示意我們也該離開。他要跟他的助理貝藍格留下來收拾東西，還有（他是這麼說的）晚上要整理圖書館。威廉問他是否會關閉所有門。

「從廚房跟用膳室通往寫字間沒有門，寫字間和圖書館之間也沒有門。院長的禁令比任何門都有效。夜禱前僧侶們可使用廚房及用膳室，在那之後，為了阻止無視院長禁令的外人或動物進入主堡，我會親自關閉由外進入廚房及用膳室的門，讓主堡與外界隔絕。」

我們走下樓。其他僧侶往教堂唱詩班方向走去，我的導師則認為即便我們不參加時辰頌禱禮，天主也應該會寬恕我們（接下來幾天，天主得寬恕我們的事情不少！），他建議我跟他到處走走，好熟悉一下修道院。

我們走出廚房，穿過墓園，那裡有些墓碑是新近立起的，有些墓碑則已有歲月痕跡，訴說的是數百年來僧侶的人生故事。墓碑上無名無姓，但有石雕十字架。

變天了。颳起一陣冷風，天空灰濛濛的。隱約看出夕陽在菜園後方隱沒，黑夜已在東方升起，我們沿著教堂唱詩班外朝東走去，來到修道院後方。緊鄰著牆垣的，有主堡的東側塔樓矗立，還有畜欄，養豬人正在把裝了豬血的缸子蓋起來。我們注意到畜欄後方的牆垣比較低矮，可以探頭眺望。牆垣下方地勢陡然下沉，讓人看了頭暈目眩，底端有一塊地面未被

白雪完全覆蓋。顯然那是堆肥的地方，汙物從牆頭這裡往下丟，落在下方彎道上，那條路叉出的小徑就是逃跑的勃內拉探險的地方。我之所以說那是堆肥，因為那是一大堆臭烘烘的汙穢物，臭氣直熏我所在的牆頭，只見低地的農夫跑來將那堆汙物載走施作在農地上。不過除了牲畜和人的排泄物之外，當中還有其他固態雜物，全都是修道院為了維持它與山巔及天空的純淨關係而排出的無用之物。

旁邊的馬廄裡，馬伕正牽著馬匹去牲口槽進食。我們沿著貼牆而建的數間馬廄往前走，右手邊緊鄰著唱詩班的是僧侶寢舍，旁邊是廁所，然後這面東向的牆折轉向南，轉角處有冶煉坊，幾名鐵工正在收拾工具和鼓風器，準備去參加時辰頌禱禮。威廉好奇地走向冶煉坊內某個獨立角落，那裡有一位僧侶也在收東西。他桌上有各種顏色的美麗玻璃，尺寸很小，大面積的玻璃則倚牆而立。他面前有一個尚未完成的聖物盒，銀質骨架做好了，玻璃及寶石也已用工具切割成珠寶大小，顯然鑲嵌工作還在進行。我們就這樣認識了尼可拉・達・摩利孟多，他是修道院的玻璃匠師。他跟我們說冶煉坊後方做吹玻璃，前方則有鐵匠將玻璃固定在鉛框上，製作玻璃窗。不過，他又說，教堂和主堡的美麗玻璃窗是兩百多年前的作品，如今做的都是小件作品，或修理老舊物件。

「很辛苦，」他說：「因為找不到以前的顏色，特別是你們在唱詩班看到的藍色，清澈透亮，日頭高升的時候照入中殿的光彷彿來自天堂。中殿西側的玻璃窗是不久前重做的，品質就不一樣，夏天尤其明顯。沒辦法，」他補了一句，「我們的聰明才智不如前人，巨人的時代已經結束了！」

「我們是侏儒，」威廉表示同意，「不過是站在巨人肩膀上的侏儒，儘管我們相形遜色，但有時候我們能看得比他們更遠。」

「我倒想知道有什麼是我們做得比他們好的！」尼可拉感嘆道：「你若到教堂地窖去，那是修道院存放寶物的地方，你會看到作工精細的聖物盒，而我現在埋頭做的這個小玩意兒，」他指了指自己桌上的那個聖物盒，「會讓你覺得滑稽可笑！」

「既然以前的匠師能做出極美的作品流傳後世，沒有任何律法規定現在的玻璃工匠必須繼續做窗戶，金銀匠非得繼續做聖物盒不可。否則我們會有太多聖物盒，而今時今日能提供聖物的聖人卻少之又少。」威廉語帶嘲諷，「本來就不應該一直埋頭做窗戶。我在不同國家看到他們用玻璃做出新東西，我相信玻璃未來不再只為時辰頌禱禮服務，也可以用來改善人的缺點。我要給你看一樣東西，是近日的產物，我很榮幸能擁有如此有用的實物。」他把手伸入僧袍內，拿出他的透鏡，尼可拉看得目瞪口呆。

尼可拉興致勃勃地接過威廉遞給他的叉形器：「加了框的玻璃之眼！」他驚呼一聲，「我聽一個在比薩城認識的喬丹諾修士說過！他說是不到二十年前的發明。而我跟他談話已經是二十多年前的事了。」

「我認為這在更早就發明了。」威廉說：「只是很難製造，需要十分專業的技術，費時費力。十年前這副閱讀用玻璃鏡片在波隆尼亞要賣六個錢幣。我這副是十年前一個大師送的，他名叫撒威諾・達伊・亞瑪提[119]，這些年來我始終小心翼翼對待它，彷彿它是我身體的一部分。其實它已經是我身體的一部分了。」

「希望找一天你能讓我好好研究一下，我期待能做出類似的東西。」尼可拉語氣很激動。

「當然，」威廉同意，「但是要注意，玻璃片的厚度得依照戴它的眼睛需求調整，所以要在使用者身上試很多次，找出適合的厚度。」

「真是太神奇了！」尼可拉繼續說：「很多人恐怕會說這是巫術和魔鬼的陰謀……」

「你當然可以說這些東西是魔術，」威廉說：「但是魔術有兩種。一種是魔鬼之作，企圖透過不當巧計使人墮落。另一種則是天主之作，透過人的明識顯現天主的明識以改變自然，而其中一個目的就在於延長人類壽命。後者便是天主的魔術，也是學者應該鑽研的對象，不僅是為了發掘新事物，也是為了發掘天主在自然中揭示的許多奧秘，祂之前告訴過希伯來人、希臘人及其他先民，現在對異教徒也並不吝嗇。（你不知道在異教徒的書中記載了多少有關視覺和視力科學的研究！）基督教科學應該重新掌握所有這些知識，不能讓非信徒和異教徒專擅其事，因為他們沒有資格，只有我們才擁有保管這些珍貴真理的權利。」

「為什麼擁有這個知識的人不傳授給所有天主的子民呢？」

「因為不是所有天主的子民都準備好要接受這麼多奧秘，往往會將擁有這個知識的人誤認為是與魔鬼簽下契約的巫師，以至於這些人為了把他們所知告訴大家反賠了性命。在參與有人被指控與魔鬼打交道的審判過程時，我都不用這副鏡片，寧願請志願協助的人員將我需要閱讀的文件讀給我聽，否則在魔鬼無所不在、人人都能聞到硫磺臭味的時刻，我恐怕會被視為被告的同路人。再者，偉大的羅傑・培根說過，科學的秘密不得落入所有人手中，因為有人可能會用以行惡。常常智者不得不把某些神奇之書寫得看似毫無神奇之處，正是為了避免它落入有心人手中。」

「你擔心素民可能會利用這些秘密做壞事？」尼可拉問。

「說到素民，我只擔心他們會被嚇到，把這個跟宣道者跟他們說的魔鬼之術混為一談。你知道嗎，我認識幾位醫術高超的醫生，他們以蒸餾製成的藥物能有效治療疾病，但是當他們把藥膏或藥水給素民的時候還得頌讀幾句話，聽起來很像祈禱文，不是因為祈禱文能治病，而是因為人心若由衷相信那配方，身體接受藥物的作用也會比較好。不過對科學有害的往往不是素民，而是智者。今天有神奇的機器可以左右自然進程，但如果這些機器落入某些居心叵測、企圖拓展自己世俗權力的人手中就麻煩了。有人跟我說，在中國有一位智者，配製出一種粉末，與火接觸後會發出巨大的聲響及火花，足以摧毀數公尺之內所有東西。這個神奇發明可以讓河流改道，或在墾荒時移除巨石。萬一有人拿來對付自己的敵人呢？」

「或許也不錯，可以對付天主子民的敵人。」尼可拉心懷虔誠。

「或許吧，」威廉沒有否認，「可是今天誰是天主子民的敵人？神聖羅馬帝國皇帝路易四世？還是教宗若望？」

「我的上主！」尼可拉驚慌失措，「這麼令人痛苦的問題，我可不想獨自決定！」

「你看吧，」威廉說：「有時候某些秘密還是繼續藏在神秘論述中比較好。自然的奧秘無法用羊皮紙或羔羊皮紙傳承。亞里斯多德說秘密之書若傳遞太多自然和藝術奧秘，會觸犯天條，遭致不幸。這並不是說秘密不得揭示，但需要由學者決定何時揭示，如何揭示。」

「所以說在像這樣的地方，」尼可拉說：「就不是每一本書都適合大家閱讀。」

「這又另當別論，」威廉說：「過於多言和過於沉默都可能是罪。我剛才的意思並非要將科學來源隱而不宣，我認為那麼做大錯特錯。我的意思是，在處理可能衍生善或惡的奧秘時，學者有權利跟責任採用隱晦的語言，只讓他的同伴理解。科學之路難行，辨明善與惡也不簡單。新時代的學者往往只是站在侏儒肩膀上的侏儒。」

跟我導師這段推心置腹的對話，想必讓尼可拉心有戚戚焉。他對威廉眨了眨眼（好像是說：我們彼此了解，因為我們說的是同樣的事），然後意在言外地說：「不過那裡，」他指了指主堡，「科學的秘密受到魔法書的嚴密保護……」

「是嗎？」威廉一副莫不關心的樣子，「就是大門緊閉，嚴格禁令，外加恫嚇吧。」

「不只，還有其他……」

「例如什麼？」

「我也不是很清楚，畢竟我負責的是玻璃而不是書，但是在修道院裡有一些傳言……很奇怪……」

「怎樣的傳言？」

「很奇怪。說有僧侶入夜後潛入圖書館，結果看到了魔法，有蛇、無頭人跟雙頭人。他離開那個迷宮的時候差點瘋掉……」

「你為什麼說那是魔法，而不說那是惡魔現身？」

「因為我雖然是個不值一提的玻璃工匠，但還不至於那麼愚昧天真。魔鬼（天主拯救我們！）不會用蛇跟雙頭人誘惑僧侶，要的話也會用色慾幻覺，像他對沙漠中的神父一樣。再說，如果閱讀某些書是惡，魔鬼又何必制止僧侶去做呢？」

「聽起來是很合理的省略推理。」我的導師也同意。

「而且我修理醫療所玻璃窗的時候，翻看了幾本賽夫禮諾的書。其中有一本秘密之書，應該是大阿爾伯特寫的，裡面有幾幅奇異的泥金裝飾畫引發我的好奇心，我看到書中寫著如何在油燈燈芯上抹油，之後的薰煙會製造幻覺。你還沒在修道院過夜所以不知道，之後你就會發現主堡頂樓在夜裡有光。某些地方從玻璃窗透出微弱的光，很多人都在問那是什麼，有人說是鬼火，或是已經過世的圖書館管理員僧侶的靈魂回來看管他們的疆土。很多人都相信這個說法，但我認為那是為了製造幻覺的油燈。你知道，如果取狗耳朵裡的油塗抹在油燈燈芯上，吸入那盞燈煙的人會以為自己有狗頭，如果旁邊有人，則會看到那人有狗頭。還有另外一種燈油會讓附近的人都覺得自己體積如大象般碩大。用蝙蝠眼睛加上我不記得名字的魚兩條，再加上狼膽汁做出來的燈芯，會讓你看見燈油來源的那些動物。用蜥蜴尾巴做的燈芯，會讓你眼前一切都是銀色的；若用黑蛇蛇油加裹尸布碎片，房間裡看起來像爬滿了蛇。這些我都知道。圖書館裡有人很狡詐……」

「會不會是過世圖書館管理員的靈魂施法呢？」

尼可拉變得焦慮不安，「這我倒沒想過。有可能。願天主庇佑我們。時間不早，晚禱已經開始了。再見。」他說完便往教堂走去。

我們沿著南向牆垣走，右邊是朝聖者庇護所、大會堂和小花園，左邊是榨油坊、磨坊、穀倉、地窖和見習僧居所。大家都匆匆走向教堂。

「您對剛才尼可拉說的有什麼想法？」我問威廉。

「不知道。圖書館裡的異象，我不認為跟過世圖書管理員的靈魂有關……」

「為什麼？」

「因為我想他們應該都是有德之人，此刻一定在天國，希望這個答案讓你滿意。至於亮光，如果有，我們就會看到。我們的玻璃匠師所說燈蕊一事，其實有更簡單的方法製造幻覺，賽夫禮諾很清楚，你今天應該也聽出來了。確定的是，修道院不希望有人趁夜潛入圖書館，但很多人嘗試過，或持續嘗試。」

「我們的兇案跟這個事情有關嗎？」

「兇案？我越想越覺得阿德莫是自殺的。」

「為什麼？」

「你記得今天早上我注意到那一處堆肥嗎？我們往山上走的時候，經過東側塔樓下方的彎道，我注意到那裡有崩塌的痕跡，在堆肥那附近的土壤，是因為崩塌才滑到塔樓下方的。所以剛才我們從高處往下看的時候，那堆肥僅有局部被雪覆蓋，也就是說覆蓋其上的只有昨天下的雪，而不是前幾天的積雪。院長說阿德莫的屍體因為撞擊岩石殘破不堪，而東側塔樓下方連結峭壁的斜坡上有一片松林，岩石所在的位置是牆垣正下方，形成一種石階，之後才是堆肥。」

「所以呢？」

「所以你想想看，其實……怎麼說呢……對我們來說比較不費力的推測是，雖然原因不明，但其實阿德莫是自行從矮牆縱身躍下，撞到岩石堆後，不管是否已經斷氣，再往下跌墜到堆肥裡。而那天晚上颶風造成的山壁崩塌，讓堆肥、部分土壤和那可憐孩子的屍體一起往下滑落到東側塔樓下方。」

「為什麼您說這樣的推測對我們來說比較不費力？」

「親愛的阿德索，除非萬不得已，事由和解釋宜簡不宜繁。如果阿德莫是從東側塔樓墜落的，那麼他必須先潛入圖書館，而且得有人將他擊昏，他才不會反抗，之後還得想辦法扛著昏死過去的他爬上窗戶，打開窗戶，再把這個可憐人往下丟。若依我的假設，只需要阿德莫自己往下跳，加上山崩就夠了。用最少的事由就可以解釋一切。」

「可是他為什麼要自殺？」

「他為什麼要自殺？當然需要找出理由。我想肯定有其原因。主堡裡彌漫著有口難言的氣氛，每個人都對我們有所隱瞞。不過我們已經看出些端倪，雖然並不明確，但阿德莫和貝藍格之間的關係很微妙。我們得好好盯著圖書館助理管理員。」

我們說話的時候，晚禱已經結束。僕役先回到各自工作的地方，等著之後用晚膳，僧侶們則往用膳室方向走。天色已黑，開始飄雪。雪不大，我想那輕柔的雪花恐怕持續下了一整晚，因為第二天早晨修道院地面上一片銀白。這部分之後再說。

我餓了，想到馬上可以用膳，感覺鬆了一口氣。

第一天　夜禱

威廉和阿德索受到院長殷勤款待，與佐治有一段針鋒相對的談話。

在碩大火炬照耀下，用膳室通室明亮。僧侶們的座位是一排長桌，為首的是院長的桌子，與其他長桌垂直，立於一寬廣平台上。正對面是講道台，負責於晚膳讀經的僧侶已經就定位。院長拿著一塊白布站在小水泉前，為我們一一擦拭洗淨後的雙手，那是聖帕克謬[120]訂下的古老規矩。

院長邀請威廉與他同桌，還說因為我是新來的賓客，所以雖然我是本篤會見習僧，但那晚也享有同等禮遇。他慈愛地對我說，之後我可以與其他僧侶同桌，如果我的導師有任務交付給我的話，我可以在用膳時間之前或結束後到廚房去，廚子自會幫我準備妥當。

僧侶們此刻動也不動地站在桌前，兜帽低垂於臉上，雙手放在外袍下。院長走到他的桌前，說**讚頌主**，講道台的僧侶便吟唱**貧困的人必將食而飽飫**[121]。院長為大家祈福後所有人才坐下。

根據本篤會創會會規，餐飲應節制，但讓院長可以自行決定僧侶們實際所需。其實各修道院對於餐桌上的享受已不如以前嚴格，我說的不是某些過於縱情貪饕的修道院，不過即便是遵循苦修樞德準則的修道院，也會提供給負擔沉重研究工作的僧侶們豐盛的食物，不至怠慢。再者，院長的主桌永遠享有特權，因為常有尊貴賓客在座，而且修道院也以自己的農產、畜牧和廚子的精湛手藝為傲。

僧侶用餐時，依照傳統保持靜默，只能以我們習用的手指字母[122]交談。菜餚先送上院長桌，由見習僧和較年輕的僧侶接過分菜後，再傳給其他人。

與院長同桌的除了我們，還有馬拉其亞、修道院管事和兩位最年長的僧侶，一位是我們在寫字間見過的盲眼長者佐治，另一位則是年事已高的阿里納多·達·葛洛塔菲拉塔，他年近百歲，走路不良於行，身體十分衰弱，而且在我看來已昏聵失能。院長跟我們說阿里納多還是見習僧的時候就來到這間修道院，一直住在這裡，能記得至少八十年來院裡的所有事情。院長剛開始壓低了聲音說話，後來便遵循會規在靜默中聆聽讀經。但如我先前所說，院長主桌總有一些特權，當院長盛讚好油和美酒的時候，我們也忍不住讚美盤中佳餚。一次他在幫我們倒酒時，不忘說到會規中聖本篤認為酒不適合隱修士，可是生在我們的時代，既不能以此理折服隱修士，只能勸誡他們不要飲至貪足，因為醇酒迷惑明智人，聖經〈德訓篇〉亦有此言[123]。聖本篤那時候說「我們的時代」，指的是他那個時代，年代已經久遠，更何況是經歷了諸多風氣敗壞後，在修道院用晚膳的我們所屬的年代（我說的並非我動筆此刻的年代，在梅爾克對啤酒的態度頗為寬容）。總之，我們飲酒並不貪足，但也津津有味。

我們吃的是剛宰殺的豬肉做成的烤肉串，我發現這裡烹煮其他食物的時候，用的不是動物或植物油，而是美味的橄欖油，來自修道院在山腳下面海處擁有的一片橄欖園。院長讓我們品嘗（專為主桌準備）我在廚房看到廚子料理的那隻雞，我注意到他用了一支金屬叉，形狀很像我導師的那副鏡片，這點十分罕見：這位身分尊貴的主人不想被食物弄髒他的手，還讓我們用他的工具將肉從大盤子裡夾到我們的碗中。我婉拒了，但是威廉卻開心接受，而且很自在地使用那屬於上流人士的工具，或許是為了不要讓院長覺得方濟各會修士沒有見過世面、身分卑微。

那一道道美味菜餚讓我極為興奮（經過數天旅行，只求溫飽後），沒專心聆聽持續誦讀的經文內容。但是佐治表示贊同的喃喃自語喚起我的注意，我這才發現誦經人誦讀的正是我們的會規。聽過佐治下午的發言，我明白他為何如此滿意。那誦經人說：「讓我們照著先知的話去做：我決定了，我要謹遵我的道路，免得我以口舌犯罪，當惡人在我面前時，我以口罩籠住我嘴。我默不作聲，以免口出惡語。在此，先知指出來，如果我們為了在生活中經常保持靜默的精神，有些時候甚至好話也要控制，那麼為怕罪過的重罰，就更要使我們遠避邪惡的言語了！」然後又接著說：「粗俗的戲言，無益的閒話或引人發笑的話，無論何時何處，我們都要明令禁止弟子開口說這類的話。」[124]

「這段話也適用於今天談到的頁緣圖像。」佐治忍不住低聲評論，「金口若望[125]說基督從未笑過。」

「但他的人性並未禁止他笑。」威廉說：「因為就神學家所言，笑是人的天性。」

「人子或可笑，但無從得知他是否笑過。」佐治直接引用培特魯斯．康托[126]的話回答。

「可是，」威廉以虔敬表情絮絮說道：「在火刑架上的聖羅倫佐請行刑者幫他翻身，說他背面已經熟了，普魯登修斯在《殉教者頌》[127]書中也是如此記載的。所以聖羅倫佐會說逗人發笑的話，儘管那是為了羞辱敵人。」

「這說明了笑與死亡及軀體敗壞十分接近，」佐治咆哮反擊。我得承認他說的話頗合乎邏輯。

這時候院長好言請我們保持安靜。用膳時間即將結束。院長站起來向所有僧侶介紹威廉，盛讚其睿智，突顯其聲名，並告訴大家他已委託威廉調查阿德莫之死，請所有僧侶回答威廉的問題以利釐清原由，他補充說，但不得違背修道院規定。若遇牴觸，需要得到他的允准。

晚膳結束後，僧侶起身準備去唱詩班做夜禱，他們重新戴上兜帽遮住臉，先在門口排成一列不動，然後魚貫穿過墓園，從北側大門進入唱詩班。

我們走在院長身旁。「這個時候該關上主堡的門了，是嗎？」威廉問他。

「等僕役打掃完用膳室和廚房後，圖書館管理員會親自由室內關上所有的門。」

「從室內關？他要怎麼離開？」

院長臉色一沉：「他自然不會睡在廚房裡。」他冷冷說完就加快了腳步離去。

「很好，很好，」威廉低聲跟我說：「這表示還有另外一個入口，只是不讓我們知道。」我以他的演繹能力為傲，揚起嘴角微笑，被他訓斥道：「別笑。你沒看出在這牆垣之內，笑可是惡名昭彰的。」

我們走進唱詩班，那裡只有一盞油燈，立在兩個人高的堅固青銅三腳架上。僧侶們安靜入座的同時，頌經人誦讀的是聖額我略[128]的一段宣道文。

然後在院長示意下，頌經人開始吟唱：「應以堅固的信德抵抗他。」院長回答：「吾等救援乃上主聖名，」大家齊聲應和：「他乃天地萬物之創造者。」接下來開始吟唱聖詠：「我公義的天主！我一呼求你，你就應允了我；上主，我全心讚頌你；上主所有的一切僕人，請讚美上主。」我們隱身在中殿，並未坐在唱詩班座位上，發覺馬拉其亞從側邊一個黑漆漆的禮拜堂突然冒了出來。

「你看清楚那個位置，」威廉跟我說：「那裡可能有通道可以進入主堡。」

「經過墓園下方？」

「有何不可？回頭想想，修道院裡應該有一間藏骨室，這幾百年來不可能把所有僧侶都葬在那一小方墓園裡。」

「您真的要在夜裡潛入圖書館？」我驚恐萬分。

「夜裡有僧侶鬼魂、巨蛇和神秘火光的圖書館？阿德索，我的好孩子，不會。我今天動過這個念頭，不是為了好奇，而是因為我不明白阿德莫是怎麼死的。可是現在，我跟你說過，我找到了一個更合乎邏輯的解釋，而且我還是希望能遵守這個地方的規定。」

「那你為什麼要知道通道的事？」

「因為科學不只在於釐清應該做什麼或可以做什麼，也在於知道可能可以做什麼以及不該做什麼。這就是為什麼我今天跟那位玻璃匠師說智者應該用某種方式掩飾他發現的秘密，以免其他人用來行惡，但他仍應該將秘密挖掘出來。我認為這間圖書館有許多秘密尚未被發現。」

我們邊說邊步出教堂，因為晚禱已經結束。我們兩個都累壞了，走回我們的小房間裡，我蜷縮在威廉戲稱為我的「墓穴」的壁龕裡，轉眼便沉沉睡去。

第二天

第二天　晨經頌讀

短短數小時的奧秘喜悅因血腥事件而中斷。

有時候是魔鬼的象徵，有時候是耶穌復活的象徵，最不值得信任的動物便是公雞。我們修會養了幾隻懶惰的公雞，太陽升起也不啼鳴。加上冬日晨經頌讀時辰是在深夜，大自然尚在酣睡，僧侶們必須摸黑起身，且長時間在黑暗中祈禱等待白晝到來，以虔誠之火照亮所有陰暗角落，因此早有巧思慣例安排守夜僧侶，他們不跟其他弟兄們一同就寢，而是整夜有節律地吟唱固定篇數的聖詠，以計算時間流逝，等時辰將至便把其他人從睡夢中喚醒。

那天夜裡我們就是這麼醒來的，守夜僧侶搖著小鈴走遍寢舍和朝聖者庇護所，其中一人會挨次進入每個房間大喊**讓我們稱頌主**，大家則回應**感謝主**。

威廉和我也遵守本篤會習俗，不到半小時便準備好迎接新的一天。我們去到唱詩班，僧侶俯伏在地吟唱聖詠前十五篇，直到所有見習僧在導師引導下入席完畢。等所有人都在自己的位子坐定後，唱詩班便齊聲說**我主，求你開啟我的口唇，我要親口宣揚你的光榮**。那聲音響徹教堂拱頂，彷彿少年的懇求。兩名僧侶站上講道台，開口吟唱聖詠第九十四篇**請大家前來，我們要向上主歡呼**，接著再讀其他篇章。我感受到全新的信仰熱情。

六十個僧侶坐在唱詩班座位上，外袍和兜帽讓他們每個人看起來都一樣，碩大火炬的微光照著那六十個黑影，六十個聲音齊聲讚美主。聽著那動人的悅耳聲，彷彿踏入天堂大門，我自問這間修道院怎麼可能會掩蓋奧蹟，又怎麼可能為了揭發其事而有不法企圖，甚或有闇黑威脅呢？此刻這個地方在我看來是德行之所、學識之庫，智德之舟、智慧之塔、良善之屏障、勇德之堡壘和聖德之香爐。

吟唱完六篇聖詠之後開始讀經。有幾位僧侶因睏倦，身體開始搖晃，手持一盞小燈的守夜僧侶在座位間走動喚醒睡著的人。若有人睡著被叫醒，便得接下小燈負責巡查以示贖罪。緊接著再吟唱六篇聖詠，然後院長為大家祈福，頌唱人讀禱詞，大家面向聖壇低頭默思一分鐘，即便是從未體驗過這種神秘熱情和內心極致平靜時刻的人，也能感受到那份喜悅。最後，大家重新以兜帽遮臉，坐下後大聲唱出**讚主頌**。我也一起讚美主，因為祂讓我從疑惑及到達修道院第一天的不安感中解脫。我跟我自己說，我們很脆弱，魔鬼在這些學識豐富的虔誠僧侶之間散佈小小猜忌和敵意，但那不過是一縷輕煙，只要信仰的狂風吹來便煙消雲散，只要大家以主之名齊聚一堂，基督便會降臨在他們之間。

儘管夜色依舊深沉，但僧侶在晨經誦讀和晨禱之間並不回房。見習僧跟著他們的導師到大會堂去研讀聖詠，幾位僧侶留在教堂內整理聖器，其他僧侶則在中庭散步靜默冥想，包括威廉和我在內。天色未亮，僕役都還在睡覺，等我們回到唱詩班進行晨禱，這時僕役才起床。

重新開始聖詠吟唱，其中有一篇是星期一選讀經，讓我原先的驚懼再度出現：「惡人從心裡就喜愛不義，他毫無敬畏天主的誠意。他滿口盡是虛偽與詐欺。」我覺得那是不祥徵兆，彷彿會規預先發出可怕警訊宣告那一天會發生的事。就連聖詠吟唱結束後的〈默示錄〉讀經也無法安撫我心中忐忑，腦海裡浮現前一天讓我心我眼都被迷惑的拱門圖像。但在對經、聖歌和短誦結束，開始誦唸福音聖歌時，我發現唱詩班後方、聖壇正上方的窗戶透出微光，照亮了先前隱沒在陰影中的彩色玻璃。曙光未現，可能在我們吟唱**頌讚天主榮光**和**白晝**

至星辰隱的第一時辰祈禱時才會現身。儘管那只是冬日清晨的破曉微光，但已足夠，足以將我心中陰霾一掃而空，正如中殿的夜之漆黑開始有了明暗。

我們吟誦聖經，為聖言降臨照亮人群作見證，我感覺太陽之光似乎已經照亮整座殿宇。尚未現身的光在讚美詩的詞句中閃閃發亮，神秘的百合在拱頂交錯的肋筋中芬芳綻放。「感謝主賜給我此刻難以形容的歡欣，」我默默在心裡祈禱，「你這個愚者，有何畏懼？」

突然間從北方拱門傳來幾聲驚呼。我心想，那些僕役怎敢在準備工作時如此喧譁，擾亂日課禮儀。就在這時候，三個養豬人走了進來，一臉驚恐表情，他們走向院長，在他耳邊低語。院長先用手勢安撫他們，希望不要中斷晨禱，但其他僕役也走了進來，驚呼聲越來越大。「有一個人，有一個人死了！」其中一個這麼說。其他人說：「而且是位僧侶，你沒看到他的鞋嗎？」

禱告聲頓時停止，院長匆匆往外走，示意管事僧侶跟著他。威廉緊跟其後，其他僧侶也紛紛離開座位快步向外走去。

此時東方已大白，地上積雪讓整個修道院看起來更明亮。唱詩班後方的畜欄前面，前一天裝滿豬血的大缸中有一個近似十字形的奇怪東西立著，彷彿插入土中的兩根木樁，罩件破爛衣衫就能當嚇跑鳥兒的稻草人。但那是兩條人腿，是頭下腳上倒插在血缸子裡那人的雙腿。

院長叫人把屍體（顯然沒有活人能維持那個不舒服的姿勢）從那髒兮兮的液體中拖出來。幾個養豬人不無猶豫地走到缸邊，把自己也弄得一身是血，才把那滴著血的可憐人拖了出來。正如我之前聽說的，豬血倒入缸中之後必須立刻攪拌，擺放在低溫下，血便不會凝結。可是覆蓋在屍體上的那一層血已開始變硬，而且血不僅浸濕了僧袍，也讓死者面目難以辨識。有僕役帶著一桶水走來，將水潑在那可憐的屍首上，另一人彎下腰去，用布擦拭死者臉龐，出現在我們大家眼前的是臉色蒼白的魏納茲歐，是前一天下午跟我們站在阿德莫的手抄本前交談許久、研究希臘典籍的那位學者。

「或許阿德莫是自殺的，」威廉盯著他的臉，「但他肯定不是。他不可能爬上缸口，之後不小心失足跌落。」

院長走過來，「威廉修士，您看到了，修道院內確實不平靜，我們需要您的智德協助。我懇求您，快點行動吧！」

「剛才他有沒有來做日課？」威廉指著魏納茲歐的屍體問。

「沒有，」院長說：「我注意到他的位子是空的。」

「還有其他人沒來嗎？」

「好像沒有，其他的我沒發現。」

威廉躊躇了一會兒才開口問另一個問題，他刻意壓低聲音，不讓別人聽見：「貝藍格有出席嗎？」

院長略顯不安卻又欽佩地看著威廉，這表示他看到我的導師對他剛才動念起疑的事也有所懷疑大感意外，而院長之所以起疑顯然有他更充足的理由。院長匆匆回答：「有的，他的位子在第一排，靠近我右手邊。」

「當然，」威廉說：「這也不代表什麼。我想不會有人經由後殿進入唱詩班就座，所以這具屍體在這裡應該已有數小時之久，大家就寢後他便在此處了。」

「自然，第一批僕役拂曉時刻起身，所以他們現在才發現他。」

威廉彎下腰去看屍體，彷彿他慣於處理死屍。他拿起擺在一旁的布放入水桶中浸濕，將魏納茲歐的臉擦拭乾淨。這時候其他驚恐萬分的僧侶圍成一圈議論紛紛，院長命令大家安靜。賽夫禮諾從他們之中走出來，他負責修道院內遺體後續處理工作，站在我導師身旁也彎下了腰。我為了聽他們談話，也為了協助威廉換一塊乾淨的布，只得壓抑內心的恐懼和厭惡加入他們。

「你看過溺死的人嗎？」威廉說。

「很多次。」賽夫禮諾回答。「我如果沒猜錯的話，你的意思是溺死的人臉會腫起來，不是這個樣子。」

「所以某人將他丟進大缸裡的時候，他已經死了。」

「為什麼要這麼做？」

「為什麼要殺他？眼前這是心智扭曲之人的作為。現在得先檢查他身上是否有傷口或挫傷。我建議將他帶去澡堂，脫去衣物，清洗乾淨後再檢查。我會去那裡找你。」

賽夫禮諾得到院長同意讓養豬人把屍體運走的同時，我的導師要求所有僧侶循原路返回唱詩班，僕役也都退下，好把那塊地方空出來。院長沒有問原因，命大家照做。只留下我跟威廉兩個人，站在因為拖屍體出來、邊緣沾滿了血的大缸旁邊，周圍的白雪也全成了殷紅色，有的積雪因為潑水的關係融化了，地上還有一大塊深色汙漬，是擺放屍體留下來的。

「真是一團糟，」威廉指著周圍僧侶和僕役留下的紛亂腳印。「親愛的阿德索，白雪是一張羊皮紙，人體自會留下清晰筆跡，可惜這張羊皮紙已經被磨過重寫，恐怕看不出所以然了。僧侶從教堂奔跑至此，僕役則是成群結隊從畜欄和馬廄走來。唯一維持原樣的，是從畜欄到主堡那一段。我們去那裡看看是否能找到線索。」

「您要找什麼？」我問。

「如果魏納茲歐不是自己跳進大缸裡的，我想應該是有人把已經斷氣的他帶過來丟進去。帶著另一個人行走在雪地上會留下很深的足印，所以要試試看能否在這附近找到跟毀了我們羊皮紙的那些大聲嚷嚷的僧侶足跡不一樣的印記。」

我們沿路尋找。我得說立刻有所發現的人是我，願天主寬恕我的自負，我在那口大缸和主堡之間找到了某人的足印，很深，那個區域還沒有其他人走過，但我的導師立即注意到那足印比其他僧侶和僕役的略淺，意味著這些足印是更早之前留下來的，而後來下了新雪。讓我們更感興趣的是，在那些足印之間夾雜了一些連續痕跡，看來那人走路時拖著某樣東西。簡單來說，那道拖痕是從主堡南側和東側塔樓之間的用膳室門口延續到那口大缸旁的。

「用膳室，寫字間，圖書館。」威廉說：「又是圖書館。魏納茲歐喪命於主堡內，而且很可能地點是圖書館。」

「為什麼是圖書館？」

「我試著從兇手的角度思考。如果魏納茲歐是在用膳室、廚房或寫字間被殺，把他留在那裡豈不省事？但如果他是死在圖書館裡，就得將他搬至別處，一方面是因為他在圖書館裡永遠不會被發現（或許兇手希望的正是他被發現），一方面是因為兇手不希望大家把注意力聚集在圖書館。」

「為什麼兇手希望他被發現？」

「我不知道，我只是提出假設。誰說兇手殺害魏納茲歐一定是因為仇恨？說不定他殺害魏納茲歐，或殺害任何一個人的目的只是為了留下記號，為了表明某件事。」

「世間萬物，或如一本書，或如一幅畫……」我喃喃自語道：「會是怎樣的記號呢？」

「我也不知道。別忘了有些記號看似記號，實則毫無意義。就像你開口發出比立提立或布巴巴夫的音一樣。」

「那也太殘忍了吧，」我說：「只為了說出布巴巴夫這種無意義的話，就可以殺人！」

「為了說出我只信奉一個主而殺人，」威廉說：「同樣很殘忍。」

這時候賽夫禮諾來找我們。魏納茲歐的遺體已經洗淨、仔細檢查過了。身上沒有傷口，頭部也沒有任何挫傷。死因不明。

「彷彿上天懲罰？」威廉問。

「有可能。」賽夫禮諾回答。

「中毒呢？」

賽夫禮諾略微遲疑。「也有可能。」

「你的實驗室裡有毒藥嗎？」我們往醫療所走去的路上，威廉開口這麼問。

「要看你說的毒藥是指什麼。有些藥草少量有益健康，過量可導致死亡。我跟其他草藥師一樣都有這些東西，但使用時很謹慎。舉例來說，我在花園裡種了纈草，加少許幾滴在其他藥草製成的藥水裡可使紊亂的心跳穩定下來，劑量過多則會造成四肢麻痺死亡。」

「你在屍體上有沒有看出任何特殊毒藥的殘跡？」

「沒有。但很多毒藥不會留下痕跡。」

我們來到醫療所。魏納茲歐的遺體已在澡堂洗淨，帶到這裡來，放在賽夫禮諾實驗室的大桌上。這裡的蒸餾器、玻璃器皿和瓦器讓我聯想到煉金術士的工坊（其實我也不過是聽他人間接轉述過）。沿著靠外牆面有一排長長的層架，上面有各式各樣的細頸瓶、水壺和盆子，裡面裝滿了不同顏色的藥草。

「好棒的藥草收藏，」威廉說：「都是你花園裡栽種的？」

「不是，」賽夫禮諾說：「很多藥草很稀有，在這一帶無法生長，是經年累月由來自世界各地的僧侶們帶給我的。我也有許多珍貴、難以尋獲的藥草，可以跟易於從本地植物萃取的精油混合。你看這個……雞骨草，是中國藥草，一個阿拉伯學者給我的。蘆薈，來自印度群島，對傷疤癒合非常有效。水銀，可以讓人死而復生，或應該說它能喚醒失去意識的人。砷，非常危險，任何人吞食必死無疑。玻璃苣，是對肺病很有幫助的植物。毛水蘇，治療頭骨骨折效果絕佳。乳香，能改善肺積水和支氣管炎。沒藥……」

「三王朝聖帶去的沒藥？」我問。

「是三王朝聖帶去的沒藥，但也能預防流產。這是香柏油，木乃伊分解時產生，可用來當作許多神奇藥物的基底。曼德拉草，可以幫助睡眠……」

「也會刺激肉體欲望。」我的導師說。

「據說如此，但你們不難想像，在這裡的用途不同。」賽夫禮諾微笑道：「你們看這個。」他拿起一個細頸瓶。「鋅，對眼睛有神奇功效。」

「這是什麼？」威廉指著架上一顆石頭。

「這個？是很久以前有人送我的，我想應該是色薩利石或色薩里石。似乎具有不同療效，但我尚未發現用途。你知道嗎？」

「我知道，」威廉說：「但它並非藥物。」他從僧袍裡拿出一把小刀，靠近那顆石頭。威廉動作很輕，但是當小刀距離石頭很近的時候，可以看見刀刃猛然一抖，若非仔細看會以為是威廉抖動手腕，但其實他完全沒動，而刀刃就這麼貼上了石頭，還發出清脆的金屬聲。

「看到了嗎？」威廉跟我說：「那是磁石。」

「可以用來做什麼？」我問。

「有多種用途，我之後再告訴你。賽夫禮諾，現在我想知道的是，你這裡有沒有任何東西是足以殺人的。」

賽夫禮諾想了一會兒，他的答覆過於理性，讓我覺得他是經過深思熟慮的。「很多東西。我跟你說過，毒與藥之間僅有一線之隔，希臘人將此二者都稱為**藥物**。」

「最近有沒有什麼東西不見？」

賽夫禮諾又想了好一會兒，回答時幾乎字字斟酌：「最近沒有。」

「那麼之前呢？」

「很難說。我不記得了。我在這間修道院待了三十年，在醫療所就待了二十五年。」

「這對人的記憶確是一大考驗。」威廉也表示同意。然後他突然追問：「昨天我們說到有些植物會產生幻覺，那些植物在哪裡？」

賽夫禮諾的行為舉止和臉上表情都說明他想避開這個話題，「我得想一想，你知道我這裡有太多神奇的東西了。我們先談談魏納茲歐吧，你說好嗎？」

「我得想一想。」威廉如是回答。

第二天　第一時辰祈禱

班丘．達．烏普薩拉透露了幾件事，貝藍格也有所坦白。阿德索理解了什麼是真正的贖罪。

這個不幸意外讓修道院的生活為之大亂。發現屍體的騷動打斷了時辰頌禱禮，院長隨即令所有僧侶返回唱詩班，為死去弟兄的靈魂祈禱。

僧侶們的聲音帶著哽咽。我們找了一個觀察他們反應的最佳位置，因為根據頌禱儀式，此時無須以兜帽遮面。我們第一個注意的便是貝藍格。他臉色發白且扭曲，汗涔涔泛著光。前一天我們聽到兩次關於他的流言，似乎與阿德莫有特殊情誼，與二人同年結為好友無關，意有所指的語氣對他們的友誼關係另有影射。

我們注意到坐在貝藍格旁邊的馬拉其亞，陰沉、眉頭深鎖，但神色難以捉摸。馬拉其亞身旁則是另一個莫測高深的盲者佐治。前一天在寫字間認識的修辭學者班丘．達．烏普薩拉舉止緊張，反而更引起我們注意，發現他快速瞄了馬拉其亞一眼。「班丘很緊張，貝藍格驚魂未定。」威廉觀察後說：「得盡快詢問他們。」

「為什麼？」我不解。

「我們的工作並不容易，」威廉說：「宗教裁判長這個工作一點都不輕鬆，必須打擊弱者，而且要在他們最脆弱的時候出手。」

於是在頌禱禮結束後，我們便追上正準備去圖書館的班丘。那年輕人對自己被叫住有些悻悻然，說了幾句推託之詞，意思是他趕著去寫字間，我的導師提醒他院長交付調查一事，便帶他走向中庭。我們坐在中庭長廊柱子間的欄杆上，班丘等著威廉開口，眼神不時望向主堡。

「請告訴我，」威廉問：「那天你、貝藍格、魏納茲歐、馬拉其亞和佐治討論阿德莫頁緣泥金裝飾畫的時候，說了些什麼？」

「您昨天都聽到了。佐治認為以荒謬圖像裝飾真理之書是不恰當的。魏納茲歐則說亞里斯多德亦曾表示詼諧之語和雙關語，是深入探究真理的工具，笑若能成為到達真理的途徑，也就不是一件壞事。佐治則說就他記憶所及，亞里斯多德是在《詩學》一書中和論隱喻的時候談及這個議題，而這兩個前提本身就令人不安，因為《詩學》在基督教世界裡不為人知，或許是天意，才經由異教徒摩爾人傳入……」

「但那書是由全能博士阿奎那的朋友翻譯成拉丁文的。」

「我就是這麼跟他說的，」班丘立刻大受鼓舞，「我閱讀希臘文有困難，正是透過默爾柏克修士[129]的翻譯才得以親近那本巨著。我就是這麼跟他說的。可是佐治說，另外一個讓人不安的理由是在這本書中亞里斯多德談的是詩，而詩是最低下的學問，全然活在虛構之中。魏納茲歐說聖詠也是詩，也用隱喻，佐治聽了勃然大怒，他說聖詠是天主的啟示，用隱喻是為了傳播真理，而俗世之詩用隱喻是為了傳播謊言，是重大罪行，這讓我十分不以為然……」

「為什麼？」

「因為我研究修辭學，閱讀許多俗世詩作，我知道……應該說，我相信透過它們的話語也同樣傳播了基督教真理……總而言之，如果我沒記錯的話，魏納茲歐後來提到其他書，佐治更加暴怒。」

「哪些書？」

班丘有些猶豫。「我不記得了。他提到哪些書很重要嗎？」

「很重要，因為我們要釐清的就是與書為伍、活在書堆裡也活在書裡的這些人之間發生了什麼事，所以他們對書的想法自然很重要。」

「這是真的，」班丘終於露出笑容，整個臉都亮了起來。「我們為書而活。在這個混亂、墮落的世界裡，那是溫柔慰藉。或許你們能理解那天魏納茲歐發生了什麼事，他……他通曉希臘文，他說亞里斯多德在《詩學》第二卷專門討論笑，如果那麼偉大的哲學家願意寫一整本書談笑，笑一定極其重要。佐治說許多教父寫了整本書談罪，罪固然重要卻是一種惡。魏納茲歐說就他所知，亞里斯多德談笑，以笑為善，而且是真理的工具，然後佐治就嘲諷地問他是否讀過亞里斯多德那本書，魏納茲歐說還沒有人讀過那本書，因為那書始終未被發現，或許已經佚失。事實上的確從來沒有人讀過《詩學》第二卷，就連默爾柏克修士也從未擁有過那本書。於是佐治說那書之所以始終未被發現，是因為根本沒有人寫過那本書，因為神的旨意不樂於看見無意義之事得到稱頌。我試圖安撫佐治的情緒，因為佐治容易激動，而魏納茲歐言談間又刻意激怒他，我說在我所知的《詩學》和《修辭學》中，是有許多關於詼諧謎語的睿智見解，魏納茲歐同意我所言。那時候還有熟知俗世詩的帕齊斐克·達·提佛里也在場，他說談到詼諧謎語，非洲[130]詩人最優秀，無人能出其右。他還朗讀了一首關於魚的謎語，是辛佛修斯[131]的作品：

世間有一屋，屋有音鳴吟。
屋自發其音，屋中人不語。
二者皆奔流，屋與屋中人。

這時候佐治說耶穌曾告誡我們僅需言是或言否，多餘的話語皆來自惡靈，談及魚時僅需說魚，不要用虛偽的音遮掩魚這個概念。他還說以非洲詩人為例並不明智……後來……」

「後來如何？」

「後來發生一件事讓我莫名所以。貝藍格笑了起來，佐治出言責備，貝藍格說他之所以笑是因為想到如果在那些非洲中尋找，會找到其他謎語，可就沒有〈魚〉那首詩謎那麼簡單了。也在現場的馬拉其亞變了臉色，幾乎是拽著貝藍格的衣服趕他去做事……您知道，貝藍格是他的助理……」

「後來呢？」

「後來佐治轉身離開，結束了那場爭辯，大家也就各自四散工作，但我工作的時候先看到魏納茲歐走向貝藍格問事情，之後換阿德莫去。我遠遠看貝藍格對他們的問題避而不答，但那天稍後他們兩個又再去找他。然後那天晚上我看到貝藍格和阿德莫用膳前在中庭談話。我知道的就是這些了。」

「所以你知道最近離奇死亡的兩個人都找過貝藍格問事情。」威廉說。

班丘有些不自在，「我不是這麼說的！我說的是那天發生的事，而且是您問我的……」他想了一會兒，匆匆補了一句：「您若想知道我的看法，貝藍格跟他們說的和圖書館裡的某樣東西有關，您應該去那裡找。」

「你為什麼覺得是圖書館？貝藍格說在非洲中尋找是什麼意思？難道他的意思不是進一步閱讀非洲詩人的作品？」

「或許是吧，聽起來是的，但果真如此，為什麼馬拉其亞要動怒呢？畢竟要不要出借非洲詩人作品的決定權在他。但我知道一件事：翻看圖書目錄的人會發現，在只有圖書館管理員理解的註記中常出現『非洲』一字，我還看過有一處寫著『非洲之末』。有一次我要借的一本書就有那個註記，我不記得書名了，只記得那書名讓我很好奇，馬拉其亞跟我說有那個註記的書都遺失了。我知道的就是這些了。所以我才跟您說，是該注意貝藍格，尤其是他到樓上圖書館的時候。以防萬一。」

「以防萬一。」威廉做了結論後便讓班丘離開。之後他跟我在中庭散步，整理出如下心得：第一，貝藍格再度成為修道院弟兄非議的對象；第二，班丘似乎急於讓我們鎖定圖書館。我說或許他希望我們在那裡發現他想知道的事，威廉說有此可能，但也有可能他讓我們鎖定圖書館的目的是為了讓我們遠離另一個地方。哪個地方？我問。威廉說他不知道，可能是寫字間、廚房、唱詩班、寢舍或醫療所。我說明明從第一天威廉就對圖書館十分著迷，他回答我說他會對他喜歡的事物著迷，而非聽從他人的建議。不過仍然要盯緊圖書館，事已至此，想辦法潛入或許應該一試。情勢如今允許他在不逾越禮節並尊重修道院規定和習慣的前提下，滿足他的好奇心。

我們準備離開中庭，僕役和見習僧結束彌撒後準備從教堂離開。我們在教堂西側交會的時候，發現貝藍格從教堂耳堂的拱門走出來，穿過墓園要往主堡走去。威廉叫住他，他停下腳步，我們便走向他。貝藍格比先前在唱詩班的時候看起來更慌張，顯然威廉決定趁他心情未定之際出手，就如剛才對班丘那樣。

「聽說你是阿德莫生前最後一個見到的人。」威廉說。

貝藍格身子搖晃，彷彿就要昏倒。「我？」他聲如游絲。威廉隨口拋出這個問題，多半是因為班丘告訴他看見貝藍格和阿德莫晚禱之後在中庭談話。豈料這個問題歪打正著，顯然貝藍格想到的是他跟阿德莫另一次真正的最後一面，他開口說話時聲音哽咽。

「您怎能這麼說，我跟其他人一樣，是在就寢前看到他的！」

威廉決定不讓他有喘息機會，「不對，你後來又見了他一面，而且你知道的遠比你讓大家相信的多。可是現在出了兩條人命，你不能再緘默了。你想必清楚，有很多方式可以讓一個人開口說話！」

威廉跟我說過很多次，即便在他出任宗教裁判長期間，對刑求始終深惡痛絕，但貝藍格誤會了（或許是威廉故意讓他誤會的）。總之，這一招奏效了。

「對，」貝藍格嚎啕大哭，「那天晚上我是看見了阿德莫沒錯，但他那時候已經死了！」

「你在哪裡看到他？」威廉質問他，「懸崖下面？」

「不是，不是，我在墓園這裡看到他的，他在墳墓間徘徊，彷彿行走於幽靈之間的幽靈。我遇見他，隨即意識到在我面前的是一個死人，他的臉有如死屍，他瞪大的眼只看見地獄。所以第二天早上，當我知道他的死訊，就知道我前一晚遇見的是他的鬼魂，那一刻我就知道我有幻覺，在我面前的是一個受詛咒的靈魂，是幽魂……主啊，他跟我說話的聲音彷彿來自墳墓！」

「他說了什麼？」

「『我受詛咒了！』他是這麼跟我說的，『你眼前的我自地獄逃脫，終將返回地獄』。他是這麼跟我說的。我對他大喊：『阿德莫，你當真從地獄來？你見到地獄刑罰了嗎？』我邊說邊發抖，因為我剛做完夜禱出來，才聽人讀完天主發怒的可怕經文。他跟我說：『地獄刑罰比我們的口唇所能形容的恐怖多了。你看到了嗎？』他說，『直到今天為止穿在我身上的這件詭辯長袍，壓著我、拖著我，我彷彿馱著巴黎最雄偉的塔，或世界之巔，永遠不能放下。這便是天主對我的自負所做的審判，因為我以為我的軀體可以享樂，以為我比其他人懂得更多，因為我用可怕的東西自我取樂，那些東西在我的想像力中遊走，在我的靈魂深處製造了更可怕的東西，而如今那些東西將永生不滅。你看到了嗎？這長袍內襯有如火炭和烈焰，那就是灼燒我身體的火，這是為了懲罰我犯下肉體不忠之罪，懲罰我染此惡習，如今這火灼燒我片刻不停歇！把你的手給我，我親愛的導師，』他又說，『直到我們的相遇讓你學到一課，回報你曾給我的諸多教誨，把你的手給我，我親愛的導師！』他揮舞著滾燙的手，有一小滴汗水滴到我手上，彷彿在我手掌上烙了一個洞，那個記號在我手上好多天，只是我一直藏著沒讓人看見。然後他就在墳墓間消失了，第二天早上我才知道前一晚讓我驚恐不已的人，已經陳屍在懸崖下了。」

貝藍格邊哭邊喘氣。威廉問他：「他為什麼叫你導師？你們年紀相仿。難道你教過他什麼？」貝藍格將兜帽拉起罩住臉，突然跪下抱住威廉的大腿。「我不知道，我不知道他為什麼那樣叫我，我沒有教過他任何東西！」他嗚嗚咽咽哭了起來，「我好怕，神父，我要向您告解，求您憐憫，有魔鬼在啃噬我的臟腑！」

威廉將他推開，伸手拉他站起來。「貝藍格，」威廉跟他說：「不要求我為你告解。不要以開啟你的口唇換取封閉我的口唇。我需要從你那裡知道的事，你可以換一種方式告訴我。你若不肯告訴我，我會自己查清楚。你可以要求我憐憫，但不能要求我緘默。在這修道院裡面太多人保持緘默了。請你告訴我，在黑夜裡你如何看到他臉色蒼白？那天夜裡下了冰雹，而且雨雪交加，他怎能灼傷你的手？還有，你到墓園去做什麼？快說。」威廉大力搖晃他的肩膀。「你至少得回答我的問題！」

貝藍格全身顫抖。「我不知道我去墓園做什麼，我不記得了。我不知道我為什麼能看見他的臉，或許我帶了油燈，不對……是他帶了油燈，我是在火光中看見他的臉的……」

「那天夜裡雨雪交加，他怎麼拿燈？」

「那時夜禱結束，夜禱才剛剛結束，還沒有下雪，下雪是後來的事……我記得在我倉皇奔向寢舍的時候才開始下雨。我往寢舍跑，跟那個鬼魂去的方向相反……後來的事我就不知道了，您若不願意聽我告解，求求您，不要再問我了。」

「好吧，」威廉說：「你可以走了，去唱詩班，去跟主說吧，既然你不想跟人說，或去找一個願意聽你告解的僧侶，因為你再不告解你的罪，恐怕會有瀆聖之嫌。去吧，我們會再見的。」

貝藍格跑得不見人影。威廉搓著雙手，我之前看過他對某件事表示滿意的時候就會做這個動作。

「很好，」他說：「現在很多事情都越來越清楚了。」

「清楚？」我問他，「現在還多了阿德莫的鬼魂，怎麼會清楚？」

「親愛的阿德索，」威廉說：「在我看來那個鬼魂不是鬼魂，而且他說的話，我在某本講道集上看過。這些僧侶或許書讀得太多，當他們情緒高亢的時候，會重溫書中看到的幻影。我不知道阿德莫是否真的說了那些話，還是貝藍格因為需要聽到那些話所以以為自己聽到。但這件事證實了我的推斷，例如，阿德莫是自殺身亡的，貝藍格說阿德莫睡覺前情緒極度不穩在修道院中遊走，為自己犯下的某個過錯感到萬分悔恨。他之所以為了自己的罪情緒激動、驚慌失措，是因為有人嚇唬他，或許還跟他說了冬日顯靈的故事，之後他又轉述給貝藍格聽，而且還加入了很多他熟悉的幻象。阿德莫會經過墓園是因為他從唱詩班過來，他在那裡跟某人吐露心聲（或告解）後，反而讓自己更加內疚恐懼。如貝藍格所說，阿德莫後來往與寢舍相反的方向走，也就是往主堡走，但也很可能是往畜欄後方的矮牆走，再從我推測的那個地方跳下去。他在暴風雨來襲前就往下跳了，命喪牆垣下，只是後來山壁崩塌把他的屍首帶向東側和北側塔樓之間。」

「那滾燙的汗水呢？」

「在阿德莫聽到並重述的故事中本來就有，不然就是貝藍格太過激動和內疚，自己編造出來的。因為不僅阿德莫心懷悔恨，貝藍格也不好過，你剛才看到了。如果阿德莫從唱詩班出來，或許他帶的不是油燈而是蠟燭，滴在他朋友手上的不過是一滴燭油。但貝藍格覺得灼熱難耐絕對是因為阿德莫稱他為導師。這代表阿德莫責怪他教了自己某件事情，而今萬般絕望。而貝藍格心知肚明，他內心煎熬是因為他知道自己讓阿德莫做了某件不該做的事，才會把阿德莫逼上絕路。在我們聽完圖書館助理的描述之後，應該不難想像那究竟是什麼事吧，我可憐的阿德索。」

「我想我明白他們兩個之間發生什麼事了，」我的觀察結果讓我羞於啟齒，「但我們大家不是都信奉仁慈的天主嗎？請您告訴我，可能已經做了告解的阿德莫為什麼要用更大、或至少同樣大的罪以懲罰原先的罪呢？」

「因為有人說了讓他絕望的話。我說過，我們這個時代的講道集恐怕讓某人說出某些話嚇到了阿德莫，而阿德莫又用那番話嚇到了貝藍格。尤其最近這幾年，宣道者為了激發民眾的慈悲與驚恐（惶然，還有對俗世和教會法律的敬意），言詞往往流於殘暴、駭人聽聞，甚或叫人毛骨悚然。之前從來沒有像近年這樣，在鞭笞遊行儀式中會聽到以基督和聖母之痛來讚美天主，或以地獄酷刑向素民宣揚信仰。」

「或許是為了贖罪。」我說。

「阿德索，今日這麼多贖罪呼籲是我前所未聞，偏偏這段時期不管是宣道者、主教，或是我的屬靈弟兄們都已經無法推動真正的贖罪了……」

「那麼第三千年、天使教宗、佩魯賈大會……」

「都是懷舊。贖罪的偉大時代已經結束了，所以方濟各會大會中才會談贖罪。在一、兩百年前，曾有過一波革新風潮。那時候誰談改革就會被燒死，不管他是聖人或異教徒。現在大家都在談改革。從某個角度來看，就連教宗也不例外。但是當教廷和宮廷都在談改革的時候，人類的改革就不可信了。」

「可是多奇諾弟兄……」前一天我聽到這個名字被多次提起，好奇的我想知道更多關於他的事。

「他死了，死得很慘，活著的時候也不光彩。因為他同樣出現得太晚。他的事你知道什麼？」

「完全不知道，所以我才要問……」

「我希望永遠不要談到他。我跟幾位所謂宗徒打過交道，曾就近觀察過他們。那個故事教人感傷。會讓你心神不寧，至少當年曾經使我心神不寧。而我的無力評斷恐怕會讓你更感困惑。有一個人做了一些瘋狂的事，因為他將許多聖人對他宣講的事付諸實現。我到後來已經搞不清究竟是誰的錯，那就像是被……被盤旋在兩個敵對陣營上方的暴風雨所籠罩，一邊是宣揚贖罪的聖人，另一邊則是實踐贖罪的罪人，但往往付出代價的卻是其他人……我剛才在說的是另一件事。或許不然，我說的其實是同一件事：贖罪的時代結束了，對贖罪者而言，原本對贖罪的渴望變成了對死亡的渴望。他們殺死發狂的贖罪者，讓死亡歸於死亡，為了消弭會帶來死亡的真正贖罪，他們捨棄了心靈贖罪，用想像中的贖罪取而代之，用召喚痛苦血腥的超自然幻覺取而代之，並稱之為真贖罪的『鏡子』。這面鏡子讓素民及學者在想像中體驗地獄酷刑，據說，直到沒有人再犯罪為止，希望能因為害怕而讓靈魂遠離罪，用恐懼取代反動。」

「之後真的沒有人再犯罪？」我追問。
「要看你如何定義罪，阿德索，」我的導師問我，「我在這裡住了幾年，不想對本地人失之偏頗，但我覺得義大利人典型的道德不彰之處，就在於他們是因畏懼某些他們稱之為聖人的偶像才不敢犯罪。他們對聖巴斯弟盎[132]或聖安多尼[133]的畏懼更甚於對基督的畏懼。在義大利，為維持某個地方的潔淨，避免義大利人像小狗一樣隨地撒尿，用削尖的木頭在那裡畫上聖安多尼的畫像，就可以驅趕想在那裡便溺的人。所以義大利人在他們的宣道者帶領下，有一天恐怕會回歸古老迷信，不再相信肉體復活，他們唯一懼怕的是身體傷害和遭逢不幸，所以他們畏懼聖安多尼更甚於基督。」
「可是貝藍格不是義大利人。」我說。
「那不重要，我說的是教會和宣道修會先前在這個半島上營造的氣氛，由此散播到每一個角落，也會散播到像我們這間擁有博學僧侶的莊嚴修道院中。」
「至少他們不會犯罪。」我繼續堅持。如果只剩下這個，我願意以此自滿。
「這間修道院若是世界的鏡子，或許你就找到答案了。」
「它是嗎？」我問。
「要它成為世界的鏡子，世界得先有一個形狀。」威廉做了結語。這個結語對我當時年少的心智而言，過於富有哲理了。

第二天　第三時辰祈禱

看到一群俗人爭吵，阿伊馬羅・達・亞歷山大有所暗示，阿德索思索聖善和魔鬼排泄物惡臭的問題。威廉和阿德索回到寫字間，威廉看到了某樣有趣的東西，第三度討論笑是否合宜，但最後他仍無法看他想看的東西。

上樓去寫字間前，我們先經過廚房吃點東西，從起床後到現在我們滴水未進。一碗熱牛奶立刻讓我精神抖擻起來。南側大火爐跟煉鐵鍛爐一樣火勢正旺，當日的麵包已經在烤爐裡準備就緒了。兩個牧羊人把剛宰殺好的羊送來，我看到夾在廚子之間的薩瓦托雷，張著他的血盆大口對我微笑。我還看到他從桌上拿起前一晚剩下的雞肉偷偷遞給牧羊人，牧羊人一把塞進他們的皮衣下，笑得很開心。可是主廚發現了，出言責怪薩瓦托雷：「你應該看管修道院的財產，而不是隨意揮霍！」

「主的子民，」薩瓦托雷說：「耶穌說過怎麼待這些孩子，就怎麼待他！」

「你這個狗娘養的小弟兄，方濟各會修士個屁！」主廚對他大吼。「你已經不再是沿街乞討的修士了！照顧主的子民，交給慈悲的院長來做就好了！」

薩瓦托雷臉色一沉，氣沖沖地轉身離開。「我不是方濟各會修士，我是本篤會的！你這個混蛋，該死的異教徒！」

「你晚上用異教徒棒槌亂搞的妓女才是異教徒，豬玀！」大廚吼叫。

薩瓦托雷讓牧羊人趕緊離開，他經過我們身邊的時候憂心忡忡地看了我們一眼。「修士，」他跟威廉說：「你要捍衛你的修會，那可不是我的，告訴他方濟各會修士不是異教徒！」接著在我耳邊說：「他說謊，呸。」然後朝地上吐了口口水。

大廚走過來惡狠狠地將他推了出去，關上大門。「修士，」他畢恭畢敬地對威廉說：「我不是說您修會和修會聖人的壞話，我說的是那個假冒方濟各會修士和本篤會修士的傢伙，他明明兩者都不是。」

「我知道他是從哪裡來的，」威廉安撫大廚，「不過他現在跟你一樣都是僧侶，你應該友善待他。」

「可是他仗著管事幫他撐腰，老是插手不該他管的事情，管事太相信他了。不分白晝夜晚，他都把修道院當自己家了！」

「他夜裡做什麼了？」威廉問。大廚做了個手勢，表示某些骯髒事他也不想說。威廉沒再多問，喝完他手中的牛奶。

我的好奇心越來越高漲。跟鄔勃汀諾見面，關於薩瓦托雷和管事過去的流言蜚語，這幾天又常聽人說小弟兄修會和方濟各會修士是異教徒，還有我導師談到多奇諾弟兄的時候語多保留……有好多畫面在我腦海中一一浮現。舉例來說，我們在旅途中至少遇到兩次鞭笞遊行儀式，有一次，當地人將鞭笞者奉為聖徒，另外一次卻竊竊私語說那些人是異端，但他們明明是同樣的人。這些人兩兩並排走在城市街道上，全身赤裸只遮蔽私處，因為他們已超越了羞恥感。每個人手上都有一條皮鞭，往自己肩膀上鞭打，血跡斑斑，他們淚流滿面彷彿親眼見證了救世主受難，用哀怨的歌聲懇求天主憐憫，祈求聖母救助。不只白天如此，黑夜亦然，他們即便在寒冬中，也點著蠟燭，成群結隊走過一間間教堂，在舉著蠟燭和旗幟的神父帶領下，謙卑地匍匐在聖壇前面，不只平民男女，還有貴族貴婦，以及商賈富豪……之後便可看到大規模的贖罪儀式，竊賊將贓物歸還，其他人則坦承他們的罪……

威廉總是冷冷地看著他們，跟我說那不是真正的贖罪。他那時候說的話，跟今天稍早說的一樣：偉大的洗滌贖罪時代已經結束了，那些儀式不過是宣道者利用民眾信仰虔誠的手法，以免他們成為另外一個贖罪渴望——異端渴望的犧牲品，結果讓大家都提心吊膽。但我無法理解其中差異，也看不出兩者是否有差異。在我看來，差異並非來自於這個人或那個人的行為，而是取決於教會對這個或那個行為的看法。

我記得他跟鄔勃汀諾的對話。威廉顯然話中有話，他想要告訴鄔勃汀諾的是，在這位老者的神秘（正統）信仰和異教徒的扭曲信仰之間差異極小。這讓鄔勃汀諾十分惱怒，因為他對其中差異看得很清楚。他給我的印象是，正因他識其差異，所以與眾不同。而威廉之所以卸下宗教裁判長之責，則是因為他再也看不出差異了。所以他沒辦法告訴我那個神秘兮兮的多奇諾弟兄的事。如此說來，顯然（我告訴自己）威廉失去了上主的扶持，因為祂不只教人看差異，也可以授予祂的選民辨識的能力。鄔勃汀諾和齊婭拉．達．蒙特法柯（儘管她身邊罪人環繞）仍然是聖者，因為他們懂得分辨。是此非彼，乃一聖德。

為什麼威廉無力分辨呢？他明明是聰穎之人，能看出大自然之事最細膩的差別以及物與物之間的細微相似之處……

我想得入神，威廉剛把牛奶喝完，就聽到有人出聲問候。那是我們在寫字間認識的阿伊馬羅．達．亞歷山大，他臉上的表情讓我印象深刻，永遠掛著一抹冷笑，似乎無法忍受全人類的愚昧無知，卻又對這場世間悲劇並不真的在意。「威廉修士，您適應這間瘋人院了嗎？」

「我覺得這裡的人聖德學識兼具，令人敬重。」威廉謹慎回應。

「那是以前。以前院長、圖書館管理員各司其職，如今，您親眼看見，」他指了指樓上，「一個半死不活、眼睛視而不見的日耳曼人，只聽那個眼睛毫無生氣的瞎子西班牙人信口開河，彷彿假基督每天早晨都可能降臨，他們成日打磨羊皮紙，但進來的新書少之又少……我們待在這裡無所事事，山下城裡早已磨刀霍霍……以前從我們修道院便可掌控全世界，而今如您所見，皇帝利用我們邀請他的朋友到這裡來跟他的敵人會面（我多少聽說了你們所為何來，僧侶沒事做，除了講話還是講話），您若想掌控這個國家之事，還是留在城裡吧。我們在這裡不過是割稻養雞，而山下用麻布換絲綢，用香料換麻布，往來全是大筆金錢。我們在這裡看管奇珍異寶，他們則累積奇珍異寶，還有書。他們的書也比我們的更精美。」

「世界上自然有許多新事物，又怎能怪罪院長？」

「因為他把圖書館交到外國人手中，把修道院當成捍衛圖書館的堡壘。義大利的本篤會修道院應該由義大利人決定義大利事務。今天義大利人連教宗這個位置都丟了，他們到底在做什麼？忙於生意，忙於生產，他們比法國國王還富裕。我們呢，我們也可以這麼做啊，我們既然會製作美麗的書，理應為大學做書，我們可以照管山下的事，我不是要插手皇帝之事，我尊重你們使節團的任務，威廉修士，但我們可以管理波隆尼亞或翡冷翠之事。我們可以在這裡控管往來於普羅旺斯和義大利之間的朝聖者和商賈，我們可以敞開圖書館的大門，收藏通俗語作品，讓那些不再用拉丁文書寫的人也能到山上來。結果我們卻受制於一群外國人，他們管理圖書館的方式，彷彿還停留在奧迪隆[134]當克呂尼隱修院院長的年代……」

「但貴修道院院長是義大利人。」威廉說。

「院長在這裡無足輕重。」阿伊馬羅依舊冷笑，「他那顆腦袋是圖書館裡的書櫃，全是蠹蟲。為了跟教宗作對，他讓小弟兄修會的人登堂入室……我說的是那些異教徒，修士，他們是貴修會的逃兵……為了對皇帝示好，他從北方所有修道院招來僧侶，彷彿義大利沒有優秀的抄寫員，也沒有懂希臘文和阿拉伯文的人，其實翡冷翠和比薩不乏富裕慷慨的商賈之子，只要修會給他機會增加其父的權勢與威望，他們自然樂於進入修會。可是我們這裡對俗世之事寬貸容忍，卻只是為了讓那些日耳曼人……喔，主啊，劈斷我的舌吧，我差點說出失宜的話語！」

「修道院裡有失宜之事？」威廉一副漫不經心的樣子，又裝了一些牛奶。

「僧侶也是人。」阿伊馬羅又補了一句：「只是在這個地方人比其他地方少。還有，請記得，我沒說過剛才說的那些話。」

「真有趣。」威廉說：「這是您個人意見，還是有很多人跟您看法相同？」

「很多人，非常多人。很多人為可憐阿德莫的不幸遭遇感到難過，但如果掉下去的是不該頻繁出現在圖書館裡的某個人，大家倒未必會覺得遺憾。」

「您的意思是？」

「我多言了，這裡大家都說得太多了，您應該也有所察覺。一方面，這裡已經不再有人遵守緘默，另一方面，又過於嚴守緘默了。我們與其說話或靜默，其實應該起而行動。在我們修會的輝煌年代，如果有修道院院長不適任，一杯毒酒就能讓繼任者取而代之。我跟您說這些，威廉修士，請不要誤會，我不是為了說院長或其他弟兄的閒話，天主保佑，我並沒有嚼舌根的惡習。但我不希望院長請您來調查我，或是帕齊斐克．達．提佛里和彼得．達．桑塔巴諾那些人。我們跟圖書館那些事無關，只不過希望能多進幾次圖書館而已。請您揭開這個蛇窩吧，既然您之前燒死了那麼多異教徒。」

「我從未燒死過任何人。」威廉斷然否認。

「我是隨口說的，」阿伊馬羅微笑承認。「威廉修士，祝你有所斬獲，夜裡要多小心。」

「白天不用？」

「因為白天可用藥草照顧身體，夜晚則得當心有害藥草腐蝕心智。您該不會以為阿德莫是被他人之手推入深淵，魏納茲歐是被他人之手丟入血缸中的吧。修道院裡有人不希望僧侶自行決定去哪裡、做什麼或閱讀什麼，他用地獄的邪惡力量或巫師朋友來擾亂好奇者的心智……」

「您說的是草藥師？」

「賽夫禮諾是好人。不過他是日耳曼人，馬拉其亞也是日耳曼人……」阿伊馬羅再次表態不願在背後道人長短之後，就上樓去工作了。

「他想跟我們說什麼？」我問威廉。

「什麼都說了，什麼都沒說。修道院一直是僧侶為了掌控團體、彼此角力的場域。梅爾克也是如此，或許因為你是見習僧，所以還沒發現。不過在你的國家，取得一間修道院的掌控權，意味著取得了一個可以與皇帝直接交涉的地位。在義大利則不然，皇帝遙不可及，即便他到羅馬來也一樣。這裡沒有宮廷，也沒有教廷，只有城市，你應該也看到了。」

「對，這點讓我印象深刻。義大利的城市跟我家鄉的城市不同……這裡的城市不只是一個居住所，也是作決策的地方，大家每每聚集在廣場上，市民執政官比皇帝或教宗更有地位。這些城市……就像許多小王國……」

「商賈就是國王。他們的武器就是金錢。在義大利，金錢的用途跟你、我的家鄉都不同。在你我家鄉，金錢廣為流通，可是大部分的生活仍仰賴以物易物，公雞、大麥、鐮刀或推車，而金錢是用來獲得這些東西的。你應該注意到在義大利城市裡正好相反，物是用來換取金錢的。包括神父、主教，甚或修會，都得跟金錢打交道。正是因為如此，才會以回歸貧窮做為反對當權者的號召，反對當權者的都是被排除在金錢關係之外的人，每一個回歸貧窮的呼籲都會引發高度緊張，並興起許多辯論，從主教到執政官，整個城市都會與過度宣揚貧窮的人為敵。宗教裁判長會在利用魔鬼排泄物惡臭鬧事的地方嗅到魔鬼蹤跡，這樣你就能理解阿伊馬羅心裡在想什麼了。在本篤會的輝煌時期，修道院是牧羊人控制信眾羊群的地方。阿伊馬羅希望能回到那個傳統。問題是羊群的生活已經改變了，修道院若想回復傳統（回復榮光，重新擁有以前的地位），必須接受羊群的新習慣，必須有所改變。可是今天控制羊群憑藉的不是武器，也不是華麗儀式，而是金錢，阿伊馬羅希望修道院和圖書館能投入生產，化身為工廠，製造金錢。」

「這跟那兩起兇案，或其中一起兇案有什麼關係？」

「我還不清楚。該上樓了，走吧。」

僧侶們已經在工作了。寫字間內一片靜默，但不是那種內心勤勉的平和靜默。早一步進來的貝藍格接待我們時露出尷尬表情。原本工作中的其他僧侶紛紛抬起頭來，知道我們去寫字間是為了查明跟魏納茲歐有關的事，他們的視線讓我們將注意力轉到一張沒人坐的桌上，那桌子在中央八角天井的室內窗下。

雖然那天天氣極冷，但寫字間卻冷熱適中。寫字間在廚房樓上並非巧合，廚房是暖氣來源，而且兩大爐子的煙囪穿過支撐西側及南側塔樓內迴旋階梯的柱子後方。北側塔樓在寫字間大廳對面，沒有樓梯，但有一個壁爐熊熊燃燒，送出暖意。地板上還覆蓋了一層稻草，讓我們走路時保持安靜。最寒冷的角落是東側塔樓，我注意到桌子的數量多於工作的僧侶人數，因此大家都避免使用那一區的桌子。後來我才曉得東側塔樓的螺旋梯既是唯一往下通往用膳室的通道，也是唯一一座向上通往圖書館的樓梯，我不禁懷疑寫字間的暖氣配置是否經過高明計算，好減少僧侶們在那附近打探的機會，也有助於管理員控管圖書館入口。或許是因為模仿我的導師習慣成自然，我變得疑神疑鬼，立刻想到那樣的安排到了夏天就無用武之地，除非（我跟我自己說）到了夏天那個地方是寫字間最燠熱難耐的，那麼大家就會再度敬而遠之。

魏納茲歐的桌子背對壁爐，恐怕是最令人羨慕的座位之一。那時候的我在寫字間只待過一小段時間，後來花在寫字間的時間多了許多，我知道對抄寫員、註記員和研究員而言，坐在自己桌前、手指緊抓著鐵筆度過漫長冬日有多麼痛苦（即便是正常氣溫下，僧侶寫字六個小時後，他的手指就會嚴重抽筋，大拇指會痛到像是被人踩過）。所以我們常常會在手抄本頁緣看到抄寫員留下的句子，是他們痛苦煎熬（或急躁）的見證，例如「感謝主，天很早就黑了。」或是「真希望能來一杯好酒！」還有「今天好冷，燈光好暗，這塊皮毛茸茸的，什麼都不順。」就像古老諺語說的，握筆的只有三根手指，工作的卻是全身，痛的也是全身。

剛才說到魏納茲歐的桌子。他的桌子跟八角天井周圍的其他桌子一樣是研究員專用的，都比較小，擺在對外牆面窗下的桌子較大，是裝飾畫家及抄寫員專用。魏納茲歐也有一個讀經架，因為他可能也會借閱修道院的手抄本，以謄寫副本。桌下有一個低矮的書架，堆滿了未裝訂的散頁，上頭全是拉丁文，我推測那可能是他最近進行的翻譯。看來寫得十分匆忙，無法成書，大概之後還要交給抄寫員和裝飾畫家處理，所以難以辨讀。在這些散頁中還有幾本書，是希臘文的。另一本希臘文書攤開放在讀經架上，那是魏納茲歐過去幾天翻譯的原著。我那時候還不懂希臘文，威廉說那本書的作者名叫魯奇亞諾斯，說的是人變成驢子的故事。[135]我想起了另一個類似的故事，作者是普魯烏斯．阿普列尤斯，通常嚴禁見習僧閱讀。[136]

「魏納茲歐為什麼要翻譯這本書？」威廉問站在旁邊的貝藍格。

「這是米蘭僭主委託修道院製作的，修道院可以得到東面某些農莊的葡萄酒優先購買權。」貝藍格指著遠方，不過他連忙補充：「修道院並非向在俗教友以工作換取酬勞，委託我們的業主費了很大的工夫，才從威尼斯總督那兒借來這本彌足珍貴的希臘手抄本，那是拜占庭皇帝的贈禮，等魏納茲歐完成他的工作後，我們會有兩本抄本，一本給業主，一本則納入我們圖書館的收藏。」

「所以圖書館也收藏異教徒的寓言集。」威廉說。

「圖書館見證真理，也見證謬誤。」一個聲音從我們身後傳來。是佐治。那位老者突然現身再一次讓我感到訝異（接下來幾天讓我訝異的機會更多），彷彿我們看不見他，但他卻看得見我們。我不禁問我自己，一個盲人在寫字間做什麼，不過後來我發現修道院裡佐治無所不在。他常常坐在寫字間壁爐旁的扶手椅上，看似在觀察一切動靜。有一次我聽到他坐在那裡高聲問：「上樓的是誰？」他問的是正準備去圖書館的馬拉其亞，走在稻草上的腳步聲幾不可聞。所有僧侶都很尊敬他，讀到不易理解的文字段落常向他詢問解惑，或向他請教如何寫批註，或不知如何表現動物或聖人時也請他指點迷津。他用那雙黯淡的眼睛看著空無，彷彿眼前有一本書，而他記憶猶新，他說假先知會打扮成主教模樣，一開口就會跳出青蛙，或說聖城耶路撒冷的牆應該用怎樣的石頭裝飾，或說祭司王若望[137]的領土地圖要畫上獨眼怪，並特意叮囑不要過分強調獨眼怪的醜陋模樣引人注意，只需要以象徵手法處理，要可辨識，但不得引發貪念，或引人反感以至發笑。

有一次我聽他建議一位評註員該如何詮釋緹克尼歐[138]書中呈現的聖奧古斯丁思想，以避開多納圖斯教派[139]的異端色彩。另外有一次我聽到他建議某人做評註時，要區分異教徒與宗教分裂者之別。還有一次，他對一位迷惑的學者說應該在圖書目錄中尋找哪一本書，在大約哪一頁會找到相關文字，並向他保證管理員一定會把書借給他，因為那本書是得到天主啟示之作。最後一次我則聽到他說某本書無須尋找，因為目錄中雖有，但早在五十年前已遭老鼠啃囓殘破，只要手指一碰到就會化為粉塵。他是圖書館的記憶，也是寫字間的靈魂。有時他聽到僧侶交談便會出言訓誡：「你們要快點為真理留下見證啊，時間越來越近了！」他指的是假基督來臨的時間。

「圖書館見證真理，也見證謬誤。」他說。

「魯奇亞諾斯和阿普列尤斯確實犯了很多錯，」威廉說：「但是這個寓言的偽裝面紗之下也有寓意深遠的道德勸說，告訴我們人要為錯誤付出代價，除此之外，我相信人變形為驢的故事是靈魂墮入罪惡的隱喻。」

「有可能。」佐治說。

「不過我現在明白為什麼魏納茲歐在昨天轉述的那段談話中會對喜劇問題如此感興趣，其實這類寓言集跟古代喜劇十分類似。誠如聖依西多祿所說，這兩者跟悲劇不同，敘述的都不是真人，而是虛構的：『詩人寓言，其名來自「言」，並非發生之事，只是口說之言』……」

我剛開始不懂為什麼威廉要捲入那場爭辯，而且還是和一個看來不喜類似議題的人爭辯，不過佐治的回答說明了我的導師心思十分巧妙。

「那天討論的不是喜劇，而是笑是否合宜。」佐治皺起了眉頭。我清楚記得魏納茲歐昨天提到那次爭論的時候，佐治堅持說自己不記得了。

「喔，」威廉滿不在乎地說：「我以為您那天談的是詩人的謊言和詼諧謎語……」

「那天談的是笑。」佐治冷冷回應。「異教徒寫喜劇是為了讓觀者發笑，他們錯了。我們的主耶穌從不說喜劇或寓言，只以寓意深遠的清楚譬喻告訴我們如何靠近天堂，願能如此。」

「我不懂，」威廉說：「為何您堅持耶穌從未笑過。我相信笑是一種良藥，正如沐浴，可療癒人的心情和其他身體傷痛，對憂傷尤其有效。」

「沐浴是良藥，」佐治說：「如果不想向可以透過勇氣而戒除的惡尋求救援，阿奎那也建議以沐浴治療憂傷。憂傷是不幸之苦，沐浴確可使人恢復平衡，而笑會使身體晃動，使臉部線條變形，讓人像隻猴子。」

「猴子不會笑，笑為人所獨有，代表人是理性的。」威廉說。

「說話也是人類理性的象徵，說話卻可以褻瀆天主。人所獨有的未必便是好的。笑是愚蠢的象徵。笑的人固然不相信他所笑之物，但也不恨。所以嘲笑惡，意味著不打算反對惡，嘲笑善，意味著不承認善有感染力。所以會規才說謙遜的第十級，是不輕易發笑，因為經上記載：『愚昧人笑，是放聲大笑』。」

「昆提利安[140]說，」威廉打斷佐治的話，「為莊嚴之故，頌揚讚美時不得笑，但許多其他情況都應鼓勵笑。塔西陀[141]對皮索內[142]的嘲諷大加讚揚。皮利尼歐也寫過：『有時候我笑，我嬉鬧，我玩耍，我是人』。」

「他們是異教徒。」佐治回答：「會規說：『粗俗的戲言，無益的閒話或引人發笑的話，無論何時何處，我們都要明令禁止弟子開口說這類的話。』」

「可是當聖言在人間獲得勝利，西內修斯[143]說天主完美結合了喜與悲，斯帕茲亞諾[144]也說品行高尚、有基督精神的哈德良皇帝懂得調和歡樂和嚴肅時刻。奧索尼烏斯[145]則建議適度權衡嚴肅和詼諧。」

「可是保利諾・達・諾拉[146]和柯雷門特・亞利桑德利歐[147]警告我們要防範這類愚昧之行，蘇皮丘・瑟維洛[148]也說從未有人見過聖馬爾定[149]生氣或歡笑。」

「但是他記得聖馬爾定有些回答很詼諧。」威廉說。

「機智聰慧，但不荒謬。聖厄弗冷[150]反對僧侶笑，並曾為此諄諄告誡。在他的《論僧侶舉止與言談》一書中說要杜絕猥褻和俏皮言行，並視其為毒蛇猛獸！」

「可是西德貝・得・范當[151]說過：『在嚴肅議題結束後應允許玩笑話，只要適度不踰矩』，表示有時候需要用一些俏皮話以調和過於嚴肅的氣氛。若望・索爾茲伯里[152]也認同適度歡樂。還有，您剛才引用了聖經〈德訓篇〉一段話，那是貴會會規的出處，說笑是愚昧之行，但〈德訓篇〉接受心靈平靜時無聲的笑。」

「只有在默思真理、善行完成的時候心靈才會平靜，而真理和善行都不好笑。所以基督從來不笑。笑會使人心存懷疑。」

「但有時候懷疑是對的。」

「我不認為那是對的。當人心存懷疑時應該尋找天主，或聆聽教父、博士的話，自能消弭懷疑。您似乎跟巴黎那些邏輯學者一樣，深受某些可議教義的影響。聖伯爾納鐸知道如何對抗閹人亞伯拉德[153]，亞伯拉德企圖將所有問題都納入冰冷、沒有生命、未受經文啟蒙的理性之下。當然，接受這些危險理念的人或許會讚許那愚蠢的遊戲，嘲笑唯一應該認識的、無人不曉的真理。而且愚昧之人會一邊笑一邊說：『天主不存在』。」

「可敬的佐治，我覺得您將亞伯拉德視為閹人有失公允，您知道他是因為他人不公對待才陷入那悲慘情形……」

「那是因為他犯了罪。因為他狂妄地相信人類理性。素民的信仰被嘲笑，天主的奧秘被赤裸裸剖開（試著剖開，那些愚昧之人！），崇高的議題被輕率視之，他們嘲笑教會教父只因為他們認為那些議題應該被遺忘而不該被解決。」

「我不同意，可敬的佐治。天主希望我們以理性思考諸多晦暗不明之事，那是聖經讓我們自由決定的。有人建議你相信一件事的時候，您應該先確認是否可以接受那事，因為我們的理性是天主所造，我們理性所喜，必會得神的理性所喜，但我們只能透過類比，或常常透過否定，由我們的理性過程來推斷神的理性。因此有時候，為了削減與理性相反的荒謬命題中的假權威，笑也可以是恰當的工具。笑往往可以混淆壞人視聽，突顯他們的愚昧。據說異教徒將聖毛祿放入滾水中，他還抱怨水太冷，異教徒行政官愚蠢地將手放入水中試溫度，結果燙傷了自己。那位殉道聖人嘲笑基督教敵人的手法豈不美妙。」

佐治冷笑一聲：「在宣道者說的故事裡面也有許多荒誕無稽之談。聖人為基督受過泡在滾燙的水裡，忍住不叫喊，這是把異教徒當小孩子耍！」

「您看吧，」威廉說：「您覺得這個故事違背理性，斥其荒謬！您雖然控制口唇維持靜默，但您依舊在嘲笑某樣東西，而且您希望我也不用認真看待。您嘲笑的雖然是笑，但您也在笑。」

佐治揮手表示不耐：「繞著笑打轉，您把我帶入了無聊的爭辯。但您也知道基督不笑。」

「我不確定。當他要法利賽人丟第一顆石頭的時候，當他問付納稅銀的錢幣上頭刻著誰的肖像的時候，當他玩弄文字遊戲說『你是伯多祿』的時候，我相信他說的是詼諧之語，為了擾亂宣道者，也為了鼓舞他宗徒的心靈。他跟蓋法說『你說的是』[154]，同樣語帶詼諧。

您一定很清楚克呂尼和熙篤之爭達到最高峰的時候，為了讓對手顯得可笑，前者控訴後者不穿褲子。在《傻瓜鏡》[155]一書中描述驢子勃內拉問，如果夜裡風把被子吹跑了，僧侶露出私處的話會發生什麼事……」

圍在旁邊的僧侶都笑了，佐治勃然大怒：「您拖著這些弟兄墮入荒誕的歡樂中。我知道這是方濟各會修士的慣用手法，用這類蠢話博取民眾的好感，可是這種把戲，我要用我聽過你們修會宣道教士說過的話來回答應您：『……就當是肛門發出粗鄙歌聲』。」

這句斥責有點過重，威廉固然放肆，但佐治竟指責他用嘴巴放屁。我自問，如此嚴厲的回答是否表示這位老者希望威廉離開寫字間，但我發現原本好鬥的威廉竟變得十分馴良。

「懇請您寬恕我，可敬的佐治，」他說：「我的口舌背叛了我的思想，我不想失敬於您。或許您說的是對的，我錯了。」

面對這無懈可擊的謙遜態度，佐治嘟囔了一聲，或許表示滿意，也或許是表示原諒，便回到他的位子上。在爭辯中漸漸圍攏的其他僧侶也紛紛返回他們的工作桌。威廉重新跪在魏納茲歐桌前，在那堆散頁中翻找。他的謙遜答覆讓他爭取到幾秒鐘的寧靜。他在短短幾秒內看見的東西，激發他當天夜裡再來查探的念頭。

那真是只有短短幾秒。班丘馬上走了過來，假裝剛才圍過來聽佐治跟威廉談話時把鐵筆忘在桌上，低聲對威廉說有急事要跟他談，約他在澡堂後見面。班丘說自己會先過去，請威廉盡快去找他。

威廉遲疑了一會兒，之後叫喚守著圖書管理員書桌上那本圖書目錄、剛才目睹了一切的馬拉其亞。威廉請他依院長指派給威廉的任務所需（我的導師格外強調他這項特權）派人看守魏納茲歐的桌子，威廉說在他回來之前，那一整天都不得有人靠近。他刻意大聲說，如此一來不僅約束了馬拉其亞必須監視僧侶們，僧侶們也同樣會監視馬拉其亞。馬拉其亞只得同意，之後威廉就跟我一起離開了。

我們經過菜園，往隱蔽在醫療所後的澡堂走去。威廉說：

「看來很多人不希望我插手魏納茲歐桌面上或桌面下的東西。」

「那會是什麼呢？」

「我覺得就連那些虎視眈眈的人恐怕都不知道。」

「所以說班丘找我們根本沒事，只是想讓我們遠離寫字間？」

「這我們馬上就會知道。」威廉說。果然，沒過多久班丘就朝我們走來了。

第二天　第六時辰祈禱

班丘說了一件奇怪的故事，並透露了修道院中有違訓誨的生活。

班丘跟我們說的事情十分含糊。看來他的確是為了讓我們遠離寫字間才把我們引到樓下的，不過由於他無法編造出可信的藉口，所以透露了遠遠超過他所知的更大真相的殘缺片段。

他說早上他有所保留，但是現在經過審慎思考後，他認為應該讓威廉知道所有實情。在大家都知道的爭辯笑的那次討論中，貝藍格提到了「非洲之末」，那是什麼？圖書館藏有很多秘密，特別是有許多書始終不讓僧侶閱讀。班丘聽到威廉說要理性檢視建議的時候，深受打動。他認為一個勤學的僧侶有權知道圖書館所有典藏，嚴詞批判了譴責亞伯拉德的蘇瓦松會議。他講話的時候，我們意識到這位僧侶還十分年輕，熱愛修辭，因渴望獨立不受約束而激動不已，對修道院內紀律森嚴限制了他發自智德的好奇心難以接受。我對這種好奇心向來存疑，但我知道我的導師並不討厭這樣的態度，我看得出來威廉對班丘有好感，願意相信他。班丘說他不知道阿德莫、魏納茲歐和貝藍格說的秘密是什麼，但他衷心希望能藉由那些不幸事件讓圖書館的管理模式有所改變。也希望無論我的導師能否解開謎團，都能找出方法讓院長放寬智德的戒律，那對僧侶造成壓力，他說，大家跟他一樣遠道而來，就是希望能從隱身在圖書館裡的非凡收藏中汲取心智的養分。

我相信班丘在提出這項請求的時候是真心誠意的。但是也有可能如威廉預測，他在強烈的好奇心驅使下，希望自己是第一個翻看魏納茲歐工作桌的人，為了讓我們離開那裡，願意給我們一些訊息做為交換。也就是接下來他要說的。

僧侶之中很多人都知道，貝藍格對阿德莫懷抱不智的感情，像索多瑪和蛾摩拉便是因為同樣的禁忌之愛才會被天火焚毀。班丘或許顧慮我年紀尚輕，所以用了這個例子。其實在修道院度過青少年時期的人都知道，儘管發了貞節誓，仍時常耳聞那類禁忌之愛，有時候還得小心不要被那些無法自拔的人所誘惑。即便像我這樣的小小僧侶，不也在梅爾克修道院收過一位年長僧侶的紙條，上面寫的難道不是俗世之人獻給女子的詩句嗎？僧侶許下的誓願，固然讓我們遠離女性軀體那個罪惡淵藪，卻往往帶領我們靠近其他錯誤。而今我已年邁，可是當我的目光停留在唱詩班見習僧清新純淨宛如少女的稚嫩臉龐時，依然會受到下半身的惡魔煽動，我能掩飾嗎？

我說這些，並不表示對我當初獻身僧侶生活的決定感到懷疑，只是為了說明為什麼很多人會犯下那負荷沉重的錯誤。也或許是為了解釋貝藍格為何會犯下如此可怕的罪行。只不過在班丘看來，貝藍格用了更卑鄙的手段滿足他的私欲，利用威脅當武器，以換取其他人給予道德和榮譽不允許他們給予的東西。

修道院的僧侶長時間取笑貝藍格望著阿德莫的溫柔眼神。阿德莫容貌十分俊秀，但他一心投入工作，從工作中獲得極大快樂，對貝藍格的情感無動於衷。但誰知道呢，說不定他內心深處也有同樣的可恥傾向而不自知。班丘說，有一次他不小心聽到阿德莫和貝藍格的對話，貝藍格提到阿德莫要他透露的某個秘密，要求以某件下流事做為交換，我想即便是最天真爛漫的讀者也能猜出是怎樣的下流事。班丘好像聽到阿德莫表示同意，語氣近似如釋重負。班丘大膽推測，說不定阿德莫內心其實也有所渴望，正好找到一個與身體欲望無關的理由，因此欣然接受。班丘說，這表示貝藍格的秘密與知識有關，才讓阿德莫以純為滿足智德欲望、不得不犯下肉體之罪為藉口自欺。班丘微笑說，他自己也不知道有多少次情願為了滿足過於強烈的智德欲望，不惜違背自己的本意，應允他人的情慾要求。

「您難道從來沒有動念過，」他問威廉，「願意為了得到尋找多年的一本書，做出離經叛道的事？」

「數百年前，賢明、德行高潔的教宗西爾維斯特二世[156]以一個極其珍貴的渾天儀換回一部斯塔提烏斯[157]或盧坎[158]的手抄稿。」威廉說完又謹慎地補了一句：「不過換出去的是渾天儀，不是道德操守。」

班丘坦承自己過於投入讓他逾越了分界，然後再回頭敘述。阿德莫喪命前一晚，班丘因為好奇跟在他們兩個後面，看到他們夜禱結束後一起回到寢舍。他的房間離他們的不遠，他半掩房門等待許久後，清楚看到阿德莫趁僧侶都已入睡的寂靜時刻溜進貝藍格的房間裡。他睡不著，繼續守著，直到他聽見貝藍格房間的門打開，阿德莫幾乎是跑著離開，而貝藍格努力挽留。阿德莫下樓時貝藍格追了過去，班丘小心翼翼地跟在後面，在樓下通道入口處看到貝藍格整個人縮在角落裡，全身顫抖，盯著佐治的房間門口看。班丘猜阿德莫已經跪在那位年長弟兄的腳邊告解自己的罪了，貝藍格發抖是因為他知道雖然有告解聖事保密約束，但他的秘密守不住了。

臉色蒼白至極的阿德莫出來後，避開了想跟他說話的貝藍格，衝出了寢舍，在教堂後殿外打轉，然後從北側拱門（夜裡也開著）進入唱詩班。或許他想禱告，貝藍格跟了過來，但沒有進教堂，只在墓園裡扭著手徘徊不去。

班丘發現還有第四個人在附近的時候不知如何是好。那個人也跟在貝藍格和阿德莫後面，但沒看到躲在墓園旁橡樹樹幹後面的班丘。那個人是魏納茲歐。貝藍格一看到他，就在墳墓間躲了起來，而魏納茲歐則走進了唱詩班。這時班丘擔心自己被發現，決定返回寢舍。豈料第二天阿德莫的屍體就出現在山腳下。至於其他事，班丘並不知情。

午膳時間將近，班丘先行離去，我的導師沒再繼續追問。我們先在澡堂後面逗留了一會兒，然後到菜園去走了幾分鐘，思索剛才聽到的偶然發現。

「歐洲鼠李。」威廉突然彎下腰去觀察一棵植物，在蕭瑟冬日裡，他一眼就認出了那灌木叢，「樹皮製成藥水可治療痔瘡。那是牛蒡，可助皮膚濕疹結痂。」

「您比賽夫禮諾厲害，」我跟他說：「但此刻我更想知道您對剛才聽到的事情有什麼想法！」

「親愛的阿德索，你要學會用自己的腦袋思考事情。班丘跟我們說的或許是實話，他的敘述跟今天清晨貝藍格夾雜不清、真假不分的說詞相吻合。試著重組一下吧。貝藍格和阿德莫做了見不得人的事，這我們早就猜到了。貝藍格應該洩露了某個秘密給阿德莫，可惜這個秘密仍然是個謎。阿德莫犯下了違背貞節誓和自然定律的罪之後，一心只想跟某個可以為他赦罪的人告解，於是他跑去找佐治。佐治個性十分嚴厲，這我們已經領教過了，想當然耳會以令人焦慮的言詞譴責阿德莫。或許他根本沒有為阿德莫赦罪，或許他強迫阿德莫以不可能的方式贖罪，這我們不得而知，佐治也永遠不會告訴我們。阿德莫跑進教堂俯伏在聖壇前，未能撫平內心悔恨。這時候維納茲歐走向他，我們不知道他們二人說了什麼，或許阿德莫將貝藍格分享（或當作報酬）的秘密告訴了魏納茲歐，反正他什麼都不在乎了，因為他已經有了屬於他自己的秘密，更折磨人，更駭人聽聞。魏納茲歐做了什麼？或許跟今天的班丘一樣，在極大的好奇心驅使下得到了他想知道的秘密，便丟下內疚自責的阿德莫。阿德莫眼見自己萬劫不復決定自殺，絕望地走在墓園裡，遇到了貝藍格，說了一些可怕的話，提醒貝藍格要負責任，因此稱他為導師，齷齪情事的導師。我想若刪去貝藍格的錯覺，他的描述應該相當貼近事實。阿德莫跟他說的那些萬念俱灰的話，應該是從佐治口中聽來的。當貝藍格失魂落魄地往一邊走去，阿德莫則走到另一邊去自殺。後來發生的事我們幾乎全程見證。大家都以為阿德莫是被殺的，魏納茲歐就他所聽到的，認定圖書館的秘密比他原先以為的還要更龐大，所以他繼續尋找，直到某人在他發現他要找的答案之前或之後阻止了他。」

「是誰殺了他？貝藍格？」

「有可能，或是馬拉其亞，因為他負責監管主堡。或是另有其人。貝藍格有嫌疑是因為他慌了手腳，而且他知道魏納茲歐掌握了他的秘密。馬拉其亞有嫌疑是因為他負責看守圖書館，發現有人壞了規矩，所以出手殺人。佐治有嫌疑是因為他知道每一個人的每一件事，他掌握了阿德莫的秘密，而且不希望我發現魏納茲歐找到了什麼……很多事情都讓人將矛頭指向他，可是請你告訴我，一個看不見的人怎麼有辦法殺害一個壯年之人；一個老人，即便是身強力壯的老人，又如何能將屍體丟進大缸裡。還有，兇手難道不能是班丘嗎？他有可能為了不方便啟齒的理由跟我們撒謊。最後一點，我們為什麼要將嫌疑犯人選侷限在討論過笑的那些人呢？說不定兇殺案另有動機，跟圖書館一點關係都沒有。總而言之，我們需要做兩件事情：搞清楚如何在夜裡潛入圖書館，還有要弄一盞油燈。油燈交給你想辦法。午膳時間你去廚房走一趟，想辦法拿一盞來……」

「用偷的？」

「為了彰顯天主的榮光，我們需要借一盞油燈。至於如何進入主堡，我們昨天晚上看到了馬拉其亞是從哪裡冒出來的。今天我會去教堂走走，特別要去研究一下那個禮拜堂。我們再過一個小時去用膳，之後我們跟院長有約。你可以出席，因為我要求請助理將我們說的話記下來。」

第二天　第九時辰祈禱

院長對修道院的財富感到自豪，也表達對異教徒的擔憂，最後阿德索懷疑自己遊歷世界恐怕是錯誤決定。

我們在教堂找到院長，他站在聖壇前方，盯著幾名見習僧從某間密室搬出了諸多聖盒、聖爵、聖盤、聖體盤，還有我在早晨頌禱禮並沒有看到的一個十字架。我看到那些閃閃發光的聖器，忍不住驚嘆。那是正午時分，大片光線從唱詩班窗戶灑落，正面的光更強，形成一道白色瀑布，彷彿奧秘的神光湧現，在教堂內不同地方交會後湧向聖壇。

那些聖盤、聖爵都是用最珍貴的材質打造的：黃金、無瑕的純白象牙、透明水晶，還有各種顏色尺寸的亮晶晶寶石，其中我認出了紅鋯石、黃玉、紅寶石、藍寶石、祖母綠、橄欖石、縞瑪瑙、紅玉、碧玉和瑪瑙。這時候我才發現那個早晨我先因禱告而出神，後來又驚嚇過度，所以沒有注意到聖壇正面和另外三面圍繞的飾板完全是黃金打造的，不管你從那一個角度看，那整個聖壇都金光閃閃。

院長看到我的詫異表情微微一笑：「你們看到的這些寶物，」他回頭對我和我的導師說：「以及之後會看到的其他東西，都是數百年來悲憫和虔誠獻禮的積累，見證了這間修道院的權勢與聖德。世間的王公貴族、主教和樞機主教都為這神聖祭壇奉獻了他們封爵的戒指、象徵他們地位的黃金與寶石，他們將這些東西在此重新熔鑄以彰顯主和屬於祂的這個地方的榮光。雖然今天修道院沉浸在另一樁悲傷事件中，但我們不能忘記在我們的脆弱背後有主的力量和影響力。聖誕節慶即將來臨，我們得開始整理聖器，好讓救世主的誕生慶典在與他相稱、如他所願的奢華和光彩中進行。一切都要與他的光輝呼應……」院長眼神堅定地看著威廉，後來我才明白他為何執意為自己的作為辯護，而且理直氣壯。「因為我們認為不僅無須隱藏，還應該廣為宣揚主的慷慨無私。」

「當然，」威廉謙恭回答：「若崇高的您認為應如此榮耀主，那麼貴修道院讚美主的表現已臻完美。」

「理應如此，」院長說：「如果說黃金雙耳細頸瓶和黃金小缽本就是天主屬意或先知規定用來在所羅門聖殿中盛裝山羊、小公牛或小母牛鮮血的器皿，那麼就更應該用黃金和珍貴寶石打造的聖盤，及所有造物中最有價值之物，以最崇敬、虔誠的心來盛接基督的血！如果二次創造[159]中我們的實體是與智天使和色辣芬相同，就更不配侍奉那位無法言喻的受難者……」

「是如此。」我說。

「很多人質疑說，只需要有受聖靈啟發的心智、單純的心、信仰充滿的意圖就足以行此聖禮。我們是最早堅決並明確肯定那是基本要求的修會，但我們也相信應該藉由聖器的外在裝飾以表尊崇，因為我們用一切侍奉我們的救世主，毫無保留，是正確且合宜的。他從未拒絕給予我們一切，不但毫無保留，也不因人而異。」

「這一直是貴修會幾位偉人抱持的看法，」威廉表示同意，「我記得偉大可敬的蘇傑主教[160]記錄教堂裝飾之美的文字。」

「沒錯。」院長說：「您看這個十字架，尚未完工……」他滿懷愛意，臉龐因至福而發光，拿起十字架來仔細端詳。「這裡少了幾顆珍珠，因為我還沒找到大小合適的珠子。聖安德肋[161]曾對著哥耳哥達[162]的十字架說，那是以宛如珍珠的基督手足裝飾的，所以這個卑微的贗品應該以珍珠裝飾。至於救世主的頭上，我想應該鑲嵌一顆舉世未見的璀璨鑽石。」他伸出崇敬的手，以纖長白皙的手指輕撫那聖潔十字架最珍貴的地方，也就是象牙部分，那十字是以完美的象牙打造而成的。

「當我在這天主之家的所有美好中優遊之時，寶石的多彩魅力為我摒除外界煩囂，默禱讓我反省，將物化為無物，思索聖德之間的不同，於是我發現我身處在宇宙中一個很奇怪的地方，既非封閉在世間泥淖內，也非自由翱翔在天上純淨中。因為天主恩寵，我彷彿可以藉由神秘詮釋[163]，從這個下方世界去到那個上方世界……」

院長一邊說話，一邊轉身面向中殿。一束光線從高處照進來，太陽獨有的親善光芒照亮了他的臉，也照亮了他張開宛如十字的雙臂，而他則陶醉在自己的熱情之中。「每一個造物，」他說：「無論可見或不可見，都是光，因為光之父而存在。這個象牙，這個縞瑪瑙，還有環繞著我們的這些石頭牆都是光，因為我感受到它們的善與美，它們依各自的比例規則而存在，每一個物與種都和其他物與種不同，有自己的節奏韻律，不會失序，會尋找適合它們重力的特定位置。我看物越看出它自然的可貴之處，就越能得到這些啟發，我若想上溯到主這個最高因，也就越能體悟主的創造力，上主因滿溢、因為祂是萬物之因並不易親近，最好不要用黃金或鑽石的非凡之美跟我談上主的因果性，否則就連糞便和昆蟲也要拿出來比了。所以，每當我在這些石頭中感受到這些超凡之事，靈魂便會哭泣，是喜極而泣，不是因為俗世虛華或愛慕虛榮，而是因為無關因果的對上主的純淨之愛。」

「這確實是神學最美妙之處。」威廉說這話時的謙遜無懈可擊，我心想他這種另有伏筆的思維格應該符合修辭學家所稱的嘲諷，通常要先說一句話開頭，隱含暗示和辯護的一句話，但因為威廉從不出言嘲諷，所以院長將其視為論述格，繼續沉浸在他那奧秘的心醉神迷之中，僅就威廉那句話的字面意思回應：「那是能讓我們接觸主最直接的道路，是神的顯現之學。」

威廉輕輕咳嗽幾聲，「呃……嗯……」他打算導入另一個話題的時候都會這麼做。他做得不露痕跡，因為他已經習慣了，我想應該是英國人的習慣，每次都以長長的沉吟做為論述開場，彷彿為了呈現完整想法讓他耗費極大心力。但我知道，他發言前沉吟越久，表示他對自己即將提出的看法越有信心。

「呃……嗯……」威廉說：「我們應該談一下這次會晤及貧窮論戰之事……」

「貧窮……」院長還沒回過神來，似乎無法立刻從那些寶石帶他去的上方世界回到人間。「對，還有會晤……」

他們接下來討論的事情有一部分我原已知情，有一部分則是聽他們談話才曉得的。如同我在這個忠實紀錄一開頭所說，事情癥結在於雙重交互指控，一邊是皇帝反對教宗，另一邊則是教宗指責聖方濟各會在佩魯賈大會中支持屬靈會的基督貧窮論點，儘管時間上晚了很多年。方濟各會向皇帝靠攏，又形成了更錯綜複雜的關係，而這個由敵對與結盟組成的三角關係，因為本篤會的修道院院長加入，進一步演變成四角關係，關於這部分我就毫無所悉。

我始終不清楚為何在屬靈會修士所屬的方濟各會認同自己弟兄的觀點之前，本篤會修道院院長就已先站出來提供他們庇護。如果說這些屬靈會修士宣揚的是放棄所有世間財物，我所屬的本篤會修道院院長遵循的則是一條並不失德、但完全相反的道路，那天亞博內院長就做了清楚宣示。但我相信本篤會的院長認為教宗權力高漲意味著主教和城市的權力高漲，而本篤會數百年來從未在對抗俗世教士和市民商賈的戰役中退縮過，既自詡為天國與人世間的直接調解人，也是君王的顧問。

同一句話我聽過不知道多少次，說天主的子民可分為牧羊人（即神職人員）、牧羊犬（即戰士）和羊群（即人民），但後來我學會了這個說法可以有不同角度。本篤會修士常說天主子民分類不是三種，而是兩種，一種是管理人間之事者，另一種則是管理天國之事者。人間之事可分為神職人員、俗世權貴和人民，不過在這三類之上還有僧侶修會，是天主子民和天國的直接聯繫，僧侶與那些無知、腐敗、屈服於城市利益之下的俗世牧羊人，也就是神父、主教完全無關；城市裡的羊群不再是善良虔誠的農民，而是商賈與手工藝匠。本篤會很樂於將管理素民之事交付給俗世教士，只要這個關係的最終規範仍由僧侶掌控，且修會能直接聯繫掌管人間之事的帝國，一如他們與天國的關係即可。我想正是因為如此，所以許多本篤會的修道院院長為了重振帝國威嚴以便與城市的政體（由主教和商賈組成）相抗衡，遂決定保護方濟各會的屬靈會修士，儘管理念不同，但是屬靈會修士對他們而言是有用的，可以提供帝國好的詭辯立論以制衡權力高漲的教宗。

我想，正是基於這個理由，所以亞博內院長才願意與威廉合作，因為威廉是皇帝派來調解方濟各會與教廷之事的人。在這個幾乎危及教會統一的嚴重分歧下，被教宗若望多次召喚前往亞維儂的米克雷・達・契瑟納終於決定赴約，因為他不希望他的修會與教廷徹底決裂。其實身為方濟各會會長的他早就想去，希望能藉此機會闡明立場並獲得教宗認可，因為米克雷知道少了教宗認可，他不可能繼續領導修會。

但很多人提醒他，教宗極可能在法國設下圈套，準備指控他為異端，讓他接受審判，所以建議米克雷在出發前先行談判。馬斯里歐・達・帕多瓦提出了一個更好的想法：讓米克雷與皇帝特派的公使一同前往，對教宗提出皇帝支持者的看法。這麼做不只是為了說服垂垂老矣的教宗，也是為了確保米克雷的安全，因為他既是皇帝使節團的一分子，應不至於輕易成為教廷報復的犧牲品。

但是這個計畫也有許多弊病，所以並未立即實踐。由此又衍生出的想法是安排皇帝使節團和教宗數名代表進行前會晤，說明各自立場並草擬協定，以確保義大利人造訪教廷安全無虞。銜命安排第一次會晤的人就是威廉，如果他評估法國行沒有危險的話，他之後也要赴亞維儂說明帝國神學家的觀點。這工作並不容易，因為可想而知教宗希望米克雷隻身前往，比較容易迫使他俯首聽命，所以派來義大利的教廷使節團會儘可能讓皇帝使節團的法國行功敗垂成。直至當時為止，威廉展現了絕佳才幹，花了好長時間跟多位本篤會修道院院長諮詢之後（所以我們旅行途中停留了許多地方），選擇了我們後來去的那間修道院，因為亞博內院長十分忠於帝國，而且他外交手腕高明，與教廷關係並未交惡。所以他的修道院是適合兩組人馬會晤的中立區。

但是教宗仍持續作梗，因為他知道教廷使節團一旦踏上修道院的土地便受院長管轄，而使節團成員中有俗世教士，所以他不肯接受這個條款，擔心那是帝國設下的陷阱，因此提出條件，讓法國國王派弓箭手保護使節團，且聽命於他信任的人。我在波比歐聽到威廉跟教宗派來的使節討論這一點，主要是釐清弓箭手的任務為何，也就是釐清何謂維護教廷使節團的安全。最後接受的是亞維儂提案，因為聽起來很合理：弓箭手及負責指揮者的管轄權「涵蓋試圖危害教廷使節團成員生命安全及使用暴力試圖影響成員行為和判斷之人」。當時這個但書看似是形式上所需，可是今天修道院發生了那些事，讓院長十分不安，也對威廉表達他的憂心。如果教廷使節團抵達修道院時尚未查明那兩樁兇案的背後元兇（第二天院長的憂心有增無減，因為兇案增為三樁了），就必須承認在修道院牆垣內確實有人可以使用暴力影響教廷使節團成員的判斷和行為。

隱瞞絕非上策，萬一又有事情發生，教廷使節團會以為是不利於他們的陰謀。解決之道有二，一是威廉在使節團抵達前找出兇手（院長說到這裡盯著威廉看，彷彿在責備他未竟其功），或是據實告知教宗代表修道院內發生的事，請他在會晤進行期間提供協助，嚴密監視修道院，但這並非院長所樂見，因為如此一來他便得放棄部分主權，並將他的僧侶交到法國人手中。可是又不能冒險。威廉和院長都不贊成為此讓對方掌控情勢，但也沒有太多選擇。他們說好第二天再做最後決定，此刻只能相信上主的慈悲和威廉的睿智了。

「我會盡力的，院長。」威廉說：「但另一方面，我並不認為這件事會影響會晤。究竟是瘋子或嗜血或僅是靈魂迷失的行為，還是心智正常之人犯下嚴重罪行需要予以正視，我想教宗代表應該能夠分辨兩者不同。」

「您這麼認為？」院長盯著威廉看，「別忘了那些亞維儂人知道如何對付方濟各會修士，自然知道如何對付那些與小弟兄修士親近的危險人物，或其他比小弟兄修士更錯亂的人，及犯下罪行的危險異端分子。」院長說到這裡壓低了聲音，「相較於他們的所作所為，這裡發生的事固然恐怖，但就像是陽光照射下的薄霧，相形失色。」

「那是截然不同的事！」威廉反應很激烈。「您不能將參與佩魯賈大會的方濟各會修士和誤解福音訊息、將貧窮論戰轉變成私人報復或血腥狂熱的異端匪徒相提並論……」

「不算很多年前，距離這裡不遠的地方，有這麼一群你們所說的異端匪徒，放火燒了維切利主教的教區和諾瓦雷一帶的山區。」院長冷冷地回答。

「您說的是多奇諾弟兄和宗徒……」

「偽宗徒。」院長更正威廉的話。我再次聽見多奇諾弟兄和偽宗徒之名，再次聽到那小心翼翼的口吻，彷彿想掩飾內心驚恐。

「偽宗徒。」威廉也欣然同意。「但是他們跟方濟各會修士毫無關聯……」

「他們崇敬的都是若亞敬，」院長頗為不悅，「您可以詢問貴會會友郎勃汀諾。」

「容我提醒院長，郎勃汀諾現在是貴會會友了。」威廉掛著一抹微笑，略一屈身，彷彿是恭賀院長接納了一位享有盛名之人，為本篤會建功。

「我知道，我知道。」院長微笑說：「您也知道我們修會對那些觸怒教宗的屬靈會修士十分照顧，我說的不只是郎勃汀諾，還有很多比較低調的弟兄，我們對他們所知有限，或許應該多了解他們一些。我們接納過穿著方濟各會僧袍出現的避難弟兄，後來才發現這些弟兄的人生經歷曾讓他們一度十分接近多奇諾團體……」

「這裡也有嗎？」威廉問。

「這裡也有。我現在跟您說的這些事，其實我了解的不多，但他們的作為並不足以構成罪名。不過既然您在調查這間修道院的人，我想還是讓您知道一下比較好。我只能說就我耳聞或推測，我懷疑修道院的管事曾經有過一段黑暗時期，他就是在數年前方濟各會修士大批出走那時候來的。」

「管事？雷密吉歐・達・瓦拉幾內是多奇諾的從眾？在我看來他是最與世無爭的人，也是我所見過對貧窮問題最不關心的人……」威廉說。

「我對他無可非難，而且很肯定他盡忠職守，全修道院都很感激他。我說這些，只是為了讓您了解在任何一個修士和小弟兄修士之間找到關聯並不難。」

「望您見諒，但以您的身分地位這麼說依舊有失公允。」威廉回應道：「我們在談的是多奇諾會眾，不是小弟兄修士。小弟兄修士確有可議之處，甚至不需要特別指明說的是誰，因為他們之中各種人都有，但絕不會是血腥乖戾之人。我們最多或可指責他們在一知半解的情況下將屬靈會宣揚的事付諸行動，而屬靈會行事較為謹慎，也多了一份對天主的真愛，當然我也同意這兩者之間的差異僅一線之隔……」

「可是小弟兄修士是異端分子啊！」院長毫不留情地打斷威廉的話。「他們支持基督和宗徒赤貧這個教義，即便我並不認同，但這個教義確實可以用來打擊亞維儂教廷的自大傲慢。問題是小弟兄修士由此衍生出一個可實踐的詭辯，說他們有權利反動、掠劫，做傷風敗俗之事。」

「哪些小弟兄修士？」

「整體而言，是全部。您知道他們犯下了難以啟齒的罪行，他們不承認婚姻，否認有地獄，行雞姦之事，擁抱保加利亞修會和德拉哥維塔修會的波各米爾教派異端……」

「院長，」威廉說：「請勿將這些事情混為一談！照您這麼說，小弟兄修士、巴大尼派[164]、瓦登斯派[165]、加太利派[166]和保加利亞的波各米爾教派、德拉哥維塔修會的異端全都如出一轍！」

「沒錯，」院長斷然回應，「他們全都如出一轍，因為他們都是異端，他們之所以是異端是因為他們危害了文明世界的秩序，也危害了我相信你們殷切期盼的帝國秩序。一百多年前，亞納多・達・布雷夏[167]的從眾放火燒掉了貴族和樞機主教的家，這就是隆巴第一帶的巴大尼派異端鬧事的結果。這些異端的可怖事情我都知道，我在凱撒里烏斯[168]的書中都看到了。威隆納城聖基甸教區的教士艾維拉多發現招待他的主人每晚都帶著妻子和女兒外出，他問了其中一人想知道他們去了哪裡，做了什麼。你來看吧，這是他得到的答案，於是他跟他們一起去到一間地下室，那裡十分寬敞，來的人男女都有。當大家都靜默不語的時候，有一個異端分子發表了一段極盡褻瀆之能事的談話，鼓勵大家過荒淫、傷風敗俗的生活。等燭火熄滅後，每個人便撲向身旁的女子，不管她是自己的妻子或未婚女子，是寡婦或貞女，是女主人或女僕，是女兒或姐妹（這是最糟的，願上主寬恕我說出如此恐怖之事）。艾維拉多年紀尚輕、血氣方剛，看到這一切便假裝自己也是信徒，站在他主人的女兒或另一個少女身旁，待燭火暗去後便行苟且之事。如此長達一年多的時間，最後那位老師說他這個年輕人參與聚會獲益良多，很快就可以負責教育新信徒了。那一刻艾維拉多才意識到自己掉入了怎樣的深淵之中，於是他說他參加聚會不是因為受到異端邪說吸引，而是被那些少女們所吸引，才得以逃離。他們將他趕了出去。但那就是異端的法則和生活，不管他們是巴大尼派、加太利派、若亞敬派或任何一個派別的屬靈信眾都一樣。無須詫異，他們不相信肉身復活，也不相信地獄是對惡人的懲罰，他們認為無論做什麼事都不會受到制裁。他們自稱為加太利，也就是純潔無瑕的意思。」

「亞博內，」威廉說：「您生活在這遺世孤立、莊嚴神聖的修道院內，遠離世間邪惡。城市裡的生活比您想像的更複雜，就算錯誤與惡也有程度之別。相較於那些對天主派來的天使都起了齷齪念頭的同鄉，羅特[169]稱不上罪大惡極；伯多祿的背叛與猶大的背叛相比，也算不了什麼，因此一人得到了寬恕，另一人則否。您不能把巴大尼派和加太利派相提並論，巴大尼派是在神聖教會律法內推動品德改革的一個改革運動，他們一直希望改善神職人員的生活方式。」

「他們主張拒絕從不潔的祭司手中領聖體……」

「他們這點做錯了，但那是他們教義的唯一錯誤。他們從未擅改天主的旨意……」

「可是巴大尼派的亞納多・達・布雷夏兩百多年前在羅馬宣道時，煽動一群農民焚毀貴族和樞機主教的房子。」

「亞納多原本希望城市行政官加入他的改革運動，但他們並未跟從，於是他在窮人和受迫害者之間尋求認同。那些人用力氣和怒氣呼應他希望城市少一點腐敗的呼籲，並非他的責任。」

「城市永遠是腐敗的。」

「今天城市是天主子民的居住所，你們和我們都是牧羊人。城市是醜惡之所，富裕的教士向餓著肚子的窮人宣揚行善積德。巴大尼派的失序源自於此。他們心中悲苦，是能理解的。加太利派則另當別論。那是來自東方的異端，與教會教義無關。我不知道他們是否真的犯下了他人言之鑿鑿的那些罪，但我知道他們排斥婚姻，否認地獄存在。我懷疑很多作為可能並非他們所為，恐怕純粹是因為他們的理念（十分邪惡）而被加諸在他們頭上的。」

「您跟我說不應將巴大尼派和加太利派混為一談，但他們難道不是魔鬼無數面貌中的其中兩面？」

「我要說的是，這些異端邪說若撇開他們主張的教義不談，許多都在素民之間獲得極大回響，因為他們告訴那些素民有可能過不一樣的生活。我要說的是，很多時候，素民並不懂教義。我要說的是，素民往往會將加太利和巴大尼宣揚的道搞混，或將巴大尼和屬靈會宣揚的道搞混。亞博內，讓我們得以展現智德的學識和卓越聲譽並不會讓素民的生活得到啟發。他們為貧病所苦，因無知而結巴，對他們許多人來說，加入這個或那個異端團體不過是為了宣洩他們的絕望。他們焚毀樞機主教的房子可能是為了改善神職人員的生活，也可能是因為他認為神職人員宣揚的地獄並不存在。素民會那麼做是因為人間地獄永遠都在，而生活在那人間地獄裡的正是我們這些牧羊人所看顧的羊群。您很清楚，這些人無法分辨保加利亞教會和李普朗多神父[170]的信徒有何差別，就跟帝國宮廷和他們的支持者無法分辨屬靈會修士和異端是一樣的。吉伯林黨[171]為了打擊敵人，不只一次暗中支持加太利派的信眾。我認為他們做錯了。而且就我所知，如今同一批人為了剷除那些頭腦過於貧乏的騷動危險信眾，常給他們冠上異教徒罪名，把大家都送上火刑架。亞博內，我發誓，我親眼看過德行高尚、誠心信奉貧窮和禁慾的人，只因為與主教交惡，就被主教推入帝國或城市的俗世司法權懷抱中，指控他們行雜交、雞姦等種種邪惡之事，但明明有罪的另有其人。素民是俎上肉，任憑擺布，可以利用他們讓敵對的當權者陷入危機，當他們沒有利用價值之後，就會被犧牲。」

「所以說，」院長帶著明顯惡意說：「多奇諾弟兄和他的那些狂徒，塞卡雷利[172]和那群冷血殺手的前身不是邪惡的加太利派或有德的小弟兄修會，就是雞姦的波各米爾教派或改革的巴大尼派，是吧？威廉，您對異端無所不知，甚至看起來與異端相去不遠，您可以告訴我，真理究竟何在？」

「有時候真理根本不存在。」威廉有些傷感。

「您看，就連您也無法區別這個異端和那個異端之間的差別了，是嗎？我至少有一個準則。我知道危害天主子民賴以憑靠的那個秩序之人，就是異端。我擁護帝國，因為它向我保證這個秩序。我對抗教宗，因為他將聖靈的力量交給了城市主教，主教跟商賈及行會沆瀣一氣，這個秩序遲早會在他們手中敗壞。而這個秩序，我們已經維持了數百年。對付異端我也只有一個準則，基本上就是熙篤會院長被問到該如何處置異端之城貝濟耶[173]的市民的時候，他所作的答覆：『把他們全殺了，天主自會認出他的子民』。」

威廉垂下眼睛，沉默不語。然後開口說：「貝濟耶城被攻陷，我們的軍隊不分男女老幼大開殺戒，有將近兩萬人死在刀劍下。屠殺結束後，那城遭到掠劫，然後被火焚毀。」

「聖戰也是戰爭。」

「聖戰也是戰爭。正因為如此，或許不應該有聖戰。我離題了。我來此是為了捍衛路易四世的權利，雖然他讓義大利面臨嚴峻考驗。我自己也面臨一個奇怪的聯盟考驗。屬靈會和帝國結盟很奇怪，帝國與為人民爭取主權的馬斯里歐．達．帕多瓦結盟很奇怪，立場跟傳統都相左的我們兩個結盟也很奇怪。不過我們有共同任務：一是會晤成功，一是找出兇手。讓我們和平進行吧。」

院長張開雙臂。「威廉弟兄，給我一個和平之吻吧。您學識淵博，我們可以慢慢細究這些神學和道德議題，不能像巴黎那些導師們放棄辯論的樂趣。沒錯，我們有重要任務在身，應該要有共識。我會說這些話，是因為我相信有所關聯，您理解嗎？可能會有關聯，也就是說其他人可能會將發生的兇案和貴會會友的論點連在一起。所以我才事先提醒，我們得防範亞維儂教廷的人有任何懷疑或影射。」

「我是不是可以看作是您提供了我調查的線索？您認為最近這些事件可能跟某位僧侶過去的異端經歷有關？」

院長沉默片刻，看著威廉，臉上沒有任何表情。然後開口說：「在這個不幸事件中，擔任宗教裁判長的是您。持懷疑態度，即便可能是誤會都要懷疑，是您職責所在。我只是這裡的大家長。但是我若知道修道院中某一位僧侶的過去會讓懷疑成真，我早就動手拔除那株毒草了。我知道的，您都知道了。我不知道的，有賴您的睿智揭曉。但結果如何，請您務必先通知我。」亞博內院長說完便向我們告辭，走出教堂。

「事情越來越複雜了，親愛的阿德索。」威廉臉色陰沉。「我們要追查一本手抄稿，要進一步了解那幾位過於好奇的僧侶之間的爭執，以及過於縱慾的僧侶情事，還有另外一條線索也出現了，而且截然不同，管事……以及跟管事一起到修道院的那個奇怪的薩瓦托雷……但我們現在得去休息一會，因為今天晚上必須保持清醒。」

「所以您還是計畫今晚潛入圖書館？您還是不打算放棄第一條線索？」

「不放棄。而且誰說那是兩條不同線索的？還有，管事很可能只是院長的猜疑。」

他往朝聖者庇護所方向走，走到門口停下來，接著剛才的話繼續說。

「院長要求我調查阿德莫死因的時候，他以為那不過是年輕僧侶之間的曖昧之事。但如今魏納茲歐之死卻掀起了其他疑點，或許院長意識到這個謎題之鑰在圖書館裡，而那是他不希望我去調查的地方，所以才提供我管事這條線索，以免我把注意力放在主堡上……」

「可是他為什麼不希望……」

「不要問太多問題。院長從一開始就告訴我不要碰圖書館，他一定有他的理由。說不定就連他也捲入了某件事，只是當初沒想到會跟阿德莫之死有關，但現在問題越滾越大，他恐怕也會被牽連在內。他不希望真相被發現，至少不是由我發現……」

「這麼說來，我們現在是在一個被天主遺棄的地方。」我覺得很沮喪。

「你到過哪些地方是天主樂於停留的？」高大的威廉低頭看著我。

他讓我先去休息。我躺下來的時候心想，我父親真不該送我出來遊歷世界，這一切比我想像的複雜多了。我一下子學太多東西了。

「求祢從獅子的血口救我脫身。」我一邊禱告，一邊沉沉睡去。

第二天　晚禱後

雖然此章很短，

但長老阿里納多透露了跟迷宮圖書館有關的事情，以及入內的方法。

我在接近晚膳時分醒來，覺得困倦混沌，因為白日入睡就跟肉慾罪一樣，一旦犯禁就會渴望更多，而且覺得不快樂，既感生厭卻又貪得無厭。威廉不在他的房間裡，顯然他早已起身。我找了一會兒之後，看到他從主堡走出來。他說他去了寫字間，翻翻目錄，一邊觀察那些僧侶們的工作，一邊試著靠近魏納茲歐的桌子繼續搜查。但似乎每個人都心懷鬼胎，刻意不讓他翻看那些散頁。最先走過來的是馬拉其亞，說要給威廉看幾幅珍貴的泥金裝飾畫。隨後換班丘出現，說了一堆毫無意義的空話佔用威廉的時間。當他重新彎下腰去準備繼續搜查的時候，貝藍格又自告奮勇說可以幫忙。

後來馬拉其亞眼見我的導師是認真要插手魏納茲歐的事，這才明白表示或許應該先取得院長同意，再來翻動死者遺物比較好，即便是身為圖書館管理員的他，為了尊重和紀律，也選擇迴避，況且依照威廉的叮囑，並沒有其他人靠近過那張桌子，在院長同意前，最好任何人都不要靠近。威廉提醒馬拉其亞，他是受院長委託在修道院內進行調查，馬拉其亞狡黠反問院長是否也同意他在寫字間或圖書館內自由行動。威廉知道在那個節骨眼不需要跟馬拉其亞角力，儘管大家的小動作和憂心忡忡的表現都讓他更想要搞清楚魏納茲歐的事。不過既然他已經決定那天晚上要潛入圖書館（雖然還不知道怎麼進去），最好不要打草驚蛇。顯然他心裡起了報復的念頭，若不是為了追求真理，恐怕是失之頑固，該受譴責了。

進用膳室之前，我們先去中庭散散步，借夜晚寒風吹散睡意。中庭內有幾名僧侶靜思踱步，我們發現耆老阿里納多．達．葛洛塔菲拉塔在面向中庭的花園內，他身體已如風中殘燭，一天之中大部分時間不是拈花惹草，就是在教堂祈禱。他坐在拱廊外，似乎不覺得冷。

威廉向他問好，看到有人來跟自己講話，阿里納多似乎滿高興的。

「今天很平靜。」威廉說。

「天主恩典。」老者回答。

「天空很平靜，但地面卻很陰鬱。您認識魏納茲歐嗎？」

「誰是魏納茲歐？」他先這麼問，但隨即眼睛發亮。「喔，那個死掉的孩子。那隻獸在修道院內出沒……」

「哪隻獸？」

「海中來的巨獸……牠有七個頭，十隻角，角上有七個王冠，頭上有三個褻瀆之名。那獸看似豹，腳似熊，血盆大口有如獅子……我之前看過。」

「您在哪裡看到的？圖書館裡嗎？」

「圖書館？為什麼在圖書館？我已經好多年沒去寫字間了，也從未去過圖書館。沒有人可以去圖書館，但我認識那些可以去圖書館的人……」

「誰？馬拉其亞？貝藍格？」

「不是……」那老者笑聲咯咯。「之前的，馬拉其亞之前的圖書館管理員，好多年前……」

「他叫什麼名字？」

「我不記得，他死了，那時候馬拉其亞還很年輕。還有馬拉其亞導師之前那個，那時候他是個年輕的圖書館助理，當時我也很年輕……不過圖書館我從未去過。那是迷宮……」

「圖書館是個迷宮？」

「那圖書館代表的是這個世界，」阿里納多凝神朗讀，「對想進去的人而言很寬敞，對想出來的人而言很狹窄。174 圖書館是一個大迷宮，是世界迷宮的象徵，走得進去未必走得出來。不應超越海立克斯的柱子……」

「這麼說，如果主堡的門關上之後，您並不知道如何進入圖書館？」

「我知道，」那老者笑了，「很多人都知道。要經過藏骨室。你可以從藏骨室進去，但你不會想走那裡，有死去的僧侶在看守。」

「看守的是死去的僧侶，不是那些夜裡拿著油燈在圖書館裡走來走去的人？」

「拿著油燈？」老者看來很困惑。「我沒聽過這個故事。死去的僧侶都在藏骨室裡，那些骨頭慢慢從墓園搬下去，他們便聚集在那裡，看守著通道。你沒看過禮拜堂中通往藏骨室的聖壇？」

「您說的是耳堂後面左邊第三個禮拜堂嗎？」

「第三個？或許吧。那個聖壇的石板上有上千個骷髏浮雕，右邊第四個骷髏頭的眼睛按下去……你就可以進到藏骨室了。但是不能從那裡走，我從來沒走過那裡。院長不同意。」

「那隻獸呢？您在哪裡看到牠的？」

「獸？啊，假基督……假基督快來了，千年時間就快到了，我們都在等他……」

「可是早在三百年前千年便已屆滿，那時候假基督並沒有出現……」

「假基督不是在千年屆滿之日降臨，千年屆滿後，義人統治開始，然後假基督會出現迷惑義人，然後才是最後決戰……」

「可是義人會統治千年，」威廉說：「他們若是從基督死後開始統治到第一個千年結束，那麼假基督早就該來了，若是義人尚未統治，那麼假基督就還很遙遠。」

「千年不是從基督之死開始，而是從君士坦丁贈與[175]開始算起，至今正好一千年……」

「所以義人統治要結束了？」

「我不知道，我什麼都不知道了……我累了，計算時間並不容易。北亞托・德・列瓦納[176]算過，你問佐治吧，他還年輕，記得比我清楚……總之時機已經成熟。你沒有聽到七聲號角嗎？」

「什麼七聲號角？」

「你沒聽說另外一個孩子，那個泥金裝飾畫家是怎麼死的嗎？第一位天使一吹號角，就有攙着血的冰雹和火拋到地上。第二位天使一吹號角，海的三分之一便成了血……第二個孩子不是死在血海裡嗎？要小心第三聲號角！海裡一切有生命之物將死三分之一。天主懲罰我們。在這間修道院之外的世界全都被異端把持，他們跟我說在羅馬的寶座上坐著一位作惡多端的教宗，用祭品行黑魔法之術，豢養他的海鱔……我們這裡則有人違反禁令，打破了迷宮封印……」

「是誰跟您說的？」

「我聽到的，大家都竊竊私語說罪惡已進入修道院了。你有鷹嘴豆嗎？」

他直接問我，讓我嚇了一跳。「沒有，我沒有鷹嘴豆。」我有些困窘。

「下次帶些鷹嘴豆給我。我可以含在嘴巴裡，你看看我這可憐的嘴巴，沒有半顆牙齒，不管什麼東西都要等軟了才能吃。鷹嘴豆會刺激唾液分泌，水是生命之源。你明天帶鷹嘴豆給我好嗎？」

「我明天帶鷹嘴豆給您。」我答應他，但他已迷迷糊糊睡著了。我們留下他，往用膳室走去。

「阿里納多剛才說的事情，您有什麼想法？」我問我的導師。

「他深受百歲老人的失智之苦，很難分辨他說的是真是假。但我想他的確透露了進入主堡的方法，我看過昨天晚上馬拉其亞突然現身的禮拜堂，那裡確實有一個石造聖壇，下端有骷髏浮雕，我們今晚可以試試看。」

第二天　夜禱

進入主堡，發現一位神秘訪客，找到一個畫有黑魔法記號的秘密訊息，剛發現一本書就弄丟了，接下來幾章都在找那本書，最後連威廉珍愛的那副鏡片也被偷了。

晚膳氣氛沉悶而安靜。距離發現魏納茲歐的屍體才剛過十二個小時。大家不時偷瞄他的空位。等夜禱時間一到，大家排成一列魚貫進入唱詩班時彷彿送葬隊伍。我們站在中殿參加這個頌禱禮，眼睛卻盯著第三個禮拜堂看。燈光昏暗，當我們看到馬拉其亞在黑暗中出現入座時，還是不明白他究竟從哪個地方出來的。我們移動到側殿暗處躲藏，以免頌禱禮結束後被人發現我們逗留原地。我在僧袍下藏了一盞油燈，是用膳時我去廚房拿的。之後可借用整夜不滅的青銅三腳架上油燈引火點燃。我拿的那盞油燈燈芯是新的，燈油也很充足，可以提供長時間照明。

因為接下來要做的事讓我太過興奮，完全沒注意頌禱禮進行，以至於儀式結束的時候我渾然不知。僧侶們戴上兜帽排隊緩緩離開回歸寢舍後，教堂內空無一人，只有三腳架上的火光閃爍。

「來，」威廉說：「我們行動吧。」

我們走向第三個禮拜堂，聖壇下端果然很像藏骨室，精美的淺浮雕是由許多放在脛骨堆上的骷髏頭組成，他們空洞深陷的眼窩讓看了人不寒而慄。威廉低聲複誦阿里納多說的那句話（右邊第四個骷髏頭的眼睛按下去），他將手指伸入那光禿禿的眼窩中，我們立刻聽到一陣低沉的吱嘎聲響。那座聖壇動了，繞著一個隱形轉軸移動後，露出了一個黑漆漆的入口。我舉起油燈照明，看到幾階潮濕的樓梯。我們決定走下去之前，先討論到底該不該將通道入口關閉。最好不要，威廉說，我們不知道是否能再打開。那麼會不會有被人發現的風險呢，如果這時候有人來操作這個暗門，表示他早就知道有這個通道，即便我們將通道關閉也無法阻止他進來。

我們走了十多階台階，進到一個長廊，長廊兩側鑿有多個水平延伸的壁龕，跟我後來看到的許多地下墓穴一樣。但那是我第一次潛入藏骨室，心裡覺得很害怕。僧侶們的遺骸是數百年來從土中起出後堆放在那裡的，並無拼回原本樣貌的打算。不過有的壁龕裡只有小骨，有的壁龕裡只有頭骨，層層仔細堆疊有如金字塔，以免散落，那真是駭人畫面，尤其是我們在行進間，油燈不斷創造出不同的光影變化。我看到其中一個壁龕中只放手，好多手，彼此交錯糾纏成無法拆解的死亡之手。在那死亡幽境中，我有那麼一瞬間感覺到似乎有活物在陰影中快速移動，還發出聲音，我忍不住大叫。

「是老鼠。」威廉安慰我。

「老鼠在這裡做什麼？」

「路過，跟我們一樣，因為這個藏骨室通往主堡，也就通往廚房。圖書館裡還有美味可口的書。你現在知道為什麼馬拉其亞的表情總是那麼嚴肅了。他因職責所在，每天要經過這個地方兩次，晚上和早晨各一次。他還真是笑不出來。」

「為什麼福音書裡沒有記載過基督笑呢？」我無來由地發問：「難道佐治說的是真的？」

「很多人問基督有沒有笑過，這件事我並不怎麼感興趣。我相信他之所以從未笑過，是因為身為天主之子的他是全知的，他知道我們這些基督徒會做出什麼事來。我們到了。」

感謝主，我們來到長廊盡頭，走完另外幾階樓梯後，只需推開用鐵條加固的厚重木門，就來到廚房火爐後方，那裡有一道螺旋梯通往寫字間。我們往上爬的時候，聽到樓上傳來一個聲響。

我們靜默了一會兒，然後我說：「不可能，在我們之前沒有別人進來……」

「除非這是通往主堡的唯一一條通道。數百年前這裡原是一座碉堡，應該還有其他秘密通道是我們所不知道的。我們實在無從選擇，只能小心為上。如果吹熄油燈，我們就看不見路，如果讓燈亮著，就等於警告樓上那人我們來了。我們只能希望如果樓上另有一人，那個人更怕被我們發現。」

我們從南側塔樓進入寫字間，魏納茲歐的桌子正好在另外一邊。這大廳過於寬闊，行進間油燈最多只能照亮數公尺的牆面。還得希望此時沒有人在中庭，否則會看到從窗戶透出去的光。魏納茲歐的桌子看似整齊有序，但是當威廉彎下身去翻查桌下書架散頁的時候，失望地叫了一聲。

「有東西不見了嗎？」我問他。

「今天我在這裡看到兩本書，其中一本是希臘文，不見的正是這本。有人把那本書拿走了，而且十分匆忙，因為有一張羊皮紙掉到地上了。」

「可是這桌子不是一直有人看守……」

「沒錯。說不定有人剛剛才拿走。說不定那個人還在這裡。」他轉身對著陰暗處大聲說話，聲音在列柱中迴盪。「你如果還在這裡，最好小心一點！」我覺得這個主意還不錯，就如威廉所說，最好是讓那個我們害怕的人更怕我們。

威廉拿起他剛才在桌腳旁找到的那張羊皮紙，靠近去看。他讓我給他多一點光。我舉起油燈，發現那一頁上半段是空白的，下半段則密密麻麻寫滿了極小的字，我看不出是什麼語言。

「是希臘文嗎？」我問威廉。

「對，但我看不大懂。」他從僧袍中取出鏡片，穩穩地架在他的鼻梁上，再度靠近去看。

「是希臘文，寫得很小，而且寫得很潦草。即便我戴上鏡片也看不清楚，我需要更亮的光。靠近一點……」

他把臉湊到那張紙前面，我沒想到應該走到他身後把油燈舉高，反而笨頭笨腦地走到他正前方。他叫我站到旁邊去，我移動的時候火苗掃過那紙的背面。威廉連忙把我推開，問我是不是想把他那張手稿給燒了，接著他驚呼一聲，我清楚看到那張紙上半段浮現了幾個黃褐色的奇怪符號。威廉接過我手中的油燈，放在那張紙後面，讓火苗靠近羊皮紙表面，可以加溫但不至於灼燒。慢慢的，就像那看不見的怪手寫下「默乃，特刻耳，培勒斯」[177]一樣，隨著威廉移動油燈，在火舌冒出的黑煙燻烤下，我看著那白紙上有一些筆畫浮現，不像任何一種語言，倒像是黑魔法的符號。

「太神奇了！」威廉說：「真是越來越有趣了！」他看了看四周，「但最好還是不要讓我們的神秘訪客知道我們的發現，如果他還在這裡的話……」他摘下那副鏡片放在桌上，小心翼翼地將那張羊皮紙捲起來，放入袍內。我被那一連串近乎神蹟的變化嚇得目瞪口呆，正打算開口發問的時候，突如其來的巨響轉移了我們的注意力。那聲響來自通往圖書館的東側樓梯口。

「我們要找的人在那裡，抓住他！」威廉大喊，我們往那個方向衝過去，威廉動作比較快，我拿著油燈動作略慢。我聽到有人絆倒摔跤的聲音，連忙奔向前去，發現威廉在樓梯口看著一本封面以金屬環釦加固的笨重書冊。同一時間我們聽到另一個聲響，是從我們剛才那個地方傳來的。「我真笨！」威廉大喊，「快點，回到魏納茲歐桌子那邊！」

我懂了，有人躲在我們背後的陰暗處丟出那本書，好把我們引開。

威廉再次搶在我前面回到魏納茲歐的桌前。跟在他後面的我看到一個人影在列柱間奔逃，轉進西側塔樓的樓梯口。

我心中燃起勇士的熱情，把油燈交給威廉，什麼都看不見就衝向那個人溜走的樓梯口。那一刻我覺得自己是基督的士兵，與地獄來的妖魔鬼怪搏鬥，一心只想抓住那個不知名的訪客，把他交到我導師的手中。我因為踩到長袍下襬（我發誓，那是我這一生中唯一一次後悔加入修會！），整個人幾乎滾下了螺旋梯，但是我同時間腦袋一轉，想到我的對手應該跟我一樣狼狽，便頓時感到寬慰。而且，他如果偷了那本書，應該根本騰不出手來。我從麵包烤爐後面衝進廚房，偌大的空間只有微弱星光照耀，我看見被我追逐的身影穿過通往用膳室的門，還把門關上。我衝過去，花了一點時間才打開它，我走進用膳室後環顧四周，不見半個人影。通往室外的門依然緊閉，轉身再看，只有黑暗和寂靜。我發現有光從廚房那裡過來，我整個人貼在牆壁上，在廚房和用膳室之間的通道入口出現了一個人影，我大喊。來者是威廉。

「人不見了對嗎？我就知道。他不是從大門出去的。他也沒有走藏骨室那條通道？」

「沒有，他是從這裡離開的，但我不知道確切位置！」

「我跟你說過，這裡還有其他通道，我們不用花力氣找了。說不定那個人已經從某個遙遠的出口走掉了，而且還帶走了我的鏡片。」

「您的鏡片？」

「對。我們這位朋友沒能從我這裡搶走羊皮紙，經過工作桌的時候靈機一動拿走了我的鏡片。」

「為什麼呢？」

「因為他不是個笨蛋。他聽到我發現這些符號，知道那很重要，心想我沒了那副鏡片就無法解讀，而且他知道我不會輕易給別人看。沒錯，現在那張羊皮紙對我而言就毫無意義了。」

「他怎麼會知道您鏡片的事呢？」

「哎，我們昨天跟玻璃匠師說過之外，今天早上在寫字間我也戴著那副鏡片翻看魏納茲歐桌上的文件。所以恐怕很多人都知道那個東西很珍貴。我或許可以閱讀一般的手稿，但沒辦法閱讀這個，」他展開那張神秘的羊皮紙，「用希臘文寫的部分字跡實在太小，而上面那段的符號又太過莫名……」

他給我看那些因火苗熱度如魔法般浮現的神秘符號，「魏納茲歐想把一個重要的秘密藏起來，用的是遇熱才會出現的一種隱形墨水，也說不定他用的是檸檬汁。我不知道他到底用了什麼書寫，那符號可能會再度消失，快點，你視力好，趕快把那些符號抄寫下來，儘可能一模一樣，最好寫大一點。」我依言照做，完全不知道我在抄什麼。那四、五行實在很像巫術符咒，我現在只抄錄前面幾個符號，好讓讀者知道我們當時看到的是怎樣的謎語：

我抄完之後，沒有鏡片的威廉把我的寫字板拿得遠遠的。「這絕對是一種需要解讀的密碼。」他說：「這些符號畫得很糟，但也有可能是你沒抄好。總之這肯定是黃道十二宮的符號沒錯。你看到沒有?第一行我們有……」他把寫字板拿得更遠了，瞇著眼睛努力聚焦。

「人馬宮，太陽，水星，天蠍宮……」

「這些代表什麼意思？」

「如果魏納茲歐想法單純，或許會用最普通的黃道十二宮字母，A等於太陽，B等於木星……那麼第一行讀起來就會是……你把它寫下來吧：RAIQASVL……」威廉突然打住。「這個字沒有任何意義，魏納茲歐很有心機，他用了另外一個密鑰幫這套字母加密。我得把這個密鑰找出來。」

「有辦法嗎？」我滿心景仰。

「如果對阿拉伯人所學略有通曉就可以。最好的密碼學著作都是異教徒學者所寫，我在牛津讀過幾本。培根說透過語言學習才能獲得知識實在很有道理。賓．瓦西亞[178]數百年前完成的《論古代文字解謎狂熱》一書，提出了許多神秘文字組合及解讀的規則，對魔法實務很有用，對軍隊內部通信或君王與特使之間密函往返也有助益。我看過其他書列出很多絕妙手法，可以用一組字母取代另一組，也可以把一個字反著寫，可以顛倒字母順序，不過是採兩兩間隔，之後再從頭開始。也可以用黃道十二宮符號取代字母，當中夾帶數字值，然後根據另外一組字母表將數字轉換為其他字母……」

「魏納茲歐會用哪一種系統呢？」

「恐怕得一一試驗，試完再試。不過解讀訊息的第一個規則就是猜測它要說的是什麼。」

「那樣豈不是就不需要解讀了！」我笑了。

「不是這個意思。可以先就訊息最初幾個字提出假設，然後看採用的規則是否適用於內文其他部分。舉例來說，魏納茲歐這裡記錄的肯定是潛入非洲之末的關鍵，如果這個訊息是關於這件事的，我現在突然想到一個節奏……你看看前三個字，不要管字母，只管符號的數字……IIIIIIII IIIII IIIIIII……現在試著用音節把符號兩兩分開，然後大聲唸出來：嗒——嗒——嗒，嗒——嗒，嗒——嗒嗒……你有沒有聽出什麼來？」

「沒有。」

「我聽出來了。**非洲之末的秘密**（Secretum finis Africae）……如果是這樣的話，最後一個字的第一和第六個字母應該一樣，果然沒錯，地球符號出現了兩次。第一個字的第一個字母S應該要跟第二個字的最後一個字母一樣，果然處女宮符號也重複了兩次。或許這個方向是對的，但也有可能純然是巧合。我們得找出相對應的規則……」

「去哪裡找？」

「在腦袋裡，創造它，然後檢驗它是否為真。一一試驗下來可能會用掉一天的時間，但也不會超過，你要記住，只要有耐心，沒有任何一個加密文字是無法解讀的。不過時間不早了，我們還得去圖書館看看。反正沒了鏡片我也無法閱讀這個訊息的下半段，你又沒辦法幫我，因為這些符號對你來說……」

「無異於希臘文，我看不懂。」我歉然把話接下去說完。

「對，你看培根說得沒錯吧。要讀書！但我們不需要喪志。把羊皮紙跟你的筆記收好，我們到圖書館去。今天晚上就算有十支地獄軍團也阻擋不了我們。」

我畫了一個十字。「在我們之前進來的那個人會是誰呢？班丘？」

「班丘很想知道魏納茲歐的桌子究竟有何蹊蹺，但我不覺得他會對我們出此下策，他其實想跟我們結盟，再說，我不認為他有半夜潛入這裡的勇氣。」

「那麼會是貝藍格？還是馬拉其亞？」

「我覺得貝藍格有可能這麼做。他畢竟是圖書館的共同負責人，應該對自己洩漏了某個秘密感到十分自責，他認為魏納茲歐偷走了那本書，想要把書放回原處，但他來不及上樓，現在可能把書藏在某個地方了，如果天主眷顧，或許我們能在他把書放回原處的時候當場人贓俱獲。」

「那麼也有可能是馬拉其亞，他有同樣動機。」

「我想不會是他。他若想搜魏納茲歐的桌子，在他一個人留下來關門的時候有足夠時間可以這麼做。我早想過這點，但我無力避免。現在我們知道他並沒有這麼做。仔細想想，我們根本沒有懷疑馬拉其亞的理由，因為他不知道魏納茲歐潛入圖書館拿走了某樣東西。知情者有貝藍格和班丘，還有你跟我。在阿德莫告解後，佐治也可能知情，但他絕對不會是那個不顧一切衝下螺旋梯的人……」

「所以不是貝藍格就是班丘了……」

「為什麼不能是帕齊斐克．達．提佛里或今天我們在這裡看到的任何一個僧侶呢？例如，看過我那副鏡片的尼可拉呢？或是據說會在夜裡遊蕩、不知道做些什麼勾當的古怪傢伙薩瓦托雷呢？我們不能被班丘透露的事情導引到單一方向，縮小了調查的範圍。班丘有可能是蓄意混淆視聽。」

「但他對您看來態度很誠懇。」

「是，但是別忘了，稱職的宗教裁判長第一條準則便是優先懷疑他覺得貌似誠懇的人。」

「那真不是個好差事。」

「所以我放棄了。結果你看，我現在居然重操舊業。走，到圖書館去吧。」

第二天 夜

終於潛入迷宮，他們看到奇怪的幻象，還有無可避免的是，他們在迷宮中迷路了。

我們回到寫字間，這一次走的是東側塔樓內樓梯，可通往禁止進入的圖書館樓層。我高舉油燈走在前面，想著阿里納多所說關於迷宮的那些話，我心裡有準備會遇到恐怖的東西。踏入我們不該踏入的圖書館後，意外發現身處在一個七邊形的廳室內，空間並不大，沒有窗戶，無論是這裡或整個圖書館樓層都彌漫著一股強烈的霉味。但沒有任何可怕之處。

我剛才說了，我們所處的廳室有七面牆壁，而其中四面牆上以柱子為左右邊框開了一個洞門，形成一個十分寬敞的通道，上方有圓拱。另外三面封閉的牆有巨大書架倚立，滿滿的書井然有序。每個書架上都標有雕花數字，每一層架亦然，顯然那就是我們在目錄上看到的編碼。廳室中央有一張桌子，桌上也堆滿了書。每一本書上僅有一層薄薄的灰，表示常常有人來清理，地面也不見塵埃。其中一道門拱上繪有碩大的螺旋花飾，上頭寫著：**耶穌基督默示錄**。雖然字體古老，但顏色並未褪去。我們後來才發現在其他廳室也有，而且這些花飾其實是刻在石頭上的，而且刻得很深，之後再用顏料將溝縫填平。

我們穿過其中一扇拱形洞門，來到另一個房間，這房間內有一扇窗，不過用了漢白玉石取代玻璃。兩面牆有書架，一面牆開了洞門，跟我們剛才通過的洞門一樣，通往另一個房間，下一個房間同樣也有兩面牆是書，一面牆開窗，另一面牆上有洞門。這兩個房間內的花飾跟我們在第一間看到的形狀類似，但文字不同。第一個房間寫著：**寶座上坐着二十四位長老**，第二個房間寫著：**名叫死亡**。除此之外，雖然這兩個房間比我們進入圖書館看到的第一個廳室小（廳室是七邊形，那兩個房間則是四邊形），但室內擺設都一樣：書架倚牆，中央有桌。

我們走進第三個房間，這裡沒有書也沒有花飾，窗戶下有一個石雕聖壇，共有三扇洞門，我們走過的是其一，一扇通往我們已經看過的七邊形廳室，另一扇則通向下一個房間。這個房間與其他間並無二致，唯一差異是花飾內寫著：**太陽和天空都昏暗了**。經此走向下一個房間，這裡的花飾內寫著：**有冰雹和火**，但是沒有洞門，也就是說走進這個房間後便不能再前進，必須折返回頭。

「我們整理一下，」威廉說：「四邊形或不規則四邊形的房間有五間，每間皆有一扇窗，環繞無窗有梯的七邊形廳室而立。這樣的配置很基本。我們位於東側塔樓，從外面看每一個塔樓有五面牆和五扇窗戶。這樣數字是吻合的。那個空房間正好朝東，跟教堂的唱詩班方位一樣，讓黎明曙光照耀聖壇，我認為是十分正確且虔誠的做法。我覺得唯一稱得上巧思的是漢白玉石窗，白晝的光經過過濾變得柔美，夜晚則連月光都透不進來。這不算是很複雜的迷宮。我們來看看七邊形廳室另外兩道洞門通往哪裡吧，我想我們應該不難辨識方向。」

結果我的導師錯了，圖書館建造者比我們想像的更聰明。我不知道如何解釋，但是當我們離開東側塔樓後，發現其他房間的秩序毫無章法可言。有的房間內有兩個或三個洞門，即便我們從有窗的房間出發，以為自己是往主堡內部走去，卻發現所有房間都有一扇窗。每一個房間都有同樣的書架和桌子，浩繁卷帙排列整齊看起來全都一樣，乍看之下對我們辨識方位毫無幫助。我們試著以花飾文字判別方向，有一次我們經過一個房間看到**發聲的日期**，轉了幾圈後似乎又回到原點。但我們明明記得那房間窗戶對面的洞門上寫著**死者中的首生者**，可是現在看到卻是**耶穌基督默示錄**，而這個房間並不是我們最早看到的那七邊形廳室。

這點讓我們明白同樣的花飾文字會重複出現在不同房間中。我們在**大星從天上落下來**的房間之後連續找到兩個房間都有**耶穌基督默示錄**。

花飾文字的出處顯然都來自於〈若望默示錄〉，可是為何要繪製在牆壁上，又是依何種邏輯安排，原因皆不明。更讓人覺得困惑的是，我們發現有的花飾文字不是黑色，而是紅色的，雖然這樣的花飾並不多。

走著走著我們又回到最初的七邊形廳室（因為有樓梯口，所以清楚易辨），我們朝右手邊走，希望能直線穿過所有房間。我們經過三個房間後，發現面前是一堵牆。唯一的通道通往一個我們沒去過的房間，那個房間裡只有另外一個洞門，走出那洞門穿過四個房間後，再度回到那堵牆前面。我們折回前一個房間，那裡有兩個通道，換走之前沒試過的那一個，穿過一個沒到過的房間，重新回到最初的七邊形廳室。

「我們折回前最後那個房間叫什麼？」威廉問。

我努力回想。「**白馬**。」

「好，我們再回到那裡。」這倒不難。如果不想重複之前走過的路徑，從那裡出發就只能穿過**願恩寵與平安猶在**那個房間，它的右邊有一條新的通道，看來不至於讓我們走回頭路，結果我們又看到了**發聲的日期**和**死者中的首生者**（是之前那兩個房間嗎？），但最後來到一個應該沒去過的**大地被燒毀了三分之一**。只是我們已經不知道自己所在的位置離東側塔樓是遠是近了。

我舉著油燈領頭往下一個房間走去，有一個體型驚人、身體像幽靈那樣扭轉波動的巨人朝我們迎面走來。

「魔鬼！」我大喊一聲，差點把油燈砸了，一個轉身躲進威廉的臂膀中。威廉接過我手中油燈，把我推到一旁，果決地向前踏了一步，讓我敬佩不已。他也看到了異象，猛然向後退，接著再度探身向前，舉起油燈，然後他笑了：「真聰明，是一面鏡子！」

「鏡子？」

「對，我勇敢的鬥士，你剛才在寫字間勇氣十足地撲向真正的敵人，面對自己的影像卻驚慌失措。這是會放大並扭曲你影像的鏡子。」

他牽著我的手，把我帶到房間入口對面那堵牆的正前方。把油燈拿近一點看，我看到我們兩個在一片波浪狀鏡子中扭曲變形的可笑影像，形貌高矮隨著前進或後退而改變。

「你應該看一些光學的書，」威廉很開心，「建造這個圖書館的人顯然看過。寫得最好的幾本書都出自阿拉伯人之手。海什木[179]的《論視覺》以精確的幾何論證闡述了不同鏡子所展現的力量。有些鏡子依其表面波浪變化可以將小物放大（我那副鏡片不正是如此嗎？），有些鏡子則可讓影像顛倒，或歪斜，或將一化為二，將二化為四。還有一些鏡子，就像這個，可以讓侏儒變巨人，或讓巨人變侏儒。」

「主耶穌！」我說：「所以有人說在圖書館裡面看到幻象，其實是這個嗎？」

「有可能。這個主意確實巧妙。」他讀出鏡子上方的花飾文字：**寶座上坐着二十四位長老**。「這句話我們已經看過了，但那裡沒有鏡子，這裡則沒有窗戶，也不是七邊形。我們此刻在哪裡呢？」他看了看四周，然後走到一個書架前面：「阿德索，少了那副閱讀鏡片我看不見這些書上寫了什麼。你隨便唸一個書名給我聽。」

我隨手拿起一本書。「老師，這本沒有書名！」

「什麼？有啊，你看到什麼？」

「我看不出所以然來。這既不是字母，也不是希臘文，我認得出希臘文。這些像毛毛蟲，像小蛇，也像蛆……」

「啊，是阿拉伯文。還有其他書名是這樣的嗎？」

「有，還有幾本。這裡有一本是拉丁文的，感謝天主，花……花剌子密，《天文表》。」

「花剌子密的《天文表》，阿德拉德[180]翻譯的！很稀有的一本書！再唸。」

「以薩・哈利[181]的《論視力》，肯迪[182]的《論星光》……」

「看看桌上的書。」

我打開擺在桌上的一本大書《動物寓言集》，翻開的那一頁有極細膩的泥金裝飾畫，畫的是一隻獨角獸。

「畫得極好。」威廉看得見圖畫。「那本呢？」

我讀出書名：《眾魔之書》。這本也有美麗的裝飾畫，但在我看來更古老些。

威廉把臉貼近這書，「愛爾蘭僧侶畫的，至少有五百年了。獨角獸那本則是比較近代的作品，依我看應該是法國人所畫。」我再度為我導師的博學而傾倒。我們走進下一個房間，連續穿過四個房間，每一間都有窗戶，藏書都是不知名語言，我們走到底遇牆之後只能折返，因為這五個房間彼此相連，並無通往他處的出口。

「從牆壁的斜度來看，我們應該在另一個五邊形塔樓裡。」威廉說：「可是這裡並沒有七邊形中央廳室，或許我們弄錯了。」

「這些窗戶又是怎麼回事？」我說：「怎麼會有這麼多窗戶？不可能所有房間都朝外啊。」

「你忘記中央天井了，我們看到的很多窗戶是開向八角天井的。若是白天，我們就可以從光線差異判別哪些是對外窗，哪些是室內窗，說不定還能從房間跟陽光的關係定出方位。可惜晚上什麼都看不出來。我們回頭吧。」

我們回到有鏡子的那個房間，轉進我們似乎還沒走過的第三個洞門，匆匆經過三到四個房間，隱約看到最後一間有一抹光。

「那裡有人。」我壓著嗓子低聲喊。

「如果有，他也已經看到我們的燈光了。」威廉雖然這麼說，但還是伸手遮住了火苗。我們在原地等了一到二分鐘，那光持續閃爍，並未增強但也未減弱。

「或許只是一盞燈，」威廉說：「刻意放在那裡好讓僧侶們相信圖書館裡有故人靈魂。我們得查個究竟。你待在這裡把光遮好，我小心點過去看看。」

我仍為之前在鏡子前出醜而懊惱，希望能補救威廉對我的觀感。「不，我去，您留在這裡。我會謹慎小心，我個子小，也比較輕巧。我若確定沒有危險再叫您過來。」

於是我貼著牆壁走過三個房間，腳步輕盈地像隻貓（也像溜到廚房去偷拿櫥櫃裡乳酪的見習僧，那是我在梅爾克修道院的拿手絕活）。我沿著牆走到透著微弱光亮的那個房間門口，背抵著當右側門框的柱子，往房間裡偷瞄了一眼。沒有人。桌上有一盞燈亮著，冒著微煙。那燈不像我們的油燈，比較像是掀了罩子的香爐，沒有火苗，但有一撮灰隱隱悶燒著。我鼓起勇氣走進去，在那香爐旁有一本攤開的書，色彩繽紛，我走上前去，發現那一頁有四個不同顏色的色塊：黃色、朱紅色、土耳其藍和土褐色。還有一隻看起來很可怕的獸，那是一隻巨龍，有十個頭，牠的尾巴將天上星辰一把勾住擲在地上。我突然看見那龍變成好多隻，牠光彩奪目的鱗片從書頁中飛出來繞著我的頭打轉。我整個人往後一仰，看到房間的天花板往我身上壓下來，還聽到上千條蛇吐信的嘶嘶聲，卻不覺得可怕，反而覺得悅耳，這時出現了一個光芒四射的女子，貼近我的臉對著我呼氣。我伸手將她推開，卻發覺我的手碰到的是眼前書架上的書，彷彿我的手變長了許多。我搞不清楚自己身在何方，何處是天何處是地。我看到貝藍格站在房間中央，帶著討人厭的笑容盯著我看，情慾橫流。我用手遮臉，但我的手卻像蟾蜍的前肢，有黏糊糊的蹼。我大喊，我以為我喊了，我感覺到嘴裡有一股酸味，之後便陷入無底黑暗之中，那黑暗不斷在我身後下沉，而我失去了意識。

我醒來的時候，覺得腦袋裡隆隆作響。我躺在地板上，威廉正輕拍我的臉頰。我已經離開那個房間了，眼前的花飾寫著**勞苦之後安息吧**。

「沒事了，阿德索，」威廉輕聲對我說：「沒事了……」

「那些東西……」我連話都說不清楚，「那裡，那頭獸……」

「沒有獸。你躺在桌腳邊，桌上有一本美麗的《莫扎勒布[183]默示錄》，打開的那頁畫的是披著太陽的女人與龍交戰。[184]我察覺有異味，才知道你吸入了不好的東西，所以立刻把你帶離開那裡。我的頭也很痛。」

「我看到的是什麼？」

「你什麼都沒看到。是那房間裡焚燒的物質讓人產生幻覺，我聞出了那個味道，來自阿拉伯，說不定山上長老派遣殺手執行任務前讓他們吸的是同樣這個東西。如此一來，我們也揭穿了幻象之謎。有人在夜裡燃燒藥草，讓闖入者以為圖書館受到惡魔保護。你究竟看到了什麼？」

我就我記憶所及，夾雜不清地跟他描述了我的幻覺。威廉笑了：「一半來自於你看到那本書上的圖畫，另一半則來自於你的欲望和恐懼。某些藥草會激化這種反應。我明天得跟賽夫禮諾談一談，我想他知道的比他告訴我們的多。藥草，不需要玻璃匠師跟我們說的那些黑魔法，光是藥草就已足夠。藥草、鏡子……這個知識禁地用了許多極為聰明的手法做為防禦。但是科學被用來遮掩事實而非啟發事實，我並不喜歡。走火入魔的心智只想著捍衛圖書館這個神聖使命。今天晚上夠辛苦了，我們先離開吧。你受了驚嚇，需要水跟新鮮空氣。不用白費力氣想打開這些窗戶，窗戶太高，而且可能數十年沒開過了。他們怎麼會以為阿德莫是從這裡跳下去的呢？」

離開，威廉說得容易。我們知道圖書館只能從東側塔樓進出，問題是我們那時候人在哪裡呢？我們完全失去了方向，在圖書館裡迷走，擔心再也走不出去，我一直搖搖晃晃噁心想吐，十分擔心我的威廉為我們，應該說為他自己想到了一個主意。如果有辦法離開的話，我們第二天要再回圖書館，而且要帶著一根燒過的木柴，或任何一個可以在牆上留下記號的東西。

「要找到離開迷宮的路，」威廉說：「只有一個辦法。每到一個新的交會點，也就是之前沒到過的地方，那條路線就可以用三個記號做標示。如果看到先前留下來的記號，表示已經到過那個交會點，那條路線就只能做一個記號。如果所有洞門都被做了記號，就得回頭重走一遍。但如果在那個交會點還有一或兩個洞門沒有記號，就可以選擇走其中一個，並且做兩個記號，當你走過只有一個記號的洞門時就要補上另外兩個，如此一來那個洞門就也有了三個記號。需要把整個迷宮走一遍，每次走到一個交會點，絕對不能選已經有三個記號的洞門，除非同一交會點的其他洞門也都做了三個記號。」

「您怎麼知道這個？您是迷宮專家？」

「不是，我只是把我在古書上看到的內容講出來。」

「根據這個規則就可以離開迷宮嗎？」

「就我所知很少有人成功，但我們還是可以試試看。而且再過幾天我就會拿到鏡片，可以停下腳步好好研究一下這些書。說不定被花飾文字搞混的路線，可以藉由這些書幫我們找出規則。」

「您會拿到鏡片？您要怎麼把它找回來？」

「我說我會拿到鏡片，是指我要做一副新的。我相信玻璃匠師恨不得能有這個機會做一次全新嘗試，只要他有適當的玻璃磨光工具。至於玻璃，在他的工坊裡面倒是不缺。」

我們隨意亂走找尋出路的時候，在某個房間中央我覺得有一隻看不見的手輕撫我的臉，同時還聽到一聲非人非獸的呻吟，那聲音時遠時近，彷彿有幽魂在廳室間遊蕩。照理說我應該對圖書館種種出其不意的事有了準備，但這一次我還是驚恐萬分地向後退了一步。威廉應該也有同樣感受，因為他也伸手摸臉頰，還把油燈舉高環顧四周。

他舉起一隻手，檢查突然開始跳動的火苗，舔濕一根指頭後放在前面。

「果不其然。」他指給我看兩堵平行牆面在與人同高的地方有兩條細縫，伸手靠近便可以感覺到從室外吹進來的冷風，耳朵貼近則可以聽到彷彿外頭風聲颯颯。

「圖書館應該有一個通風系統，」威廉說：「否則室內會無法呼吸，尤其是夏日時節。除此之外，這些縫隙還可提供合宜的濕度，以免羊皮紙乾裂。不過建造人的聰明才智不僅於此。將縫隙安排在特定角落，可以確保冬夜的風由此吹進來後與其他微風交錯，在各房間形成漩渦，發出我們剛才聽到的聲音。這些再加上鏡子和藥草，會讓像我們這些對圖書館不熟悉或來歷不明的人潛入後心生畏懼。剛才就連我們都以為是鬼魂對著臉上吹氣。我們之所以現在才發現，是因為現在才起風。這個謎也解開了。但我們還是不知道如何離開！」

我們邊談邊漫無目標地空轉，迷路的我們也懶得去讀那些看起來都一樣的花飾文字。我們遇到另一個七邊形廳室，在周圍相連的房間轉了一圈，沒找到任何出口。我們再繼續走，走了將近一個時辰，完全不知自己身在何處。威廉甚至說既然我們出不去，不如在某一間廳室席地而睡，希望第二天馬拉其亞能找到我們。我們正在自怨自艾說這個成功的行動竟落得如此下場時，卻出乎意料地走到了樓梯口所在的那間廳室。我們由衷感謝上主後，便興高采烈地下樓去了。

回到廚房後，我們連忙奔向火爐回到藏骨室長廊。我發誓，那些光禿禿骷髏頭的駭人冷笑當時在我看來都像是親愛朋友的溫暖微笑。我們返回教堂，從北側拱門離開，開心地坐在墳墓石板上。夜晚涼風於我有如上主慰藉，星星圍繞著我們一閃一閃，圖書館裡的幻影已然遠颺。

「這世界何其美好，迷宮何其醜陋！」我鬆了一口氣。

「如果能解開迷宮路徑之謎，這世界何其美好。」我的導師回應我。

「不知道現在幾點？」我問。

「我已經不知時間了，但我們最好在晨經誦讀鈴聲響起之前趕回各自的房間。」

我們沿著教堂左側走，經過拱門（我把頭別過去，以免看到默示錄的那些老者，**寶座上坐着二十四位長老**），穿過中庭往朝聖者庇護所走。

院長站在庇護所門口，神情肅穆地看著我們。「我找了你們一個晚上，」他跟威廉說：「房間裡沒人，教堂也沒有……」

「我們在查一條線索……」威廉說法很含糊，他的尷尬顯而易見。院長盯著他看了一會兒，然後以低沉、嚴肅的聲音說：「夜禱結束後我就在找你們。貝藍格沒來唱詩班。」

「請再說一次！」威廉神情愉悅。現在他知道是誰躲在寫字間了。

「他沒來唱詩班，」院長重複道：「也沒有回他房間。晨經誦讀即將開始，我們會再確認他出現了沒有。我只怕又有不幸發生了。」

晨經誦讀開始，貝藍格並未出現。

第三天

第三天　從晨禱到第一時辰祈禱

在失蹤的貝藍格房間內找到一方染了血的布。真相大白。

此刻的我覺得疲累，一如那天夜裡，或應該說一如那日早晨般疲累。該怎麼說呢？晨經誦讀結束後，院長讓有如驚弓之鳥的僧侶們四處尋找，卻無收穫。

接近晨禱時分，一名僧侶在貝藍格房間稻草床褥下找到一方染了血的白布，拿給院長看，院長有不祥預感。佐治也在場，得知消息後說：「血？」似乎難以置信。有人告訴阿里納多此事，他搖搖頭說：「不對，不對，第三聲號角吹響，死亡源自於水……」

威廉看著那塊布說：「如今真相大白了。」

「那麼貝藍格在哪裡呢？」大家問他。

「我不知道。」威廉回答。我聽到阿伊馬羅抬眼望著天空，跟彼得·達·桑塔巴諾低聲說：「英國人都一個德行。」

第一時辰祈禱前，太陽已經升起，僕人被派去山崖下沿著牆垣搜尋，他們在第三時辰祈禱時返回，一無所獲。

威廉說我們已經盡力了，只能等待，然後便去冶煉坊和玻璃匠師尼可拉談了許久。

彌撒進行時，我坐在教堂中央拱門附近，滿心虔誠地睡著了，而且睡了很久。年輕人似乎比老人更需要睡眠，因為老人睡眠已足，準備迎接的是永恆安眠。

第三天　第三時辰祈禱

阿德索在寫字間思索他修會的歷史及書的命運。

我離開教堂的時候精神比早先振奮，但心智卻一團混亂，因為身體在夜裡才能得到平靜休息。我上樓到寫字間去，得到馬拉其亞同意後開始翻閱目錄。我心不在焉地翻看眼前的書頁，其實是想觀察那些僧侶。

他們一派鎮靜從容照常工作，讓我很意外，彷彿找遍修道院內外仍不見某位弟兄蹤影，以及先前有另外兩位弟兄死於非命的事件都未曾發生過。我告訴我自己，這就是我們修會的偉大之處：數百年來，有太多僧侶跟他們一樣，眼見蠻族入侵、修道院遭到掠劫、王國因戰火而崩解，他們仍不改對羊皮紙和墨水之愛，繼續低聲讀著那已傳誦百年的話語，好再往下傳誦數百年。即便在千年末日來臨之際，他們仍孜孜不倦閱讀抄寫，此刻難道不該這麼做？

前一天班丘說為了得到一本稀珍之書，他寧願違背誡律，他沒有說謊，也不是開玩笑。僧侶當然應該謙卑地珍愛他的書，凡事為書著想，而非滿足一己的好奇心：俗世之人受奸淫之欲誘惑，教區神職人員受財富貪念誘惑，僧侶面對的誘惑則是知識。

我翻看目錄，眼前盡是些神秘難解的書名：《昆妥．瑟雷諾論醫學》、《現象》、《伊索談動物性》、《論宇宙倫理》、《阿爾克佛主教論海外聖地三書》、《昆妥．朱立歐．伊拉里歐內論世界起源》、《梭利諾．波里斯托雷論地球環和其他奇景》、《天文學大成》……等。這幾起神秘兇案都跟圖書館有關，我絲毫不覺詫異。對這些埋首文獻典籍的人而言，圖書館就是聖城耶路撒冷，也是介在混沌人世和冥界之間的隱密世界。他們受圖書館擺布，聽從它的允諾和禁令，與圖書館共存，為了圖書館而活，甚或與圖書館對立，私心希望有一天能揭發它所有秘密。為了滿足他們心裡的好奇，為何不能冒生命危險，或為了阻止他人擁有他們念茲在茲的秘密而殺人呢？

這些誘惑，自然是心智傲慢所致。那跟本篤會創會聖人原本所想的抄寫僧侶已有天壤之別，僧侶應該懂得抄寫但不懂其意，心中只有天主旨意，為祈禱而抄寫，為抄寫而祈禱。為何今天不再是如此？喔，那墮落自然不僅限於我們修會！修會勢力變得過於強大，修道院院長與國王爭相競逐，我看到的亞博內不正是以君王之姿企圖解決其他君王之間紛爭的例子嗎？而修道院經年累月累積的知識如今被當作商品，是虛榮的理由，用以誇耀博得聲望，就像騎士炫耀著盔甲和旗幟，院長炫耀的則是精雕細琢的手抄本……而（令人匪夷所思的是）我們的修道院卻連原本握在手中的學識大權都已旁落他人，包括教堂學校[185]、城市行會和大學都能謄抄書籍，說不定做得比我們更好，而且他們還能創造新作，或許這就是許多不幸之肇因。

我所在的這間修道院，恐怕是還能誇耀其知識生產力與繁殖力的最後一間。也許因此之故，這裡的僧侶不再以神聖的抄寫工作自滿，他們在渴望新事物的貪婪驅使下，也想要生產新作。我當時隱約察覺（如今年歲和經驗讓我更為篤定）他們那麼做無異於自掘墳墓。因為一旦他們想要產出的新知在牆垣之外自由流傳，那神聖之地與教堂學校或城市大學之間原本的分野就不復存在。若懂得隱晦不顯，便能維持聲望不墜勢力不減，不會淪於口角爭辯，不會因為想要思考每一個奧蹟和偉大的**是與非**而流於自大傲慢。我告訴我自己，這就是圖書館之所以被靜默和黑暗包圍的原因，它是知識的保留地，要讓知識不受侵害，只得阻止別人靠近它，就連僧侶也不例外。知識不是貨幣，幾經轉手仍能保持其完整性，知識如同一件華美的衣裳，會因穿戴和誇耀而損耗。書本不也是如此嗎？如果被太多雙手觸摸，書頁會破損，墨水和金粉會褪去。我看著離我不遠的帕齊斐克．達．提佛里正在翻閱一本古籍，因為潮濕之故，書頁全都黏在一起，他得用舌頭舔濕食指和大拇指才能翻頁，每次碰到他的唾液，那些書頁都失去一些生氣，翻頁形同折彎書頁，讓它面臨空氣和灰塵的嚴厲考驗，會破壞羊皮紙的纖細紋理，讓羊皮紙因作用力而起縐，唾液軟化書角的同時也會損毀書角，產生新的霉斑。就像過多的柔情會讓戰士軟弱失去戰鬥力，過強的佔有欲和好奇心也會讓書本染病，最終喪命。

該怎麼辦呢？不再讀書，只保存書？我的擔心是否屬實？我的導師會怎麼說呢？

我看著離我比較遠的註記員馬紐斯・達・愛奧那，他剛用浮石磨掉皮紙上的羊毛，等用石膏軟化後，再以刨刀刮削平整。坐在他旁邊的拉巴諾・達・托萊多將羊皮紙固定在桌面上，在兩側以小洞標示出頁緣位置，然後用金屬筆畫出極細的水平線。再過一會兒，那兩張皮紙將會被各種顏色和線條填滿，書頁會變得跟聖物盒一樣，是綴滿寶石閃閃發光的文字織布。我告訴我自己，那兩位修士此刻彷彿置身於人間天堂。而他們正在生產的新書，跟其他書本一樣，將遭受歲月的無情摧殘……總而言之，圖書館不該受到任何人為外力威脅，它是有生命的……但它若是有生命，為什麼不能冒著知識的風險對外敞開自己？這會不會正是班丘所期盼的？這會不會正是魏納茲歐生前所期盼的？

讓我覺得困惑又害怕的這些想法，或許並不適合見習僧，見習僧應該謹慎謙卑服從會規，我後來便是如此，不再思考其他問題，然而我周遭的世界卻日漸陷入血腥與瘋狂的風暴中。

早晨用膳時間到了，我走向廚房。我已經跟廚子結為好友，他們會給我最美味的佳餚。

第三天　第六時辰祈禱

薩瓦托雷向阿德索交心，三言兩語難道盡，讓阿德索陷入令人擔憂的默想中。

我在吃東西的時候，看到薩瓦托雷坐在角落裡，狼吞虎嚥吃著羊肉餡餅十分開心，顯然已跟主廚重修舊好。他那模樣彷彿這輩子沒吃過東西似的，不留下半點渣屑，似乎是在感謝天主賜給他那美妙體驗。

薩瓦托雷對我眨眨眼，用他那古怪的語言跟我說，他現在吃是為了彌補那幾年挨餓。看我不解，他說他童年生活貧苦，家鄉環境惡劣，雨水過多，農田都泡爛了，空中瀰漫著令人窒息的惡臭。我聽懂了。連續幾季水災，田裡的犁溝沒了，大把種子撒下去卻只有半公升的收成，最後甚至寸草不生。就連地主也跟窮人一樣面黃肌瘦，薩瓦托雷說，窮人死的比地主多，或許（他臉上掛著一抹微笑）是因為窮人人數本來就比較多。半公升收成可以換十五塊錢，一把種子就要六十塊錢，宣道者說末日迫在眉睫，但是薩瓦托雷的祖父母和父母都記得這個情況以前也發生過，因此得出的結論是末日永遠迫在眉睫。等他們吃完所有鳥禽屍體、找得到的骯髒動物後，傳言說村子裡有人開始挖墳吃死人肉。薩瓦托雷簡直是個演員，把那些極惡之人在死者下葬後，第二天如何徒手在墓園裡刨土的情景描述得活靈活現。

「吶！」他這麼說，張口咬下他的羊肉餡餅，但我在他臉上看到的是那絕望之人啃食屍體的怪異表情。後來連掘墓也無法讓那些人解飢，比較壞的幾個變成攔路土匪，埋伏在森林裡專對旅人下手。「嚓！」薩瓦托雷說，刀子在脖子上一抹，「吶！」後來，更壞的那幾個開始用雞蛋或蘋果誘拐小孩，再把他們殺來吃，薩瓦托雷還慎重其事地跟我說，會先煮熟才吃。

他說有一個人在村子裡廉價販賣煮熟的肉，大家都覺得好運臨頭，但是神父說那是人肉，憤怒的村民就把那人亂刀砍死，但當天夜裡就有人去挖墳，吃了那食人者的肉，結果這人也被發現，照樣被村民打死。

薩瓦托雷跟我說的不只這個故事，我努力用我所知有限的普羅旺斯方言和義大利方言聽懂他支離破碎的敘述。他說的是他如何逃離家鄉，到處漂泊的故事，提到許多人是我原本就知道的，或是那次旅行沿途遇見的人，還有很多是我後來認識、如今才想起來的人，我不確定會不會因為年代久遠，把其他人早年或後來的經歷罪孽都算到他頭上。我此刻心智疲累，很多事都化簡為一，加上想像力作祟，會將金子和山的記憶合一，組合成一座金山。

我在旅途中常聽威廉談及素民，有些方濟各會修士不只用此詞指稱一般百姓，同時也指無知愚民。但這個說詞我始終覺得過於籠統，因為我在義大利城市裡遇過做生意和手工藝的人，雖不是學識豐富的神職人員，但也不是無知愚民，他們的知識是透過通俗語展現的。舉例來說，當時治理那半島的幾個霸主對神學、醫學、邏輯學和拉丁文一竅不通，但他們當然不是無知素民或化外之民。所以我相信我導師談及素民時，並無任何引申之意。毫無疑問，薩瓦托雷是個素民，他的家鄉數百年來忍受飢荒和封建地主強權欺凌。他雖是素民，但非愚人。他逃離家鄉的時候，渴望的是一個不同的世界，按照他的陳述，他要尋找的是一個安樂鄉，在那裡大樹可採蜜，還會長出乳酪跟香味四溢的香腸。

他懷抱著如是希望，不願承認這個世界其實淚流成河，就連（大人告訴我）不公不義也是上天巧意安排以維持世道平衡，只是常常情況失控。薩瓦托雷四處漂泊，從他的家鄉孟菲拉托去到里古利亞，之後往北經普羅旺斯去到法國國王領土。

薩瓦托雷游走各地，行乞、偷竊，裝病、幫地主打零工，之後循山林小路再踏上征途。我從他的敘述得知，他與那些遊民混跡一處，在接下來幾年走遍歐洲各地，那些人包括假僧侶、江湖醫生、修理工、弓箭手、乞丐、無賴、痲瘋病人、跛腳、小販、流民、街頭賣藝、被放逐的神職人員、流浪學生、騙子、變戲法的、殘廢傭兵、居無定所的猶太人、逃離異教徒迫害的落難者、瘋子、被土匪劫殺的逃難者、耳朵被削掉的罪犯、雞姦者，還有流動手工藝匠、織布工人、白鐵工人、修椅子工人、磨刀工人、草編工人、水泥工，以及各種無賴、騙子、惡棍、大爺、流氓、蠢蛋、詐騙者、裝神弄鬼的、太保、地痞、買賣聖職和貪汙的神父、利用他人信任維生的人、偽造教廷訓諭和封印的人、販賣贖罪券的人、躺在教堂門口假裝癱瘓的人、從修道院逃跑的遊民、販賣聖物盒的人、占卜家和算命師、巫師、江湖術士、假乞丐、各種私通者、用矇騙和暴力誘拐修女和少女的人，以及假裝有水腫病、癲癇、痔瘡、痛風、爛瘡和憂鬱抓狂的人。還有人在身上塗抹膏藥假裝有不治之症，有人在嘴裡含著血紅色的液體假裝吐血，有人假裝肢體殘障，拄著拐杖假裝有羊癲瘋、疥瘡、黑死病、腫瘤，在身上纏著染了番紅花色的繃帶，手上拿著鐵棍，頭上綁著布條，臭烘烘地偷偷混進教堂裡，或在廣場上突然暈倒，口吐白沫翻著白眼，鼻孔流出桑葚和硃砂調成的假血，以騙取食物或金錢，因為有人會想起修會教父宣揚要懂得施捨：把你的麵包分給飢餓的人，將流離失所的人帶回家，我們要一起拜見基督、迎接基督，跟隨基督，正如水能淨化火，施捨也能淨化我們的罪。

在我敘述的這個修道院事件結束之後，我在多瑙河沿岸仍看到為數眾多的這些江湖騙子，他們成群結隊，跟魔鬼一樣，還為自己取了各種名稱：閹雞幫、醫生幫、慎窮幫、闔家幫、十字幫、自笞幫、聖物幫、土地幫、互助幫、盈淚幫等等。

這些人就像是一股泥流，在我們這個世界各處的小徑間奔竄，裡面混雜了虔誠的宣道者、尋找新獵物的異端分子及興風作浪的異議分子。教宗若望二十二世向來畏懼宣揚並實踐貧窮的素民運動，便對那些托缽宣道者大加撻伐，根據他的說法，那些人高舉繪有圖像的旗幟宣道、強取金錢並吸引好事者群聚。買賣聖職、貪贓枉法的教宗將那些宣揚貧窮理念的托缽修士比做強盜土匪究竟是對是錯？那時候的我，才走訪了義大利半島幾處地方，也很難說清楚：我聽到阿托帕修的修士宣道時威脅將人逐出教會，承諾為人贖罪，赦免人搶劫、兄弟相殘、殺人、背誓奪取金錢的罪，告訴大家在他們的救濟所內每天要做一百次彌撒，所以他們必須對外募捐，而且他們會用收到的財物為兩百名可憐的少女辦嫁妝。我聽人說過一位保祿·佐普修士，他住在里耶提林中一處隱密的地方，自稱聖靈曾直接向他顯現，說肉慾行為並非罪惡，因此他勾引女子，稱她們為姊妹，逼迫她們屈膝跪在地上排列成十字，自行鞭打赤裸的身體，他在將這些祭品獻給天主之前，要求她們先將他口中所謂和平之吻獻給他。這是真的嗎？這些自稱受到啟發的隱修士和那些走遍義大利、痛斥教士和主教惡習貪瀆因而飽受冷嘲熱諷、真正過著起而贖罪貧窮生活的修士之間有什麼關聯？

薩瓦托雷這段陳述中參雜了一些我原本就知道的事情，箇中差異並未因此撥雲見日，看來一切都沒有改變。有時候我覺得他就像是傳說中法國圖賴訥小鎮上的那些跛子，在聖馬爾定遺體靠近的時候連忙奔逃，擔心聖人會顯奇蹟讓他們恢復健全，如此一來就斷了生計，豈料他們還沒來得及逃離邊界，聖人就鐵面無私地拯救了他們。有時候，我會在薩瓦托雷野性未馴的臉上看到溫柔的光芒，是在他說到他跟那些遊民廝混時，聽到方濟各會宣道者說的話，即便他是一介草寇，也明白了不應該將那時過的貧苦漂泊生活當作不得不然，而應該視其為喜樂奉獻，所以他才加入了那些起而贖罪的團體，只是他不僅誤解其名，也錯解了此一教義精神。就我猜測，他既然四處漂泊，恐怕輪流待過巴大尼派、瓦登斯派、加太利派、亞納多派和屈辱派[186]團體，漸漸將自己的漂泊生活視為傳教，先前為填飽肚子所做的一切努力，如今轉而為天主努力。

那是怎麼回事？又是多久以前的事？就我所能理解的，大約是三十年前，薩瓦托雷加入了托斯卡尼一間方濟各修道院，他未發誓願，但穿上了方濟各修會的僧袍。我想，他應該是在那裡學會了少許拉丁文，但他口語中夾雜的各種語言則來自居無定所時曾經待過的地方、流浪時的夥伴、日耳曼傭兵以及波各米爾教派。他說他在那個修道院開始了起而贖罪的生活（他說到起而贖罪的時候眼睛閃閃發亮，這個詞曾引起威廉的好奇），不過他那間修道院修士的某些理念似乎有些混淆，因為他們對鄰近教堂神父被控竊盜和其他罪名感到十分不恥，竟然搶了他的住家和教堂，還把他推下樓梯，讓這個罪人一命嗚呼。後來主教出動軍隊，修士們四散逃竄，薩瓦托雷則跟一群不再遵守方濟各會律法和誡律的小弟兄修士在義大利北部浪跡山林。

他之後又去了法國土魯斯，在那裡發生了一件奇怪的事，情緒越來越激昂的他說他聽聞偉大的十字軍壯舉，於是有一天好多神父和平民集結起來，想要渡海去跟信仰的敵人打仗。大家稱他們為牧羊人，其實他們只不過想要逃離不幸的家鄉。那時候負責領頭的兩個人思想並不純正，一個是因為行為不端被逐出教會的神父，另一個則是本篤會的叛教僧侶，他們讓那些天真的人失去了理智，就連十六歲的少年也違背父母意願尾隨其後，只帶著簡單行囊和一根棒子，身無分文地拋下農田，像羊群一樣跟著他們，形成了一群烏合之眾。他們不再服膺於理智或公平正義，只相信自己的力量和意志，大家聚在一起，終於享有自由，而且還有可能得到應允之地，這讓每一個人都暈陶陶的。他們所到之處，無論城鎮全都洗劫一空，若有人被逮捕，他們就攻擊監獄把人救出來。當他們進入巴黎監獄想把被僭主逮捕入獄的幾個夥伴救出來的時候，有教區神父試圖阻擋，結果被他們從監獄樓梯上丟下來。之後他們在聖日耳曼諾草皮上排成一列準備應戰，卻沒有人敢跟他們發生衝突。他們接著前進法國西南部亞奎丹，經過猶太區便大肆擄掠，把所有猶太人都殺了……

「為什麼要殺猶太人？」我問薩瓦托雷。他回答說：「為什麼不殺？」他解釋說大家自小就聽所有宣道者說猶太人是基督文明的敵人，而且猶太人累積的財富是他們無法享有的。我問他，僭主和主教也利用什一捐[187]累積了許多財富，那些牧羊人並未打擊到他們真正的敵人。薩瓦托雷回答我說，當真正的敵人太過強大，就得選擇比較脆弱的敵人下手。我告訴我自己，難怪素民也有頭腦簡單之意。只有強權者永遠清楚知道誰才是他們真正的敵人。僭主們不希望這些牧羊人危及自身榮華，所以牧羊人首領既認為壟斷財富的是猶太人，他們自是額手稱慶。

我問他是誰告訴他們應該要攻擊猶太人的，薩瓦托雷不記得了。我認為，當有太多人集結共同追尋一個允諾，而且要求立刻得到某些回報時，就會搞不清楚他們之中到底誰在發言。而且我想到，那兩個領頭的人是在修道院和教堂學校受的教育，說的肯定是上流社會的語言，再轉譯為那些牧羊人聽得懂的語彙。牧羊人不知道教宗在哪裡，但是知道猶太人在哪裡。總之，嚇壞的猶太人集體躲到法國國王屬地的一座高塔裡，而他們將那座塔團團圍住。有猶太人走出塔外扔擲木頭和石頭，勇敢抗敵，但是這群牧羊人縱火燒塔門，受困於濃煙火焰的猶太人寧願自殺也不願死在未行割禮的人手中，便要求他們之中最勇敢的一個用劍把大家都殺了。那人殺了將近五百人後，帶著那些猶太人的孩子步出高塔，要求牧羊人為他施洗。但是牧羊人告訴他：你屠殺了自己同胞，竟奢望免於一死？隨即將他碎屍萬段，但放過了孩童，並為他們施洗。

之後牧羊人往更南的卡爾卡松前進，沿途燒殺擄掠，法國國王警覺他們逾越了界限，下令凡是他們經過的城市務必頑強抵抗，並且捍衛猶太人，因為他們也是國王的子民……

為什麼在那個時間點國王會轉而開始關心猶太人？或許是因為他擔心牧羊人可能危及社稷，同時也不希望他們人數增加過多。他對猶太人起了惻隱之心，一方面是因為猶太人對法國貿易助益良多，一方面也是因為瓦解牧羊人的時候到了，而他必須讓所有好基督徒找到為那些人所犯罪行掬一把同情淚的理由。但是很多基督徒並不服從國王，認為猶太人畢竟是主耶穌基督的敵人，不應該受到保護。加上很多城市裡猶太人放高利貸，百姓深受其苦，因此很樂於見到牧羊人懲戒富裕的猶太人。國王只得以死刑要脅，不准任何人幫助牧羊人。他召集大軍發動攻擊，牧羊人死傷慘重，有些人免於一死逃入森林中，在窮困中自生自滅。短短時間內，他們全數遭到殲滅，國王軍隊抓到人之後將他們吊死，一次二、三十個掛在大樹上，屍首示眾是為使人警惕，告誡大家勿再作亂以維持王國和平。

特別的是，薩瓦托雷跟我敘述這個故事的時候，彷彿那是一樁聖德義舉。他始終相信牧羊人是為了從異教徒手中奪回基督墓塚才揭竿而起。

但他並沒有去攻打異教徒，薩瓦托雷說，他去了義大利西北部的諾瓦拉，只是對此事說得很含糊。最後他去到卡薩雷，一間方濟各會修道院接納了他（我想他應該是在那裡認識管事雷密吉歐的），因為那時候許多修士為避免被指為異端判處火刑，紛紛換下僧袍，投入其他修會的修道院尋求庇護。這便是鄔勃汀諾說的那段歷史。由於薩瓦托雷勞動經驗豐富（無論是為了填飽肚子四處流浪時，或是因為愛耶穌四處流浪時，都做了許多勞力工作），因此立刻被雷密吉歐帶在身邊當作助手。所以他在修道院這麼多年來，對修會禮儀曆法毫不在意，對地窖和食物櫥櫃則有高度興趣，他可以隨時飽食無須偷竊，可以禮讚天主不會被活活燒死。

這便是我在他一口接著一口大啖羊肉餡餅時聽到的故事，不知道有多少是他無中生有的，又有多少是他隱而未言的。

我好奇地看著他，不只是因為他經驗獨特，而是因為在我看來，他經歷的種種宛如當時讓義大利魅力十足卻又叫人百思不解的許多事件和運動的縮影。

由那些故事中浮現的是什麼？一個命運多舛的男人，可以殺人不眨眼，也不感內疚。不過，雖然殺戮是惡，但我能理解一群人陷入失神狂熱後，會將魔鬼法則當作天主律法，進而大開殺戒，這跟精心謀劃、不動聲色地冷血犯罪是不同的。我想薩瓦托雷不會是這樣的人。

可是我又想知道院長在暗示什麼，而且我渴望多知道一些多奇諾弟兄的事。在這幾天我聽到的許多對話中都有他的影子揮之不去，而我對他一無所知。

所以我劈頭就問：「你到處旅行的時候，見過多奇諾弟兄嗎？」

薩瓦托雷的反應很奇特，他瞪大眼睛，恨不得能把眼睛瞪得更大，重複在胸前畫十字，斷斷續續低聲說了幾句話，這次他的語言我完全聽不懂，但似乎是在否認。在那之前，他看著我的表情是友善且信任的，待我如友。那一瞬間他眼中有了恨意。之後他找了一個藉口，轉身離開。

我實在忍不住了。任何人聽到多奇諾這個名字都會心生恐懼，他究竟是誰？我再也無法繼續壓抑知的欲望，這時我腦中閃過一個念頭。鄔勃汀諾！他也提到過那個名字，就在我們遇見他的第一個晚上，他知道最近幾年所有修士、小弟兄修士和其他奇人的公開或秘密事蹟。這個時候在哪裡可以找到他？他肯定在教堂虔心祈禱。既然我正好享有片刻自由，就往教堂走去。

但是他不在，直到晚上我都沒見到鄔勃汀諾。我的好奇心未能得到滿足，但同時間發生了其他事情，我現在將一一敘述。

第三天　第九時辰祈禱

威廉跟阿德索談到異端之江河、素民在教會中的功能以及他對普遍法則的可辨性心存懷疑。最後威廉才想起來。告訴阿德索他已解開了魏納茲歐留下的黑魔法符號。

我在冶煉坊找到了威廉，他跟尼可拉兩個人埋頭工作。桌上擺了許多小小的玻璃圓片，或許原本是要嵌入窗框支架中的玻璃備料，其中幾片已經用工具磨成需要的厚度。威廉拿起來放在眼睛前面一一試看，尼可拉則忙著吩咐鐵工如何打造之後搭配鏡片用的叉形器。

威廉不悅地喃喃自語，說到目前為止符合他要求的鏡片是綠色的，但他並不希望看羊皮紙的時候彷彿看到一片綠草地。尼可拉走開去監督鐵工的進度。威廉繼續測試他那些鏡片的同時，我跟他說了我和薩瓦托雷之間的對話。

「那個人經歷了很多事情，」他說：「說不定真的跟多奇諾信徒有過往來。這間修道院果然是世界的縮影，等教宗派來的使節團跟米克雷修士都到了之後，我們就什麼都不缺了。」

「導師，」我跟他說：「我越來越糊塗了。」

「關於什麼事呢，阿德索？」

「第一，是關於那些異端團體之間的差異。不過這部分我想之後再請您解惑。現在困擾我的問題是差異本身。您跟鄔勃汀諾談話的時候，我覺得您企圖指陳聖人和異端並無不同，可是您跟院長談話的時候，卻又努力向他說明異端與異端之間及異端與正統之間的差異。也就是說，您指責鄔勃汀諾不該把本質相同的人視為不同，又對院長將本質不同的人視為相同也不予苟同。」

威廉把鏡片放回桌上。「我的好孩子，」他說：「我們要想辦法做區別，姑且用巴黎學派的說法來做區別吧。他們說，所有人類都有相同的本質形式，對吧？」

「對，」我為我的博學感到自豪，「人是動物，不過是理性的動物，他們的特性是懂得笑。」

「很好，可是阿奎那跟波拿文都拉不同，阿奎那壯碩，波拿文都拉瘦削；也有可能烏古坵內很壞，聖方濟各很好，阿德瑪洛[188]生性冷漠，阿基魯佛[189]性情暴躁。對嗎？」

「自然如此。」

「這表示說不同人既有本質形式上的同一性，也有偶有性的差異，或是表象的偶有性差異。」

「沒錯。」

「那麼當我跟鄔勃汀諾說人的本性複雜，既愛善也愛惡，我企圖說服他接受的是人性的同一性。至於我跟院長說瓦登斯派和加太利派不同的時候，我有所堅持的是他們偶有性上的區別。我之所以堅持，是因為有時候會把加太利信徒的偶有性歸於瓦登斯信徒身上，然後把瓦登斯信徒送上火刑架，反之亦然。燒死一個人的時候，燒的是他的個人本質，是在讓他存在的天主眼前把這個人原本具體的存在現實簡約為無。你說這是不是應該堅持差異性的好理由？」

「是，」我滿腔熱血，「我現在明白您為什麼那麼說了，而且您的哲理縝密，我真的很佩服！」

「那不是我的，」威廉說：「我甚至不知道它是否縝密。重要的是你明白了。說說你第二個問題吧。」

「是這樣的，」我說：「我覺得我實在太過駑鈍。我連瓦登斯派、加太利派、里昂的貧窮隱修士會、屈辱派、貝格派、品佐克羅派[190]、隆巴第改革運動、若亞敬派、巴大尼派、偽宗徒派、隆巴第的貧窮隱修士會、亞納多派、威廉雅派[191]、自由靈兄弟會和路西法派之間的偶有性差異都無法分辨。我該怎麼辦？」

「可憐的阿德索，」威廉笑了，輕拍了一下我的後腦勺，「你說得沒錯啊！你看，這兩百年來，或許更早開始，我們的世界就被無奈、希望、絕望一古腦兒所席捲……或許不該這麼說，這不是一個好的類比。你假想有一條河，洶湧壯闊，在堤岸外奔流不絕，你清楚知道河、堤岸和陸地各自的位置。但有一天那河倦了，因為它奔流了好久、好遠，因為它離大海很近，有一天它自行撤除了所有河道，再也不知河是何物，變成了一方三角洲。它或許留下了一支主流，但是有很多支流岔了出去，流向四面八方，有的則彼此匯流，再也不知道原貌為何物，有時候甚至不知何為河，何為海……」

「我大概聽懂了您的譬喻，河是天主之城，也就是義人的國度，眼看千年末日將近，那城在混亂中再也撐不住，於是假先知和真先知紛紛現身，一切全都匯流到阿瑪革冬所在的決戰場上……」

「我指的並不是這個。不過的確我們方濟各會始終相信第三千年和聖靈之國降臨的想法。但我想要告訴你的是，一直以來，教會即社會，它也是天主的子民，它變得太富有、太稠密，將它所到之處的渣滓全都帶走，因此失去了純淨。你可以說三角洲的支流跟河一樣也想要盡快奔流入海，渴望著淨化時刻到來。這個隱喻說得不盡理想，我只是想讓你明白河流潰散的時候，異端和改革運動的分支會不計其數，而且會彼此混流。我這個糟糕透頂的譬喻或許應該多加一個場景，你假想有人奮力想要重新築起堤岸，可惜徒勞無功，那些三角洲支流有的淤塞不通，有的被運河重新導入河中，有的則繼續奔流，因為不可能控制一切，如果希望有一條清晰可辨的河，讓江河流失部分河水是好的，如此才能讓水流順暢。」

「我越聽越迷糊了。」

「我也是。我實在不擅長打比喻。把河的故事忘了吧。你只需要知道你剛才說的那些團體之中，有很多是兩百多年前的事，早已煙消雲散，有一些則是近年崛起的……」

「可是只要談到異端，就會把這些名字全部都拿出來說。」

「你說得沒錯，但這既是散播異端的方法，也是消滅異端的方法。」

「我又聽不懂了。」

「我的主啊，這真難解釋。好，你假想你想要改善某些風俗，召集了一些夥伴到山上去，一起過貧窮的日子。過一陣子你發現許多人遠道而來加入你們，而且視你為先知或新宗徒，一心跟隨你。他們來究竟是為了你，還是為了你說的話？」

「我不知道，希望是後者。為什麼這麼問？」

「因為他們從父執輩口中聽到了其他改革者的故事，以及看似完美的宗派團體傳奇，他們覺得你便是它，它便是你。」

「所以每一個團體都承接了其他團體信徒的後代子孫。」

「當然，因為會加入的大多數都是素民，他們不會細究教義。可是這些鼓吹改革風俗的團體崛起的地點、方式和教義都不相同。大家常會搞混加太利派和瓦登斯派，其實兩者截然不同。瓦登斯派宣揚的是在教會裡進行改革，加太利派宣揚的則是一個不一樣的教會，不同的道德觀，看天主的觀點也不同。加太利派認為世界分為善與惡兩大勢力，將教會分為先知和素民信徒，有自己的聖禮和儀典，建構了一個十分嚴謹的階級制度，十分類似我們的神聖教會，從未想過要推翻任何一種形式的政權。這樣你就能理解為什麼加入加太利派的都是首領、財主和封建地主，他們並不想改變這個世界，因為對他們而言善惡對立是永遠不可能調解的。瓦登斯派（以及亞納多派和隆巴第的貧窮隱修士會）則想要以貧窮理念為基礎建構一個不同的世界，他們接納窮人，共同靠勞力生活。加太利派拒絕行教會聖禮，瓦登斯派則否，他們只拒絕秘密告解。」

「那麼為什麼會把他們混為一談，彷彿他們是同一株毒草？」

「我跟你說過，促其生者，亦陷其死。這些宗派團體因素民而壯大了聲勢，但這些受過其他團體鼓舞的素民，以為他們宣揚的起義和期盼是一樣的；宗教裁判長把這個宗派團體犯的罪套在另一團體身上，將他們一一剷除，如果有某個團體從眾犯了某個罪，每一個團體的所有從眾都會被套上這個罪名。就理性角度來說，宗教裁判長做錯了，因為他們把那些彼此矛盾的教義視為一體；撇開理性來看，宗教裁判長是對的，因為如果在某個城市有亞納多派崛起，其他地方已經沉寂或自認為是加太利派或瓦登斯派的從眾就會起而效尤。多奇諾弟兄的宗徒團鼓吹神職人員和僭主的實質毀滅，他們犯下許多暴行，而瓦登斯派和小弟兄修會是反對暴力的。可是我知道當時有許多跟隨過小弟兄修會或瓦登斯派的人加入了多奇諾弟兄的團體。阿德索，素民不懂得選擇異端，他們只是加入了那些路過他們家鄉在廣場上宣道的人。打擊異端的人用的手法是：讓百姓以為只有一個異端團體，而這個異端團體同時宣揚禁慾和肉體結合，那是很狡猾的手段，讓所有異端看起來都像是違背常理、自相矛盾的魔鬼化身。」

「所以這些宗派團體之間毫無關聯，一個本來想加入若亞敬派或屬靈會的素民結果落入了加太利派，都是因為受到魔鬼矇騙？」

「不是這樣的。我們再從頭說一遍吧，阿德索，但我老實說，我想要解釋給你聽的事情，連我自己都不確定是否知道事實真相。認為先有異端，才有投入（並詛咒）異端的素民，我想那是錯誤的。事實上是先有素民，然後才有異端。」

「為什麼？」

「你對天主子民應該有清楚概念。那是一大群羊，羊群中有好有壞，由牧羊犬——戰士負責控管，牧羊犬就是世俗權力的皇帝、僭主，領頭的則是牧羊人，也就是神職人員，負責詮釋聖言。這個圖很簡單。」

「不對。牧羊人會跟牧羊犬打鬥，因為他們都想將對方的權利佔為己有。」

「沒錯，正因為如此，所以羊群的性情變得很散漫。牧羊人和牧羊犬一心只想折磨對方，不再看顧羊群，以至於有部分羊群留在外面。」

「留在外面？」

「留在外緣。農民不再是農民，因為他們沒有土地可耕種，或是有土地也不澆灌。市民不再是市民，因為他們既不屬於某個行會也不屬於某個公會，他們地位低賤，任人宰割。你在鄉間有沒有看過群聚的痲瘋病患？」

「有，有一次我看到一百個聚在一起，他們已經變了形，身上的肉腐爛泛白，拄著拐杖，眼皮浮腫，眼睛流血，他們不講話也不叫喊，像老鼠一樣發出啾啾聲。」

「他們對基督徒而言是外人，是待在羊群外緣的羊。羊群憎恨他們，他們也憎恨羊群。基督徒恨不得所有痲瘋病人都死光，痲瘋病人對基督徒也一樣。」

「對，我記得瑪爾谷國王的故事，他本來判了美麗的伊索爾德[192]火刑，在她走上行刑台的時候來了一群痲瘋病人，他們跟國王說，燒死她等於便宜了她，應該給予更嚴厲的懲罰：把她賞給我們吧，她是屬於我們每一個人的，疼痛點燃我們的欲望，把她賞給你的痲瘋病人吧，你看，我們身上的爛衣服都黏在滲膿的傷口上，在你身旁的她則穿著皮草、珠寶點綴的華服，等她看到我們的院子，等她進入我們的小屋與我們同床共枕，才會真心承認自己的罪，恨不得死在這炙熱火舌裡！」

「你這個本篤會見習僧看的書可真奇怪，」威廉開玩笑說，我臉紅了，我知道見習僧不該閱讀傳奇故事，可是在梅爾克修道院裡我們幾個年輕人會偷偷傳閱，晚上點著燭燈偷看。「那無關緊要。」威廉繼續說：「你聽懂我的意思了吧。被排除在外的痲瘋病人想把大家都拖進他們的廢墟之中。你越想排擠他們，他們就變得越壞，你越把他們看作是想讓你萬劫不復的鬼魂，他們就越被排擠。聖方濟各看出這一點，所以他第一個選擇就是去跟痲瘋病人住在一起。如果不讓那些被排擠的人回到群體中，就無法改變天主的子民。」

「可是您之前說的是其他邊緣人，異端團體可不是由痲瘋病人組成的。」

「羊群是一個同心圓，有的圓遙不可及，有的圓就在圓心旁。痲瘋病人代表的是所有被排擠的人。聖方濟各知道這一點，他不只想幫助痲瘋病人，否則他的舉止會被簡化為無用的善行。他其實意在言外。你聽過他對禽鳥宣道的故事嗎？」

「有，我聽過這美麗的故事，我很仰慕這位樂於與天主的溫馴造物作伴的聖人。」我滿懷熱誠。

「不過，他們告訴你的故事是錯的，那是今天修會修正過的故事。聖方濟各跟城裡的百姓和執政官宣道，眼見他們執迷不悟，這才走向墓園，開始對烏鴉、喜鵲、雀鷹及其他食屍為生的猛禽宣道。」

「好可怕，」我說：「所以那些禽鳥並非善類！」

「那些是猛禽，是被排擠的鳥類，跟痲瘋病人一樣。聖方濟各心中想的是〈默示錄〉中那段文字：我看見一位天使，站在太陽上，大聲向一切飛翔於天空的飛鳥喊說：『請你們來一齊赴天主的大宴席，前來吃列王的肉、諸將帥的肉、眾勇士的肉、駿馬和騎馬者的肉，及一切自主的或為奴的、大小人民的肉！』」

「所以聖方濟各想煽動那些被排擠的人起而造反嗎？」

「不是，那是多奇諾弟兄和他的從眾所為。聖方濟各是對那些準備造反的邊緣之人喊話，讓他們加入天主子民之列。要讓羊群齊心，必須召回被排擠的羊兒。可是我告訴你，遺憾的是聖方濟各並未成功。要讓被排擠的人回來，必須在教會內採取行動，要想在教會內採取行動，他的準則必須先得到教會的認同，訂定一個秩序，等秩序訂定後，才能讓被排擠者立於邊緣的這個圓得到重整。這樣你就知道為什麼會有小弟兄修會和若亞敬派，而那些邊緣之人都以他們為首了吧。」

「可是我們之前談的不是聖方濟各，我們談的是素民和被排擠之人如何讓異端崛起。」

「沒錯。我們剛才談到被羊群排擠的羊兒。數百年來，教宗和皇帝只想著爭權奪利，放任這些人活在邊緣之境，所謂痲瘋病人，其實是天主的安排，希望我們能從這個奇妙的字有所領悟，希望我們口中說出『痲瘋病人』的時候，能理解『被排擠之人、可憐人、素民、窮人、鄉間無所依的人和城裡的賤民』。但我們不懂，痲瘋病之謎始終困擾我們，因為我們沒能認出那是一個象徵符號。他們既被羊群排擠，所以只要是以聖言為號召，指控牧羊犬和牧羊人惡行惡狀、有朝一日必將遭到報應的宣道，他們都樂於聆聽。這一點，當權者自然知道，但認同這些被排擠者意味著喪失自己的特權，因此他們把這些人蓋上標籤，無論其教義主張為何，一律斥為異端。這些人因為被排擠暴跳如雷，對任何教義其實都沒有興趣。異端會給人這樣的錯覺。宗派團體的信仰為何並不重要，重要的是它給你的希望。揭開異端的面紗，你看到的是痲瘋病人。每一場剷除異端之戰，不過是希望痲瘋病人繼續當痲瘋病人罷了。你想要痲瘋病人怎樣？懂得分辨三位一體和聖體之間有何差別？阿德索，那是我們這些研究教義的人玩的遊戲，素民有他們需要掛慮的問題。大家都用了錯誤的方法想要解決他們的問題，於是他們就變成異端了。」

「那為什麼有人支持他們？」

「因為對自己有益，很少關乎信仰，大多與權力鬥爭有關。」

「是因為這個原因，所以羅馬教會才將所有跟它作對的人都斥為異端嗎？」

「是的。也是因為這個原因，羅馬教會才會把願意重新受教會管轄的異端視為正統，也會因為異端勢力過於壯大而不得不接受它，其實並沒有一個明確的準則。各國國王和城鎮也一樣。很久以前，義大利北部柯雷孟納鎮上效忠帝國的教徒協助加太利信徒，只是為了讓羅馬教會難堪。有時候市民執政官支持異端，只不過是因為異端將福音書翻譯為通俗語，畢竟通俗語才是市民用語，拉丁語是羅馬官方用語。執政官支持瓦登斯派從眾，則是因為這一派認為所有人不分男女老幼都可以講學和宣道，如此一來讓神職人員不可取代的差異性就消失了。」

「那為什麼這些執政官又轉而對付異端，還強迫教會把他們燒死呢？」

「因為他們發現異端可能會危及使用通俗語的平信徒地位。兩百年前，在一次宗教會議上有人就說不能相信那些無知、文盲的瓦登斯信徒，如果我沒記錯的話，他們說這些人居無定所，赤腳漂泊身無長物，一切都為共有，赤身裸體追隨赤身裸體的基督，如果對他們太寬容，他們恐怕會讓其他人都無立足之地。為了防範這個禍害，各個城市寧願接納另外幾個托缽修會，尤其是我們方濟各會，因為我們能在贖罪需求和市民生活之間、教會和關心買賣營生的市民階級之間建立和平共處的關係……」

「那後來天主之愛和財富之欲達到平衡了嗎？」

「沒有，那些心靈改革運動受到阻撓，受到了修會須經過教宗認可的限制。但是底下的暗流並未間斷，有的加入了那些對他人無害的鞭笞行列，有人加入了像多奇諾弟兄領導的那些武裝組織，有的則加入了鄔勃汀諾所說蒙特法柯修士的巫術團體……」

「到底那時候誰是對的，而今誰是對的，誰又是錯的？」我茫然若失。

「每個人都有他們自己一番道理，每個人都錯了。」

「您為什麼不告訴我您的立場，」我過於激動，幾乎語帶頂撞，「您為什麼不告訴我真相是什麼？」

威廉沉默片刻，舉起手中的鏡片迎著光，之後又放回桌上，叫我透過鏡片看一個工具。「你看，」他說：「你看到什麼？」

「工具，變大了。」

「對，最多只能看得更清楚一點。」

「但那工具仍是原來的工具啊！」

「即便我有了新的閱讀鏡片，魏納茲歐的手稿也永遠是原來那份手稿。或許等我看過他的手稿後，能釐清部分真相，也或許能讓修道院恢復寧靜。」

「這樣不夠！」

「要注意我話中含意，阿德索。我不只一次跟你提到羅傑．培根，他或許不是古往今來最有智慧的人，但我始終折服於他追求知識時的滿心期待。培根相信素民的力量、需求和心靈發現。他認為可憐人、窮人、愚民和白丁常常透過上主之口發言，所以他是個好方濟各會修士。他如果有機會就近認識那些人，恐怕會更關懷小弟兄修士而非修會的省會長。素民比學者厲害，學者常執迷於尋找泛泛的普遍法則，素民則對個體有直觀力。不過單單只有直觀是不夠的，素民發現的是屬於他們的真理，或許比教會教父提出的真理更真，然後他們不假思索就身體力行。我們需要做什麼？教導素民何為科學？太簡單了，也可以說太難了。再說，要教他們哪一門科學呢？亞博內圖書館裡的科學？方濟各會的導師提出過這個問題。偉大的波拿文都拉說，智者要做的是就觀念上釐清素民身體力行的真理……

「例如佩魯賈大會的決議和郾勃汀諾旁徵博引的記憶，都把素民提出的貧窮呼籲轉化為神學的裁決。」我說。

「對，但是你也看到了，一切為時已晚。那時候，素民的真理已經變成了當權者的真理，嘉惠路易四世多過於嘉惠過貧窮生活的修士。該如何貼近素民的經驗，維持力行的美德，以力行來改變並改善他們的世界呢？這便是培根提出的問題：**由俗世教徒的無知出發不會得到任何結果，除非是偶發的**，素民的經驗結果是生猛不受控制的，**而知識的結果則會因自然法則的嚴謹而得以強化，並會以最恰當的方式朝目標前進**。他認為新的自然科學應該是學者們新的偉大建樹，可以整合素民寄予過度期待的基礎需求，而且是以可靠正確的方式進行。只不過培根認為，這個工作應該由教會主導，我想他之所以這麼說，是因為在他那個年代神職人員和學者是一體的。但今天不一樣了，學者不一定在修道院或教堂內，甚至不在大學內。義大利這個世紀最偉大的哲學家不是僧侶，而是一位香料商人。你一定聽過那位翡冷翠詩人的作品，我從未讀過，因為我不懂他用的通俗語，我應該也不太有興趣，就我所知他胡言亂語的那些東西與我的經驗相去甚遠。但我相信他所寫關於自然元素、宇宙，以及列國管理之事的論述頗有見識。我和我的朋友跟他看法一致，我們認為人類之事不應由教會制法管理，而應交由人民大會負責；同樣的，自然哲學和正向魔法這個全新的人類神學，未來應由學者團體提出。」

「聽起來很棒，」我說：「有可能做到嗎？」

「培根認為可以。」

「您怎麼看？」

「我也認為可以。但前提是確信素民是對的，因為他們擁有對個體的直觀力，而那是唯一不會錯的知識。可是如果個體直觀是唯一的善，科學又如何能夠重新建立普遍法則，並透過此一法則讓善的魔法變成是可執行的呢？」

「對啊，」我說：「那該怎麼辦？」

「我也不知道。我在牛津跟我的朋友奧卡姆討論過許多次，他現在人在亞維儂，他當時在我心中播下了懷疑的種子。因為如果只有個體直觀是正確的，那麼同一類別的因是否會得到同一類別的果，是很難證實的。同樣一個個體在這個地方會冷或熱、甜或苦、濕或乾，換了一個地方就未必如此。如果我動一根手指便會創造出無盡的新本體，只因為這一個動作就改變了我的手指和所有其他客體的狀態關係，那麼我要如何發現讓萬物歸序的普遍聯繫呢？聯繫是讓我的心智感知不同本體間關係的方法，但是誰能保證這是普遍且穩定的方法呢？」

「可是您知道某個厚度的鏡片適用於一定的視力，正因為您知道這點，所以你現在才能做出跟您丟掉的那副一樣的鏡片，否則就沒辦法了，對吧？」

「一針見血，阿德索。我思考過這個命題，同樣厚度應該適用於同樣視力。我會提出這個命題，是因為我曾經有過同一類的個體直觀。做藥草療效實驗的人知道，同一類藥草每一單株以同樣方法施作在病人身上，會得到同樣的效果，因此實驗者得到的結論是那一類藥草每一單株皆能治療發燒，也因此同類鏡片每一個單片都適用於同樣視力。培根談的科學顯然是跟這樣的命題有關。要注意，我說的是與之相關的命題，而非那些事情的命題。科學跟不同命題及其術語有關，術語指稱的是單一物。你知道嗎，阿德索，我必須相信我的命題是可行的，因為那來自於我的經驗，但是要深信不移，我必須先假設有普遍法則，可是我不能說出口，因為若有普遍法則和萬物秩序，就表示天主也受其約束，但天主是絕對自由的，只要祂一動念一抬手，世界就會完全不同。」

「如果我沒有誤解，您的意思是您有所行動，而且知道為何行動，但您不知道為何知道您知道自己在做什麼？」

我要驕傲地說，威廉當時欽佩地看了我一眼。「或許是吧。總之，我想告訴你的是為什麼我對我的真理如此沒有把握，雖然我深信不移。」

「您比鄔勃汀諾更愛故弄玄虛！」我故意損他。

「或許吧。但是你知道我探討的是事物本質。我們進行的這樁調查案中，我不想知道誰是好人，誰是壞人，我想知道的是昨天晚上誰在寫字間，誰拿走了我的眼鏡，誰在雪地上拖著另一人屍體時留下了足跡，還有貝藍格在哪裡。這些都是事，之後我得試著把它們連結起來，如果能夠連結起來的話，因為很難說某個果是起自於某個因，只要有天使介入一切都會改變，所以，如果無法證實一件事是另一件事的因也沒什麼好意外的。但永遠需要一試，我現在就是如此。」

「您的人生荊棘遍佈。」我說。

「但是我找到了勃內拉。」威廉說的是兩天前那匹馬。

「所以世界是有秩序的！」我開心大喊。

「所以我這個可憐的腦袋裡是有那麼一點秩序的。」威廉說。

這時候尼可拉走了進來，帶著一副快要完成的叉形器，得意洋洋地拿給我們看。

「等我這可憐的鼻子戴上它的時候，」威廉說：「或許我那可憐的腦袋就會更有秩序了。」

一名見習僧走進來說院長要見威廉，在花園等他。我的導師只得之後再完成他的鏡片實驗，匆匆趕往院長約見的地點。我們走到一半，威廉拍了一下他的前額，彷彿那時候才想起了一件被他忘記的事情。

「對了，」他說：「我解開魏納茲歐的神秘符號了。」

「全解開了？什麼時候解開的？」

「你睡覺的時候。要看你說的全部是指什麼。我解開了高溫下才出現、你抄寫下來的那些符號。至於希臘文部分得等我有新鏡片之後。」

「所以呢？跟非洲之末有關嗎？」

「對，密鑰還滿簡單的。魏納茲歐用的符號是黃道十二宮，另外八宮則是五大行星、太陽、月亮以及地球。一共二十個符號，足以對應拉丁文字母表，因為兩個字首發音相同的字母可以共用同一個字母代替。字母的順序我們都知道，可是符號的順序呢？我想到了天象的順序，把黃道十二宮排在最外面。所以依序是地球、月亮、水星、金星、太陽等等，之後便是以傳統順序排列的十二宮，聖依西多祿也是這麼排的，從白羊座和春分開始，以雙魚座為末。好，你如果用這個密鑰去解，就能看懂魏納茲歐的訊息了。」

威廉把羊皮紙拿出來，他在上頭用大大的拉丁文字母譯寫出：Secretum finis Africae manus supra idolum age primum et septimum de quatuor。

「看懂了嗎？」他問我。

「非洲之末的秘密：手放在偶像上操作四的第一和第七。」我邊讀邊搖頭。「完全看不懂！」

「我知道。得先知道魏納茲歐的**偶像**是指什麼。是圖像、幽靈，還是人像？還有，四、第一和第七又是什麼？操作又是怎麼操作？要移開、推開還是拉開？」

「所以我們還是什麼都不知道，在原地踏步嘛。」我覺得十分洩氣。威廉停下腳步，看著我的眼神有些不悅。「孩子，」他說：「在你面前的是一個可憐的方濟各會修士，他學識有限，感謝無所不能的天主賜給他有限的能力，在短短幾個小時內解開了一個文字謎，寫下那謎語的作者原以為除了他自己之外無人能解……而你，你這個目不識丁的小混蛋，居然敢說我們在原地踏步？」

我笨拙地向他道歉。我明知道我的導師對他迅速無誤的推論頗感自豪，而我卻傷了他的虛榮心。威廉的確完成了一件令人欽佩的工作，狡猾的魏納茲歐不僅用黃道十二宮的隱晦字母表遮掩他的發現，還加密變成一個難解之謎。

「沒關係，算了，不用道歉。」威廉打斷我的話，「其實你說得對，我們所知依然有限。走吧。」

第三天　晚禱

威廉再度跟院長談話，對於如何解開迷宮之謎他有幾個驚人想法，而且他成功了。然後他們吃起了乳酪餅。

院長神情陰鬱，憂心忡忡地等著我們。他手中拿著一張紙。

「我收到孔屈埃修道院院長的信，」他說：「他告訴我接受若望委任，指揮法國士兵並負責使節團安全的人是誰。此人不出身軍伍，非來自教廷，同時身兼使節團成員。」

「很少有人具備這樣的德行。」威廉顯露不安，「此人是誰？」

「紀伯納[193]，或紀德伯納，看你想怎麼稱呼他都行。」

威廉用他家鄉的語言爆出一串激烈言辭，我聽不懂，院長也聽不懂，或許這樣對大家都好，因為威廉說的話聽起來不甚文雅。

「此事不妙。」他立刻表明，「多年來紀伯納掃蕩土魯斯異端雷厲風行，他寫的《對邪惡異端進行宗教裁判之實務》是所有那些意圖迫害並殲滅瓦登斯派、貝格派、品佐克羅派、小弟兄修士和多奇諾從眾的人所必備。」

「我知道，我知道那本書，就教義而言寫得十分精采。」

「就教義而言很精采。」威廉也同意。「他效忠若望，近幾年教宗將許多法蘭德斯和義大利北部的事務都交付他處理，儘管他被任命為加利西亞主教，但他從未出現在自己教區內，仍堅守宗教裁判長之職。就我所知，他現在是法國洛代夫主教，看來教宗讓他重操舊業，而且負責的是義大利北部一帶。為什麼會選紀伯納，又為什麼讓他指揮軍隊呢……？」

「答案呼之欲出，」院長說：「而我昨天的擔憂果然成真。雖然您不願意對我承認，但是您也知道佩魯賈大會支持的基督和教會貧窮論點雖然有厚實的神學論述做後盾，其實跟許多異端團體支持的論點完全一樣，只是那些團體行事不謹慎，行動有違正統。不費吹灰之力就能證明米克雷的立場跟鄔勃汀諾和安傑洛．克拉雷諾如出一轍。兩個使節團對這一點應該是有共識的。紀伯納很可能會，也有本領做到的是，想辦法證明佩魯賈大會的決議跟小弟兄修會或那些偽宗徒說的並無二致。」

「即便沒有紀伯納，可能也會得到一樣的結果。紀伯納最多不過是比那些教廷人士更伶牙俐齒一些，還有就是跟他討論的時候需要多警覺些。」

「對，」院長說：「但如果明天之前我們找不出那兩樁或三樁兇案的兇手，我就得將修道院事物的管轄權交給紀伯納了。」

「是的，」威廉憂心低語。「到時候要防範的就是監督神秘兇手的紀伯納了。或許這樣也好，紀伯納若忙著追查兇手，就沒時間參與討論了。」

「容我提醒您，紀伯納追查真兇於我如芒刺在背，威信掃地。這次騷動迫使我第一次讓出我在這牆垣之內的部分權力，不僅對這間修道院而言是破天荒，對本篤會克呂尼修會而言也是前所未聞。我理應竭盡全力避免，或許應該考慮拒絕使節團前來。」

「這麼重大的決定，懇請院長務必三思。」威廉說：「您收到皇帝的信，他在信中請您……」

「我知道我跟皇帝的約定，」院長不留情面打斷威廉的話，「您也知道。所以您自然知道不幸的是我無法反悔。但現在情況實在糟透了。貝藍格在哪裡？他發生什麼事了？他此刻在做什麼？」

「我只是多年前曾負責宗教裁判調查工作的一介修士，沒能在兩天之內查出真相。但是您讓給我什麼權力了？我能進圖書館嗎？我可以問所有想問的問題嗎？」

「我看不出兇案跟圖書館有何關係。」院長語氣冷淡。

「阿德莫是泥金裝飾畫家，魏納茲歐是翻譯家，貝藍格是圖書助理管理員……」威廉捺著性子解釋。

「如此說來，六十位僧侶既跟圖書館有關，也全都跟教堂有關。那麼您為何不去教堂找線索呢？威廉修士，您受我委託進行調查，在我請您調查的範圍內調查。除此之外，在這牆垣之內，我是天主之外唯一的主人，感謝天主。對紀伯納而言也一樣。還有，」他語氣漸趨緩和，「紀伯納此行未必是為了這次會面。孔屈埃修道院院長寫信跟我說他來義大利是為了往南方去。他還說教宗請波隆尼亞樞機主教伯唐・德・普哲[194]北上接手教廷使節團的指揮權。或許紀伯納來此是為了跟這位樞機主教見面。」

「就長遠來看，這樣其實更糟。普哲在義大利中部亦汲汲於追殺異端，這兩個競逐於對付異端不遺餘力的人會面，可能會在義大利掀起一波更大的攻勢，將整個方濟各會都拖下水……」

「倘若發生此事，我們便立刻通報皇帝。」院長說：「但是目前看來，尚無立即危機。我們可以持續觀察。再見。」

院長離開後，威廉沉默片刻。然後跟我說：「阿德索你要記住，切忌匆忙行事。需要累積許多個人細微經驗的事情，求快並不能夠解決問題。我要回冶煉坊去，因為沒有鏡片我無法閱讀手稿，今天晚上也就不用回圖書館了。你去打聽一下有沒有貝藍格的消息。」

這時候尼可拉匆匆走來，帶來了壞消息。他想把最適合的那副鏡片，也是威廉寄予厚望的那副鏡片磨得更好的時候，鏡片破了。另外一副替代鏡片要裝上叉形器的時候又裂了。尼可拉沮喪地指了指天空，晚禱時辰將近，天色漸暗，那天已無法再工作了。又浪費了一天，威廉內心苦悶，還得壓抑（他後來告訴我）掐住那笨手笨腳玻璃匠師脖子的衝動，因為尼可拉已經很低聲下氣了。

我們留下懊惱的尼可拉，去打聽貝藍格的下落。仍然沒有人找到他。

我們也無計可施，在中庭踱步，不確定接下來要做什麼。不一會兒，我發現威廉望著前方眼神渙散，彷彿對眼前一切視而不見。他先前從僧袍中取出我看到他前一週採的一種藥草，當作一種溫和的興奮劑放在口中咀嚼。他看似魂不守舍，但眼睛卻偶爾綻放光芒，彷彿在他空洞的腦袋中有新想法出現，但隨即又陷入那奇特又專注的遲鈍中。他突然開口說：

「當然，有可能……」

「什麼事？」我問他。

「我在思考如何在迷宮中定出方位。不容易做到，但應該可行……出口在東側塔樓，這點我們知道，假如我們手中有工具能為我們指引北方，會是怎樣的情況？」

「我們只需要向右轉，就是東方了。或是往反方向走，就可以走到南側塔樓。可是就算有這樣的魔法，迷宮畢竟是迷宮，我們如果向東走，只要遇到一堵牆阻止我們前進，就會再度失去方向……」我提出質疑。

「對，但是我說的那個工具會**一直**指向北方，就算我們改變路徑，它隨時都能告訴我們該往哪個方向前進。」

「那就太棒了。只是我們得有那樣的工具，它要能在夜裡、在不見太陽星辰的密閉空間裡指引方向才行……我想恐怕連您尊崇的培根也沒有這類玩意兒吧！」我笑了。

「你錯了，」威廉說：「這類工具早已發明，而且有幾位航海家已經使用過。它不需要星辰或太陽，因為借用的是一種神奇石頭的力量，就像我們在賽夫禮諾那裡看到會吸鐵的石頭一樣。那是由培根和法國皮卡第一帶的一位巫師研究出來的，那個人叫馬里古特[195]，說那個石頭有許多用途。」

「您能造出那樣的工具嗎？」

「應該不難。用那種石頭可以做許多神奇的事，包括不需要借助外力就能維持機械的運作，而最簡單的運用則是由阿拉伯人貝雷克·阿夸巴亞齊發明的：裝滿一盆水，放入一個插了鐵針的軟木塞，然後用那石頭在水面上以畫圓方式繞圈，直到那根針也擁有跟石頭一樣的特性為止。之後那根針就會就會一直指向北方，其實如果石頭能有樞軸的話，也可以繞著樞軸轉動指向北方，你若帶著那水盆四處走動，那根針同樣永遠指著北方。更不用說你如果在水盆周圍標出南、北等方位，就會知道在圖書館裡該怎麼走才會找到東側塔樓了。」

「真是太神奇了！」我驚呼道：「為什麼那根針會一直指著北方呢？我看到那石頭會吸鐵，我想是因為大量的鐵所以會吸石。所以……所以在北極星的方向，在地球的兩端有大量的鐵礦！」

「有人是這麼說的。但那針並非精確指向北極星，而是指向天球子午線[196]的交會點。表示前人說『這個石頭與天空相似』是對的，磁極接收的磁傾角來自於天球兩極，而非地球兩極。這說明了無須透過直接的物，遠距離也可以產生作用力。這是我朋友讓·丹·約登在應付皇帝要求他將亞維儂夷為平地閒暇之餘做的研究……」

「那我們去賽夫禮諾那裡拿石頭，再準備一個盆子裝水，還有一個軟木塞……」我非常興奮。

「別急，別急，」威廉說：「我不知道為什麼，但我從未看過任何一個機器是完全符合哲學家描述的，或其機械運作完美無瑕的。沒有半個哲學家描述過農夫手中的鐮刀，而鐮刀卻從未失誤……我擔心一手拿著油燈，一手捧著裝滿水的水盆在迷宮中行走會……等一下，我有另一個主意。即便我們人在迷宮外，那工具也照樣指向北方，對吧？」

「對，可是那樣我們就不需要它了，因為有太陽和星辰……」我說。

「我知道，我知道。但如果那工具在迷宮內或外都能發揮功用，我們的頭腦為何不能？」

「我們的頭腦？它在迷宮外當然也有用，而且在外面比在裡面更容易辨別方位！問題是我們在裡面的時候會搞混方向！」

「沒錯。所以我們乾脆把工具忘掉。我在思考它的時候，想到了自然法則和我們的思維法則。重要的是，我們應該在迷宮外找到描述迷宮的方法，宛如置身其中……」

「那要怎麼做呢？」

「讓我想一想，應該不會太難……」

「昨天您說的那個方法呢？走遍迷宮用木炭做記號？」

「不行，」他說：「我越想越覺得不可行。或許是我沒記清楚規則，或許是若想在迷宮中走動，還是要有阿里阿德涅[197]在門口穩穩地抓住線頭比較好。但是不會有那麼長的線，如果有，就表示（神話故事往往說的都是真理）唯有借助外力才能走出迷宮。外面的法則跟裡面的法則是一樣的。既然如此，阿德索，我們就用數學來解題吧。誠如伊本．魯世德[198]所言，只有數學能釐清我們已知及眾所周知的事物。」

「所以您也承認有普遍認知。」

「數學認知是我們以理解力建構的命題，運作永遠為真，或許因為它是固有的，也或許是因為數學發明早於其他科學。這個迷宮的建構是人腦以數學方式想出來的，沒有數學不可能興建迷宮。所以我們要做的是以我們的數學命題和迷宮建造人的數學命題做比較，此一比較便是科學，因為數學是以項論項的科學。拜託別再把我拖進形而上學的討論裡了，你今天怎麼搞的？你眼睛好，去找張羊皮紙或寫字板來，只要能畫圖的就好，還有筆……很好，你準備好了，乖孩子。趁著還有些微天光，我們去主堡外走一圈吧。」

我們沿著主堡外圍走，遠遠地研究東側、南側和西側塔樓，以及塔樓之間的牆面。雖然有部分建物面向懸崖，但因為空間是對稱的，所以與我們所見並無差別。

威廉一邊說，我一邊在寫字板上做筆記，我們發現每一面牆上都有兩扇窗戶，每一個塔樓則有五扇窗戶。

「現在回想一下，」我的導師跟我說：「我們看到每一個房間都有一扇窗……」

「除了那些七邊形廳室。」我說。

「自然是如此，因為那些廳室在每一處塔樓的正中央。」

「還有幾間不是七邊形的房間也沒有窗戶。」

「先不理會。我們要找出規則，然後再解釋例外。總之，我們從外面看，每一個塔樓有五個房間，每一面牆有兩個房間，每一個房間有一扇窗。如果從向外開窗的房間朝主堡內部走，會遇到另一個有窗的廳室，那應該是室內窗。好，我們在廚房和寫字間看到的室內天井是什麼形狀的呢？」

「八角形。」我說。

「很好。八角形的每一邊都可以開兩扇窗，也就是說八角形的每一個邊都對應到兩個有室內窗的房間，對不對？」

「對，那沒有窗戶的房間呢？」

「一共有八間。每一個塔樓的室內廳室有七面牆，其中五面對應的是每一個塔樓的五個房間，那麼另外兩面牆跟什麼相連呢？不會是沿外牆而隔的房間，因為那些房間有窗，也不會是沿八角天井而隔的房間，理由相同，而且那樣的話，房間會變得太長。你試試看畫一個圖，像是從高處俯瞰圖書館的圖，每一個塔樓都要有兩個房間跟七邊形廳室相連，也跟室內八角天井每一面隔出的兩個房間相連。」

我試著按照導師所說把圖畫出來之後開心大喊：「我們全解開了！我來數一下……圖書館有五十六個房間，其中四個是七邊形，另外五十二個房間接近四邊形，包括八個沒有窗戶的房間。二十八個房間有對外窗，十六個有對內窗！」

「四個塔樓每一個都有五個四邊形的房間和一個七邊形廳室……圖書館是根據一種天體和諧準則所建，蘊涵各種奇妙含意……」

「這個發現真是了不起，」我說：「可是為什麼那麼難以辨別方向呢？」

「因為不遵循數學法則的是洞門。有些房間通道比其他房間多，有些房間只有一個通道，說不定有房間是無法通往其他地方的。在這個因素之外，再加上沒有光線，無法從太陽方位找線索（還有幻象和鏡子），你就能明白為何這個迷宮會讓原本就有罪惡感的人進來後更加心神不寧。還有，你回想我們昨天晚上找不到出口時是多麼絕望。最大的秩序會導致最大的混亂，這個計算實在令人激賞。蓋這間圖書館的人是大師。」

「那我們該如何辨識方向呢？」

「現在就不難了。你畫的這個地圖應該大致符合圖書館的設計，等我們進到第一個七邊形廳室，就先想辦法找到那兩間沒有窗戶的房間，從那裡往右走，穿過三或四個房間後應該就會走到另一個塔樓，那一定是北側塔樓，再找到另外一個無窗房間，左邊跟七邊形廳室相連，右邊則是跟剛才一樣的路徑，便會帶我們走到西側塔樓。」

「如果所有房間都能通往其他房間的話……」

「沒錯，所以我們需要你的地圖，好把沒有洞門的牆標示出來，了解我們繞道的情況。但那並不難。」

「這圖真的有用嗎？」我很懷疑，因為這一切來得似乎太過容易。

「有用。」威廉說：「『所有自然因果都可以用線條、角度和規則的幾何結構界定。』這是牛津一位大師說的。可惜我們還沒能全盤解開，但我們已經知道怎樣可以不迷路。現在我們要研究的是房間內藏書的陳列方式是否也有規則可循。那些擷取自〈默示錄〉的文字沒有太大幫助，因為很多短句在不同房間都重複出現……」

「而且〈默示錄〉可以用的短句絕對超過五十六句！」

「確實，所以只有少數幾句堪用，可是怎麼會少於五十，三十，二十……喔，梅林的鬍子啊！」

「誰的鬍子？」

「那不重要，他是英國的一位巫師……圖書館內的短句數字跟字母表數字相同！是這樣沒錯！重要的不是短句，而是句首。每個房間都以一個字母代表，全部加在一起就是我們要找的答案！」

「就像一首圖像詩，形狀是十字或是魚！」

「差不多，說不定興建圖書館的時候，這類圖像詩正好盛行。」

「問題是哪一句會是開頭呢？」

「比其他文字大的花飾文字，或是東側塔樓七邊形廳室裡的花飾文字……或是……當然嘍，從紅色的開始！」

「可是很多短句都是紅色的！」

「也就是說答案會有很多句，或很多個字。你把這張圖畫大一點、清楚一點，等我們再去圖書館的時候，你不只要用筆輕輕地在我們經過的房間上做記號，註明洞門和牆壁的位置（以及窗戶），還要把你看到的短句字首寫下來，就像專業的泥金裝飾畫家那樣，遇到紅色的字母就畫大一點。」

「我不懂，」我滿心欽佩，「您從外面看解決了圖書館之謎，可是在圖書館裡面的時候卻做不到？」

「天主也是如此認識世界的，祂在心裡構思，如同在造物被創造之前由外觀之。我們不識其規則，是因為我們生活其中，一切都已完成。」

「所以可以由外觀之認識物！」

「藝術之事是如此，因為我們會在心裡思索運作的過程。自然之事則否，因為那不是我們心靈的成果。」

「但是對認識圖書館已經足夠，對嗎？」

「對，」威廉說：「但只限於圖書館。我們現在該去休息了。在明天早上拿到我的鏡片之前，不如早點休息，早點起床，希望拿得到鏡片，否則我什麼事都不能做。我會再好好想一想。」

「那麼晚膳呢？」

「啊，晚膳。用膳時間已經結束，僧侶們都去夜禱了，或許廚房還開著。你去找點東西吃吧。」

「用偷的？」

「找薩瓦托雷要吧，他不是你的朋友嗎。」

「可是他會用偷的！」

「難道你是看守你弟弟的人？」[199]威廉用該隱的話問我。但我發現他是開玩笑的，他想說的是天主是偉大而慈悲的，於是我轉身去找薩瓦托雷，在馬廄附近找到了他。

「好一匹駿馬，」我為了找話說，故意指著勃內拉，「真希望能騎著牠跑一跑。」

「不行。牠是亞博內的。其實不需要好馬也能跑很快……」他指著一匹不甚美麗但很強壯的馬跟我說：「那匹也很好……你看，馬之三……」

他指著第三匹馬給我看。我聽他說那滑稽的拉丁文，忍不住笑了。「那匹馬要怎樣才能跑得快？」我問他。

他跟我說了一個奇怪的故事。他說他可以讓任何一匹馬，即便是又老又鈍的馬，也能跑得跟勃內拉一樣快。只需要在馬兒吃的燕麥裡放一種草，叫做紅星頭菌，要切得很碎，還要在馬腿上塗抹鹿油，然後騎上馬背，在催馬起跑前讓馬頭轉向東方，在馬耳朵邊低聲說三次「卡斯帕樂，梅爾基奧、梅爾奇薩多」[200]，那匹馬便能風馳電掣，一個小時內跑完勃內拉八個小時的路程。若將馬兒奔馳時踢死的狼拔下牙齒，掛在馬脖子上，牠不管再怎麼跑都不會覺得累。

我問他有沒有試過。他貼近我耳邊，呼出的氣息惡臭難聞，慎重其事地說很難，因為如今紅星頭菌只有主教及主教的騎士朋友們才能種植，藉以突顯他們位高權重。我結束這個話題，告訴他那天晚上我導師想留在房間裡看書，希望能在房內用膳。

「我來做，」他說：「我做乳酪餅。」

「怎麼做？」

「很簡單。找不要太老也不要太鹹的乳酪，切成一口大小，或你喜歡的大小，然後在鍋子裡抹一點奶油或新鮮油脂加熱，放進乳酪煎軟之後就兩兩疊在一起，立刻送上桌，趁熱的時候吃。」

「那就做乳酪餅吧。」我跟他說。他叫我等他，就自己往廚房的方向走去，半個小時後出現時手上端著一個蓋著布的盤子，香氣四溢。

「拿去。」另外還遞給我一盞裝滿油的油燈。

「這要幹嘛？」我問他。

「我還想問你呢。」他一臉狡詐。「說不定你的導師今天晚上想去某個黑漆漆的地方走走。」

薩瓦托雷知道的事情顯然比我預期的多。我沒再多問，帶著乳酪餅去找威廉，吃完後我便回到自己房間。應該說，我假裝回到自己房間，其實我一心想找鄔勃汀諾，所以又偷偷溜回教堂。

第三天　夜禱之後

鄔勃汀諾跟阿德索說了多奇諾弟兄的故事，
阿德索在圖書館又看到其他故事，之後他遇到了一位美麗又可怕的少女，
彷彿列陣準備應戰的軍旅。

我在聖母像前找到鄔勃汀諾。我靜靜地跪在他身旁，假裝（我承認）禱告。過了一會兒，我鼓起勇氣開口說話。

「敬愛的父，」我跟他說：「可以請您給我啟發與建議嗎？」

鄔勃汀諾看看我，握住我的手站起身來，帶我到一旁的座位坐下來。他緊緊摟著我，我的臉龐能感覺到他的呼氣。

「親愛的孩子，」他說：「我這個垂垂老矣、可憐的待罪之身若於你靈魂有助，樂意之至。什麼事困擾你？渴望，是嗎？」他的問句中似乎也帶著渴望，「對肉體的渴望？」

「不是，」我臉紅了，「是心智的渴望，想要知道太多……」

「這是不好的。天主知物，我們僅需仰慕祂的廣博。」

「可是我們也要能辨善惡，理解人世情感啊。我現在是見習僧，之後我會是僧侶和神父，我應該學會惡在何處，是何樣貌，以後才能辨認惡，並教導他人辨認惡。」

「你說得對，孩子。那麼你想知道什麼？」

「我想認識異端這株毒草，」我十分篤定，接著一口氣把話說完：「我聽說有一個惡

名昭彰之人會誘使他人犯惡，他是多奇諾弟兄。」

鄔勃汀諾沉默片刻後說：「沒錯，那天晚上你聽到我跟威廉修士談起他。但那件事很醜陋，說了讓人心痛，因為我們學到的教訓（沒錯，那件事的意義在於讓我們學到有用的一課），我剛才說，我們學到的教訓是一心想要贖罪和淨化世界，有時候會帶來血腥和毀滅。」他坐直了身子，鬆開原本緊摟著我肩膀的手，放在我的後頸，彷彿想藉此傳遞他的所知或熱情。

「故事始於多奇諾弟兄之前，」他說：「六十多年前，那時我還年幼。事情發生在帕爾瑪[201]，有一個名叫塞卡雷利的人開始宣道，呼籲大家過贖罪生活，他沿路叫喊『起而贖罪！』他是沒受過教育的人，意思是要告訴大家：『快贖罪吧，天國將近』，還讓他的從眾扮成宗徒的模樣，並將他的教派稱為宗徒修會，從眾以貧窮托缽僧之姿乞討維生行遍世界……」

「跟小弟兄修士一樣，」我說：「但這不是天主和貴會聖方濟各的訓令嗎？」

「是，」鄔勃汀諾承認的聲音有一些猶豫，還夾帶一聲嘆息。「或許是塞卡雷利踰矩了，他和他的從眾被指控藐視神職人員，拒絕行彌撒、告解禮儀，以及懶散漂泊。」

「可是屬靈會的方濟各修士也被指控同樣罪名。而且今天方濟各會修士也說不需要承認教宗當局，不是嗎？」

「對，但沒有說不承認神職人員，我們自己就是神職人員，孩子，這些事情很難說清楚。善與惡之間的界線不明……總之塞卡雷利做錯了，所以落得異端汙名……他要求加入方濟各會，但是我們修會並未接納他。他在我們修士的教堂內逗留，看到畫像中宗徒腳穿涼鞋，長衣在肩膀處圍繞，於是他依樣留長了頭髮和鬍子，穿上涼鞋，綁上方濟各會修士的腰間白繩，因為不管任何人想成立新的修會，總是仿效聖方濟各的修會。」

「如此說來，他並沒有錯……」

「他錯了……他在白長衣外罩白色斗篷，加上一頭長髮，在素民之中博得了聖哲之名。他賣掉他的小屋，拿到錢之後，模仿古時候行政官演說時站在石頭上，手中拿著一袋錢幣，沒有發給窮人，卻發給了在附近賭博的惡棍，還說：『誰要便拿去』，那些惡棍拿了錢就去賭博，散盡錢財還語出不遜褻瀆天主，發錢的塞卡雷利聽到了竟不知羞恥。」

「可是聖方濟各也散盡家財啊，我今天還聽威廉說他對烏鴉、雀鷹宣道，還對自稱有德之人所排擠的那些痲瘋病人宣道……」

「對，但是塞卡雷利錯了，聖方濟各從未與教會為敵，福音說要將錢布施給窮人，而非惡棍。塞卡雷利施予錢財又不求回報的對象是壞人，是壞的開始，壞的過程和壞的結果，因此額我略十世[202]否決了他的修會。」

「或許，」我說：「這個教宗不如那位同意方濟各會的教宗高瞻遠矚……」

「是，但是塞卡雷利做錯了。而且，孩子，這些不倫不類的守護者一夕之間變成了偽宗徒，擺出優雅姿態、不費吹灰之力便從別人手中接過施捨，而那些人是方濟各會修士辛辛苦苦、以身作則教導下過著貧窮生活之人！問題不在這裡，」他立即解釋，「問題是他們假扮宗徒，才是大逆不道，而且塞卡雷利行了割禮，這違背了保祿對迦拉達人所言[203]，你知道很多聖者宣稱假基督將會是行割禮之人……更糟糕的是，塞卡雷利四處召集素民，對他們說『跟我去葡萄園』，那些人不識他為何人，隨他一起進入別人的葡萄園，吃了別人的葡萄……」

「方濟各會修士本來就不在意捍衛他人財產吧。」我未經大腦衝口而出。

鄔勃汀諾神情嚴肅地看著我。「方濟各會修士要求自己過貧窮生活，從未要求其他人跟他們一樣。你不能奪取善良基督徒的財產然後逍遙法外，他們會視你如草莽。塞卡雷利便是如此。據說（我不知是真是假，但我相信薩里貝內修士[204]說的話，那些人所作所為他很清楚）他為了證明自己的意志力和節制力，跟幾名女子同床共枕而未發生肉體關係，可是當他的從眾起而仿效時，結果大不相同……喔，年輕人不應該知道這些事情，女人是魔鬼的武器……塞卡雷利繼續宣揚『起而贖罪』，而他的從眾之一，圭多．普塔吉歐，卻養了許多坐騎，排場奢華，跟羅馬的樞機主教一樣夜夜笙歌奢靡狂歡，之後他們起了內訌，發生了很多下流之事。然而還是有許多人願意跟隨塞卡雷利，除了農民還有市民，他讓這些人赤身露體以跟隨赤身露體的基督，還派他們去各處宣道，他自己則讓人做了一件無袖的粗麻白色長衣，穿上之後看起來活像小丑，而非宗教人士！他們露天而居，有時候會爬上教堂講道台，打斷虔誠的人民集會，趕走宣道者，有一次他們還讓一個小男孩坐在拉維納聖奧索教堂的主教座位上。他們自稱是若亞敬教義的繼承人……」

「方濟各會修士也是啊，」我說：「還有傑拉多．達．勃格．桑多尼諾[205]跟您都是！」我大聲說。

「孩子，冷靜一點。若亞敬是偉大的先知，也是看出聖方濟各將為教會帶來革新的第一人。但是偽宗徒用他的教義為自己的瘋狂辯解，塞卡雷利身邊還帶著一位女先知，名叫特麗琵亞或麗琵亞，自以為擁有預言恩典。一個女人，你想想看！」

「我父，」我試圖反駁，「可是您那天晚上不是也說齊婭拉．達．蒙特法柯和安潔拉．達．佛莉紐擁有聖德……」

「她們是聖徒！她們謙卑簡樸，承認教會權力，從不以先知自誇！可是偽宗徒卻說女子也可以遊走各城市宣道，就跟許多異端分子說的一樣。他們認為未婚和已婚沒有不同，也不認為誓願是永遠的。簡而言之，帕爾瑪主教歐比佐決定逮捕塞卡雷利入獄，可是後來發生的事很奇怪，你就知道人性何其脆弱，異端毒草何其難防。後來歐比佐主教釋放了塞卡雷利，還待他如座上賓，聽他插科打諢，把他當作自己的弄臣。」

「為什麼？」

「我不知道，我寧願不要知道。歐比佐主教是貴族出身，他不喜歡城裡的商賈和手工藝匠，或許塞卡雷利宣揚的貧窮理念從乞討轉而強取豪奪，與這些人想法相悖，正中主教下懷。後來教宗出面干涉，歐比佐主教才恢復應有的嚴肅態度，以執迷不悟的異端分子罪名將塞卡雷利處以火刑。」

「這跟多奇諾弟兄有什麼關係？」

「有關係，這樣你便可以明白異端不會因為異端分子被消滅而銷聲匿跡。多奇諾是一個神父的私生子，在義大利北部這一帶長大。他是個聰慧的年輕人，受過良好教育，卻偷了收留他的神父家中財物後逃往東方，在特倫托城落腳。他在那裡開始宣揚塞卡雷利的教義，自稱是天主唯一真正的宗徒，說與愛有關的一切都應共享，跟所有女子往來都不踰矩，所以任何人納妾都無須指責，即便同時跟母女交往也無所謂……」

「那真是他宣揚之事，還是他被指控的罪名？因為我聽說屬靈會修士被指控的罪名跟蒙特法柯那些修士的罪名相同……」

「關於這點我們已經說過了，」鄔勃汀諾打斷我的話，「他們不再是修士，是異端分子，因為多奇諾弟兄而敗壞了自己的名聲。而且，只要知道後來多奇諾做了什麼事，就曉得他是個邪惡之徒。他如何得知偽宗徒的教義，我也不清楚，或許是他年輕時曾經待過帕爾瑪，聽過塞卡雷利宣道，但確定的是，他是從特倫托開始宣道的。他勾引了一個美麗的少女，是貴族人家的女孩，名叫瑪格麗特，也有可能是她勾引了他，就像艾綠綺思勾引亞伯拉德一樣。別忘了，魔鬼是利用女子誘惑人心的！因此特倫托的主教將多奇諾逐出教區，多奇諾那時已有上千名從眾，開始長途跋涉返回家園。一路上有許多人聽信了他的話而跟隨他，或許不乏住在他歸鄉沿途山上的瓦登斯派異端分子。等他回到諾瓦拉，發現那裡很適合他作亂，因為卡堤納拉鎮鎮民把維切利主教授權治理該地的封建領主趕走了，視多奇諾幫眾為盟友。」

「主教授權的領主做了什麼？」

「我不知道，我也沒有資格議論。維切利城裡有幾個家族相互傾軋，給了偽宗徒可乘之機，而這些家族則陷入了偽宗徒造成的混亂中。那些封建領主招募傭兵搶劫市民，市民則向諾瓦拉主教尋求保護。」

「這個故事好複雜。多奇諾支持誰呢？」

「我不知道，他自成一家吧。他在這場紛爭中見縫插針，找到機會就以貧窮之名針對其他人的財產進行鬥爭。多奇諾帶著他的三千名從眾，登上諾瓦拉近郊的一座山丘，那山名為禿壁，多奇諾領著那群極盡無恥之能事混雜度日的男男女女，在那裡興建城堡和住屋。他寫信給他的信徒，說他們的理念是貧窮，與外界勢力沒有任何從屬關係，而多奇諾自己則是天主派來開啟預言封印、理解舊約和新約之人。他稱俗世神職人員、宣道者、方濟各會修士為惡魔使者，並免除了所有人必須聽命於他們的義務。他將天主子民分為四個階段：第一是舊約時期，基督來臨前，屬於宗主教和先知的時期，那時婚姻是好的，因為人類需要繁衍後代。第二是基督和宗徒時期，也是重聖善和守貞的時期。第三，教廷必須接受世間財富，才能治理百姓，但是當百姓對天主之愛開始漸行漸遠，就會出現聖本篤，反對一切俗世財富。當本篤會的僧侶也開始累積財富時，便會有方濟各修會和多明我修會[206]的修士出現，對於俗世權力和財富的態度比本篤會更嚴厲。可是到了今天，許多教士的生活再度與那些良善誡律相牴觸，這時來到了第三時期的尾聲，需要信奉的是宗徒教誨。」

「所以多奇諾宣揚的內容和方濟各會修士宣揚的相同，尤其是跟方濟各會中的屬靈會修士和教父您所宣揚的一樣！」

「是，但他從中推演的結果居心叵測！他說要讓這腐敗的第三時期結束，得等到所有教會人士，包括神父、男女教徒、多明我會修士、方濟各會修士、隱修士和教宗博義八世在內，全都被他多奇諾所揀選的皇帝趕盡殺絕為止，而這位皇帝便是西西里國王腓特烈三世。」

「可是屬靈會修士當初被烏布里亞教區逐出，在西西里接納他們的，不正是腓特烈三世嗎？要求皇帝摧毀教宗俗世權力的，不正是方濟各會嗎？」

「扭曲正派思維，變成違背天主旨意的正是異端行為。方濟各會修士從未要求皇帝殺害其他神職人員。」

我現在知道，他當時是自欺欺人。因為數個月後，來自巴伐利亞的路易四世在羅馬建立了他自己的教會之後[207]，馬斯里歐·達·帕多瓦和其他方濟各會修士對效忠於教宗的信徒所作所為跟多奇諾的主張如出一轍。我提這件事並不是為了替多奇諾辯護，只是要說馬斯里歐也錯了。那天下午跟威廉談過之後，我不禁自問，追隨多奇諾的素民怎麼可能分辨屬靈會和多奇諾應允的承諾有何不同。多奇諾當時付諸實踐的難道不是其他人所宣揚的精神嗎？或許差別在於，天主聖徒所允諾的，應等待天主賜給我們，不得以人力爭取，才是聖善？我現在明白多奇諾為何錯了：他不應該改變萬物秩序，即便內心極度渴望改變。但那天晚上我腦中思緒矛盾紛亂。

「而且，」鄔勃汀諾說：「你會發現異端之路越走越偏。後來多奇諾自封為宗徒團最高首領，還選了一名女子擔任副手，那人便是背義的瑪格麗特。他宣稱若亞敬所說的天使教宗由天主選出之時，多奇諾和他的信徒（那時已達四千人）將同時領受聖靈恩典。不過在那一切來臨之前的三年間，將受盡一切惡的折磨，那正是多奇諾所做的，讓戰亂四處蔓延。可是你看魔鬼如何玩弄權術，後來的教宗是克勉五世，他卻下令討伐多奇諾。那麼做自然是對的，因為多奇諾在他寫的書信中說羅馬教會是妓院，任何人都不該再聽從神父之言，唯有宗徒團能建立新教會、廢除婚姻，沒有任何一位教宗能赦免人的罪，不應該再付什一捐，不發誓願的生活比發了誓願的生活更美好，祝聖後的教堂比馬廄還無用，禮讚基督可以在樹林裡，也可以在教堂裡。」

「他真的說了這些話？」

「他的作為更糟。他駐守在禿壁上，為了補充物資，開始掠劫山谷中的村莊。那年正好遇到十年來最嚴峻的寒冬，那一帶皆陷入飢荒，禿壁上生活艱困，到最後飢寒交迫的他們只好把馬和其他牲畜宰殺來吃，連牲口的乾草飼料也煮來充飢。死了很多人。」

「他們對抗的究竟是誰？」

「維切利主教向克勉五世求援，於是組成了一支討伐異端的軍隊，還對所有參與征討的人頒佈了大赦令，於是大家紛紛響應，包括薩伏伊[208]的路易一世、隆巴第一帶的宗教裁判長、米蘭的大主教。很多人從薩伏伊、普羅旺斯、法國前來協助維切利和諾瓦拉當地的軍隊，維切利主教是領軍統帥。兩軍前哨持續交鋒，但是多奇諾的防禦工事堅不可摧，而且不時有外援注入。」

「誰提供他援助？」

「其他異端勢力，我想，因為他們能從那場混亂中得利。一三〇五年末，多奇諾等人被迫撤離禿壁，留下傷兵病患，轉往西北方特里維洛一帶，佔據了一個山頭，那山原本叫做祖北洛，自那時候開始被稱為擄北洛山或戮北洛山，因為那裡變成了教會叛徒的堡壘。總而言之，經過一場場屠殺浩劫，最後所有叛徒都投降了，多奇諾和他的人遭到逮捕，理所當然被處以火刑。」

「包括美麗的瑪格麗特在內？」

鄔勃汀諾看著我說：「你還記得她很美，是吧？據說她是很美，當地許多僭主為了救她免受火刑，都願意娶她為妻。可是她不願意，執迷不悟地跟她那執迷不悟的戀人一同赴死。這對你來說是一個警惕，要提防巴比倫淫婦[209]，即便她外表美麗動人。」

「我父，請告訴我，我聽說修道院管事，或許還有薩瓦托雷，都見過多奇諾，而且還追隨過他……」

「慎言，千萬不要輕易下斷語。我是在一間方濟各會修道院認識管事的。多奇諾的事都是真的。那些年，許多屬靈會修士在向本篤會尋求庇護之前，不得不離開他們所屬的修道院，在外顛沛流離。我不知道在我遇到雷密吉歐之前，他曾在哪些地方落腳，但我知道他一直是一名好修士，對教會教誨忠貞不二。至於其他的，阿們，肉體是軟弱的……」

「您這句話的意思是……？」

「這些事你不需要知道。可是我們既然說過你應該要懂得分辨善與惡……」他又猶豫了片刻，「我只能跟你說，修道院內有耳語說管事無法抵擋某些誘惑……但都是流言蜚語。你得學會不要去想這些事情。」他重新緊緊摟住我，指著聖母像說：「你要從無瑕之愛開始。她是女性的崇高昇華，你可以視她為〈雅歌〉中的愛人，盛讚其美。」鄔勃汀諾因內心喜悅而呈現在臉上的表情，跟院長第一天和我們說到他那些聖盤是用黃金和珍貴寶石打造時如出一轍。「包括她身軀的優雅柔美也象徵天堂之美，因此雕刻家賦予她女子應該具有的一切雅致之美。」他指著聖母纖柔的上半身，以中央束帶固定的馬甲衣讓她的胸脯高高挺起，聖嬰的小手抓著束帶玩耍。「你看她的胸脯多美，小而潔白。其實微微挺出的胸脯才是美，緩緩隆起，不放蕩搖晃，而是溫柔內斂，隱而不顯，但不壓抑……你看到如此甜美的神視，有何感覺？」

我整張臉脹紅，彷彿身體裡有一把火在燒。鄔勃汀諾大概有所察覺，也或許是發現我兩頰泛紅，所以立刻又說：「你要學會辨別超性愛火[210]和感官沉淪的不同。這對聖徒而言也非易事。」

「我要如何認出良善之愛？」我邊顫抖邊問。

「什麼是愛？世上沒有任何人或魔鬼或物比愛更讓我心存疑慮的，而愛比任何物都更能滲入靈魂深處。最佔據並牽動人心的莫過於愛。所以，除非擁有能夠掌控愛的方法，否則靈魂很容易為愛墜落無底深淵。我認為若是少了瑪格麗特的誘惑，多奇諾不至於那麼壞，不會在禿壁過著自以為是的淫亂不倫生活，會有更多人受他的反抗精神感召。我要提醒你，我說這些事不只是為了讓你認識邪惡之愛，那是魔鬼之事自然應該閃避，我戰戰兢兢跟你說的這些也有良善之愛，是天主與人、人與人之間的愛。往往是二人或三人，或男或女，發自真心彼此相愛，對對方情有獨鍾，希望能親密地一起生活，當一方有所渴望，另一方會有所回應。我坦白告訴你，我曾經對安潔拉和齊婭拉那兩位貞潔女子有過這樣的情感，即便那純粹是以天主之名的精神之愛，仍然是可受譴責的……因為就算是心靈所能感受之愛，如果方法失當而被視為激情，之後便會墮落，或愛得毫不知節制。噢，愛有不同特性，心靈會先因為愛而變得柔軟，然後變得虛弱……但之後會感受到天主之愛的真正熱情，會喊出聲，會呻吟，會在那熔爐前面石化不動以便化為石灰，在火舌舔舐下噼啪作響……」

「這就是良善之愛？」

鄔勃汀諾摸了摸我的頭，我看著他，看到他眼中噙著淚水：「對，這便是良善之愛。」他移開放在我肩膀上的手，「實在很難，」他說：「實在很難分辨兩者的不同。有時候你的靈魂受魔鬼引誘，覺得自己的喉嚨被勒住，雙手被綑綁在背後，眼睛被蒙住，整個人吊在絞刑台上卻依舊活著，沒有人伸出援手，沒有任何支撐，沒有補救辦法，只能在空無中旋轉……」

鄔勃汀諾的臉上不再只是淚水，還有汗水。「你走吧，」他神色倉皇地對我說：「你想知道的，我都告訴你了。此處是天使吟唱，彼處則是地獄之門。你走吧，讚美主。」他重新跪倒在聖母像前面，我聽見他低聲啜泣，繼續祈禱。

我並未離開教堂。跟鄔勃汀諾一番談話，讓我的靈魂和內心深處燃起一團奇怪的火和難以言喻的不安。我興起一股反抗欲望，決定自行回到圖書館。我也不知道自己在尋找什麼，只是渴望獨自一人在不知名的地方探索。無須我導師協助就能在圖書館內行走自如的想法，很吸引我。和多奇諾登上擄北洛山一樣，我亦拾級而上。

我帶著油燈（我為什麼會帶油燈？或許我心中早就秘密規劃此行？），幾乎閉著眼睛通過藏骨室，來到寫字間。

我想那天晚上是冥冥中自有安排，因為我在工作桌間遊走的時候，看到一本攤開的手抄本，是某位僧侶那幾天正在抄寫的書。我立刻被書名吸引：《多奇諾弟兄異端史》[211]。我想那應該是彼得·達·桑塔巴諾的桌子，他們說他正在寫一部關於異端的歷史巨著，所以那本書出現在那裡很正常，其他幾本書的議題相似，談的是巴大尼派和自笞派。但那對我而言是一個超自然徵兆，我不知道是天主的或魔鬼的，在那情境下，我彎著腰目不轉睛開始閱讀。書並不厚，第一部分陳述的是鄔勃汀諾說過、但我已忘記的諸多細節，還提到多奇諾從眾在打仗和包圍期間犯下的許多罪行，以及十分血腥殘忍的最後一場戰役。書中也寫到鄔勃汀諾沒告訴我的，撰文者顯然目睹一切，而且記憶依舊鮮活。

於是我知道在一三〇七年三月，神聖週六[212]那一天，多奇諾、瑪格麗特和其他副手最後都被捕了，他們被押解到畢耶拉城交給主教，等待教宗發落。教宗得知消息後寫信告知法國國王腓力：「我收到好消息，令人雀躍開心，在費盡千辛萬苦，歷經多次危難、屠殺、征戰後，那令人憎惡的惡棍、惡魔之子、可怖的異端分子多奇諾和他的追隨者終於束手就擒，入獄成為階下囚，多虧了我們可敬的弟兄、維切利主教拉尼耶羅在聖餐之日將他逮捕，眾多跟隨他、受他感染的人都在那天被殺了。」

教宗對那些囚犯毫不留情，下令主教一律處死。同年七月初一，這些異端分子全被交付世俗刑罰，城裡鐘聲齊鳴，囚犯坐在囚車上遊城示眾，他們身旁有劊子手戒護，後面則跟著民兵，每到一處轉角，就有人用燒紅的鐵鉗烙得犯人血肉模糊。第一個被燒死的是瑪格麗特，在多奇諾面前活活燒死，但多奇諾毫無表情，跟鐵鉗烙印在他身上時的反應一樣。之後那囚車繼續前進，劊子手將犯人的鐐銬放入炙熱的柴火盆中。多奇諾遭到各種虐待，但他始終不發一語，只有在鼻子被割掉的時候縮了一下肩膀，在陽具被拔掉的時候長嘆了一聲，聽似呻吟。他最後遺言依然不悔，說他在第三天將會復活。之後他的骨灰隨風而逝。

我雙手顫抖闔上那本手抄本。多奇諾罪孽深重，被活活燒死。但他在火刑架上的表現……如何？是如殉道者那樣義無反顧，還是跟惡徒一樣狂妄自大？我走在通往圖書館的樓梯上，腳步踉蹌。但我知道我為何如此心煩意亂。我突然間記起了數個月前看到的一幕景象，那是在我抵達托斯卡尼不久後發生的。我不禁自問，怎麼會把那件事忘得乾乾淨淨，直到那一刻才想起，難道是我的心靈生病了，所以刻意抹掉彷彿噩夢般揮之不去的那段記憶。還是我其實沒有忘記，因為每一次我聽到有人說起小弟兄修士，那件事的一幕幕畫面就會重新浮現，只是我會立刻將之驅趕到內心深處，彷彿曾經見證那樁恐怖事件本身就是罪孽。

我第一次聽人說到小弟兄修士是在翡冷翠，我親眼看到一個修士在火刑架上被燒死。那是我在比薩遇見威廉修士之前不久的事。他比約定時間延後抵達，我父親同意我去翡冷翠走走，大家對那裡美麗的教堂讚譽有加。我在托斯卡尼四處遊玩，以便多學一些義大利通俗語，最後我在翡冷翠停留一個星期，因為我聽人談起過那個城市，希望能進一步認識它。

豈料我才剛到，就聽到大家對一件轟動全城的大事件議論紛紛。有一名小弟兄修士被控違背信仰，那幾天被帶到主教和其他教士面前，接受嚴厲的宗教審判。我跟著告訴我這件事情始末的那些人走，他們帶我到審判現場，路上跟我說這位名叫米克萊的小弟兄修士其實非常虔誠，宣揚贖罪和貧窮，複誦聖方濟各的話，被帶到審判官面前是因為有幾名壞心腸的女子假意要向他告解，之後卻指控他瀆聖，但主教手下確實是在那幾名女子家中逮捕他的。這讓我感到很意外，因為教會人士不應在如此失宜之處行聖事，但這似乎是小弟兄修士的弱點，他們不重視習俗，或許傳聞他們有敗德之嫌並非全然捏造（就像大家都說巴大尼派是雞姦者一樣）。

我來到進行審判的救世主教堂，教堂外人潮擁擠，我根本無法進去，但有人爬上鐵窗，能看見聽見裡頭的情況，再轉述給下頭的人聽。他們正在朗讀前一天米克萊修士的供詞，說基督及其宗徒「不擁有任何個人或共同財物」，而米克萊出言抗議公證人加入了「許多偽造證詞」，並大喊（連我都能聽見）「審判日那天你們勢必得為自己辯護」！但宗教裁判長繼續讀完他們寫下的供詞，最後詢問米克萊是否願意謙遜地遵守教會和全城市民的評斷。我聽到米克萊高喊說他願意遵守他所信奉的，也就是「基督是貧窮的，而教宗若望二十二世意見相左，所以是異端」。

之後展開辯論，宗教裁判長當中有許多方濟各會修士，想要以聖經中並沒有他說的那些話來說服米克萊，而他則指控對方違背了自己修會的會規，方濟各會修士反過來逼問他是否認為自己比他們這些修會導師更了解聖經經文，但米克萊弟兄毫不退讓，以至於那些方濟各會修士開始出言挑釁，說「我們要你承認基督擁有財物，教宗若望二十二世是天主教徒，也是聖徒」。米克萊並未因此屈服，那些人說從未見過有人犯錯後態度還如此強硬。但我聽到教堂外人群中許多人將米克萊比做面對法利賽人的基督，也看出很多人相信他乃聖德之人。

最後主教的手下將他帶回牢中囚禁，那天晚上大家跟我說很多主教的修士朋友都去羞辱他，逼他就範，但他回答說他相信自己的真理，並向每一個人重複說基督是貧窮的，而且聖方濟各和聖本篤也這麼說過，如果為了支持這個論點而被判處極刑，也無半點遺憾，如此一來他就可以親眼看見聖經上的描述，還有〈默示錄〉中的二十四位長老、耶穌基督、聖方濟各和所有光榮的殉道者。大家告訴我米克萊回應說：「如果閱讀某些聖徒的教義已經讓我們感到熱血沸騰，渴望與他們為伍的心情應該更為雀躍且迫不及待。」聽到這些話，宗教裁判長走出監獄的時候無不面色陰鬱，氣憤怒吼（連我都聽見了）：「他被魔鬼附身了！」

第二天大家得知判決結果宣佈了，我這才曉得在這位修士所有罪名中，還有一項指控是他曾說阿奎那既非聖徒，也不享有永恆救贖，不但受到詛咒，而且身處地獄之中。這點讓我覺得難以置信。判決最後說因被告不願悔改，將帶往行刑地燒死，願他在炙熱火舌席捲下死去，而非繼續靈肉分離地活在人世。

有教會人士去看他，提醒他接下來會發生的事，他們說：「米克萊弟兄，我們已經準備好帽子披風，上面畫了被魔鬼圍繞的小弟兄修士圖像。」以此嚇唬他，逼他就範。但米克萊跪在地上說：「我想火堆旁應該會有我們的父聖方濟各、耶穌、宗徒和光榮殉道者聖巴爾多祿茂[213]及聖安東尼。」

第二天早晨，宗教裁判長聚集在主教官邸旁的橋上，米克萊修士一如以往戴著手銬腳鐐站在他們前面，我也去了。有一個信徒跪在米克萊面前希望得到他的祝福，那人隨即被衛兵帶走送入牢中。之後裁判長們再度向被告朗讀宣判結果，問他是否願意悔改，每當判決文說到米克萊是異端時，他總回答說「我非異端，我是罪人，是天主教徒。」每當說到「可敬、神聖的教宗若望二十二世」，米克萊便說「不，此人是異端。」於是主教命他跪在自己面前，米克萊說他不向異端下跪，主教便叫人使力逼他跪下，他喃喃自語道：「願天主寬恕我。」米克萊原本一身神父裝扮，此時開始將他身上的祭衣層層脫去，只留下一件翡冷翠人稱為罩衫的單薄外衣。之後便按照免除聖職慣例，用燒紅的鐵在他指尖留下烙印，剃光他的頭髮，衛隊隊長及手下帶米克萊回牢獄途中對他舉止十分粗暴，他則對一旁群眾說「我們為天主而死」。就我所知，他第二天便會被燒死。

那天有人去問他是否要告解領聖餐，但他拒絕接受有罪之人為他行聖事，我想他這點做錯了，如此一來顯示他受到巴大尼派的異端言論洗腦。

行刑日到來，那天早晨一位翡冷翠行政官問他為何如此固執，他只需要接受神聖教會觀點，支持人民所支持的就可免於一死，但米克萊義正詞嚴回答說：「我相信十字架上的耶穌是貧窮的。」那名行政官攤開雙臂離開牢房，之後衛隊隊長和手下把米克萊帶去中庭，由主教代理人再度宣讀他的供詞和判決。

我當時實在不懂為什麼教會和世俗權力之人要用如此激烈的手段，對付一個一心想過貧窮生活的人。我心想，他們應該懼怕的是那些追求富裕生活、從他人身上搾取錢財的人才對，是這些人讓教會開始買賣聖職的。我實在無法保持沉默，便把我的想法跟旁邊的人說，那人冷笑一聲後告訴我說，過貧窮生活的修士是人民的壞榜樣，因為之後不過貧窮生活的修士就無法見容於大眾。他還說，宣揚貧窮的講道會讓老百姓心中生出不當的想法，以為自己的貧窮是值得驕傲的，而驕傲會導致許多驕縱行為。還有，我得知道，對其他修士宣揚貧窮等於支持皇帝，這點讓教宗十分不悅。只是我當時不明白為何米克萊弟兄願意慨然赴死以討好皇帝。

果然人群中就有人說：「他不是聖人，是路易四世派來挑撥離間的，這些小弟兄修士雖然是托斯卡尼人，但他們背後有帝國使者撐腰。」其他人說：「他是魔鬼派來的瘋子，為了虛榮甘願享受殉道者之名，這些修士閱讀太多聖人傳記，應該讓他們娶妻生子就沒事了！」還有人說：「不對，我們需要所有基督徒都像他這樣。」我腦袋一片空白，就在那時候我看到了他的臉，有時候人群會擋住我的視線，但那時我看到了他，他眼中所見已不是這個塵世，他的表情就跟我在某些因神視而失魂的聖徒雕像上看到的一樣。於是我明白，不論米克萊是瘋子或先知，他確實一心求死，因為他認為唯有一死才能打敗他的敵人。我也明白，他的範例可能會讓其他人也紛紛就死。讓我感到錯愕的是他的堅定不移，直到今天我仍不清楚是基於他們對篤信的真理那份愛讓他們視死如歸，還是對死亡的自負渴望促使他們成為真理的見證，無論真理為何。我心中既感到欽佩，又覺得惶然。

我們回頭來談行刑吧，大家都湧向即將執行米克萊死刑的地方。

衛隊隊長及其手下將米克萊帶出大門外，他身上只有一件單薄外衣，好幾顆釦子沒扣，他低著頭大步前進，口中喃喃禱告。人群異常擁擠，許多人高喊：「不要死！」米克萊回答說：「我要為基督而死。」人群說：「可是你不是為基督而死。」他說：「是為真理而死。」走到行省總督府轉角，有人要他為所有人禱告，於是他為大家祈福。走到聖李貝拉塔堤岸，有人跟米克萊說：「你真傻，你應該相信教宗的！」他回答道：「你們太抬舉這位教宗了，這隻公鵝除了會呱呱叫，就只會荼毒你們。」（那是雙關語，或詼諧語，大家跟我說米克萊用托斯卡尼方言把教宗比做牲畜。）大家都很訝異他死到臨頭還能開玩笑。

在聖若望教堂前有人對他高喊：「好死不如賴活著！」他說：「有罪不如不要活！」到舊市集的時候，又有人對他高喊：「不要死，不要死！」他則回答說：「你們要逃離地獄！」到了新市集，大家對他叫嚷：「贖罪，快贖罪。」他回說：「你們要為放高利貸贖罪。」來到聖十字教堂，他看到自己修會的修士站在階梯上，便斥責他們違背聖方濟各定下的會規。那些修士之中有人聳聳肩膀，有的則因羞愧用兜帽遮住臉龐。

走向正義門的路上，很多人跟米克萊說：「快否認，快否認，不要死。」他說：「基督為我們而死。」他們說：「你不是基督，你不應該為我們而死！」他說：「但我要為他而死。」在正義門前草地上，有人問他為什麼不能像某個長者修士全盤否認罪名，米克萊回答說那人並未否認，我看到許多人都贊成他所言，並鼓勵他要堅強，我們意識到那些人是他的信徒，便走開了。

我們走到正義門外，眼前出現了柴堆，大家稱之為小棚屋，因為木柴被堆成小屋形狀。柴堆外圍了一圈騎兵，避免人群靠得太近。米克萊修士被綁在木樁上，還能聽到有人對他喊：「你究竟為何而死？」他說：「我內心的真理，唯有一死才能證明。」

他們點燃柴堆，米克萊修士早已唱起恩頌聖歌〈我相信〉，之後接著唱〈你，上主〉。他大約唱了八小節，便像打噴嚏那樣彎下腰去，然後跌倒在地，因為繩子已經燒斷了。他死了，在身體起火燃燒之前，高溫就已讓心臟爆開，濃煙侵入胸膛。

在小棚屋像火炬一樣整個燒起來之前，先燃起巨大火光，要不是在火舌正烈的木柴間看到米克萊焦黑的可憐身軀，我會以為自己是站在一叢起火的荊棘前。我因為靠得很近，以至於神魂超拔（我走在通往圖書館的樓梯上才猛然想起），不自覺口中唸出我在聖赫德嘉[214]書中看到關於心醉神迷的描述：「火苗異常耀眼明亮，除了內在活力，還有額外炙熱的焰，耀眼明亮所以閃爍，額外炙熱所以燃燒。」

我還想起了鄔勃汀諾對愛的評論。火光中米克萊的身影與多奇諾合而為一，多奇諾的身影又與美麗的瑪格麗特交疊浮現。我在教堂中的那份不安感又回來了。

我按捺住雜亂思緒，堅定地往迷宮走去。

那是我第一次獨自前往，因油燈而投射在地板上的長影跟前幾晚的幻象一樣讓我膽戰心驚。我每一秒都害怕會看到另一面鏡子，鏡子的魔力就在於你明知道那是鏡子，卻無法不擔心害怕。

我沒想要辨明方位，也沒想要避開用薰香引發幻象的那間房間。我彷彿失了魂魄，不知道自己要往哪裡去。其實我並沒有離開樓梯口很遠，因為不一會兒我發現自己又回到了入口的那間七邊形廳室。桌上那幾本書前一晚好像沒看過，我猜是馬拉其亞從寫字間收回來，還沒放回原本的位置。我不知道自己離那間薰香房是近是遠，但我覺得頭暈目眩，可能是香味飄散過來所致，也有可能是我一直胡思亂想造成。我打開一本畫滿泥金裝飾畫的書，就風格看，我覺得應該來自圖勒[215]的修道院。

讓我感到訝異的是，在宗徒馬爾谷所寫的福音書開頭有一個獅子圖像。我雖然從未親眼見過獅子，但那絕對是一頭獅子，裝飾畫家如實呈現了獅子的樣貌，或許參考了愛爾蘭當地的猛獅模樣。誠如生理學家所說，我相信這個動物同時具備了最可怕和最莊嚴的特質，因此看到那個圖像，讓我同時間聯想到惡魔和耶穌基督。我不知道該用什麼象徵符號來解讀它，我整個人簌簌發抖，因為恐懼，也因為牆壁縫隙中吹進來的冷風。

我看到的那頭獅子一口獠牙，頭上滿佈如蛇般的鱗片，有鋒銳利爪的四肢撐起巨大的身體，牠一身毛皮很像我後來看到的東方掛毯，鱗片有紅有綠，還有如老鼠般黃褐色的圖案，骨架可怖結實。牠的毛皮密佈，從頭頂到背脊，尾巴也是黃色的，末端則有一綹是白色混雜黑色。

那頭獅子已經讓我心神不寧了（我不只一次回頭，就擔心牠會突然出現在我背後），當我決定繼續往下看的時候，注意到瑪竇福音開頭有一個男子圖像。不知道為什麼，但這個人像比獅子更讓我感到驚懼。他的臉是人臉，身上套著一件硬邦邦的祭衣，遮蓋至雙腳處，這件祭衣彷彿盔甲，上面鑲滿了堅硬的紅色和黃色寶石。他的臉從築成高塔的紅寶石和黃玉中浮現，看起來（驚嚇讓我差點出言不遜！）很像是我們正在追查的行蹤飄忽的神秘殺手。我隨即意識到我為何會把獅子、祭衣跟迷宮連結在一起：這兩個圖像和書中其他圖像一樣，都陷入一種交織錯亂的迷宮紋理中，看似全都在隱喻那糾結的空間，以及我身處的複雜通道。我的腳迷失在圖書館房間令人不安的邏輯中，我的目光則迷失在書頁上的華麗路徑中，看著我的迂迴迷途都呈現在那羊皮紙上，讓我心中忐忑，深信那裡每一本書都在瘋狂嘲笑那一刻的我，我不禁自問，書頁中會不會已經寫好了我的未來。

我打開另一本書，那應該是西班牙人的著作。顏色很狂野，紅色不是血紅便是火紅。那是基督給宗徒若望的一本啟示之書，跟前一晚一樣，我又被書中那披著太陽的女人所吸引。但此書是另外一本，泥金裝飾畫不同，這幅圖像的畫家更著重於描繪她的臉龐。我將她的臉龐、胸脯和柔軟的腰身與鄔勃汀諾帶著我看的聖母像做了比較。徵象不同，但是在我看來，這位女子也很美。我心想我不該再執迷於這些念頭，便往下翻了幾頁，結果看到另外一位女子，她是巴比倫淫婦。讓我沉吟的不是她的外表，而是想到她雖與另外一位女子無異，然而她是萬惡之源，另一人則集所有美德於一身。兩個人都很柔美，我看了又看，不明白究竟兩者有何不同。我再度覺得內心有一股騷動，教堂內的聖母像與美麗的瑪格麗特合而為一。「我真該死！」我告訴我自己，要不然「我就是瘋了」。我決定離開圖書館。

幸好我離樓梯不遠。我衝下樓去，顧不得會不會摔跤或弄熄油燈。可是儘管我回到寫字間那寬廣的穹頂下，依舊心浮氣躁，便又衝向通往用膳室的樓梯。

我在用膳室停下腳步，氣喘吁吁。月光透過玻璃窗照入室內，那夜月色皎潔如鏡，雖然寢舍房間內和圖書館通道仍需照明，可是我幾乎用不著油燈。但我並未熄滅油燈，算是為了讓自己安心。我喘著氣，心想應該喝杯水壓驚。廚房就在旁邊，我穿過用膳室，慢慢打開主堡中隔開兩邊的那扇門。

我的驚恐不但未曾稍減，反而更為加劇，因為我立即察覺到廚房麵包烤爐那裡有人，應該說我察覺到在那個角落有燈光閃爍，我情急之下吹熄了我手中油燈，此舉顯然引發對方驚恐，他（或他們）也迅速吹熄了他的燈，不過徒勞無功，因為月光照著整個廚房，我看見眼前地板上有一個或一個以上的模糊人影。

我呆立原地，不敢後退或前進。我聽到含糊的說話聲，而且好像還聽到了女人的聲音。有個身形矮胖的黑影脫離了烤爐前原本糾纏不清的那團影子，往半掩的大門跑去，離開時還將門關上。

留下我站在用膳室和廚房之間，還有烤爐前那不知名的東西。那不知名的東西在……怎麼說呢？……在抽噎。嚶嚶啜泣的聲音確實來自那團陰影，因為害怕的緣故，只敢掩著嘴發出嗚咽聲。

能讓害怕之人提起勇氣的，莫過於他人的害怕，但是讓我向那影子走去的並不是勇氣，而是與我神魂超拔時類似的內心騷動使然。在廚房裡有某種東西很像前一天在圖書館裡讓我失了魂的薰香。或許那並非同種物質，卻對我已經處於亢奮的感官起了相同作用。我聞到一股酸味，來自廚子用來釀酒的酒石和明礬。後來我才知道，那幾天正在釀造啤酒，而且是日耳曼的釀造方式，用了歐石南、沼澤生桃金孃和野生迷迭香。這些香草不僅讓我的嗅覺為之陶醉，心神也隨之飄飄然。

儘管我的理智吶喊著「往後退！」教我遠離那顯然是惡魔派來誘惑我的工具，但是內心欲望卻驅使我往前，彷彿想要認識那不祥之物。

我慢慢走向那陰影，借著窗戶照入的月光，我看出那是個女子，她全身顫抖，抓著一個包袱緊緊摟在胸前，邊哭邊往後朝爐口方向退去。

願天主、聖母瑪利亞和天堂所有教父此刻助我說出當時發生之事。我的羞恥心和自尊心（在梅爾克修道院這個詳和靜謐的默禱之地，我乃一老僧）提醒我要虔誠謹言。我理應簡單說發生了不好之事，重述有違良知，並且會讓我和讀者都感到心緒不寧後即止。

但是我已對自己許下承諾，要說出當年那個事件的全部真相，而真相是不容切割的，真相清晰可辨才能熠熠發光，不能因為我們的利益或羞恥而刪減。重點在於說出事情原委，不是我此刻如何看它或記得它什麼（我的記憶依舊鮮明，不知道是因為感到後悔，所以才將那事始末和心情都牢牢記在腦中，還是因為不夠虔心懺悔，所以那件事每一個令我感到羞愧的細節才會不斷在我腦中盤旋折磨我），而是我當時如何看它、感受它。

我能做到，我能以編年史家的態度如實記載，宛如將當時寫在羊皮紙上的內容謄寫下來，因為我只要閉上眼睛就能說出我當時的一舉一動，以及那些時刻我心裡在想什麼。那是我應該遵循的模式，願聖米迦勒[216]庇護我：為教化未來的讀者，並為我所犯的罪自我鞭笞，我接下來要說的是一個年輕人如何墮入魔鬼的陷阱，教大家要懂得辨別陷阱，以及墮入後要如何離開陷阱。

那是一個女人。應該說，那是一個少女。不過時至當日為止（自那時候開始亦然，感謝天主）我對異性所知極少，因此說不出她大概年齡。我只知道她很年輕，或許未屆成年，或許十六歲，或許剛度過第十八個春天。她像冬日的小鳥全身發抖，不停哭泣。她怕我。

我心想，每一個好基督徒的職責就是協助他人，我緩緩走向她，用文雅的拉丁文對她說不需要害怕，因為我是她的朋友，總之我不是敵人，也不是會對她不利的壞人。

或許是因為看到我眼神柔和，那女孩情緒漸漸平復，向我靠近。我察覺到她聽不懂我說的拉丁文，直覺反應改用日耳曼通俗語跟她說話，她嚇了好大一跳，不知道是因為我家鄉語言發音刺耳，對那一帶的居民而言很陌生，還是因為那語言讓她想起了她跟我家鄉士兵的某些不悅經驗。於是我對她微笑，我知道肢體語言和臉部表情比任何話語更容易讓人理解，她果然平靜下來，對我還以微笑，說了幾句話。

她的通俗語我能聽懂的甚少，她說的跟我在比薩所學並不相同，但是我能從她的語調聽出她對我說的話語甚是溫柔，她說的應該是：「你好年輕，你好俊美……」一個從小在修道院長大的見習僧，很少會聽到有人稱讚其外貌俊美，相反的，通常他會被告誡肉體之美稍縱即逝，而且毫無價值，可是敵人的陷阱千百種。我承認她對我外貌的讚許，無論是否發自內心，在我聽來覺得格外悅耳，也讓我內心悸動不已。當那少女一邊說話，一邊伸手用指尖掠過我尚未長鬚的臉頰，那份悸動更加難以自持。我覺得自己暈了過去，可是內心卻沒有半點愧疚之感。魔鬼想要測試我們、將我們靈魂中的恩典都抹去之時，他是無所不用其極的。

我那時有什麼感覺？我看到了什麼？我只記得最初的激動完全無法形容，因為我的舌和我的心未被教導過如何將那類感受訴諸言語，直到我心底想起了某些話語，是我在其他時間和地方聽到、為其他目的所說的，卻十分貼近我當時的歡欣心情，彷彿正是為了表達我的感受而生。那些話語積累在我的記憶深處，爬到我（無言）的唇上，忘卻了它們原本是為聖經或為了傳達灼灼真相的聖徒福音書所寫。可是在聖人所言之愉悅和我的靈魂在那瞬間感受到的紛亂之間，究竟有何差別？在那須臾片刻，我察覺不到任何差別，竟彷彿墜入深淵後依舊喜不自勝。

我突然間覺得那少女是〈雅歌〉中曬黑卻秀麗的貞女，她穿著一件破爛的粗布衣裳，毫不羞愧地敞開前襟，脖子上掛著一串彩石珠鍊，我想應該分文不值。但是她的頭顱立在猶如象牙寶塔的項頸上，她的雙眼好似赫斯朋城[217]的池塘般清澈，她的鼻是黎巴嫩山上的高塔，她頭上的髮辮有如紫錦。喔，我覺得她的頭髮猶如一群山羊，她的牙齒則是浴後爬上岸的綿羊，都懷有雙胎，沒有不生育的。「我的愛卿，妳多麼美麗，多麼美麗，」我忍不住低吟，「妳的頭髮猶如由基肋阿得山下來的一群山羊，妳的唇是一道紫錦，妳的兩頰彷彿石榴，妳的頸項是懸有上千盾牌的大衛的寶塔。」驚嚇和沉醉之餘我問我自己，在我面前這個上升如晨曦，美麗似月亮，光耀若太陽，莊嚴如整齊軍旅之人是誰。

她越來越靠近我，將先前緊緊摟在胸前的包袱丟在角落，又伸手撫摸我的臉，反覆訴說我剛才聽過的那幾句話。我不知該逃開或該靠近，我的腦袋裡有如若蘇厄吹垮耶里哥城牆的號角聲大作，我既渴望又害怕碰觸她，她露出嫣然笑容，像柔順的小羊服從低吟，解開衣裳前襟的結，褪去整件衣衫，像伊甸園中的夏娃站在亞當面前。「微微挺出的胸脯才是美。」我喃喃複誦鄔勃汀諾先前說的話，因為她的乳房猶如羚羊的一對孿生小羊，牧放在百合花中。她的肚臍有如圓樽，總不缺少調香的美酒。她的肚腹，有如一堆麥粒，周圍有山谷百花圍繞。

「喔，少女中一顆耀眼的星星，」我高聲喊，「喔，緊閉的門，花園中的泉，藏著奇香異草的房間，香氣四溢的房間！」我不知不覺壓在她身上，感受到溫暖，嗅到從未經驗過的香膏刺鼻氣味。我突然想起一句話：「孩子，當瘋狂之愛來襲，無人能擋！」於是我明白，不管我感受到的是敵人的陷阱或上天的恩典，我都無力抵擋心中的衝動。「啊，我意志薄弱，」我高聲喊，「我知薄弱惡源，卻不避開！」她口吐芬芳，穿著涼鞋的腳多麼美麗，雙腿像一對石柱，腰肢如玉，是藝術家手中的傑作。吾愛，女中佳麗，君王為妳的鬈髮著迷，我喃喃自語，我在她的臂彎裡，一起倒臥在廚房光禿禿的地板上，不知是我的或是她的手讓我掙脫了見習僧的長衣，二人赤身露體並不害羞，一切如此美好。

她用她的唇親吻我，她的愛撫甜於美酒，香氣芬芳怡人。她的頸項繞以珠鍊，雙頰配以耳環，何其美麗。妳多麼美麗，多麼美麗，妳的雙眼猶如鴿眼（我說），讓我看妳的臉龐，讓我聽妳的聲音，妳的聲音如此柔美，妳的臉龐叫人神往，我的妹妹妳奪去了我的心，妳回目一顧、妳頸項上的一顆珍珠便奪去了我的心，妳的嘴唇滴流純蜜，妳的舌下有蜜有奶，妳吐氣芬芳，實如蘋果香味，妳的乳房像兩串葡萄，妳的口滴流美酒，直流入我口，直流到我唇齒間……妳是水泉，甘松和番紅，丁香和肉桂，沒藥和蘆薈，我吃了我的蜂巢和蜂蜜，喝了我的酒和奶，在我面前這個上升如晨曦，美麗似月亮，光耀若太陽，莊嚴如整齊軍旅之人是誰，是誰？

哦，上主，當心靈沉醉，唯一的德便是愛你所見（難道不是嗎？），極致的幸福是擁有你所有，至福的人生是飲她的泉（不是有人這麼說過？），品嘗真實生活，在人世結束後依偎在天使身旁渡永生……那便是我當時心中所想，宛如預言成真，當那少女以難以形容的溫柔待我，我的身體彷彿變成了一個眼睛，看前看後，突然間可一眼看盡周圍事物。我明白，由愛可同時產生和諧、甜蜜、善德、親吻和擁抱，我之前聽說過，卻以為說的是另一件事。唯有那瞬間，當我的喜悅即將抵達顛峰，我才想到會不會我在那黑夜中所體驗，其實是受到了魔鬼控制，他面對陷入狂喜的靈魂問「你是誰？」時，終究必須展現魔鬼本性，他懂得如何擄獲人心，迷醉肉體。但我立刻說服我自己，我的躊躇才是邪惡，因為沒有任何事情比我當時的感受更正確、更良善、更神聖，而那份溫柔分分秒秒越來越濃郁。

就像一滴水珠滴入酒中，為了汲取酒的顏色和味道而完全消溶其中，就像燒紅的鐵跟火融為一體，失去了自己的原始樣貌，就像空氣在陽光湧入後變得清澈明亮，彷彿它不是被照亮的，它本身就是光明，我也覺得自己漸漸在液化，我僅存的力氣只能對她說出聖詠詩：「我的內心像尋覓出口的新酒，要將新酒囊爆裂」，隨即看到一道極為耀眼的光，那光是藍色，卻燃起美妙的豔紅之火，那燦爛之光釋放出豔紅之火，豔紅之火亦釋放出燦爛之光。

我幾近昏厥，跌在那與我合而為一的肉體上，在吐出最後一絲氣息時我明白，那火包含了燦爛之光、內在活力和炙熱火焰，但是只有在火燃燒之時、只有在它閃耀散發炙熱之時才有那般燦爛。我亦體悟了深淵，以及深淵之下更深的深淵。

如今，我用顫抖的手（不知道是因為我所言罪孽深重，或是因為我追憶往事時依戀難捨所以心生愧疚）寫下這些文字，赫然發現我在敘述無恥醜行的沉醉狂喜片刻，用的文字竟和數頁前形容燒死殉道修士米克萊的火一樣。我手臣服於我心，之所以會用同樣的文字傳述截然不同的兩種經驗並非偶然，可能我當時面對兩件事的感受相同，正如我此刻試圖在羊皮紙上回憶往事，亦未察覺不同。

古有奧秘名言說，迥異現象可以雷同話語名之，因此神聖之事可用人世語彙說明。就模稜兩可的表徵觀之，天主可被稱為獅子或豹，傷即死亡，火即喜悅，死亡即火，深淵即死亡，墮落即深淵，狂喜即墮落，熱情即狂喜。

我一介少年，何以會用聖人描述（神聖）生之喜悅的詞藻來形容殉道者米克萊的死之狂喜呢？又為何會用同樣的詞藻描述人世間（心虛而短暫）的歡愉沉醉，而在事情結束後又立刻感受到死亡與消解呢？我此刻試著釐清相隔僅數個月、同樣讓人激動且傷痛的兩件事所給予我的感受，那天夜裡在修道院相隔僅數個小時、我才剛想起一件卻又經歷另一件事的感受，以及我此時此刻一邊回憶一邊寫下這些文字的感受，還有我用神視時被抵銷的不同神聖靈性經驗來描述這三件事，對我有何影響。我（那時和現在）是否瀆聖？米克萊一心求死，我在奪去他性命的火光中經歷了神視，我與那少女肉體交合的渴望，我以寓意方式詮釋的奧秘守貞，讓聖赫德嘉寧願為愛而死、以換取永生的追求不耽於慾，在它們之間有何相似之處？有可能用明確的方式訴說如此曖昧不明的事物嗎？那些崇高的博士們留給我們的教誨是這麼說的：「所有描述，與其說彰顯了真相，不如說因為缺乏相似之處，反而更明白突顯了描述不過是一種象徵，而非真相。」

如果對火和深淵的愛象徵的是對天主的愛，是否也能象徵對死亡和罪孽之愛？一如獅子和蛇同時象徵基督和魔鬼。詮釋正確與否端賴教會教父定奪，如果我徬徨之際沒有權威讓我溫順的心有所依歸，便只能在疑惑中灼燒。（火這個象徵再一次被用來界定缺乏真相和連番錯誤！）哦，上主，我的靈魂怎麼了，此刻我陷入了同時爆發的不同記憶漩渦，彷彿我得經手重建宇宙秩序和天體運動的順序？

我當然超越了我有罪有缺陷的智慧極限。唉，還是回到我最初謙遜自許要完成的工作吧。我之前說到那一天我完全迷失、墮入深淵。我已說出我所記得的，我這個忠實且真實的編年史家無力的筆將就此打住。

我不知在地上躺了多久，那少女就在我身旁。她的手繼續輕撫我被汗浸濕的身體。我內心欣喜，但不平靜，就像最後的餘燼，即便火舌已滅，仍在焚灰下隱隱燃燒。我會毫不猶豫說有過類似體驗的人乃有福之人（我低語宛如夢囈），即便為此生絕無僅有（我也只有過那一次），即便時間空間都極為侷促，彷彿不曾存在，完全感覺不到，被壓得好低好低，幾乎被剷平，但如果有世人（我告訴我自己）能有那須臾片刻的機會體驗我所體驗，會立刻鄙視這邪惡世界，會為我們生活中的惡感到焦慮，會感覺到死亡的重量……我所受的教誨難道不是如此嗎？邀請我的性靈在至福中忘卻一切的自然（我現在懂了）是永恆太陽之光，隨之而來的喜悅讓人得以打開、伸展、放大，敞開的喉嚨不再輕言關閉，因為那是愛之劍留下的未癒傷口，沒有任何事物比它更甜美或更可怖。但那是太陽的權利，它用光芒劃出傷口，所有傷口都會擴大，人會將傷口打開撕裂，包括血管在內，他的力量不足以執行收到的命令，只能統一聽欲望驅使，性靈沉入深淵中灼燒，看著自己的欲望和真相被他經歷過、此刻依舊活在其中的真實所超越。他錯愕地親眼目睹自己迷醉狂喜。

我深陷在那難以形容的內心喜悅中，沉沉睡去。

過了不知道多久，我重新睜開眼睛，或許因為有雲飄過，月色暗了許多。我伸手往旁邊觸摸，觸不著少女的身體。我轉過頭去，她已經走了。

少了她，讓我已經得到滿足的欲望重新感到飢渴，讓我突然間意識到那渴望的虛空和那飢渴的邪惡。交媾之後所有造物皆憂傷。我這才意識到我有罪。如今，經過那麼多年之後，儘管我仍在為我犯的錯悲嘆哭泣，但我始終無法忘記那天晚上我體驗了極大歡欣，我若不承認那個事件中降臨在兩個罪人身上的依然有善與美，我可能會怪罪上主，怪祂創造了所有那些善與美之物。或許是我如今已屆華髮之年，回想起我年少時的美與善都讓我覺得羞愧。我應該思考的是死亡，死亡將近。當時年輕，我心中無死，但仍為我所犯的罪真心哭泣。

我起身時全身顫抖，也是因為我長時間躺在廚房冰冷的石頭地板上，身體已經凍僵。我覺得自己快要發燒，連忙穿上衣服，發現那女孩逃跑時仍在一旁的包袱。我彎下腰去檢查包袱：那是用一塊布包裹而成的，應該來自廚房。我將包袱揭開，一時之間看不清楚裡面裝了什麼，因為廚房燈光昏暗，而且那東西形狀奇怪。但我隨即明白：在我眼前夾雜著凝血的這個黏糊糊泛白肉塊，是已經沒有生命但仍繼續跳動的內臟，上頭神經密佈。那是一顆心，好大的一顆心。

我眼前一黑，嘴巴一酸，嚷了一聲之後就跟死人一樣倒地不起。

第三天　夜

驚慌失措的阿德索向威廉坦承一切，
思索在造人計畫中女人的角色，之後發現了一具男人屍體。

有人用水潑濕我的臉，我這才醒了過來。是威廉弟兄，他幫我在腦袋後面墊了東西，手上拿著一盞油燈。

「發生什麼事了，阿德索？」他問我，「你半夜不睡覺到廚房來偷內臟？」

簡而言之，威廉睡醒後為了某個我已經忘記的理由來找我，發現我不在房間裡，心想我可能是到圖書館去探險了。他走到主堡廚房附近時，看到一個人影開門出來走向菜園（那女孩可能聽到有人靠近所以離開），他跟在人影後面想知道那人是誰，但她（對威廉來說不過是個人影）往牆垣方向走去後不見了蹤影。威廉在那裡搜尋未果，便走進廚房，發現我昏倒在地上。

我驚魂未定，口齒不清地跟他說包袱裡有一顆心，恐怕又有兇殺案的時候，他笑了：「阿德索，人怎麼可能有這麼大的心臟？那是母牛或公牛的心，他們今天的確宰殺了一頭牛！問題是，這顆心怎麼會在你手上呢？」

我那時心中悔恨，加上驚嚇過度，聞言便嚎啕大哭，請威廉為我行告解聖事。他同意了，於是我毫不隱瞞地將一切都說了出來。

威廉弟兄聽我陳述時固然神情嚴肅，卻也面露一絲寬容。當我告解完畢，他一臉肅穆對我說：「阿德索，你有罪，這點無庸置疑，你違背了教會訂定禁止私通的規條，也違背了你見習僧的職責。可以為你辯解開脫的是，你那時身處的情境就算是在沙漠中的神父恐怕也會破戒。關於女色是陷阱一事，聖經談了很多。〈訓道篇〉中說女人口舌如烈火，〈箴言篇〉說女人會奪取男人珍貴的靈魂，連最強健的也會淪為她的犧牲品。〈訓道篇〉又說，女人比死亡還苦，她一身是羅網，她的心是陷阱，她的手是鎖鏈。有人則說她是魔鬼的戰船。總之，阿德索，我不認為天主會刻意在所有造物中放入不潔之人而未賦予她任何善德。值得深思的是，天主讓女人擁有許多殊榮和令人敬重的理由，其中三件事尤其偉大。祂在混沌世界中用灰土造了男人，隨後才在伊甸園中以尊貴的人體局部造了女人。祂不是用亞當的腳或內臟造她，而是用肋骨。再者，全能的主大可以透過某種奧蹟化為人形，但祂卻選擇從一名女子胎中降生，表示女子並非不潔。當他復活時，也是顯現在一名女子面前。而且在天國榮光中，沒有一個男人能稱王，但一個從未有罪的女人卻能為后。既然主如此鍾愛夏娃和夏娃的女兒，我們受女性的高貴和優雅吸引何錯之有？我要告訴你的是，阿德索，你自然絕不可再犯，但你受誘惑所犯之事也並非十惡不赦。話說回來，僧侶一生中至少要體驗過一次肉體情慾，日後才懂得對有罪之人體諒寬容，給予建議和撫慰……親愛的阿德索，這種事發生前難以預料，發生後也不必過分苛責。就交付給天主吧，我們無須再提。為避免花太多心思在理應遺忘的事情上，你如果狀況允許，」說到這裡，他似乎因為內心有些激動，聲音漸弱，「我們不如來想想今天晚上發生的事說明了什麼吧。那個女孩是誰，跟她見面的又是誰？」

「我真的不知道，我並沒有看到那個男人的樣貌。」我說。

「好，但我們可以從許多明顯的跡證做推測。他一定又醜又老，少女並非心甘情願與他相好，尤其是她若像你說的美麗不可方物。雖然在我看來，我親愛的小狼啊，不管你找到任何食物應該都會覺得美味可口吧。」

「為什麼說那人又醜又老？」

「因為那少女不是為了愛，而是為了一包食物才屈就於他。她一定是村子裡的人，說不定這不是她第一次捨身給某個好色僧侶，以換取能讓她和家人果腹的食物。」

「所以她是娼婦！」我覺得毛骨悚然。

「是個可憐的鄉下姑娘，阿德索，說不定還有好幾個弟弟嗷嗷待哺，如果可以選擇，她也希望能為愛而非為利獻身，就跟今天晚上一樣。你說她覺得你年輕俊美，因此原本要用牛心或牛肺交換才願意獻身的她，因為愛你而無所求。她為自己平空得到了一個禮物而感到無比聖潔，心中得到寬慰，於是什麼都沒拿就跑走了。所以我認為另外那個人與你相比，一定既不年輕也不俊美。」

我坦承，雖然當時我懊悔萬分，但是威廉的說法讓我心中頗感得意，不過我閉口未言，讓我的導師繼續往下說。

「這個醜陋的老頭想必因為職務關係，有機會到村子裡去，跟農民有所往來。他一定知道讓人從修道院進出的方法，也知道何時在廚房裡會有內臟（說不定明天他會說廚房門沒關，有狗跑進去吃掉了）。此人精於盤算，而且跟廚房有一定的利益關係，不會讓廚房有過於昂貴的損失，否則他大可以給那少女一塊肉排或更精緻的部位。你看，我們這位陌生人的人像已經清晰可辨，所有這些特質或偶有性都指向一個人，我想我可以大膽斷言此人是管事雷密吉歐・達・瓦拉幾內，假使我推測錯誤，那麼此人便是神秘兮兮的薩瓦托雷。而且他是本地人，知道如何跟這裡的人打交道，也知道如何說服一名少女做他希望她做的事，只是被你壞了事。」

「一定是這樣的，」我完全信服，「可是我們知道了這些又如何？」

「沒什麼，只是知道了。」威廉說：「這件事跟我們追查的兇案可能有關，也可能無關。管事若曾追隨過多奇諾弟兄，那麼今晚這件事就不難理解，反推回去亦是如此。此外，我們了解了這間修道院入夜後有許多偏離正道之事。我們的管事和薩瓦托雷在黑暗中來去自如，他們恐怕知道很多事沒說出來。」

「他們會跟我們說嗎？」

「如果我們無視於他們的罪，寬厚待人，他們絕不會說。但如果我們非知道某件事不可，現在有方法可以說服他們開口了。也就是說如果有此需要，管事和薩瓦托雷都在我們的掌控之中。願天主寬恕我們濫權，反正祂寬恕的事也不算少。」他邊說邊戲弄地睨了我一眼，我並無心情對他的言論是否合宜發表意見。

「我們該回去睡一會兒，再過一個時辰便要晨經誦讀了，我看你依舊心神不寧，我可憐的阿德索，還在為你的罪驚恐畏懼……唯有到教堂去才能讓你的心靈得到舒展。我雖赦免了你，但是誰知道呢，你還是去向主尋求確認吧。」說完他便在我頭上頗大力地拍了一下，那或許是一種父執輩和男人間的情感表達，或許是為了表示寬容補贖，也或許（我當時難以饒恕的想法是）出於本意良善的羨慕，畢竟威廉是渴求有各種全新體驗之人。

我們往教堂前進，走的還是藏骨室那條通道，我閉著眼睛腳步匆匆，因為那一夜那些骨頭顯然是在提醒我不過是塵土，竟敢以肉身為傲，實在愚昧糊塗。

我們來到中殿，看見聖壇前有一人影。我以為是鄔勃汀諾，結果是阿里納多。剛開始他完全認不出我們，他說他睡不著，決定為那失蹤的年輕僧侶（他連名字都記不得）守夜祈禱，那僧侶若已喪命，就為其靈魂祈禱，若他是因體虛倒臥某處，就為其肉體祈禱。

「死太多人了，」他說：「死太多人了……不過〈默示錄〉早有預言。第一聲號角降下冰雹，第二聲號角，海的三分之一變成血。你們在冰雹中找到一人，另一人則浸在血中……第三聲號角，會有一顆熾熱的星星落在河及泉的三分之一。所以我跟你們說，第三個弟兄失蹤之後，你們要小心還有第四個，他將會被太陽、月亮和星星的三分之一擊中，幾乎全面陷入黑暗……」

我們從耳堂離開時，威廉自問長者阿里納多那番話中是否有幾分真實。

「可是，」我說出我的看法，「這個假設的前提是有一邪惡心靈以〈默示錄〉為指引，安排了三起命案，如果說貝藍格已經死了的話。但我們知道阿德莫之死是出於他自己的意志……」

「沒錯，」威廉說：「但那邪惡或錯亂的心靈有可能是從阿德莫之死找到靈感，遂以象徵手法安排了另外兩起命案。若真是如此，貝藍格應該在河裡或某一水源處。但是修道院內並沒有河流或水源，也沒有讓人溺水或藉以溺斃他人的地方……」

「除了澡堂。」我靈機一動衝口而出。

「阿德索！」威廉說：「這個想法的確可行。澡堂！」

「但一定有人看過那裡了……」

「今天早晨我看到僕役找人的時候，只打開澡堂的門看了一眼，並沒有仔細搜尋，那時候沒有人想到要找的是隱匿不易見的，以為會看到戲劇性橫臥在某處的屍體，像倒立缸中的魏納茲歐那樣……我們去看看，反正天色未亮，而我們的油燈還生氣勃勃。」

我們走向澡堂，輕而易舉打開了緊鄰醫療所的澡堂大門。

以簾幕隔開的每個空間裡都有一個浴盆，我不記得有幾個了。僧侶依照規定的日子來此淨身，賽夫禮諾則視沐浴為療法，能讓身體和心靈獲得舒緩的莫過於沐浴。角落有一方火爐可燒熱水，我們發現爐子裡有新的煤灰，前面則有一個大鍋子翻倒在地。另一個角落處可以取水。

我們看了幾個浴盆，都是空的，只有最後一個浴盆不僅有簾幕遮蔽嚴實，旁邊地上還有捲成一團的衣服。就著手中燈光乍看之下，那浴盆似乎並無異狀，但是當我們把燈移近水面時，隱約可見盆底躺著一具已無生氣、光著身子的人體。我們慢慢把他拉出來，是貝藍格。威廉說，看他的臉確實是溺斃的，因為臉是腫的。他蒼白癱軟的身體沒有毛髮，若非那猥褻的無力陽具，看起來與女子無異。我臉紅了，打了一個冷顫。威廉為屍體祈福時，我在胸前畫了一個十字。

第四天

第四天　晨禱

威廉和賽夫禮諾檢查貝藍格屍體，
發現他舌頭發黑，就溺死者而言很不尋常。
之後他們討論起毒藥，以及多年前的一樁失竊案。

我們告知院長，整個修道院在禮儀時辰前醒來，慌亂叫嚷，每個人臉上的表情都是驚嚇傷痛，消息傳遍後，僕役也紛紛唸符驅魔，種種細節我就不在此贅述了。我不知道那天早晨是否依規照常舉行晨經誦讀，也不知道誰參加了誦讀。威廉和賽夫禮諾讓人包裹好貝藍格的屍體，放到醫療所一張檯面上，我跟在他們身邊。

等院長和其他僧侶離開後，賽夫禮諾和我的導師便以醫學研究的冷靜態度開始檢視屍體。

「他是溺死的，」賽夫禮諾說：「這點無庸置疑。他的臉部腫脹，腹部緊繃……」

「但他不是被他人溺死的，」威廉說：「否則他應該會奮力抵抗，浴盆周圍按理會有水漬。可是現場一切乾淨整潔，看起來是貝藍格燒了熱水，裝滿了浴盆後自己躺進去的。」

「這我並不意外，」賽夫禮諾說：「貝藍格患有痙攣，我多次告訴他溫水沐浴有助於舒緩亢奮的身體和心靈。他也多次要求我允許他使用澡堂，昨天晚上他大概也去沐浴……」

「前天晚上。」威廉修正賽夫禮諾的話，「你看他的身體，在水裡至少泡了一天。」

「也有可能是前天晚上。」賽夫禮諾表示同意。威廉告訴他前一天晚上發生的事情，並未提及我們偷偷溜進寫字間和其他事情，只說我們跟蹤一個神秘人物，而那人從我們手中拿走了一本書。賽夫禮諾明白威廉對他有所隱瞞，但沒有多問，僅表示貝藍格若是那神秘人物，偷了書之後過於緊張不安，很可能會借助澡堂沐浴以平復心情。他說貝藍格生性敏感，有時候只要一個不順心或情緒波動，就會打哆嗦、冒冷汗、眨眼睛，而且口吐白沫倒地不起。

「無論如何，」威廉說：「他去澡堂前一定去過別的地方，因為我在澡堂沒看到那本被他偷走的書。」

「對，」我很得意地接著說：「浴盆旁那件衣服我拿起來看過，沒有任何大件物品。」

「很好。」威廉對我微笑。「所以說他先去了另外一個地方，之後或許是為了安撫情緒，也或許是為了避開我們搜索，才躲進澡堂泡在浴盆裡。賽夫禮諾，你認為他的痙攣症足以讓他失去意識，溺斃在浴盆裡嗎？」

「有可能，」賽夫禮諾語帶懷疑，「話說回來，這是前天晚上發生的事，也有可能浴盆外其實有水漬，只是已經乾了。那麼我們就不能排除外力造成他溺斃的可能性。」

「可是，」威廉提出反證，「你看過被害者在被淹死之前，自行脫去自己衣服的？」賽夫禮諾沒有回答，因為他在檢查屍體的手：「這件事很奇怪……」他說：「前天魏納茲歐的屍首清洗乾淨後，我檢查他的手，看到一個特別的現象，我當時並未放在心上。他右手有兩根手指的指尖發黑，很像是沾到某個黑色的東西。就像這樣，你看，就跟貝藍格這兩個手指一樣。只不過貝藍格似乎有三根手指都沾到了。我那時候以為魏納茲歐是在寫字間沾到墨水……」

「很有趣，」威廉若有所思，眼睛湊過去看貝藍格的手指。破曉在即，但室內光線依舊昏暗，我的導師少了鏡片顯然頗為所苦。「很有趣，」他又說了一次。「食指和大拇指指尖發黑，中指只有內側微微泛黑。但左手食指和大拇指也有黑印，比較淡。」

「如果只有右手發黑，那幾根手指抓的東西應該很小，或很長很薄……」

「比方說一支筆、某種食物，或是昆蟲、蛇，或是祭器、長棍。太多東西都有可能了。但如果另一隻手也有黑印，那物品就有可能是一個杯子，右手端著，左手輕微出力扶著……」

賽夫禮諾輕輕擦拭死者的手指，黑色並未因此褪去。我注意到他戴了一雙手套，應是處理有毒物質時才會使用的。他聞了聞，沒有任何表示。「我可以列出很多會留下這類痕跡的物質，有的會致命，有的不會。泥金裝飾畫家的手指常常會有金粉……」

「阿德莫做裝飾畫，」威廉說：「但我想你當時面對他支離破碎的遺體，不會想到要檢查手指。只是後來這兩個人可能接觸到了原本屬於阿德莫的某樣東西。」

「這我就不知道了。」賽夫禮諾說：「兩名死者的手指都發黑，由此你得出什麼結論？」

「沒有任何結論：根據三段論推理，有時候兩個前提演繹不出任何結論，兩個獨立事件無法得出任何定律。必須先知道定律為何，例如有一種物質會讓碰觸到的人手指發黑……」

我得意洋洋地把這個三段論推理接下去說完：「……而魏納茲歐和貝藍格手指發黑，因此他們都碰過那個物質！」

「說得很好，阿德索，」威廉說：「只可惜你的推理也不成立，因為這兩個前提的中項流於概括，而三段論的中項絕不能是概括的，這表示我們的大前提是錯的。我不能說：所有碰到某個物質的人手指都會發黑，因為很可能有人手指發黑，但他並沒有碰到那個物質。我應該說：所有及唯有那些手指發黑的人，肯定碰到了某個特定物質。例如魏納茲歐和貝藍格等等。由此我們就可以得到三段論式中完美的第一格之第三。[218]」

「所以我們有答案了！」我非常開心。

「唉，阿德索，你太相信三段論推理了！我們只有問題，而且是全新的問題。我們假設魏納茲歐和貝藍格都碰觸了同一樣東西，這個假設很合理。可是我們假想有一個物質是引發這個結果（還需要證實）唯一的因，卻不知道它是什麼，他們在哪裡找到的，為什麼會碰觸它。你想想看，我們連造成他們死亡的是否為那個物質都不知道。如果今天有一個瘋子要殺光所有碰到金粉的人，我們會說是金粉殺了大家嗎？」

我感到很困惑。一直以來我都相信邏輯學是一種全稱[219]的工具，到此刻我才意識到其成立與否需依使用它的方式而定。而且，跟在我導師身邊，以及後來隨著年歲增長，我發現邏輯學確實助益良多，但條件是我們借助它之後要放下它。

賽夫禮諾自然不是精通邏輯之人，他從經驗出發思考事情。「毒藥的世界千變萬化，就跟自然奧秘千變萬化一樣，」他指著我們上一次就讚賞過、跟許多厚重書冊一起整齊排列在牆面層架上的瓶瓶罐罐說：「誠如我上次告訴過你，這些藥草中有許多若劑量正確、調配合宜，可以製成致死的飲品或香膏。那邊的曼陀羅、顛茄、毒參會讓人昏昏欲睡或精神亢奮，或兩者兼有；謹慎服用是良藥，使用過量則會造成死亡……」

「但這些物質都不會在手指上留下印記？」

「就我所知，不會。但是有些物質只在吃下去後才有危險，有些則是經由皮膚接觸發揮作用。白藜蘆在拔出時會讓抓著它的人噁心嘔吐，白蘚開花的時候會讓碰觸它的園丁醺醺然，彷彿喝過酒的樣子。黑藜蘆只要碰到，便會引發下痢。其他植物會讓心室顫動，有的會導致頭痛，有的則會讓人沒有聲音。蝰蛇的毒液塗抹在皮膚上，若未滲入血液中，只會引起輕微過敏……可是有一次有人給我看用那毒液調配的毒汁塗在小狗大腿內側，靠近生殖器的地方，小狗很快便全身扭曲抽搐而死，四肢漸漸僵直……」

「你對毒很有研究。」威廉的語氣聽起來似乎頗為敬佩。賽夫禮諾盯著威廉看了一會兒，「我所知道的，不過是一名醫生、草藥師和人類健康科學研究者應該知道的。」

威廉沉思半晌，之後請賽夫禮諾打開屍體的嘴巴，好檢查舌頭。賽夫禮諾也大感好奇，在醫療工具中拿了一根細細的壓舌片以滿足威廉要求。只聽他發出驚呼：「舌頭是黑色的！」

「如此說來，」威廉低語道：「他用手指抓住某個東西後吃了下去，所以你剛才說透過皮膚滲透殺人的那些毒藥就都可以排除了。但我們的推論仍然沒有進展。因為我們現在要思考的是，貝藍格和魏納茲歐的舉動是自願的，不是偶發的，不是心不在焉或不小心，也未受他人強迫。他們抓起了某樣東西送入口中，而且知道自己在做什麼……」

「是吃的食物？或是喝的？」

「有可能。也有可能是……我不知道，像笛子那樣的樂器……」

「太荒謬了。」賽夫禮諾說。

「的確很荒謬。但我們不能放過任何假設，無論那假設是多麼超乎常理。我們現在回頭來談有毒物質吧。如果一個跟你一樣精通毒藥的人潛入這裡，用了你收藏的其中幾種藥草，是否能調出會在手指和舌頭上留下黑印的致死膏藥？而且能夠塗抹在湯匙或其他會放入口中的物品上面，摻入食物或飲料中？」

「可以。」賽夫禮諾也承認。「但是誰會怎麼做？再說，即便承認這樣的假設成立，此人要如何讓我們這兩位可憐的弟兄將毒吃下去的呢？」

坦白說，我也無法想像魏納茲歐或貝藍格會讓某人靠近，說服自己吃下或喝下不明物質。但威廉似乎不為此事感到困擾。「這一點我們之後再釐清，」他說：「我現在只希望你努力想想看是否有你遺漏的事情，例如說有人問過你關於藥草的事，能夠隨意進出醫療所的某個人……」

「我想起來了，」賽夫禮諾說：「很久以前，我說的是很多年前，我在其中一個層架上放了一瓶效力極強的毒物，是到遠方旅行的某位修會弟兄給我的。他也無法告訴我成分是什麼，自然都是藥草，但有些藥草說不出名字。看起來是黏稠狀，淡黃色的，他建議我切勿碰觸，說即便只是沾到嘴唇，都會讓我立即斃命。那位弟兄跟我說，就算吃入極小的劑量，也會在半個小時內讓人覺得分外疲倦，隨後四肢漸漸麻痺，終至死亡。他不想帶在身邊，便送給了我。我保存了很久，希望能找到辦法研究成份。但是有一天這裡經歷了一場暴風雪。我的一個助手，是一名見習僧，沒有把醫療所的門關好，風雪掃過我們現在所在的這個地方，瓶瓶罐罐都破了，液體灑在地板上，藥草和藥粉也散落一地。我花了一整天的時間才把東西收拾完畢，讓人幫我把無法回收的藥草和碎片清掃乾淨，之後我才發現少了我跟你說的那一小瓶毒物。剛開始我很擔心，後來我告訴自己肯定是砸破了跟其他碎片混在一起。我就叫人把醫療所的地板、層架都仔細洗了一遍……」

「暴風雪來襲之前數個小時，你看到過它嗎？」

「有……現在想想，其實沒有。我把它放在一排瓶子後面，藏得很隱密，我並不會每天檢查……」

「所以說，也很可能是有人在暴風雪來襲以前早就偷走了，而你渾然不知？」

「我現在回想起來，確實是如此。」

「那位見習僧說不定偷走了它，然後利用暴風雪這個機會故意不關門，以便弄亂你的東西。」

賽夫禮諾看起來非常激動，「沒錯，就是這樣。還不只如此。我記得當時讓我感到萬分訝異的是，暴風雪固然猛烈，也不至於把那麼多東西都翻倒。我可以說是有人利用了那場暴風雪蓄意弄亂這個房間，還造成了強風也不可能造成的損害！」

「那名見習僧是誰？」

「他叫奧古斯提諾。但是他去年死了，跟其他僧侶和僕役清洗教堂立面雕像的時候從支架上掉下來摔死的。而且仔細回想，他當時再三發誓在暴風雪來襲前關上了醫療所的門，但我盛怒中仍一味指責他要為那件事情負責。或許他真是無辜的。」

「所以我們要找的是第三個人，或許比見習僧更專業，而且知道你有那瓶毒藥。你跟誰談過那毒藥？」

「這我真的不記得了。我自然跟院長談過，必須徵得他同意才能保存那麼危險的東西。我還跟別人談過，而且是在圖書館裡，因為我在找藥草圖誌，希望能有所發現。」

「你不是說會把常用的藥草書籍放在這裡嗎？」

「對，而且這樣的書不少。」他指著角落裡陳列了十幾本書冊的書架說：「但我那時候找的書不能留在手邊，馬拉其亞還堅持要我先取得院長同意後才讓我看。」賽夫禮諾壓低了聲音，似乎不想讓我聽見。「在圖書館某個隱密處藏有黑魔法書，我為了研究需要借閱了其中幾本，本以為可以找到跟那個毒藥有關的描述和功能說明，結果徒勞無功。」

「所以你跟馬拉其亞談過。」

「當然，跟他一定談過，或許還有他的助理貝藍格。先別急著下結論：我不是記得很清楚，但是我在說這件事的時候，旁邊還有其他僧侶，你知道的，有時候寫字間裡人很多……」

「我沒有懷疑任何人，只是想了解究竟怎麼回事。總之，你說這件事是幾年前發生的，奇特的是有人多年前就偷了毒藥，卻等了許久之後才使用。表示這起事件可能是邪惡心靈長時間醞釀、蓄意殺人的結果。」

賽夫禮諾臉上出現驚恐表情。「願天主寬恕大家！」他說。

沒有其他意見可補充。我們重新覆蓋貝藍格的遺體，為追思彌撒做準備。

第四天　第一時辰祈禱

威廉先後誘使薩瓦托雷和管事坦承過往，賽夫禮諾找到了被偷的鏡片，尼可拉也帶來新做好的眼鏡。有六隻眼睛的威廉凝神解讀魏納茲歐的手稿。

我們正準備離開時，馬拉其亞走了進來。看得出來他遇到我們感覺有些懊惱。在室內的賽夫禮諾看到他，說：「你找我嗎？是為了……」話說到這裡就停下來看著我們。馬拉其亞暗中比了個手勢，意思大概是：「等會兒再說……」我們要離開，他要進來，我們三個就這麼杵在門口。馬拉其亞說他來找草藥師修士是因為頭痛。

「大概是因為圖書館空氣不流通。」威廉語帶關心體貼。「應該要點薰香。」

馬拉其亞嘴巴動了一下，似乎本來想開口說話但改變了心意，他低下頭往裡走，我們則朝外走去。

「他去找賽夫禮諾做什麼？」我問。

「阿德索，」威廉不耐煩地對我說：「你要學會用腦袋思考。」之後他改變話題：「我們現在得去找幾個人問話，」他一邊環顧四周一邊說：「趁他們還活著的時候。還有，從現在開始，我們要注意自己的飲食，只從大家共用的餐盤中取用食物，從其他人飲用的水壺中取水。貝藍格一死，知道最多事情的除了我們之外，就是兇手了。」

「您現在要找誰問話呢？」

「阿德索，」威廉說：「你應該也注意到修道院裡入夜後發生的事情特別有趣。入夜後有人喪命，入夜後有人在寫字間遊蕩，入夜後有人從外面帶女人進來……我們這個修道院白晝和夜晚大不相同，入夜後的修道院奇事連連，顯然比白晝時分有趣許多。因此在夜間活動的每個人都不能放過，例如你昨天晚上看到和少女在一起的那個人。那少女的事有可能跟毒藥無關，也可能有關。而現在經過我們眼前的，若不是昨夜那人，也是對昨夜之事知情的人。」

威廉指了指薩瓦托雷，薩瓦托雷也看到我們了，腳步略微遲疑，似乎想改變路徑避開我們。僅僅彈指瞬間，薩瓦托雷應該意識到要避開我們是不可能的了，便又繼續向前。他對我們咧嘴一笑，說了一句虛情假意的「願主降福」。我的導師不等他把話說完，便直接發難。

「你知道宗教裁判團明天就到了嗎？」威廉問他。

薩瓦托雷看起來臉色有些不悅，小小聲回了一句：「與我何干？」

「你最好跟我說實話，我是你的朋友，而且你以前跟我同是方濟各會修士，你不會想跟明天來的那些人說吧，你很了解他們。」

面對威廉突如其來的咄咄逼人，讓薩瓦托雷看似放棄了抵抗。他神情溫順地看著威廉，彷彿想讓我的導師明白他願意回答所有問題。

「昨天深夜廚房裡有一名女子，跟她在一起的是誰？」

「喔，把自己當市集的女人，不是好女人，沒教養。」薩瓦托雷這麼說。

「我不關心她是不是好女孩。我要知道誰跟她在一起！」

「哼，狡猾壞心眼的女人真多！以為自己跟男人一樣懂得欺騙……」

威廉一把抓住薩瓦托雷胸口的衣服，「誰跟她在一起，是你還是管事？」

薩瓦托雷知道自己無法再閃躲，開口說了一個很奇怪的故事，我們費力地聽了半天才聽懂。他說他為了討好管事，會在村子裡物色女孩，入夜後放她們從牆垣某處進來，但他不肯告訴我們確切位置。他發誓說他用意良善，但又說漏嘴表示他會想辦法讓女孩滿足了管事之後也施惠予他，他為自己忍不住欲望感到良心不安，簡直令人啼笑皆非。他說話時臉上掛著淫穢的賊笑，還不斷眨眼示意，就像在跟習慣這類醜事的俗人講話。而且他頻頻偷瞄我。

這時候威廉決定孤注一擲，突然開口問他：「你認識雷密吉歐，是在跟隨多奇諾之前或之後？」薩瓦托雷在威廉腳邊跪倒，哭求不要放棄他，不要把他交給宗教裁判法庭，威廉向他鄭重發誓絕不會把聽到的事情說出去，於是薩瓦托雷毫不猶豫將管事的一切和盤托出。他們是在禿壁認識的，兩個人都是多奇諾的從眾，他跟著管事逃到卡薩雷修道院避難，之後又轉入克呂尼修會。他嘟嘟囔囔懇求寬恕，威廉眼見問不出其他事情，未理會跑進教堂避難的薩瓦托雷，決定要對雷密吉歐攻其不備。

管事在修道院另一側，在穀倉前面跟山谷來的幾個農民討價還價。他憂心忡忡地看著我們，假裝十分忙碌，但威廉堅持要跟他說話。到那一刻為止我們跟他接觸不多，彼此都很客氣。那天早晨威廉以源自同修會的親切態度與他交談，管事看來有些尷尬，剛開始回答問題時格外小心翼翼。

「因職責所在，我想你在別人休息時仍必須在修道院內四處走動。」威廉說。

「視情況而定，」雷密吉歐回答說：「有時候有些事情得盡快處理，我只好犧牲數小時的睡眠。」

「在這種情況下，你是否遇到過有人不像你理由充分卻在廚房和圖書館之間遊蕩的？」

「我如果看到這種事情，一定會告訴院長。」

「當然。」威廉表示同意，隨後突然改變話題：「山谷裡的村子不是很富裕，對嗎？」

「因人而異，」雷密吉歐說：「有一些神職人員住在村子裡，受修道院俸祿，收成好的時候，他們也能從修道院分得好處。例如六月二十四日聖若翰施洗日他們會收到十二蒲示耳[220]的麥芽、一匹馬、七頭乳牛、一頭公牛、四頭小母牛、五頭小公牛、二十隻羊、十五隻豬、五十隻雞和十七只蜂箱。另外還有二十隻烤豬、二十七甕豬油、半桶蜂蜜、三箱肥皂、一張魚網……」

「很不錯，很不錯，」威廉打斷他的話，「但是這無法讓我了解村子裡的情形，村民之中哪些人是隸屬於修道院的神職人員，撇開神職人員不談，有多少土地是自耕的……」

「喔，關於這點，」雷密吉歐說：「村子裡一戶人家大約擁有五十板地……」

「一板地多大？」

「是四平方特拉卜畦。」

「平方特拉卜畦？那是多少？」

「一平方特拉卜畦是三十六平方呎，可以這麼換算，八百特拉卜畦長等於皮耶蒙特這裡的一哩。也就是說，向北的一板地上，一戶人家種的橄欖可以榨出至少半袋的橄欖油。」

「半袋？」

「對，一袋是五艾密，一艾密是八杯。」

「我明白了，」我的導師似乎很洩氣，「每個地方都有自己的度量衡，你們這裡量酒的單位是升壺，對嗎？」

「或是盧比，六盧比是五十升，八十升是一桶。也可以說一盧比是六品脫或兩升壺。」

「我想我都搞清楚了。」威廉放棄了。

「你還想知道其他事情嗎？」我覺得雷密吉歐的語氣有些挑釁。

「有。我之所以問你村民們的生活如何，是因為我今天在圖書館裡思索洪培德・羅曼斯[221]談女子的宣道內容，尤其是〈論村落貧苦女子〉那一章，他說這些女子因為貧窮，比其他女子更容易受到肉體之罪誘惑。但羅曼斯十分公允，他認為這些女子若與俗世之人犯此罪，乃不赦之罪，若與發了誓願的神職人員犯此罪，更是要入地獄的不赦之罪，但最嚴重的莫過於與僧侶犯此罪，對此塵世而言如同已死。你比我更清楚，即便是在修道院這樣的神聖場所，魔鬼的誘惑依舊所在多有。我要問的是，在你跟村民接觸的時候，是否聽說過有僧侶違背天主所願，與村子裡的少女私通？」

雖然威廉說這番話時看似漫不經心，但我的讀者想必已經聽出哪些話讓可憐的管事心中忐忑了吧。我不知道雷密吉歐是否臉色倏忽發白，我只能說我本就期待看到他臉色發白，所以在我看來他確實臉色大變。

「你問我的事情，我若所有耳聞，早就告訴院長了。」他態度變得很謙遜。「不過我想這些事情大概有助於你的調查，所以我如果知道什麼，不會知情不報。回頭想想你問我的第一個問題……可憐的阿德莫喪命的那個晚上，我人在中庭一帶……跟母雞有關……我聽說有馬蹄鐵匠半夜會到雞舍偷雞……所以那天晚上我湊巧看到……不過距離很遠，我不敢說得太篤定，我看到貝藍格沿著唱詩班外走回寢舍，看起來是從主堡出來的……我並未感到意外，因為僧侶之間傳言說貝藍格……或許你也聽說了……」

「我不知道，請說。」

「好吧，該怎麼說呢？大家懷疑貝藍格心繫……對僧侶而言不宜的對象……」

「你是在回答我的問題，暗示我貝藍格和村子裡的少女私通？」

管事尷尬地咳了幾聲，露出頗為曖昧的笑容。「不是……比那更失體統……」

「難道僧侶跟村中少女犯下肉慾之罪就不失體統嗎？」

「我不是這個意思，但是你剛才告訴我腐敗跟道德一樣都有階級之分。肉慾之罪也可分為順應自然和……違反自然的。」

「你的意思是滿足貝藍格肉體慾望的對象是同性之人？」

「我是說大家傳言如此……我跟你說這些是為了表示我的誠心和善意……」

「謝謝你。我同意你說的，雞姦之罪比其他縱慾之罪更嚴重，但我被授權調查的並非此事……」

「不幸啊，不幸，無論是否屬實。」管事一副不關己事的模樣。

「不幸啊，雷密吉歐。我們大家都是罪人。但我從不在弟兄身上找微塵，因為我恐怕自身就揹著樑柱啊。未來你若想告訴我任何樑柱大事，我都感激不盡。我們只需談論粗大堅固的木樑，無須在意空中飄浮的微塵。你剛才說一平方特拉卜畦是多大？」

「三十六平方呎。不用擔心。你若想知道某些事情，儘管來找我。你可以把我當作是你最忠貞的朋友。」

「我是如此待你。」威廉表現得很熱情，「鄔勃汀諾告訴我說你之前跟我同屬一個修會，我絕不會背叛以前的弟兄，更何況這幾天會有教廷使節團來此，領頭者是很了不起的宗教裁判長，以燒死許多多奇諾從眾而聞名。你剛才說一平方特拉卜畦是三十六平方呎？」

管事並不笨，決定停止玩貓捉老鼠的遊戲，因為他發現自己就是那隻老鼠。

「威廉修士，」他說：「我看得出來你知道的事情比我想像得多。沒錯，我這可憐的血肉之軀受不了肉慾誘惑。威廉，你周遊列國，你很清楚亞維儂的主教們也不是什麼道德典範。我知道你不是為了這些可悲的小罪來詢問我，我明白你已得知我過去的事情，我有過荒唐的歲月，很多方濟各會修士都跟我一樣。多年前我信奉貧窮理念，放棄了修會，過著流浪的生活。我曾經相信多奇諾的宣道，跟我一樣的人無以數計。我沒受過教育，我的家庭以手工藝維生，我對神學所知甚少。其實連我自己都不知道我為什麼會做那些事。薩瓦托雷的作為就能理解，他出身農奴，童年經歷飢荒和疾病……多奇諾反抗的正是讓他挨餓的惡勢力。對我而言不一樣，我出身市民階級，我那麼做不是為了填飽肚子。那是……我不知道怎麼說，那是一場瘋子的節慶，是狂歡節……跟多奇諾一起待在山上，還沒有淪落到吃戰死同伴的肉充飢之前，還沒有因為生活困苦而死亡人數多到我們吃不完、丟到擄北洛山坡上給鳥禽猛獸當食物之前……或許即便在那樣的情況下……我們呼吸的空氣……都是自由的吧？我之前不知道自由為何物，宣道者跟我們說：『真理使人自由』。當時我們覺得自己是自由的，以為那便是真理。我們以為我們所作所為都是對的……」

「你們在那裡……可以自由與女子交合嗎？」我不知道我為何那樣問，但鄔勃汀諾前一晚跟我說的話、我在寫字間看到的文字記述，以及發生在我自己身上的事，都在我腦海中盤旋不去。威廉好奇地看著我，或許他沒料到我會如此大膽厚顏。管事盯著我看，彷彿我是一頭奇獸。

「在擄北洛山上，」他說：「有人從小就跟很多人擠在一個小小房間裡睡覺，兄弟姊妹、父母子女共處一室。你覺得他們會怎麼面對那個新的情況？原本為了需求而做的事情，可以有所選擇。而且天黑後，既害怕敵軍偷襲，又為了抵禦睡在地上的寒冷而跟身旁的人緊緊相擁……你們這些從城堡出來便住進修道院的小僧侶以為異端是受到魔鬼啟發的一種思維方式，其實那不過是一種生活方式，而且是……曾經是……一種全新的經驗。他們還說，再也沒有主人了，因為天主與我們同在。威廉，我不是說我們有理，你也看到我現在人在這裡，我其實很快就脫離那些人了。只是我始終沒能搞懂關於基督貧窮的爭論，還有實踐、事實跟權利之爭……我說過了，那是一場盛大的狂歡節慶，狂歡節就是可以顛倒一切。等你變老之後，並不會變得更有智慧，卻會變得更貪婪。我在這裡是貪得無厭……你可以將異端定罪，難道也想對貪得無厭者定罪嗎？」

「夠了，雷密吉歐，」威廉說：「我問你話不是為了了解當時發生的事，而是為了最近發生的事。你若幫我，我自然不會讓你身敗名裂。我不能也不願評斷你，但你必須告訴我修道院最近這幾件事的內情。你無論白晝黑夜都在修道院內四處走動，不可能什麼都不知道。是誰殺了魏納茲歐？」

「我發誓，我真的不知道。我只知道他是什麼時候喪命，還有在哪裡喪命的。」

「什麼時候？地點是哪裡？」

「讓我把話說完。那天夜裡，夜禱過後一個時辰，我走進廚房……」

「從哪裡進去，為什麼進廚房？」

「從面向菜園的門。我多年前就讓鐵匠幫我打了一副鑰匙。廚房的門是唯一一扇沒有從裡面反鎖的。至於原因……不重要，你自己說過不打算指責我的肉體之罪……」他露出尷尬微笑。「但我也不希望你誤以為我荒淫度日……那天晚上我是去找食物，準備送給薩瓦托雷要從牆外帶進來的女孩……」

「從什麼地方帶進來？」

「除了大門外，牆上其實有其他入口。但那天晚上女孩沒來，應該說是我讓她回去的，因為發生了我現在要告訴你的事。所以我才讓那女孩改為昨天晚上來。」

「我們回頭談星期日到星期一那一晚吧。」

「好。我進到廚房，發現魏納茲歐倒在地上，已經斷氣了。」

「在廚房？」

「對，在水池旁。或許剛從寫字間下來。」

「沒有任何打鬥痕跡？」

「沒有。應該說，在他身旁有一個打破的杯子，地上有水漬。」

「你怎麼知道是水？」

「我不知道，我想那應該是水，否則還會是什麼？」後來威廉跟我解釋說那個杯子可能代表兩件事情。若不是在廚房裡有人將有毒藥水拿給魏納茲歐喝，就是那個可憐的傢伙已經服下了毒藥（哪裡？什麼時候？）然後才走下樓來喝水，以減緩突如其來的口乾舌燥、不適和體內或舌頭上的灼燒劇痛（他的舌頭肯定跟貝藍格一樣是黑色的）。

總之，這時再追問也不會得到新事證。雷密吉歐發現屍體後驚慌失措，問自己該怎麼辦，最後決定什麼都不做。因為他若去尋求協助，就必須承認自己入夜後潛入主堡，這對已經喪命的弟兄無濟於事。所以他決定保留原狀，第二天早晨開門的時候自然會有人發現屍體。他跑去攔阻帶著女孩正要溜進修道院的薩瓦托雷，之後這兩個人便回房就寢，但是整夜輾轉反側難以入眠。直到晨經誦讀時分養豬人跑去找院長的時候，雷密吉歐仍一心以為大家是在他發現魏納茲歐的地方找到屍體，得知屍體是在豬血缸中被發現時驚恐不已。是誰把屍體搬出了廚房？雷密吉歐對此百思不得其解。

「唯一可以自由進出主堡的人是馬拉其亞。」威廉說。

雷密吉歐的反應很激烈。「不會，不會是他。我的意思是，我不認為是他……反正我可沒有跟你說任何馬拉其亞的壞話……」

「不管你跟馬拉其亞有什麼過節，都不需要擔心。他知道你的事情嗎？」

「知道，」雷密吉歐臉紅了，「但他並未多言。我若是你會好好盯著班丘。他跟貝藍格和魏納茲歐的關係很奇怪……我向你發誓，我只看到了那一幕。我如果得知其他消息，一定會告訴你。」

「目前這樣就可以了。我若有需要會再找你。」管事顯然鬆了一口氣，回頭繼續處理他的事情，厲聲斥責乘機把裝了種子的布袋搬去其他地方的村民。

這時候賽夫禮諾趕來，手上拿著威廉兩天前被偷走的鏡片。「我在貝藍格的僧袍裡找到的，」他說：「我那天看到你在寫字間戴著它，是你的，對吧？」

「讚美主。」威廉開心歡呼，「我們一下子解決了兩個問題！我找到了我的鏡片，而且還確認了那天夜裡在寫字間偷走我們東西的人是貝藍格。」

他話才說完，尼可拉匆匆跑來，神情比威廉更加得意。他手中拿著叉形器，上頭裝好了一副新鏡片。「威廉，」他大喊，「我獨力完成了，我做出來了，我想應該這副應該沒問題！」當他看到威廉臉上已經戴了一副鏡片，整個人都呆了。威廉不想掃興，將原來的鏡片拿下換上新的：「這比我原來那副好，」他說：「我可以戴你這副新的，把舊的留著備用。」然後轉頭跟我說：「阿德索，我現在要回房去看你知道的那份文件。我終於看得見了！你找個地方等我。謝謝，親愛的弟兄，謝謝你們！」

第三時辰祈禱的鐘聲響起，我走進唱詩班，跟其他人一起吟唱聖歌和聖詠、讀經、讚美主。大家為死去的貝藍格靈魂祈禱，我則感謝天主讓我們不僅尋回一副鏡片，還多得了另外一副。

在那祥和氛圍中，我忘卻了所見所聞一切醜事，沉沉睡去，等我醒來時頌禱禮已經結束。我這才意識到那一夜我根本沒睡，想到我還消耗了許多體力更覺心神不寧。我走到戶外，腦中對那女孩的記憶縈繞不去。

為了讓自己分心，我在修道院中快步行走，覺得有些暈眩，便讓凍僵的手大力互拍，用腳跺地。我仍有睡意，同時又覺得自己清醒萬分、充滿活力。這究竟是怎麼一回事，我不明白。

第三天　第三時辰祈禱

阿德索陷入愛的折磨，威廉帶著魏納茲歐的手稿來找他，雖已解開其謎但依然不解其意。

老實說，在我和那少女犯下不潔之罪後看到的駭人景象，讓我幾乎忘了那件事情，而且事後我立刻向威廉修士告解，也減輕了不少犯錯後醒覺時的內心愧疚，藉由傾吐，我彷彿將一個裝載了可觀重量的包袱託給了他。若不能將罪孽和悔恨的重擔盡數交付給我們的主，讓靈魂因寬恕而恢復如空氣般輕盈，忘卻身體飽受邪惡折磨，告解的洗滌恩澤又有何用？但我並未完全解脫。此刻我在冬日早晨寒冷微弱的陽光中散步，四周人來人往蹄聲雜沓，我開始以不同角度回想所有事情，排除了懊悔和洗滌悔罪的慰問話語後，彷彿發生的所有一切只留下人體和四肢的影像。我過於亢奮的腦袋裡突然浮現貝藍格泡在水裡腫脹的幻影，我打了個冷顫，既覺得噁心又於心不忍。為了驅趕那可怕畫面，我在心裡轉而搜尋其他記憶猶新的影像，無法避免，我看到了（雖是我心靈的眼睛所見，卻猶如真實出現在我眼前）那個少女，美麗又可怕，彷彿列陣準備應戰的軍旅。

我對自己承諾（年邁老人謄寫著從未被寫下但數十年來一直在我腦中的文本）要如實記載一切，不是為了忠於真相，也不是為了滿足（即便如此也是理所當然）教化我未來讀者的渴望，而是為了擺脫那已風乾的記憶，我厭倦了那始終讓我感到窒息的記憶。所以我要毫無保留地全部說出來，不失宜，也不自慚。所以我現在要一字一句清楚說出我當時的想法。

當時的我企圖矇騙我自己，走在修道院裡不時放開腳步狂奔，企圖用身體的律動掩飾我冷不防的心跳加速，停下腳步觀看村民忙碌，以為凝視著他們可以讓自己分心，我大口吸進冷冽的空氣充滿胸膛，就像那些想忘卻恐懼或傷痛的人大口喝酒一樣。

可是這些都沒有用。我依然想著她。我的肉體固然忘記了與她交合時濃烈、罪惡且短暫（卑劣）的歡愉，但我的心卻無法忘記她的臉，非但不覺得這個記憶邪惡墮落，反而悸動不已，彷彿那張臉龐閃爍著萬物之美。

雖然不想承認我聽到的事實，但我隱約猜到那個可憐、骯髒、恬不知恥的女孩（何其堅決又義無反顧）將自己賣給了其他罪人，那個夏娃的女兒，跟她的姊妹們一樣纖細柔弱，卻多次出賣自己極其美好的肉體。我的理智知道她是罪惡淵藪，我的感官欲望卻覺得她集所有美好於一身。我說不清我的感覺，或許可以試著寫下來。身陷於罪惡陷阱中的我明知不該，仍時時刻刻渴望看到她出現，我之所以盯著工人工作，其實是為了查看那個誘惑我的女孩會不會從某個角落或馬廄暗處走出來。然而我寫不出真相，但也不會企圖掩蓋真相以減少其力道和衝擊。因為真相是我「看到」了那個少女，我在凍僵的麻雀飛走時輕輕彈起的枯枝間看到她，我在走出牛欄的牛犢眼中看到她，我在擋住我去路的羊群咩咩叫聲中聽到她。彷彿世間萬物都對我訴說著她，我確實渴望再見到那女孩，不過我已做好心理準備恐怕再也見不到她，不再與她交合，只要我還能擁有那天早晨充滿我心的喜悅就夠了；雖然她與我終其一生都是兩個世界的人，但只要有她在身邊就夠了。我想要說的是，宇宙是天主以手寫成的書，書中一切都在告訴我們造物主是全能寬厚仁慈的，所有造物都是生命與死亡的紀錄與明鏡，即便最卑微的玫瑰也是我們人間之旅的註解，可是當時彷彿全宇宙都對我絮絮說著我在氣味難聞、黑漆漆的廚房中驚鴻一瞥的那張臉。我沉溺在這些幻想中，我告訴我自己（其實我什麼都沒說，因為那一刻我的思緒無法轉化為言語），如果全世界對我彰顯的是造物主的仁慈與智慧，那麼那天早晨全世界對我傾訴著少女（無論她是否為罪人）理應也是那本偉大造物書中的一頁篇章，是宇宙吟唱的一首聖詠詩篇，我當時告訴我自己（一如現在），發生那件事必然在主宰宇宙的藍圖之中，如弦琴一般，是和音與和聲的天籟奇蹟。我在所見所聞中感受她的存在，在萬物中渴望著她，看著萬物我便心滿意足，近乎如痴如醉。但我又覺得心痛，我因她存在的種種幻影欣喜難抑的同時，也因她的不在而難過。這種矛盾玄奧我不知如何說明，只能說人類心靈何其脆弱，很難筆直走在天主理性的道路上而不偏離。理性以完美的三段論建構世界，卻只用了三段論中孤立且往往毫無關聯的前提，讓我們輕易便淪為惡之幻影的犧牲品。那天早晨讓我激動不已的是惡之幻影嗎？今天回想起來我覺得是，畢竟當時我只是見習僧，但我想當時讓我感到不安的人類情感本身並非惡，那不過呼應了我的心境。是情感本身促使男人走向女人，讓男人與女人合而為一，那是聖保祿所願，因為這兩個血肉之軀源自同一血肉，他們可以生兒育女，從年輕到老相互扶持。只是聖保祿的說法成為耽溺縱慾又不想被燒死之人的藉口，而我既是發過誓願的僧侶自然應該記得要遵循守貞戒律。於是那天早晨我在於我為惡、於他人卻為善（且為甜蜜之善）的矛盾之間糾結掙扎。此刻我明白我那日的忐忑不是因為我的思想墮落，其實想法本身是純潔而美妙的，墮落的癥結在於我所思和我所發誓願之間的關係。我錯在不應以擁有某個論述下是善、換個論述即是惡的東西為樂，錯在試圖以本性欲望去迎合理性心靈的標準。如今我知道那時候的我困在意志主導的理智欲望和人類情慾優先的感官欲望之間。與意志行為不同的是，感官欲望行為會導致身體起變化，是為情慾。而我那時的欲望行為的確讓我全身震顫，讓我有一股生理衝動想要吶喊，心慌意亂。全能博士阿奎那說情慾本身並非惡，但是要有理性心靈的意志導引。然而我的理性心靈在那天早晨因疲憊陷入酣睡，以「得」論善惡的感性也受到壓抑，但是以「知」論善惡的欲望並未受到控制。今天若要為我當時不負責任的輕率辯解，我想我可以用阿奎那的話來說，我顯然為愛而迷失，雖關乎情慾，卻也是宇宙定律，因為身體互相吸引乃自然之愛。我受此情慾誘惑，在這個情慾關係中渴望自會去尋找被渴望之物，因為渴望知道自己會被滿足。所以愛自然而然會讓被愛者與愛人者結合，愛是感知而非知識。此刻我眼中的少女比前一天晚上更清楚，我了解她入骨，我因她而了解了我自己，因我而了解了她。我問我自己，我對她的感覺會不會是友誼之愛，是同類之間的惺惺相惜，希望對方好，或者是欲望之愛，求的是自己好，是不足之人在尋覓可以讓自己完整的那一塊。我認為那天夜裡發生的是欲望之愛，我想要從那少女身上得到我從未擁有過的某樣東西，但那天早晨我對她無所求，只希望她好，希望她無須再為了溫飽、為了些許食物而屈就，希望她幸福，我不會再要求她什麼，只要能繼續想著她，在羊群、牛群、樹梢、照著修道院牆垣的靜謐晨光中看到她，就夠了。

現在我知道愛的起因是善，善的界定則需要知識，若非知其為善就不可能愛，而我是知道那少女的，沒錯，她對感性而言是善，但對理性而言是惡。當時的我為許多相衝突的心靈變化所困，我內心所感與教會博士們描述的神聖之愛相去不遠：那愛讓我著迷，在那愛中的愛人與被愛之人渴求的是同一物（因奧秘感悟，那一刻的我知道無論少女身在何處，她所求正是我所求），我為她心生妒愛，但不是聖保祿在〈格林多前書〉中斥責之惡，那種妒愛乃紛爭之源，不願與人共享所愛之人[222]，我的妒愛是狄奧尼修斯在《神聖之名》[223]書中所說的那種，就連天主也會因深愛存在之物而心生嫉妒（我愛那少女也是因為她存在，因為她存在，我喜悅，不自大）。我的嫉妒是阿奎那所言對所愛之人的關注，那嫉妒是出於友愛，會挺身而出保護所愛之人以免她受到任何傷害（我那一刻滿腦子想著如何解救少女脫離那為了個人禁忌情慾而玷汙她、迫使她出賣肉體的強權）。

現在我知道，阿奎納說得沒錯，過多的愛有可能會傷害愛人。我的愛過多了。我想要解釋當時的感受，卻完全沒有想要為當時的感受辯解脫罪。我說的是我年少輕狂時的罪惡熱情。那是惡，但真相是我當時覺得極其美好。希望這能做為警惕，以免有人像我一樣身陷誘惑之網。畢竟今日我已年邁，懂得各種避開誘惑的方式（我問我自己這值得自豪嗎？我固然掙脫了魔鬼的誘惑，卻未必能抗拒其他誘惑，我現在所為難道不是默許自己投入塵世的情慾回憶中，笨拙地試圖逃避時間流逝和死亡）。

當時是靠神奇直覺救了我。少女出現在我眼前的自然美景中，出現在我身邊的人力勞動中。藉由心靈直觀，我企圖讓自己專心凝視那平和的人來人往。我看著養牛人將牛牽出畜欄，養豬人提著食物去餵豬，牧羊人讓狗看護著羊群不至走散，農民把小麥和小米送進磨坊換成一袋袋美味的食物。我專心凝視著大自然，努力把我腦袋裡的想法忘掉，只看著自然萬物，看他們如何現身，將我自己開開心心地遺忘在他們之中，未經人類邪惡智慧潤飾過的大自然表演多麼精采！

我看到了羔羊，因其純真善良而得其名。名為羔羊（agnus），是因為牠懂得辨識（agnoscit），牠認得自己的母親，能在羊群中辨識母親的聲音，而母親也永遠能在長得一模一樣、咩咩叫聲聽不出任何差異的羊群中認得自己的孩子，哺育牠。我看到了綿羊，綿羊（ovis）為祭品（ab oblatione），因為自古以來便為祭獻所用。綿羊在冬季來臨之際，習慣拚命吃草，趕在牧草在嚴寒中凍壞之前填飽肚子。羊群由狗（cane）看管，此名來自狗的吠聲嚎叫（canor）。所有動物中狗為佳，牠天生敏銳，能辨識主人，經訓練可在林中狩獵、照管羊群、抵抗野狼、保護住家和主人的幼兒，有時候為了盡到保護之責甚至被殺。加拉曼特王[224]遭敵人俘擄下獄，是因兩百隻獵犬在敵軍之間開路才得以返回祖國的；伊阿宋[225]的狗在他死後拒絕進食，最後絕食而死；利西馬科斯王[226]的狗跳入火堆中，以求與主人同死。狗以舌頭舔舐可治療傷口，幼犬的舌頭可治癒腸病變。狗的天性會將吃進去的食物吐出來之後重複進食。懂得節制是完美心靈的象徵，正如牠能施奇蹟的舌頭是透過告解贖罪得以淨化罪孽的象徵。不過狗之所以會回到嘔吐的地方，意味著告解後會重蹈原先的罪，那天早晨，在我觀賞自然美景的同時，這個寓意讓我心有所警誡。

我信步走到牛欄前方，牛群在養牛人引導下緩緩走了出來。我立刻感受到牠們當下是、也永遠是友愛和良善的象徵，因為每一頭牛犁田時都會找尋自己的夥伴，若剛好那人走開，牠便會熱情地哞哞呼喚。牛懂得在下雨時聽從命令自行回到牛欄內，吃著飼料等待時會伸長脖子看天氣是否好轉，因為牠們渴望回去工作。跟著牛群一起步出牛欄的還有牛犢（vitellino），有公有母，其名來自朝氣（viridas），亦來自貞潔（virgo），因為那個年紀的牠們清新、年輕、純潔，我告訴我自己，不該在牠們的優雅舉止間看見那不貞少女的身影。思索至此，看著清晨時分的歡樂忙碌，我重新找到世界的秩序，也讓自己的心靈恢復平靜。我心中再無少女，或許應該說我努力將我為她燃起的熊熊烈火轉為一種內心喜悅與虔誠靜默。

我告訴我自己，世界何其美好，令人驚豔。正如霍諾利烏斯．迪．歐坦所言，天主的慈悲展現在最可怖的猛獸身上。此話不假。有巨蛇能吞下鹿，能橫渡大洋，有奇獸是騾身、羊角，毛茸茸的胸和血盆大口如猛獅、馬腿下踩著牛蹄，大口咧至耳際，聲音聽起來像人，牙齒處僅有一塊硬骨。還有蠍獅，人首、三排齒、獅身蠍尾，眼睛和血是藍綠色的，聲音似蛇吐信，噬人肉。有怪獸腳八趾、狼首利爪，毛皮似綿羊，叫聲如犬，衰老後毛髮由白轉黑，比人類長壽。有獸無首，眼睛長在肩膀上，胸口以兩洞取代鼻孔。有獸沿恆河而居，僅靠嗅聞某種蘋果香存活，一旦遠離便會喪命。就連這些不潔牲獸也跟狗、牛、羊、猞猁一樣，以各自多元樣貌歌頌禮讚天主的智慧。於是我在心裡複誦貝洛瓦森的話，這個世界最微小之美亦極其偉大，理性的眼除了仔細觀察宇宙中萬物既定合宜的模式、數目和秩序之外，也不應忽略隨時光流轉不止的輪替與衰亡、生死有序。我承認，我乃罪人之身，我的靈魂仍受肉體禁錮，但那當下的心靈恬靜讓我趨近造物主，趨近這個世界的規則，也讓我以喜悅的崇敬之心讚嘆造物的偉大與安定。

不知不覺我竟已繞行修道院一圈，回到兩個小時前與我導師分手的地方，我心情已恢復平靜。威廉站在那裡等我，他跟我說的話再度擾亂了我的心緒，修道院的神秘之謎重新盤據腦海。

威廉看起來很開心，他終於解開了手中魏納茲歐的那份手稿。為避免閒雜耳目，我們回到他房間去之後，他才將內容翻譯給我聽。接續在黃道十二宮符號（非洲之末的秘密：手放在偶像上操作四的第一和第七）後的希臘文是這麼寫的：

使人淨化的可怕毒藥……

摧毀敵人的精良武器……

利用怯懦醜陋的卑賤之人，以其缺陷為樂……他們不能死……不能死在貴族權貴之家，在大快朵頤暢飲美酒後，只能死在農民村落中……身形矮胖，臉部扭曲。姦淫處女，與娼婦上床，不邪惡，無畏懼。

不同的真理，不同的真理體現……
神聖的無花果。
感到羞愧的石頭滾過平原……在眼前。
必須欺騙，藉由欺騙出人意表，說出違心之論，借此喻彼。
蟬在地面為他們吟嗚。

僅此而已。就我看來少之又少，幾近於無。我跟威廉說，很像瘋子囈語。

「是很像。顯然經過我翻譯之後更像狂人之語。我對希臘文所知有限。無論如何，不管瘋癲的是魏納茲歐，或是那本書的作者，都無法解釋為何有那麼多未必瘋癲之人拚了命地要把那本書藏起來，或把書找出來……」

「這幾句話難道是從那本書中抄錄下來的？」

「肯定是魏納茲歐抄寫的。你看，這羊皮紙是新的。應該是他看書時記下的重點，否則魏納茲歐不會用希臘文書寫。這想必是他節錄下來的句子，他在非洲之末找到那本書，帶到寫字間去閱讀，將他覺得應該注意的地方做了筆記。之後就發生了事情，不是他覺得不舒服，就是聽到有人上樓，於是他放下書，把羊皮紙塞到桌子下，打算第二天晚上再帶走。總之，我們僅能藉由這份手稿推演那本神秘之書的性質，唯有認識那本書，才能得知兇殺案的緣由。凡是為了爭奪某物而犯罪，該物的性質多少能讓我們對兇手的特質有所了解。如果是為錢財殺人，兇手必是貪婪之人，若是為書殺人，兇手恐怕是急於要將書中秘密佔為己有。所以才需要知道不在我們手中的那本書究竟說了什麼。」

「您有辦法從這幾行字看懂那本書說了什麼嗎？」

「親愛的阿德索，這幾句話看似出自經文，意義遠比表面所見深遠。今天早上跟管事談過話之後再看這份手稿，讓我訝異的是文中居然也提到了卑賤之人和農民，視其為另一種真理的傳遞者，跟智者所說的真理不同。管事的說詞讓人明白他跟馬拉其亞有一種奇怪的共犯關係。會不會是馬拉其亞把管事交給他的某本異教徒危險著作藏了起來呢？那麼魏納茲歐閱讀、抄錄的神秘之書就跟反抗所有人、反抗一切的粗鄙卑賤之人有關了。可是……」

「可是什麼？」

「我這個假設跟兩件事情相牴觸。一是，魏納茲歐對這類議題似乎並不感興趣，他是希臘文譯者，並非異端宣道者……再者，句子當中有無花果、石頭、蟬這些字，也跟這個假設無關……」

「說不定是字謎，另有含意。」我說：「還是您有另外一個假設？」

「我有，但是還有待釐清。我在看手稿的時候，覺得有幾句話似乎先前看過，讓我想起在別處看過幾乎一樣的句子。我覺得這份手稿說的事情是這幾天討論過的……但我記不起來是什麼。我得仔細想想。也或許我應該看幾本書。」

「為什麼？為了知道一本書說什麼，您得看其他書？」

「有時候是如此。書往往談的是其他書。一本無害的書就像一顆種子，會在另一本危險的書中開出花朵，或反之，它也可以是由苦澀的根所結出的甜美果實。你讀阿爾伯特的書，難道看不出阿奎那會說什麼嗎？你看了阿奎那的書，難道想不出伊本．魯世德會說什麼嗎？」

「沒錯。」我滿心敬佩。以前我總以為每本書說的，不外乎書本之外的人之事或神之事。現在我發現書往往談的是其他書，或許應該說我發現書與書之間會彼此交談。想到這裡，圖書館就更讓我感到不安。那個地方低語了漫漫數百年，那是羊皮紙之間的沉默對話，有生命，是人類頭腦無法控制的能量聚集處，許多頭腦釋出的神秘珍寶在產出者死後留存下來，而圖書館也是流傳途徑。

「既然，」我說：「從堂而皇之流傳的書能猜出隱而不現的書說些什麼，又何必把書藏起來呢？」

「時間若橫跨數百年，自然無用。如果時間是數年或僅僅數日，自是有用的。你看，我們現在不就束手無策嗎。」

「所以圖書館並不是傳播真理的工具，而是拖延真理顯現的地方？」我大感意外。

「不盡然如此，未必始終如此。但就這次事件而言，確是如此。」

第四天　第六時辰祈禱

阿德索去找松露，發現方濟各會修士團到了，他們跟威廉及鄔勃汀諾相談甚久，聽到若望二十二世做了很多令人感嘆的事。

結束討論後，威廉決定不採取任何行動。我先前說過，他有時候會完全放空，彷彿運行不輟的天體突然停擺，他也隨之中斷一切活動。那天早晨他便是如此，躺在床褥上，睜著眼睛看著前方，雙手在胸前交叉，嘴唇微動彷彿在讀祈禱文，可是斷斷續續的，而且並不專心。

我想知道他在想什麼，但也只能尊重他的入神冥思。我回到中庭，發現陽光轉弱，原本清朗美麗的早晨（但已近中午）變得潮濕多霧。厚重雲層從北方飄來，籠罩高地上空，讓修道院陷入輕薄雲靄中，那雲靄看起來像霧，霧氣可能來自低地，不過就其地勢高度很難分辨那薄霧是自低處升起或由高處落下。較遠的建築物已朦朧看不清楚了。

只見賽夫禮諾興致勃勃地招來養豬人和他們養的幾頭豬，他說他們要去山坡、山谷間找松露。我當時還不識義大利半島上那林間果實的美好滋味，似乎在本篤會教區一帶常得以見，義大利中部諾契亞產的是黑色，北部則是偏白，香味更加撲鼻。賽夫禮諾跟我解釋松露是什麼，味道如何濃郁，以及各種烹煮方式。他說松露很難找，因為都藏在地底下，比香菇更隱密，唯一能憑嗅覺挖出松露的動物就是豬，問題是，豬一找到松露就想自己吃掉，所以得立刻拉開牠們，再上前挖取。我後來才知道很多權貴之士會親自出馬尋找松露，把豬當成尊貴的獵犬，跟在牠們後頭，由豬隻在前面領隊，隊伍最後面則是帶著鋤頭的僕役。我還記得數年後，我家鄉的一位領主得知我去過義大利，說他曾見過義大利領主帶著豬隻在林間放牧。知道他們其實是去找松露的我笑了，可是當我跟他解釋說那些義大利人熱愛搜尋埋在土中的松露（tartufo）以便享受美食的時候，他以為我說的是「魔鬼」（der Teufel），驚駭不已瞪大了眼睛看著我。等誤會化解後，我們兩個人都笑了。這就是人類語言的魔力，常常發音相同的字卻有截然不同的意義。

看賽夫禮諾忙進忙出引發我的好奇心，決定跟他一起去，一方面也是因為我知道他想藉此忘卻讓大家都悶悶不樂的傷心事。我心想，幫助他拋開心中煩惱，或許也可以讓我自己不再胡思亂想。既然我決心寫出一切真相，自然也不必隱瞞其實當時我內心偷偷興起了一個念頭，竊想著到山谷去說不定有機會看到我無須指名的某個人。但我隨即大聲告訴自己，那天兩個使節團都會抵達修道院，我說不定能遇到其中一個。

沿著山徑慢慢往山下走，白霧漸散，雖然高空依舊雲層籠罩不見陽光，但是眼前風景清晰可辨。霧氣滯留在高山處，我們走了一段路之後再回望山頂，什麼都看不到，山頭、高地、主堡及上山的路都消失在雲霧之中。

我和威廉抵達修道院那天，儘管已進入山區，但是在某個轉角處，低於十哩左右的地方，還能遠眺大海。沿途驚喜不斷，有時突然站上平台，能俯瞰極美的海灣，沒過多久又轉進山坳裡，只見群山崢嶸，一座比一座高拔尖聳，讓遙遠的海岸風光為之失色，連陽光也難以照入深谷。義大利那個地方山海之間地勢絕險狹隘，沿岸和阿爾卑斯山景奇秀，峽谷中呼嘯的風既有海洋的溫暖，也有高山的冷冽。

但是那天早晨眼前一片灰濛濛的，或近乎乳白色，雖然從山坳可遙望海岸，卻見不到海平線。我在這個無助於解決我困擾的記憶耽擱了太多時間，就撇過我們找松露的經過不提，只說方濟各會修士團的事吧。第一個看到他們的人是我，我立刻轉身奔回修道院通知威廉。

我的導師等待新來的賓客走進修道院，依照慣例由院長接待問候之後，才走向前去，互相擁抱，如家人般寒暄。

用餐時間已過，但院長特別為客人另外備了一桌盛宴，並貼心地讓他們和威廉獨處，避開會規戒律，可以輕鬆用餐同時交換意見，願天主寬恕我不甚妥切的譬喻，但那餐飯稱得上是一場戰略會議，在敵軍抵達前越早舉行越好，而我們的敵軍就是亞維儂教廷使節團。

可想而知，新來的客人很快就見到了鄔勃汀諾，他們既意外又高興，同時心懷敬意，因為這位長者好長一段時間音訊全無，大家難免擔心他是否已不在人世，又對他數十年來的奮戰勇氣敬佩不已，而今他們打的正是同一場仗。

組成這個使節團的修士有哪些人，等我談到第二天會議時會再詳加說明。我跟他們甚少交談，只顧著聽威廉、鄔勃汀諾和米克雷．達．契瑟納迅速成立的三人小組對話。

米克雷對方濟各會熱情如火（有時候他的手勢和語氣，讓我想起鄔勃汀諾神魂超拔時的模樣），來自羅馬涅一帶的他本性開朗，愛美食，喜歡跟朋友在一起，心思細膩，善於迂迴，當話題觸及到強權之間的關係時，又突然變得跟狐狸一樣警覺狡猾，跟鼴鼠一樣奸詐。他能開懷大笑，能化解緊張，能意味深長地保持沉沉默，當談話對象問的問題需要他偽裝，他能心不在焉，顧左右而言他，避而不答。

我先前已提過他一些事，是我聽聞而來，現在我比較能了解他諸多自相矛盾的態度，以及近年來讓朋友和信眾都感到錯愕的政治立場驟然轉變。做為方濟各會總會長，是聖方濟各的繼承人，自然也繼承了聖方濟各的教義詮釋：他必須與前任會長波拿文都拉的聖德與睿智較勁，他必須確保修士遵守會規同時得捍衛修會驚人的巨大財產，他必須聆聽宮廷和市民執政官的聲音，因為他們常常餽贈獻禮和遺產，儘管擺出施捨姿態，但那是修會富足豐饒的來源之一。他還必須當心勿讓屬靈會中較偏激的修士因贖罪需求脫離修會，導致他所領導的偉大修會因異端黨派環伺而分崩離析。他必須取悅教宗，取悅帝國，取悅過貧窮生活的修士，取悅在天上監看他的聖方濟各和在人間監看他的基督徒。當教宗若望斥責所有屬靈會修士皆是異端之時，他毫不猶豫將普羅旺斯五名最桀驁不馴的修士交了出去，聽任教廷把他們送上火刑架。但是當他發現（鄔勃汀諾的行動他不可能不知道）修會中有不少人都支持遵循福音書過簡樸生活的時候，他在四年後舉行的佩魯賈大會中為被燒死的修士們平反。他一方面想在修會認可的模式和體制下重新接納可能有異端傾向的需求，一方面又希望修會這個決定能被教宗接受。他試圖說服教宗，因為沒有教宗同意未來恐怕窒礙難行，同時卻又落落大方接受皇帝和帝國神學家的恩惠。在我親眼見到他那一天的兩年前，他在里昂大會上責令方濟各會修士談及教宗時必須慎言且心懷尊敬（那是在教宗表達對方濟各會修士「他們的嚎叫，他們的錯誤，他們的不理智」至為不滿之後數個月的事）。但是此刻坐在餐桌上的他，跟其他人推心置腹，說到教宗時毫無尊敬可言。

我之前說過，若望希望米克雷到亞維儂去，他在去與不去之間之間難取捨，第二天的會議便是要決定他的亞維儂之行該以什麼方式進行，如何確保此行既非示弱，亦非挑釁。我想米克雷在此之前並未見過若望本人，或至少在若望當上教宗後就未曾晤面。總之，他們肯定很久沒見了，所以米克雷的朋友們急著向他描述那個買賣聖職的人有多麼陰沉不可測。

「你要記得一件事，」威廉說：「永遠不要相信他的誓言，他會遵守字面意義，違背實質精神。」

「大家都知道，」鄔勃汀諾說：「他選教宗的時候發生了什麼事……」

「那對我而言那不是選舉，是詐騙。」同桌有人插話，後來我聽他們叫他胡戈·達·諾佛卡斯特，他的口音跟威廉相同。「克勉五世的死因至今不明。法國國王始終無法原諒他對已死的博義八世進行審判，之後又不肯承認他的前任教宗。克勉五世的死因無人知曉，當時所有樞機主教齊聚卡龐特拉[227]開閉門會議，無法選出新任教宗，因為（可想而知）大家在亞維儂和羅馬之間舉棋不定。我不清楚那幾天發生了什麼事，他們跟我說是大開殺戒，已故教宗克勉五世的姪子出言恫嚇樞機主教，殺光了他們的僕役，放火燒了卡龐特拉主教官邸。樞機主教們向法國國王腓力四世求援，腓力四世卻說他從未要求過教廷遷離羅馬，所以請樞機主教們稍安勿躁，選出適當人選……後來腓力四世死了，同樣只有天主知道他的死因……」

「或只有魔鬼知道。」鄔勃汀諾邊說邊在胸口畫十字，大家紛紛跟進。

「或只有魔鬼知道。」胡戈冷笑一聲，也表示同意。「總之，另一位國王繼任，在位十八個月就死了，他的王位繼承人才出生沒幾天也宣告夭折，王位便由攝政王叔叔繼任……」

「正是這位腓力五世，也就是當時的普瓦捷公爵，將所有從卡龐特拉逃出來的樞機主教重新聚集在一起。」米克雷說。

「沒錯，」胡戈接著說：「腓力五世讓那些樞機主教在里昂的多明我修道院內開閉門會議，保證他們安全無虞，不會限制他們的自由。然而他們一旦受他掌控後，不僅遭到囚禁（那其實才是正確規矩），還每天減少他們的食物量，直到大家作出決定為止。於是每個人都承諾會支持他提出的教宗人選。腓力五世登基時，樞機主教們已經被關兩年了，既疲憊，又害怕會一輩子都待在那裡，食不果腹，於是那些貪吃的傢伙答應了一切，把一個七十多歲的侏儒送進了伯多祿的殿堂……」

「他是很矮沒錯，」鄔勃汀諾笑了，「一副肺癆病的樣子，不過他比想像中的更強悍，也更精明。」

「修鞋匠的兒子。」使節團中有人很不以為然。

「基督也是木匠之子！」鄔勃汀諾斥責他。「這並不重要。他學識俱佳，在蒙彼利埃讀法律，在巴黎讀醫學，懂得廣結人脈，總能在適當時機獲得主教及樞機主教職位，擔任拿坡里國王羅伯托顧問時，他的聰明睿智讓許多人為之折服。做為亞維儂主教，他協助腓力四世剷除聖殿騎士團時所提供的建議都很正確（我說正確，是指為達到目標而言）。當選教宗後，他還逃過了樞機主教企圖擊殺他的密謀……我原本要說的不是這個，我要說的是他善於違背誓言，而且無人能詬病他發假誓。他那時候為了當選教宗，向歐西尼樞機主教承諾願將教廷遷回羅馬，他以祝聖過的祭品發誓，如果違背誓言，永世不再騎馬或騎騾。你們知道後來那隻老狐狸做了什麼嗎？他在里昂舉行就任儀式後（這個安排與腓力五世的意願相左，他希望儀式能在亞維儂舉行），就從里昂乘船去了亞維儂！」

所有修士都笑了。這個教宗固然說話不算話，但此人天生慧黠卻是不容否認。

「真是無恥之徒。」威廉說了重話。「胡戈不是說若望甚至無意隱瞞他口是心非嗎？他到達亞維儂那天對歐西尼樞機主教說的話，是鄔勃汀諾你告訴我的，對吧？」

「對，」鄔勃汀諾說：「若望說法國的天空如此美麗，他沒有理由回到像羅馬那樣遍地廢墟的城市去。由於他跟伯多祿一樣，有立誓和解除誓約的權力，現在他行使的正是這個權力，決定留在原來的地方，也是他喜歡的地方。當歐西尼提醒他說教宗職責是住在梵蒂岡時，他不留情面要求歐西尼服從命令，便不再繼續討論。先前那個誓言的事情我還沒說完。

若望到達亞維儂下了船之後，根據傳統理應騎上一匹白馬，其他樞機主教則騎上黑馬跟隨其後，結果他竟然徒步走到主教官邸。就我所知，他真的再也沒有騎過馬。米克雷，像這樣的人，你能期待他遵守對你承諾的所有保證嗎？」

米克雷沉默許久後開口說：「我能理解教宗希望留在亞維儂，這點我不予置評。反之，他對我們渴望貧窮和我們以基督為榜樣所做的教義詮釋也不得置喙。」

「米克雷，你太天真了。」威廉說：「你們或我們渴望的貧窮，更突顯了他的渴望有多麼邪惡。你要知道，他是數百年來所有教宗之中最貪婪無度的。鄔勃汀諾曾經嚴厲斥責的巴比倫淫婦，以及但丁等等你家鄉詩人議論的腐敗教宗跟他相比，都是溫馴的羔羊。他是性喜偷竊的喜鵲，所以亞維儂的非法交易比翡冷翠更為熱絡！」

「你得搞清楚你在跟怎樣的商人打交道，」鄔勃汀諾說：「他是點石成金的邁達斯王，讓金子源源不絕湧入亞維儂的銀行中。我每次去他的官邸，都會遇到銀行家、錢幣兌換商和神職人員在數錢，把翡冷翠金幣疊疊堆起……你會看到他讓人興建的宮殿有多麼富麗堂皇，只有以前拜占庭皇帝或韃靼可汗的皇宮才可比擬。你現在知道為什麼他會頒佈那麼多反對貧窮理念的訓諭了吧。你可知他慫恿跟我們修會交惡的多明我修會雕刻基督像時用真的皇冠、穿絳紅色滾金邊長袍和華麗的鞋子？在亞維儂有十字架是耶穌單手被釘在上面，另一隻手則摸著腰間的錢包，表示為宗教目的使用金錢是經過他同意的……」

「這無恥之徒！」米克雷驚呼一聲，「這麼做是瀆聖！」

「不只如此，」威廉說：「他還替教宗冠冕加了第三頂皇冠。鄔勃汀諾，我說的沒錯吧？」

「沒錯。千年之初，額我略七世[228]在位時僅有一層，上面寫著**天主之手送上天國之冠**，近年則有惡名昭彰的博義八世加了第二層，上頭寫著**伯多祿之手送上帝國之冠**，若望所做的不過是讓這個象徵物更臻完美：三層冠冕，分別代表心靈、俗世和教會的權力。是波斯各王的象徵，也是異教徒的象徵……」

有一名修士始終未發一語，只津津有味地專心享用院長讓人送上桌的佳餚。有時候會心不在焉地聽大家發言，偶爾對教宗的事譏笑兩聲，或對其他人的憤慨感嘆嘟囔幾句表示同意。否則就只顧著擦拭沾到醬汁的下巴，或狼吞虎嚥時從缺牙的嘴巴裡掉出來的肉屑，難得幾次開口講話，也是對著坐在他身旁的人稱讚某幾道菜的滋味鮮美可口。後來我才知道他是吉羅拉莫，前幾天鄔勃汀諾以為已經過世的卡法主教。老實說，關於吉羅拉莫兩年前過世的消息早已傳遍基督教世界，大家都信以為真，因為我後來還聽人說起此事，但其實他是在我們那次會面數個月後過世的，我一直覺得是因為他在第二天的會議中勃然大怒所致，他恐怕當下就因為氣急敗壞而感到身體不適了，畢竟脾氣暴躁的他身體十分孱弱。

聽到這裡，他不顧滿嘴食物就開口插話：「你們知不知道，這個聲名狼藉的傢伙還頒佈了贖罪稅法，利用信徒的罪訛詐更多金錢。如果神職人員跟修女、親屬或任何一個女子犯了肉慾之罪，只要付六十七金幣外加十二銅錢就可以得到赦免。若是犯了淫猥之罪，需繳納兩百金幣，不過對象若不是女性，而是少年或動物的話，則罰鍰可降為一百金幣。如果修女與許多男人交好，不管是同時或不同時間進行，地點在修道院內或修道院外，之後若想當女院長的話，就必須付一百三十一金幣加十五銅錢……」

「別瞎說了，吉羅拉莫，」鄔勃汀諾制止他，「你們都知道我不喜歡教宗，但是這件事我必須為他說話！那是亞維儂一帶流傳的誹謗耳語，我從未看過那個法令條文！」

「真的有，」吉羅拉莫信誓旦旦，「雖然我也沒看過，但是真的有。」

鄔勃汀諾搖搖頭，其他人緘默不語。我看得出來，其他人已經習慣不把吉羅拉莫說的話當一回事，那天威廉還說他是個傻子呢。威廉接話說：「不管是真是假，這個傳言說明了亞維儂道德沉淪。據稱若望就任時財庫裡有七萬金幣，有人說今天已累積到一千萬……」

「此言不假，」鄔勃汀諾說：「米克雷啊，米克雷，你不知道我在亞維儂看到了多少丟人現眼的事情！」

「我們不能自命清高，」米克雷說：「我們都知道我們的人也做了踰矩之事。我曾得到消息說有方濟各會修士持械攻打多明我修道院，把那裡的修士衣服脫光，強迫他們過貧窮生活……所以我在普羅旺斯事件那段期間不敢對若望有任何異議……我想跟他達成和解，我不打算羞辱他的驕傲，只希望他不要羞辱我們的謙遜。我不會跟他談及金錢，只會要求他認可聖經的正當詮釋。這就是我們明天要跟教廷使節團討論的事，他們畢竟是研讀神學之人，不至於每個人都像若望一樣貪得無厭吧。賢達哲人若對聖經詮釋有了定見，若望應該不會……」

「他？」鄔勃汀諾打斷米克雷的話，「你不知道他在神學研究上的狂妄作為。他想把一切都抓在手上，不管是天上的或人間的。他在人間的所作所為我們都看到了。至於天上的……我剛才說的事情，他還沒有表態，至少沒有公開表態，但就我所知他跟親信私下談過。他正在研擬一些荒唐的論點，幾近邪惡的論點，恐怕會改變教義本質，瓦解我們宣道的力量！」

「什麼論點？」好幾個修士齊聲問。

「你們問貝倫葛里歐．塔羅尼，他知道，是他告訴我的。」鄔勃汀諾回頭看著貝倫葛里歐，他是近年來身在教廷中撻伐教宗若望不遺餘力的反對聲音之一。他從亞維儂來，兩天前與其他方濟各會修士團會合後，一起抵達修道院。

「那件事很黑暗，而且令人難以置信，」貝倫葛里歐說：「若望似乎打算主張說義人要等到末日審判後才會有真福直觀。他思索〈默示錄〉第六章第九節的經文有一段時間了，那一節談及開啟第五印：那些為了見證天主的話而被宰殺者的靈魂，出現在祭壇下要求正義，給了他們每人一件白衣後，告訴他們還要靜候片刻……若望由此推論那些人唯有等到末日審判之後，才能見到天主的本質。」

「他跟誰說了這些話？」米克雷十分詫異。

「到目前為止只跟幾個親信說過，但是消息傳了出來，有人說若望已經準備公開發言了，但不會立刻有所行動，會再等幾年，他還在跟他的神學家研究……」

「哈哈！」吉羅拉莫一邊吃東西一邊冷笑。

「事情不只如此，他好像還打算宣稱在末日審判前地獄不會開放……即便是魔鬼也一樣。」

「主耶穌幫幫我們吧！」吉羅拉莫大聲驚呼。「如果不能用地獄之門在人死後立刻敞開來要脅有罪之人，我們該怎麼辦呢？」

「我們居然受制於一個瘋子。」鄔勃汀諾說：「我不懂他為什麼要提出這些主張……」

「整個大赦教義[229]將化為烏有，」吉羅拉莫抱怨道：「就連若望也無法再以此斂財了。一個犯了淫猥罪的神父，何須為了遙不可及的懲罰付出那麼多金錢呢？」

「並非遙不可及，」鄔勃汀諾大聲說：「那一天就快來臨了！」

「親愛的弟兄，問題是只有你知道，信徒可不知情啊。這事情糟了！」吉羅拉莫吼完就再也沒有心情吃東西了。

「他為什麼要那麼做？」米克雷問。

「我不覺得他有什麼非做不可的理由，」威廉說：「一切只是出自虛榮，他要成為能替天上和人間事務作主的那個人。這些傳言我都知道，是奧卡姆•威廉寫信告訴我的。我們等著看最後勝利的會是教宗，還是神學家、教會、天主子民的期待或主教……」

「哦，他會讓神學家也聽命於他。」米克雷很沮喪。

「不一定。」威廉說：「我們這個時代研究天主之事的學者並無畏於指責教宗是異端。這些學者以自己的方式為基督徒發聲，就連教宗也不能與他們對抗，你遲早會跟那些神學家看法一致的。」

我的導師果然洞察力過人。他怎麼能預見米克雷後來決定向帝國神學家和人民靠攏，共同譴責教宗呢？他怎麼能預見四年後若望公開宣示那荒謬教義時，引發了整個基督教世界的暴動呢？如果要等到遙遠的將來才會有真福直觀，那麼死者要如何替活著的人向天主求情呢？還會有人崇拜聖人嗎？方濟各會將率先譴責教宗，與他反目成仇，而奧卡姆•威廉將站在第一線發聲，義正辭嚴，堅毅不懈。那場抗爭將延續三年，直到若望臨死前做了部分修正為止。

多年後我聽人說起，若望於一三三四年十二月參加樞機主教會議時，顯得比之前更瘦弱，九十多歲、風燭殘年的他身形乾癟，臉色蒼白，他說（那隻老狐狸善於玩弄文字，不僅違背誓言，甚至還背離了自己的堅持）：「我們懺悔，我們相信與軀體分開、完全淨化的靈魂在天上，跟天使、耶穌基督同在天堂中，能看見天主的神聖本質，面對面看得清清楚楚……」他頓了一下，沒有人知道那是因為他呼吸困難，還是居心叵測刻意強調最後那句話另有含意，「在分離的靈魂狀態和條件允許的情況下。」

第二天是星期天，早晨他讓人扶他坐在一張長椅上，俯著身子接受樞機主教行吻手禮，就這麼斷氣了。

我又離題了，我說的都不是應該要說的，不過那也是因為餐桌上的其他對話對於理解我敘述的事件並無太大助益。這幾位方濟各會修士就第二天的立場達成了協議，接著便一個個評估他們的對手。聽到威廉說紀伯納會來時大家議論紛紛，得知教廷使節團是由追殺異端心狠手辣的伯唐．德．普哲樞機主教領隊時，更加憂心忡忡。派兩個宗教裁判長來未免太多了，表示教廷打算用異端議題攻詰方濟各會使節團。

「以牙還牙，」威廉說：「不如我們把他們當成異端看待吧。」

「不行，」米克雷說：「我們要謹慎行事，不能輕言放棄達成共識的機會。」

「我有多努力促成這次會面，米克雷你是知道的，」威廉說：「但就我個人看法，我不認為教廷使節團此行是為了得到正面回應。若望就是要你去亞維儂，而且不肯提供任何保障。不過這次會面至少可以讓你看清楚這點，你若毫無準備就貿然前往，情況只會更糟。」

「也就是說你花了好幾個月的時間，只為了促成你認為無濟於事的一次會面。」米克雷語帶苦澀。

「我是受你和皇帝委託辦事。」威廉說：「再說，能藉此機會認清自己的敵人，不算是無濟於事。」

這時有人來通報說另一個使節團已經抵達修道院了，大家便起身去跟教宗的人馬會面。

第四天　第九時辰祈禱

普哲樞機主教、紀伯納和其他亞維儂派來的使節抵達修道院，大家各自忙碌。

有的人原本彼此就熟識，有的人雖然不相識但是聽過對方大名，大家在中庭互相打招呼，貌似熱絡。站在院長身旁的是普哲樞機主教，他的一舉一動都像是習於權勢之人，幾乎把自己當成教宗分身，對每一個人展現笑容，對方濟各會修士尤其熱情，除了祝福第二天會晤能達到良好共識外，並代替若望二十二世轉達和平美善（他故意選擇了方濟各會修士所鍾愛的這個辭彙）的心願。

「很好，很好。」當威廉基於禮貌向普哲樞機主教介紹我是他的繕寫員，也是他的徒弟時，普哲這麼跟我說。他問我是否去過波隆尼亞，對我盛讚那城市之美、可口佳餚和聞名遐邇的大學，邀我前去造訪，還要我別返回祖國跟那些讓教宗苦惱不已的日耳曼人在一起。說完之後他伸手讓我親吻戒指，同時對另一人咧嘴微笑。

我的注意力隨即轉移到這幾天常聽人提起的另一人身上：紀伯納。法國人叫他紀伯納，其他地方的人則叫他紀德尼伯納或紀德伯納。

他年約七十歲，多明我會修士，身形瘦削但十分挺拔。最讓我印象深刻的是他那雙灰色的眼睛，冰冷，盯著人看時毫無表情，但我多次看見他眼中閃爍著模稜兩可的光芒，善於掩飾，也懂得刻意流露思緒和情緒。

大家寒暄問候之際，紀伯納不像其他人那麼熱情有禮，僅保持基本禮貌。當他看到認識的鄔勃汀諾，雖然態度十分恭敬，但他盯著那位長者的眼神讓我感到不寒而慄，打了一個冷顫。他和米克雷打招呼時露出的一抹微笑，令人難以形容。他冷冷地說了一句：「亞維儂等您很久了。」我聽不出話中是否有焦慮、冷嘲熱諷、脅迫還是帶有關心之意。他看到威廉，顯露出禮貌的敵意：這不是因為他的臉洩漏了他的內心情感，這一點我有十足把握（我沒把握的是他這個人究竟有沒有情感），而是他蓄意要讓威廉感受到敵意。威廉回報他的方式是露出誇張的熱情笑容說：「我一直希望有機會認識您，您的聲名於我是教誨和告誡，影響了我一生中許多重要的決定。」這句話聽起來是讚美，對不知情的人而言幾近諂媚，但紀伯納自然很清楚威廉一生中的重要決定之一，便是放棄宗教裁判長一職。我的感覺是，如果說威廉樂於見到紀伯納被關入帝國的隔離牢房，那麼紀伯納肯定樂於見到威廉意外橫死，而那幾天衛隊的負責人又正好是紀伯納，讓我著實為我導師的性命安全感到憂心。

院長應該已經告知他修道院內發生的幾起命案，所以紀伯納假裝沒聽懂威廉話中帶刺，開口說：「我應院長要求，接下來這幾天除了要讓我肩負的任務圓滿達成，也就是大家齊聚一堂擬定協議之外，看來我還得負責能從中嗅到魔鬼惡臭的幾樁悲慘事件。我之所以告訴您這件事，是因為我知道在多年前，您跟我立場相近，您、我和其他跟我一樣的人曾經肩並肩一同投入了那場善惡之爭的戰役中。」

「沒錯，」威廉語氣淡然，「但後來我加入了另一邊的陣營。」

紀伯納漂亮地接下這招，「關於這幾起命案，您可以透露些有用的線索嗎？」

「很抱歉，我不能。」威廉保持彬彬有禮的態度，「我處理命案的經驗不如您豐富。」

在那之後，我就不知道大家分頭去做什麼了。威廉結束了跟米克雷、鄔勃汀諾的對話後到寫字間去，請馬拉其亞讓他檢查幾本書，我沒來得及聽到書名，馬拉其亞看著威廉的表情很奇怪，但無法拒絕。特別的是，那些書都不需要去圖書館裡找，全在魏納茲歐的桌上。威廉埋首閱讀，我決定不要打擾他。

我下樓來到廚房，看到紀伯納或許是想了解修道院內的空間配置，所以四處走動。我聽見他詢問廚子和僕役，操著一口不好不壞的當地通俗語（我想起了他曾經在義大利北部擔任宗教裁判長），問了些關於收成和修道院內工作分配的事情，但即便那些問題稀鬆平常，他也會用犀利的眼神盯著對方看，然後冷不防拋出一個新的問題，這時他的獵物便會臉色發白，說話結巴。我得到的結論是，他以別出心裁的方式進行審問，所使用的武器無人能敵，是每一個宗教裁判長在執行任務時都會攜帶並舞弄的，那便是被審問者的恐懼。通常被審問者因為擔心自己被懷疑，會不惜說出一切好換成別人被懷疑。

那天下午，我在修道院閒逛的時候，看到紀伯納持續在磨坊、中庭裡用這種方式訊問。但他幾乎不理會僧侶，只抓著俗世教徒或農民查問。這一點，跟威廉恰好相反。

第四天　晚禱

阿里納多提供的資訊似乎極為珍貴，
威廉透漏他追查可能真相的方法是透過一連串無庸置疑的錯誤。

稍晚威廉從寫字間下樓來的時候，心情頗佳。等待用膳時間到來前，我們在中庭遇到了阿里納多。我記得他說過的話，前一天就在廚房拿了鷹嘴豆，正好交給他。他邊向我道謝，邊把豆子往他那沒了牙齒、流著口水的嘴裡塞。「你看到了吧，孩子，」他跟我說：「另一具屍體也躺在書中預示之處……接下來要當心第四聲號角啊！」

我問他為什麼認為這一連串犯罪的關鍵都寫在〈默示錄〉中，他訝異地看著我：「若望的〈默示錄〉是萬事之鑰！」他一臉悔恨接著說：「我早就知道，也早就說過了……你知道嗎，是我跟院長提議……我說的是那時候的院長，要多收集〈默示錄〉的評註。我本應當上圖書館管理員的……可是另外那個人想辦法讓自己被派去西洛斯，他在那裡找到了極其美麗的手抄本，帶回了不起的戰利品……他知道要去哪裡尋寶，而且他還會說異教徒的語言……最後接下守護圖書館一職的是他，不是我。但是天主對他施以懲罰，讓他提早進入了黑暗世界，哈哈……」他笑得很得意，我原以為活在自己暮年靜謐中的這位老者，此刻卻像一名天真少年。

「您說的是誰？」威廉問。

他驚愕地看著我們。「我說誰？我不記得了……那是好久以前的事情。天主不僅會懲罰，天主也會消解，甚或抹去記憶。很多驕傲作為都發生在圖書館內，尤以圖書館交給外人管理之後為甚。天主還會降下懲罰的……」

我們問不出其他事情，便留下他一個人繼續懊惱地低聲囈語。威廉對剛才那段對話很感興趣：「阿里納多說的話要認真聽，他每次說話都會透露有趣的事情。」

「他這次透露了什麼？」

「阿德索，」威廉說：「解開謎題跟演繹最初原理不同，收集許多特稱資料也不等於之後能推斷出通則，那至多只表示你找到了一個、兩個或三個表面看來並無相同處的特稱資料，你得想像它們會不會是通則中你還不認識的案例，也說不定是那個通則尚未經過論述。你或許知道，亞里斯多德曾以人、馬、騾都沒有膽汁，三者皆長壽為例，你可以提出沒有膽汁的動物皆長壽的原理。但是你想想看有角動物的例子。牠們為何有角？突然間你發現所有有角的動物上顎都沒有牙齒。這是很了不起的發現，只不過你又發現有些動物上顎無齒，卻沒有角，例如駱駝。後來你還發現所有上顎無齒的動物都有兩個胃。好，我們不難想像沒有足夠牙齒自然無法充分咀嚼，所以需要兩個胃以便消化食物。那麼角呢？你可以從角的物質因出發加以想像，既然沒有牙齒，那麼動物便有多餘的骨質必須從其他地方冒出來。但這麼解釋就夠了嗎？不夠，因為駱駝上顎沒有牙齒，有兩個胃，但是牠沒有角。如此一來你只得從目的因來想像。因骨質充足而長角的動物都是那些沒有防衛工具的，而駱駝的皮非常硬，所以牠不需要角。於是通則有可能成立……」

「這跟角有什麼關係？」我很不耐煩，「為什麼你要關心長角的動物？」

「我並不關心，不過林肯的主教遵循亞里斯多德理念倒是做了頗多研究。老實說，我不知道他是否找到了好理由，我也從來沒檢查過駱駝到底有沒有牙齒，肚子裡有幾個胃，我舉這些例子只是為了告訴你，觸及到自然事物時，研究分析性法則的途徑是蜿蜒曲折的。面對無法解釋的問題，你必須試著想像許多通則，這些通則與你關心的事物之間一時還看不出任何關聯性，然後這個關聯性突然出現了，於是你有了一個因和一個通則，可以勾勒出你認為說服力十足的推理。你試著將此推理應用在所有類似的案例上，用它來預測，你發現你猜中了。但是不到最後你永遠也不會知道哪些謂詞可以放入你的推理之中，哪些謂詞應該棄置不顧。那正是我現在在做的。我將不連貫的諸多元素排列出來，提出許多假設。我必須提出很多很多假設，其中不少假設荒謬至極，我都羞於啟齒告訴你。你看，以勃內拉為例好了，當我看到種種跡象，我提出了許多互補或互相矛盾的假設：有可能是一匹逃跑的馬，有可能是院長騎著那匹駿馬下山，也有可能在雪地上留下足跡的是勃內拉，留下鬃毛的可能是前一天經過的另一匹馬法未羅，而折斷樹枝的可能是其他人。我不知道哪一個假設是正確的，直到我看見焦急尋找的管事和僕役，那時我才明白勃內拉這個假設是唯一成立的，我想檢驗確認，便用了頓呼法[230]。我贏了，但我也有可能會輸。他們之所以視我為智者是因為我贏了，他們可不知道我在許多案例中是愚昧的，因為我輸了，他們也不知道其實在數秒鐘之前，我對於自己的輸贏毫無把握。關於修道院這幾樁事件，我也有我的假設，但是沒有任何明顯事實足以讓我判斷哪個假設是最好的。為了避免之後出醜，現在最好不要自作聰明。讓我再想想，到明天之前都還來得及吧。」

我在那一刻才了解威廉的推理方式，看來跟亞里斯多德思索最初原理的方式大不相符，他的理智[231]更像是天主的理智。我進一步了解的還有，當他沒有答案的時候，會先提出很多答案，而且是截然不同的答案。這讓我感到十分困惑。

「所以說，」我鼓起勇氣說出我的看法，「您距離答案還很遠……」

「已經很近了，」威廉說：「只是我不知道哪個才是對的。」
「意思是，您的問題不只有一個答案？」
「阿德索，我如果只有一個答案的話，就去巴黎教神學了。」
「在巴黎的那些人永遠都有正確的答案嗎？」
「不可能，」威廉說：「但他們很清楚知道自己錯在哪裡。」
「那麼，」我孩子氣地放肆問道：「您從來不會犯錯嗎？」
「我常常犯錯，」他說：「但我不會執著於一個假設出了錯，我會想像有很多假設都錯了，這樣我就不會受限於任何一個假設。」

我覺得威廉對真相根本毫無興趣，因為那不過是實體與理智之間達到一致罷了。想像究竟有多少種可能的可能性，才能真的讓他樂此不疲。

我必須坦白，那時候我對我的導師感到十分失望，心裡甚至這麼想：「幸好宗教裁判庭來了。」我支持紀伯納渴望查出真相的積極態度。

所以我跟威廉走進用膳室吃晚餐的時候心懷內疚，又想到那天剛好是復活節前神聖星期四猶大背叛基督的日子，讓我更加心神不寧。

第四天　夜禱

薩瓦托雷告訴我一個神奇的魔法。

為使節團準備的晚餐十分豐盛。院長顯然對人性弱點和教廷禮節知之甚詳（我必須說，以米克雷弟兄為首的方濟各會修士也樂見其成）。廚子跟我們說，前幾天剛殺豬，依照當地習俗理應要做血腸的，可是魏納茲歐的悲慘死狀讓他不得不將豬血全都倒掉，得等到下一次宰殺新的豬隻才有材料。不過我們桌上有當地自釀的紅酒醬汁燉乳鴿、烤兔肉、聖齊婭拉小圓麵包、高山杏仁燉飯、復活節前夕必吃的杏仁牛奶布丁、玻璃苣麵包、實心橄欖、炸乳酪、羊肉、白豆莢，還有其他美味甜點，包括聖伯爾納鐸蛋糕、聖尼古拉餅乾、聖露西亞烤甜餅，桌上少不了各式葡萄酒及藥草泡製的烈酒，例如香茅酒、核桃酒、治痛風的藥酒和龍膽酒，就連神情始終肅穆的紀伯納也顯得心情愉悅。若不是每一口酒或每一口食物都有人在一旁虔誠誦讀，那彷彿是一場老饕聚會。

用餐結束後大家開心地起身離席，有人宣稱身體不適避開了夜禱，院長並未因此而不悅，不是所有人都有權或必須接受我們修會的祝聖禮儀。

趁著其他僧侶前往教堂之時，我在廚房逗留打轉，大夥兒正在收拾清潔準備關門。我看到薩瓦托雷夾帶一個布包往菜園方向溜了出去，引起我的好奇心，我跟在後面叫住了他。他原本想閃躲，但禁不起我追問，說布包裡面（裡頭的東西不斷扭動，應該是活物）裝了一條蛇。

「小心蛇！牠是蛇中之王，充滿毒液，會閃閃發光！有毒，又臭，拿出來會咬你，攻擊你……牠背脊上有白紋，頭像公雞，蛇身一半挺立，另一半則跟其他蛇一樣在地上蠕動。牠會吃貝魯拉鼠……」

「貝魯拉鼠？」

「嗯！很像老鼠，但是比老鼠大隻，蛇最討厭老鼠。蛇跟癩蛤蟆獵捕貝魯拉鼠的時候，牠會跑去啃食茴香或苦萵苣，然後回頭迎戰。有人說吃牠補眼睛，但也有人說那是騙人的。」

我問他帶著蛇要做什麼，他說不關我的事。好奇到極點的我跟他說那幾天死了那麼多人，任何人都沒有秘密可言，否則我就去跟威廉告狀。於是薩瓦托雷拚命求我保密，打開布包給我看，原來裡面是一隻黑貓。他把我拉過去，露出一抹曖昧笑容附耳跟我說，他不想要讓管事或我知道是因為管事有權勢，而我年輕俊美，我們輕易就能得到村莊裡少女的愛，又醜又窮的他根本沒人愛。他知道一個十分神奇的魔法，可以讓所有女子都陷入愛河，得先殺一隻黑貓，把眼睛挖出來，塞進黑母雞生的兩粒雞蛋之中，一粒蛋塞一顆眼睛（他拿了兩粒雞蛋給我看，信誓旦旦說絕對是黑母雞生的），再把蛋放進馬糞堆中等它腐爛（他在菜園某個角落裡已經準備好了馬糞，那個地方不會有人經過），之後那兩粒蛋會各生出一個小魔鬼，聽候薩瓦托雷差遣，幫他張羅世界上所有歡愉之事。可惜啊，他說，這個魔法要靈驗，得在雞蛋埋入馬糞前，先讓他心儀的女子在上頭吐口水，這個難題讓他不知如何是好，因為那天晚上就得把那女子找來，還得讓她在不明就裡的情況下完成儀式。

我立刻感覺到一股燥熱，除了臉紅之外，還有五臟六腑、全身上下都發熱，我低聲問他是否會把那天夜裡的女孩帶進來，他笑了，一邊嘲笑我一邊說我正值發情期（我矢口否認，說我只是好奇一問）。他說村子裡女人很多，他會帶另外一個進來，比我喜歡的那天夜裡的女孩更漂亮。我覺得他是騙我的，好讓我離開，但我又能做什麼呢？難道整個晚上跟著他，不理會等著我以便進行其他計畫的威廉？我的欲望驅使我再去見她，但我的理智卻讓我打消這個念頭。即便我是如此渴望再看到她，也不該再見她？當然不該。於是我說服我自己薩瓦托雷說的是實話，他要找的是另外一個女子。也或許他從頭到尾都在扯謊，所謂魔法其實是他那個迷信的腦袋瓜編造出來的，根本無效。

我很氣他，對他態度變得很無禮，我跟他說他最好趕快去睡覺，因為會有弓箭手在牆垣一帶巡邏。他說他比弓箭手更熟悉修道院，加上起霧，誰也看不到誰。他還說，他如果現在跑走，即便在只距離我兩步的地方跟我渴望的那個少女燕好，我也一樣看不到。我悻悻然轉身離開，以我的尊貴和見習僧身分，跟那粗鄙之人計較實在不應該。

我找到威廉，依照計畫行事，先躲在中殿暗處參加夜禱，等頌禱禮結束後，就可以再度（對我而言則是第三次）潛入圖書館迷宮。

第四天　夜禱之後

重新返回迷宮，來到非洲之末入口卻進不去，
因為不知道什麼是四的第一和第七，
阿德索的病再度發作，而且是文謅謅的相思病。

造訪圖書館耗費我們許多時間。我們想要做的檢查說起來容易，可是在油燈微弱燈光下要閱讀，要在地圖上畫出洞門和牆壁，要記錄花飾文字的字首，還要依通道和障礙引導走完能夠走的路徑，需要很長的時間，而且十分無聊。

天氣嚴寒。那天夜裡風不大，並沒有聽到前一晚讓人嚇一跳的尖銳風聲，但是潮濕冰冷的空氣依舊會從牆壁縫隙中滲進來。我們戴上了羊毛手套，以免翻書時手指過於僵硬，但那手套是冬天寫字用的，所以指尖暴露在外，我們不時得伸手借油燈火苗取暖，或放入胸口禦寒，或是為避免身子凍僵原地跳動時兩手互相拍打。

所以我們沒辦法一口氣完成所有工作，常常半路停下來看看書架上的書。而且威廉的鼻梁上現在戴著新鏡片，可以隨意看書了，他看到的每一本書都能讓他開心歡呼，若不是他原本就知道那本書，就是因為他找那本書很久了，也或許是因為他從未聽人提過，所以更加興奮與好奇。總而言之，對他而言每一本書都像是在陌生國度遇到的奇珍異獸，他一邊翻著某部手抄本，還一邊催促我去找其他書。

「去看看那個書架上有什麼書！」

我只得費力地一本本讀給他聽：「比德[232]的《盎格魯人教會史》……這幾本書也都是比德的，《如何興建神殿》、《論神龕》、《狄奧尼修斯．伊希格斯之圈[233]的時間、計算與小故事》、《拼寫》、《度量計算》、《聖庫貝托的一生》、《度量的藝術》……」

「可想而知，全是比德的作品……你看這些書！《論修辭學之相仿》、《修辭學之老生常談》，還有好多語法學家的書，普立夏諾[234]、諾拉圖斯[235]、多納圖斯[236]、馬克西穆斯[237]、維托利努斯[238]、艾烏提克[239]、佛卡斯[240]、亞斯珀[241]……奇怪，我原以為這裡的作者會都是英……看下面這層好了……」

「《愛爾蘭名言錄》[242]。這是什麼書？」

「是關於愛爾蘭的一本詩集。你聽：

生氣勃勃的海環抱宇宙盡頭，
拍打陸地邊陲的激流，
在遙遠無人之島沖刷而過。
沙灘上巨浪隆隆怒吼，
奮力犁出的溝壑裡化為泡沫，
可聞巨響可聞狂風……」

我雖聽不懂詩中涵義，但是威廉朗讀時那些文字在他口中翻騰，我彷彿聽見了海浪和泡沫的聲音。

「還有呢，這是聖亞浩[243]的著作，你聽這一段：謹懷虔誠滿懷慈愛的詠詩讚詩和任何形式的詩置在天極之下獻給諸神……每個字的字首都相同！」

「我的島國同胞都有些瘋癲。」威廉語帶得意，「我們再看另一個書架吧。」

「維吉爾。」

「怎麼會在這裡？維吉爾哪本書？《農事詩》[244]？」

「不是，是《綱要》，我沒聽過。」

「不是那個維吉爾的著作，是另外一個雄辯家維吉爾．迪．土魯斯[245]，在主耶穌誕生後六百年才來到人世的維吉爾，以睿智聞名……」

「他說藝術是詩、是修辭、是語法、是優雅、是辯證、是幾何……這語言好奇怪，是什麼語言？」

「拉丁文，是他自己獨創的拉丁文，他認為這個拉丁文更為優美。你看他怎麼說的：天文學研究的黃道十二宮是月、人、草、梨、鹿、風、岩、珍珠、泥、葡萄和蘿蔔。」

「他瘋了嗎？」

「我不知道，他不是我同鄉。你聽這個，他說形容火有十二種方式：火，炊具（因為炊具可烹煮生食），火焰，熾熱，火燃燒的　啪聲，火紅，冒煙，燒烤的焦痕，誘惑（因為火的魅力可以讓幾乎癱瘓的四肢甦醒），石（因為火來自石頭，或應該說來自石頭敲擊的火花），或燧石，還有希臘神祇埃涅阿斯（因為他心中有火，也可以說是他靈魂中有燃火的元素）。」

「沒有人會這麼論述的吧！」

「幸好沒有。不過有一段時期，為了逃避世間之惡，語法家紛紛以晦澀難解的習題自娛。有人告訴我當年有雄辯家甘布德烏斯和泰倫提烏斯為了『我』的呼格[246]爭辯了十五天十五夜，最後還動刀動槍打了起來。」

「還有這個，您聽……」我拿起一本書，極為精緻的泥金裝飾畫中有一座植物蔓生的迷宮，猴子跟蛇從藤蔓中探出頭來。「您聽這個：歌人、膠人、魚人、花人、陶人、聲人、木人、悅人、眼疾人……」

「這是我同胞的作品，」威廉神色溫柔地說：「不要對地處偏遠的愛爾蘭僧侶太過苛求，今天這間修道院之所以存在，或者我們可以說，今天之所以有神聖羅馬帝國存在，都要感謝他們。當時歐洲其他地方一片焦土，可是有人有一天突然公告說高盧地區的神父所施的洗禮無效，理由是他們**因父及女之名**施洗禮[247]，其實他們並未宣揚新的異端思想，也沒有將耶穌視為女子，單純只是因為他們不懂拉丁文。」

「像薩瓦托雷那樣？」

「差不多。當北方海盜順流而下掠劫羅馬城，異教徒神殿被夷為平地的時候，基督教還沒有教堂，那時候只有愛爾蘭僧侶在他們的修道院中閱讀寫字，為書本做裝飾畫，他們後來坐上用動物皮革做的小筏，到這片土地上把所有人當作異教徒，開始對大家傳福音，你懂嗎？你去過波比歐，那是聖高隆邦創建的城市，他也是這群愛爾蘭僧侶中的一個。所以，他們自創了一種新的拉丁文又有何妨，反正古典拉丁文已無人能識。他們都是偉人，聖布倫丹甚至航行到極樂島，在地獄靠岸，看到猶大被鐵鍊綑綁在一塊礁石上，還有一天他停靠在一個小島上，他下了船才發現那座島其實是個海怪。[248]當然，他們也都是瘋子。」最後那句話他很得意地重複說了一遍。

「他們的圖畫……令人難以置信！好繽紛的顏色！」我讚嘆不已。

「而他們的土地上色彩並不繽紛，有些許藍，放眼望去皆是綠。我們不能再討論愛爾蘭僧侶的事了。我要知道的是，為什麼這裡放的是盎格魯和其他國家語法學者的著作。看一下你的地圖，我們現在在哪裡？」

「我們在西側塔樓。我把花飾文字都抄下來了。從沒有窗戶的那個房間進到七邊形廳室後，只有一個出口通往一個房間，那個房間的字首是紅色的H，從那裡經過其他房間繞塔樓一圈後回到最初那個房間，所有字首排列起來……您說對了，就是**愛爾蘭**（HIBERNI）！」

「愛爾蘭。如果從沒有窗戶的那個房間回到七邊形廳室，那裡跟另外三個七邊形廳室一樣，字首是〈默示錄〉（Apocalypsis）的A，除了愛爾蘭的著作，還有其他語法學家跟雄辯家的著作，因為圖書館建造者認為語法學家應該要跟自創拉丁文的愛爾蘭語法學家放在一起，即便那愛爾蘭人的出生地是法國土魯斯。這是其中一個準則。你看，我們開始理出頭緒了。」

「可是我們進來的地方，也就是東側塔樓那幾個房間的字首排起來是FONS……那是什麼意思？」

「你看仔細一點，按照入口路徑的順序把每一個房間的字首字母拼起來。」

「FONS ADAEU……」

「不對，是**亞當之泉**（FONS ADAE），我記得最後的U是東側塔樓另一個沒有窗戶的房間，或許應該跟其他字母連結。我們在**亞當之泉**，也就是伊甸園中看到了哪些書（你還記得那裡有一個空房間設有聖壇，面向黎明曙光升起的地方吧）？」

「有很多聖經，還有聖經的評註著作，全都跟聖經有關。」

「你看，聖言呼應伊甸園，大家都說伊甸園在遙遠的東方，而愛爾蘭在這裡則呼應西方。」

「也就是說圖書館配置依循的是世界地圖？」

「有可能。而藏書則是依照來源國家或作者出生地區隔，以眼前這個案例來看，作者可能的出生地或許也是參考依據。世代相傳的圖書館管理員認為語法學家維吉爾的出生地其實不是土魯斯，而是愛爾蘭，因此把他的書放在這裡，訂正了這項錯誤。」

我們繼續往下走，經過好幾間房間，裡面收藏的全是美麗非凡的〈默示錄〉，我在其中一個房間有過幻覺。果不其然，我們遠遠地就看到了火光，威廉捏著鼻子跑去用灰把火撲熄了，為了謹慎起見，我們加快腳步匆匆走過，但我還是想起了那本畫了披著太陽的女人與龍交戰的鮮豔多彩的〈默示錄〉。我們從最後一個房間的紅字Ｙ往回推，得到的字是**西班牙**（YSPANIA），不過最後的Ａ跟愛爾蘭字尾的Ａ重疊。威廉說，這表示其他房間的藏書應該是類別混雜的。

總而言之，**西班牙**這幾個房間有許多〈默示錄〉手抄本，每一本都製作精美，威廉說全都出自西班牙僧侶之手。我們發現在這圖書館內有基督教世界裡最豐富的〈默示錄〉版本，以及數量驚人的相關評註著作。有很多厚重大書都是北亞托．德．列瓦納編著的《默示錄評註》，文本大同小異，插圖則超乎想像千變萬化，威廉認出了他覺得是阿斯圖里亞斯王國[249]最優秀的幾位裝飾畫家，包括馬吉烏斯、法昆杜烏斯[250]等人的作品。

我們東瞧西看，信步走到了南側塔樓，我們前一晚已經來過這裡。**西班牙**沒有窗戶的房間Ｓ可通往南側塔樓的房間Ｅ，我們依序走完五個房間，最後一間沒有其他通路，花飾文字的字首是紅色的Ｌ。我們反過來讀，得到的結果是**獅子**（LEONES）。

「獅子在南方，以我們的地圖來看是非洲，非洲有獅。難怪這裡有許多異教徒作者的書。」

「還有其他人的，」我在書架上翻書，「伊本．西那[251]的《醫藥法典》，這部美麗抄本上的字我認不出來……」

「可能是可蘭經，可惜我不懂阿拉伯文。」

「可蘭經，異教徒聖經，是邪惡之書……」

「是與我們思維不同的智慧之書。不過這樣你就知道為什麼這本書會放在這裡，跟獅子和妖魔鬼怪在一起了。我們上一次也是在這一區看到《動物寓言集》的，有獨角獸的那本書。這一區之所以名為**獅子**，是因為對圖書館建造者而言，這些都是謊言之書。那邊有什麼書？」

「是拉丁文，可是原文是阿拉伯文，作者叫阿猶比．魯哈維[252]，談狂犬病。這本是《寶藏之書》。這本則是海什木的《論視覺》……」

「你看，他們把基督徒應該好好學習的科學著作夾在謊言和妖魔鬼怪之中。不難想見這圖書館是在哪個年代建造的……」

「為什麼他們要把談獨角獸的書跟這些虛妄之書放在一起呢？」我問威廉。

「顯然是因為圖書館建造者想法有問題。他們認為這本書說的是住在遙遠國度中的假想動物，所以把它歸類於異教徒的謊言之作了……」

「獨角獸難道是編造出來的？牠明明是極為溫馴、又堪為表徵的動物啊。牠代表基督和守貞，唯有安排貞女出現在森林裡，獨角獸聞到她的純真香味才會走出來將頭靠在她的腿上，任憑獵人綑綁捕獵。」

「據說是這樣的，阿德索，但是也有很多人認為那是異教徒捏造的無稽之談。」

「那也太讓人失望了吧，」我說：「我很期待在穿越森林時能遇到獨角獸，否則走在林中有何樂趣可言？」

「獨角獸未必不存在，只是有可能跟這些書中所繪不同。有威尼斯旅人去到很遙遠的地方，十分接近地圖上的天堂之泉，在那裡他看到了獨角獸。可是他看到的獨角獸粗野笨拙，色黑而醜陋，我想他的確看到了活生生的獸，而且額上有角。說不定那些擁有古老智慧但未必不會犯錯的大師們受天主恩賜，得見我們從未得見所傳承下來的最初忠實描述跟威尼斯旅人所錄是一樣的，只是那描述經過世代流傳，加入了各種幻想，於是獨角獸就變成了優雅、潔白而溫馴的動物。所以你如果知道在某座森林裡有獨角獸，可千萬別帶著貞女前往，因為那動物恐怕更接近威尼斯旅人而非此書的描述呢。」

「那些擁有古老智慧的大師如何得到天主對獨角獸真實本質的揭示呢？」

「無關揭示，是經驗。他們夠幸運，出生之地便有獨角獸，或在他們那個年代，這片土地上是有獨角獸棲居的。」

「如此說來，您念茲在茲的古老智慧若是透過任意詮釋、虛妄捏造的書而傳遞，我們又怎能相信呢？」

「論述著書並不是為了讓人相信，而是為了讓人探查。我們翻開一本書要知道的不是它說什麼，而是它想說什麼，早期的聖經評註者對這點十分清楚。這些書中描述的獨角獸固然有違道德或寓意或神秘主義的真相，但真相依舊是真相，誠如守貞是高尚美德一樣，並不會因此而改變。至於支撐道德、寓意和神秘主義真相的文字真相，得看那文字是源於怎樣的原始經驗。文字應該要被討論，即便其超感觀是好的。有書上寫著鑽石只能以羊血切割，我的偉大導師培根說那是假的，因為他試過，沒能成功。但如果鑽石跟羊血之間的關係有更高層次的意義，那麼這個說法就不容懷疑。」

「所以可以藉由文字的欺瞞陳述更高層次的真相。」我說：「但是那樣的獨角獸不存在，或不曾存在，連一天都未曾存在過，還是讓我覺得很遺憾。」

「我們不能懷疑天主的全能，天主若有所願，自然便會有獨角獸。別抱怨了，至少獨角獸存在於這些書本之中，就算這些書所言的獨角獸未必真實存在，但仍有可能存在。」

「所以看書的時候不必訴諸信德，即便信德是超德[253]？」

「還有另外兩項超德，望德，表示可能存在。愛德，表示真心相信可能存在。」

「如果您的智德不相信獨角獸存在，那麼獨角獸對您來說有何意義？」

「就如同魏納茲歐被拖到豬血缸之前，留在雪地上的足印一樣。書中的獨角獸就像一個印記，既然有印記，就應該有留下印記的某個東西。」

「但是您跟我說過，那跟印記是不同的。」

「沒錯，印記未必會跟留下印記的形體相符，印記也未必一定是形體按壓留下的。有時候它會重現某個形體留在我們腦中的痕跡，那便是概念的印記。概念是事物的符號，影像是概念的符號，也是符號的符號。我藉由影像除了可以重建形體之外，還可以重建他人心中的概念。」

「這樣就夠了？」

「不夠，真正的科學不能以概念自滿，因為概念僅是符號，必須要找出事物的獨有真相。所以我願意從這個印記的印記上溯至鎖鍊開端的獨角獸個體，同樣地我也願意從殺害魏納茲歐的兇手留下的模糊符號（這些符號可能會指涉許多其他符號）上溯至單一個體，也就是兇手。但通常很難在短時間內做到，而且需要借重其他符號。」

「所以我若談某件事，那件事永遠說的只能是另一件事，以此類推，而最終的那件事，也就是真實的那個，根本不存在？」

「或許存在，就是那個獨角獸個體。被擔心，遲早有一天你會遇見牠的，不管牠是否又黑又醜。」

「獨角獸、獅子、阿拉伯和摩爾作家，」這時候我想到，「這裡肯定就是僧侶們所說的非洲了。」

「無庸置疑。如果是這裡的話，我們應該會找到帕齊斐克．達．提佛里提到的那幾個非洲詩人的作品。」

果然，當我們再度往回走到字首為L的房間，便在其中一個書架上找到了佛洛盧烏斯[254]、佛隆托[255]、阿普列尤斯、卡培拉[256]、傅哲提烏斯[257]的書。「所以這裡就是貝藍格說秘密得以揭曉的地方。」我說。

「應該是。他說到『非洲之末』的時候，馬拉其亞勃然大怒，『末』可能是說最後一個房間，或是……」他驚呼一聲，「可不是近在眼前嘛！你有沒有注意到什麼？」

「注意什麼？」

「我們往回走，回到最早的房間S！」

我們折返第一個沒有窗戶的房間S，那裡的花飾文字寫的是：**寶座上坐着二十四位長老**。這個房間有四個出口，一個通往向八角天井開窗的房間Y，一個通往臨外牆的房間P，連同其他字母可組成**西班牙**一字。向塔樓方向則通往我們剛才走過的房間E，有一面未開口的牆，還有一個出口通向另一個無窗戶房間U。房間S就是有鏡子的那間，幸好鏡子立在我右手邊牆上，否則我大概又要被嚇一次。

看著地圖，我察覺到那個房間有些奇怪。另外三個塔樓的無窗戶房間都能通往七邊形廳室，否則隔壁的無窗戶房間U就應該要有開口通向七邊形廳室，可是U除了跟S之間有洞門外，就只能通往面向室內八角天井開窗的房間T，其餘三面牆都是書架無開口。我們打量四周，發現了地圖上顯而易見的疑點：就邏輯和對稱來看，那個塔樓應該要有的七邊形廳室，不見了。

「沒有七邊形廳室。」

「不可能沒有，如果沒有的話，其他房間應該會更大，可是這些房間跟另外三個塔樓的房間大小相仿。所以有七邊形廳室，只是我們進不去。」

「牆封起來了？」

「有可能。那應該就是非洲之末，讓好奇打探者紛紛送命的地方。牆封起來，不代表沒有通道，肯定有通道，而且魏納茲歐找出來了，不然他就是從阿德莫那裡聽來的，而阿德莫的消息來源則是貝藍格。我們再仔細看看魏納茲歐的筆記。」

他從僧袍中取出魏納茲歐的羊皮紙朗讀：「手放在偶像上操作四的第一和第七。」他看了看室內，然後說：「沒錯！偶像是鏡中影像！魏納茲歐當時是用希臘文而非拉丁文思考，偶像既是影像也是幽靈，這面鏡子會讓我們的影像變形，那天晚上我們就誤以為有鬼！那麼鏡子上的四是什麼呢？難道是在鏡面上的某個東西？那我們就得站在特定位置上，看看是否能找出某個反射在鏡面上的東西，符合魏納茲歐的描述……」

我們站在不同位置看了半天，毫無所獲。除了我們的影像外，在微弱的燈光下，鏡子只能映照出模糊的室內輪廓。

「嗯，」威廉思索道：「也可能指的是鏡子後方……要我們進入後面的房間，也就是說這面鏡子其實是一道門……」

那面鏡子比一般人高，以厚重的橡木為框嵌在牆上。我們摸遍了整面鏡子，試著把我們的手指和指甲插入鏡框和牆壁的縫隙中，可是那鏡子緊密嚴實，彷彿是牆壁的一部分，是嵌在石壁上的一顆石頭。

「如果指的不是鏡子後面，或許是說鏡子上面。」威廉一邊喃喃自語，一邊踮起腳尖，伸長了手臂檢查鏡框上緣，結果除了灰塵之外什麼都沒找到。

「反正，」威廉沮喪地說：「就算在這後面另外有一個房間，我們和其他人要找的書也不在那房間裡，因為被魏納茲歐帶走後，又不知道被貝藍格藏到哪裡去了。」

「說不定貝藍格又放回來了。」

「不可能，那天晚上我們人在圖書館裡面，而且一切跡象顯示他偷了書之後沒多久就死了，當天晚上就在澡堂送了命，否則第二天早晨我們應該還會見到他。那不重要……我們現在找到了非洲之末的位置，也整理了所有資料，足以把圖書館的地圖畫得更詳盡。你大可斷言我們解開了許多迷宮之謎，應該說幾乎全都解開了，只差一個。我想我再研究幾次魏納茲歐的手稿和其他訪查結果，應該還會有新的收穫。你看，我們從外面比在裡面更能看清迷宮之謎，今天晚上面對我們扭曲的影像，問題依然沒有解決。燈光漸漸轉弱，我們把其他文字也記下來吧，好完成這份地圖。」

我們走過其他房間，將我們的發現一一記在我的地圖上。有的房間專門收藏數學和天文學著作，有的房間則全是亞拉姆語的著作，我們兩個都看不懂，還有其他不知名文字寫成的書，或許來自印度。我們還經過兩組房間文字排列出**猶太**（IUDAEA）和**埃及**的（AEGYPTUS）。我們的解碼過程恐怕會讓讀者看得意興闌珊吧，簡而言之等我們將地圖繪製完畢時，我們確認了圖書館的確是按照世界地圖興建配置的。北方有**盎格魯**（ANGLIA）和**日耳曼**（GERMANI），沿著西側牆面有**高盧**（GALLIA），之後極西處有**愛爾蘭**，向南有**羅馬**（ROMA，古典拉丁學者的天堂）和**西班牙**。再往南走有**獅子**和**埃及**，朝東則有**猶太**

和**亞當之泉**。介於東方與北方之間的靠牆房間組成了**亞該亞**（ACAIA），威廉說那是一種舉隅法[258]，指的是希臘，而那四個房間中確實收藏了希臘這個古老異教國家許多詩人與哲學家的著作。

解讀這些字母的排列方式無常理可循，有時候要往前，有時候要後退，有時候得繞圈，我先前說過，常常會遇到兩組字的字母重疊（字母被重複使用的那個房間會有一個書架同時擺放兩個主題的書），可是找不出明確的排列準則，圖書館管理員純粹靠死背才能找到書。如果有一本書的記錄是「亞該亞第四」，從字首為A的房間出發走到第四個房間就會找到它。至於如何知道是該往前、往後或繞圈，應該只能憑藉管理員的記憶。例如**亞該亞**的房間排列是四方形，也就是說最初的A也是最後的A，不過這個配置我們很快就解出來了。我們同樣立刻就看出來的是屏障遊戲，舉例來說，**亞該亞**那組房間在迷宮中是死路，如果想從東側塔樓出發走到北側塔樓，就得穿越另外兩個塔樓。假設歷任圖書館管理員的目的地是北側塔樓的**盎格魯**，他們當然知道上樓進入東側塔樓的**亞當之泉**後，得穿越**埃及**、**西班牙**和**日耳曼**才行。

這些發現讓我們的圖書館探勘之行成果斐然。不過在告訴讀者我們如何心滿意足離開（因而目睹了我之後會描述的事件）之前，我必須坦承一件事：當我們在名為**獅子**的南側塔樓閒逛時，看到其中一個房間收藏了許多繪有奇怪光學設計圖的阿拉伯著作，威廉在那裡停了下來，由於那晚我們準備了兩盞油燈，我便好奇地走到隔壁房間去，看到有遠見的圖書館建造者審慎地將某些顯然不適合所有人閱讀的書，集中擺放在其中一面牆上，這些書以不同角度論述身體和精神的疾病，幾乎都是異教徒學者的作品。我不經意看到一本書，開本不

圖書館平面圖

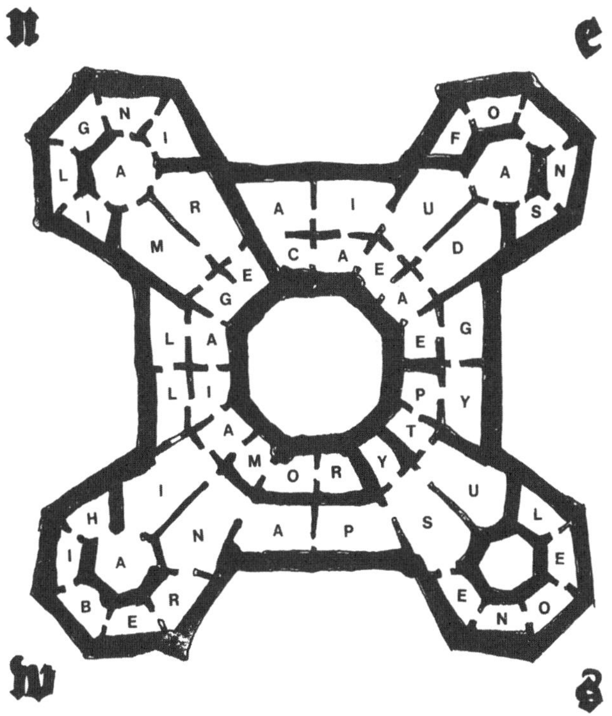

大，裝飾畫全是花朵、藤蔓、成雙成對的動物和藥草，跟主題相去甚遠（幸好如此！），書名是《愛的體現》，作者馬西莫．達．博隆尼亞修士引用了許多其他作品的文字，談的全都是相思病。讀者想必知道我病入膏肓的好奇心不費吹灰之力就會被喚醒，其實僅只看到書名就足以點燃我的心，讓早晨才淡去的少女身影重新鮮活起來。

我一直告訴我自己，一個健康、身心平衡的見習僧不該耽溺於那天早晨的胡思亂想中，加上那一整天發生的事情既緊湊又充實，轉移了我的注意力，因此我內心的渴望得到壓抑，以至於連我自己都以為那不過是一時鬼迷心竅，而我已經徹底擺脫了。豈料我一看到那本書，就發現我的相思病病得不輕。後來我才知道，閱讀醫學書籍的時候，每個人都會以為自己感覺到書上所說的各式痛楚。當時我擔心威廉突然走進來問我看什麼如此入迷，只得匆匆瀏覽，但書中鉅細靡遺描述的症狀讓我深信我已罹患相思病，內心既因為自己罹病而擔憂，又因為看到有人如此生動地陳述我的狀況而感到欣慰；同樣讓我深信不疑的是，儘管我病了，但是我的病算是正常，因為有許許多多的人都跟我承受一樣的煎熬。

伊本．哈茲姆[259]所言讓我深受感動，他認為愛是難以治癒的疾病，唯一的解藥便是愛，得了相思病的人並不想痊癒，病患根本不渴望恢復元氣（天主知道這是千真萬確的！）。我明白為什麼那天早晨不管看到什麼都情緒激動了，因為根據巴西里歐．達卡拉[260]的說法，愛會透過眼睛侵入人體，得了這個病的人會顯得異常開心——這個症狀不易混淆——卻又渴望獨處，偏好孤獨（就像我今天早上那樣），伴隨而來的其他現象包括突如其來的焦躁不安，以及過於震驚而無法言語的……

嚇到我的是看到有人說真摯之愛若無法得見所愛之人，恐怕會形銷骨立，往往一病而臥床不起，有時候此病會影響腦部，讓病人失去理智、胡思亂語（顯然我還沒惡化到那個地步，因為探查圖書館時我表現得頗為勤奮）。令人不免憂心忡忡的是，書上說如果病情惡化恐將導致死亡，我問我自己，為了思念那少女帶給我的歡愉是否值得肉體做出如此犧牲，更不用說靈魂的健康會受到多直接的影響。

聖赫德嘉寫的一句話讓我明白我那天的憂鬱心情，以及見不到少女的甜蜜苦痛其實很危險，與悖離了和諧完美天堂之人的感受雷同，這種憂鬱「陰暗且苦澀」，是蛇吐信吹氣及魔鬼教唆的結果。這個說法獲得另一位異教智者認同，我眼前的文字節錄自波斯學者札卡利亞．拉齊[261]的《克欲之書》，他把相思憂鬱症比為變狼妄想症，認為此病會讓病人的行為舉止越來越像狼：最初病人的外觀會改變，他們視力減退，眼睛凹陷流不出眼淚，舌頭漸覺乾澀並長出膿包，全身皮膚乾燥且一直覺得口渴，然後他們會整日臥床，面朝下，臉上和脛骨都會出現類似犬咬的齒痕，入夜後會在墓園內遊蕩。

看完偉大的伊本．西那陳述後，我對我病情的嚴重程度已再無半點懷疑，他將愛情定義為常出現於憂鬱性格的一種懸念，肇因於對某位異性的臉龐、舉止或特質朝思暮想（伊本．西那所言正是我的真實寫照！）：剛開始其實不是病，是因為不滿足，後來懸念遂轉化為執念而成病（願天主寬恕我，為什麼我明明得到了滿足，卻依然執迷不悟呢？難道那天夜裡發生的事，並非一種愛的滿足？那麼這種病要如何得到滿足呢？），接下來眼皮會不停抽動，呼吸不規律，一會兒笑一會兒哭，脈搏猛烈跳動（我在閱讀他的文字時，脈搏確實猛烈跳動，呼吸時有時無）。伊本．西那提出一個萬無一失的測試方法，也是早先蓋倫[262]確認愛慕對象的做法：抓住為愛受苦之人的手腕，讀出許多異性的名字，直到察覺出那人脈搏在某個名字出現時會加速為止。我真害怕我的導師突然走進來，抓住我的手腕，以我的血脈搏動探知我的秘密，我將羞愧難當……

唉，伊本・西那說補救之道便是讓兩個相愛之人結婚，那病可望不藥而癒。他畢竟是沒有信仰之人，無論多麼周延，也難以顧及一個本篤會見習僧的處境，是注定無法痊癒了。或者應該說，不管是自己的選擇或是雙親的審慎決定，見習僧一旦發了誓願，他就不該得相思病。幸好伊本・西那雖然沒有想到我們修會的規定，但他考慮到有些相愛之人無法結合，建議可做熱水浴以根治此病。（難道貝藍格也想藉此治癒阿德莫死後留下的相思病？可是，可以為同性得相思病嗎？抑或那是縱慾獸行？我昨天晚上的事情就不算是縱慾獸行嗎？我立刻告訴我自己，當然不是，那是甜美的，而下一刻我又說：阿德索你錯了，那是魔鬼製造的幻覺，當然是獸行，你有罪是因為你做了野獸的行為，你若執意不肯認罪，就犯了更嚴重的罪！）但我緊接著又看到伊本・西那說還有其他方法，可以向年邁老婦求助，因為她們以誹謗所愛消磨時間的經驗豐富，似乎老婦是比男性更能夠滿足這類需求沒錯。

這或許是個解決方法，可是我在修道院中找不到老婦啊（年輕的也沒有），所以我得麻煩某個僧侶對我說那少女的壞話，我能找誰呢？再說，僧侶哪比得上長舌老婦對女人的了解呢？

伊本・西那這個異教徒提出的最後解決之道實在猥瑣，他居然建議得了相思病的男人跟許多女奴交合，這對僧侶而言更不適宜。我不禁自問，年輕僧侶若得此病難道就無法痊癒，無藥可醫了？還是我應該去找賽夫禮諾，請他調配藥草？我找到一段阿納多・迪・維拉諾瓦[263]的文字，我聽威廉多次談及這位作家總是十分敬仰。他說相思病起於體內囤積過多的水分和氣體，如果血液（負責製造精液）過多便會導致精液過多，而當人體過於潮濕悶熱時，其結構會進入一種「性愛狀態」，會強烈渴望男性與女性的結合。人體腦中室中樞（我不懂那是什麼？）有一個評估機制，目的是感測感官接收到的感性對象中的非感性企圖，當人對感官接收對象的欲望過於強烈，這個評估機制便會失序，而那人也就會陷入對所愛之人的幻想中，此時全身及整個靈魂都會感到灼熱，憂傷會被喜悅代替，因為喜悅之時那熱會升至人體表面使臉龐發紅（若在絕望時刻，那熱會降至身體底端，讓皮膚發冷）。維拉諾瓦建議的治療方法是徹底斷絕任何見到所愛之人的希望，如此一來相思的念頭便會遠去。

這麼說來我已經痊癒了，要不然也在好轉當中，因為我再見到我牽掛之人的機會少之又少，也可以說完全沒有，就算見到也無法接近她，就算接近她也無法再擁有她，就算我能擁有她也無法將她留在身邊，因為我是僧侶，也因為我對我的家庭名譽有責任……我得救了，我這麼告訴我自己，我將書本闔上，整理心情，就在此時威廉走了進來。我跟他繼續我們的迷宮之旅，迷宮之謎已經解開（如前所述），那一刻我拋開了心中執念。

只是我很快就又回到原點，而且這一次情況（唉！）大不相同。

第四天　夜

薩瓦托雷的行蹤不幸被紀伯納發現，阿德索深愛的少女則被當作女巫下獄，大家就寢時比之前更為悶悶不樂，也更加憂心。

我們準備回到用膳室的時候聽到人聲吵雜，廚房那邊有微弱的燈光閃爍。威廉立刻熄了油燈，我們貼著牆向通往廚房的門走去，吵雜聲來自室外，而對外的那扇門敞開著。之後所有聲音和燈光逐漸遠離，有人大力地關上了門，那一聲巨響預示有憾事發生。我們匆匆走過藏骨室進入教堂，向右轉，從朝南出口走出來，看到中庭有亮晃晃的火炬。

混亂中，彷彿我們跟其他人一樣，是從寢舍或朝聖者庇護所一起來到中庭的。我們看到弓箭手緊緊抓著臉色如眼白一樣死白的薩瓦托雷，旁邊則有一名女子在哭泣。我心中一緊，是她，是我朝思暮想的那個女孩。她看到我便認出了我，眼神中是祈求和絕望，我有上前救她的衝動，但威廉抓住我，毫不留情地低聲斥責我。這時修道院僧侶和賓客紛紛湧至。

院長來了，紀伯納也來了。弓箭手隊長向紀伯納做了簡短報告，事情經過是這樣的：弓箭手奉紀伯納之令入夜後在修道院內巡邏，特別留意教堂主入口、菜園和主堡立面一帶。（這一點我原本不解，隨即明白顯然是紀伯納從僕役或廚子口中得知入夜後有不法勾當，雖不知道主事者是誰，但地點是在牆垣和廚房之間，說不定呆頭呆腦的薩瓦托雷除了跟我透露他的計畫外，還跟廚房或畜棚裡的人說過，而那個該死的傢伙禁不起下午紀伯納一番逼問，就把事情和盤托出了）弓箭手在黑暗和大霧中嚴加防備，結果在廚房門口抓到了薩瓦托雷，而且身邊還帶著一名女子，那時候他正打算依計畫行事。

「在這神聖的地方居然有女人！而且帶她進來的是一名僧侶。」紀伯納神情嚴肅地對院長說：「尊貴的院長大人，」他接著說：「若只是違反守貞誓願，此人該如何懲戒將由您決定，但我們還不知道這兩個邪惡之徒的計謀是否與所有賓客的安危有關，所以我們必須先就此予以釐清。喂，你這個無恥之徒，」他將薩瓦托雷藏在胸口以為可以遮掩罪證的布包搶了過來，「裡面裝了什麼東西？」

我知道裡面裝了什麼：一把刀和一隻黑貓。布包一打開，那黑貓便喵喵叫著氣沖沖地飛奔而去，兩粒蛋已經破了，黏糊糊的，大家乍看之下或以為是血，或是黃澄澄的膽汁，不然就是其他汙穢物。薩瓦托雷那時候正打算進廚房殺貓刨眼，不知道他許了什麼承諾騙得那女孩跟他一起去。我很快就知道承諾是什麼了。弓箭手搜那女孩的身，一邊惡意嘲笑，一邊口出穢言，結果搜出一隻死掉的小公雞，還沒拔毛。偏偏那天夜裡每隻貓看上去都灰撲撲的，而那隻公雞看起來就跟貓一樣黑。我心裡想，其實要吸引她根本不需要這些東西，那可憐的女孩前一天晚上（為了對我的愛）還扔下了一顆珍貴的牛心呢……

「啊！」紀伯納語氣凝重，「黑貓和黑公雞……我知道這些東西的用途……」他發現威廉也在場旁觀，「威廉修士，您應該也知道吧？您三年前不是在吉爾肯尼擔任宗教裁判長嗎？那時候有一個女孩化身為黑貓跟魔鬼交易，對吧？」

我覺得我的導師因怯懦而不肯開口，我便抓住他的袖子扯了扯，絕望地低聲求他：「跟他說那公雞是要殺來吃的……」

威廉掙脫我的手，彬彬有禮地對紀伯納說：「我想您無須借助我早年經驗，可自行得到結論。」

「喔，當然也有權威人士可做見證，」紀伯納微笑說：「史蒂芬・迪・波旁[264]在他的論文中談到聖靈的七個恩賜，以聖多明我為例，他在法國方若宣道斥責異端之後，對一些女子說她們將會看到自己侍奉之人是什麼模樣，突然間有一隻模樣駭人的貓跳了出來，牠的體型大如犬，瞪大的眼睛是火紅色的，血紅的舌頭垂到肚臍眼，短尾巴高高豎起，因此無論牠轉向何方，總是露出那猥褻的泄道，臭氣熏天，許多撒旦的信徒，包括聖殿騎士團在內，集會時習慣親吻肛門行禮如儀。那貓在那些女子之間走動約一個時辰後，後腳一蹬跳到懸掛鐘的繩索上，再往上攀爬，留下一坨排泄物。根據阿藍・的・里爾的說法，貓之名源自狡詐（catus），不正是因為牠們會親吻肛門，視其為路西法的化身，所以加太利派最喜歡的動物是貓嗎？紀庸・德奧佛涅[265]在他的《論法》書中不也證實了這個令人作嘔的儀式？大阿爾伯特不也說貓是有能的魔鬼？我可敬的同修會弟兄雅克・福尼爾[266]也說宗教裁判長高佛里多・達・卡爾卡松臨死前，病榻旁出現了兩隻黑貓，難道不是魔鬼現身嘲笑死者嗎？」

僧侶們發出驚恐低語，許多人在胸前畫十字。

「院長大人，院長大人，」紀伯納一副正氣凜然的樣子，「恐怕尊貴的您並不知道那些罪人會使出怎樣的手段！但我很清楚，那是天主所願！我見過極其惡毒的女子，在夜裡最黑暗的時刻夥同其他女子用黑貓完成的幻術，連她們自己也無法否認：她們騎著某些動物，在黑夜掩護下馳騁於無垠天空中，背後拖著那些在貪婪夢境中臣服於她們腳下之人……魔鬼會以公雞或其他黑色動物之姿向她們現身，至少她們對此堅信不移，她們甚至還與他同衾共枕，請不要追問我細節。我確信在不久前，這一類黑魔法也在亞維儂出現過，有人準備了春藥和油膏想在教宗的食物中下毒，謀害他的性命。教宗之所以能查出食物中有毒，保住己命，是因為他有一套形似蛇信的神奇珠寶，綴有極美的祖母綠和紅寶石，因天主聖德讓此二物能測出食物中的毒！感謝天主，這一套十一個珍貴蛇信是法國國王所送，我們的教宗才得以逃過一劫。其實教宗的敵人無所不用其極，大家都知道十年前被逮捕的異端伯納・德律西[267]做了什麼：在他家裡找到了許多黑魔法書，書中註記的都是最邪惡的魔法，教人如何製作蠟人像以用來對付敵人。你們大概難以想像，在他家確實找出了教宗的蠟人像，手藝高超，十分神似真人，而且在身體幾個致命部位都做了紅圈記號，大家都知道，如果用繩子將蠟人像吊起來放在鏡子前面，再用針戳刺致命部位，就會……唉，我何須花時間描述這些下流把戲？教宗本人談過，也描述過，並在去年他的著作《高度警戒》中斥責過！希望貴修道院藏書豐富的圖書館也有這本書，好讓大家默思研讀……」

「我們有，我們有。」心神不寧的院長連忙確認。

「那就好。」紀伯納說：「這件事在我看來很清楚。有僧侶被女巫誘惑，幸好有某個儀式還來不及舉行。那儀式的目的是什麼呢？我們會知道的，我犧牲數小時睡眠時間就能查明。院長大人是否能提供一個地方，以便看管此人呢……」

「在鐵工工坊地下室設有牢房，」院長說：「幸運的是我們很少用到，已經閒置多年……」

「是幸，也是不幸。」紀伯納發表完不同看法後，下令弓箭手找人指引方向，將兩個犯人關入不同牢房，用固定在牆上的鍊環把薩瓦托雷緊緊綁住，以便他待會審問的時候可以看清楚犯人的臉。他又說，那個女孩是誰不言而喻，不需要半夜審問。在依女巫罪名將她燒死之前，自然會有其他佐證。如果她是女巫，顯然不會輕易開口。至於那僧侶或許還有可能後悔（紀伯納盯著全身發抖的薩瓦托雷看，似乎想讓他明白自己還能給他一次機會），將實情全都說出來，並供出其他共犯。

兩個犯人被拖走了，一個像得了熱病似的，不知所措、緘默不語，另一個則像要被屠宰的動物，死命哭喊掙扎。紀伯納、弓箭手和我都聽不懂那少女的鄉下方言，儘管她說個不停，卻彷彿是個啞巴。有的語言賦予權勢，有的語言卻讓說者更居於弱勢，素民的通俗語便屬於後者，因為天主並未允許素民使用傳遞知識和表彰權力的世界語表達自己。

我再一次想走向她，一臉嚴肅的威廉再一次拉住了我：「不要輕舉妄動，笨蛋，那女孩完了，她已是俎上肉。」

我驚恐地看著那一幕，盯著那女孩，我腦中千頭萬緒。這時有人拍了拍我的肩膀，不知道為什麼，但我不用轉頭就知道那人是鄔勃汀諾。

「你在看那個女巫，對吧？」他問我。他不可能知道我跟那少女之間的事，所以他會那麼說，純然是因為他洞悉人類情感，所以注意到我專注的眼神。

「沒有……」我閃爍其詞，「我沒有看她……我是說，我是在看她，但她不是女巫……我們不知道她是不是，說不定他是無辜的……」

「你會看她是因為她很美。她很美，對吧？」鄔勃汀諾語氣中有種不尋常的熱切，還緊緊抓住我的手臂，「如果你看她是因為她很美，心中蕩漾（我知道你心中蕩漾，因為她被懷疑的罪名反而讓她在你眼中更有魅力），如果你看她，興起了慾望，那麼她就是女巫。你要當心啊，我的孩子……軀體之美僅限於皮囊。男人若眼光夠銳利，能看到女人皮囊下的東西，肯定會簌簌發抖。在那秀美外貌下不過是黏液和血液、體液和膽汁。想想看在她們鼻孔裡、喉嚨裡和肚子裡藏著什麼，不過是穢物而已。你若覺得用指尖碰觸鼻涕或糞便令人反感，我們又為何要渴望去擁抱裝著糞便的臭皮囊呢？」

我突然噁心想吐，不想再聽下去，威廉也聽到鄔勃汀諾的話，便走來助我脫困。威廉逼近鄔勃汀諾，抓住老者的手臂，逼他鬆開我的手。

「別說了，鄔勃汀諾。」威廉說：「那女孩很快會遭到嚴刑拷打，之後被活活燒死。她會變成你說的，黏液、血液、體液和膽汁，而她們的皮囊之下跟我們的並沒有什麼不同，是天主要皮囊保護並美化那一切的。就原質而言，你並無優於那少女之處。放過阿德索這孩子吧。」

鄔勃汀諾有些狼狽。「或許我有罪，」他喃喃自語說道：「我當然有罪。但是罪人又能如何呢？」

大家議論紛紛，陸續回房。威廉則留了下來，米克雷和其他方濟各會修士詢問他對剛才那件事的看法。

「現在紀伯納手中有了可以藉題發揮的藉口，即便那藉口有待商榷。修道院內有黑魔法，而且跟在亞維儂謀害教宗的黑魔法如出一轍。這當然算不上事證，不會被立刻拿來干擾明天的會晤。今天晚上紀伯納會努力從那可憐人口中逼問出其他事情，但我有把握，明天早上他不會立刻派上用場，他會留著之後再用，如果事情發展方向不如他預期，便會拿來擾亂議事進行。」

「紀伯納會讓那人說出對我們不利的事情嗎？」米克雷問。

威廉有些猶豫，「希望不會。」我知道如果薩瓦托雷把他跟我們說過的關於他自己和管事的過去都告訴紀伯納，如果他提到他們二人跟鄔勃汀諾的關係，即便交集時間很短，也會造成十分尷尬的局面。

「我們只能靜觀其變，」威廉神情平靜地說：「而且，米克雷，其實一切早已決定，只是你想再試試看。」

「對，我想試試看。」米克雷說：「願天主幫助我們。願聖方濟各為我們向祂求情。」

「阿們。」大家如是回答。

「很難說，」威廉的看法與眾不同。「如果教宗說得對，聖方濟各說不定還在某處等待末日審判，根本沒機會與天主面對面。」

「若望這個該死的異端！」吉羅拉莫主教嘟嘟囔囔地說：「若是連聖人都幫不上忙，那麼我們這些可憐的罪人該何去何從呢？」

第五天

第五天　第一時辰祈禱

就耶穌貧窮議題進行平和討論。

目睹昨晚那一幕，心情極度焦慮的我，第五天早晨竟睡到第一時辰祈禱才醒來，而且是威廉硬生生把我搖起來的，他說再過一會兒雙方的使節團就要碰面了。我往外看，什麼都看不見。前一天的霧變成了一條乳白色的毯子，不容分說地罩住了整個高地。

走出戶外，眼前的修道院是我從未見過的樣貌，只有幾棟龐然建物如教堂、主堡和大會堂遠遠地依稀可見其輪廓，但也是霧裡看花，至於其他小屋則必須走到數步之內才能看見，彷彿所有形狀、物件和動物全都是平空冒出；人也一樣，如灰色幽靈從霧中浮現，難以分辨。

我既出生在北國，對霧自然不陌生，若是換做其他時候，那濃霧或許會讓我開心憶起家鄉的平原與城堡，可是那天早晨的霧似乎呼應了我沉重的心情。隨著我們逐漸接近大會堂，我醒來那時的悲傷感受越來越強烈。

離大會堂僅有數步之遙時，我看到某人向紀伯納告別準備離去。我剛開始沒認出那人是誰，直到他走過我身邊，我才發現原來是馬拉其亞，他像犯了罪又怕別人看見，不停東張西望。

他沒認出我，匆匆走遠，我好奇心起，便跟在紀伯納後面，看到他正在閱讀手上文件，那文件很可能是馬拉其亞交給他的。紀伯納走到大會堂門口，手一揮招來了站在附近的弓箭手隊長，對他低聲說了一句話之後就走入堂內。我尾隨在後。

那是我第一次踏進大會堂，由外觀之，這棟建物並不雄偉，而且風格素樸。我發現它的外牆是近年重建的，或許原本是修道院教堂，因火災造成了部分損毀。

由外面進入時會經過一個新風格的拱門，是尖頂拱，沒有任何裝飾，上面有一扇圓花窗。踏入室內後會先進到建在古遺跡上的前廊，面前是另一個風格古老的拱門，半月形的山牆精雕細琢，應該是原教堂遺留下來的。

此處的雕刻精美不遜於現在的教堂，但不那麼嚇人。主角依舊是端坐在寶座上的基督，他身邊的十二位宗徒姿勢各異，手中拿著不同物品，奉基督之命要去世界各地向大家傳福音。基督頭頂上方分為十二等分的拱圈和他的腳下是來自全世界的子民，絡繹不絕前去接受福音。我從他們的衣著認出了猶太人、卡帕達奇亞人、阿拉伯人、印度人、弗里吉亞人、拜占庭人、亞美尼亞人、斯基泰人和羅馬人。除此之外，在那分為十二等分的拱圈上方另有三十個圓排成一個弧形，是未知世界的居民，讓我們一窺生理學家和旅人的描述：大多數我都沒見過，有些我認得出來，例如六指獸人，出生時是蠕蟲、在樹皮和果子間發育成形的羊人，尾巴有鱗片、魅惑水手的人魚，全身發黑、為避免日曬挖掘地下洞穴的非洲黑人，上半身是人下半身是騾馬的人馬，眼睛大如盾牌的獨眼巨人，頭胸如少女、腹部如母狼、尾巴如海豚的海妖斯庫拉，住在沼澤和艾比馬力德河畔、全身是毛的印度人，開口說話就忍不住吠叫的犬頭人，只有一隻腳卻跑得飛快、想躲太陽就躺下來舉起腳當傘的的獨腳人，用鼻孔呼吸、靠空氣維生的希臘無嘴人，亞美尼亞的女鬍子，矮黑人，生來無頭、嘴巴長在肚子上、眼睛在肩膀上的無頭人，高十二呎、髮長及踝、背後有牛尾、腳上有駱駝蹄的紅海魔女，還有腳掌朝後翻轉的反足人，如果看著他們的足跡追查行蹤，只能找到他們的來處卻無法知道他們的去處，還有眼睛明亮如燈的三頭人，及喀耳刻島上的人身獸首怪……

那扇拱門上固然刻有許多異獸，但不會讓人惶惶不安，因為他們代表的既非世間之惡，亦非地獄刑罰，而是福音已經傳遍全世界、即將傳遍未知世界的見證。因此那拱門是基督世界共融合一的喜悅允諾。

我告訴我自己，這對即將在這拱門之內舉行的會議而言是個好預兆，因福音詮釋意見相左而將對方視為敵人的那些人，今天將齊聚一堂陳述對方罪狀。我告訴我自己，我這卑微的罪人為一己之事自怨自艾之時，他們即將為基督史的重大事件展開論證。與石雕山牆上允諾的偉大和平封印相比，我的痛苦實在太渺小了。我祈求天主原諒我的脆弱，心情得以恢復平靜，跨過門檻。

我一走進去，就看到兩個使節團所有人員皆已到齊，面對面圍成半圓形坐在各自的扶手椅上，中間隔著一張長桌，兩端則是院長和普哲樞機主教。

帶我去幫他做紀錄的威廉讓我坐在方濟各會修士身旁，與米克雷自己的人及其他來自亞維儂教廷的方濟各會修士同座，因為這次會議不該是義大利人和法國人之間的對峙，而是支持方濟各會會規之人和批判方濟各會會規之人的一場辯論，而雙方都秉持著對天主教的忠貞不二信念齊聚於教廷之內。

跟米克雷一起來的有阿納多．達奎塔尼亞修士，胡戈．達．諾佛卡斯特修士、威廉．安尼克修士，他們當年都參加了佩魯賈大會，另外還有卡法主教吉羅拉莫，塔羅尼、博納格拉茲亞和其他在亞維儂教廷的方濟各會修士。坐在他們對面的是亞維儂大學士羅倫佐．德克亞科內，巴黎神學博士及義大利帕多瓦主教讓．達紐，坐在紀伯納旁邊靜默沉思的則是多明我會修士讓．德．鮑內，不過義大利人都叫他若望．答貝納。

會議由院長率先發言，他整理重述了近期發生的事件。一三二二年方濟各會修士在米克雷·達·契瑟納領導下於佩魯賈舉行大會，經過深思熟慮，他確定基督和宗徒從未共同擁有過任何物，無論是所有權或支配權，基督是為了示範完美生活，宗徒則是為了遵循他的教誨，而這個事實是正當的天主教信仰之質。一三一二年的維也納大公會議[268]遵循的是此一事實，一三一七年教宗若望二十二世在訓諭〈一群人的離開〉中談到方濟各會修士時，也說維也納大公會議的決議中規中矩、清晰、牢固且成熟。但教宗之後又頒佈了〈由立法者〉，博納格拉茲亞修士因此提出申訴，認為此訓諭乃蓄意針對他所屬的方濟各修會，於是教宗從亞維儂大教堂門前將該訓諭撕了下來，修訂多處論點，反把內容改得更為嚴苛，博納格拉茲亞修士隨即遭囚禁一年可為佐證。若望二十二世雷厲風行，隔年又頒佈了無人不曉的〈當你們之中〉，公開譴責佩魯賈大會提出的觀點。

這時候普哲樞機主教十分客氣地打斷了院長的談話，他請大家不要忘記的是，讓事情複雜化同時激怒教宗的是一三二四年路易四世在薩克森豪發出聲明，毫無依據便表示支持佩魯賈大會的觀點（普哲樞機主教帶著一絲微笑說，令人不解的是，為何路易四世為貧窮振臂疾呼，但他自己卻不實踐貧窮），與教宗站在對立面，稱教宗為和平的敵人，不僅語氣強烈，引發了醜聞和分歧，甚至還把教宗當成異端，而且是異端首領。

「不盡然如此。」亞博內院長試著緩頰。

「基本上是如此。」普哲樞機主教的回答毫不留情。他接著說為了反駁路易四世的不當介入，教宗才被迫頒佈了訓諭〈因為一群人〉，並誠摯邀請米克雷·達·契瑟納赴亞維儂一談，但米克雷稱病覆信回絕（這點並無人質疑），並改派修會中的若望·費當棃修士和烏米勒·庫斯托迪歐·達·佩魯賈修士前往。普哲樞機主教說，巧合的是佩魯賈的圭爾佛黨卻告知教宗米克雷修士不僅沒有生病，而且與路易四世往來密切。無論如何，過去的已經過去了，如今米克雷修士看起來神采奕奕、氣色平順自是好事，教宗依舊在亞維儂等他。不過，普哲也承認，最好能像此時此刻，由雙方慎重地事先討論米克雷修士要跟教宗說什麼為佳，因為大家都希望不要讓事態惡化，畢竟慈愛的父和他虔誠的子民之間不應該出現爭執謾罵，那都是俗世之人、歷任皇帝和行政官再三煽動的結果，而這些人與教會問題毫無關係。

這時亞博內院長開口說，身為教會人士，身為修道院院長，加上教會對他所屬的修會十分倚重（長桌兩邊的使節團成員紛紛表示敬重和景仰之意），但他不認為路易四世應該被排除在教會問題之外，至於原因為何，之後再請威廉·達·巴斯克維爾修士加以說明。不過他又說，會議第一階段的確應該由教廷使節和聖方濟各之子先行展開辯論，而方濟各會修士既然前來參與這次會晤，即表明他們確是教宗的虔誠子民。這時院長請米克雷修士或他人代表說明等米克雷抵達亞維儂後欲主張的立論。

米克雷說，讓他既開心又感動的是那天早上鄔勃汀諾也在座。一三二二年教宗曾就貧窮問題向鄔勃汀諾請益，他博學多聞、思路清晰、信仰虔誠乃眾所皆知，因此想請他將方濟各會視為根本的幾個信念向大家概要說明一遍。

鄔勃汀諾站起身來，他一開口說話，我就明白為何他宣道時和身處宮廷時能激起許多人的熱情。他的手勢充滿感情，他的聲音很有說服力，他的笑容迷人，他的論證清楚且環環相扣。他一開口說話，就把聽眾緊緊抓住。他先做了一場旁徵博引的演講，以強化佩魯賈大會的論點。他說我們必須承認基督和他的宗徒具有雙重身分，他們既是新約聖經中具備所有權的教會高級神職人員，因此才能像〈宗徒大事錄〉第四章所寫，將物分給窮人和其他神職人員，但除此之外他們也應被視為獨立個體，而且是鄙視世界之人。在此前提下，「有」

可分為兩種，一種是世俗非宗教的，可向帝國的法官申訴，從世俗及非宗教的角度捍衛一己之物，以免遭他人奪走，但若據此而稱基督和宗徒擁有物，無異於一種異端指控，因為瑪竇說，那與你爭訟並拿走你內衣的，你就連外衣也讓給他吧，路加與他所言並無二致，因此基督便擺脫了一切所有權和支配權，其宗徒亦然，何況瑪竇同樣也說，伯多祿曾告訴耶穌，自己為了跟隨他而捨棄了所有物；另一種則是因友愛慈善的共同目的擁有世俗之物，如此一來，基督及其宗徒是為了自然法則，為了維持生活而擁有物，因此他們有衣、有麵包、有魚，正如保祿在〈弟茂德前書〉中所說，我們有吃有穿，就當知足。但是基督及其宗徒並非擁有物，而是使用物，除此之外清貧生活未變。教宗尼各老三世頒佈的訓諭〈播種者出去〉[269]中也承認這一點。

坐在對面的讓．達紐站起身來說，鄔勃汀諾的立場與聖經的正當論述和詮釋相違背，更何況那些會因使用而損耗之物，例如麵包和魚，不能單純就使用權論之，也不可能有使用之實，只能說是妄用。由〈宗徒大事錄〉第二、三章得知，早期教會中凡是信了主的人所共有的物，是按照他們皈依信教前的所有為依據而共有。聖靈降臨後，宗徒們在猶大山區擁有田地；發了無產誓願並不擴及一個人生存必要之物，當伯多祿說他捨棄了所有物時並不代表他捨棄了財產。亞當有物的所有權及支配權，僕人從主人手中領到錢財既非使用也非妄用。方濟各會修士常常引用的訓諭〈播種者出去〉確認的是這些修士僅有他們需要之物的使用權，並無所有權及財產權，所指僅限於不因使用而損耗之物，如果該訓諭所言涵蓋會損耗之物，其所主張實為不可能。使用之實無法自外於法律的所有權，人依人權而擁有財物，各國國王的法律都包含此一人權。基督並非不死之身，自受胎那一刻起，他便是人間所有物的所有人，與天主做為天父擁有宇宙萬物的所有權一樣，基督是衣、食、布施給信徒或信徒捐獻之錢財的所有人，他若貧窮不是因為他無財物，而是因為他不收割其果，若與利益滋生切割開來，單純的法律所有權並不會使擁有者致富，如果〈播種者出去〉所言另有他意，羅馬教廷也可以撤銷前任教宗的決定。

這時卡法主教吉羅拉莫情緒激動地站了起來，氣到連鬍子都在顫抖，但他還是努力維持措辭溫和，只不過我覺得他剛開始的論述說得十分凌亂。「我想對聖父說的，也是我要告訴我自己的，從此刻開始我接受他的糾正，因為我堅信若望是基督的代理人，因為這個立場我還被薩拉森人[270]給抓了。我要先引用一位偉大學者紀錄的事實做為開場，有一天眾僧侶為了誰是撒冷王默基瑟德的父親起了爭執，修道院院長柯博思被問到這個問題，搖搖頭說：柯博思啊，你只尋找天主未命你尋找的，卻對天主命你尋找的草率以對，你要當心了。由我舉的這個例子可清楚得知，基督、聖母和宗徒都不擁有任何物，不論是個人所有或共同所有。比較沒有被釐清的，是承認耶穌同時具有人性和神性。但我認為會否定前者的，自然會否定後者！」

吉羅拉莫主教說得理直氣壯，我看到威廉抬眼望著天空，我想他對吉羅拉莫破綻百出的三段論推理很難會有好評，而我認為威廉沒有錯，不過更離譜的是若望．答貝納怒氣沖沖、自相矛盾的論述，他說認定基督貧窮的人認定的是他眼睛所見（或所未見），至於基督的人性與神性界定一事關乎信仰，所以這兩個命題不能放在一起做比較。吉羅拉莫的回答比若望．答貝納更尖銳：

「喔，親愛的弟兄，不是這樣的，」吉羅拉莫說：「我認為事情正好相反，所有福音書都宣稱基督是人，需要吃需要喝；但是他所顯的奇蹟說明了他亦是神，而這一切都是眼睛清楚可見的！」

「巫師和占卜師也都會顯奇蹟。」答貝納一臉自負的表情。

「沒錯，」吉羅拉莫反駁說：「但是他們是透過魔術手法。你難道要將基督所顯奇蹟跟魔術手法相提並論？」在座所有人都低聲表示對此一說法不以為然。「再說，」吉羅拉莫覺得自己勝利在望，「方濟各會以基督貧窮信仰為會規之本，將其子弟派至世界各地去宣道，從摩洛哥到印度都有他們的熱血奉獻，而普哲樞機主教竟想把主張基督貧窮的這個信念貶為異端？」

「願若望二十一世聖潔的靈魂保護我們。」威廉喃喃自語道。

「親愛的弟兄，」答貝納往前踏了一步，大喊說：「你可以說你們修會的修士熱血奉獻，但是別忘了其他修會的修士同樣貢獻良多……」

「除了樞機主教大人，」吉羅拉莫也吼了回去，「沒有一個多明我會修士死在異教徒手裡，而光在我宣道的那個時候就有九個方濟各會修士殉教！」

這時隸屬多明我會的阿爾沃雷亞主教滿臉通紅站了起來：「我可以證明在方濟各會修士到達韃靼一帶之前，教宗伊諾森就已經派了三個多明我會修士過去！」

「是嗎？」吉羅拉莫傲慢地說：「我知道的是方濟各會修士在那裡已經超過八十年了，建立了四十座教堂，多明我會修士只出現在沿岸五個地方，而且總共只有十五位修士！這樣回答你夠清楚了吧！」

「清楚什麼！」阿爾沃雷亞主教拉開嗓門，「那是因為方濟各會修士會吸引偽君子，就跟狗生小狗一樣，把一切都歸功於自己，誇大殉教事蹟，然後蓋起雄偉教堂，裝飾華麗，還不是跟其他宗教人士一樣都在做買賣！」

「我的主教大人，你說錯了，」吉羅拉莫說：「他們自己不做買賣，是透過宗徒會的行政官操作，行政官具備所有權，方濟各會修士只有使用權！」

「真的嗎？」阿爾沃雷亞主教冷笑一聲，「那麼你有多少次做買賣的時候沒有透過行政官呢？我知道有幾處農莊……」

「如果我這麼做過，那是我的錯，」吉羅拉莫匆匆忙忙打斷他的話，「不要把我的個人缺點加諸在我的修會上！」

「可敬的弟兄，」亞博內院長出面了。「我們要討論的不是方濟各會修士是否貧窮，而是我們的主是否貧窮……」

「好，」吉羅拉莫再度高聲說：「關於這個問題我要提出一個看法，絕對一針見血……」

「願聖方濟各保佑他的子弟……」威廉毫無信心。

「我的看法是這樣的，」吉羅拉莫說：「如果說那些熟讀教父教義的東方人和希臘人都堅信基督貧窮，如果說那些異端分子和教會分立論者都義無反顧地支持那不容懷疑的真理，我們難道要比他們更異端、更離經叛道地否定它嗎？這些東方人如果聽到我們之中有人宣道時反對這個真理，一定會對他們丟石頭！」

「你胡說什麼，」阿爾沃雷亞主教諷笑說：「那麼他們為何不朝反對這個論點的多明我會修士丟石頭？」

「多明我會修士？因為那裡根本沒人見過多明我會修士啊！」

阿爾沃雷亞主教臉色發紫，說吉羅拉莫修士或許在希臘待了十五年，而他則是自小就在那裡了。吉羅拉莫反駁說阿爾沃雷亞主教或許去過希臘，但是都在主教官邸裡過著養尊處優的生活，不像他這個方濟各會修士，在那裡待了二十二年（不是十五年），還在君士坦丁堡對皇帝宣道。阿爾沃雷亞主教一時接不下去，大步走到方濟各會修士那邊去，大聲咆哮著我不便轉述的字眼，意思是他決定要把質疑他男子氣概的吉羅拉莫的鬍子拔下來，而且依照以牙還牙的邏輯，他要用那把大鬍子做成的鞭子對吉羅拉莫進行處罰。

其他方濟各會修士築起人牆以捍衛他們的弟兄，亞維儂使節團的人則認為應該支援多明我會的阿爾沃雷亞主教，跟在他身後也走上前去（主啊，請憐憫祢子民中的菁英），亞博內院長和普哲樞機主教企圖平息紛爭卻徒勞無功。混亂中，方濟各會修士和多明我會修士互相辱罵，口出惡言，彷彿是基督徒與薩拉森人之戰。唯一文風不動坐在位子上的，這邊是威廉，另一邊則是紀伯納，但威廉看來沮喪，紀伯納卻一派輕鬆，就他嘴角那一抹淡淡的微笑來看，或許應該說他頗為高興。

「難道沒有更好的論述，」阿爾沃雷亞主教跟吉羅拉莫主教的鬍子搏鬥的當下，我問威廉，「可以證實或否定基督貧窮嗎？」

「我的好孩子，你可以說這兩個論點都是對的，」威廉說：「但你永遠無法從福音書裡看出將穿過後破損衣服丟掉的基督是否將那衣服視為他的財產。阿奎那論及財產的教義問題，比我們方濟各會修士更大膽。我們主張我們不擁有任何物，但我們使用物。阿奎那卻說，你們就把自己當作擁有者吧，有人需要你們擁有之物時，將該物讓給他使用便是，並視此為義務，而非施恩。其實問題並不在於基督是否貧窮，而是教會是否應該貧窮。貧窮並不意味著擁有或不擁有華廈宮殿，而是保有或放棄以法規範世俗之物的權利。」

「原來如此，」我說：「難怪路易四世如此重視方濟各修會關於貧窮的論述。」

「沒錯，方濟各會等於代替他討伐教宗。不過對我和馬斯里歐．達．帕多瓦而言，這是計中計。最好皇帝的計謀也能為我們的計謀效力，達成我們的人治政府理念。」

「輪到您發言的時候，這就是您要說的嗎？」
「我如果這麼說，等於陳述了帝國神學家的意見，那麼我的任務就完成了。但我如果這麼說，我的任務也就失敗了，因為我必須促成在亞維儂開第二次會，我不認為教宗若望會樂於看到我在那裡說這番話。」
「所以呢？」
「所以我夾在兩個對峙的勢力之間，就像一頭驢子面對兩袋草料，不知道該吃哪一袋才好。主要是時機尚未成熟。馬斯里歐一頭熱，期待馬上就能看到不可能的轉變，路易四世不比前幾任皇帝好到哪裡去，但他是目前唯一能夠對抗若望那個無恥之徒的屏障。或許我應該把剛才那番話說出來，至少在這些人互相殘殺之前說出來。總之，阿德索你把這一切寫下來吧，總得讓今日發生之事留下紀錄。」
「那麼米克雷呢？」
「恐怕他是在浪費自己的時間。普哲樞機主教知道教宗並不打算和解，紀伯納知道自己得讓這次會議無疾而終；米克雷知道他無論如何都得去亞維儂，因為他不希望方濟各修會與教宗關係交惡。他只能賭上自己一命。」
我們說話的時候（真不知道我們怎麼聽得見對方說話），其他人的爭吵已經到達最高峰。弓箭手在紀伯納示意下介入，隔開互相廝殺的兩派人馬。但是大家就像隔著城牆的圍城者與被圍城者，繼續叫囂謾罵，我只能順手記下，分不出哪句話出自誰之口，而且他們跟我家鄉的吵架習慣不同，依循的是地中海風格，沒有人輪流說話，而是大家搶著說話，就像怒海捲起的浪濤，層層又疊疊。
「福音書上說基督有錢包！」

「還有臉說錢包，你們居然把它畫到十字架上！我們的主在耶路撒冷的時候，每天晚上都返回伯達尼[271]，這一點你怎麼說？」

「如果我們的主想回到伯達尼過夜，你有什麼資格過問祂的決定？」

「才不是呢，老頑固，我們的主之所以回到伯達尼過夜，是因為他沒有錢支付在耶路撒冷住宿的費用！」

「博納格拉茲亞，你才頑固！我們的主在耶路撒冷吃了什麼？」

「難道你要說一匹馬為了生存就著主人的手吃草料，牠就是那草料的主人？」

「你竟然把基督拿來跟馬相比……？」

「是你把基督拿來跟你教廷內一個買賣聖職的神職人員相比，你那教廷根本是個糞坑！」

「是嗎？為了捍衛你們的財產，教廷打了多少次官司？」

「那是教會的財產，不是我們的財產！我們只是使用而已！」

「用來大吃大喝，用來興建雄偉教堂和擺在裡面的黃金雕像，假惺惺，居心叵測，偽君子，惡之淵藪！你們明知道完美生活的原則是施恩，不是貧窮！」

「這是你們那位饕餮阿奎那！」

「嘴巴乾淨點，你這個大不敬的傢伙！你稱之為饕餮的是神聖羅馬教會封聖之人。」

「哪門子的封聖，若望根本是為了藐視方濟各會才將他封為聖人的！你們那位教宗沒有資格封聖，因為他自己是異端！喔不對，他是異端領袖！」

「這個說法我們已經聽過了！是傀儡皇帝在薩克森豪發表的聲明，你們的郇勃汀諾幫忙擬的！」

「不要胡說，豬玀，巴比倫淫婦跟其他婊子生的雜種！你知道那一年郇勃汀諾根本不在路易四世那裡，他那時候人在亞維儂，為歐西尼樞機主教效力，教宗還派他當信使去了亞拉岡！」

「我知道，我知道他那時候在歐西尼樞機主教的豪華用膳室內守貧窮誓，現在則在義大利半島上最富有的修道院內守貧窮誓！鄔勃汀諾，如果不是你，那會是誰向路易四世建議引用你的作品呢？」

「他要讀我的書難道是我的錯？他當然不會讀你寫的書，因為你是文盲！」

「我是文盲？你們那位跟鵝講話的方濟各難道是文人？」

「你出言不遜！」

「你才出言不遜，倒尿盆的小修士！」

「我從來沒倒過尿盆，你知道的！」

「你有，還有其他人也有，就在你偷溜到齊婭拉．達．蒙特法柯的床上去的那個時候！」

「願天主用雷劈死你！我那時候是宗教裁判長，而齊婭拉．達．蒙特法柯已經散放聖潔芬芳！」

「齊婭拉散放聖潔芬芳，你倒是在晨經誦讀吟唱時吸進了不少修女香！」

「你再說，你再說啊，天主的怒火不會放過你，也不會放過你的主人，他竟然為兩個異端提供庇護，一個是東哥德的厄克哈[272]，另外一個是你們叫他拜倫瑟頓的英國巫師！」

「可敬的弟兄們，可敬的弟兄們！」普哲樞機主教和亞博內院長繼續嘶喊。

第五天　第三時辰祈禱

賽夫禮諾跟威廉提及有一本奇怪的書，
威廉則跟使節們談到俗世政府這個奇怪的觀念。

大家怒氣未消吵得正激烈的時候，一名見習僧出現在門口，他穿過那混亂場面彷彿走過的是腥風血雨的戰場，低聲告訴威廉說賽夫禮諾有急事找他。我們走了出來，前廊擠滿好奇的僧侶，想從叫嚷吵鬧聲中猜出裡面發生了什麼事。我們看到阿伊馬羅・達・亞歷山大站在第一排，一貫露出對愚蠢世界不以為然的嘲諷冷笑迎接我們，他說：「自從托缽修會出現後，基督教世界就變得更有德了。」

威廉有些粗魯地推開他，走向在角落等著我們的賽夫禮諾。賽夫禮諾看起來很焦慮，希望能私下跟我們談談，可是現場太過混亂，找不到清靜的地方可以談話。我們本想到外面去，可是米克雷出現在大會堂門口請威廉入內，他說爭吵漸漸平息，會議可望繼續。

威廉面對兩袋草料，只得請賽夫禮諾長話短說，賽夫禮諾壓低了聲音盡量不讓別人聽見。

「貝藍格去澡堂前的確來過醫療所。」他說。

「你怎麼知道？」有幾名僧侶見我們竊竊私語，好奇地靠了過來。賽夫禮諾只好再壓低聲音，邊說邊東張西望。

「你跟我說那個人……應該隨身帶著某個東西……我在我的實驗室裡找到了某個東西，夾在書堆裡……那本書不是我的，而且是很奇怪的一本書……」

「應該就是它了。」威廉很高興，「快帶來給我。」

「不行，」賽夫禮諾說：「我之後再跟你解釋，我發現了……我想我發現了有趣的事情……你得過來一趟，我要給你看那本書……可是要小心……」他沒再往下說，因為我們發現向來靜悄悄的佐治突然出現在我們身旁，他雙手擺在身體前方，看似鮮少在那個地方走動，想弄明白自己身在何處。若是正常人絕對聽不見賽夫禮諾的低語，但我們已經知道佐治跟所有盲人一樣，聽覺特別靈敏。

然而他彷彿什麼都沒聽見，往反方向走去，碰觸到一名僧侶後問了幾句話，那名僧侶便輕輕扶著佐治的手臂，帶他走到外面去。這時米克雷再度現身，催促威廉入內，我的導師作了決定，他跟賽夫禮諾說：「麻煩你，快回到你來的地方，把自己關在裡面等我。至於你，」他跟我說：「去跟蹤佐治，就算他聽到了什麼，也應該不會讓人帶他去醫療所。總而言之，你要告訴我他去了哪裡。」

他正準備走進大會堂時，注意到（我也注意到了）阿伊馬羅在人群中推擠，想跟在離開的佐治身後出去，威廉太過大意，竟然從前廊的另一端對已經走到門口的賽夫禮諾高聲說：「千萬小心，不要讓任何人……把那些文件……放回原來的地方！」我本來準備跟著佐治走，卻在那時候看到管事呆若木雞站在門外，他聽到威廉說的話了，一臉驚慌地看了看我的導師，又轉頭看了看賽夫禮諾。眼見賽夫禮諾離開大會堂，他尾隨其後，我站在門口，擔心會跟丟即將被濃霧吞噬的佐治，可是往反方向走的另外兩個人也同樣快要消失在迷濛白霧中。我快速盤算了一下究竟該怎麼做。我銜命跟蹤佐治，那是因為擔心他會去醫療所，可是佐治在他人陪伴下走的是另一個方向，他們穿過中庭，往教堂或主堡方向去。管事則跟著草藥師走，既然威廉擔心的是實驗室會不會發生事情，於是我決定跟在管事和草藥師後面，同時忖思跟我們動機雷同的阿伊馬羅不知去了哪裡。

我緊跟管事不放，他察覺到我在跟蹤他便放慢了腳步。他無法得知跟在他後面的那個人是我，我也無法得知我在跟的那個人是不是他，但我心裡認定是他，正如同他心裡認定是我一樣。

我迫使他對我心存顧忌，這樣他就不能太過靠近賽夫禮諾。等我在霧中看見醫療所大門時，門已緊閉，表示賽夫禮諾已經進去了，感謝老天。管事再次回頭看我，我像一棵樹佇立原地不動，他最後決定往廚房走去。我心想我的任務宣告結束，賽夫禮諾是聰明人，應該會照顧自己，不會隨意開門。我既無事可做，又實在好奇大會堂裡的情形，便決定回頭去跟威廉報告。或許我做錯了，我應該留在那裡看守，就可以避免其他許多憾事發生。現在我知道了，然而當時的我並不知道。

我回頭走，差點迎面撞上班丘，他一副了然於胸的模樣微笑對我說：「賽夫禮諾找到了貝藍格的東西，對吧？」

「你懂什麼？」我把他當作同輩看待，回答得很不客氣，一方面是因為生氣，一方面是因為他年輕的臉龐露出狡黠表情，實在很像小孩子。

「我又不是笨蛋，」班丘回答我，「賽夫禮諾跑去找威廉講話，你又來監看是否有人跟蹤他……」

「你太關心我們跟賽夫禮諾的事情了。」我火冒三丈。

「我？我是在觀察你們沒錯。從前天開始我就一直守著澡堂和醫療所，要是能夠的話我早就衝進去了。我想知道貝藍格在圖書館裡究竟找到什麼了，我寧願拿一顆眼睛來換。」

「你沒有權利知道那麼多事情！」

「我是學生，我有知的權利，我從世界另一頭來到這裡就是為了圖書館，偏偏這個圖書館卻像藏了不可告人的秘密似的不肯開放，我……」

「讓我過去。」我兇巴巴地說。

「我會讓你過去的，反正我想知道的，你已經告訴我了。」

「我？」

「不用開口，也能意會。」

「我建議你別去醫療所。」我這麼跟他說。

「不會去，我不會去的，你可以放心。但是沒有人能阻止我在外頭打探。」

我沒再聽他說下去，轉身離開。在我看來，那個好奇的傢伙沒有太大的威脅性。我走到威廉身旁，簡短地回報了現況，他點點頭表示同意，便示意我別再說話。混亂局面已經落幕，雙方的使節團成員正彼此吻頰言歸於好，阿爾沃雷亞主教盛讚方濟各會修士的信仰，吉羅拉莫則對多明我修會宣道者的恩慈讚不絕口，大家紛紛期許教會不再有內部爭鬥，有人說堅毅為重，有人說氣度為先，大家都認為正義不可屈，並呼籲謹慎行事。我從未見過那麼多人如此真心誠意地歌頌基本教義中的超性德行。

這時普哲樞機主教請威廉陳述帝國神學家的觀點。威廉有些不甘願地站起身來，一方面是因為他已經意識到那次會晤毫無意義，另一方面是因為他急於離開，對他來說，那本神秘之書如今遠比會晤的結果更重要。可惜他也很清楚自己無法逃避，那是他職責所在。

他一開口，便夾雜了許多贅字如「嗯」或「呃」，比平常多，也比正常多，似乎是為了讓大家知道他對自己即將要說的話完全沒有把握，然後才表明說他很肯定先前發言的所有人提出的觀點，不過某些人所稱的帝國神學家「教義」，其實只是他一些零星的觀察，並非大家非接受不可的信仰真理。

然後他說，天主的無限仁慈展現在祂創造了祂的子民，從還沒有神職人員和國王的創世紀開始，祂不分貴賤愛每一個人，而且大家別忘了，主將這片土地上萬物的權柄交給了亞當及其後代，只要他們遵守神律[273]。這不由得讓人臆測，是否主自身不排除其子民是世間萬物立法者及律法第一因的想法。威廉說，天主子民最好能理解公民[274]的普同性，但由於公民也包括少年、愚人、作奸犯科者和女子，或許應以理性的方式將子民定義為公民中較為優秀之人，但威廉當下也認為不宜說出誰實際上屬於此一分類。

他輕輕咳了幾聲，說那天實在非常潮濕，請在座各位見諒。他假設子民可以透過選舉大會的方式表達意願，他認為這樣一個大會無論對法進行詮釋、更改或廢除，都是很合理的，因為如果法僅由一人制定，這個人很可能因為無知或蓄意而行惡，他補了一句說自然不需要提醒在座各位，近年來有多少這樣的事情發生。我發現大家聽了這段話有些侷促不安，他們無法反對威廉最後說的那幾句話，因為每個人心裡顯然各自想到了某個人，而人人都認為自己所想之人十惡不赦。

威廉繼續說，好，既然一人所立之法可能會是惡法，那麼由多人共同立法不是比較好嗎？威廉重申他所說的法乃人間之法，與俗世事務運作有關。天主告訴亞當不要吃善惡樹結的果子，那是神的律法，但後來祂卻允許亞當，請容我更正，祂鼓勵亞當給萬物命名，並任由這個俗世臣民自由行事。近代有人認為「名」乃物代表之意的結果，〈創世紀〉對這一點也說得很清楚：天主將各種動物都引到人面前，看他怎麼起名，凡人給生物起的名字，就成了那生物的名字。儘管第一個人類亞當聰穎機靈，依照各生物的天性以伊甸園之語命名，並不代表他想像其名時放棄了某種主權，也就是怎樣的名才符合該生物天性的個人判斷力。因為大家都知道相異的名是人類加諸於物以呈現概念的，名乃物的符號。所以說**名**（nomen）一字源自於**法**（nomos），因為**名**來自於人的**共識**（ad placitum），也就是自由的集體協定。

沒有人敢對他這番博大精深的演說有所質疑。威廉得出一個結論：由此可見為世間事物立法，也就是說為城市、王國事物立法，與高階聖秩人員責無旁貸的守護、執行聖言無關。威廉說，異教徒之所以愁苦煩擾是因為他們沒有類似的聖統制度詮釋聖言（大家都對異教徒深表同情），我們難道因此就可以說異教徒無意立法，也無意藉由政府、國王、皇帝或蘇丹、哈里發來管理眾人之事嗎？有許多羅馬皇帝，例如圖拉真，行使俗世權力時展現了超凡智慧，我們難道要予以否定嗎？是誰賦予了異教徒和非教徒立法及成立政治團體的自然能力？還是他們的神是捏造的，其實不必然存在（或必然不存在，總之就是要否定這個模態）？當然不是。那能力肯定來自於萬民之主，以色列之主，我們主耶穌之父……祂將判斷政治事務的能力也給了那些不承認羅馬教廷權威、不信奉基督教人民所信奉之神聖、溫柔、和可怖神秘傳統之人，那正是天主仁慈的絕妙證明！俗世統治及世俗管轄權與教會及耶穌基督的律法完全無關，無須神職人員肯定，甚至早在我們的神聖宗教興起之前便是如此，一切是天主的安排，最美的驗證莫過於此，不是嗎？

他又咳了幾聲，但這次咳嗽的並非只有他一人。在場有許多人坐立難安，紛紛清著喉嚨。我看見普哲樞機主教用舌頭舔了舔嘴唇，以不失禮但透露出焦慮的手勢請威廉做總結。於是威廉結束他那無可辯駁的發言，準備對大家作結論，不過不管是否認同他的發言，恐怕沒有人樂於聽見那樣的結論。威廉說他的推論在基督身上找到證明，基督來到人世間不是為了發號施令，而是為了服從他所在的世界裡的律法，或至少要服從凱撒的律法。他不要他的宗徒擁有支配權和統治權，因此宗徒的後繼之人也應該解除一切世俗和強制權力，始為明智之舉。如果教宗、主教和神父不服從君王的世俗和強制權力，君王權威便會失效，隨之失效的還有先前所說天主安排的秩序。威廉說，我們思考這些例子需要十分小心，例如異端一事，只有捍衛真理的教會可以宣判異端，但只能以世俗刑罰處置。當教會查出異端分子，自然應該交給君王，因為就其臣民身分應該讓君王有所知悉。而君王又該如何處置異端分子呢？以他並不負責守護的信仰真理之名譴責異端？當該異端分子的行為有害於社會，也就是說確認該異端分子之異端行為危及反異端之人的性命安危時，君王可以也應該予以譴責。但是君王權力到此為止，世間沒有任何人應受折磨酷刑而被迫遵循福音規誡，否則等我們到另一個世界去之後，做為每個人審判依據的自由意志有何意義？教會可以也應該警告那正背離信徒團體的異端分子，但不得在人世間審判他，也不得強迫他改變其志。如果基督當初樂見神職人員取得強制權力，可依摩西訂出十誡那樣制定清楚戒律。但他沒有那麼做，表示他不想那麼做。難道要說在他三年的宣道期間，他雖想做，卻沒有時間或能力做到嗎？顯然是他不想那麼做。若非如此，教宗便可以將其意志強加在諸王身上，基督信仰也就不再是自由律法，而是偏狹的奴役之道了。

威廉以輕鬆的表情補充說，這番話並非限制教宗的權力，相反的是為了突顯他的任務：因為教宗是天主僕人中的僕人，在人世間是為他人服務而非被他人服務。再說，如果教宗擁有帝國管轄權，卻未擁有其他王國的管轄權，豈不弔詭。大家都知道，教宗對天主事務發表的言論不僅適用於法國國王臣民、英國國王臣民，應該也適用於異教徒可汗或蘇丹王的臣民，而他們之所以被稱為異教徒，正是因為他們並不信奉那美麗真理。因此教宗若認為自己擁有的俗世管轄權僅限於帝國，恐怕會讓那些視俗世管轄權等同於精神管轄權的人懷疑教宗對薩拉森人或韃靼人並無精神管轄權，就連對法國人和英國人亦無精神管轄權，那將是有罪的不敬行為。我的導師總結說，這就是為什麼他認為亞維儂教會若堅持教廷有權同意或否決羅馬人選出來的皇帝，恐怕羞辱了全人類。教宗對帝國的權無異於他對其他王國的權，既然法國國王或蘇丹王都不需經過教宗同意，他不明白基於何種理由日耳曼和義大利人的皇帝卻需要教宗認可。此一從屬關係並不是神的律法，因為聖經中未曾談及，也未經人民行使權力而得到支持，其理由先前已陳述過。至於貧窮議題的爭論，威廉說，他的個人淺見經過他與馬斯里歐．達．帕多瓦和讓．丹．約登仔細討論，得到下列結論，僅做為建議讓大家知道：如果方濟各會修士想維持貧窮生活，教宗不可亦不應該反對如此崇高的願望。當然，如果基督貧窮的假設獲得證實，不僅對方濟各會修士有所幫助，也能強化耶穌不想擁有俗世管轄權的理念。威廉說，他先前聽到有智者斷言無法證實耶穌是貧窮的，他認為其實很容易由反面得證，因為始終無人斷言耶穌曾經為自己及宗徒要求過任何俗世管轄權，威廉覺得耶穌對俗世事物的這個冷淡態度，便足以讓人問心無愧地認定耶穌確實傾向貧窮。

威廉說話時語氣謙卑，以退為進表達了他的篤定，在場沒有人起身與他針鋒相對，但也不是所有人都對他所言心服口服。不只亞維儂使節團的成員騷動不安，個個表情懊惱低聲交換意見，就連亞博內院長似乎也對威廉的言論十分不以為然，看來威廉描述的修會與帝國關係並不符合他所期待。方濟各會修士的反應不一，米克雷有些遲疑，吉羅拉莫十分訝異，鄔勃汀諾則憂心忡忡。

普哲樞機主教打破了沉默，他維持一貫的微笑和從容，殷勤詢問威廉是否願意前往亞維儂向教宗陳述剛才那番話。威廉反問樞機主教的意見，他說教宗聽過許多有爭議的看法，教宗對子民十分慈愛，但是聽到這樣的建議肯定會覺得很痛心。

始終沒有開口的紀伯納說：「我很樂於見到能言善道、辯才無礙的威廉弟兄到亞維儂去向教宗說明他的理念，並聆聽教宗的意見……」

「紀伯納大人，您說服我了，」威廉說：「我不會去的。」說完便轉向普哲樞機主教，語帶歉意，「您知道，我胸口有充血問題，在這個季節實在不宜遠行……」

「但您剛才卻滔滔不絕說了許久？」普哲樞機主教問。

「那是為真理做見證，」威廉謙遜地回答說：「真理使我們自由。」

「才不是！」若望．答貝納突然冒出一句話。「我們在談的不是使我們自由的真理，而是過多的自由渴望成真！」

「這也不無可能。」威廉態度溫和表示同意。我直覺以為即將展開比先前更為激烈的唇槍舌戰，結果什麼都沒發生。答貝納講話的時候，弓箭手隊長走了進來，在紀伯納身旁附耳低語，紀伯納猛然起身，以手勢要求大家安靜。

「各位弟兄，」他說：「這場討論大家獲益良多，或許之後可以繼續，現在發生了一件很嚴重的事情，我們必須中斷會議，請院長同意。院長希望我能將這幾天犯下多起罪行的兇手繩之以法，或許出於巧合，我沒有辜負院長的期望。我抓到那個人了，可惜晚了一步，再次晚了一步……外面出事了……」紀伯納指著外頭，隨即匆匆離開大會堂，大家跟著走了出去，威廉緊跟在紀伯納身後，我則跟在他身後。

我的導師看了我一眼之後跟我說：「賽夫禮諾恐怕遭遇不測了。」

第五天　第六時辰祈禱

賽夫禮諾遭到殺害，他找到的那本書不見蹤影。

我們焦慮地邁開匆忙步伐穿過修道院，弓箭手隊長領著大家往醫療所走，走近時我們看見灰濛濛濃霧中有許多人影晃動，是從各處奔來的僧侶和僕役，弓箭手則站在門口禁止任何人進入。

「弓箭手是我派出來搜尋一個人的，那個人可能可以解開許多謎題。」紀伯納說。

「草藥師弟兄？」院長十分錯愕。

「不是，您馬上就會知道。」紀伯納邊說邊往裡頭走。

我們走進賽夫禮諾的實驗室，眼前景象讓人不忍卒睹。可憐的草藥師腦袋被打破了，倒在血泊中。周圍所有層架彷彿被暴風掃過，細頸瓶、水壺、書本和文件散落一地，殘破混亂。在賽夫禮諾身旁有一個渾天儀，至少有一般人頭顱的兩倍大，金屬鑲工做得很細，上頭有一個黃金十字架，固定在精雕細琢的三角矮架上。我之前來的時候，看過這渾天儀放在入口左邊的桌子上。

兩個弓箭手在實驗室另一頭緊抓著管事不放，管事不停掙扎，說他是無辜的，看到院長走進來他更是放聲大喊：「院長，跡證雖然不利於我，但我進來的時候賽夫禮諾已經死了，我正看著這一幕啞口無言，他們就衝進來抓我了！」

弓箭手隊長走向紀伯納，經允許後便當著所有人的面向他報告。隊長說弓箭手接獲命令要找到管事予以逮捕後，在修道院內搜尋了兩個多小時。我想那應該是紀伯納進入大會堂之前下達的命令，這些士兵對修道院十分陌生，恐怕找錯了地方，濃霧自然也對他們的搜尋工作十分不利，所以沒發現對自己命運毫無所悉的管事跟其他僧侶都擠在大會堂的前廊。總而言之，根據隊長描述，雷密吉歐在我離開之後去了廚房，有人看到他，便向弓箭手通報，可是等弓箭手趕到主堡時，雷密吉歐已經離開了，離開不久，因為佐治在廚房，堅稱不久前才和雷密吉歐說過話。於是弓箭手搜索了菜園一帶，卻看到一個如幽靈的人影在濃霧中浮現，那人是年邁的阿里納多，似乎是迷路了。而阿里納多告訴他們不久間看到管事走進了醫療所。弓箭手追至醫療所，看見大門敞開，走進屋內後發現賽夫禮諾昏倒在地，而管事則發了瘋似的翻箱倒櫃，把層架上的瓶罐書籍全都丟到地上，應該是在找某樣東西。隊長最後說，不難想像發生了什麼事，管事走進實驗室，撲向草藥師殺了人之後，便開始尋找引發殺人動機的那樣東西。

有一名弓箭手從地上把渾天儀拿起來交給了紀伯納。那是用銅圈和銀圈交織構築的優雅作品，主結構是一厚重銅環，固定在三腳支架上，兇手就是用這個重擊死者頭顱的，因撞擊力道過大，導致較細的金屬圈或斷裂或被壓扁。應該是敲擊賽夫禮諾頭顱的那一面渾天儀不僅血跡斑斑，上頭還有糾結成塊的頭髮和黏糊糊的腦漿。

威廉彎下腰去確認賽夫禮諾的死因。那可憐人瞪得大大的眼睛，被頭頂汩汩流下的鮮血覆蓋，我心想不知有無可能從僵硬的瞳孔中看見兇手的影像，有人這麼說過，因為那是被害人最後的感知。我看見威廉在翻看死者的手，想知道賽夫禮諾指尖上有沒有黑印，儘管死因顯然與此無關。可是賽夫禮諾戴著皮手套，我看過他有幾次在處理危險藥草、蜥蜴和新奇昆蟲時會戴這雙手套。

這時紀伯納開始對管事問話：「雷密吉歐・達・瓦拉幾內，這是你的名字，對嗎？我命我的人四處找你是因為其他罪名及其他指控。現在看來我的決定是對的，只是錯在太晚行動了。院長，」他對著亞博內院長說：「我覺得我要為最後這樁罪行負責，因為我聽了昨夜被逮捕的另一罪人透露的事，今天早晨就知道應該要逮捕此人歸案，可是如各位所見，今天早晨我有其他職責在身，而我的手下已經盡力了……」

當紀伯納為了讓所有人聽見，高聲談話之際（實驗室中擠滿了人，大家從四面八方悄悄湧入，看著室內四散毀壞的物件，對著屍體指指點點，對這起罪行低聲議論），我看到馬拉其亞也在人群中，臉色陰鬱地看著這一幕。管事被拖出去的時候也看到了他，掙脫了弓箭手衝向馬拉其亞，抓著他的衣服神情絕望地跟他臉貼臉簡短地說了幾句話，直到弓箭手把人硬生生拉開，粗魯地拽著管事往外走，管事再一次回頭對著馬拉其亞喊著說：「我發誓，你也要發誓！」

馬拉其亞沒有立刻回答，看似在尋找合適的措辭，就在管事快要被拖出門口的時候，他才對管事說：「我不會做對你不利的事。」

威廉和我對看了一眼，不知道那是怎麼回事。紀伯納也目睹一切，但似乎未受影響，反而對著馬拉其亞微笑，看似贊成他所言，確認跟他之間的某項邪惡共謀。紀伯納隨後宣佈用膳過後將在大會堂對此案進行第一次公開庭訊，離開時下令將管事帶去冶煉坊，不得讓他與薩瓦托雷交談。

這時候我們聽到班丘在背後叫我們：「我緊跟在你們後面進來的，」他壓低聲音說：「那時候這裡人還不多，馬拉其亞也還沒出現。」

「他應該是後來才來的。」威廉說。

「不是，」班丘說得很篤定，「我站在門邊，進來的有誰我都知道。我告訴你們，馬拉其亞人在裡面……之前就在了。」

「什麼之前？」

「在管事進來之前。我不是很確定，但我想他應該是趁人多的時候，從那道布幔後面走出來的。」班丘指著一道寬大布幔，後頭是賽夫禮諾讓剛接受治療完畢的病人休息的病床。

「你的意思是，是馬拉其亞殺了賽夫禮諾，在管事走進來的時候躲到那後面去？」威廉問。

「也有可能他在那布幔後面目睹了外頭發生的一切，否則管事怎麼會以不傷害他做為交換條件，求他不要害自己？」

「有此可能。」威廉說：「總之，這裡應該有一本書，而且現在還在這裡，因為管事跟馬拉其亞都是空手離開的。」威廉從我回報中得知班丘知道什麼，而且那時候他需要幫手。他走向沮喪地看著賽夫禮諾屍體的院長，請院長下令讓所有人出去，以便他好好檢查事發地點。院長同意了，他離開時質疑地看了威廉一眼，似乎在責備他總是晚了一步。馬拉其亞用各種含糊理由想要留下來，威廉提醒他那裡不是圖書館，所以無法讓他享有特權。威廉雖然態度和善但毫不退讓，為先前馬拉其亞不讓他檢查魏納茲歐的工作桌報了一箭之仇。

等實驗室裡只剩下我們三個人，威廉將原本被瓦器和文件佔據的一張桌子清了出來，讓我把賽夫禮諾收藏的書一本本遞給他。相較於圖書館迷宮內的浩瀚收藏，這些書自然不足為觀，但是仍有數十本不同開本的書籍原本整整齊齊放在架上，如今跟其他物件散落一地，而且經過管事匆匆翻閱，有的書甚至整本被撕了開來，看來他要找的不是書，而是夾在書頁裡的某樣東西。有的書遭大力撕扯，裝幀都散了，要全部收集起來，在桌上成堆書中快速找到原出處並不是件容易的事，更何況院長給我們的時間不多，必須加快速度，之後就會有僧侶來移走賽夫禮諾的遺體，準備後續安葬事宜。而且我還得全部巡視一遍，包括桌子下、層架及櫃子後面都不能放過，以免第一次檢查時遺漏了什麼。威廉不希望班丘幫我忙，只讓他守在門口。儘管院長下了命令，仍然有許多人想進來，例如聽到消息驚慌失措的僕役、為弟兄哀悼的僧侶、帶著白色綢緞和水盆前來準備清洗並包覆死者遺體的見習僧……

所以動作要快。我抓起書遞給威廉，他看完的就放在桌上。後來我們意識到這樣很花時間，便決定一起進行，我撿起書之後先整理好，把書名唸給他聽，然後放在桌上。很多時候我撿起來的僅是散落的書頁。

「《植物三書》，該死，不是這本。」威廉說完把書扔在桌上。

「《藥草之寶》。」我唸完，威廉就說：「不是，我們要找的是一本希臘文的書！」

「是這本嗎？」我拿了一本書，上面的文字奧秘難解。威廉說：「不是，那是阿拉伯文，笨蛋！培根說的沒錯，學者第一要務是學語言！」

「可是您也看不懂阿拉伯文啊！」我賭氣頂嘴，威廉回答我說：「但至少我看得出那是阿拉伯文！」聽到班丘在我身後竊笑，我滿臉通紅。

書固然不少，但是記錄蒼穹的筆記和圖紙、描繪奇花異草的目錄更多。我們工作了很久，看遍了實驗室每個角落，最後威廉還十分冷靜地將屍體移開，好確認沒有東西被壓在下面。結果什麼都沒有。

「那本書應該在這裡啊，」威廉說：「賽夫禮諾把自己跟那本書關在裡面，管事手上沒有書……」

「他該不會把書藏在長袍下面吧？」我問。

「不會，那天早晨我在維納茲歐桌上看到的那本書很大，他如果藏在長袍下面，我們會看得出來的。」

「那本書的裝幀是什麼樣子？」我又問。

「我不知道，當時書是攤開的，我只看了幾秒鐘，知道是希臘文寫的。我們繼續吧，管事沒帶走，我想馬拉其亞應該也一樣。」

「絕對沒有。」班丘很篤定，「管事抓住馬拉其亞衣服前襟的時候，看得出來長袍下沒有東西。」

「好。或許應該說，不好。如果那本書不在這裡，就表示除了馬拉其亞和管事之外，另外有人早就進來了。」

「所以是這第三個人殺了賽夫禮諾？」

「人未免太多了。」威廉說。

「而且，」我說：「有誰知道那本書在這裡？」

「佐治，如果他聽到了我們的談話。」

「對，」我說：「可是佐治不可能殺害賽夫禮諾那麼高壯的人，而且還用如此暴力的方式。」

「當然不可能，而且你看到他往主堡方向走，弓箭手也在找到管事之前在廚房跟他說過話，所以他根本沒有時間先來這裡，再折回廚房。就算佐治行動自如，也不可能穿過菜園，更不可能快跑，他非得沿著牆垣走不可……」

「讓我用腦袋好好想一想，」我想要跟我的導師一較高下。「佐治不可能來，阿里納多雖然人在這附近，但是他連站立都有問題，遑論襲擊賽夫禮諾。管事來過，不過從他離開廚房到弓箭手趕來時間間隔極短，要讓賽夫禮諾開門、發生衝突，動手殺人，還把這裡搞得一團亂，我認為根本不可能。馬拉其亞很可能比大家都早到，可能是佐治在前廊聽到你們的談話之後去寫字間通知馬拉其亞，說圖書館裡有一本書在賽夫禮諾那裡，馬拉其亞趕過來，說服賽夫禮諾開了門，動手殺人，只有天主知道為什麼他要殺人。可是如果他要找那本書，應該一眼就能認出來，不需要翻箱倒櫃，因為他是圖書館管理員！還有誰會有嫌疑呢？」

「班丘。」威廉說。

班丘搖著頭慎重否認：「威廉弟兄，您知道我好奇心重，我如果之前進來拿了書出去，現在就不會在這裡陪你們，而是躲在某個地方欣賞我的寶貝了……」

「這個論證非常具有說服力。」威廉笑了。「可是你也不知道那本書長什麼樣子，所以你很可能殺了人，現在在這裡是為了找出那本書。」

班丘整張臉突然脹紅。「我不是殺人兇手！」他開口抗議。

「在第一次犯罪之前，沒有人是兇手。」威廉說了一句富含哲學意味的話。「總之，那本書不在這裡，這足以證明你沒有把書留下來。那推論很合理，你如果先前拿了書，一定會趁著混亂溜走的。」

他說完便回頭去看著屍體，彷彿直到那一刻他才意識到有一個朋友死了。「可憐的賽夫禮諾，」他說：「我之前還懷疑過你跟你的毒藥。其實你也防著被人下毒，否則就不會戴手套了。你擔心受到人世間的威脅，豈料威脅卻來自蒼穹……」他將渾天儀拿起來仔細研究。「不知道為什麼會用這個當武器……」

「應該是順手拿的。」

「有可能，但是這裡東西這麼多，器皿、園藝工具……這個渾天儀是很精巧的天文學金屬儀器，就這麼毀了……我的老天！」他驚呼一聲。

「怎麼了？」

「太陽的三分之一，月亮的三分之一和星辰的三分之一，都受了打擊……」威廉引述聖經經文。

是〈默示錄〉，我記得一清二楚。「第四聲號角！」換我驚呼出聲。

「對。第一聲號角是冰雹，之後是血，再來是水，現在是星星……若真是如此，一切都要重新檢視，兇手不是隨手拿起渾天儀的，他是照計畫執行……但是怎麼可能會有如此邪惡的心靈只在能吻合〈默示錄〉描述的時候才下手呢？」

「第五聲號角會發生什麼事呢？」我嚇壞了，努力回想：「我看見一顆星星從天上落到地下，並給了他深淵洞穴的鑰匙……難道會有人溺死在井裡？」

「第五聲號角預示了許多事情，」威廉說：「有煙從深淵洞穴裡冒出來，從煙裡有蝗蟲跑出來讓人類受痛苦，彷彿被蠍子螫著一樣。蝗蟲的形狀有如頭戴黃金榮冠、牙似獅子的戰馬……人類有各種方法可以讓書中文字成真……但是我們不能天馬行空胡思亂想，不如回想一下賽夫禮諾告訴我們他找到書的時候，是怎麼說的？」

「您讓他把書帶來，他說不行……」

「對，後來我們就被打斷了。為什麼他不能把書帶來？帶一本書過來並不難。他為什麼要戴手套？是不是書的裝幀裡夾帶了害死貝藍格和魏納茲歐的毒藥？是設好的陷阱，例如沾了毒的針……」

「是蛇！」我說。

「怎麼不說是吞了約拿的大魚呢?不行，這樣還是太過天馬行空。我們看到了，毒必須從口入，還有，賽夫禮諾並不是說他不能帶書來，他說他希望我能過來這裡看。他戴上了手套……我們知道了要碰那本書之前必須戴上手套。班丘，萬一如你所願讓你找到了那本書，你也要記得戴手套。既然你這麼樂於服務，你就幫我做一件事吧，去寫字間盯著馬拉其亞，別讓他離開你的視線。」

「沒問題！」班丘說完就離開了，看來他接下這個任務頗為開心。

我們再也無法攔阻其他僧侶，實驗室裡立刻湧進許多人。午膳時間已過，紀伯納可能已經在大會堂召開宗教裁判法庭了。

「我們在這裡已無計可施。」威廉說。

我腦袋中突然閃過一個念頭。「兇手，」我說：「會不會先把書從窗戶丟出去，再繞到醫療所後面去拿?」威廉質疑地看著實驗室看似密封的窗戶。「我們可以去看看。」他說。

我們離開實驗室，繞到後方去檢查。醫療所幾乎緊鄰牆垣而建，但還是留下了一條極為狹窄的通道。威廉走得小心翼翼，因為那裡連續幾天積雪未清，我們踩在雖然結了冰但十分脆弱的雪地上，留下深深的足印，也就是說，如果有人在我們之前來過，也一定會留下痕跡。我們什麼都沒看到。

拋下我那不攻自破的假設，也拋下醫療所，我們走過菜園的時候，我問威廉是否真的信任班丘。「不完全，」威廉說：「但是我們跟他說的，都是他已經知道的，而且還讓他對那本書起了畏懼之心。再說，讓他監視馬拉其亞，也等於反過來讓馬拉其亞監視他，馬拉其亞顯然打算自己找回那本書。」

「那麼管事想要什麼?」

「我們很快就會知道。他要某樣東西，而且立刻就要，好避開讓他飽受驚嚇的危險。馬拉其亞一定也知道這個東西，不然管事就不會如此絕望向他求助了……」

「總之，那本書不見了……」

「這件事真是荒謬，」我們快要走到大會堂的時候，威廉這麼說：「那本書既然出現了，而且是賽夫禮諾說那本書出現的，所以要不是被帶走了，就是還在那裡。」

「既然我們找不到，就表示有人帶走了。」我下了結論。

「這個推論也可以從另外一個前提出發。既然大家都說沒有人有辦法把書帶走……」

「那就表示書還在那裡。問題是明明就沒有啊。」

「等一下，我們說那本書不在那裡，是因為我們沒找到。但說不定我們之所以沒找到，是因為我們看不見它就在那裡。」

「可是我們到處都看過了！」

「是視而不見。或是看見了，但沒認出來……阿德索，賽夫禮諾怎麼描述那本書的，他當時怎麼說的？」

「他說找到了一本書，不是他的，是希臘文……」

「不對！我想起來了。他說有一本**奇怪**的書，賽夫禮諾學識豐富，對他這樣的人而言，一本希臘文的書並不奇怪，即便他不懂希臘文，也能認出那是希臘文。一個飽讀詩書的人就算看到阿拉伯文的書，也不會說那是奇怪的書，儘管他不懂阿拉伯文……」威廉突然停了下來。「賽夫禮諾的實驗室裡為什麼會有阿拉伯文的書？」

「他為什麼會說一本阿拉伯文的書是奇怪的書？」

「這是個好問題。他之所以說那本書很奇怪，是因為看起來不尋常，至少對他而言不尋常，因為他是草藥師，不是圖書館管理員……圖書館裡常有古代手抄本會把不同的有趣文本合訂為一冊，有的文本是希臘文，有的是亞拉姆語……」

「……還有阿拉伯文！」我突然靈光一現，大叫一聲。

威廉用力拽著我離開前廊，往醫療所方向跑去。「你這個日耳曼蠢材、笨蛋、無知的傢伙，你居然只看前面幾頁，不看後面！」

「可是，導師，」我喘著氣說：「是您看了我翻開的那兩頁之後，告訴我說那是阿拉伯文而非希臘文的！」

「你說得沒錯，阿德索，沒錯，我才是蠢材。跑快一點，快啊！」

我們回到實驗室，見習僧正準備將死者屍體搬出來，我們好不容易才進到室內。還有其他好事之徒在那裡四處打量，威廉衝到桌子旁，不顧所有人錯愕的表情，把書一本本拿起來丟在地上想找到那本擦身而過的書，可是他把每本書翻了又翻，就是沒找到那本阿拉伯文手抄本。我約略記得那本書的老舊封面，封面不厚，毀損嚴重，有輕巧的金屬裝幀線。

「我離開後有誰進來過？」威廉問其中一名僧侶。那個人聳聳肩膀，可想而知大家都進來過了，所以沒有答案。

我們開始分析所有可能性。馬拉其亞？很可能，他知道他要找什麼，說不定一直在偷窺我們，看著我們兩手空空離開，知道自己肯定能有所獲所以再度折返。班丘呢？我記得我跟威廉為了阿拉伯文在鬥嘴的時候他還笑了，那時候我以為他嘲笑的是我的無知，說不定他其實在笑威廉太天真，他很清楚一本古老手抄本可能會有多少樣貌，或許他心裡想到了我們當下應該想到卻沒有想到的事，那就是賽夫禮諾不懂阿拉伯文，留著一本自己看不懂的書豈不奇怪。又或者，把書帶走的另有其人呢？

威廉深感懊惱，我試著安慰他，我跟他說他這三天來都在找一本希臘文的書，所以在檢查的時候把所有不是希臘文的書都淘汰掉也是理所當然。他回答說犯錯自是人之常情，只不過有些人比其他人更常犯錯，這些人就叫做傻瓜，而他是傻瓜之一，恐怕之前在巴黎和牛津讀書都白讀了，居然連手抄本會把不同文本合訂成冊都不知道，這種事情是除了我這種笨蛋見習僧之外的見習僧都知道的事情，像我們兩個這種配好的蠢蛋如果去街頭賣藝應該會贏得滿堂采，我們應該另謀發展，而不是奢望解開謎題，更何況對手比我們精明太多了。

「自怨自艾也沒用，」他最後得出了結論。「如果書是被馬拉其亞拿走的，應該已經放回圖書館裡了，除非我們知道如何進入非洲之末，否則就再也看不到那本書了。如果書是被班丘拿走的，他一定知道我遲早會再度起疑折返實驗室，否則他動作不會這麼快。若是如此他一定會躲起來，而他唯一不會躲藏的地方，就是我們立刻會去找他的地方，也就是他的房間。所以我們現在只好回到大會堂，看看問訊過程中管事會不會透露什麼有用的訊息。我始終摸不清紀伯納心裡打什麼主意，他在賽夫禮諾喪命之前就想要逮捕雷密吉歐，顯然是另有盤算。」

於是我們返回了大會堂。其實我們應該要去班丘房間裡找他的，我們事後得知，這位年輕朋友對威廉並無太大敬意，根本沒想過我們會這麼快就又回到實驗室，所以他以為沒有人會去找他，還真的把書藏在他自己的房間裡。

這件事我之後再說。同一時間發生了十分戲劇化、令人擔憂的事情，讓人把那本神秘之書拋諸腦後。大家如果沒有忘記的話，我們還有其他緊急問題要處理，跟威廉此行的任務有關。

第五天　第九時辰祈禱

執法問訊，卻造成人人皆覺得自己有錯的困窘局面。

紀伯納坐在大會堂內偌大核桃木桌的正中央，身旁一位多明我會修士擔任公證人，兩位教廷使節團成員坐在另一邊，擔任法官。管事站在桌前，左右各有一名弓箭手。

院長低聲對威廉說：「我不確定這場審判是否合法。根據一二一五年拉特朗大公會議第三十七條決議，不得傳訊居住在兩天路程以外之人接受法官訊問，這個情況或許不同，遠道而來的是法官，不過……」

「宗教裁判長不受任何常規司法權限制，」威廉說：「也無須遵循一般律法規範，不僅享有特權，更不必理會辯護人的意見。」

我看著管事雷密吉歐，一副可憐模樣，像受到驚嚇的獸東張西望，彷彿認得那駭人儀式的所有行進與動作。我現在知道他當時之所以害怕有兩個原因，而且兩者同樣叫人膽戰心寒：其一是就一切跡證來看，他被抓的時候是現行犯；其二是早在前一天紀伯納開始進行調查，到處問話聽取耳語影射的時候，他就擔心自己的過往會被掀出來。而且他看到薩瓦托雷被逮捕，自然更是驚慌失措。

如果說倒楣的雷密吉歐飽受恐懼折磨，紀伯納則深知如何將落入他手中的人犯心中恐懼化為恐慌。他不說話，大家都等著他開始詢問時，他卻假裝心不在焉地整理放在面前的文件，但眼睛其實盯著被告看，眼神中有偽善的寬容（彷彿在說：「別怕，這是一個大家庭，一切都是為了你好」），有冰冷的嘲諷（彷彿在說：「你還不知道為你好的意思，等會兒我就告訴你」），也有無情的嚴峻（彷彿在說：「反正在這裡我是你唯一的法官，你只能任憑我擺布」）。這些，管事都知道，紀伯納的沉默和拖延是為了提醒他，提醒他好好體會，千萬不要忘記，他越覺得受辱，他的不安就會轉化為絕望，有如軟蠟任人搓揉，對法官而言則是如獲至寶。

紀伯納終於打破沉默，先照例宣讀了幾項規定，然後跟另外兩位法官說審訊被告是因為兩起同樣令人憤恨的罪行，其中一起眾所周知，被告是因犯下謀殺罪被逮捕，但另外一起則更為可鄙，實際上被告也因異端罪行遭到追緝。

紀伯納說出來了。管事以手遮臉，戴著手銬腳鐐的他行動變得很遲緩。紀伯納開始問訊。

「被告是何人？」紀伯納問。

「我叫雷密吉歐・達・瓦拉幾內。我想我是五十年前出生的，年少便進入瓦拉幾內的方濟各會修道院。」

「為何你今天卻在本篤會？」

「多年前教宗頒佈了〈神聖的羅馬教會〉訓諭[275]，我擔心受到小弟兄修會異端牽連……儘管我從未加入他們……我認為我有罪的靈魂應避開有過多誘惑的環境，經同意後進入這間修道院，八年多來都在這裡擔任管事。」

「與其說你是為了避開異端誘惑，」紀伯納語帶譏諷，「不如說你避開了準備找出異端，將這株毒草連根拔起的人吧。克呂尼修會的善心僧侶以為收容你和其他那些跟你一樣的人是行善，可是光換掉僧袍並不足以從靈魂中抹去那腐敗墮落的異端可恥思維，所以我們才在這裡調查你那冥頑不靈的靈魂深處究竟隱藏了什麼，還有在你來到這個神聖之地前做了什麼。」

「我的靈魂是清白的，我不知道您說的腐敗墮落異端思維是指什麼。」管事小心翼翼地回應。

「你們看到了吧？」紀伯納對其他法官說：「他們都一樣！只要是他們這種人被逮捕，面對審訊都一副問心無愧的樣子，不知悔悟。他們不知道這樣反而罪證確鑿，因為正直之人面對審判會惶惶不安！你們問他知不知道自己為何被捕。雷密吉歐，你知道原因嗎？」

「大人，」管事回答說：「我很樂於聽您告訴我原因。」

我很訝異，因為我覺得管事是以同樣制式的答案在回答那些制式問題，似乎他對審訊規則和陷阱都瞭如指掌，早就作好準備要應付類似的狀況。

「果然，」紀伯納大喊，「這是典型的執迷不悟異端分子的回答！這些人跟狐狸一樣行蹤詭秘，很難讓他們束手就擒，因為他們所屬的團體賦予他們說謊的權利，以逃避應受的刑罰。他們迂迴閃躲，試圖欺瞞不得不與這些無恥之徒打交道的宗教裁判長。所以說，雷密吉歐弟兄，你從未與小弟兄修士、主張貧窮生活的修士或貝格派的人往來嗎？」

「在貧窮論戰期間，我經歷過方濟各會修士的種種紛爭，但我從未加入過貝格派。」

「你們看到了吧？」紀伯納說：「他否認自己是貝格派成員，因為儘管貝格派跟小弟兄修會同屬異端，但是他覺得在方濟各修會中貝格派不值一提，認為小弟兄修會比他們更純粹、更完美。其實他們兩者有許多共通之處。雷密吉歐，有人看見你在教堂內以臉貼牆或以兜帽罩頭匍匐在地，不像其他人雙手交疊下跪，這點你也要否認嗎？」

「本篤會修士在適當時刻也會匍匐在地……」

「我不是問你在適當時刻做了什麼，而是在非適當時刻做了什麼！所以你並未否認你曾以貝格派獨有的這兩種姿勢祈禱！可是你剛才說你不是貝格派成員……請你告訴我，你信奉什麼？」

「大人，我信奉一個好基督徒信奉的一切。」

「這答案真是無懈可擊！那麼一個好基督徒信奉什麼？」

「教會的教誨。」

「哪一個教會？是把自認為完美之人、偽宗徒、小弟兄修士異端當作信徒的那個教會，是自比為巴比倫淫婦的那個教會，還是我們堅信不移的那個教會？」

「大人，」管事顯得不知所措，「請您告訴我您認為哪個才是真正的教會……」

「我認為是羅馬教會，它是唯一的、神聖的、具宗徒精神的、由教宗及其主教領導的教會。」

「那便是我所信奉的教會。」管事說。

「果然狡猾！」紀伯納高聲說：「還會玩文字遊戲！你們都聽到了：他說他信奉我所信奉的教會，卻對他所信奉的避而不談。我們都很清楚這類手法！讓我們言歸正傳。你相信聖事是由我們的主耶穌所建立，相信真心贖罪必須向天主的僕人告解，相信羅馬教會在俗世有釋放及束縛的權力，與天國釋放及束縛的權力相同嗎？」

「我不該相信嗎？」

「我不是問你應該相信什麼，而是問你相信什麼！」

「只要是您和其他博學之士叫我要相信的，我都相信。」管事嚇到了。

「哈！你口中的那些博學之士是在影射你所屬的邪教教派領導人吧？這是你提到博學之士的真正企圖，對吧？你以這些自以為是宗徒唯一後繼者的邪惡騙子為依歸，確認你的信仰教義？你話中的意思是，我若信他們所信，那麼你就會信我，否則你只相信他們！」

「大人，我沒有這麼說，」管事結結巴巴地說：「是您讓我這麼說的。我相信您，只要您教誨的是善的。」

「如此固執！」紀伯納一拳打在桌上。「你早就把你那教派教你的應對方式熟記在心。你說如果我宣揚的是你所屬教派認為善的，才要信我。偽宗徒都是這麼說的，如今你也這麼說，或許毫無自覺，因為從你口中說出的句子都是以前那些人教你如何欺瞞宗教裁判長的說詞。所以你用你自己說的話證實了你的罪，要不是我有長年的宗教審判經驗，恐怕也會落入你的圈套……你這個邪惡之徒！讓我們回到正題。你聽人談起過塞卡雷利嗎？」

「我聽過。」管事臉上沒了血色，如果他那張慘白的臉還有血色可言。

「你聽人談起過多奇諾弟兄嗎？」

「我聽過。」

「你見過他本人，跟他說過話嗎？」

管事躊躇沉默片刻，彷彿在評估到了那個地步是否應該說出部分事實。他決定了，聲如細絲說：「我見過他，也跟他說過話。」

「大聲一點！」紀伯納大吼，「總算聽你說出一句真話！你什麼時候跟他說過話？」

「大人，」管事說：「多奇諾的從眾聚集在諾瓦拉一帶的時候，我是那裡一間修道院的修士，他們也經過我所在的地方，剛開始沒有人知道他們是誰……」

「說謊！瓦拉幾內的方濟各會修士怎麼會跑到諾瓦拉的修道院去？你那時候根本不在修道院內，你加入了一群小弟兄修士在那一帶靠乞討維生，之後你又加入了多奇諾從眾！」

「您怎能如此篤定，大人？」管事開始發抖。

「我會告訴你我為何如此篤定。」紀伯納說完便命人把薩瓦托雷帶進來。

那可憐人，一看就知道前一天晚上經過私下嚴刑審問，我不覺起了憐憫之心。我先前說過，薩瓦托雷的臉原本就醜陋，但那天早晨更貌似野獸。外表看不出施暴痕跡，但是從上了手銬腳鐐的他行走的姿勢來看，因為關節脫臼無法自行前進，像綑綁的猩猩一樣被弓箭手拖著走，他遭遇了怎樣殘酷的訊問不言而喻。

「紀伯納對他刑求……」我低聲跟威廉說。

「沒有。」威廉回答說：「宗教裁判長絕不用刑。被告的身體是交由世俗權力看管的。」

「那是一樣的！」我說。

「完全不一樣。對宗教裁判長而言不一樣，他的雙手未染血腥，對審判對象而言也不一樣，如此一來當宗教裁判長出現的時候，他會視其為當下的倚靠，可以減免自己的罪，因此會向宗教裁判長掏心掏肺。」

我看著我的導師說：「您在開玩笑吧。」我很錯愕。

「你覺得這些事可以開玩笑嗎？」威廉如是回答。

紀伯納開始審問薩瓦托雷，我的筆無法記錄那支離破碎的話語，就算我記錄下來，也恐怕比巴別塔諸語更難懂，何況薩瓦托雷說話原本就不完整，如今更是不知所云，他的回答讓所有人都無法理解，幸好紀伯納問的問題讓他只能回答是或不是，完全無法說謊閃躲。至於薩瓦托雷說了什麼，我的讀者不難猜到，他陳述，應該說他承認前一晚供出了一部分我已經說過的故事：他以小弟兄修士、宣道者和偽宗徒身分四處流浪，加入多奇諾從眾的時候認識了也在裡面的雷密吉歐，戮北洛山之役逃過一劫，經過千辛萬苦去到卡薩雷修道院避難。他還說異端首領多奇諾在大勢已去、行將就捕之前，把幾封信託負給雷密吉歐，要他不知道送去哪裡給誰。那幾封信雷密吉歐總是隨身帶著，不敢送出，到了此地修道院之後不想再留在身邊，又不願撕毀，就交給了圖書館管理員，對，就是馬拉其亞沒錯，讓馬拉其亞藏在主堡內某個隱密之處。

薩瓦托雷說話的時候，管事惡狠狠地瞪著他看，到後來實在忍不住了，對著薩瓦托雷大吼：「你這條毒蛇，好色的猩猩，我是你父、你友，我始終維護你，你居然這樣回報我！」

瓦薩托雷看著他昔日的保護者如今自身難保，費力地開口說：「雷密吉歐大人，我一直聽命於你。你對我恩重如山，可是你也知道這些獄卒有多狠。沒有一匹馬身上是沒有蝨子的……」

「瘋子！」雷密吉歐又對他大吼。「你想救自己一命？你不知道如此一來你也會死？快說你是因為被刑求才胡謅出這一切的！」

「大人，我也不知道他們怎麼會有所有異端的名字……巴大尼派、里昂貧窮隱修士會、亞納多派、斯裴隆尼派、割禮派……我沒讀過書，不是蓄意犯下罪行的，尊貴的紀伯納大人知道，我希望他能以聖父聖子聖靈之名寬恕我……」

「能否寬恕，要看宗教法庭最後的判決而定。」紀伯納說：「我們會以寬厚的慈愛之心對待向我們釋出善意、開啟靈魂之人。走吧，回到你的牢房去好好反省，懇求主耶穌憐憫。我們現在要討論的是一件往事。所以，雷密吉歐，你隨身帶著多奇諾的信，然後把信交給了負責管理圖書館的弟兄……」

「不是這樣的，不是這樣的！」管事聲嘶力竭，彷彿那樣辯駁就能發生效用。紀伯納打斷他：「我們不需要你的證詞，馬拉其亞・達・希德珊姆便足以為證。」

紀伯納命人傳喚不在現場的馬拉其亞。我知道他不是在寫字間，就是在醫療所附近尋找班丘和那本書。大家分頭去找，馬拉其亞出現的時候神色倉皇，低著頭誰也不敢看，威廉不悅地低聲說：「現在班丘可以為所欲為了。」但是他錯了，因為我看到擠在大會堂門口聆聽審判的僧侶身後，班丘正踮著腳尖朝內觀望。我指著他給威廉看，當時我們以為他對審判的好奇心比對那本書的好奇心更強，後來才知道那時他早已完成了一樁卑鄙交易。

馬拉其亞站在法官面前，目光始終不敢與管事有所交會。

「馬拉其亞，」紀伯納說：「昨晚薩瓦托雷坦白招供後，我今天早晨問您是否收到在場被告交給您的信……」

「馬拉其亞！」管事大吼一聲，「你剛才還向我發誓不會做對我不利的事！」

馬拉其亞微微側身對著站在他後面的雷密吉歐低聲說話，我勉強聽見：「我沒有違背誓言。我如果要害你，早就可以那麼做了。我今天早上是在你殺死賽夫禮諾之前，把那些信交給紀伯納大人的……」

「你知道，你應該知道我沒有殺賽夫禮諾！因為你就在現場！」

「我？」馬拉其亞說：「我是在他們抓到你之後才進去的。」

「還有，」紀伯納插嘴問：「雷密吉歐，你在賽夫禮諾那裡找什麼？」

管事轉過頭來，眼神茫然地看著威廉，再看看馬拉其亞，然後看著紀伯納說：「我……我今天早上聽到威廉弟兄跟賽夫禮諾說要好好保管那些文件……昨天晚上薩瓦托雷被逮捕後，我很擔心他會說出那些信的事情……」

「所以你的確知道那些信的事！」紀伯納得意洋洋。管事落入陷阱了，卡在兩難之中急於脫身，一是異端指控，一是謀殺疑雲。他或許是出於直覺，選擇了先面對第二項罪名，因為他已經亂了方向，又沒有人能給他建議。「我之後再談信的事情……我會交代原委……說明我怎麼拿到信的……但是請您先聽我解釋今天早上發生的事。我看到薩瓦托雷落入紀伯納大人手中，心想他一定會提到那些信，這些年來那幾封信的事情讓我備受煎熬……所以當我聽到威廉和賽夫禮諾談到文件的時候……我不知道怎麼回事，我很害怕，心想或許馬拉其亞不想繼續保管，把信交給了賽夫禮諾……我想撕毀那些信，所以就去找賽夫禮諾……門是開著的，賽夫禮諾已經死了，我就開始翻箱倒櫃找信……我只是因為害怕……」

威廉在我耳邊說：「可憐的傻子，害怕捲入一個危機，卻悶著頭又栽進了另外一個……」

「假設你的陳述接近事實，我說的是接近事實，」紀伯納說：「你以為信在賽夫禮諾那裡，所以你去他那裡找信。但是你為什麼會以為信在他手上呢？你又為什麼在殺害他之前，殺害了其他弟兄呢？難道你認為那幾封信早就在大家手中流傳？難道在這間修道院裡大家習於爭相競逐，收集被燒死的異端殘骸？」

我看到院長受到驚嚇跳了起來。收集異端殘骸無疑是極為陰狠的指控，紀伯納工於心計，將異端罪行和其他事情跟修道院的生活混為一談。這時候我的思緒因為管事大喊而中斷，他說他跟其他那些罪行無關。紀伯納捺著性子安撫他說，那不是現在要討論的問題，開庭審理的是異端罪，不要想（他說到這裡態度漸趨強硬）把大家的注意力從他的異端經歷轉移到賽夫禮諾之死，或試圖嫁禍給馬拉其亞。所以要回頭談那幾封信。

「馬拉其亞・達・希德珊姆，」紀伯納跟證人說：「您不是被告，今天早上你毫無隱瞞地回應了我的問題和要求，現在請您將今天早上告訴我的話再說一遍，不需要害怕。」

「那我就把早上的話再說一遍。」馬拉其亞說：「雷密吉歐來到此地不久後便開始負責廚房事務，我們因為工作關係多所接觸……我做為圖書館管理員，負責入夜後關閉主堡所有出入口，自然也包括廚房的出入口……沒什麼需要隱瞞大家的，我跟他變成了好朋友，而且我沒有任何懷疑他的理由。他跟我說有幾份秘密文件，是某人告解時交給他的，不能落入俗世之人手中，可是他又不敢留在身邊。既然我負責看守的是全修道院唯一一個禁止所有人進入的地方，他就請我代為保管，以免好事之徒好奇打探。我答應了，但我並不知道那些文件與異端有關，我從沒打開看過，就把信放在……放在圖書館內最難到達的密室中，之後我就忘記這件事情了。直到今天早上裁判長大人對我提起，我才去把信找出來，交給了他……」

院長十分惱怒，「你跟管事之間的這個約定為何沒向我報告？圖書館不是用來存放僧侶個人物品之處！」院長藉此表明修道院跟這件事情毫無瓜葛。

「院長大人，」馬拉其亞慌了，「我以為那是小事一件。我有罪，但我不是故意的。」

「當然，這是當然。」紀伯納語氣真誠，「我們大家都知道圖書館管理員這麼做是出於善意，看他如此坦誠與本法庭合作就是明證。我懇請尊貴的院長勿以他當年一時不察犯下的錯誤而怪罪於他。我們都相信馬拉其亞的為人，我們只要他現在起誓確認我拿給他看的文件，就是多年前雷密吉歐抵達修道院後託給他，而他今天早上交給我的信件。」他從桌上的文件中抽了兩張羊皮紙出來，馬拉其亞看了一眼後堅定地說：「我以全能的父天主之名、聖母瑪利亞和所有聖人之名發誓，文件正確無誤。」

「這樣就夠了，」紀伯納說：「您可以走了。」

馬拉其亞低著頭快要走到門口時，擠在大會堂底端的好奇人群中有人揚聲說：「你幫他藏信，他讓你在廚房看見習僧的屁股！」大家哄堂大笑，馬拉其亞加快腳步，離開時左推右搡，我聽出說話的人是阿伊馬羅，雖然他故意用了假音。院長臉色發紫，喝令大家安靜，威嚇說要嚴加懲罰所有人，而且要把大會堂淨空。紀伯納露出邪淫笑容，坐在大會堂另一頭的普哲樞機主教附耳跟讓・達紐說了幾句話，讓・達紐的反應是以手遮口，低下頭去看似在咳嗽。威廉跟我說：「管事不僅自己犯下肉慾之罪，還幫別人媒合。這對紀伯納而言其實無關緊要，但可以藉機讓亞博內這個皇帝調解人顏面無光……」

這時紀伯納剛好轉頭詢問威廉，打斷了他的話。「威廉修士，我倒想知道管事今天早上聽您跟賽夫禮諾談到、導致他誤會的文件是什麼。」

威廉抬起頭來說：「他的確誤會了。我說的是一本談狂犬病的書，作者是阿猶比・魯哈維，這本書論述的教義您一定知道，而且肯定獲益良多……阿猶比說狂犬病可以由二十四種症狀來判別……」

紀伯納所屬的多明我修會自詡為替天主看管羊群的牧羊犬，他知道不宜掀起新的論戰。「也就是說，那本書與現在討論的問題無關。」紀伯納急忙接話，然後回頭繼續審問。「我們言歸正傳，方濟各會修士雷密吉歐，你可比得了狂犬病的狗更危險。如果威廉修士這幾天多注意異端言論，而不是狗吠的話，說不定他就會發現是哪一條蛇躲藏在修道院裡了。我們回頭談信吧。現在我們清楚知道那些信原本在你手中，你費勁心思把信藏了起來，彷彿那是劇毒，你甚至還為此殺了人……」說到這裡他比了一個手勢，阻止管事出言否認，「……關於殺人一事我們之後再談……我剛才說，你殺了人，以避免信件落入我手中。你承認這些信是你的嗎？」

管事沒有回答，他的沉默意味深長。紀伯納因此暴怒：「這些信是什麼？是異端首領多奇諾被逮捕前親手寫下的兩頁信函，他託給了身邊的一個隨從，好轉交給散居全義大利的其他從眾。我可以把他在信中寫的內容讀給大家聽，多奇諾害怕自己死期不遠，他告訴弟兄們說他將希望寄託在魔鬼身上！他安慰大家，預告了一個日期，不過這個日期跟他先前幾封信中所寫日期不相符，他說在一三〇五年路易四世會殲滅所有神父，總之，殲滅之日不遠矣。這位異端首領謊話連篇，因為距離他說的日期已經過了二十多年了，沒有任何一個不祥預言實現。不過我們要討論的不是這些預言的可笑自大，而是雷密吉歐是否為信使。你這個執迷不悟的異端修士，還要否認你跟這個偽宗徒邪惡團體有往來，而且還是核心人物嗎？」

管事已無法否認。「大人，」他說：「我年輕時犯了很多該死的錯，聽了多奇諾宣道後，當時已經被誘騙過著錯誤貧窮生活的我相信了他的話，加入了他的團體。沒錯，我跟他們一起去了義大利北部的布雷夏和貝嘉莫，還去了科莫和瓦瑟西亞，我跟著他們一起到禿壁和拉薩谷避難，最後還去了戮北洛山。但我從來沒做過壞事，他們開始燒殺擄掠的時候，我始終未背離聖方濟各之子的溫良精神。在戮北洛山的時候我跟多奇諾說，我沒辦法再參與他們的抗爭，他同意讓我離開，他說那是因為他不希望身邊有膽小鬼跟著他，對我唯一的要求便是將那些信帶去波隆尼亞……」

「帶給誰？」普哲樞機主教問。

「他的幾個信徒，我應該還記得名字，既然我記得，就絕對不會隱瞞，大人。」雷密吉歐急著向他保證，隨即說出了幾個名字，普哲樞機主教顯然都認識，露出滿意的笑容，跟紀伯納交換了彼此意會的眼神。

「很好。」紀伯納寫下那些名字後，又問雷密吉歐：「為什麼你現在願意把你的朋友供出來呢？」

「他們不是我的朋友，大人，我沒有把信交出去就可以證明我所言不假。而且我做的還不只這些，有一件事我這些年來努力想忘掉，現在我決定說出來：為了避免離開時被駐守在平原上的維切利主教軍隊抓到，我跟他們的人取得連繫，以我通行安全為條件，提供他們攻打多奇諾堡壘的最佳路徑，所以說教會軍隊那次打了勝仗，一部分也是因為我的緣故……」

「很有趣，這件事讓我們知道你不僅是異端，還是懦夫和叛徒，對你並無幫助，就像今天你為了自保，企圖指控馬拉其亞一樣，他還曾經幫過你，這跟你當年為了救自己不惜將你那些有罪的同伴交付執法的行徑如出一轍。不過你雖然背棄了他們的人，卻未背棄他們的教導，你把這些信當成聖物保存，盤算著有一天鼓起勇氣、找到機會且不冒風險的時候把信交出去，就可以重新讓偽宗徒張開雙臂接納你。」

「不是的，大人，不是這樣。」管事滿頭大汗，雙手顫抖。「我對您發誓，我……」

「發誓！」紀伯納說：「這再度證明了你的狡詐！你想發誓是因為你知道我很清楚瓦登斯派的異教徒詭計多端，寧願死也不肯發誓！他們如果因為害怕不得不發誓，也會說話含混不清發假誓！但我知道你不是里昂貧窮隱修士會的成員，該死的老狐狸，你打算藉由否定你的假身分好讓我相信你，直到我說出你的真實身分為止嗎！你要發誓？為了脫身而發誓？你要知道對我來說發一次誓是不夠的！我可以要求你發一個、兩個、三個、一百個誓，要多少都可以，但我很清楚你們這些偽宗徒會赦免發假誓以保護團體的人，所以你每一次發誓都是你有罪的證明！」

「我到底該怎麼做？」管事吶喊，雙腳跪了下來。

「別學貝格派搞什麼匍匐儀式！你什麼都不用做，只有我知道該怎麼做。」紀伯納掛著一抹詭異的笑容。「你只要招供就好。你若招供，會下地獄，會被判刑，你若不招供，也會下地獄，也會被判刑，而且會受到發假誓的懲罰！招了吧，至少可以縮短這痛苦不堪的審問過程，不僅讓我們良心不安，也讓我們的善心和同情心備受煎熬。」

「我要招什麼？」

「你犯了兩個罪。你曾經參加多奇諾的團體，你認同他們的異端立場，接受他們羞辱主教和市民行政官的作為，在異端首領已死，那團體縱然未被完全殲滅也已四散的情況下，你仍不知悔改地持續相信他們編織的謊言和幻影。還有，你的靈魂深處已被那邪惡團體教導的行為汙染，你錯在將混亂失序帶入這間修道院內，對抗天主和所有人，雖然我仍未釐清原因，但是並無此需要，因為我們可以證實（也就是我們此刻在做的）以前和現在宣揚貧窮的異端分子，違背了教宗的教誨和訓諭，必然會引發犯罪。這才是信徒該明白的，對我而言這樣就夠了。招了吧。」

紀伯納的意圖顯而易見。他根本沒興趣查明是誰殺了那些僧侶，只想證明雷密吉歐的所作所為等於支持帝國神學家的理念，一旦將此二者連結在一起，那麼佩魯賈大會、小弟兄修會和多奇諾團體所倡導的理念也就全都有所關聯。只需要證明在這間修道院內有一個人贊成所有這些異端思想，而且還犯下了多起兇殺案，就等於給予另一個使節團致命一擊。我看了威廉一眼，明白他也懂了，而且即便他已預見，卻無能為力。我看了院長一眼，他面色如土，發現自己中了圈套卻已來不及，他這個調解人的威信不再，而他所統轄的地方卻是所有不光彩醜事的匯集之所。管事已經不知道他究竟還可以為哪一個罪名辯解，或許那個時候的他已無力思考，他口中發出的怒吼來自心靈深處，那怒吼聲中、藉著怒吼，他將多年來埋藏的悔恨全都宣洩出來。他這輩子曾經猶豫，曾經熱情，曾經失望，曾經怯懦和背叛，而今面對無法避免的毀滅，他決定公開年輕時候的信仰，不再問自己是對或錯，只是為了向自己證明他還有信仰的能力。

「沒錯，」他大吼說：「我是加入過多奇諾團體，我參與過那些放肆荒誕的行動，或許我當時瘋了，把我對主耶穌的愛跟我對自由的渴望、對主教的仇恨混為一談。沒錯，我有罪，可是修道院內發生的這些事與我無關，我發誓！」

「我們總算有點收穫，」紀伯納說：「所以你承認曾與異端分子多奇諾、女巫瑪格麗特及其他同黨為伍。你承認曾經和他們一起在特里維洛吊死許多基督信徒，其中還有一個年僅十歲的無辜小男孩？他們當著妻子和父母的面吊死丈夫和孩子，只因為這些人不願意聽從惡人指令？還有，被憤怒和傲慢蒙蔽了雙眼的你們堅信除非加入你們所屬的團體，否則沒有人能得到救贖。為什麼？說！」

「對，對，我曾經相信過，也那麼做過！」

「所以，他們抓到幾個主教信徒，有人在牢裡被活活餓死，還有一個孕婦被割去手臂、生下的孩子來不及施洗禮就死掉的時候，你也在場？他們放火把莫索、特里維洛、柯斯拉和佛雷奇亞這幾個村落和科雷巴克立歐、莫提力亞諾一帶許多房屋燒了，夷為平地，他們在焚毀特里維洛的教堂之前，塗汙所有聖像，搗毀聖壇飾板，折斷聖母像的一隻手臂，搶走聖爵、聖器和書籍，摧毀鐘樓，把鐘砸爛，拿走了所有聖盤以及神職人員的財物的時候，你也在場？」

「對，對，我在場，大家已經不知道該怎麼做了，我們希望懲罰時刻提早到來，我們是上天和天父派來的皇帝前哨，我們要加快非拉德非亞教會的天使[276]降臨人間的速度，然後我們所有人才能接受聖靈恩寵，教會才能革新，唯有所有邪惡之徒都被殲滅，完美之人才得為王！」

管事宛如當年一般著了魔，得到了啟示，沉默和偽裝的堤防潰決，再度浮現的種種往事不僅是言語，還有影像，他重新感受到曾經讓他難以自持的悸動。

「所以說，」紀伯納步步進逼，「你承認你們曾經把塞卡雷利奉為殉道者，否認羅馬教會的一切權威，宣稱從西爾維斯特[277]以降的所有高級聖職人員都濫用職權、誘人犯罪，唯一例外的只有雷定五世，什一捐只能交給你們，因為你們是基督唯一的貧窮宗徒，你們走遍大小城鎮，以『起而贖罪吧』這句話誘騙大家，讓他們以為你們是贖罪之人，任憑你們放縱妄為，耽於肉慾，作踐自己和他人的身體，對嗎？快說！」

「對，對，我承認那是我當時全心信奉的信仰，我承認我們放棄了自己所有財產，你們這些狗絕對做不出來，從那時候開始我們再也沒接受過任何人的金錢，或隨身攜帶過金錢，我們靠乞討施捨維生，我們心中沒有明天，若有人招待我們吃喝、設宴款待，我們便盡情吃喝，但離去時絕不帶走殘餚……」

「你們為了佔有善良基督徒的財產不惜放火劫掠。」

「我們放火劫掠是因為我們相信貧窮是普世定律，我們有權利拿取其他人以不當手法累積的財富，我們想直接打擊教區內無所不在的貪婪心，但我們掠劫從來都不是為了擁有，殺人也不是為了掠劫，我們殺人是為了懲罰，以血淨化那些不潔之人。塞卡雷利是一株香草，是以信奉主耶穌為根而生長的香草，我們的規則是天主直接制定的，而不是你們這些該死的狗制定的，你們這些說謊的宣道者，只會到處散播硫磺臭味而非香爐芬芳，你們這些低賤的狗、腐敗的無賴、不祥的烏鴉、亞維儂淫婦的走狗！我當時深信我們是主耶穌的劍，為了能盡早將你們全部剷除不得不殺害無辜。我們想弭平因你們的貪婪而興起的戰爭，為了正義和快樂，我們也得流一點血，你們有什麼好指責我們的？那天在斯塔維洛鎮，就算將紅河的水全都染紅也無妨，那裡也有我們的血。我們毫無保留，因為時間不多了，必須讓事情加速進行……」

雷密吉歐全身發抖，雙手不斷在衣服上來回擦拭，彷彿想將他記憶中的血腥擦乾淨。

「噬食者又變回了無瑕狀態。」威廉跟我說：「這是無瑕？」我覺得毛骨悚然。「也有另外一種。」威廉說：「不過不管是哪一種，都讓我害怕。」

「無瑕最讓你害怕的是什麼？」我問他。

「輕率。」威廉如是回答。

「夠了，夠了，」紀伯納說：「我們要你招供，不是要你追憶當時慘況。很好，你以前是異端，如今依然冥頑不靈。你以前是殺人兇手，現在依然噬血。告訴我們你是如何殺害這間修道院內弟兄的，又為什麼要殺他們。」

管事不再顫抖，他環顧四周，如夢初醒。「不對。」他說：「修道院的兇殺案與我無關。我已經承認我做過的事，但您不能叫我承認我沒有做的事。」

「你還有什麼不能做的？你現在要說自己是無辜的？是羔羊，還是溫馴良民？大家都聽到了，你曾經雙手沾滿血腥，現在卻堅稱自己是無辜的！我們恐怕都錯了，原來雷密吉歐是有德之人，是教會的虔誠子民，是基督敵人之敵，向來尊重教會亟於在各城鎮施行的秩序，遵守交易關係和平，不做非法買賣，不覬覦教堂財產。他是無辜的，他什麼都沒有，讓我擁抱你，雷密吉歐修士，讓我撫慰受到惡意指控的你！」雷密吉歐茫然地看著紀伯納，似乎以為自己突然得到了最終的赦免。這時紀伯納神情一變，以冰冷的口吻對弓箭手隊長說：

「執行世俗權力時，會動用到教會向來撻伐的手段，讓我深惡痛絕。儘管如此，我的個人情感仍聽從律法的控制與引導。你們請院長提供一個地方，將所有刑具陳列出來，但是不急著立刻用刑，讓他在牢房裡關上三天，手腳綑綁起來，讓他看那些刑具，只能看。第四天再開始用刑。伸張正義切忌輕率，那是偽宗徒的誤解，天主要執行正義有數百年時間，可以慢慢來，循序漸進，最重要的是，耳提面命過的事你們務必記得，要避免手足殘廢或死亡。這個過程中最殘暴的規定就是死亡得慢慢品嘗，等待中求死不得，除非他完全招供、自願招供，而且藉由招供淨化自身。」

弓箭手彎腰拉起管事，可是他抵死不從賴在地上不肯走，表明有話要說。他得到允許後，張口卻差點說不出話來，彷彿酒醉，話語支離破碎，夾帶著淫穢。慢慢說著說著，他才找回了先前招供時那充沛的野性活力。

「大人，請不要用刑，我是怯懦之人。我背叛過，十一年來，我在這間修道院裡否認我過去的信仰，向釀酒人、農民收取什一捐，我巡視馬廄和畜欄是為了讓牲畜興旺，增加院長的財富，我為這個假基督的產業管理認真付出。我在這裡過得很好，忘記了以前反動的日子，我沉溺在口腹之欲和其他欲念之中。我是個懦夫。今天我出賣了我在波隆尼亞的老戰友，正如之前我出賣了多奇諾一樣。我這個懦夫喬裝打扮成十字軍，親眼看著多奇諾和瑪格麗特在神聖週六那一天被捕，押解到布哲洛堡。我在維切利附近逗留了三個月，直到教宗克勉五世來函下令行刑。我目睹瑪格麗特在多奇諾面前被千刀萬剮，她尖叫嘶喊，最後死狀悽慘，有一夜我也曾觸碰過那可憐的肉體……當她扭曲變形的屍體燃燒之時，大家便撲向多奇諾，用火熱的鉗子扯下他的鼻子和睪丸，後來大家說他沒有呻吟過一聲，那是假的。多奇諾又高又壯，一臉大鬍子，紅髮垂到肩膀上，當他頭戴一頂寬邊羽毛帽、長衫外配著長劍帶領我們的時候，又帥氣又霸氣。他讓男人畏懼，讓女人因喜悅而呻吟……可是當大家荼毒他的時候，他跟女人一樣、跟牛犢一樣痛苦哀號，他身上每一個傷口都在流血，大家帶著他從這裡走到那裡，持續折磨他，只為了讓大家看到魔鬼密使可以活多久。他一心求死，問什麼時候才會結束，但他死得晚，等送上火刑架的時候，他不過是一塊血淋淋的肉。我跟在他後面心中慶幸逃過一劫，我為我的聰明洋洋自得，那個無賴薩瓦托雷跟我在一起，他說：雷密吉歐修士，我們這麼精明謹慎是對的，世上沒有比酷刑更殘忍的了！那一天，我寧願背棄所有宗教。這麼多年來，這許多年來我都告訴自己當年是個懦夫，我當年很得意自己是個懦夫，可是我心裡卻一直希望能證明給自己看，我並非如此怯懦。今年你給了我力量，紀伯納大人，你對我而言就像是懦弱的殉道者面前的皇帝一樣，你給了我勇氣，讓我坦然承認我曾經全心信奉、身體卻選擇背叛的是什麼。只是請你不要給我太多勇氣，超過我這個軀殼所能承受的勇氣。不要用刑。你要我說什麼我都說，最好立刻就上火刑架，在起火燃燒前先被嗆死。不要像對多奇諾那樣對我用刑。你要有人送命，而且你要把其他人命都算在我頭上，既然我很快就要送命了，我會滿足你的要求。我殺了阿德莫是因為我嫉妒他年少，而且善於將我這種又老又胖又弱又無知的人玩弄於股掌之上。我殺了魏納茲歐是因為他太過博學，他讀的書我都看不懂。我殺了貝藍格是因為我憎恨他的圖書館，我是靠亂棒打死痴肥的教區神父才變成神學家的。我殺了賽夫禮諾……為了什麼呢？因為他收集藥草，而我在禿壁山上的時候也吃草，但從來不問其特性。老實說我還可以殺害其他人，包括我們的院長在內，不管他是支持教宗或皇帝，他一直是我的敵人之一，我始終恨他，雖然他供我吃喝，但那也是因為我供他吃喝。這樣夠了嗎？不夠？你想知道我用什麼辦法殺了那些人……我殺他們……讓我想想……我以薩瓦托雷教導我的方式召喚了地獄的力量，有千人軍團供我差使，要殺人並不需要自己出手，魔鬼會為你效勞，只要你知道如何操控他。」

他一臉幸災樂禍的表情看著大家，哈哈大笑，那是瘋子的笑聲。不過威廉後來提醒我，這個瘋子頭腦聰明，把薩瓦托雷也拖向毀滅之路，以報洩密之仇。

「你如何操控魔鬼？」紀伯納把狂人妄語當成了供詞，繼續逼問。

「你知道的，長年與魔鬼打交道很難不著魔！你知道的，你這個宗徒的屠夫！要先抓一隻黑貓，對嗎？全身不得有一根白毛（這你也知道的），將前後腳綑綁起來後半夜帶到一個岔路口，高聲喊叫：偉大的路西法，地獄之王，我領受你，帶引你到我敵人的身體裡，就像現在我抓住的這隻黑貓一樣，你若能讓我的敵人送命，第二天午夜我便在同一個地方將這隻黑貓獻祭給你，我現在依桑奇埤里亞諾的魔法書中所記載行使魔法的力量，你要聽我命令行事，我以亞得米勒、阿撒茲勒、阿拉斯托等所有地獄軍團首領之名，召喚他們的弟兄……」他雙唇顫抖，眼睛幾乎凸出於眼眶外，接著開始祈禱，應該說看似祈禱，但他揚聲祈求的對象全是地獄裡的惡棍……「亞必戈，為我們行罪吧……亞蒙，求你憐憫我們……撒末爾，讓我們自善中解脫……彼列，可憐可憐我們……佛卡洛，讓我的靈魂更墮落吧……哈拜利，我們詛咒主吧……齊博斯，打開我的肛門……李奧納多，用你的精液潑灑我，我將墮落……」

「別再說了，別說了！」大家紛紛在胸前畫十字，大喊道：「主耶穌，求你赦免我們！」

管事終於安靜下來，說完所有這些魔鬼的名字之後，他口吐白沫，面朝下倒地不起，咬牙切齒的抽搐口中流出白色唾液。他被鐵鍊限制行動的雙手張開又握緊，持續痙攣，雙腳則不時朝著天空猛踢。威廉發現我整個人陷入恐慌，將手放在我後腦勺上，幾乎抓著我後頸，才讓我平復下來。「你要知道，」他跟我說：「嚴刑拷打之下，或只需要以嚴刑拷打威脅，一個人不僅會說出他曾經做過的，就連他曾經想做而不自知的事情都會說出來。雷密吉歐現在一心求死。」

弓箭手將仍在抽搐的管事帶走，紀伯納收拾手中文件，盯著大會堂內受到極大震撼呆立原地的所有人。

「審問結束了。被告已經認罪，將被帶往亞維儂，在該處進行最終判決，以捍衛真理及正義，在那正規程序完成之後，被告才會被燒死。亞博內，這個人不再由你管轄，也不再由我管轄，我只是真理的卑微工具，而正義的工具在他方，牧羊犬盡了責任，接下來輪到狗來隔離羊群中生病的羊，用火淨化。這個犯下許多兇殘暴行的有罪之人何其可悲，不過一切都結束了。如今修道院可恢復平靜，但是這個世界……」他提高音量，對著使節團說：「這個世界還未能得到平靜，這個世界因異端而水深火熱，無孔不入的異端就連在皇宮禁苑都能找到棲身地！請各位弟兄們銘記在心：魔鬼將聚集在多奇諾身邊的從眾和佩魯賈大會的可敬導師們緊緊綁在一起。我們別忘了，在天主面前，我們剛剛才交付給正義的那個可憐人的狂妄囈語，和坐在被逐出教會的日耳曼人盛宴桌前那些導師們的狂妄囈語並無二致。異端分子的諸多可恥行為其實源自宣道，那些宣道甚至受到尊崇，而且尚未受到懲罰。應天主召喚，搜尋在各地築窩的異端毒蛇，對我這個待罪之人來說是艱辛而低下的一種受難。但是在執行這個神聖任務的過程中，我學會了不是只有那些公開行異端之事的人才是異端，我們可以藉由五個令人信服的跡證辨別異端。第一，偷偷探望牢獄中異端分子之人；第二，為異端分子被捕而哭泣，曾經與異端分子親密友好之人（長時間來往，又怎可能不知道異端活動）；第三，儘管罪證確鑿，仍堅信異端分子遭到不公判決之人；第四，對追捕異端分子者態度敵對、大加撻伐之人，這些人四處宣道表示不滿並博得共鳴，這些人努力掩飾，但能從他們的眼睛、鼻子、表情看出他們心中對追捕者感到憎恨，卻對那些自怨自艾之人充滿愛憐；第五，收集被燒死異端骨骸，當作膜拜物之人……但我覺得第六個跡證也不容小覷，我認為那些著書讓異端分子找到前提、進而用三段論法行邪惡論述之人，顯然也是異端分子之友。」

他這麼說的時候，眼睛看著鄔勃汀諾，方濟各會使節團全都明白紀伯納影射何事。那次會晤宣告失敗，沒有人敢再延續上午的討論，因為大家心知肚明不管說什麼都免不了聽者有心，把發言內容跟這幾天發生的不幸事件做連結。如果教宗派紀伯納來是為了阻撓兩個使節團達成任何協議的話，他成功了。

第五天　晚禱

鄔勃汀諾逃離修道院，班丘開始關心律法問題，威廉思索那日所見幾種不同縱欲行為。

大會堂的人群漸漸散去，米克雷走到威廉身旁，鄔勃汀諾也加入了他們。我們一起走到外頭，之後在中庭討論起來。霧絲毫沒有消散，反而在黑夜中更顯濃密，形成屏障。

「我們輸給紀伯納了，」威廉說：「別問我那個多奇諾的白痴信徒是否真的犯了那些罪，就我理解，絕對不是他。問題是我們又回到了原點。米克雷，若望要你隻身前往亞維儂，這次會晤並未讓你獲得我們尋求的保障，反而還讓人覺得你在那裡說的每一句話都會被曲解。由此推論，我認為你不應該去。」

米克雷搖搖頭。「我會去。我不想與教廷分裂。威廉你今天說得很清楚，也說了你要的是什麼，但那並非我要的，我知道佩魯賈大會上的決定被帝國神學家濫用，有違我們的原意。我要的是主張貧窮的方濟各修會能被教宗接受。教宗必須明白唯有方濟各修會將貧窮理念視為己任，才能讓由它分出去的異端支流重新回歸。我心中所想的不是人民大會或人權問題。我必須阻止方濟各修會崩解成無數個小弟兄修會。我要去亞維儂，如果必要，我願意向若望屈服。我什麼都可以讓步，唯獨貧窮原則不行。」

鄔勃汀諾插嘴道：「你知道你會有生命危險嗎？」

「那就如此吧，」米克雷說：「總比讓靈魂冒險要好。」結果他確實遭受嚴重生命威脅，而且，如果若望是對的話（這點我至今仍舊懷疑），米克雷還失去了靈魂。後來的事大家都知道，在我敘述的這些事件隔週，米克雷去見了教宗，足足撐了四個月，直到隔年四月，若望召開一場宗教會議，會中斥責米克雷為瘋子、莽撞、固執、獨斷、鼓吹異端，是教會養大的蛇，與惡人同流合汙。回頭想想，就威廉的角度而言他說得並沒有錯，因為在那四個月內，米克雷跟我導師的朋友結為好友，那人也叫威廉，奧卡姆•威廉。奧卡姆跟那天早晨表明認同馬斯里歐的威廉兩人理念頗為一致，不過奧卡姆更為極端。這些異議分子在亞維儂的日子越來越難熬，於是在五月底的時候，米克雷、奧卡姆、博納格拉茲亞、法蘭契斯科·達斯科里[278]和亨利·迪·塔赫姆展開逃亡，教宗人馬追著他們去了尼斯、土倫、馬賽，達布萊樞機主教在艾格莫爾特找到他們，想勸他們回頭，卻難敵其抗拒，也無法消解他們對教宗的恨及內心恐懼，最終無功而返。六月的時候，他們一行人來到比薩，帝國派人熱烈歡迎，之後米克雷便公開譴責若望。可惜為時已晚。路易四世的良機已逝，若望在亞維儂謀劃任命新的方濟各修會會長，而且成功了。如果米克雷那天決定不去見教宗，事情會大不相同：他可以就近領導方濟各修會的抗爭，而非浪費那麼長的時間跟敵人虛與委蛇，削弱了自己的立場……或許那是全能的主的安排吧，即便多年後熱情之火已滅，隨之而滅的還有自以為是的真理之光，我仍然不知道究竟誰才是對的。

我沉溺在憂傷中離題了。我要說的是那場低迷對話的結論。米克雷作了決定，無法說服他打消主意。而且還面臨一個新的問題，威廉說得直截了當：鄔勃汀諾安全堪慮。紀伯納對鄔勃汀諾說了那番話，教宗又對他心懷恨意，米克雷至少還代表一股勢力不可輕慢，鄔勃汀諾卻得隻身應戰……

「若望要米克雷去教廷，要鄔勃汀諾下地獄。以我對紀伯納的了解，在這場濃霧掩護下，明天之前鄔勃汀諾恐遭殺害。若有人追問兇手身分，修道院大可以為新的命案負責，只要說是雷密吉歐召喚的魔鬼和他的黑貓所為，或是在這牆垣之內還有另一個迷信的多奇諾信徒即可……」

鄔勃汀諾很擔心。「那該如何？」他開口問。

「所以，」威廉說：「你得去找院長談，讓他給你一匹坐騎和補給，再寫封信給阿爾卑斯山另一邊的某間修道院，你趁著黑夜迷霧快點離開吧。」

「弓箭手不會駐守在各出入口嗎？」

「修道院另有密道，院長很清楚。只要派人備好馬在山下小徑上等候，你從牆垣的某個密道離開修道院後，只需要在林中走一小段路就行。趁著紀伯納還陶醉在勝利喜悅之際，你得馬上行動。我還有另一件事情要辦，我本有兩個任務，一個失敗了，我不能讓另外一個也失敗。我得找出一本書，找出一個人。如果一切順利，你應在我回頭找你之前就已經離開這裡了。再見。」威廉情緒激動，張開雙臂，鄔勃汀諾與他緊緊擁抱：「再見了，威廉，你是個寬厚仁心的英國自大狂。我們還會再見面嗎？」

「我們會再見面的。」威廉向他保證。「此乃天主所願。」

然而那並非天主所願。我先前說過，鄔勃汀諾於兩年後被暗殺，這位奮戰不懈、滿腔熱情的老者，一生艱辛多磨難。或許他非聖者，但我希望天主能嘉勉他的堅毅不撓。我隨著年歲漸增，越來越聽任天主安排，也越來越不理解智者的求知渴望與汲汲營營，我認為信仰是唯一的救贖，懂得耐心等待不多問。鄔勃汀諾對十字架上流血受苦的主耶穌絕對信仰堅定。

或許我當時心裡想的和今天一樣，那位篤信神秘主義的長者有所察覺，也或許是他猜到我有一天會做如是想，因此對我和藹微笑，與我擁抱，但是少了前幾天我感受到的那份熱情。他像爺爺對孫子那般擁抱我，我也以同樣心情回抱。之後他便和米克雷一起去找院長了。

「接下來呢？」我問威廉。

「我們回頭查命案。」

「導師，」我說：「對基督教世界而言，今天發生了這麼多重要的事情，而且您的任務失敗了，但您看起來對解開這個謎題的興趣，更高於調解教宗和皇帝之間的衝突。」

「瘋子跟小孩說的永遠是實話，阿德索。或許是因為做為皇帝顧問，馬斯里歐比我更稱職，但做為宗教裁判長，我比他優秀，也比紀伯納優秀，願天主寬恕我。因為紀伯納並不想找出真正的罪人，他只想把被告送上火刑架。我卻覺得最快樂的事莫過於將錯綜複雜的案情理出頭緒。或許也是因為我做為哲學家，在此時刻深深懷疑世界究竟有無秩序可言，能讓我感到寬慰的如果不是秩序，至少也要是世間事物之間的小小連結。當然也可能另有原因：這個故事裡牽涉之物遠比若望和路易的紛爭更重大，也更重要……」

「但這個故事說的不過是偷竊和無德僧侶之間的冤冤相報罷了！」我滿腹疑惑。

「是跟一本禁書有關，阿德索，是跟一本禁書有關。」威廉回答道。

僧侶們準備前往用膳。晚膳進行到一半，米克雷坐到我們身邊，告訴我們鄔勃汀諾已經出發了。威廉鬆了一口氣。

晚膳結束後，我們避開了正在跟紀伯納談話的院長，看到班丘，他淺淺一笑對我們打招呼，便急著往門口走去。威廉上前逼他跟著我們到廚房角落去。

「班丘，」威廉問他，「那本書在哪裡？」

「什麼書？」

「班丘，我們兩個都不是傻子，我說的是今天在賽夫禮諾那裡找的書，我當時沒認出來，可是你認出來了，而且你折回去拿走了……」
「你為什麼認為是我拿走的？」
「我是這麼想的，而且你想的跟我一樣。書在哪裡？」
「我不能說。」
「班丘，你如果不跟我說，我就告訴院長。」
「就是院長吩咐我不能說的。」班丘一臉得意。「今天我們碰面之後發生的事，應該要讓你們知道才是。貝藍格死後，圖書館需要一個助理，今天下午馬拉其亞建議讓我去接那個位置。半個鐘頭前院長同意了，希望明天早上我就能開始了解圖書館的秘密。沒錯，今天早晨我拿走了那本書，藏在我房間的床褥下面，連看都沒有看，因為我知道馬拉其亞在監視我。但後來馬拉其亞跟我說了剛才那個提議，我就做了圖書館助理該做的事，把那本書交給了他。」
我實在忍不住插嘴說話，而且語氣很不禮貌。
「班丘，昨天，還有前天，你……您說您渴望求知，不希望圖書館隱瞞秘密，因為一個學生有知的權利……」
班丘沉默臉紅了，但威廉阻止我繼續往下說：「阿德索，再過幾個鐘頭班丘就是圖書館的人了，他守護的正是他想知道的秘密，自然有充裕的時間可以慢慢了解。」
「那麼其他人呢？」我問：「之前班丘是為所有學者發聲的！」
「那是之前。」威廉說完就拉著我離開，留下一臉茫然的班丘。
「班丘，」稍後威廉跟我說：「是欲望的受害者，他的欲望跟貝藍格和管事的不同。他跟多數學者一樣，縱欲於追求知識，那是對知識本身的欲望。我若將這件事涉及的知識撇開不說，他的問題是佔有欲，而今如願以償。馬拉其亞知道這個人的弱點，用最佳方法拿回了那本書，還封住了班丘的嘴。你會問我，支配那麼多知識的交換條件是不能告訴他人，有何好處可言。所以我才說那是一種縱慾。培根對知識的渴望不是縱慾，他希望應用科學讓天主的子民受惠，所以他不是為知識而追求知識。班丘渴望知識則是一種貪得無厭的好奇心和學者的自負，也是僧侶試圖轉化並安撫肉體慾望，或轉化並安撫讓人成為信仰戰士或異端的熊熊熱情的一種方式。縱慾並非僅限於肉慾。紀伯納的表現也是縱慾，他追逐正義的背後其實是渴望權力。我們那位離開羅馬的神聖教宗追逐財富，也是縱慾。管事年輕時則縱慾於追求見證、轉變、贖罪和死亡。而班丘的渴求是書本。縱慾的還有赦難，他遺精於地，是一種節育之慾，[279]既與愛情無關，也與肉慾無關……」

「我知道。」我極不情願地嘟囔了一句。威廉假裝沒聽到，但他下一句說的是：「真正的愛會為所愛之人著想。」

「難道班丘是為了他的書（圖書館那些書也算是他的了）著想，為了書好，所以要讓那些書遠離讓貪婪之手嗎？」我問。

「書的價值在於被閱讀。以符號書寫的書所說的無非是其他符號，而這些符號說的則又是其他事物。沒有人閱讀的書儘管滿載符號，卻不生產概念，那便是一本無言之書。建構這座圖書館的原意是想拯救館內藏書，如今卻形同埋葬了藏書。於是圖書館變成了罪惡之源。管事說自己做了背叛之事，班丘亦然。他也背叛了初衷。我的好阿德索，今天真是難熬啊！全是血腥和毀滅。今天我受夠了，我們去參加夜禱，之後回房就寢吧。」

我們從廚房走出來的時候遇到了阿伊馬羅，他問我們馬拉其亞提議班丘接任圖書館助理管理員一職的傳言是否屬實。我們只得證實傳言。

「這個馬拉其亞今天可幹了不少好事，」阿伊馬羅露出一貫的輕蔑微笑。「如果還有公理可言，魔鬼今天晚上就應該把他帶走。」

第五天 夜禱

聆聽關於假基督將至的宣道，阿德索意識到名字的重要性。

晚禱進行得十分混亂，當時管事的審問尚未結束，好奇的見習僧逃過導師們的監督，自窗戶和各種縫隙窺探大會堂內發生的事。所以大家應該在夜禱時好好為賽夫禮諾的靈魂祈禱。原以為院長會出面說話，大家心中不免猜測他會說什麼，但是在例常的聖額我略宣道文、答唱詠和三篇聖詠之後，院長站上講道台，卻說自己那晚將閉口緘默，他說修道院內承受太多不幸打擊，唯有天上的父才能出言斥責訓誡。他請大家秉持良知審慎反省，無人例外。但是仍然必須有人說話，他提議由最年長者發言，因為既已接近死亡，便不再受引發諸多惡行的俗世熱情羈絆。就年歲論之，理應請阿里納多・達・葛洛塔菲拉塔發言，但是大家都知道這位可敬弟兄身體孱弱，依照韶光無情流逝的排序，緊接其後的是佐治，因此院長請佐治來跟大家說話。

只聞阿伊馬羅和其他義大利僧侶習慣坐的那幾排座位傳來窸窸窣窣的抱怨聲。我想院長並未徵詢阿里納多的意見，就決定讓佐治宣道。我的導師則低聲告訴我院長不發言是明智抉擇，因為不管他說什麼，都會被紀伯納及其他來自亞維儂的成員細細檢視。反正年邁的佐治只會談他的神秘預言，教廷使節團不會太過重視。「但我不會輕忽，」威廉說：「我相信佐治會同意或是要求發言，絕對有明確意圖。」

佐治在別人攙扶下站上講道台。火炬照耀下，他的臉閃閃發亮，僅只一個人便照亮了整個中殿。火舌的光突顯了他眼中的黑，看似兩個黑洞。

「親愛的弟兄們，」他開口說：「以及我們親愛的貴客，願你們肯傾聽我這個老者所言……你們要知道，讓我們修道院陷入愁雲慘霧中的四起兇案，以及過往和最近所有邪惡之人犯下的罪孽，並不能歸因於自有其節奏、主宰我們從搖籃到墳墓完整一生的自然定律。你們或許在心裡想，這個不幸事件儘管讓大家內心震驚傷痛，並不會影響你們的心靈，因為除了一個人之外，你們是無罪的，一旦那個人受到了懲罰，你們自然仍會為逝者流淚，但在面對天主的審判時無須為自己的清白辯駁。你們心裡如此盤算。你們這些瘋子！」他以駭人的嗓音大喊，「你們這些瘋子和莽漢！殺人者會帶著他的罪去到天主面前，只是因為他同意成為傳達天主旨意的工具，就像我們需要有人背叛耶穌，救贖奧秘才得以完整，而主耶穌也同意對背叛他的人譴責及懲罰，所以這幾天有人犯下罪行，帶來死亡與毀滅，但我告訴你們，這個毀滅就算並非天主所願，也是祂所應允，那是為了羞辱我們的傲氣！」

他沉默片刻，以空洞的眼神瞪著黑暗中的人群，彷彿他的雙眼能感受到大家的內心激動，其實憑耳朵的確能察覺那份震懾死寂。

「在這個團體裡，」他繼續說：「驕傲這條毒蛇已盤踞多時。什麼驕傲？以遺世獨立的修道院內享有的權力而驕傲？當然不是。因財富而驕傲？我的弟兄們，在已知世界開始滔滔不絕討論貧窮和擁有之前，從我們的造物主那時候開始，即便我們擁有一切，依舊一無所有，我們唯一真正的財富是遵從教規、祈禱和勞動。可是我們的勞動，我們這個修會的勞動，尤其是在這間修道院裡，勞動的本質是學習，以及守護知識。我說的是守護知識，而非尋找，因為知識是神聖的，是完整的，從一開始就被界定清楚的，在完美聖言中獨自發聲。我說的是守護，而非尋找，因為人類知識經過許多世紀，經歷預言宣道到教會教父詮釋，已被界定並臻完備。在知識領域裡，沒有進步，也沒有時代革新，至多是持續不斷的整理。人類歷史自造物後便前進不歇，透過救贖，走向基督的凱旋回歸，他出現時將有靈光籠罩，以審判生者與死者。但神與人的知識並不循此進程：它堅若磐石，屹立不搖，我們若懂得謙遜，聆聽它的聲音，它會讓我們前進，並預言那道路，但知識不會被玷汙。我是永存者，天主對猶太人如是說。我是道路、真理、生命，我們的主如是說。而知識只是對這兩個真理所做的戰戰兢兢的評註罷了。一切早已預言，由先知、福音書作者、教會教父和博士作出了預言，旨在彰顯這兩句格言。有時候不知道這兩句格言的異教徒也可能說出合宜評註，他們的評註之言也已被基督教傳統所吸納。除此之外並無新意。我們可以反覆思索、註解、保存，這曾經是，也應該是我們這間修道院以其宏偉圖書館所當作的功課，沒有別的了。據言有位東方哈里發一日縱火燒毀了一座集名聲、榮耀和驕傲於一身的大城中的圖書館，當那成千上萬冊的書本化為灰燼時，他說那些書可以也應該消失，因為那些書若不是重複可蘭經上所言，就是攻訐可蘭經那本異教徒經文，若為前者乃無用之書，若為後者則為有害之書。但是我們教會的博士，以及追隨其後的我們，並不如此認為。我們認為所有聖經評註和說明都應該保存，因為如此才能增添聖經榮光；所有攻訐的言論也不該銷毀，因為唯有將其保存下來，有一天才能讓有能力、做了功課的人依照主所願的方式和時間予以反駁。這便是我們本篤會數百年來肩負的責任，也是我們修道院今天的包袱：為我們宣揚的真理感到驕傲，在守護反對真理之言時要謙卑謹慎，不要敗壞了自己的名聲。我的弟兄們，一名勤學的僧侶會犯下怎樣的驕傲之罪？以為自己該做的不是守護，而是尋找尚未告訴人類的消息，彷彿聖經最後一書最後一位天使所說的最後一段話仍不足夠：『我向一切聽本書預言的人警告說：誰若在這些預言上加添什麼，天主必要把載於本書上的災禍，加在他身上；誰若從這書上的預言刪除什麼，天主必要從本書所載的生命樹和聖城中，刪除他的名份。』這段話……我不幸的弟兄們，隱含的正是最近修道院內發生的事情，而修道院內發生的種種隱喻的正是我們這個世紀所面對的狀況，大家急於在字裡行間或文書簡牘裡搜尋，在城鎮或城堡裡搜尋，在巍巍大學和教堂裡搜尋真理之言的全新附註，以顛覆比所有旁註都更豐富的真理涵義，你們不覺得我們需要無畏地起身抵抗，而不是愚昧地隨波逐流嗎？這就是曾經在此、如今依舊盤踞在此的驕傲毒蛇。我告訴你們，它曾經想要，如今依舊想要打開封印的書卷，這便是主懲罰過的驕傲之罪，如果不改其驕，不懂謙虛，他會繼續懲罰，因為我們是如此脆弱，主不難找到方法報復。過去如此，現在依然如此。」

「你聽到了嗎，阿德索？」威廉低語道：「這位老者知道的比他說的多。他是否也被捲進這個故事裡，他心知肚明，他在暗示如果有好奇僧侶繼續潛入圖書館，這間修道院將永不得安寧。」

佐治停頓許久之後，才又接著繼續往下講。

「這個驕傲的代表究竟是誰，讓所有驕傲之人甘為信使、共謀、旗手的人是誰？真正採取行動之人是誰，他還在這牆垣之內興風作浪，藉此告知我們時間已近，並安慰我們，既然時間已近，那麼痛苦折磨固然難以忍受，終有結束的一天，因為這個宇宙的偉大循環即將完成？啊，你們都很清楚，只是不敢把名字說出來，因為他在你們之中，你們怕他，但就算你們都怕他我也不怕，這個名字我要大聲說出來，讓你們的五臟六腑都因為恐懼而糾結，讓你們的牙齒打顫咬掉舌頭，讓你們的血液因為寒冷凍結而有一層黑幕遮住你們的眼……他是那不潔的獸，他是假基督！」

他又停頓許久，在場所有人彷彿沒了聲息，教堂裡唯一有動靜的便是那火炬烈焰，可是就連它的影子也看似靜止。唯一的聲響，是佐治擦拭額頭汗水時微弱的喘氣聲。然後他接著繼續說。

「你們或許想對我說：你錯了，他還沒來，他即將到來的跡象何在？這麼說的人就太無知了！日復一日，我們在世界劇場裡，在修道院的縮影裡都能看到災難預兆……早有預言，末日將至之前，西方會有一異邦君王登基，他狡詐殘暴，不信神，殺人如麻，滿口謊言，貪婪成性，工於心計，心懷不軌，與信徒為敵，迫害信徒，他對銀不屑一顧，獨尊黃金！我知道，你們聽我這麼說，心裡急著推敲我說的這個人是像教宗還是像皇帝，是像法國國王，還是你們希望的那個人，才能開口說：那是我的敵人，我是站在好人這邊的！我當然不會那麼天真，告訴你們那人是誰，假基督要來的時候，會撲天蓋地而來，誰也躲不過，每個人都會被波及。他會出現在燒殺擄掠的土匪幫裡，他會突然現身在彩虹剎那綻放的天空裡，號角和火光四起，處處哀號呻吟，海水沸騰。早有預言說人與獸將生育龍，是指內心充滿仇恨和矛盾，你們無須環顧四周找出那在羊皮紙上取悅你們的裝飾畫中龍！早有預言，新婚不久的女子將生下已經會說話的嬰兒，這些嬰兒將宣告末日時刻已至，並要求被殺害。你們無須去山谷村落中尋覓，太過聰穎的嬰兒已經在這牆垣之內被扼殺了！一如預言所說，這些嬰兒已是老年貌，根據預言他們有四隻腳，是幽靈，是胚胎，在母親腹中預言，唸著神奇咒語。你們可知這一切早就寫好了？早已寫好的還有在不同階級、人民、教會中都將發生許多動盪，卑鄙的牧羊人紛紛崛起，他們作惡多端、目空一切、貪得無厭、縱慾揮霍、追求金錢、誇誇而談、浮誇自傲、趾高氣昂、貪饞不足、固執任性、尋歡作樂、愛慕虛榮，跟福音書唱反調，隨時可以背離窄門[280]，鄙視真言，對所有悲憫之舉皆憎恨，從不為自己的罪懺悔，在人群中散播不信任，讓手足彼此仇視，鼓吹邪惡、無情、嫉妒、冷漠、偷竊、酗酒、放縱、淫蕩、肉慾、私通等種種惡習。不重視苦難、謙卑、愛好和平、貧窮、憐憫和哭泣恩賜……在座所有人，不管是修道院內僧侶，或是外來的權勢之客，你們難道還不承認？」

接下來的停頓中，我聽到一陣窸窣聲。是普哲樞機主教在座位上顯得坐立不安。我心想，佐治果然是了不起的宣道者，譴責會內弟兄的同時也沒放過外來訪客。那一刻我願意付出我也說不出的某樣東西，以換取紀伯納和其他滿腦肥腸的亞維儂使節的想法。

「等那個時刻到來，就在那個時刻，」佐治聲如洪鐘，「假基督將以瀆神者之姿臨在，擠眉弄眼假扮我們的主。到那個時候（也就是現在）所有王國都將被征服，爆發飢荒與貧窮，農穫荒歉，寒冬格外凜冽。那個時候（也就是現在）的子民再也無人為他們管理財產，在他們的倉房中存放食糧，只能在買賣市場上受盡欺壓。難以為繼無法存活的才是有福之人，其他人不過是苟延殘喘倖存而已！接著墮落之子到來，這個敵人自吹自擂，展現種種德行欺騙全世界，讓義人落居下風。無處不見仇恨荒煙，假基督將攻陷西方，摧毀聯外路徑，他手中有長劍和烈焰，烈焰肆無忌憚地熊熊燃燒。他的力量來自褻瀆，手中玩弄騙術，他右手是毀滅，左手是幽暗。他的外貌清晰可辨：他的頭顱是一團燃燒的火，他的右眼充血，左眼閃著貓眼的綠光，眼中有雙瞳，眼瞼反白，下唇肥厚，腿骨纖細，雙足碩大，大拇指扁平而長！」

「聽起來很像是他自己的寫照。」威廉輕輕冷笑一聲。這句話十分失敬，但我心中很感激他，因為我覺得我就要寒毛豎立了。我努力忍住了笑，閉著唇鼓起雙頰後呼出一口氣。那位老者話音剛落便出現那呼氣聲，在靜默中聽得一清二楚，幸好大家都以為是有人咳嗽或哽咽或打了個哆嗦，每個人心中各有所本。

「時候到了，」佐治說：「一切都將面臨審判，兒女舉起手指責父母，妻子設計陷害丈夫，丈夫羅織妻子入罪，主人虐待僕役，僕役忤逆主人，對老者失了恭敬，少年要求掌權，勞動被視為無用，天下齊聲歌頌所有放肆、罪惡和傷風敗俗。在這之後，強暴、通姦、偽誓等所有違背自然的罪孽如強浪一波波襲來，隨之而來的還有各種災難、預言和魔法，空中會出現飛行天體，好基督徒中間會出現假先知、偽宗徒、貪腐者、騙子、巫師、強暴犯、吝嗇鬼、偽誓者和偽證者。牧羊人變成狼，神職人員謊話連篇，僧侶渴求世俗之物，窮人不再接受上位者協助，強權者毫無悲憫之心，義人將為不公不義之事做見證。所有城市都受地震襲擊，各地都有瘟疫肆虐，暴風吹起塵土，田地全遭汙染，大海翻攪著黑色的汁液，月亮上會發生前所未見的新奇蹟，星星將背棄原先的軌道，其他不知名星星將劃過天際，夏天下雪冬天炎熱。末日時刻終將到來，時間走向盡頭……第一天第三時辰，一個有力的巨大聲音從空中傳來，一朵紫雲自北方飄來，帶來雷聲和閃電，並降下血雨。第二天地球自原本位置被連根拔起，巨大火球從天而降。第三天地底深淵自宇宙四個角落發出隆隆巨響，天頂敞開，空中彌漫著煙霧和硫磺惡臭，直到第十時辰為止。第四天清晨地獄液化傳出巨響，房屋都坍塌傾圮。第五天第六時辰光明的力量和太陽之輪將雙雙瓦解，黑暗籠罩地球直到黑夜來臨，星星和月亮也不再出現。第六天第四時辰天空自東方向西方裂開，天使可透過天際裂縫看見地球，地球上的人也能看見天上的天使看著自己。於是所有人都躲到山上去，以逃避這些正義天使的目光。第七天基督在他父親的光籠罩下來臨，對良善之人進行審判，他們將升天，身體與靈魂都得到永恆至福。但是，驕傲的弟兄們，這不是你們今晚應思索之事！罪人看不見第八天破曉，那時從東方天空中傳來一個溫柔慈藹的聲音，領導其他聖潔天使的大天使出現，所有天使都跟著他一起坐在雲團上前進，充滿喜悅，在空中疾馳，要來解放那些信了主的子民，大家無不歡欣，因為這個世界的毀滅就要結束！但是我們今晚不能驕傲地以此沾沾自喜！我們要思索的是主為了驅趕那未曾思索過救贖之人所說的話：可咒罵的，離開我，到那給魔鬼和他的使者預備的永火裡去吧！那便是你們應得的，好好享用吧！離開我吧，下到地獄不滅的火中去吧！我給了你們形體，你們卻追隨他人而去！你們既為另一人之僕，去與他同居於幽暗中吧，他是咬牙切齒永不歇的蛇！我給你們耳朵是為了聆聽聖經，你們卻聽從異教徒所言！我給你們嘴巴是為了榮耀天主，你們卻用來傳誦詩人的謊言和弄臣的插科打諢！我給你們眼睛是為了讓你們看到我誡律之光，你們卻用來窺探黑暗！我是人的法官，公正無私。我會給每個人應得的判決。我願以慈悲待你們，但在你們的器皿中沒有油。[281]我被迫同情你們，但你們的燈卻已燻黑。離開我吧……主如是說。那些人……或許就是我們，將墮入永恆磨難中。以聖父、聖子、聖靈之名。」

「阿們！」大家齊聲回答。

所有僧侶排成一行，靜悄悄地離開返回各自寢舍。不願交談的方濟各會和教廷使節團也不見蹤影，只渴望獨處和休息。我的心異常沉重。

「去睡覺吧，阿德索。」威廉走上朝聖者庇護所階梯時這麼對我說：「今天晚上不適合到處遊蕩，紀伯納很可能會臨時起意提早讓世界毀滅，而且就從我們這些人的屍骸開始。明天我們得參加晨經誦讀，因為誦讀一結束，米克雷和其他方濟各會修士就要離開了。」

「紀伯納也會帶著他的囚犯離開嗎？」我小聲詢問。

「他在這裡已經無事可做了。他會想趕在米克雷之前抵達亞維儂，而且會在是異端也是殺人兇手的方濟各修士管事受審之時抵達。把管事送上火刑架正好可以照亮米克雷和教宗的第一次會晤。」

「那麼薩瓦托雷……和那個女孩呢？」

「薩瓦托雷會跟管事一起出發，因為他必須在管事的審判過程中作證。紀伯納或許會為此饒他一命，說不定會讓他逃跑，再派人去殺了他。也說不定真的會放薩瓦托雷走，因為紀伯納對薩瓦托雷那樣的人不感興趣。誰知道呢，也許薩瓦托雷會在隆格多克某處森林裡被人割斷喉嚨……」

「那個女孩呢？」

「我跟你說過，她已是俎上肉。那女孩在半路上，在法國南部沿海某個小村落就會先被處決。我聽說紀伯納要跟他的同儕雅各・福尼爾[282]（記住這個名字，現在他的成就是把加太利派異端送上火刑架，但他野心不僅於此）碰面，把一名美麗的女巫放到柴堆上燒死，自會增加他們二人的威信與名望……」

「難道沒有辦法救他們嗎？」我大喊。「院長不能干涉嗎？」

「救誰？救管事那個招供的犯人？救薩瓦托雷那個卑鄙小人？還是你心裡想的那個女孩？」

「就算是又如何？」我頂撞他。「畢竟那三個人之中，她是唯一無辜的，您也知道她不是女巫……」

「你認為發生了這些事情之後，院長會願意以他僅存的聲望去救一個女巫？」

「他就願意承擔讓鄔勃汀諾逃跑的責任！」

「鄔勃汀諾是修道院內的僧侶，而且沒有任何罪名在身。還有，你說的是什麼蠢話，鄔勃汀諾是何等身分，紀伯納最多只敢暗箭偷襲他。」

「所以管事說得沒錯，素民永遠是最後要付出代價的人，即便他們之所以造反是因為那些為他們仗義執言的人，或是像鄔勃汀諾和米克雷這樣的人的贖罪言論鼓吹所致！」我昏了頭，完全沒想到那女孩並不是被鄔勃汀諾的神秘論述誘惑的小弟兄修士。她只是一名村姑，卻得為與她無關的故事付出代價。

「事實如此。」威廉也很氣餒。「你如果渴望看到正義微光，我可以告訴你，有一天，教宗和皇帝這兩隻大狗為了言和，會踏過曾經為了他們而彼此攻擊的小狗屍體上向前走。米克雷或鄔勃汀諾的下場會跟你那個女孩的下場一樣。」

現在我知道威廉作了一個預言，也可以說他是依照自然哲學原則做了一個三段論推演。只是當時他的預言和推論完全無法安撫我的心靈，唯一確定的是那女孩會被燒死。我覺得我難辭其咎，因為她在火刑架上所贖的罪，可以說是我與她共同犯下的罪。

我不知羞恥地哭了出來，跑回房間去，整夜在床褥上輾轉反側、無助悲吟，想要仿效我在梅爾克跟其他同伴一起看的騎士文學描述的那樣，呼喚所愛之人的名字都做不到。

那是我一生中唯一的俗世之愛，但我自始至終、永遠不知其芳名。

第六天

第六天　晨經誦讀

詠唱經文歌《諸王入座》，馬拉其亞倒地不起。

我們起床去參加晨經誦讀。最後的夜色，快要變成即將來臨的新的一天的破曉。濃霧依舊。我們穿越中庭時，濕氣甚至滲入我的骨頭，一夜未眠後格外難受。儘管教堂內很冷，但是當我跪在穹頂之下，受自然元素庇護，感受到其他身體的熱度，也受祈禱撫慰後，感覺鬆了一口氣。

聖詠吟唱開始沒多久，威廉指了指坐在我們對面佐治和帕齊斐克・達・提佛里之間的空位。那是馬拉其亞的位子，他總是坐在失明的佐治旁邊。我們並不是唯一發現他缺席的人。我發現院長眼神焦慮，他自然清楚空位很可能是不祥預兆。另一方面長者佐治也很不尋常地情緒激動。那雙空洞的白色眼睛讓他如平日一樣莫測高深，他的臉幾乎全被黑暗籠罩，但雙手卻顯得分外緊張不安。佐治好幾次伸手觸碰身旁的座位，看似想確定是否有人入座。他每隔一段時間就會重複做這個動作，彷彿希望缺席的那個人能突然出現，同時又擔心再也看不到此人。

「馬拉其亞會到哪裡去呢？」我低聲問威廉。

「那本書，」威廉說：「現在歸馬拉其亞一人所獨有，如果他不是殺人兇手，很可能不知道那本書的危險性……」

多說無益，只能等待。等待的除了我們，還有盯著空位的院長和用手在黑暗中尋找答案的佐治。

誦讀日課接近尾聲，院長提醒僧侶和見習僧要好好準備聖誕節彌撒，因此依照慣例，將利用晨禱之前的時間，確認彌撒時要吟唱的幾首經文歌大家是否配合無礙、和諧一致。那群虔誠信徒在歌聲中彷彿化為一體一聲，在漫長歲月中從未分離，萬眾一心。

院長要大家唱的是〈諸王入座〉座[283]。

入座諸王
出言反對我
羞辱輕謾我
折磨我。
請助我，上主
我的主，請救我
以你偉大的仁慈之心。

Sederunt principes
et adversus me
loquebantur, iniqui.
Persecute sunt me.
Adjuva me, Domine,
Deus meus salvum me
fac propter magnam misericordiam tuam.

我心想，院長那天選擇唱這首進階詠恐怕別有用心，因為諸王派來的使節都在，這首曲子似乎是為了提醒他們本篤會數百年來從未向強權低頭，憑藉的是我們修會與軍隊之神主耶穌的緊密關係。果然那歌曲一開頭就氣勢磅礴。

第一個起始音Se由數十個莊嚴聲音緩緩唱出，低吟充滿整座教堂，在我們頭上縈繞，卻宛如從地心揚起。那音尚未歇，其他聲音便加入，與原本低沉持續的聲部交織出一連串的單音和花音。那大地之音繼續主導一切，毫無間斷，另一個誦讀聲出現，有節奏地徐徐重複了十二遍「萬福瑪利亞」。那象徵永恆的不變單音彷彿給了其他吟唱者（尤其是見習僧）信心，遂拋開一切顧忌，在那堅硬的磐石上用如流水般的溫潤紐碼[284]築起尖拱、列柱和高塔。我的心神隨著每一個下行三音階、上行三音階或上下行三音階而微微顫動，那些聲音彷彿在告訴我就算（吟唱者和我這個聽者的）靈魂無法承受過於豐沛的感情而撕裂，仍可以透過甜美音色傳遞出喜悅、傷痛、禮讚和愛。那來自地心的聲音頑強佇立不肯退去，似乎代表了迫害上主子民的強權和來自敵人的威脅依舊存在。直到反抗的哈雷路亞歡呼聲響起，那喧鬧的單音才肯認輸，或被勸退並束手就擒，在完美的肅穆和聲及平緩的音符中漸漸散去。

好不容易以近乎沙啞的聲音完成了「入座」，「諸王」又不慌不忙地拔高衝向雲霄。我不再問那些出言反對我（我們）的強權是誰，此刻那坐著的龐大幽靈陰影已經消失無蹤。

那時的我相信其他幽靈也紛紛淡去，因為原本全神貫注聆聽那經文歌的我再望向馬拉其亞的座位時，看見那位圖書館管理員的身影出現在吟唱者之間，彷彿從未缺席。我看了看威廉，發現他眼中多了一絲淡淡的欣慰，另一頭的院長也是。佐治再次伸出手，碰到馬拉其亞的身體後便立刻縮了回去。但我說不上來讓他如此不安的究竟是怎樣的心情。

這時大家唱到了「請助我」，a輕快地在教堂內繚繞，u也不像「入座」那一句陰鬱深沉，反而充滿了活力。所有僧侶和見習僧皆遵循歌唱準則挺直身體、敞開喉嚨，抬頭看著歌譜，歌譜與肩同高，大家無須低頭，讓聲音輕而易舉便能從胸膛傳出。然而畢竟夜未央，即便撤退號角響起，睏倦迷霧依舊盤踞在許多吟唱者頭上，他們或許隨著歌詠之浪前進太過放鬆，結果在某個長音上迷失了方向：抵擋不住睡意來襲的僧侶頻頻垂頭。這個時候，還是得仰賴守夜僧侶用油燈一一照著大家的臉，讓每個人的身心都甦醒過來。

第一個察覺到馬拉其亞身體奇怪搖晃的人正是守夜僧侶，他搖晃的方式彷彿突然墜入沉睡迷霧中，很可能是前一晚沒睡所致。守夜僧侶用油燈照他的臉，引起了我的注意：馬拉其亞毫無反應。守夜僧侶碰了碰他，他整個人向前傾倒，幸好守夜僧侶在馬拉其亞倒地之前及時扶住了他。歌聲慢了下來，音量漸漸減弱，大家一陣騷動。威廉從座位上跳了起來，衝向守夜僧侶和帕齊斐克，他們正讓陷入昏迷的馬拉其亞平躺在地上。

我們跟院長幾乎同時趕到，在燈火照耀下我們看著那可憐人的臉。那臉已無生命跡象，瘦薄的鼻子，空洞的雙眼，凹陷的太陽穴，耳朵發白且耳垂外翻，臉上的皮膚緊繃僵直且乾澀，兩頰蠟黃泛黑。馬拉其亞睜著眼睛，乾裂的唇吐出微弱氣息，他張開嘴，彎腰對著他的威廉身後也彎著腰的我看見他兩排牙齒間的舌頭是黑色的。威廉扶著馬拉其亞的肩膀讓他坐起來，同時伸手幫他拭去額前涔涔汗水。馬拉其亞感覺到有人碰觸他，瞪著前方卻視而不見，自然不可能認出面前那人是誰。他舉起微顫顫的手，抓住威廉的長袍前襟用力一扯，威廉的臉幾乎碰到了他的臉，然後他以極弱的嘶啞聲音說了幾句話：「他說過……真的……有一千隻蠍子的力量……」

「誰跟你說的？」威廉問他。「誰說的？」

馬拉其亞還想說話，但是他突然全身劇烈顫抖，頭往後一仰，臉上血色盡失，生命跡象也消失無蹤。他死了。

威廉站起身來，發現院長就在身邊，但他一句話都沒有說。然後看到了院長身後的紀伯納。

「紀伯納大人，」威廉問：「您既已查明兇手身分，並將兇手下獄拘禁，這個人又是誰殺的呢？」

「不要問我，」紀伯納說：「我可沒說已將這間修道院內所有壞人都繩之以法。如果能夠的話，我很樂意這麼做。」他看著威廉說：「但是此時此刻，我只能把其他人交給嚴謹——或應該說宅心仁厚的院長看管。」院長臉色蒼白，不發一語轉身走開。

這時我聽到一個沙啞的啜泣聲。是佐治，低頭跪倒在他的跪凳上，旁邊有一名僧侶攙扶，應該已經把情況告訴他了。

「永無休止之日……」他聲音哽咽。「主啊，請寬恕我們！」

威廉再度彎下腰檢查屍體，他抓起馬拉其亞的手，迎著光檢查掌心。這位圖書館管理員右手前三根指頭都已經發黑了。

第六天　晨禱

選出新的管事，但並未遞補圖書管理員的位置。

已經是晨禱時分了嗎？晨禱已經結束了，或是還沒開始？從那時候起我失去了時間感。或許過了好幾個鐘頭，或許沒有那麼久，馬拉其亞的遺體放置在教堂內的靈柩台上，會內弟兄圍著他形成一個半圓。院長安排接下來的安葬事宜。他把班丘和玻璃匠師尼可拉・達・摩利孟多叫到身旁。他說，在短短一天內，修道院失去了圖書館管理員和管事。「你，」他對尼可拉說：「你接任雷密吉歐的位置。你熟悉修道院內大多數人的工作，找人接替你在冶煉坊的職務，先處理今天廚房跟用膳室立即所需，無須參加日課。去吧。」之後對班丘說：「你昨天晚上被任命為馬拉其亞的助理，今天起負責開放寫字間，不准任何人獨自上樓到圖書館去。」班丘怯生生地回答說他還沒機會認識圖書館的密室。院長神情嚴肅地盯著他說：「沒有人說你需要認識密室。你只需要讓工作如常進行就好，當作是為死去的修士……和其他即將死去的修士們祈禱吧。大家只得用手邊已有的書工作，可以參閱圖書目錄，不得做其他事情。你無須參加晚禱，因為那時候你要負責關門。」

「之後我要如何離開主堡？」班丘問。

「好問題。晚膳後由我負責關閉樓下所有出入口。你去吧。」

院長說完就跟他們一起離開，閃避想跟他說話的威廉。唱詩班座位上還有一小群人未散去，包括阿里納多、帕齊斐克、阿伊馬羅和彼得・達・桑塔巴諾。阿伊馬羅冷笑。

「感謝主，」他說：「日耳曼人死了，只怕我們的新任圖書館管理員比他更沒知識。」

「你們認為誰會接任馬拉其亞的位置？」威廉問他們。

彼得．達．桑塔巴諾神秘兮兮地微微一笑。「這幾天發生了這麼多事，要擔心的不是圖書館管理員，而是院長吧……」

「不要胡說。」帕齊斐克制止他。阿里納多依舊眼神專注：「還會再有不公不義的事情發生……就跟我那時候一樣。一定要阻止他們。」

「他們是誰？」威廉追問。這時帕齊斐克狀似親暱地拉著威廉的手臂，把他帶離阿里納多，帶至門邊。

「阿里納多……你也知道，我們很愛他，他對我們而言代表了修道院的古老傳統和美好時光……但有時候他不知道自己在說什麼。我們都很擔心下一任圖書館管理員人選，他要能勝任，要夠成熟，也要有頭腦……」

「他需要懂希臘文嗎？」威廉問。

「還有阿拉伯文，這是傳統，還有他的工作屬性使然。我們之中許多人都具備這樣的條件，例如我、彼得和阿伊馬羅……」

「班丘懂希臘文。」

「班丘太年輕了，我不知道馬拉其亞昨天為什麼會選他當助理，不過……」

「阿德莫懂希臘文嗎？」

「應該不懂。嗯，我確定他不懂。」

「但是魏納茲歐懂，貝藍格也是。我知道了，謝謝你。」

我們離開教堂，到廚房去找東西吃。

「您為什麼要知道誰懂希臘文？」我問威廉。

「因為有那些手指發黑的死者都懂希臘文，所以下一個恐怕會是懂希臘文之人。包括我在內，你得救了。」

「馬拉其亞最後說的那幾句話，您有什麼想法？」

「你也聽到了。蠍子。第五聲號角響起，蝗蟲來到地上，有類似蠍子的尾和刺，能讓人受盡痛苦。這你是知道的。馬拉其亞讓我們曉得有人預先警告過他。」

「第六聲號角響起，」我說：「頭像獅子的馬口中射出火、煙和硫磺，騎馬者則穿著火紅、紫青和硫磺色的鎧甲。」

「訊息太多了。看來下一樁兇案很可能會發生在馬廄裡，得好好盯著那裡。我們還得準備第七聲號角。也就是說還會有兩個人喪命。誰會是最可能的受害者呢？如果說目標是知道非洲之末秘密的人，就我推論，人選就只剩下院長了。除非另有陰謀。你剛才也聽見了，有人密謀要趕院長下台，而且阿里納多說不只一個人……」

「得去通知院長。」我說。

「跟他說什麼呢？說有人要殺害他？我毫無證據。如果兇手的邏輯跟我一樣，這個推論才成立。如果此人另有企圖呢？還有，如果兇手不只**一人**呢？」

「您的意思是什麼？」

「我自己也不清楚。就像我跟你說過的，除了要想像所有可能的秩序外，也得考慮所有可能的失序。」

第六天 第一時辰祈禱

尼可拉帶我們參觀收藏寶物的地窖，說了好多事情。

尼可拉以新任管事身分對廚子下指令，廚子則向他報告廚房的種種。威廉有事找他，尼可拉請我們稍候幾分鐘，說他還得去收藏寶物的地窖監督聖物盒的清潔工作，那仍歸他管理，在那裡應該比較有時間談話。

沒多久他便請我們跟他走，進了教堂後，他走到聖壇後面（有僧侶在中殿布置靈柩台，準備為馬拉其亞的遺體守夜），讓我們隨他走下一道小梯，我們拾階而下，來到一個穹頂極為低矮的廳室，支撐結構的碩大石柱素樸無華。這就是收藏修道院珍寶的地窖，院長總是小心翼翼，只在特殊機會開放給身分尊貴的訪客參觀。

那裡到處都是大小不一的聖物盒，室內以火把照明（由尼可拉非常信任的兩個助手負責），讓所有美麗絕凡的聖物閃閃發亮。金色的法衣、鑲滿寶石的黃金桂冠、以不同金屬做出栩栩如生人像故事的珠寶盒、烏金鑲嵌細作和各種象牙製品。尼可拉興奮地向我們展示一本福音書，那書的裝幀用了令人嘆讚的琺瑯板，將全書分為數個色彩斑斕的單元，以金線固定，再以貴重寶石當作書釘。尼可拉還指著一個作工細膩的壁龕給我們看，是以青金石和黃金打造而成，龕內的純銀淺浮雕描述的是將耶穌從十字架放下的故事，上頭的黃金十字架有十三粒鑽石是以絢麗的縞瑪瑙為底座，小小的山牆上綴滿了瑪瑙和紅寶石。我還看到一幅黃金象牙雙折聖壇板畫，分為五個部分，呈現基督的五則人生故事，正中央有一隻神秘的羔羊是純銀蝕刻再覆上一層金箔玻璃而成，那是蠟白底色上唯一的有色圖像。

尼可拉指著這些東西給我們看的時候，他的臉龐和手勢都閃爍著驕傲的光彩。威廉也讚美眼前所見，然後詢問尼可拉，馬拉其亞是怎樣的一個人。

「這個問題很奇怪，」尼可拉說：「你也認識他。」

「是，但我認識不深。我始終不明白他心裡隱瞞了什麼……或……」威廉想要找到恰當字眼，以免對亡者不敬。「……是否有所隱瞞。」

尼可拉舔濕了一根手指，劃過沒有完全擦拭乾淨的水晶表面，沒看著威廉，掛著淺淺微笑回答說：「其實你不是真的要問問題……沒錯，很多人都說馬拉其亞看起來城府很深，其實他這個人很單純，阿里納多認為他是個笨蛋。」

「阿里納多為了多年前的一件事對某人心懷怨恨，那時候他錯失了圖書館管理員一職。」

「這件事我也聽說過，但那是陳年往事了，大約發生在五十年前吧。我來的時候，圖書館管理員是羅貝托·達·波比歐，幾名年邁僧侶曾說起阿里納多遭到不公對待的事。當時我沒有深入了解，因為我不想對長者不敬，也不想跟隨流言蜚語起舞。羅貝托原本有一名助理，後來死了，馬拉其亞便遞補了那個職務，那時他非常年輕。很多人都說他不夠資格，馬拉其亞說自己懂希臘文和阿拉伯文，其實是騙人的，他只是擅長模仿，能以美麗字體謄抄那兩種語言的手抄稿，但完全不懂自己在抄寫什麼。可是圖書館管理員應該學富五車。當時仍精力充沛的阿里納多對馬拉其亞接掌那個職務，說了十分不好聽的話。他暗示說馬拉其亞之所以會被任命為圖書館助理管理員，是他的敵人暗中搞鬼，但是沒人知道他指的是誰。我所知道的就是這些了。常有耳語說守護圖書館的馬拉其亞像一條看門狗，不知道自己看管的是什麼。其實馬拉其亞選擇貝藍格當助理的時候，關於貝藍格的流言也不少。有人說他不比馬拉其亞優秀，只是工於心計。還有人說他……我想某些傳言你也有所耳聞……說他跟馬拉其亞之間有曖昧關係……這些都過去了，你也知道貝藍格跟阿德莫之間的傳言，有些年輕的抄寫員說馬拉其亞默默地忍受情傷椎心之痛……也有人對馬拉其亞跟佐治的關係有些揣測，不，不是你以為的那樣……從來沒有人質疑過佐治的德行！根據傳統，做為圖書館管理員的馬拉其亞應該選院長做為他的告解對象，佐治則是所有其他僧侶的告解對象（也可以向阿里納多告解，但是這位老者已近乎心智紊亂）……可是馬拉其亞向佐治請益過於頻繁，看起來院長固然引導他的心靈，但是他的人、他的手勢和工作卻全都聽從佐治指揮。你也知道，或許你曾經見過，若有人想知道一本被遺忘的古書，他不會問馬拉其亞，卻會尋求佐治協助。馬拉其亞負責保管圖書目錄，去圖書館取書，佐治才知道每一個書名的意義……」

「為什麼佐治知道圖書館那麼多事？」

「除了阿里納多之外，他是最資深的，少年時候就進了修道院。佐治如今應該八十多歲了吧，據說他四十多年前，或是更早就失明了……」

「在他失明前，為何能如此博學？」

「關於他的傳說很多。好像他少年時期曾蒙聖恩，尚未成年時在故鄉卡斯提亞就能讀阿拉伯文和希臘學者著作。即便失明後，即便是現在，也長時間待在圖書館內，讓人朗讀目錄選書，然後讓見習僧大聲讀給他聽，一讀就是好幾個鐘頭。他什麼都記得，不像阿里納多已經失憶。你為何問我這些事？」

「如今馬拉其亞和貝藍格都死了，還有誰知道圖書館的秘密？」

「院長。院長得將圖書館秘密傳給班丘……如果他願意的話……」

「如果他願意？」

「班丘太年輕，他是馬拉其亞生前任命的助理。圖書館助理管理員和管理員大不相同。依照傳統，圖書館管理員日後會接掌院長一職……」

「原來如此……所以管理員這個位置多方覬覦。如此說來，亞博內之前也當過圖書館管理員？」

「沒有，亞博內沒當過管理員。他在我來此之前就被任命為院長了，大約是三十年前。上一任院長是保羅・達・里米尼，他有些古怪，關於他的奇聞軼事不少：傳說他嗜讀不倦，圖書館每一本書他都如數家珍，可惜生了一種怪病，無法書寫，所以大家叫他無字院長……保羅極年輕就當上院長，據說背後有亞吉羅・達・克呂尼[285]支持……不過這些都是僧侶們早年耳語。總之，保羅當上了院長，羅貝托則接掌圖書館管理員一職，但後來羅貝托染上疾病，形銷骨立，他心知自己未來無法領導修道院，所以保羅失蹤後……」

「他死了？」

「不是，是失蹤。我也不清楚怎麼回事，一日他出發旅行就再也沒回來了，或許在旅途中被強盜殺害……總而言之，保羅失蹤後，羅貝托無力接任院長，那時掀起一陣陰謀論。據說亞博內是這一帶領主的私生子，在佛薩諾瓦修道院中長大，據說阿奎那在那裡過世時，年少的他曾參與其事，將困在塔樓中的阿奎那龐大身軀扛下了樓梯……有人不懷好意說那算是亞博內無上光榮……儘管他沒當過圖書館管理員，還是被選為院長，圖書館的秘密應該是羅貝托傳授給他的。」

「羅貝托又為何會被委以圖書館重任？」

「我不知道，我盡量不去打探這些事情，我們修道院是聖潔之地，可惜有時候還是會被駭人聽聞的陰謀所包圍。我只關心我的玻璃和聖物盒，不想被捲入這些事情裡。你現在明白為什麼我說不知道院長是否願意將所知傳給班丘了吧，因為此舉形同指定那個來自北國、無足輕重、蹩腳的年輕文法學者為院長繼任人，這毛頭小子根本不懂義大利、修道院及修道院跟當地領主的關係……」

「可是馬拉其亞跟貝藍格也都不是義大利人，卻被派在圖書館任職。」

「這的確是個謎。僧侶們議論的正是過去這五十年來，修道院背棄了自己的傳統……所以五十多年前，或許更早之前，阿里納多一心爭取圖書館管理員之位。圖書館管理員向來是由義大利人擔任，更何況這塊土地上並不缺乏人才。結果你看……」尼可拉躊躇了一下，似乎不想把原本要說的話說出口。「……你看，馬拉其亞和貝藍格都死了，說不定，就是為了不讓他們當院長。」

話一說完，他便打了個哆嗦，伸手在面前揮了一下，彷彿想把這恐怕有所偏頗的念頭趕走，然後在胸前畫了一個十字。「我在胡說什麼？你看，這個國家多年來發生了多少丟臉的事，就連修道院、教廷和教會也不能倖免……為了權力而鬥爭，為了搶奪某人的俸祿就指控他為異端……太醜陋了，我對人類越來越沒信心，處處可見本屬於宮闈之內的陰謀詭計。這間修道院難道也要從收藏聖人遺風的聖物盒，淪為聽從神秘魔法召喚的毒蛇之窩嗎？你看，這是我們修道院的過去！」

尼可拉指著地窖中各式寶物，他撇開十字架和其他出土古物，帶著我們去看建構起這個地下室榮光的聖物盒。

「你們看，」他說：「這是刺入救世主肋骨的矛尖！」那是一個黃金盒子，蓋子是水晶做的，盒子裡有一個軟墊，上頭放了一個三角鐵片，原已生鏽泛紅，花了好長時間用油和蠟擦拭，才恢復如今光彩。這不算什麼。另一個綴滿紫水晶的銀盒有一面是透明的，我看見的是真十字架的殘片，是君士坦丁大帝母親海倫娜皇后親自送來的，她當時到幾處聖地朝聖，在各各他山上挖掘到了真十字架和耶穌聖墓，遂在該址建了一座教堂。

尼可拉還帶我們看了其他物件，無論是數量或稀珍程度，我都難以形容。一個藍水晶盒中放的是真十字架上的一根釘子。一個細頸瓶中以乾枯的小朵玫瑰為底襯，上頭放的是一截荊棘冠，另一個盒子裡仍然以乾枯花朵為底襯，上頭放的則是最後晚餐的桌布一角，已經泛黃。那裡還有聖瑪竇的錢包，是用銀線編織的。一個綁了陳年粉紫色緞帶的圓筒以黃金封印，裡頭存放的是聖安娜[286]的手臂骨。我還看到了驚奇中的驚奇，在玻璃鐘罩下，放在繡了珍珠的紅色軟墊上的，是伯利恆馬槽的殘片。還有福音書作者聖若望的紫紅色長袍衣角、伯多祿在羅馬時銬在他腳踝上的鐵鍊兩環、聖道博[287]的頭蓋骨、聖斯德望[288]的劍、聖瑪格麗特的脛骨、聖維塔雷[289]的指骨、聖蘇菲亞的肋骨、聖亞朋[290]的下巴、金口若望的肩胛骨、聖若瑟的訂婚戒指、聖若翰洗者的一顆牙齒、摩西的手杖、聖母瑪利亞因長途跋涉而破爛的結婚禮服蕾絲花邊。

還有其他物品雖非聖物，卻是曾旅行到世界盡頭的僧侶們帶回來送給修道院的，這些物品或見證了奇蹟，或來自本身就是奇蹟的遙遠國度：蛇妖和九頭蛇標本、獨角獸的角、某位隱士發現的蛋中蛋、以色列人在曠野中賴以為生的一小片嗎哪[291]、一顆鯨魚牙齒、一粒椰子、洪水滅世前的動物肱骨、大象象牙和海豚肋骨。還有一些聖物我認不出來，或許收納的聖物盒都更有價值，有的聖物（從已經發黑的銀盒作工研判）則年代甚為久遠，包括各式各樣的殘骨、碎布、斷木、金屬片和玻璃碎片。還有好幾瓶深色粉末，其中一個就我所知是索多瑪城的廢墟瓦礫，另外一個則是耶里哥城牆的灰燼。所有這些收藏，即便是最不起眼的一件，都會讓君王情願拿封地去換，因為這樣的寶庫不僅代表崇高地位，同時也是我們所處的這間修道院真真切切的實質財富。

我目瞪口呆在地窖內流連忘返，尼可拉沒再向我們介紹寶物，但所有收藏都有一小方花飾文字說明，我便隨意走來走去看著那些無價之寶，因為尼可拉的助手帶著火把在地窖中四處走動，有時候照明充足，有時候則燈光昏暗。既讓人著迷，又讓人作嘔的除了那些發黃、神秘兮兮的軟骨外，還有年代不可考、褪了色且嚴重磨損的衣服布料，有時候會像手抄稿被捲起放在瓶中，以及曾經有靈魂（和理性）的聖人遺骨，如今被囚禁在尺寸雖小，卻不輸石造教堂、塔樓和尖塔傲氣的水晶或金屬牢籠中，跟做為底襯的墊布融為一體，彷彿也化為一只礦石。原來聖人遺體便是如此等待復活為肉身？原來這些碎骨會在神視光輝中重組人體組織，恢復原有的感知能力，如皮佩諾[292]所言，甚至能分別最細微的氣味差異？

威廉拍了拍我的肩膀，喚醒了沉思中的我。「我要走了，」他說：「我得去寫字間查點東西……」

「可是現在不能借書，」我說：「院長讓班丘……」

「我只是要檢查我前天在魏納茲歐桌上看到的那些書。你可以留下來慢慢看，這個地窖是這幾天你參與的貧窮論戰的絕佳體現。你現在知道為什麼你的會內弟兄為了競逐院長一職，不惜互相殘殺了吧。」

「您相信尼可拉對您說的那番話？如此說來，所有兇案都跟權位之爭有關？」

「我跟你說過，此刻我不想輕率地大聲說出我的假設。尼可拉說了很多，有些讓我頗感興趣。不過我現在要查的是另一條線索，或許應該說是原來那條線索，只不過換一個方向查訪。你別太著迷於這些聖物盒，我在其他教堂看過太多真十字架殘片，如果這些都是真的，我們的主就不是被釘在兩片交叉的木板上，而是被釘在一整座森林裡。」

「導師！」我驚駭不已。

「阿德索，事實如此。而且不乏更珍貴的寶物。我之前在日耳曼一間教堂內，看到了聖若翰洗者十二歲時的頭骨。」

「真的？」我讚嘆時滿心景仰，但旋即起了疑心：「可是他被殺的時候沒有這麼年輕啊！」

「所以應該有另一個頭骨收藏在另一個寶庫裡。」威廉一臉嚴肅地回答我。他每次開玩笑我都聽不懂。在我的家鄉，一個人如果在開玩笑，他會在說完之後開心大笑，讓大家都能分享他的笑話。可是威廉卻只在說正經事的時候笑，可能在開玩笑的時候反倒不苟言笑。

第六天　第三時辰祈禱

阿德索聆聽《末日經》，夢到內心所願，也可能是神視。

威廉向尼可拉告辭，到主堡樓上的寫字間去。我在寶庫看完後，決定去教堂為馬拉其亞的靈魂祈禱。我不喜歡馬拉其亞這個人，還有些怕他，坦白說我一直認為他是所有命案的兇手，但我此刻明白他不過是個可憐人，為了無法得到滿足的欲望受盡折磨，脆弱的他飽受強權欺凌，之所以陰沉是因為茫然不知所措，之所以沉默閃躲是因為無法為自己辯駁。我對他心有愧疚，為死於非命的他祈禱，或許可以減輕我的罪惡感。

教堂內有微弱燈火，正中央是馬拉其亞的遺體，僧侶低聲齊吟安魂彌撒經。

我在梅爾克修道院曾數次目睹會內弟兄的臨終時刻，雖不能說喜悅，但在我看來一切都很祥和，那是一種平靜坦然面對審判的感覺。大家輪流進入彌留弟兄的房間內，以善言安撫，每個人心裡都認為彌留者乃至福之人，因為他有德的一生可望圓滿結束，即將加入天使之列，享受永恆喜樂。除了那份祥和氣氛外，彌留者還能感受到一種欽羨之情，讓他安詳辭世。但是這幾天的死亡氣氛大相逕庭！我總算親眼見到因非洲之末邪惡蠍毒送命的人是怎麼死的，魏納茲歐和貝藍格試圖以水抒解不適的同時，他們的臉恐怕跟馬拉其亞一樣形容枯槁……

我坐在教堂底端，整個人蜷縮成一團以抵抗寒冷，漸漸有了暖意之後，我也開口加入吟誦行列。我其實並不知道自己說了些什麼，只是跟著其他弟兄一起唸唸有詞，我搖頭晃腦，眼皮不自覺垂了下來。過了許久，我想我大約睡著又醒來三至四次之後，大家唱起了

《末日經》……這段詠唱於我彷彿麻醉劑，讓我沉沉睡去。或與其說讓我昏睡，不如說讓筋疲力竭的我陷入焦躁的麻痺狀態，整個人曲身向內，彷彿還在母親腹中的胎兒。我的靈魂宛如遁入迷霧中，我所在的地方不在這個世上，我有了神視，也很可能是一場夢。

我走下一道狹窄樓梯，來到一條低矮通道，很像是地窖寶庫，可是我越往下走，心裡越清楚這個地方比修道院地窖更為寬敞，其實是主堡廚房。是廚房沒錯，只不過除了爐子和鍋具外，還有風箱和鎚子榔頭，尼可拉手下的鐵工似乎也都聚集在此。火爐和煉鐵鍛爐都閃著紅豔豔的火光，沸騰的鍋子裡冒著煙，碩大的水泡咕嚕嚕升至表面後爆開，持續發出噼哩啪啦的聲音。廚子將烤肉串接連拋向空中，見習僧也全都擠在這裡，有的跳起來搶雞肉串，有的則伸手搶串在炙熱鐵條上的野禽。旁邊則有鐵工用力敲打，發出震耳欲聾的聲響，鐵砧上火花四濺，跟廚房兩個火爐噴出的火花合而為一。

看著眼前滿溢的醬汁和隨處可見的香腸，我不知自己是身在地獄，或是薩瓦托雷認為的天堂。我還來不及問我自己，就看到一群矮小醜陋、頭顱大如鍋子的侏儒衝了進來，推著我往後退，來到用膳室入口，逼得我不得不進去。

用膳室布置成了晚宴會場，牆上有大幅掛氈和旗幟，可是上頭的圖案並非約定俗成的勸人行善悲憫，或是頌讚諸王榮光，反而更像是阿德莫的裝飾畫，而且是那些較不可怕、偏向古怪滑稽的圖畫：野兔圍著掛滿了食物的長竿跳舞，河裡的魚自動自發地跳進鍋子，拿著鍋子的則是打扮成主教模樣的猴子廚師，頂著企鵝肚子的妖怪繞著冒煙的燉鍋手舞足蹈。

院長坐在桌子中央，身著重要慶典的刺繡紫色華服，手上握著叉子如同握住的是一面盾牌。坐在他身旁的是佐治，就著酒壺大口喝酒，管事則穿得跟紀伯納一樣，手上拿著一本蠍子形狀的書，道貌岸然地朗讀聖人生平和福音經文，但經文內容是耶穌跟宗徒伯多祿開玩笑說他是一顆石頭，而教會將建立在他這顆在平原滾動、不知羞恥的石頭之上，不然就是描述聖熱羅尼莫[293]評註聖經時說天主在字裡行間企圖拆穿耶路撒冷的真面目。管事每讀一句話，佐治就哈哈大笑，握拳擊桌大喊：「你就是下一任院長了，你這個天主肚子裡的蛔蟲！」他真是這麼說的，願天主寬恕我。

院長比了一個輕快的手勢，一列貞女便走了進來。盛裝打扮的她們熠熠發光，站在正中央的那一位，我乍看之下以為是我母親，隨後發現是我眼花，因為她明明是那可怕的少女，彷彿列陣準備應戰的軍旅。她頭戴兩串白色珠冠，臉龐兩側各有一排珠串垂下，與胸前兩條珠鍊混淆不清，每一粒珍珠都掛著一顆如李子般大的鑽石。她耳朵上兩串藍珍珠耳環緊接著脖上頸飾，那項頸宛如黎巴嫩山上的高塔潔白挺立。她身披褐色斗篷，手中拿著鑲有鑽石的金杯，我知道（不知道為什麼我知道）杯中裝著從賽夫禮諾那裡偷來的致命毒藥。其他女子都跟在這名美麗如晨曦的女子身後，其中一個身披白色刺繡斗篷，裡面的深色長衫搭配雙層金色皮草披肩，上面繡有花朵；另一個女子則身披黃色斗篷，裡面的粉紅長衫以綠葉滾邊，另綴有兩個如迷宮般的巨大方形褐色圖飾；第三名女子外披紅色斗篷，內搭翠綠色長衫，繡有紅色動物圖案，手上有白色刺繡皮草暖手筒。我沒注意其他女子的穿著，因為那少女此刻面容神似貞女瑪利亞，我想知道陪在她身旁的女子是誰。彷彿這些女子手中拿著或口中含著的花飾文字寫了姓名，我因而得知她們是盧德[294]、撒辣伊[295]、蘇撒納[296]和其他聖經經文中所載之女子。

這時候院長大喊一聲：「退下吧，好人家的孩子！」接著走進用膳室的是另一群聖潔之人，服裝雖尊貴但不奢華，我一眼就認出來者是誰，最中間端坐寶座上的是我們的主，同時也是亞當，他身穿一件紫紅色斗篷，以紅寶石白珍珠相間的三層冠冕在肩膀處固定住，頭上戴的冠冕跟那少女所戴的雷同，手上的杯子則比少女手中的略大，裝了滿滿的豬血。其他聖人都是我所熟悉的，大家環繞在他身邊，另外還有一列法國國王派來的弓箭手，衣服顏色有綠有紅，手上拿著祖母綠盾牌，上頭刻著立體的基督名字縮寫。身為這群人之首，我們的主舉起杯子向院長致意，他說：「我知道那片土地，在此描述的邊界之內，三十年來都屬於本篤會修道院。」院長回答說：「操作四的第一和第七。」大家齊聲應和：「在非洲之末，阿們。」然後大家紛紛入座。

原本彼此敵對的緊張情勢化解之後，院長一聲令下，所羅門便開始擺放餐具，雅各和安德烈搬來一大綑草料，亞當端坐其上正中央的位置，夏娃則躺在一片葉子上，該隱拖著犁走了進來，亞伯帶了一個桶子來要幫勃內拉擠奶，諾亞划著方舟以凱旋之姿入場，亞伯拉罕坐在一株樹下，以撒則躺在教堂的黃金聖壇上，摩西蹲在一塊石頭上。先知達尼爾挽著馬拉其亞的手出現在靈柩台上，多俾亞[297]躺在一張床上，若瑟跳入一個斗中，班雅明卻躺在一個布袋上，接下來的畫面變得有些模糊，大衛站在一個小土丘上，若望站在地上，法老王則站在沙堆上（理所當然，但我忍不住問我自己，為什麼？），拉匝祿[298]站在桌上，耶穌站在井口，撒該[299]站在樹上，瑪竇站在凳子上，辣哈布[300]站在麻絮上，盧德站在稻草上，德克拉[301]站在窗台上（窗外出現阿德莫蒼白的臉龐，提醒她小心，以免跌落峭壁），蘇撒納站在菜園裡，猶大站在墓園裡，伯多祿站在講道台上，雅各站在一張網上，以利亞站在馬鞍上，拉結站在包袱上。宗徒保祿放下了長劍，聽以掃抱怨，約伯在糞堆上呻吟，跑去救他的有拿著一件長袍的利百加、拿著一條毯子的友弟德[302]、哈加爾[303]則帶了一件壽衣。幾個見習僧扛著一個冒著煙的大鍋走進來，魏納茲歐從那裡面跳了出來，全身通紅，將豬血腸分給大家吃。

用膳室擠得水洩不通，每個人都狼吞虎嚥，約拿送上槲瓜，以撒送上豆莢，以西結送上桑葚，撒該送上無花果花，亞當送上檸檬，達尼爾送上羽扇豆，法老王送上甜椒，該隱送上朝鮮薊，夏娃送上無花果，拉結送上蘋果，阿納尼雅[304]送上大如鑽石的紅色李子，利亞送上洋蔥，亞倫[305]送上橄欖，若瑟送上雞蛋，諾亞送上葡萄，西默盎[306]送上桃子核，耶穌則邊唱著《末日經》，邊從其中一名弓箭手的長矛上掛著的小小海綿中擠出醋來，開心地往所有食物盤中倒。

「我的孩子，我的小羔羊，」已經喝醉的院長說：「你們不能穿得跟乞丐一樣參加晚宴，跟我來，跟我來。」然後他轉動了從鏡子裡面如幽靈般突然浮現、變形的四的第一和第七，那面鏡子瞬間破裂碎了一地，只見迷宮中各個廳室裡掛著有寶石裝飾的各色衣服，全都破破爛爛、汙穢骯髒。撒該拿了白色，亞伯拉罕拿了紫色，羅特拿了土黃色，約拿拿了藍色，德克拉拿了紅色，達尼爾拿了黃褐色，若望拿了蛋白色，亞當拿了膚色，猶大拿了銀幣色，辣哈布拿了鮮紅色，夏娃拿了善惡樹色，有人則拿了七彩色，有人拿了草綠色，有人拿了海藍色，有人拿了木皮色，有人拿了海螺色，或是赭色，或黑色，或風信子色，或火紅色或硫磺色，耶穌穿了一件灰鴿色的衣服趾高氣昂地走了出來，笑著責怪猶大不懂得放輕鬆開玩笑。

這時候佐治拿下眼鏡，放火點燃一叢灌木，那是若瑟劈砍、以撒卸下、依弗大收集後由撒辣伊帶來給他的，雅各掘了井，達尼爾坐在湖邊，僕人帶來水，諾亞帶來酒，哈加爾帶來裝水酒的皮囊，亞伯拉罕帶來一頭牛犢，辣哈布將牛綁在竿子上，耶穌將繩索交給以利細綁牛腳，押沙龍[307]抓住牛毛把牛抬起來，伯多祿拔劍，該隱殺牛，希律王接血，閃[308]清除牛的內臟和糞便，雅各抹油，摩撒登抹鹽，安提約古[309]將牠放在火上，利百加負責燒烤，夏娃率先品嘗隨即身體感到不適，亞當說不要多想，拍了拍賽夫禮諾的肩膀，建議他加點香料。然後耶穌掰開麵包，將魚分給大家，雅各大吼一聲，因為以掃把豆子都吃光了，以撒正在吃烤羊肉，約拿吃白煮鯨魚，耶穌則守齋四十個晝夜。

大家帶著各式各樣的可口野味進進出出，班雅明總是拿最多，瑪利亞總是拿最好的，瑪爾大抱怨每次她都得洗所有盤子。此時那烤牛犢變得碩大無比，若望拿了牛頭，押沙龍取走了牛腦，亞倫拿了牛舌，參孫拿走了牛下巴，伯多祿取走了牛耳，敖羅斐乃也拿了牛頭，肋阿拿走了牛臀，約拿取走了牛肚，多俾亞選擇牛膽，夏娃拿了肋骨，瑪利亞取走牛胸，以撒伯爾選擇牛睪丸，摩西拿了牛尾，盧德要牛腿，以西結要牛骨。而耶穌吃掉了一頭驢，聖方濟各吃掉了一匹狼，亞伯吃掉了一頭羊，夏娃吃掉了一條海鱔，若翰洗者吃了一隻蝗蟲，法老王吃了一隻珊瑚蟲（理所當然，但我忍不住問我自己，為什麼？），大衛吃了一隻斑蝥[310]之後便撲向一位美麗的黑人女子，參孫則緊咬一頭獅子的背脊不放，德克拉被一隻毛茸茸的黑蜘蛛追逐尖叫。

顯然大家都喝醉了，有人踩到酒而滑倒，有人跌入鍋中後只伸出兩隻近似十字形的雙腿，彷彿插入土中的兩根木樁，耶穌所有手指都發黑，發書頁給大家說拿了之後要吃下去，那都是辛佛修斯寫的謎語詩，其中所寫的魚是指天主之子，也就是我們的救世主。大家都在喝酒，耶穌喝的是葡萄乾釀甜酒，約拿喝的是馬希可酒，法老王喝的是蘇連多酒（為什麼？），摩西喝的是迦地酒，以撒喝的是克里特酒，亞倫喝的是亞德里亞酒，撒該喝的是灌木酒，德克拉喝的是阿爾辛酒，若望喝的是阿巴尼酒，亞伯喝的是坎帕諾酒，瑪利亞喝的是西紐酒，拉結喝的是翡冷翠酒。

亞當躺在地上喘氣，酒從側腹流出來。諾亞說夢話詛咒兒子含，敖羅斐乃放心打呼，約拿睡得不醒人事，伯多祿守夜直到雞鳴，耶穌突然醒了過來，聽到紀伯納和普哲決定燒死那少女，他大喊，父親，如果可以，把聖爵交給我吧！有人倒酒倒得亂七八糟，有人喝酒喝得十分開懷，有人笑著斷了氣，有人嚥氣前還在笑，有人對著酒瓶喝，有人用其他人的杯子喝。蘇撒納尖叫說她絕不會因為區區一顆牛心、就讓管事和薩瓦托雷染指自己白皙的肉體，比拉多[311]像受苦的靈魂在用膳室遊蕩，討水洗手，戴著羽毛帽的多奇諾弟兄拿水給他之後，打開自己的袍子一邊狂笑一邊展示他血淋淋的陽具，該隱嘲笑他之餘伸手擁抱美麗的瑪格麗特，多奇諾哭了出來，頭倚在紀伯納肩膀上稱他為天使教宗，鄔勃汀諾用生命樹安慰他，米克雷用一袋金子安慰他，好幾個瑪利亞幫他塗抹香膏，亞當則想說服他張口咬一顆剛剛摘下的蘋果。

這時主堡的穹頂打開了，羅傑．培根坐在一台單人操控的飛行機器上從天而降。大衛奏起弦琴，莎樂美披著七層紗衣跳起舞，每脫下一層紗衣，她便會吹響那七聲號角的其中一個，並拿出七個封印的其中一個，直到她僅**披著太陽**遮體為止。大家都說從未見過如此歡樂的修道院，貝藍格掀起每個人的衣服，不分男女，親吻大家的肛門，然後舞會開始。耶穌打扮成導師，若望打扮成護衛，伯多祿打扮成古羅馬角鬥士，尼默洛得[312]打扮成獵人，猶大打扮成告密者，亞當打扮成園丁，夏娃打扮成織女，該隱打扮成小偷，亞伯打扮成牧羊人，雅各打扮成守衛者，則加黎雅[313]打扮成神職人員，大衛打扮成王，摩撒登打扮成愚人，瑪爾大打扮成女僕，希律王打扮成暴怒的瘋子，多俾亞打扮成醫生，若瑟打扮成木匠，諾亞打扮成醉漢，以撒打扮成農夫，約伯打扮成落魄之人，達尼爾打扮成法官，他瑪打扮成娼婦，瑪利亞打扮成女主人，吩咐僕役再送酒來，因為她那爛醉如泥的兒子不肯把水變成酒。

這時院長大發雷霆，說他安排了一個這麼棒的晚宴，卻沒有人送他禮物，於是大家爭相送上獻禮和寶物，有牛、羊、獅子、駱駝、麋鹿、牛犢、牝馬、太陽馬車、聖烏巴諾的下巴、聖摩莉蒙達的尾巴、聖阿魯達莉娜的子宮、聖布葛斯娜十二歲時的脊柱雕成的一個杯子，還有一份《所羅門內殿的五角門》手抄本。但是院長叫嚷著說他們這麼做是為了讓他分心，其實這些東西都是從大家此刻所在的地窖寶庫中偷走的，被偷走的還有一本極為珍貴的書，內容是關於蠍子和七聲號角的，他要求法國國王派來的弓箭手搜查現場所有可疑之人。結果大家都很丟臉，哈加爾身上搜出了一塊彩色綢緞，拉結身上搜出了一個金色封印，德克拉胸口搜出了一面銀鏡，班雅明腋下夾帶了一根虹吸管，友弟德衣服下藏了一件絲綢被，朗基努斯[314]手中有一隻長矛，亞伯拉罕懷中有他人之妻。但最糟糕的是他們在那少女身上找到了一隻黑公雞，她如黑貓身著一身黑衫，美豔脫俗，他們說她是女巫，也是偽宗徒，大家都撲上去想要懲罰她。聖若翰洗者砍下她的腦袋，亞伯割開她的咽喉，亞當趕她出去，尼布甲尼撒[315]用燒得通紅的手在她胸口刻下十二黃道宮記號，以利亞挾持她坐上一輛火馬車，諾亞將她浸入水中，盧德把她變成一根鹽柱，蘇撒納斥罵她荒淫，若瑟跟別的女人在一起背叛了她，阿納尼雅把她推入火爐裡，參孫用鐵鍊綑綁她，保祿鞭笞她，伯多祿將她頭下腳上釘在十字架上，聖斯德望拿石頭丟她，聖羅倫佐把她送上火刑架，聖巴爾多祿茂剝了她的皮，猶大去告發她，管事放火燒她，伯多祿否認了一切。然後大家撲向那具軀體，朝她丟擲糞便，對著她的臉放屁，在她頭上撒尿，對她的胸口嘔吐，拉扯她的頭髮，用火舌正烈的大型蠟燭敲打她的背。那少女的身體，曾經美麗溫柔，如今支離破碎，那些殘肢斷臂四散在地窖的水晶和黃金聖物盒中。也或許，並不是少女軀體四散在地窖裡，而是地窖的碎片迴旋纏繞漸漸形成了少女軀體，然後已經成為礦石的她再次瓦解迸散，變成瘋狂殘暴行為結束後積累的聖潔塵埃。彷彿一個原本巨大的身軀經過數千年時間後解體，這些崩解的身體碎片佔據了整個地窖，相較於過世僧侶的骸骨似乎更顯耀眼，其實並無二致。就好像人這個造物傑作的軀體原始形狀解體分散為各種形狀後，就變成了與人相反之體現，那形狀不是唯心的，而是塵世的，是粉末和碎片，僅能象徵死亡與毀滅……

這時宴會上所有人都不見了，他們帶來的禮物也消失無蹤，彷彿所有賓客如今全都在地窖裡，每個人都簡約為自己的遺骨，每個人都淡化為自己的殘骸，拉結是一根骨頭，達尼爾是一顆牙齒，參孫是顎骨，而耶穌是紫色長袍的一方衣角。彷彿一場饗宴臨了變成了少女忌日，而少女忌日又變成了一場宇宙屠殺，最後看到的結果是所有人體（我指的是那些貪婪飢渴賓客在人世塵間的臭皮囊）化為單一一具死屍，跟多奇諾受盡折磨慘不忍睹的屍體一樣，變成髒兮兮但引人矚目的寶物，如懸掛在牆上的動物皮革大剌剌地展開，可是除了皮革外，這死屍還保有已經石化的所有內臟器官，以及臉部輪廓。上頭有每個人的皺褶、皺紋和疤痕，有絨毛，有濃密的毛髮、真皮、胸、生殖器的皮革變成了一幅華麗錦緞，而乳房、指甲、甲片下的角質層、纖細的睫毛、眼睛裡的凝膠狀物質、嘴唇、背部脊骨和骨架全都化為粉末，卻並未喪失原本的形體和交互支配能力。被挖空的腿柔軟如襪，放在一旁血管滿佈的肉塊彷彿是有朱紅色花葉飾的星球，那一團精雕細琢的內臟，那顆黏糊糊的血紅心臟，那一排如項鍊閃著珠光的齒，泛著粉紅和藍色垂落的舌，如蠟燭般直立的指，如封印般的肚臍將剖開的腹串連起來……從地窖的每個角落對我冷笑、低語、邀我一同赴死的是那四散至聖骨盒及聖物盒中的巨大身軀，若拋開理性就其廣闊整體觀之，它就是在晚宴上大吃大喝胡鬧妄語的同一個身軀，只是在這裡卻以不可侵犯、又聾又盲的遺跡之姿出現在我面前……這時鄔勃汀諾抓住我的臂膀，用力到連指甲都插進我的肉中，他壓低聲音對我說：「你看，其實都一樣，原本炫耀自己瘋狂之舉並樂在其中的人，如今在此，既是受懲罰也是受獎賞，擺脫了欲望的誘惑，得到了靜止的永恆，將自己交付給亙古寒凍，讓自身得以淨化得以保存，藉由墮落的勝利遠離墮落，因為已為塵土者便無可再化為塵土，死亡讓流浪者安息，讓疲累告終……」

薩瓦托雷突然走進地窖，跟魔鬼一樣身上火焰熊熊燃燒，他大喊：「笨蛋！你看不出這是約伯傳裡的那隻大海怪嗎？我的小主人，你怕什麼呢？我給你準備了乳酪餅！」轉瞬間地窖內充滿紅色火光，再度變成了廚房，或與其說那是廚房，不如說我們是在一個黏糊糊、滑溜溜的巨大子宮中，正中央端坐著一隻黑色的獸，像烏鴉，但有千隻手，被鐵鍊綑綁在一個巨大的格柵上，伸長了手攫取周遭所有一切，就像農夫若渴了便摘一串葡萄擠汁而飲，這巨獸也是這麼對待被牠抓到的人，先用手蹂躪肢解，有人腿斷了，有人頭沒了，然後飽餐一頓，打嗝時噴出的火比硫磺還臭。但令人不解的是，那個景象並未讓我感到害怕，我只是詫異地、似曾相識地看著那個「善良的魔鬼」（我心裡是這麼想的），因為他其實就是薩瓦托雷，因為關於他那具凡人身軀，關於他的痛苦與墮落，我全都知道，因此再也無所畏懼。此刻那紅色火光又變得溫暖歡樂，我又看到了晚宴時的所有賓客，他們恢復了原本形貌，唱著歌保證說一切都會從頭開始，那少女坐在他們之間，完好如初明豔動人，她對我說：「沒事，沒事，你等著看吧，只須讓我被火燒一下，我回來時就會比原來更美麗，然後我們就能在這裡相聚！」她給我看她的陰部，求天主寬恕，我進入後發現身在一個美麗洞穴中，彷彿是黃金時代的快樂谷，水聲潺潺，果香撲鼻，樹上長出的是乳酪餅。大家紛紛感謝院長安排了這麼美好的饗宴，為了表達心中的謝意和好心情，他們開始推他、踢他、撕他的衣服，把他推倒在地，用陽具鞭打他的陽具，院長一邊笑一邊求饒說不要再搔他癢了。然後過貧窮生活的修士騎著鼻孔噴出硫磺煙霧的馬匹衝了進來，他們腰間錢包裝滿了金幣，靠這些錢可以讓狼馴化為羊，讓羊變成狼，他們還在歌頌天主全能的人民大會同意之下，為狼和羊加冕為帝王。「……用笑化解一切，揚起嘴角吧！」耶穌揮舞著他的荊棘冠大吼大叫。這時教宗若望走進來，咒罵眼前的混亂說：「照這樣下去，我不知道我們會有怎樣的下場！」結果大家都嘲笑他，然後院長領隊帶著小豬去林中找松露。我原本要跟著他們去的，卻瞥見轉角處剛走出迷宮的威廉，他手中的磁石拖著他腳步匆匆往北方去。「導師，不要丟下我！」我高聲喊：「我也要看非洲之末裡面有什麼東西！」

「你已經看過了！」已經走遠的威廉這麼回答我。我醒來的時候，在教堂內迴盪的安魂彌撒經唱到了最後幾句：

那是痛苦流淚的日子，
當人從塵埃中復生時。
負罪之人等候審判，
天主，求你對他仁慈垂憐。
主耶穌慈悲無比，
請賜給他們安息！

這表示我的神視跟所有神視一樣，如閃電般瞬間即逝，儘管比一句「阿們」長，卻仍比《末日經》來得短。

第六天　第三時辰祈禱後

威廉為阿德索解夢。

筋疲力竭的我走出教堂大門，發現門口聚集了一小群人。方濟各會修士要離開了，威廉來送行。

我也和他們一一擁抱道別。我問威廉另一個使節團何時會帶著囚犯離開，他說半個鐘頭前他們已經出發了，那時候我人應該在地窖。我心想，或許那時我正在作夢。

我一時之間萬分沮喪，但隨即恢復了精神。這樣也好，我不用看到罪人（我說的是可憐的管事、薩瓦托雷……當然還有那少女）被帶走，從此永別的那一幕。加上當時我因為那場夢依舊驚魂未定，感覺似乎有些麻痺。

威廉和我站在教堂門前看著馬車駛向修道院大門，心情都很低落，不過理由不同。我決定將我的夢告訴威廉，雖然夢境十分凌亂且無邏輯可言，可是每一個畫面，每一個手勢，每一句話，我都記得一清二楚。我如實描述，未遺漏任何細節，因為我知道夢往往是神諭，博學之人可以從中看出明確預言。

威廉默默聽我說完後問我：「你知道你夢到了什麼嗎？」

「就是我剛才說的……」我滿腹疑惑。

「當然，我明白。你可知你告訴我的內容，絕大部分都已經寫在書中了嗎？你將這幾天的人和事放入你原本就知道的情景裡，夢的內容是你以前讀過，或是你年少時在學校、修道院中聽過的故事，也就是《居普良的晚宴》[316]。」

我愣了一會兒，然後才想起。沒錯，我雖然不記得書名，但是哪個年長僧侶或毛躁的年輕僧侶看了這個故事描述的情景，不管他看的文體是散文或詩，能夠忍住不微笑或不大笑的呢？那是復活節傳統，僧侶之間也常拿來開玩笑。儘管有較為嚴謹的見習僧導師嚴加禁止並大聲斥責，但是每間修道院的僧侶都對那個故事琅琅上口，而且重新整理過，以去蕪存菁。有人甚至虔誠抄寫，認為在嘻笑怒罵的文字之下隱含了勸世教誨；有人則鼓勵此文廣為流傳，因為他們認為透過笑鬧，更容易讓年輕人記住聖經故事。曾有人為了教宗若望八世，把這個故事寫成詩，獻辭為：「我喜笑鬧，喜歡樂，教宗若望請接受。你若喜歡，亦可一笑。」據說禿頭查理[317]還將此書編寫成詩歌劇，以極為戲謔的手法呈現神聖奧蹟，以便在晚宴時取悅他的賓客：

戈代里克笑倒在地，
則加黎雅一直照鏡，
阿納斯塔修斯教書時
躺臥在床笫……

以前我跟同伴朗讀某些段落時，被導師訓誡過許多次。我記得梅爾克一位年邁僧侶說像居普良如此德高望重之人不可能寫出這般下流猥褻的東西，這種瀆聖的低劣之作肯定出自異教徒或跳樑小丑之手，不會是殉道的聖人所為……小時候的這些嬉鬧我早已忘記，為何那天《居普良的晚宴》會重新出現在我夢中，而且那麼生動鮮明？我一直以為夢是神所傳遞的信息，至多是白天發生之事的記憶沉睡後發出的荒謬結巴之語。我現在才發現原來會夢到書，也會夢到夢。

「真希望我是阿特米多魯斯[318]，能正確無誤地詮釋你的夢，」威廉說：「不過我想就算我沒有他的智慧，也不難釐清怎麼回事。我可憐的孩子，你這幾天經歷的事情，形同瓦解了所有以正直為本的教規戒律。於是今天早晨在你沉睡心靈中的某種喜劇記憶重新浮現，或許另有含意，但在那記憶中的世界是上下顛倒的。你加入了你最近的記憶，還有你的焦慮和恐懼。你以阿德莫的頁緣裝飾畫為起點，體驗了一場狂歡盛會，那裡的一切都是錯置的，其實跟《居普良的晚宴》描述的一樣，每個人的作為都是他們在真實人生中的作為。所以到最後你在夢中問自己，究竟哪個才是謬誤的世界，究竟上下顛倒是什麼意思。你的夢不知何為上何為下，何為生何為死。你的夢對他人給予你的教誨表達了質疑。」

「不是我，」我義正詞嚴地說：「而是我的夢。所以夢並非神諭，而是魔鬼的胡言囈語，根本沒有任何真理！」

「我不知道，阿德索，」威廉說：「我們手中握有太多真理，如果有一天有人以為可以從我們的夢中挖掘真理，那麼假基督來臨的日子也就不遠了。總之，你作的這個夢，我越思索越得啟發。或許對你而言沒有，但對我來說有。我得將你的夢佔為己有以發展我的推論，請原諒我，我知道這麼做很卑劣，實在不應該……但我想你沉睡心靈所理解的，比我這六天來醒著所理解的還要多……」

「真的嗎？」

「我覺得你的夢有所啟發，是因為它跟我的某個假設不謀而合。謝謝你。」

「可是我的夢跟所有夢境一樣，毫無意義可言啊！」

「你的夢跟所有夢境一樣，是別有含意。必須從隱喻或神秘詮釋角度觀之……」
「豈不是跟書一樣?!」
「一個夢就是一本書，很多書其實不過是夢。」

第六天　第六時辰祈禱

釐清前後任圖書館管理員的更迭。對那本神秘之書有了更多訊息。

威廉回到他剛離開的寫字間，要班丘拿目錄給他看，之後迅速翻閱。「應該在這幾頁，」他說：「我一個鐘頭前才看到……」他在某一頁停了下來，「找到了。你把這些標題讀出來。」

在唯一一個編目（非洲之末！）下有四個標題，表示在單獨一冊書中有不同文本。我唸道：

I. 阿。某個愚人說的話。
II. 敘。埃及的煉金手冊。
III.《居普良的晚宴》中阿克佛利巴諾導師的解說。
IV. 描述強姦貞女和愛慕娼妓的無名書。

「這是什麼？」我問威廉。

「我們在找的書。」威廉壓低聲音對我說：「所以我說我從你的夢找到了提示。現在我確定就是這個。果然……」他快速翻看前後幾頁。「果然一口氣找到了我想的那幾本書。但我要查的不是這個。你聽我說，你帶著寫字板嗎？好，我們要好好算一下，你回想一下阿里納多那天跟我們說的，還有今天早上尼可拉說的。尼可拉告訴我們，他是約三十年前來的，當時亞博內已經被任命為院長。前任院長是保羅・達・里米尼，對嗎？這個人事更迭發生在一二九〇年左右，早一年或晚一年無妨。然後尼可拉還說，他來的時候，羅貝托・達・波比歐已經是圖書館管理員了。沒錯吧？後來羅貝托死了，由馬拉其亞接任，時間應該是這個世紀初。你寫下來。而羅貝托・達・波比歐開始擔任圖書館管理員是在尼可拉來之前，那是什麼時候呢？尼可拉沒說，我們可以查修道院的紀錄，但我想紀錄應該在院長那裡，現在我不打算去問他。我們假設保羅是六十年前被選上當圖書館管理員的，你寫下來。為什麼阿里納多對五十年前他本該接任這個位置，結果卻給了別人這件事情耿耿於懷呢？他影射的那個人是保羅・達・里米尼嗎？」

「或是羅貝托・達・波比歐！」我說。

「看來是如此。但你看這本目錄。你知道，馬拉其亞第一天就告訴我們，這些書名是按照收藏時間順序排列的。誰負責寫目錄呢？圖書館管理員。所以，由目錄上的字跡變化，我們可以確認歷任管理員的更迭。我們從目錄最後面開始看，最後的字跡是馬拉其亞的，只有寥寥幾頁。亞博內院長近三十年來收進來的藏書並不多。在此之前幾頁的字跡抖得十分厲害，顯然是生病的羅貝托・達・波比歐所寫，篇幅也不多，恐怕他在任時間不長。接下來有好多頁都是另外一個人的字跡，筆直有力，這段期間的藏書（其中包括了我剛才唸的那幾本書）確實驚人。保羅・達・里米尼應該十分勤奮！而且是過於勤奮，你想想看，尼可拉說他極年輕就當上了院長。姑且假設這位嗜讀不倦的年輕人在短短幾年內，就讓修道院的藏書增色不少……但尼可拉不也說這位院長被稱為無字院長，因為他得了怪病，無法書寫嗎？那麼這是誰的字跡呢？我認為是他的助理管理員。很可能後來這位助理管理員接任了管理員一職，又繼續往下寫，所以我們才會看到有這麼多頁目錄都是出自同一人之手。也就是說，在保羅和羅貝托之間有另外一個圖書館管理員，大約是五十年前接任的，這個人就是阿里納多的神秘對手。阿里納多原以為自己比較年長，可以接保羅的位置。再後來，保羅失蹤後，出乎阿里納多和大家意料之外的是，管理員接任人選竟然是馬拉其亞。」

「你怎能確定這個順序是對的？就算這幾頁的字跡是那個無名管理員的，再前面幾頁的書名也可能是保羅寫的啊！」

「因為除了書之外，目錄上還登記了教宗頒佈的訓諭和法令，都有精確日期。我的意思是，你如果在這裡看到博義七世於一二九六年頒佈的〈謹慎簽署〉，一如你眼前所見，你可以確定的是這類文本不會在頒佈那一年之前登錄，也不會拖延太久才登錄。因此這些文本對我而言如同時間的一種里程註記，所以如果說保羅・達・里米尼自一二六五年起擔任圖書館管理員，一二七五年就任院長，而我看到一二六五年到一二八五年間的字跡是他的，或是另外一個人（不是羅貝托・達・波比歐）的，這中間就有十年的差距。」

我的導師果然敏銳過人。我問他：「那麼，您從這個發現得出怎樣的結論呢？」

「沒有任何結論，」他回答我，「只有推論的前提。」

他起身去找班丘談話。班丘乖乖地坐在位子上，神色十分不安。他仍待在自己原本的工作桌前，不敢坐在馬拉其亞放圖書目錄的座位上。威廉走向他的時候態度冷漠，我們並未忘記前一天晚上令人不悅的事。

「管理員大人，希望如今位高權重的你，還願意回答我的問題。那天阿德莫跟其他人在這裡討論詼諧謎語，貝藍格第一次提及非洲之末的時候，有人談到《居普良的晚宴》這本書嗎？」

「有，」班丘說：「我沒有跟你說過嗎？在談辛佛修斯的謎語詩之前，魏納茲歐的確說到了《居普良的晚宴》，馬拉其亞勃然大怒，說那本書太下流，提醒大家院長禁止任何人閱讀那本書……」

「院長？」威廉說：「這點很有趣，謝謝你，班丘。」

「等一下，」班丘說：「我想跟你談談。」他比了個手勢，讓我們跟他到寫字間外頭通往廚房的樓梯上，以免其他人聽到我們談話。班丘嘴唇顫抖。

「我很害怕，威廉。」他說：「連馬拉其亞都遭他們下了毒手。我知道太多事情了，那些義大利人都看我不順眼……他們不要外國人當圖書館管理員……我猜其他人被殺就是因為這個原因……我沒跟你說過阿里納多有多恨馬拉其亞，他始終耿耿於懷……」

「多年前搶了阿里納多位置的人是誰？」

「我不知道，他每次都說得很含糊，而且那是很久以前的事，恐怕大家都不在人世了。可是阿里納多身邊那些義大利人常常掛在嘴邊……他們說馬拉其亞是傀儡，是某人跟院長共謀安排的傀儡管理員……我完全不知情……莫名被捲入兩個對立的派系之爭……我直到今天早上才明白……義大利這個地方每個人都在耍陰謀，連教宗都會被毒死，更遑論像我這樣無所依靠的年輕人……我昨天還沒弄懂，以為一切都跟那本書有關，但我現在沒那麼有把握了，那本書可能只是藉口，你們看，書找到了，馬拉其亞還不是一樣死了……我應該我想……我很想逃離這裡。你們可以給我建議嗎？」

「放寬心。你現在願意聽別人的意見了？昨天晚上你簡直不可一世。愚蠢！你昨天如果幫我，我們說不定能阻止最後這場悲劇。是你把書交給了馬拉其亞，讓他因此送命的。好歹你得告訴我一件事。你拿到過那本書，你有沒有碰過它，翻開來讀過？否則為什麼你沒死？」

「我不知道。我發誓，我沒有碰那本書，我的意思是我只有在實驗室拿書的時候碰過，我沒有翻開就直接藏在長袍下帶出來，然後回到房間去藏在稻草床褥下。我知道馬拉其亞盯著我，所以我立刻回到寫字間去。後來馬拉其亞說要讓我當他的助理，我就帶他到我房間去，把那本書交給他。就這樣。」

「別跟我說你完全沒翻開過那本書。」

「有，為了確認那真的是你們也在找的書，我把書藏起來之前翻開過。一開始是阿拉伯文的手抄稿，之後的應該是敘利亞文，然後是拉丁文，最後那部分則是希臘文……」

我想起了剛才在目錄上看到的那個編目。前面兩個標題的說明寫著**阿**和**敘**。就是**那本書**！威廉氣壞了：「你摸了那本書，但是你沒死，也就是說摸了那書的人並不會死。希臘文部分寫的是什麼？你看了嗎？」

「我僅看了一眼，只知道沒有標題，看起來好像沒有開頭……」

「無名書……」威廉喃喃自語。

「……我想看第一頁，但其實我的希臘文並不好，得花很多時間。但有一個細節讓我很好奇，剛好是希臘文那幾頁。我之所以沒有全部翻完是因為翻不開，書頁似乎因為潮濕都黏在一起了，沒辦法一頁頁分開，問題應該是出在羊皮紙，那羊皮紙很奇怪，比其他羊皮紙薄，第一頁已經腐爛，幾乎片片剝落，那……真的很奇怪。」

「奇怪。賽夫禮諾也這麼形容。」威廉說。

「那羊皮紙不像羊皮紙……像布，但是很薄……」班丘繼續說。

「是亞麻紙，或稱破布紙。」威廉說：「你之前沒看過？」

「我聽說過，但應該沒看過。據說十分昂貴，而且很脆弱，所以很少人用。是阿拉伯人製造的，對嗎？」

「最早是他們。不過義大利這裡也做，在法布里亞諾[319]。還有……沒錯，對，沒錯！」

威廉眼睛發亮。「這個發現很重要，也很有趣，班丘，謝謝你！對，我想在這個圖書館裡亞麻紙很少見，因為沒有收藏近期的手抄稿。再加上很多人擔心亞麻紙不像羊皮紙能維持數百年，或許確實如此。這裡如果有人想要某個東西是比銅更禁不起時間摧殘的，那就是亞麻紙了，對吧？很好，我們告辭了。你放心吧，你不會有危險的。」

「威廉，真的嗎，你能保證？」

「你如果乖乖待在你的位子上，我就能保證。你已經惹了太多麻煩了。」

我們轉身離開寫字間。班丘或許無法完全放心，但已比先前平靜許多。

「這個笨蛋！」我們往外走的時候，威廉咬著牙說：「要不是這傢伙攪局，真相已經大白……」

我們在用膳室看到院長，威廉迎上去要求一談。亞博內無法託辭閃避，只好讓我們稍後去他居所碰面。

第六天　第九時辰祈禱

院長拒絕聽威廉說話，反而滔滔不絕說著寶石代表的涵義，並表明不希望威廉繼續調查修道院的悲劇事件。

院長居所位於大會堂樓上，他在寬敞氣派的大廳接見我們。若是晴朗有風的日子，可以從大廳窗戶看到修道院教堂另一邊的主堡。

院長站在窗前眺望，以莊嚴的手勢指了指主堡。

「巍巍碉堡，」他說：「其比例遵循的是諾亞方舟建造時採用的黃金原則。分為三層，因為三是三位一體的數字，有三位天使造訪亞伯拉罕，約拿在大魚腹中度過了三天，耶穌和拉匝祿在墓穴裡待了三天，耶穌三次請求他父親讓苦酒離開他，耶穌和門徒三次躲起來祈禱，伯多祿三次背主，耶穌復活後三次向信徒顯現。超德有三，神聖語言有三種，靈魂有三部分，智性造物有三個階級，分別是天使、人類和魔鬼，聲音有三，聲調、聲響和律動。人類歷史也分三個階段，立法前、立法時和立法後[320]。」

「呼應奧蹟的完美和諧。」威廉也表示同意。

「其四邊形，」院長接著說：「也處處可見神靈教誨。方位有四，季節有四，元素有四，冷、熱、濕和乾，出生、成長、成熟和年老，動物有分天上、地面、空中和水中，四是彩虹的基本色，每四年會有一次閏年。」

「是的，」威廉說：「三加四等於七，七更是神秘數字。而三乘以四等於十二，是宗徒的人數，十二乘以十二等於一百四十四，是得救贖之人的數字[321]。」威廉說完這些數字世界的神秘學知識後，院長沒再繼續往下說，威廉因此得以切入主題。

「我們得談談最近發生的事，我想了很久。」威廉說。

院長轉過身來，一臉嚴肅地看著威廉，「或許您想得太久了。威廉弟兄，坦白跟您說，我對您的期望過高了。您到修道院將近六天，除了阿德莫之外，死了四個僧侶，另外兩個則被宗教法庭逮捕。當然，那是為了執行正義，但如果那位宗教裁判長沒有被迫接手查案的話，我們何至於遭受如此羞辱，而我居中協調的一場會晤，也因為所有這些邪惡之事，得到令人難堪的結果……您應該知道，當我請您調查阿德莫的死因時，我所期待的解決之道和現在大不相同……」

威廉尷尬不語。院長說得沒錯。我在一開始就說過，我的導師樂於以推論迅速讓大家折服，所以有人指責他過慢，而且這個指責還是事實的時候，可想而知他的自尊心嚴重受損。

「沒錯，」威廉承認，「我辜負了您的期望，但是院長大人，請容我解釋原委。這些兇案並非起於一場爭吵，或是僧侶間的互相報復，而是跟修道院一樁陳年往事衍生出來的事情有關……」

院長不安地看著威廉。「您想說的是什麼？我也知道關鍵不在於管事的不幸經歷，雖然那跟另外一件事有所牽連。而另外那件事，我或多或少知情的那件事我不方便啟齒……我本希望您能在釐清後告訴我……」

「院長大人所指的，是您聆聽告解時得知的事……」院長視線移向他方，威廉繼續往下說：「您想聽到我說的是，我是否知道貝藍格和阿德莫、貝藍格和馬拉其亞之間的不當關係，而且不是從您那裡得知的，關於這一點，其實全修道院的人都知道……」

院長驀地滿臉通紅，「我不認為這類事情應當在見習僧面前討論。我也不認為我們這次會面需要他做紀錄。出去吧孩子。」他以命令口吻對我這麼說。我雖覺得受辱，還是依言離開。但我心中好奇，出去後就蹲在我未關緊的門後面聽他們談話。

威廉繼續說：「雖然這些不當關係存在，但是對這幾天發生的所有事件並無太大影響。其實另有隱情，而且我想您都知道。這一切都和一本書失竊並被人佔為己有有關，那本書原本在非洲之末，如今因為馬拉其亞的緣故又回到原位，只是如您所見，這一連串的罪行並未因此停止。」

沉默許久之後，院長才開口說話，他的聲音虛弱猶豫，似乎因為真相被意外揭露嚇了一跳。「不可能……您……您怎麼可能知道非洲之末？您違反了我的規定，潛入圖書館？」

威廉本該說實話，但院長恐怕會怒不可遏，他又不想欺瞞，最後決定以問題回答院長的問題。「我們初次見面時，院長您不是說我沒見過勃內拉便能說出牠的模樣，要推斷出那不能去的地方應該不會有太大困難嗎？」

「那便是吧。」院長說：「您何以有如此想法？」

「此事說來話長。總之，這一連串的罪行是為了避免太多人發現某人不願被發現的事。如今所有那些知道圖書館秘密或兇案或詭計的人都喪命了，只剩下一個人，就是您。」

「您言下之意……您是暗示……」院長的聲音聽起來似乎連脖子都冒出了青筋。

「請別誤會，」或許確實有意暗示的威廉說：「我的意思是有人知道，但他不希望別人知道。既然現在您是唯一知情的人，也有可能是下一個受害者。除非您告訴我那本禁書的事，更重要的是，修道院中除了您之外究竟還有誰知道此書，以及圖書館的秘密。」

「這裡好冷，」院長說：「我們出去吧。」

我迅速離開門邊，到樓梯口等候。院長看到我，對我微微一笑。

「這位年輕僧侶這幾天聽了不少駭人聽聞的事情吧！孩子，別讓自己深陷其中。我覺得這些陰謀推論，想像的多過於真實……」

他伸出手來，讓日光照亮他無名指上、象徵院長權力的一只美麗戒指。那戒指閃爍著各色寶石的璀璨光芒。

「這你知道吧？」他對我說：「這只戒指既代表我的權力，也代表我的責任。戒指並非為了裝飾，而是集聖言之大成，我則是守護者。」他以手指輕拂那由不同寶石組成的戒指，堪稱人類工藝結合大自然的的絕美佳作。「這是紫水晶，」他說：「是謙遜之鏡，並提醒我們記得聖瑪竇的純真與溫暖；這是綠玉髓，象徵博愛精神，也是若瑟和聖雅各的代表石；這是碧玉，祝願信仰，是聖伯多祿的代表石；這是瑪瑙，代表殉道，讓我們永懷聖巴爾多祿茂；這是藍寶石，象徵希望與默觀，是聖安德肋和聖保祿的代表石；這是綠寶石，代表聖學、科學和撫慰，那也是聖阿奎那所守的德……寶石的語彙真美。」他繼續沉醉在他的神視之中。「傳統的寶石誌都採用亞倫的說理和〈默示錄〉中對新耶路撒冷聖城[322]的描述。新耶路撒冷的城牆便是用摩西兄長胸牌上相同的寶石所建，除了〈出谷紀〉中提及的赤玉、白瑪瑙和黃瑪瑙外，在〈默示錄〉中的城牆還用了玉髓、赤瑪瑙、綠柱石和斑瑪瑙。」

威廉想開口說話，但院長舉起手示意他噤聲，隨即繼續往下說：「我記得有一篇禱文描述了每一種寶石，並作成詩獻給貞女。文中說到貞女瑪利亞的訂婚戒指如同詩篇，閃爍著至上真理的光芒，呈現的正是戒指的寶石語彙。只是那戒指上鑲嵌的是其他不減尊貴的物質，例如水晶，代表的是靈魂與身體的守貞，樹脂，類似琥珀，象徵節制，還有會吸鐵的磁石，就像貞女以良善之弓撥動了懺悔心弦。所有這些，誠如你們所見，也鑲嵌在我的戒指上，雖然相較之下微小而樸實。」

院長轉動著戒指，閃光令我目眩神迷，他似乎有意進一步讓我懾服。「寶石語彙很神奇，對嗎？對其他教宗而言，這些寶石具有其他意義，例如依諾森三世就認為紅寶石代表平靜與耐心，石榴石代表博愛。寶石的語彙多變，每一種寶石代表的都不只一個真理，端賴它所處的環境而定。那麼，該由誰來決定哪一個才是正確的呢？你知道的，孩子，他們教過你，要交由主事者決定。他是被天主賦予威信的最可靠的評註者。否則要如何避免落入魔鬼設置的混亂陷阱呢？魔鬼十分憎恨寶石語彙。那不潔的獸看出寶石閃爍的是不同的智慧之光，他企圖予以擾亂，因為他在寶石之光中看到了自己墮落前曾經擁有的美好記憶。」

他伸出戒指讓我親吻，我屈膝跪下。他摸了摸我的頭說：「所以，孩子，忘了這幾天你聽到的種種謬誤吧。你加入的是所有修會中最偉大、最高貴的修會，我既是這個修會的院長，你便歸我管轄。聽我命令忘了吧，你的唇亦將永遠緊閉。發誓。」

我深受感動，亦受到制約，理應應允發誓，但如此一來，此刻我的好讀者就看不到我這句句真實的紀錄了。這時威廉介入了，或許他不是為了阻止我發誓，而是出於本能，因為厭惡，所以打斷了院長建構的魔咒。

「這跟那孩子有什麼關係？我問了您一個問題，我知會您可能有危險，我請您告訴我一個名字……難道您也要我親吻您的戒指，發誓會將我所知所疑全都忘記嗎？」

「這，您……」院長神情沮喪地說：「我並不期待一名托缽修會的修士能理解我們修會的傳統，或尊重我們對沉默、退隱的要求……您跟我說了一個奇怪的故事，教人難以置信的故事。因為一本禁書引發了一連串的謀殺，有人知道只有我才知道的事情……這太瘋狂了，根本是毫無意義的推論。您若想說的話，儘管說吧，沒有人會相信的。就算您天馬行空的故事中有某個部分是真的好了，如今我要把一切權力都收回來。我會查證，我自有方法，也有威信。我錯在一開始竟然相信外人的智慧，請求他協助調查原該歸我一人管轄之事。您明明知道，我一開始認為事情僅限於違背守貞誓願，我需要的是有人把我在告解時聽到的事情告訴我。好，如今您已經說出口了。既然使節團的會晤已落幕，您的任務也就結束了。我想帝國使節團應該心急如焚在等您吧，他們恐怕不能太長時間沒有您陪伴左右。我同意您離開修道院，但我不希望您在日落後上路，畢竟路上並不安全。您明天一大早離開吧。喔，不需要感謝我，有您為修道院的座上賓是我們的榮幸。您可以帶著您的見習僧離開了，以便整理行囊。自然您也就不需要再繼續調查下去了，請勿再打擾其他僧侶。您可以走了。」

與其說是打發我們走，不如說院長下了逐客令。威廉告辭後轉身下樓。

「這是什麼意思？」我完全被弄糊塗了。

「你可以試著提出假設，我想你應該學會了才是。」

「嗯，好。我學會的是至少要提出兩個假設，兩個相反的假設，而且是超乎常理的假設。好，所以……」我吞了口口水，讓我提假設，我感到很不自在。「第一個假設，院長早已知道一切，但他以為您不會有所發現。最初的阿德莫之死，讓他決定委託您進行調查，但他漸漸察覺這件事十分複雜，連他也被捲入，他並不希望您將整件事赤裸裸揭開。第二個假設，院長從未起過疑心（對什麼事起疑心呢，我也不知道，因為我不知道您此刻在想什麼）。但他一直認為這一切是……雞姦僧侶之間的爭吵所引起……而您現在讓院長睜開了眼睛，他突然間弄明白了某件可怕的事，他想到了一個名字，而且他清楚知道誰該為這些兇案負責。可是這時候他又想獨自一人解決問題，不希望您再介入，因為他想拯救修道院的聲譽。」

「說得不錯。你開始懂得推論了。你也看出在這兩個假設中，院長都為修道院的聲譽感到憂心。不管兇手或受害者是誰，他都不希望這些破壞修道院聲譽的消息走漏出去。他的僧侶可以送命，但絕不能葬送這間修道院神聖之地的聲譽。啊，真是……」威廉按捺不住了。「那個封建領主的私生子，幫阿奎那挖掘過墳墓就變成權威的孔雀，戴了個大如杯底的戒指就不可一世的草包廢物！那個傲慢的傢伙，你們這些克呂尼修會的人全都自以為是，比王公貴族還糟糕，比土紳劣豪還不如！」

「導師……」我生氣了，語帶責備出言頂撞。

「你閉嘴，你跟他們一樣。你們不是素民，也不是素民子孫。你們如果遇到一個農民，或許會收容他，可是我昨天看到了，你們也會毫不猶豫地把他交到世俗權力手中。但那人若是你們的弟兄，你們就不會這麼做，你們會掩護他，為了拯救修會的聲譽，亞博內會把那個可憐人找出來，在地窖寶庫中用刀刺死他，再把遺骸分置到他的聖物盒中……萬一有方濟各會修士在這個神聖之地發現了害蟲，該怎麼辦？喔，那可不行，亞博內無論如何也不能允許這樣的事情發生。謝謝您，威廉修士，皇帝需要你，您看看我這個美麗的戒指，再見。事到如今，這不再是我跟亞博內兩個人之間的角力，而是我跟整個事件角力。我沒有把事情釐清之前，不會離開修道院。他想要我明天早晨離開？好，他既是一家之主，那麼我就非得在明天早晨之前搞清楚不可。」

「非得？誰要求您這麼做？」

「沒有人要求，阿德索，但是這件事情非得追究到底，即便未能完全釐清也沒關係。」

我依然為威廉剛才攻擊本篤會和本會院長的那番話感到困惑受辱，想要為亞博內辯解，便提出了第三個假設。看來這項技法我越來越熟練了。「您沒有想到第三個可能性，導師。」我說：「過去幾天我們就注意到了，而今天早晨尼可拉的說詞和我們在教堂裡聽到的耳語，都說明了有一群義大利僧侶無法忍受連續幾任圖書館管理員都是外國人，他們指責院長不尊重傳統，而且就我所理解，他們躲在年邁的阿里納多後面，把那位老者推在前面搖旗吶喊，要求更換修道院院長。這一點我很確定，因為做為本篤會見習僧，我在這裡聽到了很多相關討論、影射和密謀。或許亞博內院長擔心的是您揭發真相之後，會讓他的敵人有更多武器，所以才想謹慎行事，讓所有問題化於無形……」

「是有此可能。不過他依然是個草包廢物，早晚會送命的。」

「您對我提出來的三個假設，有什麼看法？」

「我之後再告訴你。」

我們走在中庭裡。風勢依舊淒厲，光線漸漸暗去，第九時辰祈禱剛剛結束不久。日落時分將至，我們時間不多了。院長在晚禱時一定會告訴所有僧侶，威廉不再有權利發問，也不得四處走動。

「天色已晚，」威廉說：「時間不夠的時候，切忌慌亂。我們要像時間永遠用不完一樣，行事沉穩。我有一個問題要解決，那就是如何潛入非洲之末，最終的答案應該在那裡。還有，我們得救一個人，但是我還沒決定救哪一個人。最後，我們要注意馬廄那邊的動靜，這交給你負責……怎麼亂烘烘的……」

主堡和中庭之間的空地上的確有些騷動，這很不尋常。不久前有一名見習僧從院長居所出來，匆匆跑向主堡。現在出來的則是尼可拉，他往寢舍方向走去。角落裡有一群人，帕齊斐克、阿伊馬羅和彼得正輪番和阿里納多說話，看來是想說服他做某件事。

後來他們似乎作了決定。阿伊馬羅扶著仍然不太情願的阿里納多，兩人一起往院長居所方向走去。他們正要進去時，尼可拉帶著佐治從寢舍走出來，往同一個方向前進。他看到那二人的身影，便附耳跟佐治說話，老者搖搖頭，然後繼續往大會堂走。

「院長開始接管局勢了……」威廉頗不以為然。原本待在寫字間的僧侶們也從主堡跑了出來，緊跟其後的班丘遇到我們時，看起來比先前更加倉皇失措。

「寫字間裡人心惶惶，」他說：「沒有人工作，大家議論紛紛……發生什麼事情了？」

「到今天早晨，所有嫌疑人都死了。昨天之前，大家心裡提防著愚蠢、縱慾又言而無信的貝藍格，然後輪到可疑的異端分子管事大人，最後則是人人討厭的馬拉其亞……現在大家不知道該防範誰了，他們急於找出敵人，就算是代罪羔羊也好。因此每個人都懷疑另一個人，有人跟你一樣覺得害怕，有人則決定讓別人害怕，你們太焦慮了。阿德索，你偶爾要注意一下馬廄有無動靜。我去休息。」

我理應感到詫異：只剩下數個鐘頭的時間，威廉居然要去休息，那似乎不是明智抉擇。但我了解我的導師，他的身體越放鬆，他的頭腦就越靈活。

第六天　晚禱和夜禱之間

簡要敘述漫長的慌亂過程。

我不知該如何描述在晚禱和夜禱之間那數小時內發生的事。

威廉回房休息，我則在馬廄附近打轉，沒有察覺任何異狀。馬伕正領著馬匹回馬廄，因為風的關係馬匹有些不安，除此之外一切平靜。

我走進教堂，大家都已就定位，但院長發現佐治未現身。他比了一個手勢，讓頌禱禮晚點開始。院長叫喚班丘，讓他去找人，但班丘不在。有人說班丘可能在整理寫字間，準備關門。院長冷冷地表示自己說過班丘無須負責關門，因為他不知道規定。阿伊馬羅站起身來：「若院長同意，我去叫他……」「沒有人要你做任何事。」院長語氣很強硬，阿伊馬羅只得坐下，同時對帕齊斐克使了一個意圖不明的眼色。院長叫喚尼可拉，尼可拉也不在。有人提醒院長說尼可拉在廚房準備晚膳，他表情不悅，似乎因為被大家看到他情緒起伏有些懊惱。

「把佐治找來，」他大吼一聲，「把他找出來！你去。」他下令見習僧導師去找。

有人跟院長說阿里納多也沒來晚禱。「我知道，」院長說：「他生病了。」我坐在彼得·達·桑塔巴諾附近，聽到他用我略懂一二的義大利中部通俗語跟旁邊的昆佐·達·諾拉說：「可想而知。今天那可憐的老人跟院長談完話之後，整個人都傻了。亞博內的所作所為就像亞維儂的娼婦！」

見習僧茫然無依，但是這群不解世事的少年敏感察覺到唱詩班籠罩在緊繃氣氛中，我也一樣。度過漫長的死寂和尷尬時刻後，院長下令吟唱聖詠，他隨意指定了三首，都不是晚禱規定的聖詠。大家面面相覷，隨即低聲祈禱。見習僧導師回來了，班丘跟在後面，低著頭坐到自己的位子上。佐治不在寫字間，也不在房間內。院長下令晚禱禮儀開始。

禮儀結束後，大家準備用膳前，我回寢舍找威廉。他和衣躺在床褥上，動也不動。他說他不知道已經那麼晚了。我簡短地告訴他先前發生的事，他搖了搖頭。

我們在用膳室門口遇到尼可拉，他數小時前曾陪在佐治身邊。威廉問他之前佐治是否立刻見到了院長，尼可拉說佐治在門外等了很久，因為阿伊馬羅和阿里納多在大廳裡面。後來佐治進去了，在裡面停留了一會兒，尼可拉在外頭等候，佐治出來後讓尼可拉陪他到教堂去，時間是晚禱開始前一個鐘頭，當時教堂空無一人。

院長發現我們在跟尼可拉說話。「威廉修士，」院長出言警告，「您還在調查嗎？」他請威廉如常到他那一桌用膳。本篤會的待客之道不得擅改。

那次晚膳比平日更安靜，多了一分抑鬱。院長悶悶不樂，胃口不佳。用膳完畢後他便催促大家回教堂參加夜禱。

阿里納多和佐治依舊沒有現身，大家指著那盲眼老者的空位竊竊私語。夜禱結束前，院長請大家一起為佐治的健康誦讀一篇特別的祈禱文。不知道院長說的是佐治的身體健康，還是心靈健康。大家都意識到修道院將陷入一場新的災難。之後院長命令所有人回到各自的房間，並且要加快腳步，還說不准任何人，他特別強調「任何人」，在寢舍外逗留。受到驚嚇的見習僧以兜帽遮臉率先離開，大家都低著頭，不敢像平日那樣鬥嘴、推擠、竊笑、故意偷偷伸腳絆人找麻煩（見習僧畢竟還是小孩，拿導師的訓誡當耳邊風，導師也無法阻止他們那個年紀的孩子做出幼稚行為）。

輪到一般僧侶們離開時，我很自然地走在那幾個被我視為「義大利幫」的僧侶後面，聽到帕齊斐克跟阿伊馬羅低聲說：「你真相信亞博內不知道佐治在哪裡？」阿伊馬羅回答道：「他很可能知道，也知道佐治再也不會離開他此刻所在的地方了。說不定是那老人要的太多，亞博內決定擺脫他……」

我和威廉假裝返回朝聖者庇護所的時候，發現院長從用膳室尚未關閉的門進入主堡。威廉叫我再等一會兒，等修道院所有人都進入室內後，他讓我跟他走。我們匆匆走過空無一人之地，進入教堂。

第六天　夜禱之後

無意間，威廉解開了進入非洲之末的秘密。

我們像兩名刺客，埋伏在入口處柱子後面，那個位置可以清楚看到骷髏頭浮雕聖壇。

「亞博內去關主堡的門，」威廉說：「他一旦從裡面鎖上後，就只能從藏骨室離開。」

「然後呢？」

「然後我們再看他有何打算。」

我們無法得知院長有何打算，因為過了一個鐘頭後依然不見其蹤影。我說，他去非洲之末了。威廉說，有可能。這回我心中準備了許多假設，我又說：或許他從用膳室離開去找佐治了。威廉說：這也有可能。說不定佐治死了，我繼續說。說不定佐治在主堡內，院長已經被他殺死了。說不定他們兩個人都在別的地方，有人準備了陷阱在等他們。那些「義大利幫」到底想要什麼？說不定他們為何如此害怕？會不會那是他裝出來的，害怕不過是他用來欺騙我們的面具？既然班丘不知道如何關門也不知道如何離開，為何晚禱時分仍在寫字間逗留？難道他想找出迷宮路徑？

「這些都有可能。」威廉說：「但只有一件事會發生，或已經發生，或正在發生。但最後天主的慈悲會讓我們找到充滿光明的篤定。」

「是什麼？」我滿懷希望。

「自以為什麼都知道的威廉．達．巴斯克維爾修士不知道如何進入非洲之末。去馬廄，阿德索，去馬廄。」

「萬一被院長發現怎麼辦？」

「那就假裝我們兩個是孤魂野鬼吧。」

我不認為那是解決之道，但我沒說話。威廉變得神經兮兮的。我們從北側大門離開經過墓園，風聲肅肅，我只求主不要讓我們遇見任何孤魂野鬼，因為那天夜裡修道院不乏內心飽受折磨之人。我們走到馬廄，感覺到馬匹因氣候之故越來越不安。馬廄主要入口與人胸口齊高處有一大片金屬柵欄，可以看進室內。黑暗中隱約可見馬匹剪影，我認出了勃內拉，因為牠是左邊第一匹馬。牠右邊第三匹馬察覺有人靠近，抬頭嘶鳴。我微笑說：「馬之三。」

「什麼？」威廉問。

「沒什麼，我只是想起了可憐的薩瓦托雷。那天他想對那匹馬不曉得變什麼魔術，用他亂七八糟的拉丁文稱牠為馬之三，也就是u。」

「u？」威廉沒有注意我剛才胡言亂語什麼。

「嗯，若是正確的拉丁文，馬之三指的不是第三匹馬，而是馬的第三，或是馬（equi）這個字的第三個字母，也就是u。那只是好玩隨便說說……」

威廉看著我，在黑暗中我隱約看到他臉色大變。「願天主祝福你，阿德索！」他說：「沒錯，物質命題……關於話語……關於物。[323]我真是個蠢蛋！」他重重地伸手拍了自己額頭一下，我聽到好大一聲，那一掌應該打得不輕。「我的好孩子，這是你今天第二次說出智慧之言，第一次是在睡夢中，現在則是清醒的！快去，快回你房間拿油燈，把藏起來的那兩盞油燈都拿來。不要讓人看見你，馬上到教堂來跟我會合！不要問問題，快去！」

我什麼都沒問就走了。油燈藏在我的稻草床褥下，我早有準備，油燈已裝滿油，袍子裡隨時揣著燧石。我把那兩盞可貴的油燈抱在胸口，往教堂跑去。

威廉站在火炬下，重新閱讀魏納茲歐那捲羊皮紙。

「阿德索，」他說：「四的第一和第七不是字面上的意思，說的是四，是四這個字！」我還是聽不懂，隨即恍然大悟。「寶座上坐着二十四位長老！是那句話！是刻在鏡子上的那句話！」

「我們走，」威廉說：「或許還來得及拯救一個生命！」

「誰的生命？」我問正忙著操作骷髏頭，打開藏骨室通道的威廉。

「一個不值得拯救的人。」他說。我們拿著油燈走入地下通道，往廚房前進。

我說過，藏骨室走到底推開一扇木門便是廚房火爐背後，就在通往寫字間的螺旋梯下方。我們正準備要推門的時候，聽到左邊緊鄰門的牆後傳來低沉敲打聲，那是裝著頭骨和骸骨的成排墓穴盡頭。最後那個墓穴倚著由巨大方形石砌起的實牆，牆面正中央有一塊古老石碑，上頭刻著褪色的花押字。聽起來那聲響應該來自石碑後方或上方，是在牆後面，差不多在我們頭頂上方。

類似的事若發生在第一晚，我會立刻認定是死去的僧侶鬼魂現身，但我已經知道可怕的其實是活著的僧侶。「那會是誰？」」我問威廉。

威廉打開門，走到火爐後方。緊鄰螺旋梯的那面牆也能聽到敲打聲，似乎有人困在牆內，或是被困在廚房內牆和南側塔樓外牆之間應該會有的（寬敞）空間中。

「有人被關在裡面。」威廉說：「我一直在想會不會有另外一條通道通往非洲之末，畢竟在主堡內處處是密道。看來真的有，從藏骨室上到廚房之前，有一段空無一物的牆壁後面有一道樓梯跟這個樓梯平行，直接通往那個密室。」

「那麼現在在裡面的人是誰呢？」

「他是第二個人。有一個人在非洲之末，另外這個人要去找他，但上面那人恐怕將操控兩端出入口的機關卡死了，讓訪客進退不得。被困在裡面的人應該很緊張，我想在那通道裡空氣恐怕很難流通。」

「那人到底是誰？我們快救他！」

「我們等一下就會知道他是誰了。要救他，只能從上面解除機關，從這裡我們無法解密。所以我們快點上去吧。」

我們走上寫字間，再進入圖書館迷宮，很快便來到南側塔樓。有兩次我不得不放慢腳步，因為那晚的風從牆面縫隙吹進來，形成的氣流在迷宮通道中呼嘯奔竄，吹亂了桌上的散頁，也讓我不得不用手遮掩燈火。

我們很快便走到有鏡子的那個房間，對眼前的變形把戲早已作好了心理準備。我們高舉油燈，照亮鏡框上的文字：寶座上坐着二十四位長老……秘密已經揭曉，四（quatuor）這個字有七個字母，關鍵字母是q和r。興奮的我一心想自己動手操作，匆匆將油燈放在房間中央的桌上，但是我動作太大，火舌延燒到底下那本書的裝幀。

「小心點，笨蛋！」威廉大喊，連忙吹熄火焰。「你想燒掉整間圖書館嗎？」

我連忙道歉，想要重新點亮油燈。「不需要，」威廉說：「用我的就夠了。你拿著燈幫我照亮，那字太高，你摸不到。我們得快一點。」

「萬一裡面那人手上有武器呢？」我開口問。身形高大的威廉踮著腳，用手摸索著尋找〈默示錄〉那句話中的關鍵字母。

「該死的，幫我照亮啊，不要怕，天主與我們同在！」他的回答有些不知所云。我站在他身後數步之遙，看得比他清楚，他的手指已經摸到q了。我先前說過，那些字很像是雕刻或蝕刻在牆壁裡的，顯然「四」這個字是金屬刻字製成，牆壁後面則裝設了神奇的機關，因為威廉在q上用力一按，就聽到喀噠一聲，按下r的時候也一樣。然後整個鏡框抖了一下，鏡面彈了開來。原來那鏡子是一扇門，鉸鍊在左邊。鏡子右側和牆壁之間出現一道細縫，威廉伸手往外一拉，那扇門便朝我們開啟。威廉側身進入，我也把油燈舉在頭上緊跟其後。

夜禱過了兩個鐘頭後，在第六天即將結束、第七天正要開始的深夜時分，我們終於潛入了非洲之末。

第七天

第七天　夜

要在這裡扼要陳述解密結果，恐怕得違背常理，把標題寫得跟內文一樣長。

這個廳室和另外三間七邊形廳室相仿，但室內彌漫著密閉空間和書籍因潮濕而發霉的臭味。我們站在門口，我高舉的油燈照亮了穹頂，等我放下手臂左右移動，火焰的昏黃微光照出遠處沿著牆面排列的書架。正中央有一張桌子，上頭堆滿了書頁文件，桌子後面有一個人坐著，彷彿在黑暗中等待我們，他動也不動，但他還活著。燈光還沒照亮他的臉，威廉就開口說話了。

「可敬的佐治，夜深了，」威廉說：「你在等我們？」

這時油燈照亮了老者的臉，他直視我們，彷彿並未失明。

「威廉．達．巴斯克維爾，是你嗎？」佐治問：「今天下午晚禱前，我就把自己關在這裡等你了，我知道你一定會來。」

「院長呢？」威廉問：「在樓梯密道裡敲打的人是他嗎？」佐治略有遲疑。「他還活著？我以為他已經悶死了。」

「在我們開始談話前，」威廉說：「我想先救他出來。你可以從這裡打開機關。」

「沒辦法，」佐治語氣虛弱，「已經沒辦法打開了。那機關從下面操作時只要按壓石碑，上面這裡有一個閥門會跳起來，打開那個書架後面的門。」他指了指身後。「你可以看到在那書架旁有一個掛著秤錘的轉盤，是上端的控制閥。我聽到轉盤轉動，表示亞博內獨自進入通道的時候，我用力拉扯懸掛秤錘的繩索，繩索就斷了。如今那通道兩端都封閉了，你沒辦法重新牽起繩索的。院長沒救了。」

「你為什麼殺他？」

「今天他派人來找我，說因為你的緣故他全都知道了，但他還不曉得我竭盡所能保護的是什麼，他始終沒能理解何謂財富，還有圖書館的意義何在。他要我把他不知道的事情解釋清楚，他想開放非洲之末。那群義大利人要求亞博內揭開他們宣稱是我和前幾任圖書館管理員所建構的謎團。這些人追求新事物過於貪婪……」

「你答應亞博內說你會來這裡，像對付其他人那樣，結束自己的生命，以挽救修道院的聲譽，不讓任何人知道。你告訴他上來的路，讓他晚一點來檢查確認，其實你是在這裡等著殺他。你沒想過他可以從鏡子那裡進來嗎？」

「亞博內太矮，一個人沒辦法摸到鏡框上面的字。我告訴他這條通道，只有我一個人知道，是我多年來使用的通道，在黑暗中比較容易走。只需要從禮拜堂進入藏骨室，走到底就可以了。」

「所以你讓他來這裡，是存心要殺他……」

「我不能再信任亞博內，他有如驚弓之鳥。他只不過在佛薩諾瓦扛了一具屍體走下螺旋梯就變得赫赫有名，那是虛名。今天他會死，就是因為他連上樓都做不到。」

「你利用他足足四十年。當你察覺自己即將失明，無法再掌控圖書館的時候，你把一個可以信任的人送上院長寶座，讓他先任命羅貝托・達・波比歐為圖書館管理員，由你負責調教，之後又任命馬拉其亞，他凡事都會先問過你的意見。四十年來，你才是這間修道院的主人，那些義大利人看出了端倪，阿里納多也反覆說了又說，卻始終無人理會，因為大家都以為他心智紊亂，對嗎？不過你還是在這裡等我，因為機關埋在牆壁裡，你沒辦法破壞鏡子入口。你為什麼要等我，你怎麼知道我會來？」威廉雖然發問，但是我從他的語氣明白他已經有答案了，他只想藉由佐治的回答證明自己的聰明才智。

「從第一天起，我就知道你會弄明白的。你的聲音，還有你引導我為我不想討論的議題辯駁的方式，我知道你比其他人優秀，遲早會釐清一切的。你知道需要在自己的腦袋裡思索並重建其他人的想法。而且我聽到你問其他僧侶的問題，方向都是正確的。可是你從來不問圖書館的事，就像你已經知道了所有秘密。一天晚上我去敲你房門，你不在，顯然是在圖書館這裡。而且我聽一個僕役說，廚房少了兩盞油燈。再加上那天賽夫禮諾到前廊來找你談一本書，我很確定你已經追查到我這裡來了。」

「但你還是把書從我手上拿走了。你去找馬拉其亞，他根本什麼都不知道。他滿心妒恨，那個笨蛋滿腦子只想著阿德莫拐走了他心愛的貝藍格，因為貝藍格渴望青春的肉體。他不明白魏納茲歐跟這件事有何關聯，而你讓他思緒更為混亂。你告訴他貝藍格跟賽夫禮諾發生了關係，從非洲之末拿了一本書給賽夫禮諾做為回報。我不確定你是怎麼跟他說的。於是妒火中燒的馬拉其亞殺了賽夫禮諾，但他沒能來得及把你說的那本書找出來，因為管事來了。是這樣嗎？」

「差不多。」

「可是你並不希望馬拉其亞死。他或許從來沒看過非洲之末的書，因為他完全相信你，服從你的禁令。他最多只會在晚上放藥草以嚇退好奇的闖入者，藥草則是賽夫禮諾提供的。所以那天賽夫禮諾才會讓馬拉其亞進入醫療所，因為院長下令他每天準備新鮮藥草，而馬拉其亞領取藥草是例行公事。我猜對了嗎？」

「猜對了。我不希望馬拉其亞死。我要他無論如何都得把書找回來，不能打開，放回原位。我告訴他那本書有一千隻蠍子的力量。那個愚蠢的傢伙卻第一次擅作主張。我是不希望他死，他很忠心。你不用把你知道的事情說給我聽，我知道你都曉得了。我不是來助長你的驕傲的，你自己已經做得很好了。我聽見你今天早上在寫字間問班丘《居普良的晚宴》這本書，你離真相已經很近了。我不知道你如何發現鏡子的秘密，但是當我從院長那裡知道你跟他提到了非洲之末，我曉得你很快就會進來。所以我才來這裡等你。你想要什麼？」

「我要看那本書，」威廉說：「有阿拉伯文、敘利亞文、《居普良的晚宴》評註或抄本合訂的那本書最後一篇手抄稿。我要看的那篇希臘文手抄稿可能出自阿拉伯人或西班牙人之手，是你擔任保羅・達・里米尼助理的時候找到的，是他們讓你回家鄉收集里昂和卡斯提亞兩地〈默示錄〉時的收穫，這個戰利品讓你在修道院出盡鋒頭，備受推崇，還讓你接下了圖書館管理員一職，那個位置原本應該輪到比你年長十歲的阿里納多。我要看的那篇希臘文手抄稿寫在亞麻紙上，當時那是十分稀有的材質，在西洛斯生產，西洛斯離你老家布葛斯很近。你從樓下拿走的那本我要看的書，在你看完之後不願讓其他人閱讀，便把書藏在這裡，這個做法很聰明，你沒有毀了它，因為像你這樣的人不會破壞書，只會看守它，不讓任何人碰它。我要看的是大家都以為已經佚失或純屬傳言的亞里斯多德《詩學》第二卷，你手上那本很可能是孤本。」

「威廉，你會是非常優秀的圖書館管理員。」佐治語氣中有欽佩，也有惋惜。「你真的什麼都知道。來吧，我想你所在的桌邊應該有張椅子，坐著領賞吧。」

威廉坐下，放下我遞給他的油燈，光從由下而上照亮了佐治的臉。那老人拿起他前面的一本書遞給威廉，我認得裝幀，就是我在醫療所打開後誤以為是阿拉伯手抄稿的那本書。

「看吧，慢慢翻吧，威廉，」佐治說：「你贏了。」

威廉看著那本書，卻沒有伸手觸碰。他從長袍裡拿出一副手套，不是指尖露在外頭的手套，而是賽夫禮諾身亡時手上戴的那副。威廉慢慢翻開那幾經磨損脆弱的裝幀，我靠近他，從他肩膀上方俯身去看。聽覺靈敏的佐治聽到我走動的聲音，說：「孩子，你也來了？我也會給你看……晚一點。」

威廉快速翻過前面幾頁。「根據目錄記載，這個阿拉伯文手抄稿是關於某個愚人說的話。」他說：「說的是什麼？」

「喔，異教徒的某些可笑傳說，認為愚人也能說出精闢箴言，讓他們的神職人員感到驚訝，讓他們的哈里發為之瘋狂……」

「第二個文本是敘利亞文手抄稿，根據目錄記載，是埃及煉金手冊的翻譯。為什麼會收在這本書中？」

「那是三世紀的埃及著作，跟緊接在後的那部作品有一致性，但比較不危險。沒有人會關心一個非洲煉金術士的囈語。他說天主一笑便創造了世界……」佐治四十年來對自己反覆背誦他眼睛尚未失明前所讀的文字，他抬起頭，以驚人的記憶力朗讀：「天主一微笑，統治世界的七位神祇便誕生，他一笑出聲，便有了光，第二次笑，便有了水，第七天他再笑，便有了靈魂……一派胡言。緊接在後的那個作品則是諸多笨蛋中的一個為《居普良的晚宴》做評……但這些你都不感興趣。」

威廉的確匆匆翻過前頁，來到希臘文部分。我一眼看出這部分書頁的材質不同，比較軟，第一頁幾乎被扯了下來，部分頁緣被蛀蝕，到處都是白色印子，那是時間和潮濕在每一本書上都會留下的印記。威廉讀出開頭幾行，原本先唸希臘文，再翻譯成拉丁文，之後便直接以拉丁文繼續往下唸，讓我也能理解這本致命之書如何展開論述：

我們在第一卷中談的是悲劇，談悲劇如何在激發同情和害怕的同時，讓那情緒得以淨化。如前允諾，我們現在要談的是喜劇（以及詼諧劇和滑稽劇），談喜劇如何在激發荒唐聲色娛悅的同時，讓那熱情得以淨化。至於那熱情是否值得關注，在《論靈魂》一書中已說過，所有動物中，只有人會笑。我們將界定喜劇模仿的是哪一類行為，並審視喜劇如何藉由事件和言語引發笑。我們將說明事件的荒謬性來自於由好而壞（反之亦然）的同化作用，來自於以欺騙使人感到意外，也來自於違反自然定律、瑣碎之事、言行前後不一、人物性格卑劣、滑稽粗俗的手勢、不協調和不相稱。我們將說明言語的荒謬性來自於異物同語、同物異語的誤解，來自於喋喋不休、反覆重述、雙關詼諧、過於簡化、發音謬誤和夾雜不清……

威廉翻譯得很吃力，為了尋找恰當文字，不時中途停頓。他一邊翻譯一邊微笑，彷彿找到了意料中會找到的東西。他大聲朗讀完第一頁就停了，似乎不打算知道更多，匆匆往後翻，可是翻了數頁之後就遇到困難，因為書頁的頁緣上方和書口裁切處都黏住了，那是書本受潮損壞後都會遇到的問題，紙質會產生一種有黏性的麩膠。佐治察覺到翻頁的窸窣聲停止，開口催促。

「讀吧，快讀，翻頁啊。那本書是你的了，你應得的。」

威廉笑了，而且看起來很開心：「所以你並不真的認為我很聰明，佐治。你看不到我手上戴了手套，所以手指很不靈活，無法將書頁一頁頁分開。我應該脫下手套，用舌頭舔濕手指，就像我今天早晨在寫字間看書時那樣做，我就是在那時候解開謎團的，我應該像那樣翻頁，直到口中吃進足夠的毒藥為止。我說的是你之前從賽夫禮諾的實驗室偷走的那瓶毒藥，或許你那時候就因為在寫字間聽到有人對非洲之末、亞里斯多德佚失之書，甚或對二者都感到好奇而感到憂心。那瓶毒藥我想你藏了很久，打算等到有危險的時候再拿出來用。數天前你察覺到情勢不妙，一方面是魏納茲歐就快要查出這本書的真相，另一方面是貝藍格因為輕率、因為虛榮，也為了討好阿德莫，透露了遠比你所以為更少的秘密。於是你出手設下了陷阱，時機正好，因為數天後魏納茲歐就潛入這裡拿了書，他急急忙忙打開翻閱，幾乎狼吞虎嚥吃下了毒藥，很快就覺得身體不適，跑到廚房去求救，就在那裡斷了氣。我有沒有說錯？」

「沒有。往下說。」

「後來的事情就不難猜了。貝藍格在廚房發現了魏納茲歐的屍體，擔心會被調查，畢竟魏納茲歐是入夜後潛入主堡的，而事情又發生在他洩漏這本書的秘密給阿德莫知道之後。貝藍格不知如何是好，便扛起魏納茲歐的屍體，丟入豬血缸裡，好讓大家誤以為他是溺死的。」

「你知道事情經過？」

「你也知道。他們在貝藍格房間內找到染了血的布的時候，我看到了你的反應。那個莽撞的傢伙把魏納茲歐丟入豬血缸後，用布把手擦乾淨，隨即失去蹤影。他肯定帶著這本書，那時候他也對這本書開始感到好奇。你知道有人會在某處找到他，不過他不會倒在血泊中，只會毒發身亡。接下來的事情就很清楚了。貝藍格為了避開他人耳目，跑到醫療所去看書，因此後來賽夫禮諾找到了這本書。馬拉其亞則在你的教唆下殺了賽夫禮諾，他來這裡是想知道究竟在這本禁書中有什麼不可告人的秘密，竟讓他變成殺人兇手，豈料讓自己也送了命。兇案之謎總算一一解開了……真蠢……」

「你說誰？」

「我自己。因為阿里納多一句話，我始終相信這一連串兇案是依照〈默示錄〉的七聲號角安排的。阿德莫遭冰雹摧殘，結果是自殺；魏納茲歐被浸入血中，其實是貝藍格一時動念所致；貝藍格在水中溺死，純粹是意外；賽夫禮諾被星辰的三分之一擊中，是因為馬拉其亞順手拿起渾天儀當殺人武器。至於馬拉其亞的蠍毒……你為什麼跟他說這本書有一千隻蠍子的力量？」

「因為你。阿里納多告訴我他的想法，然後我聽到有人說你也覺得那個想法很具說服力……於是我深信這些人之死是天主的安排，與我無關。我是跟馬拉其亞說，他若是好奇打探，同樣也會遭逢不幸。結果分毫不假。」

「原來如此……我製造了一個假規則以預測兇手的行徑，而兇手竟借用了那個規則。但也是這個假規則讓我查到了你。我們這個年代，每個人都受到若望〈默示錄〉的魅惑，在我看來，你恐怕是那耽溺最深之人，不是因為你重視假基督議題，而是因為你的家鄉正是所有〈默示錄〉最好版本的產地。有一天，有人告訴我說，圖書館裡最美的〈默示錄〉抄本都是你帶來的。阿里納多有一天也在囈語中說到他的神秘敵人曾經去西洛斯找書（引發我好奇心的是他說這個敵人提早進入了黑暗世界，當時我以為他的意思是那人英年早逝，其實他指的是你失明一事）。西洛斯離布葛斯很近，今天早晨我在圖書目錄中找到一批藏書全是西班牙文〈默示錄〉，收藏時間是你接任保羅．達．里米尼圖書館管理員一職前後，那批藏書中就有這一本。但我還是對我的推論沒有十足把握，直到我得知被偷的這本書是亞麻紙所做。然後我想起了西洛斯，這才更加篤定。我既然對這本書漸漸有了概念，也知道它含有劇毒，那個〈默示錄〉的規則自然就不攻自破了，但我還是不懂為何那本書和七聲號角都指向你，還有你我之所以能夠釐清這本書的事，也是從〈默示錄〉預言出發，不可避免地想到了你，還有你對笑的看法。即便今天晚上，我已不再相信〈默示錄〉預言，仍堅持要檢查馬廄，等待第六聲號角吹響，結果阿德索在馬廄竟無意間給了我進入非洲之末的鑰匙。」

「我聽不懂你說什麼。」佐治說：「你在向我炫耀如何依照你的推論找到了我，可是你之所以找到我，依照的卻是錯誤的推論。你到底想告訴我什麼？」

「對你，我無話可說。我只是覺得困惑而已。但那不重要，重要的是我在這裡。」

「主吹響了七聲號角，而你，明明犯了錯，依然聽到了那號角聲的凌亂回音。」

「這一點你昨天宣道時已經說過。你想說服你自己這整件事是依主的計劃行事，以掩飾你是殺人兇手的事實。」

「我沒有殺死任何人，他們每個人都因為犯錯而注定殞落。我不過是個工具。」

「昨天你也說猶大是工具，但這並不代表他不受譴責。」

「我願受譴責，主會赦免我，因為他知道我所作所為是為了他的榮耀。保護圖書館是我職責所在。」

「你剛才還想殺我，甚至連這孩子也不放過……」

「你雖觀察入微，但未必比其他人更優秀。」

「我識破了你的陷阱，現在呢？」

「我們走著瞧，」佐治說：「我並不是非要你死不可，或許我可以說服你。但是你先告訴我，你怎麼猜出這是亞里斯多德的第二卷書？」

「你對笑嗤之以鼻的態度，還有我所知有限的你跟其他人討論笑的對話，並不足以得到這個結論。魏納茲歐留下來的筆記對我頗有幫助。最初我不明白那上頭寫的是什麼，但是他提到羞愧的石頭滾過平原，蟬在地面吟鳴，還有神聖的無花果，我在其他地方讀過類似的文句。這幾天我核對過，那是亞里斯多德在《詩學》第一卷和《修辭學》中就舉過的例子。後來我又想起了聖依西多祿說喜劇乃敘述強姦貞女和愛慕娼妓故事之作的定義……我在腦中一點一滴勾勒出第二卷的樣貌。我不用翻看這些會毒死我的書頁，就能告訴你書中內容。喜劇緣起於農村，是茶餘飯後或節慶時的輕鬆歡慶儀式。喜劇說的不是有名望的權貴之士的故事，而是卑賤可笑之人的故事，但他們不是壞人，故事也不會因為主角死亡而結束。藉由描述一般人的缺點及惡習，以達到滑稽效果。亞里斯多德視笑為善的力量，而且有助於認識，因為透過詼諧的雙關語和意在言外的隱喻，即便所言與事實不符，形同說謊，實際上卻逼我們看得更仔細，最後說出：原來事情是這樣的，我先前並不知道。欲認識真理，必須透過人與世界的再現，而這些人比起他們、比起我們以為的他們糟糕，也比英雄史詩、悲劇和聖人傳記中描述的他們糟糕。是這樣嗎？」

「差不多。這是你看其他書得出的結果？」

「主要是看魏納茲歐原先看的書。我相信魏納茲歐找這本書很久了，他應該在目錄上看到了我也看到的說明，認定了那就是他在找的書，只是他不知道如何進入非洲之末。直到他聽見貝藍格告訴阿德莫密道之事，他就像獵捕野兔的獵犬，毫不猶豫衝了出去。」

「是這樣沒錯，我立刻就發覺了。我明白誓死捍衛圖書館的時刻到了……」

「所以你在書頁上塗了毒藥。應該很辛苦吧……畢竟你看不見。」

「我的雙手比我的眼睛看得更清楚。我從賽夫禮諾那裡還偷了一把小刷子，而且我也戴了手套。這個主意不錯吧？你花了好多時間才想通……」

「對，我原以為事情更複雜，像毒牙之類的安排。我必須說，你的做法堪稱一絕，讓受害者自行服毒，而且中毒程度依每個人的閱讀量而定……」

我打了一個哆嗦，因為我發現原本勢不兩立的佐治和威廉在那一刻竟然惺惺相惜，彷彿一切努力都是為了博得對方喝采。我想起貝藍格為了引誘阿德莫施展的手段，那少女為了讓我燃起熱情和欲望所做的單純自然舉動，無論是心機或企圖征服另一人的欺敵詭計，跟我眼前二人那一刻所展現的魅力相比，全都相形見絀，可以說，在那七天之中，他們雙方都與自己所畏懼、所憎恨的另一方默默心領神會，悄悄互相讚許，於是惺惺相惜之情油然而生。

「你現在可以告訴我，」威廉說：「為什麼你要特別保護這本書，而非其他書？為什麼你為了藏起這本書，不惜動用不以殺人為目的的魔法，書中或許褻瀆了天主之名，但你卻為了這本書懲罰你的弟兄，也懲罰了你自己？有這麼多書談喜劇，讚揚笑的書更是所在多有，為何唯獨這本書讓你如此驚恐？」

「因為這本書是亞里斯多德寫的。他寫的每一本書都對基督教文明數世紀以來積累的智慧造成某種傷害。教會教父殷殷叮囑要大家認識聖言的力量，波伊提烏不過評註了亞里斯多德的著作，就將聖言奧蹟變成了範疇論和三段論等人類拙劣之作。創世紀告訴我們宇宙創造的知識，只不過發掘了幾本亞里斯多德論物理的書，就讓宇宙變成了混沌泥淖之物，而伊本·魯世德則進一步讓大家相信世界是永恆的。我們大家都知道天主聖名，但亞博內親手安葬的那位多明我修士阿奎那受到哲學家亞里斯多德誘惑，竟自以為是依旁門左道的自然理性法則將其重新命名。如此一來，原本對狄奧尼修斯而言，宇宙是懂得抬頭仰望便能得見的第一因之光輝瀑布，而今卻變成為抽象力量命名的人間跡證之保留地。我們原本昂首仰望天空，蹙額皺眉垂顧泥濘大地，而今我們卻看著地面，以大地為見證才願意相信天空。那位哲學家每說一句話，所有聖人和歷任教宗都深信不疑，徹底顛覆了世界形象。幸而天主的形象還未遭到顛覆。但若是這本書開放讓大家任意詮釋，恐怕就連最後這道界線也將失守。」

「討論笑的這個論述為何令你如此害怕？就算你讓這本書消失，也無法讓人不笑。」

「沒錯，是無法讓人不笑。笑是我們肉體脆弱、腐化、乏味無趣的表現。那是農民的慰藉，是醉漢放縱的藉口，行事審慎的教會也允許舉辦節慶、狂歡節、市集，這是白晝遺精於地，固然發洩了某些情緒，卻也壓抑了其他欲望和野心……因此笑不改其卑賤，仍然是素民的屏障，是平民的神秘褻瀆儀式。宗徒保祿曾說，與其慾火中燒，倒不如結婚為妙。與其違背天主建立的萬物秩序，倒不如在飽食之後、喝光了杯中和壺中酒之後，用你們不潔的可笑話語以嘲笑那個秩序為樂吧。你們選出愚人之王，迷失在騾子和豬的禮拜儀式中，頭下腳上演出你們的狂歡鬧劇……可是在這裡，這裡……」佐治用手指敲著威廉面前那本書側的桌面，「這裡卻顛覆了笑的功能，將笑提升到藝術層面，形同敞開大門，讓全世界所有學者都能把笑當作哲學議題，甚或是虛假的神學議題……你昨天也看到了那些素民如何理解並執行紊亂的異端思想，對天主律法和自然法則視而不見。但教會能忍受素民異端，他們終將因無知而毀滅，完成自我懲罰。多奇諾及其他異端分子的粗野瘋狂之舉也不會對神聖秩序造成任何危害。凡鼓吹暴力者，必死於暴力，不會留下半點痕跡，如同狂歡節，一旦結束便消逝無影蹤，無論節慶期間主是否在那上下顛倒的人間世界有過短暫顯現。只要笑不被記錄下來，只要這粗鄙文字不被翻譯為拉丁文，那便無妨。笑讓鄉野粗鄙之人不再畏懼魔鬼，因為魔鬼在那愚人節慶中看似可憐愚蠢，可以任憑擺佈。但是這本書卻告訴大家擺脫對魔鬼的畏懼之心乃大智慧。鄉野之人酒入咽喉、開懷大笑之時，以為自己是一方之主，因為他顛倒了主從關係；但這本書卻能讓博學之士學會自那一刻起無人不曉的狡詐技法，為上下顛倒大聲辯護。對鄉野之人而言（幸好仍然僅只）是腹部運動的笑，很可能會因此變成智性之舉。所有動物中只有人類會笑，說明了我們身為罪人應知分寸。然而有多少與你相同的墮落心智會從這本書得出極端的三段論推理，說笑乃人之意志呢。笑能讓鄉野之人暫時忘卻畏懼，但若無畏懼則律法窒礙難行，畏懼的真正意義其實是畏懼天主。這本書可能會燃起燎原星火，讓全世界重新陷入火海：笑將以普羅米修斯都不知道的新藝術之姿出現，消解畏懼。鄉野之人在笑的時候不畏懼死亡，但是放肆過後，宗教禮儀自會依照天主指示，讓他重新面對死亡的恐懼。這本書可能會引發新的、具破壞力的渴望，讓人類自恐懼中解放，進而摧毀死亡。畏懼或許是最深謀遠慮而溫馨的天主恩典，我們這些有罪的天主造物若少了畏懼，會變成什麼？數百年來，教會博士與教父傳播著神聖知識的芬芳精華，透過思想拯救崇高顯赫之人，透過貧窮和誘惑拯救低下卑賤之人。而這本書卻視喜劇、詼諧劇和滑稽劇為神奇解藥，認為可以藉由呈現缺點、惡習和脆弱以淨化熱情，而假學者若想拯救崇高顯赫之人，應試著先接受低下卑賤之人（這是蓄意的上下顛倒）。由這本書可能會衍生出的想法是人可以期待人類世界（如你的朋友羅傑・培根談到自然科學時所說）擁有安樂鄉的富足。但那是我們不應該、也不可以擁有的。你看那些年輕僧侶，竟不以《居普良的晚宴》的荒誕拙劣為恥，那本書改寫了聖經，居心叵測啊！是明知為惡卻為之。若不是亞里斯多德為天馬行空想像力的次要價值出言辯護，中心價值就不會被次要價值取而代之，消失無蹤。天主子民變成未知世界深淵中湧出的群魔亂舞，已知世界的邊陲地帶從此成為基督教王國的中心，獨眼人坐上伯多祿的寶座，無頭人佔據修道院，滿腦肥腸的侏儒負責看守圖書館，僕役發號施令，我們（自然包括你在內）只能服從命令。一位希臘哲學家說（你那位不潔的權威及共犯亞里斯多德在書中提到），應該用笑瓦解敵人的嚴肅，用嚴肅瓦解敵人的笑。但我們教會教父基於謹慎作出了抉擇：如果笑為平民所喜，應該用嚴肅予以遏止、羞辱、恫嚇。平民不懂得如何將笑精煉為工具，以對抗要引領他們得永生、擺脫口腹之慾和低俗性慾的牧羊人。但是如果有一天有人高舉亞里斯多德說的話當武器，以哲學家的口吻發言，將笑由藝術變為鋒利武器；如果有一天用來表達信念的修辭，被嘻笑怒罵的浮誇之詞所取代；如果有一天經年累月建構的救恩救世論述主題，由所有神聖可敬形象皆被匆匆解構並顛覆的論述主題所取代。威廉，等那一天到來，就連你和你的智慧也難擋其勢！」

「為什麼？我會奮起而戰，以我的智慧對抗他人的智慧。這樣的世界總好過紀伯納以火刑和炙熱刑具羞辱多奇諾的火炬和熱血武器的那個世界。」

「恐怕連你自己也會墮入魔鬼的陰謀詭計，站在善惡最終對決的阿瑪革冬另一邊。即便那一天到來，教會也應該知道必須再次建立對抗衝突的律法。褻瀆不會讓我們退縮，因為即使天主被詛咒，我們仍能在其中看出那詛咒背叛天使的耶和華迷惑中震怒的形象。以虛幻改革之名殺害牧羊人的暴力也不會讓我們退縮，因為諸王曾使用同樣暴力企圖消滅以色列百姓。多納圖斯教派的嚴苛、圍剿派的瘋狂自戕、波各米爾教派的縱慾、加太利派的自恃潔淨、自笞派的嗜血無情、自由靈兄弟會的無惡不作都不曾讓我們退縮：我們了解這些人，也知道他們的罪和我們的聖德源自同處。我們不僅不退縮，而且知道如何摧毀他們，其實應該說，我們知道如何讓他們自行摧毀，自以為是地把那在最低的深淵中萌生的死亡意願升到最高點。其實我應該說，他們的存在對我們而言彌足珍貴，那是天主所願，因為這些人的罪激勵了我們的德，他們的褻瀆言論鼓勵我們吟頌禮讚，他們放肆無度的贖罪行為規範了我們對祭獻的認知，他們的殘暴兇狠突顯了我們的慈愛悲憫，就像黑暗之王是必要的，因為他的違逆和絕望讓代表希望之開端與結束的天主榮光更加閃亮。但是，如果有一天，嘲笑的藝術被廣為接受，被視為崇高自由之舉，不再是生理反應，不再為平民所獨有，變成一種學術靈修，因文字記載而成青史見證；如果有一天，有人說（並且有人聽）：我嘲笑耶穌基督降生為人的思想……我們就再也沒有對抗那句褻瀆之言的武器了，因為那句話集結了肉體中所有黑暗力量，那些力量無外乎放屁和打嗝，而放屁和打嗝則竊據了心靈才享有的權利，到處亂竄！」

「呂庫古[324]命人打造了一尊能讓人發笑的雕像。」

「那是你在克羅里茲歐的書上看到的，有人指控滑稽劇殘暴無情，他辯解說那就像醫生協助病人笑，治好了病人是一樣的。但是如果天主認為此人大限已到，又何須醫治他呢？」

「我不認為他治好了疾病，只是教會病人嘲笑疾病之惡。」

「疾病之惡不能被驅除，必須被消滅。」

「病人的身體也會隨之被消滅。」

「如果必要的話。」

「你是魔鬼。」威廉忍不住了。

佐治似乎沒聽懂。他若看得見，應該會睜大眼睛瞪著威廉。「我？」他說。

「對，他們是騙你的。魔鬼並非物質之王，魔鬼是粗鄙的心靈，沒有笑容的信仰，從未被質疑的真理。魔鬼之所以陰沉是因為他知道要往哪裡去，他總是往來處去。你是魔鬼，跟魔鬼一樣活在黑暗中。你想說服我，但你失敗了。我憎恨你，佐治，我恨不得能帶你下樓到修道院中庭去，讓你全身赤裸，屁眼處插著幾根禽鳥的翎毛，臉上塗得跟變戲法的人和弄臣一樣，好讓整個修道院的人嘲笑你，從此擺脫恐懼。我恨不得能在你身上塗滿蜂蜜，然後裹上羽毛，用皮帶牽著你到市集去，好告訴大家：這個人宣稱自己說的是真理，他說真理有死亡的味道，你們不要相信他說的話，要相信的是他的陰沉愁容。我要告訴大家，在所有無盡可能之中，天主也允許你們想像在一個世界中詮釋真理的人其實是跳樑小丑，口中所言不過是重複很久之前他聽別人說過的話。」

「你這個方濟各會修士比魔鬼還壞，」佐治說：「你是你們那位聖人教出來的一個弄臣。你跟你們那位方濟各如出一轍，全身上下都在講話。他宣道時跟街頭賣藝人一樣都在演戲，把金幣放在守財奴手中讓人家不知所措，以求主憐憫而非宣道來羞辱修女的虔誠敬拜，以法文乞討，把自己打扮成流浪漢以汙衊貪饕的修士，赤裸裸地躺在雪地上，跟動物說話，把基督的誕生奧蹟變成鄉間雜耍表演，模仿綿羊的咩咩叫聲召喚伯利恆的羔羊……可真是個好教派……迪歐提薩維修士不也是方濟各會的？」

「對，」威廉微笑道：「他到宣道修士的修道院去，說除非他們把收藏的聖物，也就是聖若望的衣角給他，否則他就不接受食物施捨，但是他拿到那塊布後卻用來擦屁股，還丟進糞坑裡，用一根長竿邊攪拌邊喊叫：哎呀，弟兄們快來幫我，我把聖若望的聖物掉進糞坑裡了！」

「看來你很覺得這個故事很有趣。說不定你還想跟我說另外一位方濟各會修士保羅·米勒莫斯科的故事，有一天他摔了一跤倒臥在雪地上，同鄉取笑他，其中一個人問他是否希望壓在身體下面的不是冰凍雪地，他回答說對，我希望是你的妻子……你們便是這樣追尋真理的。」

「方濟各是這樣教導大家從另外一面看事情的。」

「那是因為我們用紀律規範了你們。你昨天也看到了你會內修士的表現，他們已重新回到我們之中，不再像素民那樣說話。素民根本不應該說話。而這本書卻認為素民的舌頭能說出某些智慧之語。這豈能坐視不管，我為所應為。你說我是魔鬼，你錯了，我是天主之手。」

「天主之手是用來造物，而非遮掩的。」

「有些分際不容逾越。所以天主才會讓人在某些文件上寫著：此處有獅[325]。」

「天主創造了怪物，也創造了你。所以對祂來說並無不可言之事。」

佐治伸出顫抖的雙手，將書拉向自己，書頁依舊是翻開的，維持著原本的方向，所以威廉能繼續閱讀無礙。「那麼，」佐治說：「為什麼這本書佚失了數百年之久，只剩下這一個孤本，其他抄本皆不知所終，而這一本卻落在一個不懂希臘文的異教徒手中長年不見天日，之後被棄置在一間古老圖書館的密室中，而我（不是你）又受天命召喚找到它，帶了回來，然後藏了這許多年？我知道，我知道你認為你看到的文字字字珠璣，但我的眼睛能見你所不能見，我知道那是主的旨意，我的一切作為乃詮釋依循祂的旨意，以聖父聖子聖靈之名而行。」

第七天　夜

火劫難逃。過於堅守善德，終遭地獄的力量反撲。

那老者沉默不語，張開雙手放在書上輕撫書頁，彷彿想把頁面攤平以便閱讀，或是想保護它，避免有人搶奪。

「這一切工夫全都白費了，」威廉說：「也結束了，我找到了你，也找到了書，其他人只是白白送了性命。」

「並非白送性命，」佐治說：「只是死了太多人。你若想證明這本書受到詛咒，你已如願以償。那些人並沒有白白送命，為了不讓他們枉死，再多死一個也無妨。」

他邊說，邊用瘦削無血色的手慢慢將那本手抄本柔軟的書頁撕成碎片、撕成條狀，一點一點往嘴裡塞，彷彿口中慢慢咀嚼的是祭餅，用自己肉身做成的祭餅。

威廉愣愣地看著他，有點搞不清楚那是怎麼回事，等他回過神來，整個人撲向前去，同時大喊：「你幹什麼？」佐治笑了，露出蒼白的牙齦，一道黃色的口涎順著黯淡的嘴唇流到下巴稀疏的白色短鬚上。

「你在等待第七聲號角響起，不是嗎？你現在聽聽看那聲音說什麼：將七聲雷霆封印起來，不要留下文字，拿起來吞下去，你的腹中極苦，但口中甜如蜜。看到了嗎？此刻我將所有不該說的封印起來，帶入我的墳墓之中。」

佐治笑了，他居然笑了，那是我第一次聽見他笑……他的笑聲來自喉嚨，嘴唇絲毫未露出笑意，反而像在哭泣。「威廉，你沒想到會是這個結果吧？這個老頭子因為主耶穌恩寵又贏了，對嗎？」威廉想把書奪回來，佐治由空氣振動察覺到他的動作，用左手將書緊緊摟在胸前，右手則繼續撕扯書頁往嘴裡送。

佐治站在桌子另一頭，威廉碰不到他，本想快步繞過桌子，卻不小心把椅子絆倒，被長袍纏住無法邁開步伐，佐治聽聞那陣混亂，又笑了，比先前笑得更大聲，以出其不意的速度伸出右手，藉由火舌高溫摸索出油燈的位置，他不畏懼疼痛，用手放到火苗上方往下一按，油燈就滅了。密室陷入黑暗中，我們最後一次聽到佐治放聲大笑。他大聲叫嚷：「你們來找我吧，現在我比你們看得更清楚了！」之後他便不再作聲，向來踏著無聲步伐、突然現身的佐治在密室內遊走，我們只能聽見撕紙的聲音間斷地從不同地方傳來。

「阿德索！」威廉高喊，「你站在門口，別讓他出去！」

威廉說得太晚了，因為我原本就準備要抓住那老人，燈光暗掉的剎那，我便衝向前去，想要繞到威廉面前桌子的另外一端。我沒想到如此一來，等於讓佐治有空隙可以走向門口，更何況他在黑暗中本就行動自如。果不其然，這時我們聽到撕紙聲從背後傳來，而且很微弱，因為那聲音來自隔壁房間。這時候我們聽到另一個聲響，有點費力但持續發出吱嘎聲，是門框鉸鍊轉動的聲音。

「鏡子！」威廉大吼，「他要把我們關在裡面！」我們兩個循聲同時撲向入口，我絆到椅子撞到了小腿，但我顧不了這麼多，因為那瞬間我知道如果佐治把我們關在裡面，我們就再也出不去了，不知道在室內應該操作什麼、如何操作才能開門的我們，在黑暗中是絕對無法開啟那扇鏡門的。

我想威廉行動時跟我一樣無奈絕望，因為我趕到門口時他已經在我身旁，我們一起奮力推著那扇朝室內關上的鏡門。我們可說是及時趕到，那扇門原本文風不動，後來漸漸往後退，終於開啟。顯然佐治知道這場比賽他勢單力薄，乾脆一走了之。我們走出那該死的密室，但是伸手不見五指，我們不知道佐治往哪個方向去。我突然想起：「導師，我隨身帶了燧石！」

「那你還等什麼，」威廉大喊，「快把燈找到，把火點起來！」我回頭走進非洲之末，用手摸索搜尋，感謝天主神蹟，我很快就找到了。我從僧衣拿出燧石，雙手顫抖，火點了兩三次都沒點著，威廉在門口喘氣催促：「快點，快一點！」最後我終於點亮了油燈。

「快點，」威廉又催我，「否則他會把亞里斯多德全都吃掉！」

「那他就死定了！」我焦慮大喊，迎上前去跟他一起開始找人。

「那個該死的傢伙，我不在乎他的生死！」威廉東張西望，毫無章法隨意亂走，「他吃下去的份量已經決定了他的命運。但是我要那本書。」

然後他停下腳步，語氣略微恢復平靜。「別動。我們如此躁進永遠找不到他。暫時別出聲，也不要動。」我們默然矗立原地不動。寂靜中聽到遠處傳來佐治撞到書架，書本落地的聲音。「在那裡！」我們兩個同時大喊。

我們朝傳出聲音的方向跑去，但隨即發現必須放慢腳步，因為除了非洲之末密室外，那一晚圖書館內有氣流亂竄，強度隨戶外風力而定。再加上我們動作過大，好不容易重新點燃的油燈恐怕會再度熄滅。既然我們不能快，照理應該讓佐治慢下來，但威廉卻反其道而行，他大喊：「我們來了，老頭子，我們有燈了！」這一招十分聰明，因為這個訊息很可能讓佐治更加緊張，決定加快行進速度，而這對習慣在黑暗中行走的他來說，多少會影響原本靈敏的平衡感。果然沒過多久我們就聽到另一個聲響，循著聲音我們走進西班牙的Y室，看到佐治跌坐在地，手中仍然抱著書，努力想從因為他撞倒桌子、掉了一地的書堆中站起來。他一邊掙扎起身，一邊繼續撕書，似乎想要盡快將手中的戰利品吞噬殆盡。等我們趕上前去，他已經站起來了，察覺到我們步步逼近，他面向我們開始往後退。在紅色火光照耀下，他的臉看起來十分可怖：線條扭曲變形，額頭和臉頰汗水涔涔，原本死白的眼睛充血泛紅，嘴角還啣著紙屑，彷彿一頭貪婪的獸狼吞虎嚥後、食物全塞在嘴裡吞不下去的模樣。佐治神情焦慮，毒藥在他全身血管中竄流，絕望卻執意不肯放棄，原本可敬的長老形象如今看來古怪又狼狽，若是換一個時候，看到他這副模樣大概會忍不住發笑，但我們此刻是追捕野生動物的獵犬，與野獸亦相去不遠。

本應冷靜上前抓住他的我們大動作撲了過去，他拚命掙扎，雙手緊摟著胸前的書，我用左手揪住他，右手則努力把油燈舉高，但是火苗掠過他的臉，佐治覺得燙，大叫一聲，近乎怒吼，紙屑從他口中掉落，他原本緊抱著書的右手伸向油燈一把奪走後，往前方一扔……

那油燈正好落在從桌面翻倒地上的書堆中，堆疊的書本頁面敞開，燈油潑灑後立刻起火燃燒，脆弱的羊皮紙宛如枯枝讓火勢蔓延開來。這一切發生在彈指間，火苗在書堆上倏忽揚起，彷彿數百年來那些古老書頁渴望的無非是付之一炬，此刻正享受著火劫之欲終於得到滿足的快樂。威廉察覺情勢不妙便放掉佐治，那老者重獲自由，往後退了幾步。威廉有些躊躇，而且躊躇了好一會兒，他不知道該回頭抓住佐治，還是先去滅火。一本比其他更顯古老的書突然間燒了起來，火舌高高竄升。

凌厲的風本可吹熄微弱的火星，此時卻助長了燃勢，讓火星四濺。

「快想辦法滅火，快！」威廉大喊，「否則這裡全都會燒起來！」

我衝向那團火，但隨即停下腳步，因為我不知道該怎麼辦。威廉也走過來幫我。我們兩個一邊伸手擋火，眼睛一邊打量有沒有可以拿來打火的東西，我靈機一動，脫下身上的長袍，試著用它撲熄火堆。可是火勢太大，轉眼吞噬了我的衣服，形同火上加油。我縮回灼傷的手回頭看威廉，卻看到佐治從他身後走來。火勢猛烈，他一定也感受到熱度，而且知道火堆的位置。佐治將亞里斯多德那本書丟進火堆中。

威廉勃然大怒，用力推了佐治一把，老者撞上書架，頭敲到稜角後跌倒在地……我隱約聽到威廉狠狠咒罵了一句，對佐治毫不理會，回頭看著書堆。來不及了。沒被佐治吃完的亞里斯多德《詩論》第二卷殘篇已被火焰吞沒。

零散火星揚起往其他牆面飛去，另一個書架上的藏書頁緣因高溫開始捲曲。這時房間裡燃燒的火堆不再是一處，而是兩處。

威廉知道我們不可能徒手滅火，決定以書救書。他抓起一本看起來較厚重、裝幀較牢固的書當作武器，試圖阻斷步步進逼的敵人，可是用那本書拍打燃燒書堆的結果是製造了更多的火星。他用腳想踩熄火星，卻適得其反，讓羊皮紙燒完之後的灰燼碎片四處亂飛，像蝙蝠一樣在空中盤旋，跟其他同好會合後，便一起出發去引燃地面上其他書頁。

不幸的是，那個房間是整座圖書館迷宮中最混亂的一間。一捲捲手抄本從書架垂掛下來，有的書裝幀散開，書頁暴露在封面外，像毛茸茸的舌頭伸出嘴唇外，多年下來已經乾枯。桌上則堆放了大量書本，是馬拉其亞（只剩一個人）疏於整理尚未歸還原位的。所以佐治跌倒後，房間內羊皮紙四散，等於是助長火勢蔓延的原因之一。

那個房間很快便陷入火海，變成熾熱的荒蕪地，書架也紛紛倒下加入獻祭行列。我明白那座迷宮不過是一個碩大的獻祭火葬場，等待著第一個火花出現……

「要水，這裡需要水！」威廉說完補了一句：「可是在這個地獄裡哪裡會有水呢？」

「廚房，樓下廚房有水！」我大喊。

威廉遲疑地看著我，熊熊火光映照下，他的臉紅通通的。「對，可是我們下去再上來……不管了！」他大喊，「反正這個房間保不住了，隔壁房間恐怕也難倖免。我們快下去吧，我去找水，你去示警，來的人越多越好！」

隔壁房間也遭波及，雖然火勢略小，但我們還是摸索著才走完最後兩個房間，找到通往樓梯的路。夜色中有微弱月光照著寫字間，我們繼續往下走到用膳室，威廉跑去廚房，我則奔向用膳室通往戶外的那扇門，努力從室內把門打開。那花了我不少時間，因為情緒激動讓我變得笨拙且手忙腳亂。離開主堡後我拔腿往寢舍方向跑，想到不可能把僧侶們一個個叫起床，一轉念就跑進教堂尋找通往鐘樓的路，站在鐘下，我抓住所有繩索奮力拉扯敲鐘，我使盡全力，主鐘繩索往上縮的時候把我也拉了上去。在圖書館裡被灼傷的是我的手背，掌心完好，但是沿著繩索滑上滑下，就連掌心也受傷流血，最後不得不放手。

但我已經製造了足夠的噪音，我衝向外頭，看見有僧侶走出寢舍，遠處則有僕役從他們的住所探出頭來。我沒辦法解釋原委，因為我已經說不出話來，好不容易開口，說的卻是我的母語。我用流著血的手指著主堡南側塔樓，窗戶透出異常火光。從亮度看來，我知道在我下樓敲鐘這段時間，火已經燒到其他房間了。非洲之末對外窗與東側塔樓之間的立面全都閃爍著不規則的火光。

「水，快去拿水！」我放聲大喊。

剛開始沒有人有反應。對僧侶而言，圖書館是神聖不可侵犯之地，他們無法理解這個地方會像農民陋屋一樣遭受世俗災害威脅。最早抬頭看圖書館窗戶的那幾個僧侶，在胸前畫著十字，驚嚇地口中唸唸有詞，我這才知道他們誤以為是神蹟顯現。我抓著他們的衣服，懇求他們理解。終於有人把我的嗚咽翻譯成人類語言。

那人是尼可拉，他說：「圖書館失火了！」

「對。」我氣若游絲回應之後，就整個人癱軟坐在地上。

尼可拉果然展現過人能力，他大聲指揮僕役，給圍在他身邊的僧侶們建議，派人去打開主堡其他出入口，叫人尋找桶子等各種容器，指示在現場的人到水源處和牆垣旁儲水槽取水，讓照管牛欄的人用騾子和驢子馱來水罈……如果發號施令的是威權之人，大家自然會立刻聽命辦事，可是僕役習慣服從雷密吉歐，僧侶習慣服從馬拉其亞，大家又都聽院長的，偏偏此刻沒有半個人在場。僧侶們東張西望搜尋院長身影期望得到指示和安慰，卻遍尋不著，只有我知道他已經死了，或快死了，因為那條狹窄窒息通道已然變成烤爐，或法拉里斯的青銅牛[326]了。

尼可拉讓牛欄的人做這，卻有另一個好心的僧侶指揮他們做那。有的修士亂了方寸，有的則還未從睡夢中完全甦醒。恢復說話能力的我試著跟大家解釋，可是你們別忘記我為了滅火脫下了長袍，所以幾乎赤裸著身子，加上我看起來還是個孩子，手上有血漬，臉又被濃煙燻黑，原本就羽翼未豐的我，因為天寒更是口拙，自然無法博得信任。

尼可拉好不容易拖了幾個修士跟僕役到門戶大開的廚房去，有人很聰明帶了火把，我們發現廚房十分凌亂，我知道威廉肯定到處找水和容器，以便運水上去救火。

這時我看見威廉出現在用膳室門口，整張臉都被燻黑，衣服也冒著煙，手上拿著一個大鍋子。我不禁心生憐憫，那模樣說明了他的無能為力。我知道就算他裝了一鍋子的水爬到三樓沒有弄翻，就算他來回跑了不只一趟，仍然於事無補。我想起聖奧古斯丁的故事，他看到一個少年用湯匙想將海水舀乾，那少年是天使，故意戲弄自認為可解開神性奧蹟的聖人。筋疲力竭的威廉倚著門說：「沒辦法，我們救不了這場火，就算所有僧侶都來也沒用。圖書館沒了。」跟天使不一樣的是，威廉哭了。

我緊緊抱住他，他則從桌上扯了一塊布下來讓我遮掩身體。我們氣餒地待在那裡，看著周遭一切，大家亂成一團，有人空手上樓，在螺旋梯上遇到空手下樓的人，這些人原本因為好奇上樓去看，現在又下樓來找水救火。其他比較警覺的立刻尋找鍋碗瓢盆，卻發現廚房的水不夠。突然好幾頭騾子馱著水罈走了進來，牛欄的人推著牠們前進，等水罈卸下來之後，準備要往樓上運，可是他們不知道如何到寫字間去，得靠抄寫員僧侶指引方向，又耽擱了時間，而且上樓途中還撞到了幾個受到驚嚇匆匆下樓來的人。有的水罈打破，水流了一地，有的水罈則靠大家徒手從螺旋梯運上去。我跟著大家來到寫字間，通往圖書館的入口冒出陣陣濃煙，試圖上樓去撲滅東側塔樓火勢的人紅著眼睛、咳嗽連連地回來了，他們說那個人間地獄根本進不去。

這時候我看到了班丘。他一臉憤怒，帶著一個巨大容器從樓下走上來。我聽見他訓斥那些折返的人說：「你們這些懦夫，遲早會下地獄！」然後轉過頭來似乎想尋求援助。他看見我便大喊：「阿德索，圖書館……圖書館……」但是不等我回答，他就快步走上樓梯，衝入濃煙之中。那是我最後一次看見他。

我聽到樓上傳來崩塌聲。夾雜著灰泥的石塊從寫字間穹頂落下，一個雕琢成花形的拱心石掉下時差點砸中我的腦袋。圖書館迷宮的樓板撐不住了。

我匆匆跑下樓，離開主堡。有幾個僕役搬來梯子，希望能搆到樓上窗戶以便將水運送上去。可是最長的梯子也只勉強到達寫字間，爬上去的人無法從外面開啟窗戶。他們傳話說得有人進到室內去開窗，可是沒有人敢上樓。

我看著三樓的窗，整座圖書館變成一個煙霧彌漫的火爐，如今火勢已經蔓延到所有房間，轉眼吞噬了數千書頁。每一扇窗戶都光火通明，屋頂則冒出黑煙，主堡上方大樑也著火了。看似堅固的四邊形主堡此時暴露出弱點，出現了裂縫，內牆被火吞沒後，沒有了石頭的阻擋，火焰再也不放過任何一個木頭層架。

突然間窗戶彷彿受到內部力量擠壓而爆裂，飛迸出來的火星在墨黑夜色中閃爍點點光芒。原本強勁的風勢轉弱，卻是另一個不幸的開端。風勢若強，可以吹熄火花，但輕柔微風不僅將火星吹旺，還將火星載往各處，跟著一起在空中飛翔的還有羊皮紙灰燼，也是從室內飄出來的。緊接著我聽到一聲巨響：圖書館某處地板塌了，燃燒中的橫樑掉落樓下，火舌隨即在寫字間竄升，那裡一樣到處都是書本和書架，四散的書頁攤在桌上，準備好燃起新的火花。我聽見一群抄寫員發出哀鳴，他們抱著頭，決定鼓起勇氣上樓，救出他們念茲在茲的羊皮紙手抄稿。然而一切都是枉然，因為廚房和用膳室裡擠滿了不知所措、四處竄逃的人群，彼此阻擋去路。大家撞成一團，有人跌倒，有人把容器裡的水灑了一地，廚房裡的騾子感覺到有火，焦慮踢蹬往門口奔去，在人群中衝撞，也撞倒了牽著牠們、同樣驚慌失措的馬伕。看得出來，那群鄉野之人和手無縛雞之力的虔誠學者少了人指揮，反而變成了救援行動的障礙。

整個修道院亂成一團，但悲劇才剛剛開始。夾帶大量火星的濃煙從主堡窗戶和屋頂竄出，被風吹散後飄向四方，教堂屋頂也未能倖免。大家都知道許多巍巍教堂曾受祝融之害，這些天主之家之所以跟新耶路撒冷聖城看起來一樣華美且固若金湯，是因為那些壯麗的巨石，但其實其牆面和穹頂都是用令人讚嘆但脆弱的木構造支撐。如果說石造教堂以其如橡樹般堅韌、高聳入穹頂的分枝肋筋讓人想起森林之美，主體亦常有橡樹之姿。室內裝飾同樣處處可見木頭蹤跡，包括聖壇、工作桌、椅凳和燭台。

第一天就讓我目眩神迷的教堂美麗拱門亦為木造。那拱門旋即著火，僧侶等眾人那時才意識到這場火恐將危及修道院存亡，大家面對即將來臨的危難陷入更大的慌亂，失控狂奔。

教堂可以自由進出，其實比圖書館更容易滅火。圖書館受限於自身的隱密性和神秘性，進出困難，命運已定。教堂本在祈禱時辰開放，從救火那一刻起也開放進出，可是水用完了，槽中原本充足的儲水所剩不多，而供水的山泉流量淺緩，完全不敷急需之用。大家都想撲滅教堂的火，卻沒有人知道如何著手。而且火起於高處，要想登高打火或用泥土覆蓋阻絕燃燒，實屬不易。等火燒到下面，再用泥土或沙土覆蓋並無助益，因為天花板已經坍塌，壓倒了不少救火之人。

眼見諸多珍寶付之一炬的懊惱惋惜聲中加入了痛苦呻吟，有人臉部灼傷，有人四肢斷裂，有人的身體消失在驟然墜落的穹頂石塊下面。

此時風勢再度轉強，也讓火勢蔓延速度加快。繼教堂之後，畜欄和馬廄也陷入火海，驚恐不已的牲畜扯斷繩索，撞開柵門，在修道院中奔竄嘶鳴、哞叫、哀號。有火花落到馬匹的鬃毛上，於是被火焚身的駿馬在修道院台地上發了瘋似的狂奔，沒有目的地，無法停下腳步，衝撞經過的一切。我看到老邁的阿里納多惶然徘徊，不明白究竟發生了什麼事情，被著了火的勃內拉撞倒後拖到灰燼堆中棄置，可憐他整個人扭曲變了形。我沒有能力也沒有時間上前救他，我沒有為他的下場落淚哭泣，因為類似的畫面處處可見。

遭火焚身的馬將火帶到了風尚未來得及吹送的地方，就連冶煉坊和見習僧居所也開始起火燃燒。人群在修道院中倉皇奔跑，沒有目的地，不然就是目的地已經消失。我看見尼可拉，頭上有傷，衣衫襤褸，徹底放棄希望的他跪在修道院大門前，詛咒這場天譴。我看見帕齊斐克．達．提佛里完全無心滅火，拚了命想抓住一頭失控的騾子，等他坐穩後，就對著我喊說要我學他趕快逃命，逃離那個邪惡的阿瑪革冬。

我不知道威廉在哪裡，擔心他也被壓在某個廢墟中。找了許久之後，才在中庭附近找到他。他手中拿著他的包袱，在火燒到朝聖者庇護所的時候，他衝到房間去搶救他的珍貴之物。他也帶了我的包袱下來，讓我有衣服可穿。我們呼吸沉重地看著眼前發生的一切。

修道院無可挽回，所有建築物或多或少都已起火燃燒。還完好如初的，很快就會淪陷，因為無論是天候因素使然，或是混亂中人為造成，都助長了火勢蔓延。唯一倖免的是菜園，還有中庭前的花園……要撲滅建物的火已是不可能，我們乾脆拋開救火念頭，站在空曠處沒有危險的地方，看著這一切。

我們看著火勢趨緩的教堂。這類大型建物的木造結構部分最早著火，之後能持續悶燒數個鐘頭，甚至數天之久。主堡情況不同，那裡易燃物太多，原本延燒到寫字間的火已經往下燒到廚房那層樓，數百年來位於三樓的圖書館如今只剩斷壁殘垣。

「那是基督教世界中最大的圖書館。」威廉說：「現在，假基督真的要來了，因為再也沒有任何知識能做為屏障阻擋他了。不過，他的臉我們今晚就已看見。」

「誰的臉？」我很錯愕。

「我說的是佐治。我第一次見到那張因憎恨哲學而變形的臉，是在假基督肖像畫上看到的，不過他並不如預言家所說來自猶大後裔，也不是來自遠方國度。假基督可以因悲憫而生，因對天主或真理的狂熱之愛而生，就像異端分子原為聖人，魔鬼原為預言家一樣。阿德索，你要對預言家和那些願為真理而死之人心存畏懼，他們會讓許多人跟他們一起赴死，而且往往比他們早死，或代替他們而死。佐治之所以會有此邪惡之舉，是因為他耽溺於他的真理，以至於無所不為，只求能摧毀謊言。佐治害怕亞里斯多德的《詩論》第二卷，因為那本書或許確實教人扭曲所有真理的面貌，以免我們成為自己幻覺的奴隸。或許愛人之人身負的任務是教人嘲笑真理，**嘲笑真理**，因為唯一的真理是讓我們學會擺脫盲目追求真理的熱情。」

「可是導師，」我難過回應，「您現在這麼說是因為您內心深處受到了打擊。可是確實有真理啊，您今天晚上發現的真理，是您根據前幾天的線索推斷得知的。佐治固然贏了，但您揭穿了他的陰謀，所以最後還是您贏了……」

「沒有陰謀，」威廉說：「我是無心插柳。」

這個說法自相矛盾，我不知道威廉是否故意的。「可是由雪地足印便能說出勃內拉的一切是真的，」我說：「阿德莫的確是自殺身亡，魏納茲歐果然並非溺死，而圖書館迷宮的配置也如您所想像，是要操作『四』的字母才能進入非洲之末，那本神秘之書也確實出自亞里斯多德之手……我還可以列出您運用科學揭發的其他真相……」

「我從未質疑過符號的真相，阿德索，那是人在世界上賴以判別方向的唯一依據。我不理解的是符號間的關係。我之所以追查到佐治，是依循看似符合所有兇案特徵的〈默示錄〉模式，但其實那一切全屬偶然。我之所以追查到佐治，是因為我始終在尋找要為所有兇案負責的單一兇手，但結果我們卻發現每一個兇案的兇手都不同，甚或沒有兇手。我之所以追查到佐治，是因為我相信有一個邪惡的縝密藍圖，其實根本沒有藍圖，或應該說就連佐治也被他自己最初勾勒的藍圖所害，之後引發了一連串的因、連帶因以及互相矛盾的各種因，它們自行發展，以至於之間的關係脫離了任何一個藍圖。這與我的睿智有何干？我只是鍥而不捨，追查秩序的假象罷了，但我早該知道宇宙中並無秩序可言。」

「可是您藉由錯誤的秩序查出了事實真相……」

「你說得很好，阿德索，我很感謝你。我們腦中想像的秩序有如一張網，或一道梯子，建構秩序的目的是為了到達某處。但之後必須把梯子丟掉，因為我們會發現儘管梯子很有用，卻毫無意義。既已過河便可拆橋……是這麼說沒錯吧？」

「我們日耳曼語是這麼說。這句話是誰告訴您的？」

「你家鄉的一位神秘學家。他寫在某本書中，但我不記得書名了，也不需要大費周章去把那本手抄本找出來。唯一有用的真理是用過即拋的工具。」

「您不能如此自責，您已經盡力了。」

「人類所能盡之力太過渺小。宇宙中無秩序這個想法確實讓人難以接受，因為那有損天主的自由意志及祂的全能。因此天主的自由是我們的責罰，或至少是對我們的傲慢所做的譴責。」

我做了這輩子第一次也是最後一次的神學論證：「一必然之存有怎麼會充滿了可能存有呢[327]？那麼天主和最初的混沌有何差別？相較於天主自身的選擇，肯定祂的絕對全能和絕對存有，並不代表天主不存在啊？」

威廉面無表情地看著我。他說：「一個學者若對你的問題回答說是，他該如何繼續傳播知識？」我聽不懂他的話中含意。「您的意思是，」我問他，「如果少了真理準則，就再也沒有可能的、可傳播的知識了？還是說因為其他人不再認同那知識，所以就再也無法將所知傳播出去呢？」

這時候寢舍屋頂坍塌，發出轟隆巨響，一團火花衝向半空中。在中庭附近迷了路的綿羊和山羊經過我們身旁，發出淒厲叫聲，一群僕役叫嚷奔跑，差點把我們撞倒。

「這裡太混亂了，」威廉說：「有地震，但是上主不在地震中。[328]」

末頁

修道院整整燒了三天三夜，最後的努力全是徒勞。在我們到達修道院的第七天清晨，那些保住性命的人發覺沒有一棟建物能倖免於難，幾棟美麗建築外牆全毀，而教堂幾乎整個扭曲，還吞噬了自己的高塔。到了那個地步，已經沒有任何人有意願對抗天譴了。救火的最後幾桶水也潑得有氣無力，大會堂及奢華的院長居所依舊默默燃燒。

當火燒到那幾間作坊的時候，僕役已經儘可能搶救了所有設備，現在他們則忙著到山坡上去把深夜混亂中越過牆垣的牲畜找回來。

我看到有幾個僕役冒險進入教堂廢墟，我想他們應該是想趁逃走前，潛入地窖寶庫帶些值錢的東西走。我不知道他們是否成功，不知道地窖有沒有塌陷，也不知道那些趁火打劫之徒會不會在中途墜落地底深處。

山下村民也來了，有的來幫忙，有的則是趁亂來搜刮財物。多數死者都被埋在持續悶燒的廢墟中，等到第三天，照顧完傷者，將暴露在外的屍首掩埋之後，僧侶和其他人便收拾自己的東西，離開還冒著煙、彷彿受到詛咒的這個地方。我不知道他們四散去了哪裡。

威廉和我也騎馬離開了。那兩匹迷途的馬是在森林裡找到的，應可視為無人之物。我們朝東方前進。

回到波比歐之後，我們得知與路易四世有關的壞消息。他到達羅馬後由人民加冕，既然與教宗若望已徹底決裂，他索性選出了一位假教宗，是尼各老五世。馬斯里歐・達・帕多瓦被任命為羅馬主教，但是因為他的失策，或他的軟弱，羅馬發生了一些憾事：有些忠於教宗若望的神職人員因為拒絕行彌撒聖事而被凌虐，一名奧古斯丁修道院院長被丟進了卡比托里歐山上的獅子坑裡。馬斯里歐和讓・丹・約登宣稱教宗若望為異端，路易四世還判了他死刑。只是路易四世執政能力不彰，得罪了地方僭主，還動用國庫錢財。

我們陸續聽到這些消息，放慢了往羅馬前進的速度，我知道威廉不想親眼見到這些事證，以免希望破滅。我們來到彭波薩時，得知羅馬起而反抗路易四世，導致他逃亡比薩城，教宗若望的親信則凱旋重返羅馬。同一時間米克雷意識到他待在亞維儂於事無補，反而面臨性命之危，便逃往比薩，與路易四世會合。這時盧卡城僭主卡司特魯丘過世，路易四世又少了一位盟友支持。

簡而言之，眼見這些事件層出不窮，知道路易四世會返回慕尼黑，一方面也是因為威廉察覺義大利對他而言已非安全之地，我們便更改路線，決定趕在他之前率先抵達。接下來數個月和數年之間，路易四世眼睜睜看著原本支持自己的吉伯林黨盟友紛紛散去，隔年假教宗尼各老五世也向教宗若望投降，在自己脖子上綁了條繩子前去請罪。

等我們到達慕尼黑，我便在淚眼婆娑中與我的導師威廉告別。他的未來不可知，我父母希望我回梅爾克。自從那一晚威廉在修道院廢墟中向我透露他的不安後，我們很有默契地不再提起那件事。即便傷心告別，也同樣絕口不提。

威廉對我未來的學習安排給了許多好建議，還把尼可拉為他打造的鏡片送給我，因為他已找回了原本那副。他告訴我，我現在還年輕，但是有一天會用得上的（此刻正在寫字的我，臉上就戴著那副鏡片）。之後他如同父親般慈愛地緊緊擁抱我，與我道別。

我沒再見過他。事隔多年，我才知道他在這個世紀中葉肆虐歐洲的那場黑死病中過世。我時常祈禱天主能接納他的靈魂，並寬恕他諸多驕傲之舉，那是他對自己的智德太過自信所致。

數年後，我已成年，奉修道院院長之命有機會造訪義大利。我忍不住動了心，回程時繞遠路以便重訪修道院舊址。

山坡上那兩個村落已無人居，周圍農地已荒蕪。我登上高地，死寂景象出現在我眼前，讓我濕濡了眼眶。

原本矗立在那裡的巍峨壯麗建築只剩下零星廢墟，跟古代異教徒遺留的羅馬城古蹟一樣。藤蔓爬滿斷壁、柱子和少數完整的橫樑。野草蔓生，看不出原本菜園和花園之所在。唯一能辨識的只有墓園，尚有幾坏墳土自地面微微隆起。僅存的生命跡象是高空中的鳥禽，獵捕著在石頭縫隙中躲藏的蛇，或在牆頭跳躍、長得像神話中怪蛇的蜥蜴。

教堂拱門上有些許發霉腐朽痕跡。剩下一半的山牆因日曬雨淋膨脹變形、因地衣覆蓋黯淡無光，依稀還看得出坐在寶座上的基督左眼，和獅子殘缺的臉。

南側外牆坍塌的主堡，看似屹立不搖，無懼物換星移。面向峭壁的兩個外側塔樓幾乎完好如初，但是窗戶卻有如空洞的眼眶，腐爛的爬藤植物是凝稠眼淚。主堡內毀壞殆盡的人為藝術品與大自然融為一體，站在廚房，抬頭可由上層樓板和屋頂破洞望見天空，那彷彿是天使墜落時鑿出的洞。放眼不見苔蘚的綠，只見數十年前煙燻的黑。

我在瓦礫中尋找，找到一些羊皮紙殘片，是當時自寫字間和圖書館飄落、被埋在泥土中的珍寶。我開始撿拾，彷彿想拼湊出一本完整的書。然後我發現其中一個塔樓還有完整但搖搖欲墜的螺旋梯可通往寫字間，再從寫字間攀爬一段傾圮殘垣便可上到圖書館。不過圖書館幾乎只剩外牆，空盪盪一片。

沿著牆走，我看到一個書架，奇蹟似地仍倚牆而立，真不知它如何躲過祝融、雨淋和蟲蛀。書架上還有幾張書頁，我在下方廢墟中則又找到其他殘頁。雖然所獲不多，但我還是花了一整天時間翻找收集，彷彿想從圖書館的斷簡殘篇中得到啟示。有些羊皮紙殘片已經褪了色，有些隱約能看出圖像殘影，或一兩個模糊的字。有時候我會找到清晰可讀的完整句子，更多時候找到的是用金屬環扣固定、至今完好的裝幀……由外觀之，有些書頁似乎完整無缺，打開來才知道內頁已遭啃噬，有時候尚殘留半頁，還能看到開頭文，或書名……

我把所有找到的殘片都留起來，裝了滿滿兩袋行囊，只得將一些有用的東西丟棄，以保存那微不足道的珍寶。

回程途中我花了好多時間解讀那些殘跡，返回梅爾克之後亦未懈怠，往往從一個字或一個殘圖認出原書，待日後找到那些書其他手抄本時，便熱切投入閱讀，彷彿那是命運給我的禮物，彷彿認出那些毀壞的手抄本是上天給我的明確指示，告訴我「拿起來，閱讀吧」[329]。我耐心整理完畢後，如同建構了一個小型圖書館，是那已消失的大圖書館的縮影，收藏的是殘缺的片段、引述、不完整的字句和殘本。

我看著那份圖書目錄，越來越覺得一切其實只是偶然，並無任何啟示。然而這些斷簡殘篇陪著我度過餘生，我往往視其為神諭，在字裡行間尋找答案。我甚至懷疑我所寫的關於這些書的文字不過是一種摘錄拼湊，是圖像史詩，是長篇藏頭詩，所言無一不是複誦這些斷簡殘篇提示我寫的，我不知道究竟是我說出了它們的故事，還是它們借我之口說出了它們自己的故事。不管是哪一個，我每講述一次這個故事給自己聽，就越不明白是否有一超越自然秩序的經緯將這些事件和時間串連了起來。

這對我這個死之將至的年邁僧侶而言，不知道自己所寫是否有其他隱義，若有，究竟是多或少，或者根本沒有，其實非常痛苦。

我無力明辨，或許是因為那碩大的闇黑陰影正步步逼近，即將籠罩在這年華老去的世界之上。

巴比倫榮耀今安在？去年白雪，如今安在？大地群魔亂舞，我發現多瑙河上多了幾葉扁舟載滿了要去黑暗之所的愚人。

我只能保持靜默。靜默中，一個人獨坐，對天主祈禱，是多麼和諧，多麼喜悅而美好！再過沒多久，我將回到我的起初，我不再相信本篤會修道院院長所說的光榮歸於天主，也不再相信方濟各會修士傳揚的喜悅，以及仁慈博愛。天主是喧鬧的虛無，此地此時皆觸不到。我即將深入那廣袤沙漠，那平坦無邊際的沙漠，真正的虔敬之心死前將得至福。我即將沉入那神聖的黑暗中，沉入靜寂，沉入無以名之的結合，因此一沉入，所有平等與不平等都將消失。在那深淵中我的心靈也將消失，再也不識平等、不平等或其他，所有差異終將被遺忘。我在根本法則之上，在靜默的沙漠之中，在內心深處，我看不到不同，也找不到不同真理。我將墜入靜默空無的神性之中，那裡既無善工，亦無心象。

寫字間好冷，我的大拇指好痛。我留下這份手稿，不知所云，不知給誰：昨日玫瑰徒留名，吾等僅能擁虛名。

傅科擺

榮獲《聯合報》讀書人年度最佳書獎！張大春專文導讀！

三個出版社編輯偶然間得到一則類似密碼的訊息，是有關於幾世紀前聖堂武士的一項秘密計畫。三個人一時興起，決定自己來編造這個超級「計畫」。他們將各種資料輸入電腦中，然後把歷史上每一樁無法解釋的神秘事件都歸因於聖堂武士的計畫。從遠古的巨石到深奧的植物智慧，從永生不死的聖日耳曼伯爵到巴西的巫毒教，反正每一件事都跟聖堂武士脫不了關係。他們並得意地預言聖堂武士計畫的最終實現——征服整個世界，已經迫在眉睫了！

他們樂此不疲地大開歷史玩笑，直到原本的遊戲竟似乎弄假成真，直到神秘莫測的「他們」突然出現爭奪計畫的細節，直到開始有人一個接一個莫名地失蹤……

植物的記憶與藏書樂

因爲書，我們除了記得兒時的遊戲，還記得普魯斯特；
除了年少夢想，還記得尋找金銀島的吉姆的夢想；
除了我們犯的錯，也從皮諾丘的自以爲是學到了教訓……

很久以前，人們在植物做成的紙頁上寫字，而後紙頁成書，人類的記憶因而得以復刻、傳承、變造、討論。擁有超過三萬冊藏書的艾可大師，認為「書」就是「植物的記憶」，當你翻閱一本書，那些所有可能被時間遺忘的都再度被記起……記得一個時代的細節，就像電影紀錄片一般，「書」把當時的生活故事與美學品味說給你聽。記得文藝狂人們百無禁忌的靈感，從棒擊功能到腸胃蠕動頻率，無所不能成書。記得納博科夫等文學名家初出茅廬的低潮期，他們的作品也曾經被評論家貶得一文不值：這個故事……建議埋在地下一千年！

UMBERTO
ECO
安伯托·艾可
作品

倒退的年代——跟著大師艾可看世界

世界不僅是平的，還不斷在倒退？
到底這個世界將會邁向什麼樣的未來？
就讓大師艾可來爲我們細說分明！
南方朔／專文導讀　詹宏志、楊照／強力推薦

新戰爭崛起，和熱戰、冷戰有何不同？為什麼我們再也無法確知誰才是敵人？大量移民正悄悄改變我們的未來！你的孩子將和什麼樣的人做同學？義大利總理輪值擔任歐盟主席，為什麼老百姓就要擔心荷包大縮水？大眾傳媒深入客廳，在娛樂之餘還能左右你的選票流向？民意真的能被任意操弄嗎？不信，可以看看義大利活生生的例子！恐怖主義還分成紅色或黑色？哪一種對我們的影響更直接、更巨大？

別想擺脫書

傅月庵、詹宏志、楊照等重度愛書人強力推薦！

多年來，艾可深深地思索自己和書本的關係，並發覺書的種種影響：書籍紙張單純的香氣滋養，竟然能讓人定心安神。一個書櫃就像是一群活生生的朋友，孤單沮喪時總能在它們身上得到溫暖。而夜晚在圖書館工作的氛圍，更讓他有了《玫瑰的名字》裡圖書館謀殺案的想法……我們生命裡的重要時刻都有書的蹤影，豈能輕易擺脫書？ 為了要討論書的過去、現在和未來，文壇大師艾可於是和影壇大師卡里耶爾有了跨界的閱讀交流，他們作為愛書人、收藏家和研究者的獨到觀點，也讓這本書成為所有「讀者」都絕對不能錯過、穿越古今書史的精采即興演出！

國家圖書館出版品預行編目資料

玫瑰的名字(新譯本)/ 安伯托．艾可作；倪安宇譯.
-- 初版. -- 臺北市：皇冠, 2014.3
面；公分. --(皇冠叢書；第4369種)(CLASSIC;086)
譯自：IL NOME DELLA ROSA
ISBN 978-957-33-3060-8(平裝)

877.57 103002241

皇冠叢書第4369種
CLASSIC 086

玫瑰的名字【新譯本】

IL NOME DELLA ROSA

作　　者—安伯托．艾可
譯　　者—倪安宇
發 行 人—平雲
出版發行—皇冠文化出版有限公司
台北市敦化北路120巷50號
電話◎02-27168888
郵撥帳號◎15261516號
皇冠出版社(香港)有限公司
香港銅鑼灣道180號百樂商業中心
19字樓1903室
電話◎2529-1778　傳真◎2527-0904
總 編 輯—許婷婷
責任編輯—蔡維鋼
美術設計—王瓊瑤
著作完成日期—2012年
初版一刷日期—2014年3月
初版十刷日期—2022年12月
法律顧問—王惠光律師

讀者服務傳真專線◎02-27150507
電腦編號◎044086
ISBN◎978-957-33-3060-8
Printed in Taiwan
【新譯本】與【註解本】不分售．定價◎新台幣499元/港幣166元